FISCHER

STEPHANIE SCHUSTER

ALLES, WAS DAS HERZ BEGEHRT

ROMAN

FISCHER

Aus Verantwortung für die Umwelt hat sich der S. Fischer Verlag zu einer nachhaltigen Buchproduktion verpflichtet. Der bewusste Umgang mit unseren Ressourcen, der Schutz unseres Klimas und der Natur gehören zu unseren obersten Unternehmenszielen.

Gemeinsam mit unseren Partnern und Lieferanten setzen wir uns für eine klimaneutrale Buchproduktion ein, die den Erwerb von Klimazertifikaten zur Kompensation des CO_2-Ausstoßes einschließt.

Weitere Informationen finden Sie unter: www.klimaneutralerverlag.de

6. Auflage: September 2020

Originalausgabe
Erschienen bei FISCHER Taschenbuch
Frankfurt am Main, August 2020

Satz: Fotosatz Amann, Memmingen
Druck und Bindung: CPI books GmbH, Leck
Printed in Germany
ISBN 978-3-596-70032-5

»Träume enden nie, aber Taten, die zu Wundern werden, helfen Träumen in die Wirklichkeit.«

Für Else und Hermann, in Erinnerung an ihren Laden
in Münster, und für Carla, die diese Geschichte
ins Rollen brachte

Für meinen Liebsten, den Wundermann Thomas, und
meine unglaublichen Kinder
Theresa, Veronika und Jonas

PROLOG

Herbst 1953

»Yip, yip«, rief Fräulein Knaup, setzte den Tonarm auf die Schallplatte und schnippte mit den Fingern. Die anderen Frauen fielen ein, klatschten im Rhythmus der Musik, und bald bebte der Laden. Die Schöpfkellen über der Theke wippten, die Gläser und Flaschen in den Regalen klirrten, der Schinken an der Schnur schaukelte vor und zurück, sogar die eingelegten Heringe schlackerten mit. Die nackten Füße in Waschlappen, rutschten die Frauen zur Musik übers Linoleum. Das Schlagzeug gab den Takt vor, eine Gitarre schnurrte die Melodie, und ein Sänger verlangte einer gewissen Josephine das Versprechen ab, ihm heute Nacht zu gehören. Mehr verstand Luise von dem Lied nicht, obwohl sie Englisch einigermaßen beherrschte, aber die Übungen, die sie nachturnen sollten, erforderten ihre ganze Konzentration. Die Arme hoch, dann zur Seite ausstrecken. Bloß nicht irgendwo anstoßen und womöglich etwas herunterreißen. Sie bangte um ihr Geschäft. Natürlich war es hier beengter als im Pfarrsaal. Vor der Turnstunde hatten sie zwar versucht, so viel freie Fläche wie möglich zu schaffen, aber die große Säulenvitrine in der Mitte, das Prunkstück aus der Möbelsammlung ihrer Schwiegermutter, ließ sich um keinen Deut verrücken. Kein Wunder, sie war aus marmoriertem Vollholz und außerdem komplett mit Ware gefüllt. Also rutschten sie nun wie bei einer Polonaise um die Vitrine herum. Immer im Kreis. Die Frauen kamen sich in die Quere, schubsten einander weg, grinsten sich an. Prompt schepperte es, und die Orangen und Grapefruits, die Luise heute früh liebevoll auf einer Schale drapiert hatte, kullerten zur Tür. Die stand sogar noch einen Spalt auf. Rasch schloss Luise sie, gemeinsam sammelten sie die Früchte wieder ein, und schon ging es weiter. Helga Knaup kannte kein Pardon. Arme schräg nach oben, nach hinten, nach vorn, auf die Seite und dabei mit den Füßen vor- und zurückgleiten. Yip, yip. Dass Gymnastik so viel Spaß machen und gleichzeitig so anstrengend sein konnte, hätte Luise nie gedacht.

Way bop de boom, ditty, boom, ditty. Allein der Rhythmus brachte sie dazu, die Hüften zu schwingen wie schon lange nicht mehr. Nur auf die drei Käsebrote vorher hätte sie besser verzichten sollen. Der Hosenbund zwickte. Sie keuchte, wollte aber nicht aufgeben. Nicht vor all den anderen. Ein Turnkurs in ihrem Alter verlangte Mut. Schließlich war sie schon sechsundzwanzig und dazu noch eingerostet. Das hatte sie davon, dass sie nicht zu Fuß ging, sondern immer mit ihrem Moped unterwegs war, mit der grünen Triumph, die ihr Hans vor zwei Jahren zum Geburtstag geschenkt hatte. Sie hatte keine Ahnung gehabt, was sie sich unter *Fröhlich Swingen und Trimmen mit Helga* vorstellen sollte, und einfach spontan zugesagt, weil sie das Fräulein Knaup so nett fand.

Baby when you hear me shout, kiss me quick, knock me out.

Ein toller Rhythmus, endlich war diese Musik wieder erlaubt. Die hätte sogar den Muff aus den Ecken des Pfarrsaals geholt. Kurz bevor sie der Pfarrer hinauswarf, hatte es fast so gewirkt als wippte Jesus am Kreuz – oder besser gesagt, yippte –, nur festgehalten von den Nägeln, mit. Welch eine Gotteslästerung! Wieder ein Punkt auf der Liste für die nächste Beichte, die länger und länger wurde … Luise grinste in sich hinein. Die Gedanken waren frei, man musste sie nur für sich behalten. Zum Glück hatte sie die Idee mit dem Laden gehabt, sonst wäre die Stunde geplatzt. *Bop de boom.* Diese Johnnie-Ray-Platte musste sie sich unbedingt kaufen. Unmittelbare Nachbarn, die sich beschweren konnten, gab es nicht. Das Dahlmannhaus war, außer zur Straße mit der Schaufensterseite, von einem kleinen Garten umgeben, und ihre stets genervte Schwiegermutter war im Sommer gestorben. Tja, Henriette, dachte Luise, du hattest recht, ich bringe tatsächlich frischen Wind in die Familie.

Neben ihr japste Marie, die sommersprossige, junge Schlesierin mit den feinen rotblonden Locken, die seit ein paar Monaten auf dem Hof ihrer Brüder lebte. Schlank wie sie war, tat sie sich bestimmt leichter mit den Übungen. Es freute Luise, dass Marie trotz der harten Arbeit hergekommen war. Wenn sie sich nicht irrte, steckte Marie in der alten Trainingshose von Luises sechzehnjährigem Bruder. Der hatte sie nicht einmal angehabt. Manni lief am liebsten das ganze Jahr in der kurzen Lederhose herum, meist ohne Hemd unter den Hosenträgern und barfuß. Luise versuchte, ihm beizubringen, in den Monaten mit R wenigstens eine Kniebundlederne und einen Pullover anzuziehen, damit er sich nicht erkältete. Deshalb trug er seit neuestem Gummistiefel und einen alten Mantel vom Vater über der Lederhose, na, wenigstens etwas. Marie, das musste man ihr lassen, hatte die alte Sporthose sehr geschickt zu einer Caprihose umgearbeitet und die Bluse knapp unter der Brust geknotet, was ihre schmale Taille betonte. Fehlten nur noch eine Sonnenbrille und knallroter Lippenstift, dann sähe sie wie ein Filmstar aus. Luise hätte gern mehr über sie erfahren, aber Marie war recht verschlossen.

»Wenn wir so weitermachen, müssen wir neues Linoleum

verlegen, bald haben wir den Boden durchgewetzt«, rief Luise ihr über *Baby, when you hear me shout* hinweg zu und wischte sich den Schweiß aus den Augen. Kurz glaubte sie, draußen am Fenster ein Gesicht gesehen zu haben, wurden sie beobachtet? Aber wahrscheinlich täuschte sie sich.

»Ja, hinterher bräuchtest du nur noch ein Zaubermittel, mit dem man den ganzen Laden einsprüht, damit es für immer so sauber bleibt.« Auch Marie keuchte. Puh, war das anstrengend! Jetzt sollten sie auf den Boden gehen und sich auf die Fußspitzen und die Unterarme stützen, den Bauch dennoch in der Luft halten. »Wie ein Brett, Ladys«, sagte die Turnlehrerin. »Das schaffen Sie, strengen Sie sich an. Los, hoch mit dem Gestell. Weiter die Beine vor und zurück, nicht vergessen, gleich ist das Lied zu Ende. Nur noch zwei Strophen, halten Sie durch, yip yip.« Marie blies sich eine Haarsträhne aus der Stirn. Wie nett von Luise, sie zur Turnstunde einzuladen. Sie kam viel zu selten in die Stadt, dabei waren es vom Dorf Leutstetten nur ein paar Kilometer. Langsam gefiel ihr die Gegend. Wenn sie morgens mit Luises Brüdern die Schaf- und Ziegenherde auf die Weide trieb, erinnerten sie die buckligen Hänge ein bisschen an ihre Heimat, die Ausläufer des Eulengebirges. Der Fluss hieß hier nicht Neiße, sondern Würm, das Moor »Moos«, und die Ziegen nannten die Bayern »Goaßen«. Und wie in Ebersdorf, wo sie aufgewachsen war, gab es auch in Leutstetten viele Pferde, die vom Wittelsbacher Gestüt. Auf dem Brandstetterhof war ständig etwas zu tun, das hielt sie auf Trab und lenkte sie von ihren Erinnerungen ab. Die holten sie erst vorm Einschlafen und in ihren Träumen wieder ein. Doch sie versuchte, mit den Schrecken von damals zu leben, was blieb ihr auch anderes übrig. Hier war es allemal besser als im

Kloster, dieses ewige Gotteslob – als ob man damit den Krieg und seine Folgen ungeschehen machen könnte. Die Welt war ein Scherbenhaufen, daran war auch mit stundenlangem Beten nichts zu ändern. Immerhin spürte Marie beim Turnen ihren Körper wieder, der ihr oft abhandenkam. Und wenn sie sich umsah, war sie auch noch von ihrer Kunst umgeben: Alle Schilder, Schubladen, Gefäße hier hatte sie beschriftet. *Pektin, Sauerkraut, Mohnöl, Gerstengrütze* und *Malzkaffee*. Köstlichkeiten in Schnörkelschrift. Auch die Angebote in den Schaufenstern, von innen spiegelverkehrt zu lesen, stammten von ihrer Hand.

Heringssalat, 100 Gramm für 30 Pfennige,
Ananas, je Dose 1 Mark 45
4 Stck Bockwurst, 1 Mark 88

Yes tonight. Originell, diese Idee mit den Waschlappen. Fräulein Knaup, die Lehrerin, die eigentlich Krankenschwester in der Seeklinik war, besaß einen ganzen Stapel amerikanischer Schallplatten, samt tragbarem Abspielgerät, welch ein Luxus. Das brachte Schwung in die Bude. Sich einmal in der Woche auf diese Weise zu verausgaben, nur etwas für sich und das eigene Wohlbefinden zu tun, gefiel Marie. Früher hatte sie jegliche Art von sportlicher Betätigung geliebt, besonders das Reiten war ihr als Ausgleich zum Lesen und Malen immer das Wichtigste gewesen. Damals, als die Zukunft noch Wunder versprach, die nur darauf warteten, entdeckt zu werden. Nichts davon war mehr übrig, alles wie Seifenblasen zerplatzt und einzig der Schmerz geblieben. Das Lied war zu Ende. Stöhnend erhoben sich alle.

»Nein, meine Damen, niemand hat etwas von Aufstehen gesagt. Bittschön, bleiben Sie unten.« Helga legte eine neue

Platte auf. »Machen Sie schon schlapp? Noch mal auf die Unterarme, wir fangen doch gerade erst an.« Sie durchsuchte den Stapel mit Jacks Singles, der zwischen der Registrierkasse und der Waage auf der Ladentheke lag, wählte eine weitere Johnnie-Ray und setzte die Nadel auf. Es knackte im Lautsprecher, das nächste Stück setzte mit sanfteren Klängen ein. »Jetzt bitte Ihren verlängerten Rücken ganz in die Höhe, ja, trauen Sie sich, wir sind unter uns. Und dann auf die Knie, schauen Sie, so«, sie machte es vor, »die Füße auf den Lappen eng zusammenstellen, hoch und runter mit den Knien, schön langsam, wenn ich bitten darf. Wir wollen jeden einzelnen Muskel spüren. Den Muskelkater erhalten Sie morgen gratis dazu, was, Frau Dahlmann, das ist doch mal ein Angebot?« Die Frauen lachten, doch Helga selbst trieb es schlagartig die Tränen in die Augen. Was war nur mit ihr los? Sie hatte beschlossen, ihren Liebeskummer hinter sich zu lassen und nach vorne zu blicken. Ach, Jack! Besser wäre es gewesen, sie hätte für diese erste Stunde unverfängliche deutsche Schlager gewählt. Die anderen Schwestern im Wohnheim beneideten sie zwar um den Plattenspieler und das dicke Sammelalbum mit den Platten, das Jack ihr dagelassen hatte, aber seine Musik wieder zu hören, wühlte sie auf. Wie sie mit ihm heimlich in ihrem Zimmer engumschlungen getanzt hatte, wie sie danach im Bett landeten. Seit einem Monat war er fort und hatte sich nicht mehr gemeldet. Kein Anruf, kein Brief, ein Telegramm schon gar nicht. Sie konnte ihm nicht schreiben, hatte seine Adresse in Amerika nicht. Langsam schwand die Hoffnung in ihr, dass sie je etwas von ihm hören würde. Dabei hatte sie schon bei seiner Dienststelle angerufen. Es gebe viele Jack Miller bei der U.S. Air Force, hieß es, und die Nummer seiner Einheit wusste Helga nicht. Auch wenn sie von Beginn an gespürt hatte, dass ihre Liebe nicht für die Ewigkeit gemacht war, so hatte Jack doch Farbe in ihren Alltag gebracht und ihr damit über die harte Anfangszeit ihrer Ausbildung geholfen. Wie oft hatten sie über ihre englische Aussprache gelacht und seine Fehler im Deutschen und die Missverständnisse, die daraus entstanden und meist in Küssen endeten. Sollte wirklich alles gelogen gewesen sein, die Geständnisse und auch die Träume von einer gemeinsamen Zukunft, einem Leben als Paar? Sie stand auf, wischte sich übers Gesicht und führte die nächste Übung vor. *Faith can move Mountain* erklang.

»Weiß jemand, was Johnnie Ray da singt?«, rief Helga in die Runde und schluckte. Eigentlich wollte sie andere anleiten, etwas für ihr Wohlbefinden zu tun, jetzt musste sie aufpassen, dass sie selbst nicht zusammenbrach.

»Mount-ain heißt Ber-hg«, murmelte Frau Dahlmann.

»Genau, dann bilden Sie doch bitte auch einen Berg, los, hoch mit dem Allerwertesten. Was sehe ich da hinten, Fräulein Zinngraf, das ist ja nicht mal ein Ameisenhaufen, geschweige denn ein Hügel, das kriegen Sie besser hin, hopp.« Helga merkte, wie es in ihrem Magen rumorte, ihr war in der letzten Zeit häufig übel, so sehr nagte der Kummer in ihr. Besser, sie legte eine Pause ein und half den anderen. »Und, Silvia, was ist mit dir? Machst du in deinem Alter etwa schon schlapp?« Auch ihre jüngere Schwesternkollegin, mit der sie ein Zimmer teilte, turnte mit. Jede biss sich auf ihre Art durch, die meisten schienen sogar Spaß zu haben. Der zarten Flüchtlingsfrau, Marie Wagner, in dieser Kinderturnhose, merkte man kaum die Anstrengung an. Neben ihr stöhnte Luise Dahlmann und stemmte sich mit hochrotem Kopf auf den Händen in die Höhe. Sie trug viel zu enge Kleidung.

»Geht's Ihnen gut?«, fragte Helga und hockte sich neben sie.

Luise nickte und rang sich ein Lächeln ab. Helga mochte Luise. Als sie gefragt hatte, ob sie den Zettel für den Kurs in ihrem Laden aufhängen durfte, hatten sie sich sofort sehr nett unterhalten. Frau Dahlmann war die Einzige seit langem, die ihr wirklich zuhörte und sie unterstützen wollte. Sie meldete sich auch als Erste an, und jetzt hielten sie den Kurs auf ihren Vorschlag hin sogar in ihrem Laden ab, weil sich der Pfarrer kurz nach Beginn der Stunde umentschieden hatte.

»Sie machen das wunderbar, Frau Dahlmann. Bleiben Sie auf den Unterarmen, das entlastet die Handgelenke. Vielleicht sollten Sie das nächste Mal etwas Bequemeres anziehen?« Helga war erstaunt und erfreut, wie gut das Turnen mit Waschlappen funktionierte, so wurde der Kurs zu etwas Besonderem und forderte wirklich. Anfangs hatten sie Zweifel beschlichen, als sie die Frauen sah. Die meisten hatten sich wie für ein Schauturnen vor Publikum zurechtgemacht. Fräulein Zinngraf trug einen paillettenbesetzen Anzug, der bei jeder Drehung knisterte, Ingrid, ihre ältere Krankenschwesterkollegin, ein knappes weißes Höschen und ein Trägerhemd, das vermutlich noch aus BDM-Zeiten stammte. Zu Beginn der Stunde hatte Helga ihnen gezeigt, wie sie sich das Turnen vorstellte, aber erst als sie eine Single auflegte und die Rhythmen erklangen, löste sich die Anspannung. Und auch jetzt rutschten alle Frauen mehr oder weniger sportlich, aber ausnahmslos gutgelaunt, auf ihren Waschlappen herum. Vor, zurück, *ditty, boom.* Helga atmete auf.

Schon eine ganze Weile stand eine Frau draußen und spähte durchs Schaufenster. Von dieser Turnerei hielt sie nichts, noch dazu in einem Gemischtwarenladen! Prost Mahlzeit, sie wollte gar nicht wissen, welche Art Ausdünstungen auf dem

Heringssalat landeten, der hier angepriesen wurde. Ihre eigene Gymnastik erledigte sie lieber morgens vor dem geöffneten Fenster, streng nach Müllers System. Fünfzehn Minuten ging sie dabei im Unterkleid die Bildanleitungen im Ratgeber ihres Vaters Seite für Seite durch und fertig. Das hielt beweglich, und sie hatte sich nicht in einer Gruppe zu bewähren. Das hatte sie früher schon nicht gemocht. Bis auf ihren letzten Auftritt, der war eine Glanzleistung gewesen. Noch immer bewahrte sie den violetten Turnanzug mit den langen Ärmeln im Schrank auf. Kurz vor Kriegsausbruch war sie die Beste im Bändertanz gewesen. Darum hatte sie auch bei der Abschlussfeier ihrer Schule vortanzen dürfen. Sie erinnerte sich noch an die Aufregung, bevor es losging. Dieses Kribbeln im Bauch und die Angst, dass sich die leuchtenden Bänder verhedderten. Doch alles lief reibungslos, das Publikum verlangte sogar eine Zugabe. Als der Rektor ihr später das Zeugnis überreichte, hatte er noch einmal ihr Talent gelobt, sie sei eine Künstlerin und gehöre auf die Bühne. Garantiert könnte sie mithalten. Aber das, was die Damen da drin trieben, war unter ihrem Niveau. Jedenfalls hörte es sich so an, gesehen hatte sie noch nicht viel.

Obwohl es ein milder Septemberabend war, fröstelte sie an der frischen Luft, und sie rieb sich die Arme. An der Straßenecke zog es aber auch. Hoffentlich fing sie sich keine Erkältung ein, verschwitzt wie sie war von der Rennerei, erst zum Pfarrsaal vor, dann zum Laden zurück, heimlich den Frauen hinterher. In der Eile hatte sie ihre Jacke oder zumindest ein Schultertuch zu Hause vergessen, hatte unbedingt leibhaftig miterleben wollen, wie Hochwürden die Damen hinauskomplimentierte. Wo kämen sie hin, wenn jede Möchtegerntänzerin in einem katholischen Pfarrsaal ihren Zirkus abhalten dürfte! Aber damit, dass sie einfach im Laden weitermachten, hatte sie nicht gerechnet. Was taten die überhaupt? Nach Turnen hörte sich das gar nicht an. Leider konnte sie es nicht genau erkennen. Die Scheiben spiegelten die Straßenlaternen der Kreuzung, und außerdem war das Schaufenster mit den davorgeschobenen Verkaufsständen verstellt. Möglicherweise war die Sicht weiter oben besser. Sie bräuchte bloß etwas, um sich draufzustellen, sah sich um, entdeckte einen Stuhl im Garten der Dahlmanns und hob ihn über den Zaun. Das war zwar nicht ganz korrekt, aber sie stahl ja nichts, lieh sich nur etwas und würde es unbemerkt zurückbringen. Hastig blickte sie sich noch mal um, ob niemand sie beobachtete. Das würde sonst ein merkwürdiges Bild abgeben. Aber bis auf Knipser, den Stadtköter, der sich überall herumtrieb, schien niemand unterwegs zu sein. Vorsichtig stieg sie auf die Sitzfläche und reckte den Hals. Ja, ganz oben tat sich eine Lücke auf. Sie sah merkwürdig schwingende Hände, als ob die Frauen etwas von der Decke pflückten. Erneut presste sie ein Ohr an die Scheibe, die von der Besatzermusik vibrierte, dann war es still. Sie hörte ein rhythmisches Rascheln. Hatten sie etwas verschüttet und wischten nun auf? Na, Frau Dahlmann musste es wissen, wenn sie so leichtsinnig ihren Laden zur Verfügung stellte und sogar selbst mitmachte. Vermutlich vergnügten sie sich alle mit Alkohol oder schlimmeren Drogen, getarnt als Turngruppe. Auf einmal rollte ihr etwas entgegen. Eine Orange. Wo kam die denn her? »Aus, Knipser!«, rief sie, als der Hund auf sie zusprang. Sie drehte sich auf dem Korbstuhl, es knarzte, dann gab die Sitzfläche nach. Kurz versuchte sie, sich noch irgendwo festzuhalten, doch da war nichts, außer Glas, und die weiße Schaufensterbeschriftung bot auch keinen Halt. Sie krachte ein, steckte bis zu den Knien im Geflecht und spürte einen stechenden Schmerz im Bein. Der Hund jagte weiter der Orange nach, die über den Bürgersteig rollte. Sie hörte Schritte. Am liebsten wäre sie davongehüpft, breitete schon die Arme aus, um Auftrieb zu erhalten und die Pfosten des Gartenzauns zu erreichen.

»Was ist uns denn da für ein Vogel in die Falle gegangen?« Ausgerechnet von ihr, diesem … diesem Flittchen musste sie ertappt werden.

1. Teil

Einige Monate zuvor

1953

§ 1.1 Lebensmittel im Sinne des Gesetzes sind alle Stoffe, die dazu bestimmt sind, in unverändertem und zubereitetem oder verarbeitetem Zustand von Menschen gegessen oder getrunken zu werden, soweit sie nicht überwiegend zur Beseitigung, Linderung oder Verhütung von Krankheiten bestimmt sind.
§ 1.2 Den Lebensmitteln stehen gleich: Tabak, tabakhaltige und tabakähnliche Erzeugnisse, die zum Rauchen, Kauen oder Schnupfen bestimmt sind.

Kochlehre
Anheizen des Küchenherds:
Angerissenes Papier oder trockene Reiser auf den Rost legen, kreuzweise kleingespaltenes trockenes Holz darüberlegen, evt. etwas Brennstoff wie Kohle, Brikett oder Holzscheite dazugeben. Anzünden. Untere Luftklappe öffnen. Sobald das Feuer hell brennt, die Feuertür schließen und Holz nachlegen. Ist eine ordentliche Glut im Ofen, die Anheizklappe umstellen und den Luftschieber regulieren.
Merke: Reinige vor dem Anheizen den Rost und entleere den Aschenkasten! Öffne die Anheizklappe dabei.

Merke auch: Tunken (keine »Krem«) dürfen nur zum Verzehr gebracht werden, wenn sie deutlich als solche kenntlich gemacht worden sind und das Wort »Mayonnäs« auch in Wortzusammensetzungen bei der Bezeichnung und Anpreisung keine Verwendung findet. Beispiel: 1a-Tunke, Prima-Tunke, Teufels-Tunke, Pfunds-Tunke, feinste Tunke, Mords-Tunke usw.

Brennsuppen-Rezept: Im heißen Fett Mehl und Zwiebeln hellgelb anrösten, mit Wasser auffüllen und würzen, dann ¼ – ½ Stunde offen kochen und abschmecken. Diese Einbrenne ist die Grundlage für viele wohlschmeckenden Gerichte, z. B. Tomatensuppe, Kräutlsuppe, Spinatsuppe, Blumenkohlsuppe, Hülsenfruchtsuppe, aber auch Milz- und Lebersuppe. Sie ist auch für Soßen geeignet, wie z. B. Tomatensoße, Kräutlsoße, Senfsoße usw. Anstatt Salz und Zwiebeln kann man auch Zucker verwenden, dies ergibt die sog. Zucker-Einbrenn oder Karamell für Nachspeisen.

Aus: Luise Brandstetters Schulheft

LUISE

Manchmal geschah alles auf einmal. Kaum war sie an diesem Montag wieder zuhause, hatte sich umgezogen und die Haare getrocknet, klingelte es an der Haustür. Es schüttete noch immer, als würde der Julihimmel mittrauern.

»Beileid, Frau Dahlmann«. Die Leute schlossen die Schirme, klopften sich die Regentropfen von den Jacken. Anscheinend wollte halb Starnberg von ihrer Schwiegermutter Abschied nehmen, drängte in die gute Stube im Erdgeschoss, wo Henriette aufgebahrt lag. Frauen lösten die Knoten ihrer Kopftücher und schoben sich die plattgedrückten Haare zurecht, Männer nahmen die nassen Hüte ab und hängten sie in die Garderobe. Luise nickte und bedankte sich bei jedem mit Namen, wie sie es von ihrer Arbeit als Köchin im DP-Camp gewohnt war. Einige sahen ihr beim Grüßen nicht in die Augen, als wäre sie nach den fünf Jahren ihrer Ehe immer noch eine Fremde in der Stadt. Laut ihrer Schwiegermutter klebte das Bäuerliche wie ein Aussatz an ihr, jedenfalls hatte sie das bis zum Schluss betont, als wäre Luise auf der Brennsuppn dahergeschwommen. Dabei verleugnete Luise ihre Herkunft gar nicht. Sie war stolz, in Leutstetten auf einem Hof aufgewachsen zu sein, mitten im eiszeitlichen Amphitheater, wie man die hufeisenförmige Moränenlandschaft nördlich des Starnberger Sees nannte. Mit Blick zu den Bergen und auf das Schloss des letzten bayerischen Prinzen.

Die Tatsache, dass Kronprinz Rupprecht in Leutstetten ihr

Nachbar gewesen war, hatte Henriette besänftigt. Wenn Luise von ihrem wöchentlichen Besuchen bei ihren Brüdern zurückkehrte, musste sie ihr haarklein über die Wittelsbacher berichten. Oft wusste Luise gar nichts Neues. Das Schloss lag abgeschottet hinter Hecken, und die königliche Familie war selten zu sehen. Und selbst wenn sie mit ihnen ein paar Worte über den Gartenzaun wechselte, nach dem uralten Pfau fragte, den niemand je zu Gesicht bekam, so erwartete Henriette mehr.

»Sag schon, wie geht es der Kronprinzessin?«, drängte sie. Schließlich wollte sie ihren Freundinnen beim nächsten Spieleabend etwas Sensationelles berichten können, etwas, das nicht bereits im *Land- und Seeboten* oder den *Starnberger Neuesten Nachrichten* stand. Was hatten die königlichen Hoheiten an? Womit vertrieben sie sich die Zeit? Welche Prominenz oder heimliche Liebschaft war gerade zu Besuch? Das waren die Fragen, die ihrer Schwiegermutter auf der Seele brannten. Luise wusste das und fütterte sie mit Gerüchten. Die Prinzessin erhole sich in der Schweiz, nach ihrer Freilassung aus dem KZ, und Kronprinz Rupprecht gräme sich vor Kummer und Einsamkeit. Prinzessin Hilda, die vor vier Jahren einen peruanischen Großgrundbesitzer und Konsul in Lima geheiratet hatte, reise zu ihrer zweiten Entbindung lieber nach Deutschland und werde in Kürze erwartet. Den Rest ergänzte ihre Schwiegermutter selbst, sobald Luise nur genügend Bilder in ihr heraufbeschworen hatte. Ließ der Zauber nach, war sie wieder die alte Grantlerin, der man nichts recht machen konnte.

Eigentlich durfte ein Leichnam nicht mehr zuhause aufgebahrt werden, sondern musste zuerst zum Bestatter und dann ins Leichenschauhaus. Aber als Henriette Dahlmann ein paar Wochen zuvor von der neuen Bestimmung erfahren hatte, diktierte sie Luise sofort eine Verfügung. Man solle, wenn es so weit wäre, mit ihr genauso verfahren, wie es sich seit Generationen gehöre. Sie wolle zum Abschiednehmen in ihrem Herrgottswinkel liegen, in ihrer Hochzeitstracht. Unbedingt in der Stube, nicht etwa im Flur wie beim Froschl Sepp, den sie halb auf die Straße gestellt hatten. Auf dem Friedhof wäre sie noch lange genug, und kein Ami oder Franzos der Welt oder sonst irgendeine Besatzungsmacht, und sei es auch diese neue deutschdeutsche Regierung, könne ihr das verbieten. Geschweige denn ihre Schwiegertochter, die neumodische Sitten ins Haus einschleppte, als gäbe ihr allein die Jugend das Recht dazu. Sie, Henriette Dahlmann, sei auch einmal jung gewesen, sogar bedeutend jünger als diese Bauerntochter, die sich so frech ihren Hansibuben geangelt hatte!

Luise zündete die Sterbekerze an und sah zu der Toten in ihrem schwarzen Dirndl mit der gewirkten Schürze, wie sie auf ein weißes Kissen gebettet unter dem Kreuz lag. Um die verkrümmten Hände hatte sie ihr gestern nach dem Waschen und Kämmen den Rosenkranz gewickelt. Unglaublich, dass Hans und Luise von nun an im ganzen Haus allein leben würden, von einem Tag auf den anderen mussten sie nicht mehr leise und auf der Hut sein. Und vor allem musste Luise nicht ständig nachsehen, ob mit Henriette im Parterre alles in Ordnung war.

Aber eins nach dem anderen. Jetzt galt es zuerst, Henriettes letzten Willen zu erfüllen, dann kam die Beerdigung und dann? Sie dachte besser nicht darüber nach. Zorngibl, der Bestatter, der den Sarg brachte, hatte das Kinn der Toten mit einem hautfarbenen Band festgezurrt, als wollte er sie am Sprechen hindern. Luise fragte sich, wie viel er wohl dafür in Rechnung stellen würde und auch für die Schminke, die er ihr ins Gesicht getupft hatte. Mit roten Kreisen auf den Wangen und enzianblau angemalten Lidern ähnelte Henriette einer ihrer Paradepuppen, die die Sofaecke belagerten. Derart geschminkt und aufgetakelt war sie zu Lebzeiten nie gewesen. Sogar den Damenbart hatte er hell überpudert. Wer sich tuschte, hatte etwas zu vertuschen, hatte ihre Schwiegermutter behauptet, wenn sich Luise schminkte und die Augenbrauen zupfte. Von der Vitrine mit der wuchtigen, handbemalten Säule, die Marmor imitierte, glotzte Henriettes Puppensammlung auf die Besucher herab, einäugig, zweiäugig oder mit eingedrückten Kulleraugen, wie Ankläger aus dem Jenseits. Obwohl Dr. Heidkamm, der langjährige Hausarzt, Herzversagen als Todesursache auf den Totenschein geschrieben hatte, traute Luise dem Frieden noch nicht. Schon möglich, dass Henriette sich jeden Moment wieder aufrichtete, um den Rosenkranz nach ihr zu werfen. Bis zum letzten Atemzug hatte sie sie auf Trab gehalten, sie vor und nach der Arbeit, sonntags und nachts mit ihrem durchdringenden »Luuuuuuiiiiiiissssseeeeee!!!!« herumgescheucht.

Sobald sie aus Feldafing zurückkehrte, die Haustür aufsperrte, ging das Gezeter los: »Wo bleibst du so lange? Ich sterbe qualvoll, und du treibst dich in der Gegend herum?«

»Mutter, ich habe gearbeitet.«

»Gearbeitet, dass ich nicht lache. So nennst du das Poussieren mit den Negern also? Ich verstehe nicht, wieso der Hansi das duldet.«

Luise hatte es aufgegeben, Henriette etwas von ihrer Arbeit im Camp zu erzählen und ihr zu erklären, was *displaced persons* waren.

»Stell dich hier her, los«, kommandierte die alte Frau. »Ja, halt, genau da. Sag mal, siehst du nicht, dass das Deckchen auf dem Radio schief hängt? Und da ist noch Staub auf der Lampe. Und warum ist es hier eigentlich so düster?« Sobald Luise die Vorhänge aufzog, kreischte sie los: »Nicht, das blendet, meine Augen sind ohnehin entzündet, willst du, dass ich blind werde? Du hast übrigens das Essen versalzen, das ist völlig ungenießbar, sag mal, kannst du nicht richtig würzen? Und so etwas arbeitet als Köchin? Na, den Amis mit ihrer Erdnussbutter, die sie überall hineinpanschen, mag der Fraß genügen, aber mir nicht, ich bin Besseres gewohnt, die Dahlmanns verfügen über Kultur. Wir essen nicht, im Gegensatz zu euch Brandstettern, aus einer Vertiefung im Tisch und reichen uns den einzigen Holzlöffel herum. Und ausgerechnet so eine hat meinen Buben gekriegt. Wo steckt der Hansi überhaupt? Hast du ihn auch schon um die Ecke gebracht? Du richtest mich noch zugrunde, aber eins kann ich dir sagen, ich bin keine von euren Leutstettener Schindmähren. Merk dir das, ein für alle Mal!« Noch immer hallten diese Worte in Luise nach.

Die Trauergäste machten es sich gemütlich. Luise kochte Kaffee, schlug Sahne, trug Gebäck und Getränke auf und war froh, als ihre Brüder eintrafen, um sie zu unterstützen. War Henriette wirklich so beliebt gewesen, fragte sie sich zwischendurch, während die einen den nächsten die Klinke in die Hand gaben. Wahrscheinlich trieb die Leute vor allem die Neugier und die Aussicht auf die kostenlose Bewirtung hierher. Den Kirschkuchen hatte sie gestern Abend noch gebacken, außerdem gab es Topfenstrudel. Beim echten Bohnenkaffee brachen die meisten in Entzücken aus, jahrelang hatte man sich mit Ersatzkaffee begnügen müssen.

Hans würde erst übermorgen, zur Beerdigung, den ganzen Tag über da sein, schneller hatte er nicht freibekommen. Statt seiner übernahm Luises Bruder Martin die Gespräche und half beim Bewirten. Auf seine Art half auch ihr kleiner Bruder Manni mit. Er sammelte die Bierflaschen ein und prüfte, ob sie wirklich leergetrunken waren. Dabei ging es ihm nicht um die Reste, Manni liebte farbiges Glas und versuchte, Licht darin einzufangen. Dann drückte er den Bügelverschluss zu, verhakte ihn fest und stellte die Flasche in den Bierträger.

Bis spätabends war Luise mit den Gästen beschäftigt, so dass sich keine Gelegenheit ergab, mit Hans zu sprechen, als er endlich von der Arbeit gekommen war. Dabei hatte sie so viel auf dem Herzen. Ihr Mann löste Martin ab, der mit Manni heimfuhr, um die Schafe und Ziegen zu versorgen, setzte sich sofort in die Runde und trank sein Feierabendbier. Als Luise kurz vor Mitternacht den nächsten Kuchen aus dem Ofen zog, um eins mit dem Aufräumen fertig war und um halb zwei den Tisch für den nächsten Tag gedeckt hatte, schlief er schon. Das ging bis kurz vor der Beerdigung so. Müde, aber auch aufgedreht von den vielen Gesprächen und Eindrücken, schleppte sich Luise durch den dritten Tag. Endlich ließ der Besucherstrom nach. Nur noch Henriettes Freundinnen Gretel, Herta und Irmi, richtige Starnberger Urgewächse, setzten sich ans Totenbett, als träfen sie sich wie jeden Mittwoch zum Rummykub hier. Der süßliche Leichengeruch schien die drei nicht zu stören. Auch die grünschillernden Fleischfliegen nicht, die brummend herumschwirrten. Luise versuchte, sich nichts anmerken zu lassen, obwohl es sie mehr und mehr Überwindung kostete, die Stube zu betreten. Weder half ständiges Lüften noch die Flasche 4711 aus Henriettes Bestand, die Luise vollständig versprühte.

Also blieb ihr nur der Geruch des frischgefilterten Kaffees, den sie in der Küche inhalierte wie eine Kräuteressenz. Sie sah auf die Uhr, noch eineinhalb Stunden, dann war es geschafft und Henriettes letzter Wille erfüllt. Wie sehnte sie den Moment herbei, wenn man die Tote endlich abholen und beerdigen würde. Anders die drei alten Damen, sie blühten regelrecht auf, schließlich waren sie Henriettes letztes Geleit. Gretel trug einen breitkrempigen, schwarzen Hut, unter dem nur ihre spitze Nase hervorragte, Herta einen langen Mantel aus Fallschirmseide über der gemusterten Kittelschürze, und Irmi hatte sich in ein mausgraues Flanellkostüm gezwängt. Erst Kaffee, dann einen Obstler, Luise schenkte ein. Gerade beendeten sie den glorreichen Rosenkranz, den sie zusammen mit den Fliegen gemurmelt hatten, und wechselten zum neuesten Klatsch und Tratsch über. Wer mit wem, wann und wo, als wäre alles wie immer.

Gretel zog Wolle und Stricknadeln aus der Tasche und schlug Maschen auf. Ob »Henni«, wie sie ihre Freundin nannte, schon gehört habe, dass sich die Müller Fini von ihrem Mann getrennt hatte?

»Die will sich sogar scheiden lassen«, empörte sich Irmi. »Dabei hat er sie nicht einmal geschlagen.«

»Und beim Oberwallner in Traubing hat es am Sonntag gebrannt«, wusste Herta zu berichten. »Lichterloh, bis auf die Grundmauern, vielleicht hast du ja noch die Feuerwehr ausrücken gehört, bevor du das Zeitliche gesegnet hast? Großeinsatz, aus allen Gemeinden. Jedenfalls kriegt die Traubinger Sippschaft jetzt endlich ihren nigelnagelneuen Hof von der Versicherung.«

»Ach ja«, ergänzte Gretel unterm Nadelgeklapper. »Und das Ausländer-Lager in Feldafing wird abgerissen.«

Luise, die bisher beim Zuhören in sich hineingeschmunzelt

hatte, horchte auf. Wussten die Damen, dass sie dort gearbeitet hatte? Von wegen Ausländer, einige der Juden waren Deutsche gewesen. »Wie sind Sie eigentlich auf Rummykub gekommen?«, fragte sie die drei und schenkte nach, damit sie die Angelegenheit nicht weiter vertieften und womöglich ihr Mann davon erfuhr, bevor sie es ihm selbst erzählt hatte. Hans rauchte mit Pfarrer Zuckermüller draußen unterm Vordach, es regnete noch immer.

»Ach, irgendein Hausierer, Scherenschleifer oder Schuhbandlverkäufer hat der Henni das Spiel angedreht.« Herta winkte ab.

»Nein, nein«, sagte Irmi. »So war das nicht, sie hat die Schachtel in einem Schrank im Schuppen gefunden, weißt du nicht mehr? Die war noch originalverpackt, stammte aus Rumänien oder aus Israel, glaube ich. Zum Glück lag eine Anleitung auf Deutsch dabei, sonst hätten wir nie begriffen, wie Rummykub geht.«

»I can English very well«, mischte sich Gretel ein.

»Ja, diesen einen Satz«, behauptete Herta. »Der hätte uns auch nicht weitergebracht.«

Gretel stülpte die Unterlippe zur Nase und schmollte.

»In welchem Schuppen?«, fragte Luise.

Herta wandte sich ihr zu. »Na, wie viele Schuppen haben Sie denn, Frau Dahlmann?«

»Meinen Sie die ehemalige Werkstatt hinterm Haus?« Luises Schwiegervater war Schreiner gewesen und im Krieg gefallen, sie hatte ihn nicht mehr kennengelernt. Seine Werkstatt nutzte sie als Garage für die Triumph, und Hans lagerte darin alles, woran er in seiner Freizeit herumtüftelte. Weiter hinten standen noch die Hobelbank und alle Maschinen, als hätte Johann Dahlmann erst gestern zugesperrt.

»Ist eigentlich in dem Schrank, wo das Spiel drin war, noch Medizin?« Gretel beendete eine gestrickte Reihe und lugte unter der Hutkrempe zu Luise auf.

»Ein Erste-Hilfe-Kasten, oder was meinen Sie?«

»Nein, ich rede von Arzneien – Schmerzmittel, Tabletten, Tinkturen.« Gretel Breisamer seufzte, als würde sie Henriette nachträglich bestätigen, wie einfältig Luise war. Wie immer roch sie stark nach Mottenkugeln. »Mei, Mädl, was wissen Sie denn überhaupt? Vor dem Krieg hat doch hier ein Doktor gewohnt, von dem haben wir immer ganz günstig was gekriegt. Wie hieß der doch gleich, irgendwas mit L …, Herrschaftszeiten, ich komme nicht drauf …«

»Ein Doktor, hier? Ich glaube, da verwechseln Sie etwas, Frau Breisamer, das Haus wurde 1935 neu gebaut, und einen Untermieter gab es nicht, soviel ich weiß.«

»Nein, nein, ich bin mir sicher.«

Luise versuchte, sich in sie hineinzudenken, und kombinierte Doktor mit …, plötzlich ging ihr ein Licht auf. »Ach, Sie meinen die Puppenklinik von meiner Schwiegermutter?«

»Mein Gott, ja, Henni, du und deine Puppen«, sagte Gretel zu der Toten, scheuchte eine Fliege von ihrer Nase und nahm ihr Strickzeug wieder auf. »In Handarbeit warst du wirklich geschickt, du konntest feiner nähen als eine Singermaschine, wirklich.« Dann wandte sie sich Luise zu und ergänzte. »Doch leider fehlte ihr der Blick für Schönheit.« Alle vier schielten sie zu der Vitrine hinüber, in der Henriettes Ausstellungsstücke prangten. »Bei manchen dieser Wesen weiß man gar nicht, ob Tier oder Mensch oder ganz was anderes.« Gretel sprach aus, was Luise sich schon oft gedacht hatte. »Viele Kinder, die ihr die beschädigten Lieblinge gebracht haben, haben sich bloß in Begleitung zu ihr getraut. Verhätschelt hat die

Henni nur ihren Hansi-Buben. Alle anderen mussten ihre Launen aushalten, einschließlich Ihnen, Frau Dahlmann. Bewundernswert, wie Sie das hingekriegt haben.« Mit diesem Lob hatte Luise nicht gerechnet. »Nein, ich rede von diesem Arzt aus Ihrer Nachbarschaft, der hat unter der Hand so Sachen vertrieben.«

»Meinen Sie den Doktor von Thaler, der gegenüber wohnt?«

Gretel schüttelte den Kopf. »Der hat anders geheißen, irgendwas mit Lilien-, Lilienwiese, ach, so helft's mir doch drauf.« Offensichtlich war sie verwirrt oder hatte sich zumindest mit ihren Gedanken verheddert, dachte Luise.

Den Eindruck schien auch Herta zu haben. »Ach, lass uns mit dem alten Glump in Ruh, wen interessiert denn das? Oder hast du es auf diese besonderen Pralinen abgesehen? Wie hießen die gleich, Hausfrauenglück?«

»Gab's die auch als Pralinen?« Irmi leckte sich die Lippen. »Ich kenne sie nur als Pastillen.«

»Ich auch, mei, habt ihr eine lange Leitung, bis ihr was begreift. Genau von denen rede ich doch die ganze Zeit. Die, wenn man noch zum Lutschen hätte, dann wäre den ganzen Tag eitel Sonnenschein. Aber wartet …« Gretel schnalzte mit der Zunge, als hätte sie eine von diesen Pastillen bereits im Mund. »Nein, doch nicht, der Name von dem Doktor, er ist mir auf der Zunge gelegen, aber jetzt ist er wieder weg, und von dem ganzen Reden ist meine Kehle ausgetrocknet.« Sie legte das Strickzeug weg, hielt das Schnapsglas hoch, damit Luise nachschenkte, und kippte den nächsten Obstler wie Wasser.

Zorngibl und ein Bestattergehilfe kamen, um die Tote mitzunehmen. Mechanisch besprengte der Pfarrer sie ein letztes Mal mit Weihwasser, zuckte vor dem Gestank zurück, als er sich über sie beugte. Alle bekreuzigten sich. Amen. Der Deckel schloss sich, und ein Aufatmen ging durch die Stube. Sogar die Fliegen schwirrten eilig hinaus.

Auf dem Weg ging Zuckermüller mit Hans und Luise Henriettes Lebenslauf für seine Predigt durch. Sie war gelernte Posamentiererin gewesen, darum lagen auf jedem Regalbrett und in jedem Schrank Spitzen und Litzen, die sie noch gewebt hatte. Sogar den Briefkasten an der Hauswand zierte eine Borte. Nach der Geburt ihres einzigen Kindes, das sie erst mit vierundvierzig bekam und zeitlebens Hansi nannte, um ihn von ihrem Mann Johann, der auch Hans genannt wurde, zu unterscheiden, gab sie ihren Beruf auf und übernahm die Buchführung der Schreinerei. 1942 verlor sie ihren Mann und bangte lange um ihren Sohn, der in russische Gefangenschaft geriet. Um ihre karge Witwenrente aufzubessern, reparierte sie Puppen und Stofftiere, bis ihr die Gicht diese Arbeit unmöglich machte. Manche ihrer Patienten wurden nie abgeholt. Die schaurigsten Exemplare schien sie besonders ins Herz geschlossen zu haben, denn sie stattete sie mit Spitzenhemdchen und Litzenkleidern aus und platzierte sie wie Kriegsversehrte in der Säulenvitrine. Henriette Dahlmann hatte in ihrem Leben viel durchmachen müssen, dachte Luise, bevor sie mit dreiundsiebzig starb. Trotzdem hätte sie etwas umgänglicher sein können, wenigstens ihr gegenüber, die sich seit Jahren um sie gekümmert hatte. Aber die Vorstellung, dass Henriettes Wohn- und Schlafstube im Erdgeschoss schon mal eine Art Laden gewesen war, ging Luise nicht mehr aus dem Kopf.

Als der Sarg unter der Erde und der Leichenschmaus im Gasthof zur Au abgehalten war, fing sie an aufzuräumen. Der Regen hatte zum Glück nachgelassen. Luise zog die schweren Vorhänge auf, öffnete die Fenster und ließ Licht und frische Luft herein. Sofort sah die Wohnung viel freundlicher aus. Eben kam Hans zurück und legte seinen nassen Hut auf die Ablage. »Das Wetter muss Mama dazubestellt haben. In der Kirche war es eisig. Und das mitten im Juli. Wenigstens ist es bei uns gemütlich.« Er rieb sich die Hände. »Der Pfarrer hat es ganz nett gemacht, oder? Sogar dass Mutter früher im Kirchenchor gesungen hat, hat er erwähnt, dabei war das vor seiner Zeit.«

»Ich habe es ihm noch schnell gesagt, bevor wir beim Friedhof waren.«

»Wirklich? Hab ich gar nicht mitgekriegt.« Hans schnappte sich ein Stück Birnenkuchen, den sie aus Einweckobst vom letzten Sommer gebacken hatte, und vertilgte es im Stehen. »Toll, dass du gewusst hast, dass Mama mal Posta…, Postadings war.«

»Posamentiererin, das hat nichts mit Post zu tun wie bei dir. Sie hat die feinen Borten gewebt, die hier überall hängen. Was hast du denn gedacht, was sie für einen Beruf gelernt hat?«

»Keine Ahnung, für mich war sie einfach meine Mama, das hat mir gereicht.« Er blinzelte, wischte sich die Nase. »Du hast sie besser gekannt als jeder andere, Luise. Ich war nie so vertraut mit ihr, trotz allem.«

»Ich hab halt zuletzt die meiste Zeit mit ihr verbracht, und sie wollte viel von früher erzählen, also hab ich ihr zugehört.« Sie reichte ihm einen Teller. »Setz dich wenigstens, du bröselst alles voll.« Brav schob er einen Stuhl neben die Anrichte, auf der die restlichen Kuchen standen. Jetzt war endlich die Gelegenheit, alles zu besprechen, was sie beschäftigte und was passiert war. Aber wie sollte sie es einfädeln, damit er ihr die Erlaubnis gab? Am besten, sie fing harmlos an, tastete sich langsam vor. »Hast du das gehört, was deine Mutter kurz vor ihrem Tod noch gesagt hat?«

»Was soll das gewesen sein?« Er zuckte mit den Schultern. »Zum Schluss hat sie doch nur noch laut geatmet.« Dabei hatte er Sonntagnacht rauchend am Bettrand gestanden.

»Nein, ich bin mir sicher, etwas wie ›vergesst‹ oder ›verzeih‹ oder so ähnlich. Oder vielleicht wollte sie uns noch an etwas Wichtiges erinnern?«

Hans schnappte sich ein weiteres Stück Kuchen. »Was soll das genau gewesen sein? Und dass sie sich bei dir entschuldigt, für die Plagen, die du mit ihr hattest, nein, dafür war sie zu stolz.«

»Du hast recht, vielleicht sollte es einfach *vergiss nicht, die Puppen abzustauben* heißen. Oder *verdammt, es geht zu Ende.*« Sie mussten beide lachen, es war befreiend. Luise setzte sich auf einen der vielen Stühle, die noch von der Totenwache herumstanden, und aß die restliche Sahne direkt aus der Schüssel. Beide hingen sie eine Weile ihren Gedanken nach. »Weißt du noch, wie wir Mau-Mau mit ihr gespielt haben, weil wir keine Lust auf ihre ewige Schimpferei über Gott und die Welt hatten?«, sagte sie dann. »Henriette fing zu schummeln an, nur damit sie nicht verlor, wollte es aber nicht zugeben.«

»Ja, das war immer so, schon als Kind, wenn ich mit ihr Karten gespielt habe. Sie hat ständig die Regeln geändert, je nachdem wie ihr Blatt ausgefallen ist. Mich wundert es, dass ihre Freundinnen das jeden Mittwoch ertragen haben.«

»Wahrscheinlich bescheißen sich die werten Damen alle gegenseitig.« Luise grinste bei der Vorstellung. »Es ist noch Kaffee da, magst du eine Tasse?« Sie berührte die Kanne. »Er ist leider schon kalt.« Sie schenkte sich trotzdem ein.

»Ich hol mir lieber ein Bier.« Hans stand auf. Es dauerte, bis er mit einer Flasche zurückkehrte. »Gar nicht so einfach, eine volle zu finden, Manni war fleißig und hat alle leeren sauber verschlossen.« Er nahm einen tiefen Zug und wischte sich mit dem Handrücken über den Mund. »Übrigens haben mich alle möglichen Leute wegen der Wohnung angesprochen, wir könnten sofort vermieten, und zwar mit den Möbeln. Der Pangraz, der Maler und Tapezierer, würde gern einziehen und auch gleich das Renovieren übernehmen.«

»Haben die nicht sechs Kinder?«

»Der Älteste wohnt nicht mehr bei ihnen, hat er gesagt, und die Nächste zieht auch bald aus.«

»Trotzdem, eine so große Familie hier unten in den zwei Zimmern?«

»Es gibt noch andere, der Aschenbrenner Florian von der Stadtverwaltung hat auch gefragt, seine Frau erwartet ein Kind.«

Die Vorstellung, fremdes Babygeschrei Tag und Nacht im Haus zu haben, bereitete ihr Unbehagen. Sie schwieg, dachte an ihre Fehlgeburt und an ihre Mutter, die kurz nach Mannis Geburt gestorben war. Da war Luise noch nicht einmal zehn gewesen. Plötzlich führte sie den Haushalt für ihre zwei Brüder und ihren Vater. Sie gab Manni Tag und Nacht das Fläschchen, wickelte ihn und stellte ihn im Kinderwagen in eine geschützte Ecke vors Haus, wie es ihr die Hebamme geraten hatte. In der ersten Zeit half ihr Frau Hirschkäfer, danach war Luise auf sich gestellt, wenn ihr Vater und Martin, der zwei Jahre älter als sie war, auf dem Feld arbeiteten. Als mongoloid hatte die Hebamme Mannis Aussehen bezeichnet, was Luise freute. Mongolen, das ist doch das Reitervolk, wusste sie aus der Schule, also hatte ihr Bruder die Liebe zu Pferden in die Wiege gelegt bekommen. Noch dazu, wo das Dorf durch den

Prinzen von der Pferdezucht geprägt war. »Dann wird der Manni mal sehr gut reiten können.«

»Wir können froh sein, wenn er überhaupt etwas kann«, hatte die Hebamme erwidert, »sitzen und selbständig essen zum Beispiel. Wer weiß, ob er jemals spricht. Vermutlich wird er sein Leben lang auf eure Hilfe angewiesen sein, aber auch nicht alt werden«, hatte Frau Hirschkäfer gesagt. »Jedes Jahr mit ihm ist ein Geschenk.« Das war es tatsächlich mit Manni, und sein Lachen war ansteckend. Trotz der Hirschkäfer'schen Unkenrufe lernte er laufen und konnte bald auch ja und nein sagen. Allerdings blieb es bei diesem »Jo« und »Naa«.

»Damit ist auch das meiste gesagt«, behauptete der Vater. »Wer weiß, was uns der Manni noch beibringt.« Zusätzlich zur Kinderbetreuung übernahm Luise die Milchabrechnungen für den Hof und lernte früh, mit Geld umzugehen. Der Vater lobte sie oft und bestärkte sie, ihren eigenen Weg zu gehen. »Du musst keinen Bauern heiraten, Luiserl, wenn du nicht willst«, hatte er einmal gesagt. »Aus dir kann auch eines Tages eine sehr gute Geschäftsfrau werden.«

Und genau das wollte sie fortan sein, jetzt wusste sie es mit Gewissheit. Auch wenn sie ihre Arbeit als Köchin sehr geliebt hatte. »Sie haben mir gekündigt«, platzte sie heraus. »Das Camp wird aufgelöst. Ich muss nicht mehr nach Feldafing.«

»Wirklich?« Hans ließ die Kuchengabel sinken, riss die Augen auf, dann nickte er. »Das heißt, du hast ab sofort frei, ist doch schön. Weißt du was, von den ersten Mieteinnahmen könnten wir in Urlaub fahren. Nach Österreich oder Italien, was hältst du davon? Ein Kollege von mir war mit der ganzen Familie in Rimini, wo immer das auch liegt, er hat so geschwärmt.«

»Ich will keine fremden Leute im Haus, schon gar keine

Kinder und auch keine werdenden Eltern. Dann kann ich wieder allen zu Diensten sein. Ich glaube, ich brauche mal was anderes.«

»Genau, Erholung brauchst du, und zwar dringend. Im August kriege ich leider nicht frei, da sind die Familienväter an der Reihe, aber vielleicht im September oder Oktober.«

»Das ist ja noch ewig, bis dahin. Ich will auf keinen Fall vermieten.«

»Und was dann? Die Wohnung leer stehen lassen bringt auch nichts.«

»Darf ich nicht wenigstens ein paar Tage durchatmen?«

»Das darfst du natürlich.« Er stellte das Bier weg, zog sie zu sich heran und küsste sie. »Mmh, du schmeckst aber süß.« Seine Küsse wurden länger, er streichelte sie, zog sie zu sich auf den Schoß und fuhr ihr unter die Bluse.

»Ich habe eine andere Idee«, sagte sie und ließ ihn gewähren. Dann wagte sie es einfach: »Wie wäre es mit einem Laden?« So, nun war es gesagt, sie atmete aus.

»Willst du etwa Mamas Puppengeschäft wiedereröffnen?« Er zeigte auf die Schrankwand. »Ich glaube, mit diesen Exemplaren verdienst du keinen Groschen, außer ein Geisterbahnbesitzer kauft sie dir ab.«

»Schreck lass nach.« Sie lachte und holte tief Luft. »Nein, ich denke eher an einen Gemischtwarenladen. Lebensmittel, Obst, Gemüse, Dinge des täglichen Bedarfs und natürlich ein paar Extras: Seidenstrümpfe, Zeitschriften, Schweizer Schokolade und Kaugummis.« Schon sah Luise alles vor sich. »Und zusätzlich könnte ich Kochkurse geben.«

»Ein Laden, bei uns? Wer hat dir denn diesen Floh ins Ohr gesetzt?« Hans runzelte die Stirn und konzentrierte sich, ihren Büstenhalter aufzuhaken.

»So abwegig ist das nicht. Ein Geschäft führen ist bei den Dahlmanns Tradition. Dein Vater hatte die Schreinerei mit Kundenbetrieb und deine Mutter die Puppenklinik. Wie lief denn die Schreinerei?«

Hans zuckte mit den Schultern. »Ganz gut, glaube ich. Vater hatte nicht mehr viel davon, gerade als das Haus stand und er mit dem Innenausbau fertig war, wurde er eingezogen. Aber so genau weiß ich das alles nicht. Ich war dreizehn, als wir vom Hirschanger hergezogen sind, und hatte nichts als Fußball im Kopf.«

»Von wegen, nichts als Fußball!« Ihr fiel ein, dass bei den Juden im Feldafinger Camp Fußball auch die beliebteste Sportart gewesen war. »Und was war mit der Tochter vom Zahnarzt, hattest du nicht ein Techtelmechtel mit der? Wie hieß sie doch gleich?«

»Ich weiß nicht, was du meinst. Du warst die Erste und bist die Letzte für mich.«

»Soll das ein Kompliment sein?«

»Ich meine, die Einzige.« Er küsste ihren Hals.

»Jetzt lenk mich nicht von meiner Idee ab. Die großen Sprossenfenster und die Tür zur Straße hin hat dein Vater bestimmt nicht grundlos eingebaut. Wir müssten nur die große Platte von außen wegschrauben, dann wäre die Tür wieder sichtbar. Ein Klinke dran, fertig.« Von innen hatte ihre Schwiegermutter die Tür mit der Säulenvitrine verstellt, seit Luise und Hans nach ihrer Heirat in den ersten Stock gezogen waren und sie den Verkaufsraum als Wohn- und Schlafzimmer nutzte. »Jedenfalls bräuchten wir gar nicht viel umzubauen. Möbel und Wände streiche ich selbst. Diese Sägeböcke hat doch dein Vater gemacht, in seiner Werkstatt sind auch noch ein paar Regale.«

»Das klingt, als hättest du dir alles schon ganz genau überlegt.«

Sie strahlte ihn an. »Obst, Gemüse, Käse und auch Fleisch könnten wir meiner Familie und anderen Bauern aus der Gegend abkaufen.«

»Für Fleisch müssten wir Eis aus dem See den Sommer über einlagern, ich weiß nicht, ob unser Keller dafür kalt genug ist. Oder wir bräuchten eine elektrische Kühlung, aber so eine Anschaffung ist richtig teuer.« Endlich schien Hans angebissen zu haben. Mit Technik konnte man ihn fangen.

»Dann nehmen wir am Anfang nur Salami und Speck ins Sortiment, bis wir genug auf die Seite gelegt haben. Oder ich frage meinen Bruder, ob er Ware in seinem Erdkeller für uns einlagert, bis wir das mit der Kühlung organisiert haben.«

»Willst du den Starnberger Metzgern Konkurrenz machen?«

»Konkurrenz belebt das Geschäft, oder nicht?«

»Wir müssten auch sonntags aufmachen. Keine freien Tage mehr, kein Urlaub, keine Ausflüge …« Er sagte schon »wir«, Luises Herz hüpfte vor Freude. Jetzt langsam weiter, in diese Richtung.

»Das kommt darauf an, was man unter Freizeit versteht«, erwiderte sie. »Außerdem wird nicht immer Hochbetrieb herrschen.«

»Und wovon willst du das Ganze bezahlen? Selbst wenn wir nicht viel umbauen – die Kosten für die Ware müssten wir vorstrecken, abgesehen von einer Kasse und einer Waage und was man sonst noch braucht. Soviel ich weiß, hat Mutter uns nicht einmal ein Sparbuch hinterlassen.« Hans ließ sie los und tastete seine Hosentaschen ab, dann die Hemdtasche, und auch die Anzugjacke, die über der Stuhllehne hing, durchsuchte er.

»Mist, meine Franzmänner sind aus. Ich geh schnell zum Moser und hol mir neue.«

»Der hat geschlossen, wie immer mittwochnachmittags.«

Er fasste sich an die Brust, als hätte er eine Herzattacke. Bis morgen früh ohne seine geliebten Gaulouises auszukommen machte ihm offenbar zu schaffen.

»Stell dir vor, wenn wir einen eigenen Laden hätten, könntest du dir deine Zigaretten einfach aus dem Regal nehmen.« Sie zog ihn zu sich, setzte sich wieder auf seinen Schoß und strich ihm über die Brust. »Inhaliere halt einstweilen deine deutsche Louise.«

MARIE

Den Schirm in der linken, den Koffer in der rechten Hand, stand sie endlich vor dem Schlosstor. *Von Bayern* lautete der Name auf der Klingel, als wohnte hier ein ganz gewöhnlicher Bayer und nicht der Kronprinz persönlich. Sollte sie läuten oder einfach hineingehen? Sie lugte auf ihre schlammverspritzten Schuhe und klappte den Schirm zu. Wenigstens hatte es zu regnen aufgehört. Sie zog ein Stofftaschentuch aus der Rocktasche, wischte über das Leder, bis die Schuhe einigermaßen glänzten, und ging an dem Eingangsportal vorbei, an ein paar niedrigen Häusern entlang. Von der Schlossfassade bröckelte der Putz, die meisten Fenster waren mit Brettern vernagelt. Trotzdem wirkte das Gebäude mit seinen schräg stehenden Ecktürmen, auf denen geschwungene Runddächer thronten, märchenhaft verwunschen. Von einer der Turmspitzen hätte man bestimmt eine herrliche Aussicht bis zum See, dachte sie, hier zu arbeiten musste ein Traum sein.

»Can I help you, Frolein?«, fragte ein Mann in einer aufgeknöpften Uniformjacke, der den Weg zu den Ställen fegte. Marie erschrak und zuckte bei dem Akzent zusammen. Dass auf dem Gestüt Amerikaner arbeiteten, hatte in der Stellenausschreibung nicht gestanden, sonst hätte sie sich niemals beworben. Für viele waren die russischen Besatzer der Inbegriff des Bösen, Marie hatte andere Erfahrungen gemacht. Am liebsten wäre sie umgekehrt, aber dann hätte sie den ganzen Weg umsonst auf sich genommen, noch dazu bei diesem Wetter. Sie versuchte, die in ihr aufsteigende Panik zu ignorieren, und räusperte sich.

»No, äh, yes, please.« Am Ende ihrer Englischkenntnisse angelangt, redete sie auf Deutsch weiter. »Ich möchte zu Herrn Dülmen bitte.« Der Kerl kam ihr zum Glück nicht näher, zeigte nur zu einem Pferdeanhänger weiter hinten, an dem ein beleibter Herr in Reiterstiefeln ein Rad aufpumpte.

Marie stellte den Koffer ab, strich sich über den Mantel, den sie mit Kastanien dunkel gefärbt hatte, damit man die vielen Flicken aus unterschiedlichen Stoffresten nicht so sah. Eigentlich war er viel zu warm für die Jahreszeit, doch er hatte nicht mehr in den Koffer gepasst. Lieber schwitzte sie, als dass sie etwas von der wenigen Habe zurückließ, die sie noch besaß. Außerdem verbarg der Mantel bestens ihre Bluse, die aus zwei alten Tischdecken genäht war, die Ärmel vergilbter als das Vorder- und Rückenteil. Sie umrundete ein paar Buchsbäume und ging auf den Herrn zu.

»Verzeihung, sind Sie der Verwalter hier?«, fragte sie zögerlich.

Er nickte, stieg von der Pumpe und wischte sich mit einem Taschentuch die Stirn.

»Guten Tag, Herr Dülmen, ich bin Marie Wagner.« Sie streckte ihm die Hand entgegen.

Ein schriller Schrei erklang und setzte sich in ihrem Kopf fest.

»Oh, unser Pfau warnt uns vor einem Unwetter. Da kommt heute noch mehr vom Himmel.« Kurz erwiderte der Verwalter ihren Gruß, allerdings ohne seinen Hut zu lupfen, wie es sich normalerweise gehörte.

Marie drehte sich nach diesem außergewöhnlichen Vogel um und entdeckte eine Herde von Schafen und Ziegen, die die

Dorfstraße entlangzog. Ein halbwüchsiger Junge führte die Herde an, er grinste breit zu ihnen herüber und winkte mit großer Geste, als wären sie alte Bekannte.

»Ach, der Manni schon wieder, unser Dorftrottel«, sagte Dülmen. »Wenigstens als Hirte ist er zu gebrauchen. Ich frage mich, wie die Brandstetters den durchs Dritte Reich gekriegt haben.«

»Was meinen Sie damit?«, fragte Marie.

»Unwertes Leben wurde beseitigt, wussten Sie das nicht? Man nannte es Gnadentod.«

Sie schüttelte den Kopf. In der Schule hatte sie gelernt, dass körperlich und geistig beeinträchtige Menschen die sogenannte arische Rasse verdarben und zwangssterilisiert werden sollten, aber dass sie kein Recht hatten zu leben und umgebracht wurden, war ihr neu. Sie erschauderte.

»Na ja, jedenfalls stammt Manni vom Hof gegenüber. Die Brandstetters können sich keine Kühe mehr leisten, wollen jetzt mit Wolle, Lammfleisch und Ziegenmilch Geld machen.«

Am Schluss der Herde schob ein schlaksiger Kerl ein Fahrrad, an dem Wasserkanister hingen. Auch er grüßte herüber, indem er kurz seinen breitkrempigen Strohhut lupfte.

»Servus, Martin«, rief Dülmen ihm zu – Manni war ihm offenbar keinen Gruß wert gewesen. »Aber warum erzähle ich Ihnen das eigentlich alles? Sie sind doch hoffentlich nicht von der Zeitung und haben es auf die Prinzenfamilie abgesehen?«

»Nein, ich bin wegen Ihrer Ausschreibung hier.« Als sich Marie ihm wieder zuwandte, bemerkte sie die Peitsche, die in Dülmens Gürtel steckte. »Ihre Anzeige im *Münchner Merkur*, ich habe mich beworben, und daraufhin haben Sie mich eingeladen«, wollte sie ihm auf die Sprünge helfen. »Bitte entschuldigen Sie die Verspätung, der Anschlusszug in München ist ausgefallen, und der nächste kam erst nach zwei Stunden und stand dann noch ewig auf der Strecke.«

»Ich weiß, in Gauting ist ein Baum auf die Gleise gefallen, hat's vorhin im Radio geheißen. Die Waldbestände entlang der Schienen sind morsch und gehören längst ausgeforstet. Sind Sie in Starnberg ausgestiegen?«

»In Mühlthal.«

»Das wundert mich, dass Sie der alte Lenz vorbeigelassen hat. Bei dem am Mühlrad bleibt so manche Maid für immer hängen.« Er lachte schallend. »Na, dann kommen Sie, lassen Sie uns hineingehen, bevor es wieder zu schütten anfängt.« Sein Blick glitt über ihre Beine, die unter dem Saum hervorlugten. »Wo wollen Sie arbeiten, in der Küche oder den Räumen der königlichen Familie?« Er setzte sich in Bewegung und musterte sie von der Seite, als könnte er sie allein aufgrund ihres Körperbaus zum Kartoffelschälen oder Staubwischen einteilen.

»Nichts dergleichen. Ich habe mich als Bereiter bei Ihnen beworben.«

»Bereiter? Sie wollen sich um unsere Zuchtpferde kümmern? Das soll wohl ein Witz sein.« Er blieb stehen, sein Grinsen erstarb.

»Keineswegs, Herr Dülmen.« Sie holte ihren Brief aus der Manteltasche.

»Ah, jetzt verstehe ich. M. Wagner, das sind Sie, und ich habe mich schon gewundert, wo der Bursche bleibt. Raffiniert, das muss man Ihnen lassen, Fräulein.« Er zupfte sich an einer Augenbraue. »Doch recht viel weiter hat Sie der Trick auch nicht gebracht. Ich habe keine Arbeit an Sie zu vergeben. Und bevor Sie fragen, in der Küche oder in den Privaträumen des Prinzen kann ich keine Hochstaplerin dulden.«

»Und warum wollen Sie nicht, dass ich mit den Pferden arbeite? Abgesehen von dem, was ich Ihnen geschrieben habe, wissen Sie doch noch gar nicht, was ich kann.«

»Diese angeblichen Auszeichnungen für Dressur, die Sie erhalten haben, wenn ich mich recht erinnere. Wer sagt mir, dass die nicht erfunden sind. Außerdem, wie alt waren Sie da? Zehn?«

»Ich war siebzehn, als wir vertrieben wurden.« Jetzt war sie dreiundzwanzig. »Wir hatten ein Gestüt bei Breslau, dort war ich für das Einreiten der Jungpferde verantwortlich, habe sie an Halfter und Strick gewöhnt.«

»Breslau, ist das nicht im Sudentenland?«

»Nein, in Niederschlesien. Ein Gut in einem Dorf, ähnlich wie hier, auch mit Landwirtschaft.«

»Schön, das mag alles herrlich gewesen sein, aber ich lasse grundsätzlich keine Frau in unsere Zucht. Scherereien habe ich auch so genug, allein dieser GI, den ich irgendwie beschäftigen muss, da kann ich kein Weibsbild gebrauchen, das sich bei den Ställen herumtreibt und mir die Kerle von der Arbeit ablenkt. Auf Wiedersehen.« Er hob die Luftpumpe wieder auf. Plötzlich ertönte lautes Wiehern. Marie wandte sich um. Ein braunes Pferd mit schwarzer Mähne stob aus dem Stall und sprang über zwei Blechtonnen, die der Amerikaner gerade zusammengeschoben hatte.

»For Christ's sake, god damnit! Stop, stop!« Laut fluchend rannte er dem Pferd nach, verlor dabei seine Soldatenkappe und gab bald auf.

»Jetzt ist ihm schon wieder der Silberstern durchgegangen«, sagte der Verwalter. »Der lernt es nie.«

Marie wusste nicht, ob Dülmen von dem Pferd oder von dem Stallburschen sprach. Jedenfalls war Silberstern ein prächtiger Hengst. Von weitem wirkte er wie ein Trakehner, war vielleicht etwas zu klein dafür. Er musste eher ein englisches Vollblut oder Araber sein. Kaum älter als zwei Jahre, mit einer kleinen Blesse auf der Stirn, daher der Name Silberstern vermutlich.

Der Verwalter zog die Peitsche und wollte ausholen.

»Warten Sie, lassen Sie es mich versuchen.«

Marie stellte sich dem Tier in den Weg. Silberstern lief von den Buchsbäumen zum Hauptportal, tänzelte auf der Stelle, warf den Kopf hoch, als wüsste er nicht, wohin. Das Zaumzeug baumelte lose vor seinem Hals. Mit ausgebreiteten Armen trat Marie auf den Hengst zu und sah ihm direkt in die Augen. Sofort galoppierte er wieder an und umrundete sie. Er war offenbar im Longieren geübt und hatte gelernt, außen zu bleiben und im Kreis zu laufen. Sie senkte die Arme wieder und auch den Blick, tat so, als beachtete sie ihn nicht. Silberstern blieb stehen und bewegte ein Ohr in ihre Richtung. Seinen glänzenden schwarzen Augen entging keine Regung. Marie hörte, wie der Amerikaner durch die Zähne pfiff und auf Englisch irgendetwas von Zirkus rief, aber sie ließ sich nicht aus der Ruhe bringen. Der Hengst und sie hatten Verbindung zueinander aufgenommen, das zählte. Sie wartete noch eine Weile, hörte Silberstern schnauben, aber sonst war es still. Man hätte eine Nadel fallen gehört. Sie drehte dem Pferd den Rücken zu und ging wieder in Richtung des Verwalters, der feixte, als wäre sie gescheitert. Doch dann änderte sich seine Miene mit einem Mal, und er fasste sich an den Hut. Marie spürte eine sanfte Berührung im Nacken, Silberstern war ihr gefolgt und stupste sie an. Jetzt wandte sie sich ihm zu, tätschelte ihm den Kopf und legte ihm behutsam das verrutschte Halfter an. Als sie ihn am Maul berührte, bemerkte sie den Grund für seinen Ausbruch.

»Auf der linken Seite ist sein Zahnfleisch entzündet, sehen Sie, hier?« Sie zeigte es Dülmen, und auch der Stallbursche kam neugierig näher. »Erst wenn das geheilt ist, können Sie ihm wieder eine Trense anlegen. Und dann wäre es auch besser, Sie oder Ihr Arbeiter würden das Pferd nicht mehr schlagen, besonders am Kopf nicht. Pferde sind klug, sie merken sich alles. Mit Ihrer Peitsche werden Sie das Tier nicht mehr in den Stall bringen, geschweige denn in Ihren Anhänger.«

»Gerade wollte ich Ihnen doch noch eine Stelle als Hausmädchen anbieten, Sie haben eine hübsche Figur, ich mag zierliche Frauen, die sind geschmeidig. Also, besser Sie halten sich zurück und erzählen mir nicht, wie ich mit meinen Viechern umzugehen habe, sonst überlege ich mir´s noch anders. Jeder soll spüren, wer sein Herr ist.«

»Ich dachte, die Herrenmenschen sind entmachtet?« Für einen Augenblick fürchtete sie, Dülmen würde die Peitsche gegen sie schwingen, doch er beherrschte sich. »Wenn Sie keine Stelle als Bereiter zu vergeben haben, dann verzichte ich.« Sie tätschelte Silberstern den Hals, nahm Schirm und Koffer und ging.

Zurück zum Bahnhof, hoffentlich fuhr heute noch ein Zug nach München, dort würde sie sich fürs Erste eine Bleibe suchen. Allerdings graute es ihr vor dem langen Waldweg, an der abgelegenen Mühle vorbei. Was, wenn dort tatsächlich dieser Lenz wohnte und nach ihr grabschte? Auf dem Hinweg hatte die Mühle verlassen gewirkt, auch die zwei Häuser mitten im Wald. Das eine, mit einem ebenerdigen Türmchen, wirkte sogar richtig idyllisch, fast so, als hätte hier früher eine Königstochter gelebt. Der Wind frischte auf, und es regnete wieder. Bald prasselten dicke Tropfen auf ihren Schirm, den ihr Schwester Iphigenie vorsorglich mit auf den Weg gegeben hatte. Zuerst hatte Marie ihn nicht annehmen wollen, sie wusste nicht, ob sie ihn je zurückbringen würde. Doch die Schwester hatte abgewinkt: »Behalten Sie ihn. Den hat jemand vorm Beichtstuhl vergessen und seit zwei Jahren nicht abgeholt. Wenn der Schirm nun Sie behütet, hat er seinen Zweck erfüllt.« Marie folgte den Fahrrinnen der Autos, an einer Kapelle und dem Schlossweiher vorbei, bis zu einer Kurve. Bevor sie in den Wald einbog, musste sie am Ortsende eine Brücke überqueren, unter der das angestaute Wasser schäumte. Eine Böe riss ihr den Schirm aus der Hand, er segelte sofort davon. Sie hastete ihm nach, hoffentlich landete er nicht im Wasser. In diesem Augenblick klappte ihr Koffer auf, die Schnur, die ihn notdürftig zusammengehalten hatte, war gerissen, ihre Sachen verteilten sich auf der Fahrbahn und kullerten den Abhang zum Fluss hinunter. Ihr Skizzenbuch, der Pelikan-Tuschkasten, die Pinsel, der selbstgestrickte Pullover aus aufgetrennter Wolle, die ihr die Nonnen geschenkt hatten, das zweite Paar Strümpfe und auch ihre Wechselwäsche. Was musste sie noch durchstehen? Wann fand sie je wieder irgendwo Halt? Regen peitschte ihr ins Gesicht. Binnen Sekunden war sie durchnässt. Natürlich hatte sie absichtlich ihren Namen abgekürzt, um überhaupt eine Einladung zu erhalten. Als Vertriebene, noch dazu als Frau, bekam sie auf die meisten Bewerbungen nicht einmal eine Antwort. Sie wollte einfach nicht länger Hilfsdienste im Kloster ausführen und hauptsächlich beten, als gäbe es einen gerechten Gott, dem man Demut und ewige Dankbarkeit zeigen musste. Dankbarkeit wofür? Dass man ihren Vater verschleppt und ermordet hatte, sie und ihre Mutter vom Gut vertrieb und dass sie beide auf der Flucht um ihr Leben hatten bangen müssen? Und dass am Ende alles noch schlimmer gekommen war? Schlimmer als der Tod.

Irgendwo musste es doch auch für sie einen Ort geben, wo sie die sein durfte, die sie war. In diesem verdammten Land, in diesem Leben, in dem ihr nur ein paar Habseligkeiten geblieben waren, die jetzt im Straßendreck lagen. Mit einem Mal fühlte Marie sich all ihrer Kräfte beraubt, sie fiel auf die Knie und brüllte, so laut sie konnte, in den grauen Himmel. Der Pfau antwortete ihr mit seinem durchdringenden Schrei.

Warum hatte sie diese Fahrt auf sich genommen? Sie und auf einem Gestüt arbeiten, welch Hirngespinst. Die Zeit konnte sie nicht zurückdrehen, nichts würde jemals so sein wie früher. Der Schmerz würde bleiben, ihr ganzes Leben lang. Egal was sie anstellte, wie sehr sie sich ablenkte und hoffte, dass doch noch ein Wunder geschah. Immerhin hatte sie überlebt. Zumindest dafür sollte sie dankbar sein. Sie musste ihr Glück finden, und wenn das zu viel verlangt war, dann wenigstens einen friedlichen Ort, wo sie zur Ruhe kam. Nach Waldsassen konnte und wollte sie nicht mehr zurück, obwohl die Zisterzienserinnen sie gerettet und gesund gepflegt hatten. Oder sollte sie doch noch ins Kloster eintreten, wie es Schwester Iphigenie ihr ans Herz gelegt hatte? Was, wenn diese unsäglichen Kopfschmerzen wiederkehrten, die mit nichts zu bekämpfen waren, außer mit Abwarten und Aushalten? Auch die Nonnen hatten nichts anderes gewusst, als sich dicht um ihr Bett zu drängen und ein Kreuz über ihr zu schwingen, als wäre der Teufel in sie gefahren. Nein. Nie wieder wollte sie das ertragen. Marie war in Freiheit aufgewachsen. Im Nachthemd ohne Sattel über die Felder galoppiert, bis nach Glatz, wo Theo wohnte. An ihn wollte sie jetzt am allerwenigsten denken und tat es doch. Dachte daran, wie sie im Mondschein nackt und engumschlungen im Weiher gebadet hatten, ohne zu ahnen, dass es ihr letztes Treffen war. Kurz darauf wurde

Theo verhaftet, zusammen mit den anderen arbeitsfähigen Männern – ihrem und seinem Vater, dem Bürgermeister. Keiner von ihnen kehrte lebend zurück. Die übrigen Anwohner mussten innerhalb von achtundvierzig Stunden die Häuser verlassen. Zuletzt hatte ihre Mutter noch das ganze Vieh von der Kette befreit und die Ställe geöffnet. Das Schreien der Kühe, die dringend gemolken werden mussten, verfolgte sie kilometerweit, während sie mit dem vollbepackten Handwagen zum Bahnhof marschierten.

Einzig eine Arbeit in der Klosterbibliothek hätte ihr gefallen. In Waldsassen war das ein hoher Raum voller Regale, in dem große geschnitzte Figuren die Empore mit Hunderten uralter Bücher trugen. Doch die Stelle als Bibliothekarin hatte eine ehrgeizige Novizin ergattert. Blieb nur Maries Wissen über Pferde, das Wissen einer Frau, das nutzlos war, wie sich eben gezeigt hatte. Dabei musste man weder brüllen noch schlagen, um ein Pferd zu zähmen. Man kam sogar ganz ohne Worte aus.

»Pferde lernen, die Körpersprache der Menschen zu deuten. Eigentlich sind wir Raubtiere für sie, denen sie trotz allem ihr Vertrauen schenken«, hatte ihr Vater, der ein Pferdenarr wie sie war, erklärt. »Nimm dir ein Beispiel an ihnen.« Von Vertrauen und Geduld hatte er oft gesprochen, besonders wenn Marie über ihre eigenen Füße stolperte oder vom Pferd fiel oder ihr eine andere Sache misslang, die sie sich in den Kopf gesetzt hatte und auf der Stelle beherrschen wollte.

Was hatten ihrem Vater am Ende sein Vertrauen und seine verdammte Geduld genutzt, als die Sowjets ihn ermordeten? Marie kauerte sich am Straßenrand zusammen. Ihre Geduld war restlos aufgebraucht. Sie hatte auch keine Tränen mehr, das Weinen erledigte der Regen für sie, und dann ließ er nach.

Die Wolken gaben ein Stück blauen Himmel frei. Es rauschte in den Bäumen, tropfte von den Ästen. Auf einmal war sie so entsetzlich müde und hätte sich am liebsten auf der Stelle, hier mitten auf der Straße, wie eine Katze zusammengerollt und wäre eingeschlafen.

HELGA

Trotz des milden Münchner Maiabends fröstelte Helga in ihrer ärmellosen Bluse, in der sie schon den ganzen Tag unterwegs war. Dennoch zögerte sie, nach Hause zu gehen, schlenderte lieber am zerbombten Rathaus vorbei, das noch immer eine große Baustelle war. Ein frischer Wind pfiff über die Trümmerberge und durch die Gassen und blies ihren Rock samt dem Petticoat auf. Der gebauschte Unterrock war der letzte Schrei aus Amerika und übertrieben teuer, falls man ihn nicht selbst nähen konnte oder wollte. Helga hatte sich gleich drei davon gekauft und trug sie übereinander. Wenn schon auffallen, dann richtig! Gleich neben dem Rathaus befand sich das wiedererrichte Modehaus Beck mit seiner modernen geometrischen Fassadenbemalung. Sie spazierte durch die Arkaden, blieb vor einem Schaufenster stehen, nahm ihre Sonnenbrille ab und stellte sich wegen ihrer Kurzsichtigkeit dicht an die Scheibe. Sie zog die Schleife am Pferdeschwanz straff und zupfte den kurzen Pony gerade. Eigentlich, so fand sie plötzlich, war ihre Frisur längst überholt, mittlerweile trugen fast alle in ihrer Abiturklasse die Haare auf diese Art. Und da sie nicht mehr dazugehörte, war es Zeit für eine Veränderung, deutlich kürzer, kinnlang wäre nicht schlecht. Das Kaufhaus hatte bereits geschlossen, Helga warf einen Blick in die Auslagen und entdeckte so manche Neuheit an den Schaufensterpuppen, die sie so bald wie möglich anprobieren wollte. Dieser schwarze Lackgürtel zum Beispiel würde ihre Taille betonen, die großen Ohrclips ihren Hals verlängern, dazu die passende Handtasche mit den weißen Punkten ... Sie seufzte und blickte auf ihre Armbanduhr. Viertel vor neun, nun hatte sie diesen entsetzlichen Tag fast herumgebracht, auch wenn ihr das Unangenehmste noch bevorstand. Seit mindestens einer Stunde wurde sie von ihren Eltern zur Fleischbeschau erwartet, wie Helga diese arrangierten Abende nannte. Dafür musste sie adrett gekleidet antreten, nichts Aufreizendes oder Gewagtes, aber auch nicht zu hochgeschlossen. Zeitlos elegant, wie ihre Mutter die langweiligen Kostüme nannte, die sie selber trug. Schließlich sollte der Auserkorene, der in Vaters Fußstapfen treten würde, auf den Geschmack gebracht werden. Dafür hatte der Vater hart gearbeitet, die Firma mit seiner Hände Arbeit durch den Krieg gebracht und vor kurzem sogar Filialen in den Großstädten Deutschlands eröffnet. Er expandierte weiter, vielleicht sogar bald international. Die Unstimmigkeiten mit den Besatzern waren so gut wie vom Tisch. So ganz genau wusste Helga darüber nicht Bescheid, und ihr Vater hielt sich bezüglich der Einzelheiten bedeckt. Das Geschäft war Männersache, betonte er gerne. Helga kam nur ins Spiel, um den Auserwählten anzulocken. Sie war die Prämie, die sein Schwiegersohn nach seiner Abdankung erhalten sollte. Ob sie ihren Zukünftigen mochte, war Nebensache bei dem Arrangement. Nach mehreren misslungenen Anläufen, bei denen sie ihr loses Mundwerk nicht hielt und die Herren vergraulte, hatten ihre Eltern ihr eingeschärft, sich beim nächsten Mal zurückzuhalten. Vor allem bei politischen Themen. Dabei interessierte sie sich brennend dafür. Mode und Zeitgeschehen waren schließlich eng verknüpft. Im Grunde musste ihre Mutter das auch wissen, in ihrer Jugend hatte sie selbst gegen das Korsett aufbegehrt und nur noch auf Hüfte geschnittene Reformkleider getragen. Doch als Ehefrau Knaup schien sie das vergessen zu haben, und mittlerweile verhielt sie sich so gestelzt, als trüge sie wieder Fischbein unter der Bluse. Lächeln und mit den Wimpern klimpern, mehr war bei Tisch an so einem Abend nicht erlaubt, sprechen durfte sie nur, wenn der Zukünftige das Wort an sie richtete. So betrachtet war es egal, dass Helga heute durchs Abitur gerasselt war. Hirn wurde ohnehin nicht von ihr verlangt. Dabei hatte sie fast keine der Nachhilfestunden geschwänzt, wie blöd gebüffelt und sogar autogenes Training ausprobiert, als ihre Konzentration nachließ. Doch leider half nichts gegen ihre Prüfungsangst. Kam es darauf an, löschte sich alles Gelernte wie von selbst in ihrem Kopf. Weder schriftlich noch mündlich hatte sie sich irgendwie äußern können. Kein Wunder, dass sie durchgefallen war.

Dennoch hatte sie sich von den anderen überreden lassen, an der Isar zu feiern. Dabei tat sie so, als hätte auch sie bestanden, und warf ihre gesamten Schulsachen ins Lagerfeuer. Erst als ihr das Anstoßen auf die Erfolge der anderen zu viel geworden war, fuhr sie mit der Tram zu Eva, um bei ihr zu überlegen, wie sie ihren Eltern ihr Versagen beibringen sollte. Eva war drei Jahre jünger als sie, also gerade achtzehn geworden, und himmelte sie an, was Helga manchmal auf die Nerven ging. Doch wo sollte sie an diesem Nachmittag sonst hingehen?

Bald lagen sie in Evas Zimmer auf dem Teppich und hörten Vico Torrianis *Siebenmal in der Woche* zum siebenundsiebzigsten Mal. Die einzige Erwachsenenschallplatte, die Eva besaß, sonst standen nur *Der kleine Häwelmann* und *Die Gänsemagd* zur Auswahl. Helga tat alles, wozu Eva Lust hatte, das lenkte sie von ihrer eigenen Sorge ab. Sie schnitten Schlagzeilen und besondere Fotos aus Zeitschriften aus und klebten sich ein Schönheitsalbum. Doch irgendwann hatte Helga keine Lust mehr auf den ganzen Kinderkram. Sie spazierten durch Haidhausen, stöberten in einem Plattenladen und hörten sich durch die neuesten Jazz- und Bluesscheiben, richtige Musik, eine Wohltat! Helga kam sich ein bisschen wie eine große Schwester vor, wie die, die Lore einmal für sie gewesen war. Danach kauften sie sich in einer Bäckerei zwei Granatsplitter, hohe spitze Berge aus Kuchenresten, mit Schokolade überzogen, wahre Kalorienbomben, die pappsatt machten, und rätselten, was genau drin war. In Evas etwas mit Kirsche und Alkohol, in Helgas etwas Würziges mit Karotten. Anfangs aßen sie noch gierig, knackten die Schokolade zwischen den Zähnen und genossen die Köstlichkeit, aber nach und nach mussten sie sich zwingen, nichts übrig zu lassen. Sie begannen, die Spatzen zu füttern, die um den Weißenburger Platz flatterten. Hinterher juckte es Helga überall. Auf Karotten war sie allergisch.

Als sie an einer Telefonzelle vorbeikamen, fiel ihr ein, dass sie ihren Eltern gar nicht Bescheid gesagt hatte, wo sie war. Sie rief an. Die erste Münze klapperte durch den Kasten, als ihre Mutter abhob. »Knaup.«

»Mutti, ich bin's, ich bin noch bei …« Mehr musste sie nicht sagen, ihre Mutter schwallte sie zu.

»Ich habe mich schon gewundert, wo du bleibst. Erika von den Körners ist längst zu Hause. Bei ihr lief's sehr gut, ein Einser-Abitur, stell dir vor. Sie wurde sogar extra belobigt, ich habe ihre Mutter beim Friseur getroffen. Sie überlegt nun, nicht Psychologie, sondern Mathematik zu studieren. Als Frau, Mathematik, wofür soll das bloß gut sein. Dr. Nowak hat seine Rechnung für deine Nachhilfestunden heute schon geschickt, pünktlicher geht es kaum. Apropos pünktlich, vergiss nicht, um acht hier zu sein, oder besser eine Stunde vorher, damit du dich noch zurechtmachen kannst, auch die Finger- und Fußnägel, weil du offene Schuhe trägst. Wir haben einen Gast zum Abendessen, das hast du hoffentlich nicht vergessen. Wir können dann gleich alle zusammen auf deinen Erfolg anstoßen.«

Als Klassenälteste durchs Abitur zu rasseln, war mehr als peinlich. Durch Lores Krankheit und dann ihren Tod hatte Helga den Großteil der fünften Klasse verpasst und war ein Jahr zurückgestellt worden. Doch wirklich aufgeholt hatte sie nie mehr. Am liebsten hätte sie die Schule abgebrochen und eine Lehre begonnen, aber das erlaubten ihre Eltern nicht.

»Willst du etwa Bäckerin oder Schneiderin werden?«, hatte ihre Mutter damals gefragt. »Du bist eine Knaup!«

»Wie wäre es mit Fabrikarbeit, ich könnte die Firma von ganz unten kennenlernen?«, scherzte sie. Aber ihre Eltern fanden das gar nicht lustig. Eigentlich hatte sie Schauspielerin werden wollen, früher gefiel es ihr, in der Theatergruppe der Schule mitzumischen. Doch nach Lores Tod mied sie das Rampenlicht.

»Ich will Ärztin werden«, hatte sie dann mit vollem Ernst gesagt, und ihre Eltern waren in schallendes Gelächter ausgebrochen.

»Du und Medizin studieren?« Ihr Vater gluckste. »Mit einer Fünf in Latein? Noch dazu kannst du doch kein Blut sehen und fällst bereits in Ohnmacht, wenn du dir das Knie aufgeschlagen hast.«

»Da war ich sechs, Vati, und bin vom Roller gefallen.« Ihr Entschluss Ärztin zu werden, hatte sie kurz nach Lores Erkrankung gefasst. Zusehen zu müssen, wie der liebste Mensch erst nicht mehr laufen und bald nicht mehr allein atmen konnte, nur noch mit Hilfe der Eisernen Lunge Luft bekam, wie der riesige Metallkasten hieß, der Lore fast verschluckte. Dieser Machtlosigkeit wollte sie nie wieder ausgesetzt sein. Jedenfalls wollten auch ihre Eltern nach Lores Tod nichts mehr dem Zufall überlassen, schon gar nicht die Auswahl des künftigen Schwiegersohns.

»Das Einzige, was wir verlangen, ist, dass du dich benimmst, ist das so schwer?«, hatte die Mutter ihr erklärt. »Liebe stellt sich ein, sobald das Umfeld stimmt, frag deinen Vater, er hat lange um mich werben müssen, bis ich mit der Verlobung einverstanden war.« Helga fand, ihre Mutter hatte sich kaufen lassen. So betrachtet, war sie raffiniert und hatte den Preis hochgetrieben, bevor sie das Ja-Wort gab. Unter anderem hatte sie völlig neues Hauspersonal verlangt, als wäre das alte, das die Knaups in der Villa am Nymphenburger Park seit Jahrzehnten bediente, abgenutzt und gehöre dringend ausgetauscht. Und war sie nicht seit ihrem letzten Hochzeitstag Besitzerin einer weißen Limousine mit cognacfarbenen Sitzen, damit ihr Chauffeur sie überall in der Stadt herumkutschieren konnte? Den Führerschein durfte Mutter nämlich nicht machen, so weit ging die Liebe des Vaters nicht. Das erlaube er ihr erst, wenn überall Gummibäume gepflanzt würden, hatte er gesagt.

Es half nichts, Helga musste den Abend hinter sich bringen und ihren Eltern ihr Versagen gestehen. Sie schlenderte die Dienerstraße entlang, blieb kurz vor der Ruine des Palais Leuchtenberg stehen. Hier hatten vor dem Krieg die Wittelsbacher residiert, Helga und ihre Schwester hatten wie viele andere Münchner oft hier gestanden und gehofft, einen Blick auf die Prinzessinnen zu erhaschen. Nun stand nur noch das Tor wie eine Filmkulisse da, umgeben von großen Steinen, als hätte ein Riese die Lust an seinen Bauklötzern verloren und den Bau umgeworfen. Am Odeonsplatz stieg Helga in ein Taxi. Kurz bevor sie daheim war, löste sie den Pferdeschwanz und tauschte die herzförmige Sonnenbrille gegen ihre echte Sehhilfe mit den dicken Gläsern.

»Was fällt dir ein, erst so spät hier aufzukreuzen!« Die Mutter empfing sie gleich an der Haustür, noch bevor sie aufsperren konnte. »Wir haben bereits mit dem Essen angefangen. Wie siehst du überhaupt aus, was ist das für ein neumodischer Schnickschnack, dass man dir unter den Rock sehen kann? Und sag mal, hast du wieder geraucht?« Sie beschnupperte Helga.

Die verdrehte die Augen. »Ich bin seit letztem Montag volljährig, du kannst mir das Rauchen nicht länger verbieten.«

»Also, ich kann mir nicht vorstellen, dass diese Raucherei für dich gut ist. Für die Verdauung vielleicht, aber nicht für die Haut. Und vergiss nicht, als Frau ist dein Körper dein Kapital.«

»Ich dachte, das Kapitel steuert Vati bei. Ich treffe jedenfalls meine eigenen Entscheidungen.«

»Ach, wirklich? Unser Geld nimmst du aber schon gerne. Deine Frechheiten bringen uns noch alle ins Unglück. Und ich dachte, wir hätten dich anständig erzogen.«

»Du meinst, als ihr wochenlang nicht mit mir geredet habt? Und ich eure Anweisungen nur über das Hausmädchen erhielt? Wie nennst du das, Erziehung? Oder wolltet ihr mich totschweigen?« Helga spürte, dass sie zu weit gegangen war, der Tod war in ihrer Familie tabu. Ihrer Mutter klappte der Mund auf. Tränen blitzten in ihren Augen, sie blinzelte sie fort, straffte sich.

»Schluss jetzt. Darüber unterhalten wir uns später, bitte geh dich umziehen, ich habe dir schon etwas herausgehängt. Beeil dich, Herr Bierschimmel wird langsam ungeduldig.«

»Schaut der so aus, wie er heißt?« Helga versuchte, durch den Spalt in der Schiebetür zu spähen, ihre Mutter stellte sich rasch davor.

»Schsch, du willst doch nicht, dass er dich in diesem Aufzug sieht.«

»Natürlich nicht, wenn ich später neben ihm im Bett liege, werde ich jeden Morgen heimlich vor ihm aufstehen, mich schminken und mir die Haare machen, damit er mich niemals sieht, wie ich wirklich bin. Der Arme erleidet sonst noch einen Herzinfarkt, und wir wollen doch alle, dass er Vaters Posten recht lange ausfüllt.«

»Halt endlich dein loses Mundwerk, Helga, warst du etwa wieder mit diesen Halbstarken zusammen?« So nannte die Mutter alle jungen Männer, die weder Anzug noch Krawatte trugen.

»Im St. Anna gibt es keine Jungs, wie du weißt.«

»Das heißt überhaupt nichts, die lauern überall, steht in der *Quick*.« Sie seufzte. »Was ist in letzter Zeit nur mit dir los? Ich erkenne dich gar nicht wieder.«

»Hast du dir überhaupt jemals die Mühe gegeben, mich kennenzulernen?« Sofort tat Helga der Vorwurf leid. Ihre Mutter konnte nichts dafür, war genauso eine Gefangene wie sie und tat in der Öffentlichkeit bloß das, was Vater oder die Firma – was eigentlich ein und dasselbe war – von ihr verlangten. Die Frauen der Familie Knaup hatten zu kuschen. Helga war das alles so leid, sollte dieser Bierschimmel doch von ihr denken, was er wollte.

Sie schulterte ihre Tasche und wollte gehen, wohin auch immer.

Die Mutter hielt sie zurück und funkelte sie an. »Wage es nicht, ich warne dich.«

»Was dann? Wirst du mich schlagen? Besser nicht ins Gesicht, sonst bin ich nicht mehr vorzeigbar.«

»Ach, Kind.« Sie wich zurück, kreuzte die Arme. »Warum tust du mir das an, reicht es nicht, was ich durchgemacht habe? Musst du mich, deinen Vater, ja unsere ganze Familie blamieren?« Wieder füllten sich ihre Augen mit Tränen. »Lore hätte sich nicht so angestellt.«

»Aber Lore ist tot, Mutti.«

»Ich weiß.« Sie legte den Kopf in den Nacken, damit ihre Tränen die perfekte Maske aus Schminke nicht verdarben.

»Ihr müsst mit mir vorliebnehmen, ob ihr wollt oder nicht.« Helga hatte es satt, ständig mit ihrer Schwester verglichen zu werden, gegen eine Tote konnte sie nicht gewinnen.

Manchmal stellte sie sich vor, dass Lore noch lebte, dass sie gemeinsam gegen die Eltern aufbegehren würden und sich über das Theater mit der Fleischbeschau lustig machten. Doch bei dem Gedanken an ihre Schwester und das, was sie als Familie durchlitten hatten, schmolz aller Widerstand in ihr. »Bemüh dich nicht weiter, Mutti, ich bleibe.« Folgsam ging sie in ihr Zimmer steckte ihre Haare hoch, schlüpfte in die weiße Bluse mit den plissierten Ärmeln und in den beigekarierten Bleistiftrock und die exklusiven Schuhe aus der neuen Kollektion. Ein paar Minuten später betrat sie den Salon.

»Ach, da kommt ja endlich unsere Absolventin.« Helgas Vater legte die Serviette zur Seite und hob die Arme, fast so, als wollte er ihr applaudieren. Helga hinderte ihn daran, indem sie ihm rasch einen Kuss auf die Stirn drückte. »… 'n Abend, die Herren.« Dann knickste sie vor Bierschimmel, als wäre sie drei Jahre alt und er der Nikolaus. Er wirkte gleichaltrig, hatte noch dichtes Haar und ein lichtes rotes Bärtchen um den Mund. Das rieb er bestimmt abends mit Taubendreck ein, damit es weiter gedieh.

»Herzlichen Glückwunsch zum Abitur, Fräulein Knaup.« Er war aufgesprungen und gab ihr die Hand. Sie antwortete nicht, starrte auf ihre Rockfalten, die ihre Mutter extra scharf hatte aufdämpfen lassen. Dann rückte er ihr den Stuhl zurecht und schob ihn, ganz Kavalier, an den Tisch. Auf einen Wink ihrer Mutter hin tischte Frau Böhnke, die Haushälterin, das Hauptgericht, Sauerbraten, Blaukraut und Knödel, auf. An sich lecker, auch wenn Mutter betonte, dass es Gott sei Dank Pfannipulver gebe, sonst wären die Knödel wegen Helgas Verspätung längst verkocht. Nun lagen sie auf der Platte wie Schneebälle und schmeckten auch so, nämlich nach nichts. Hunger hatte Helga ohnehin nicht, ihr lag noch der Granatsplitter im Magen. Sie stocherte im Essen, sortierte das Blaukraut nach rechts, die Zwiebelringe nach links und stapelte die Scheiben auf, zu denen sie ihren Knödel zerschnitten hatte. Dann zog sie einen Graben, flutete ihn mit Soße und streute bitteres Nelkengewürz hinein.

Die Vorzüge der Firma – das Lieblingsthema ihres Vaters – hatten die Herren anscheinend schon vor ihrer Ankunft durchgekaut und auch, ob Bierschimmel überhaupt etwas von »der Ware« verstand. Inzwischen war man bei der »Staatskunst«, angelangt, wie Vater es ausdrückte. Es ging um den Länderfinanzausgleich. Helga zwang sich zu schweigen und schielte unter den Tisch. Unter Bierschimmels Bügelfaltenhose lugten zweifarbige Budapester mit Lochmuster hervor, vermutlich Vorkriegsware, wenn auch geklebt und nicht handgenäht, aber sie schindeten bei ihrem Vater bestimmt mehr Eindruck als Stiefel, wie sie die von der Mutter gefürchteten Halbstarken trugen.

»Was sagen Sie dazu, Fräulein Knaup?«, der Anwärter wollte sie mit einbeziehen.

»Zum Länderfinanzausgleich oder zu Ihren Schuhen?« Sie lächelte ihn an.

»Nun ja, oder …« Er räusperte sich, zog seine Füße unter den Stuhl. »Erzählen Sie mir lieber von Ihrer Matheprüfung. Was kam dran? Ich erinnere mich noch gut, als ich Abitur gemacht habe und in der analytischen Geometrie …«

Helga fiel ihm ins Wort. »Darf ich Sie erinnern, dass wir Frauen nicht nur auf Äußerlichkeiten achten, sondern durchaus über Politik Bescheid wissen. Seit 1919 dürfen wir sogar wählen und im Parlament mitbestimmen, wenn auch leider immer noch in der Unterzahl.«

»Helga!«, zischte ihre Mutter.

Doch sie ließ sich nicht beirren. »Beim Länderfinanzausgleich geht es darum, dass der Staat, also Deutschland, dafür sorgt, dass die einzelnen Länder, zum Beispiel Bayern oder Baden-Württemberg, finanziell unabhängig voneinander bleiben und eigene Entscheidungen treffen können. Kein Bundesland soll zu kurz kommen, aber auch keines soll zu viele Mittel erhalten. Wie in einer Familie: Ihre Entscheidungen müssen die Familienmitglieder selbst treffen dürfen.« Auf einmal war sie dieses Theater leid, sie sprang auf. Sofort legte auch er das Besteck zur Seite und wollte sich ebenfalls erheben. »Bleiben Sie sitzen, bitte.« Helga drückte ihn zurück auf den Stuhl. »Ich habe kein Abitur, ich bin nämlich durchgefallen.«

»Du bist *was*?«, rief der Vater.

Sie sprach weiter. »Zum Leidwesen meiner Eltern habe ich auch keine Manieren. Das einzige Kapital, das ich besitze, zeige ich Ihnen jetzt.«

»Was … was machst du?« Ihre Mutter wurde blass.

Aber Helga beachtete sie nicht weiter, sie konzentrierte sich ganz auf Bierschimmel, streckte ihre Arme aus und fuchtelte ihm mit den Händen vor dem Gesicht herum. »Hier, sehen Sie, meine Fingernägel, sauber und gefeilt. Und meine Haut, makellos und glatt, obwohl ich rauche wie einer unserer Fabrikschlote. Also höchste Zeit, unter die Haube zu kommen, sonst erhöht sich die Mitgift für meine Eltern bei diesem raschen Verfall. Und dann …« Langsam knöpfte sie ihre Bluse auf, vom Kragen angefangen.

»Helga, nicht!« Jetzt schrie Mutter auf.

»Wieso, Herr Bierschimmel soll doch sehen, was ihn erwartet. Wer kauft schon Fleisch aus der Kühlkammer, wenn er es von der Theke wählen kann? Greifen Sie ruhig zu, noch lebe ich.« Sie beugte sich vor, reckte ihm ihren Ausschnitt entgegen. »Momentan pickelfrei. Morgen sprießen hier und hier …«, sie tippte auf ihre Brüste, »vermutlich ein paar Mitesser, vorhin gab's nämlich Schokolade, ich liebe Scho-ko-la-de, Sie auch? Ich könnte ständig Schokolade essen, sehr, sehr viel Schokolade.« Sie leckte sich die Lippen, dann fuhr sie sich mit der Zunge den nackten Unterarm entlang.

»So tu endlich was.« Mutter wandte sich an ihren Mann, der wie versteinert an seinem Platz saß.

Bierschimmel war knallrot im Gesicht und wusste nicht, wo er hinschauen sollte.

»Und natürlich mein Gebiss, sehen Sie …«, Helga fletschte die Zähne, »tadellos, na ja, bis auf das Loch unten links, aber das wird vor der Hochzeit noch plombiert.«

Ihr Vater sprang auf, packte sie und wollte sie vom Tisch wegzerren. »Das muss der Prüfungsstress sein, Herr Bierschimmel, meine Tochter ist ein bisschen durcheinander, bitte entschuldigen Sie.« Die Mutter fächelte sich mit der Serviette

Luft zu, klingelte mit der Tischglocke Frau Böhnke herein und bat sie, die Fenster zu öffnen. Dann stürzte sie nach draußen.

»Herr Knaup, ich glaube, ich …« Bierschimmel stand auf, wich zur Tür, stolperte fast über die Teppichkante und fing sich an der Wandvertäfelung ab.

»Warten Sie.« Der Vater ließ Helga stehen und begleitete ihn hinaus.

Sie setzte sich wieder, diese Aufregung hatte sie doch hungrig gemacht. Sie nahm sich ein Stück vom kalt gewordenen Braten von der Servierplatte, aß und hörte, wie ihr Vater den Gast verabschiedete. Ihre Mutter puderte sich vermutlich im Bad die Nase. Eigentlich war das eine gute Gelegenheit, um unbemerkt in ihr Zimmer zu gelangen, sich einzuschließen und in Ruhe zu überlegen, was sie mit sich anfangen könnte. Möglicherweise musste sie sich neue Schulsachen kaufen, nach den Sommerferien das Jahr wiederholen und versuchen, die Prüfungsangst irgendwie in den Griff zu kriegen, damit sie beim nächsten Anlauf das Abitur schaffte. Oder vielleicht erst mal wie alle anderen verreisen? An die Nordsee, auf eine Insel, oder doch nach Süden, wo es jetzt schon richtig heiß war? Doch wovon? So, wie sie sich aufgeführt hatte, bekam sie sicher kein Geld für eine Reise. Entweder sie wartete ein paar Tage ab, bis Gras über die Sache gewachsen war, oder sie fand eine andere Lösung. Sie lud sich den Teller mit Essen voll und schlich sich die Treppe hinauf. Oben wurde sie von ihrer Mutter empfangen, die ihren Zimmerschlüssel abgezogen hatte, damit sie sich nicht einschließen konnte. Helga protestierte. Vergeblich. Also ging sie an ihrer Mutter vorbei ins Zimmer, stellte den Teller ab und versuchte, sich von innen zu verbarrikadieren, indem sie ihren Schreibtisch vor die Tür schob.

Der Vater kam ihr zuvor und hob die Tür aus den Angeln. »So nicht, mein Fräulein.« Schwer schnaufend baute er sich vor ihr auf. »Das hat Folgen.«

»Und welche?« Sie würde nicht klein beigeben, noch nicht.

»Ich finde heraus, wer dir solch obszöne Dinge beigebracht hat, und dann knöpfe ich mir den Kerl vor.«

»Welchen Kerl? Glaubst du, ich brauche einen Mann dazu, der mir sagt, was ich will?«

Vater ballte die Fäuste, als wollte er sie zerquetschen. Zwischen seinen Augenbrauen pulsierte eine Ader, so hatte Helga ihn noch nie erlebt.

»Nicht, Hugo.« Plötzlich stellte sich Mutter zwischen ihn und Helga und umfasste seine Arme. »Versündige dich nicht. Am besten ich rufe Dr. Schneid an. Er wird wissen, was zu tun ist.«

»Tu das.« Der Vater atmete laut aus und rieb sich die Stirn. »Vielleicht täte ihr ein Sanatoriumsaufenthalt gut.« Die redeten über sie, als wäre sie nicht da. »Mit der Nichte von unserem Prokuristen gab's auch Probleme, sie ist in der Schweiz gewesen und kam völlig verwandelt zurück.« Die Mutter hastete zum Telefon.

»Ja, sperrt mich am besten in eine Irrenanstalt, so hat man das schon immer mit aufmüpfigen Frauen gemacht.« Helga fegte ihre Bücher aus dem Regal, warf ihre Kleider und Schuhe aus dem Schrank und trampelte darauf herum. »Ich hasse euch!« Erschöpft verkroch sie sich in ihrem Bett und zog die Decke über den Kopf.

Nachdem ihr Dr. Schneid etwas zur Beruhigung gespritzt hatte, glitt Helga in einen traumlosen Schlaf. Kurz nach Mitternacht erwachte sie und fasste einen Plan. Die ganze Kindheit über hatte sie einen Koffer unter dem Bett gehabt. Erst einen kleinen, ihrer Größe angemessen, dann einen, in den der kleine passte, und immer so weiter. Zu jedem Anlass wünschte sie sich einen neuen. Irgendwann bekam sie einen mit Schloss. Darin hatte sie nicht nur ihre kindlichen Geheimnisse bewahrt, sondern auch die wichtigsten Sachen, wenn sie bei Fliegeralarm in den Luftschutzbunker mussten. Später behielt sie die Auswahl bei, um nach einem Streit weglaufen zu können. Besonders als ihre Eltern sie wieder einmal spüren ließen, dass das falsche Kind gestorben war. Zu Beginn waren das die Kleider für ihre Lieblingspuppe und Süßigkeiten. Später, als sie schreiben konnte, ihr Tagebuch, Zigaretten und ihr Lieblingsroman *Vom Winde verweht*, der jetzt unter Kleidern begraben war. Sie holte ihn hervor und schlug die erste Seite auf. Allein der Anfang tröstete sie: *Scarlett O'Hara war nicht eigentlich schön zu nennen. Wenn aber Männer in ihren Bann gerieten, wie jetzt die Zwillinge Tarleton, so wurden sie dessen meist nicht gewahr.* Im Notfall in eine andere Welt abtauchen und mit Scarlett leiden, statt sich selbst zu bedauern, war nicht das Schlechteste. Literatur gab ihr Kraft und Zuversicht, so als wüsste ein Autor, wie man sich fühlt, wenn man einundzwanzig war und nicht wusste, wohin.

Nachdem Helga zwei ihrer größten Koffer gepackt hatte, warf sie einen letzten Blick auf ihr verwüstetes Zimmer und stahl sich, noch etwas benebelt und wackelig auf den Beinen, aus dem Haus. Auf Nimmerwiedersehen.

ANNABEL

Sie rückte ihren Stuhl zurecht, breitete die Serviette auf ihrem Schoß aus und ließ ihren Blick über den Frühstückstisch gleiten. Milch, Butter, Zucker, Marmelade, Honig, ihr Pfefferminztee und der Kakao für den Kleinen. Alles da. Vom Gedeck ihres Mannes war nur die Tasse benutzt. Wie so oft hatte er im Stehen, schon halb im Flur, seinen Kaffee heruntergestürzt und war längst fort. Als könnte er nicht eine Viertelstunde für ein gemeinsames Frühstück abzwacken. Dabei hatte er ihr im Urlaub versprochen, die Arbeit zurückzuschrauben, um mehr Zeit mit ihr und ihrem Sohn zu verbringen. Neujahr, Ostern, die herrlichen Tage zu dritt in Südtirol, und jetzt nach Pfingsten. Wunderbar hatten sie es gehabt. Aber kaum fing sein Dienst im Krankenhaus wieder an, war alles beim Alten. Immer das Gleiche, nichts als leere Versprechungen. Natürlich hatte Annabel geahnt, worauf sie sich einließ, als sie ihn heiratete, aber damals war sie noch voller Träume und Hoffnungen gewesen. Sie, die behütete Tochter eines Münsteraner Hilfspfarrers. Der Umzug in Deutschlands Süden war für sie wie Auswandern nach Italien gewesen. Na ja, fast. Was tat man nicht alles für die Liebe.

Direkt nach der Handelsschule hatte sie als Sekretärin bei ihrem Mann angefangen und als seine Verlobte ihr Leben so eingerichtet, dass es seinen Bedürfnissen entgegenkam. Doch immerhin hatte sie in der Klinik wichtige Aufgaben erfüllt, im Krieg sogar existenzielle Entscheidungen getroffen und dabei womöglich ihre Verhaftung riskiert. Im Rückblick kam ihr das Ganze unwirklich vor. Nur wenn sie den behinderten Manfred Brandstetter sah, den alle Manni nannten, dachte sie daran, dass er ohne sie vielleicht nicht mehr am Leben wäre. Niemand wusste davon, nicht mal Luise Dahlmann, seine Schwester. Obwohl sie Nachbarn waren, hatte sie bisher noch keinen Anlass gesehen, ihr davon zu erzählen. Prahlerei ging ihr gegen den Strich. Aber wenn sie von den Heldentaten anderer las – Leute, die Juden versteckt hatten, gab es laut der Presse mehr als vermutet, und halb Deutschland hatte sich offenbar gegen das Unrechtsregime gestellt –, dann kam Annabel das, was sie für Manni getan hatte, unspektakulär vor. Sie dachte an ihren Mann, der tagtäglich Leben rettete und darüber kein Wort verlor. Diese Bescheidenheit machte seine Größe aus und ihn als Chef so beliebt. Auch sie bewunderte ihn dafür. Trotzdem wünschte sie sich manchmal mehr Anerkennung. In Augenblicken wie diesem tröstete sie sich mit dem Satz, den ihr Vater oft in seine Predigten einbaute, obwohl er aus dem Talmud stammte: Wer einen Menschen rettet, rettet die ganze Welt.

Seit sie geheiratet hatte, wirkte Annabel nur mehr im Hintergrund. Wenn sie ehrlich war, bestand ihre tägliche Heldentat darin, ihrem Mann die wenigen Stunden, die er zuhause verbrachte, so behaglich wie möglich zu gestalten. Störungsfrei und erholsam, vor allem ohne Kinderlärm. Davon hatte er den ganzen Tag, und nicht selten ganze Nächte hindurch, genug. »Bitte schneiden Sie noch einen Apfel für Friedrich auf, Fräulein Gusti, er braucht Vitamine«, wies sie das Dienstmädchen an. »Und du setz dich endlich richtig herum auf den Stuhl.«

»Aber Mama, die Kinder.« Friedrich zappelte auf seinem Sitzkissen herum, reckte den Kopf und spähte immerfort nach draußen.

»Was ist denn?« Annabel blickte nun ebenfalls aus dem Fenster, durch das die Morgensonne hereinschien. Es sah nach einem herrlich warmen Sommertag aus. Ein paar Nachbarskinder tollten auf der Straße, rutschten von einem Schutthaufen, der sich noch von den Kanalarbeiten auf dem Gehsteig türmte und längst weggeräumt gehörte. Andere malten mit Kreide Himmel-und-Hölle-Kästchen aufs Pflaster. Dabei kamen sie der Kreuzung gefährlich nahe, die vor dem Grundstück begann. Sie konnte gar nicht hinsehen. Nicht auszudenken, wenn ein Auto eines der Kinder erfasste. Geschwind bekreuzigte sie sich. Eigentlich müssten die Größeren um diese Uhrzeit doch in der Schule sein, die Sommerferien hatten noch gar nicht begonnen. Aber dann fiel ihr ein, dass vielleicht hitzefrei gegeben worden war, wer dann die Schüler beaufsichtigte, war den Lehrern egal. Die meisten Mütter gingen doch arbeiten. Das hatte sich auch mit der Rückkehr der Väter aus der Kriegsgefangenschaft nicht geändert. Erst letzte Woche waren wieder zwei Männer aus Russland in Starnberg angekommen. Acht Jahre nach der Kapitulation! So manche Strohwitwe hatte sich längst einen anderen angelacht, und bestimmt wurde dem einen oder anderen Heimkehrer ein Kuckuckskind untergeschoben.

Friedrich klatschte in die Hände, er war begeistert und feuerte die kleinen Straßenkämpfer vom Tisch aus an. Es war zu rührend. Sie liebte ihren Sohn mit jeder Faser ihres Seins.

»Darf ich auch raus?«, fragte er mit ernster Miene, und sein Blick in dem runden Kindergesicht war zum Steinerweichen.

Sie verkniff sich ein Grinsen, strich ihm ein Brot und schnitt es in mundgerechte Stücke. »Iss erst mal etwas und trink deinen Kakao, damit du genug Kraft zum Spielen kriegst, und danach sehen wir weiter.« Er vertrug nur Ziegenmilch, die sie sich extra vom Hof der Brandstetters aus Leutstetten anliefern ließ. Manchmal, wenn er mit dem Einspänner und nicht mit dem Fahrrad kam, brachte Martin Brandstetter seinen Bruder Manni mit, der immer auf dem Gaul hockte, nie hinten im Wagen, als würde er das Gefährt lenken. Auch Herr Brandstätter wusste nicht, was Annabel für Manni getan hatte.

Inzwischen schmeckte ihr Ziegenmilch ebenfalls besser als die von der Kuh, besonders im Kaffee oder Tee. Sie war leichter verträglich, fand sie, wenn auch dreimal so teuer, aber das war es ihr wert.

Plötzlich fiel ihr ein, dass sich für das Wochenende Konstantins Eltern angekündigt hatten. Davor graute es ihr, denn jedes Mal ließen sie sie spüren, wie dankbar sie sein sollte, in eine solch gutsituierte Familie eingeheiratet zu haben. Noch dazu mäkelten sie dauernd an Friedrichs Benehmen herum. Aber sich aufzuregen, half nichts, da musste sie durch. Gleich nach dem Frühstück würde sie mit Fräulein Gusti die Einkaufsliste für das Menü schreiben, damit sie bei Lindner rechtzeitig bestellen konnte. Dem Herrgott sei Dank gab es in Starnberg neuerdings eine Filiale des bekannten Münchner Feinkostgeschäfts, auf diese Weise erhielt sie die Waren noch frischer und schneller ins Haus geliefert. Vielleicht sollte sie die Teppiche und Polster im ganzen Haus noch mal ausklopfen lassen? Auch die Gardinen wirkten schon wieder angestaubt.

Friedrich trank seine Tasse in einem Zug aus und schob sich alle Brotstücke auf einmal in den Mund, kaute und schluckte schwer. Dann hopste er vom Stuhl und stellte sich vor ihr auf.

»Fertig, Mama, kann ich jetzt gehen?« Er sah sie flehentlich an. Ein Schokoladenbart klebte ihm auf der Oberlippe.

»Wie oft habe ich dir schon gesagt, dass du erst aufstehen darfst, wenn auch deine Eltern mit dem Essen fertig sind?«

Verwundert sah Friedrich zum leeren Platz seines Vaters an der Stirnseite des Tisches. »Aber Papa ist gar nicht da.«

»Ja, leider«, sagte sie.

Gut, dass Konstantin außer Haus war, dieses Verhalten hätte er ihm nicht durchgehen lassen. Aber musste ein Kind wirklich dauernd parieren wie ein Soldat? Drill und Pflicht kamen noch früh genug. Wenn ihr Mann mit ihnen gemeinsam speiste, vertiefte er sich meistens in die Zeitung oder war in Gedanken versunken, so dass er sich auf seinen Sohn gar nicht einlassen konnte. Annabel versuchte ohnehin, ihren Mann so viel wie möglich von der Erziehung abzuschirmen und ihn zu entlasten, wo es ging. Wenn Konstantin ruhte, verbot sie Friedrich das Herumrennen und sorgte dafür, dass kein Spielzeug herumlag. Und falls ihr Mann mit ihr alleine sein wollte, musste Fräulein Gusti Friedrich mit in die Küche nehmen und ihn ablenken. Dabei lechzte der Kleine nach der Aufmerksamkeit seines Vaters. Erst gestern war er in Tränen ausgebrochen, als er ihm einen selbstgebauten Turm zeigen wollte und Konstantin einfach nicht hinsah. Ihr Mann tat für fremde Mütter und deren Kinder alles, warum nicht auch mal etwas für seinen eigenen Sohn?

»Vielleicht besuchen wir Papa später, was hältst du davon?«, fragte sie jetzt.

Friedrich nickte, vorerst schien etwas anderes wichtiger zu sein. Er kletterte auf die Fensterbank und legte seine Butterfinger an die frischgeputzten Scheiben.

»Und den Mund und die Hände hast du dir auch nicht abgewischt.« Rasch fuhr er sich mit dem Ärmel des Matrosenhemdes übers Gesicht, drehte sich dabei zu ihr um und verlor das Gleichgewicht. Annabel fing ihn auf. Auf einmal lagen sie beide auf dem Boden, Friedrich in ihren Armen. Sie umfasste ihn, drückte ihn an sich, roch an seinen Haaren, sog seinen himmlischen Duft ein, den er immer noch so intensiv verströmte wie kurz nach seiner Geburt. Sie kitzelte ihn, er kicherte und krabbelte mit seinen Fingerchen an ihrem Hals, um sie auch zum Lachen zu bringen. So kugelten sie über den Teppich.

Sie beschloss, mit ihm zusammen rauszugehen, was sie sich für den Vormittag vorgenommen hatte, konnte warten. Bald kam er in die Schule, die gemeinsame Zeit war begrenzt. Rasch klingelte sie Fräulein Gusti, die im Bügelzimmer war, über den Haustelegraphen herauf und bat sie, ihren Sohn sauberzumachen und ihm die Haare zu bürsten. Unterdessen ging sie in ihr Ankleidezimmer und zog sich ein leichtes rückenfreies Sommerkleid an, das sie im Nacken zuband. Dazu neue Sandalen mit Bastsohle, in die man nur hineinzuschlüpfen brauchte. Ein Blick in den Spiegel. Nein, viel zu aufgemotzt, sie wollte doch nur mit Friedrich herumtollen. Also die dreiviertellange mittelblaue Hose, die einiges abkonnte, dazu eine gelbgestreifte ärmellose Bluse. Schon besser. Zum Schluss noch die Sonnenbrille. Friedrich wartete in Gummistiefeln an der Tür, in die er alleine hineingeschlüpft war, aber er trug den linken Stiefel am rechten und den rechten am linken Fuß. »Du hast ja Entenfüße, Schatz. Außerdem sind die Stiefel viel zu warm. Komm, ich binde dir deine Halbschuhe.« Sie ging in die Hocke, wollte ihm helfen, aber er warf die Stiefel alleine von sich. Friedrich brauchte dringend neue Sandalen, die alten waren ihm längst zu klein. Löw in München hatte sein Sortiment um

Kinderqualitätsschuhe erweitert, sie hatte die Reklame in der Zeitung gesehen.

»Darf ich das Unterhemd ausziehen?«, bat er mit roten Wangen, nachdem das mit den Schuhen gemeinsam geschafft war, bald würde er den Dreh mit der Schleife raus haben. Sie befühlte seine Stirn und den Nacken. Nicht dass er Fieber hatte, doch es war wohl bloß die Überhitzung, entschied sie. Also half sie ihm aus der unteren Kleiderschicht und dann wieder zurück in das Matrosenhemd, dessen Kragen schon ganz verknautscht war.

Im Garten lief Friedrich sofort zum Zaun, stellte sich auf die Querstange und lugte auf die Straße. Betrübt kehrte er zurück. »Keiner mehr da!« Tatsächlich, die Nachbarskinder waren alle fort.

»Dann bauen wir eben eine Burg.« Im hinteren Teil des Gartens hatte sie extra für ihn einen Sandkasten aufstellen lassen. Dort war es am Vormittag sonnig, und am Nachmittag, wenn es heiß wurde, spendeten die Obstbäume Schatten. Annabel wischte den Holzrand sauber, setzte sich und grub mit einer kleinen Schaufel ein Loch. Friedrich rannte lieber im Gras herum, plantschte mit den Händen ein bisschen im Becken des Brunnens und spritzte die Steinfigur in der Brunnenmitte nass. Sie hörte ihn etwas murmeln, wahrscheinlich unterhielt er sich wieder mit dem Faun, der halb Mann war, halb Ziegenbock. Mit übereinandergeschlagenen Beinen lümmelte der Bärtige auf dem Wasserbecken und spitzte die Lippen, als pfeife er auf Gott und die Welt. Friedrich versuchte, es ihm nachzutun, sprang wie ein Zicklein in der Wiese herum, brachte aber keinen Ton zusammen. Sie hätte ihren Sohn knuddeln können dafür.

Angeblich stammte die groteske Faunstatue von Arnold

Böcklin, hatte ihr Mann erklärt, als Annabel zu ihm gezogen war. Zusammen mit den anderen Kunstwerken im Haus hatte er den Brunnen beim Kauf der Villa erworben. Damals waren sie noch verlobt gewesen. Ihr Vater, der mit ihrer Mutter angereist war, um das künftige Zuhause der Tochter in Augenschein zu nehmen, hatte sich beim Spaziergang durch den Garten über dieses Abbild des Teufels entrüstet. Als Hilfspfarrer hielt er nichts davon, das Böse, und sei es auch mit den Mitteln der Kunst, ins Lächerliche zu ziehen, wie er sich ausgedrückt hatte. Die Mutter, Buchhändlerin und Liebhaberin der Antike, hatte versucht, ihn zu beschwichtigen, und ihm erklärt, dass der Faun ein Mischwesen sei, eine Naturgottheit und Beschützer des Waldes. Doch von anderen Gottheiten wollte ihr Vater schon gar nichts hören. Annabels künftiger Schwiegervater hatte die Unterhaltung höchst amüsiert verfolgt, für ihn war ihr Vater nichts weiter als ein alternder Messdiener, der sich zum Theologen aufblies. Und auch Konstantin ließ sich von dem ganzen Gerede nicht beirren, er hing an dem Brunnen, vielleicht auch, weil ihm der Faun in Körperbau und Statur ähnelte.

Konstantin war sieben Zentimeter kleiner als Annabel, darum mied sie Schuhe mit Absatz, wenn sie mit ihm ausging. Lange hatte er unter seiner Körpergröße von einem Meter achtundsechzig gelitten. Während des Studiums verschwand er zwischen den Kommilitonen, oder die Professoren griffen ihn gezielt heraus und setzten ihn nach vorne, besonders auf Fotos. »Ich hätte der Klassenclown werden können, um mein Leid mit Humor auszugleichen, aber der Posten war schon von einem noch Kleineren besetzt, einem buckligen Winzling, der später Spezialist für Fußchirurgie wurde«, hatte er ihr einmal erzählt. Daher setzte Konstantin auf geistige Größe, er saugte

Wissen geradezu auf und wurde bald als Oberstreber verlacht. Genau dieses Feinfühlige, Zarte und zugleich so Gescheite liebte sie an ihm. Und sie war nicht die Einzige, die ihn anhimmelte, da war sie sicher. Trotz seiner Körpergröße hatte Konstantin zu ihrem Leidwesen Schlag bei Frauen, was bei ihr oft zu Eifersucht führte. Schnell wischte sie die Gedanken daran fort und wandte sich wieder dem Sandkasten zu.

Wo war Friedrich? Sie stand auf und suchte ihn, fand ihn weinend auf den Stufen vor dem Haus.

»Was ist los, hast du dir weh getan?«

Er schüttelte den Kopf, seine Schultern bebten, so schluchzte der Kleine.

»Wollen wir zum See gehen?«, schlug sie vor und nahm ihn in die Arme. »Vielleicht sind die Kinder ja dorthin gegangen.«

»Jaa.« Sofort vergaß ihr Sohn seine Tränen. Er nahm ihre Hand und zog sie auf die Straße. Der Himmel hatte sich zugezogen, es sah nach Regen aus, war aber immer noch drückend schwül. Die kühle Luft am Wasser würde ihnen bestimmt guttun, und falls es zu einem Gewitter käme, wären sie in ein paar Minuten wieder zu Hause.

Kaum hatten sie die Bahnhofsunterführung durchquert und die Seepromenade erreicht, war Friedrich nicht mehr zu halten. Er löste sich aus ihrem Griff und rannte Magdalena entgegen, die bis zu den Knien im Wasser stand. Das Mädchen der Lerchentalers hatte es ihm besonders angetan. Sie ging schon in die erste Klasse und besuchte Friedrich gelegentlich. Ihr Vater arbeitete in der Lackfabrik am Stadtrand, und ihre Mutter besaß ein Friseurgeschäft. Auch wenn *Gabis Schönheitssalon* nur einen Katzensprung von ihrem Haus entfernt war, holte sich Annabel lieber Herrn Äpli, einen reisenden Coiffeur ins

Haus, wenn sie, Friedrich oder ihr Mann einen neuen Haarschnitt benötigten. Dieser Klatsch und Tratsch, noch dazu der Qualm, weil man offenbar ohne Zigarette heutzutage kein Gespräch führen konnte, empfand sie als Zumutung.

Sie folgte Friedrich, der Anstalten machte, zu Magdalena ins Wasser zu gehen. »Nicht! Das ist viel zu gefährlich. Du kannst doch noch nicht schwimmen!« Höchste Zeit, ihn zu einem Kurs anzumelden. Das kam auch noch auf die Liste der Dinge, die sie vor seiner Einschulung zu erledigen hatte. Magdalena watete ans Ufer. Sie war barfuß wie alle Kinder aus ärmeren Verhältnissen und hatte ein kleines Holzboot dabei, mit Stoffsegeln und bunt bemalt. Annabel wollte dem Mädchen etwas Nettes sagen, schließlich war sie Friedrichs kleine Freundin. »Das ist aber ein tolles Boot, hast du das gebaut?«

»Naa, des ghert meim Bruada«, sagte das Mädchen in breitestem Bayerisch und zeigte zu einem Jungen, der mit anderen weiter vorne spielte, da, wo der Yachthafen begann. Sie wischte sich den Rotz von der Nase und fuhr sich mit der Hand ans nasse Kleid, es war ausgebleicht und mit einem anders gemusterten Stoff verlängert worden. »Er hods mir nur glicha.«

»Er hat dir *was*?« Annabel sah sie mit großen Augen an. Obwohl sie schon länger als ein Jahrzehnt in Starnberg lebte, tat sie sich mit dem Bayerischen immer noch schwer. Freundinnen oder engere Bekannte aus der Gegend hatte sie keine, und beim Einkaufen und ähnlichen Gelegenheiten bemühten sich die anderen stets, sich ihr verständlich zu machen.

»Naa, glicha. Gli-i-chaaa«, wiederholte das Kind geduldig und schniefte noch mal.

»Ach so, wer ist Glicha?« So viel sie wusste, hatten die Lerchentalers nur zwei Kinder.

»Mama!«, mischte sich Friedrich ein und seufzte. »Ihr Bruder hat ihr das Boot ge-lie-hen«, übersetzte er wie selbstverständlich und wandte sich wieder an Magdalena. »Meinst du, dei Bruada leiht es mir a?« Sie nickte und gab ihm die Schnur.

»Darf ich auch mit ohne Schuhe wie Nacktalena«, bat er Annabel jetzt wieder in reinstem Hochdeutsch, nur mit dem Vornamen der Friseurstochter tat er sich schwer.

»Besser nicht, Magdalena hat schon einen Schnupfen, und du willst doch nicht krank werden, wenn Opa und Oma zu Besuch kommen. Außerdem verbrennst du dir auf dem heißen Pflaster die Füße.« Sie merkte selbst, wie widersprüchlich das klang. Der See hatte bestimmt zwanzig Grad, und die meisten Kinder liefen barfuß. Doch Friedrich gab sich mit ihrer Erklärung zufrieden, Hauptsache, er durfte mit «Nacktalena« zusammen sein. Schon hüpften die beiden am Ufer entlang und zogen das kleine Boot laut juchzend durchs Wasser.

»Passt auf«, mahnte Annabel, wollte noch mehr sagen, aber ihre Worte wurde vom einrollenden »Badezug« überdröhnt, wie die Strecke von München nach Starnberg um diese Jahreszeit genannt wurde. Zu Dutzenden quollen die Sommerfrischler aus den Waggons, als ob es hier Eiscreme umsonst gäbe. Sie hatte im *Merkur* gelesen, dass die Bundesbahn sogar Verstärkungswagen anhängte, damit die Großstädter aus der bayerischen Landeshauptstadt einigermaßen bequem an- und wieder abreisen konnten.

Friedrich, der sich sonst brennend für Züge interessierte, hatte nur Augen für seine Freundin. »Wofür ist der?«, fragte er Magdalena und deutete auf den Schlüssel, der dem Mädchen um den Hals hing. Im Verhältnis zu ihrem schmächtigen Körper wirkte er riesig, wie für ein Verlies bestimmt, und schlug ihr bei jeder Bewegung hart gegen die Brust.

»Der is, damit i bei uns neikimm«, erklärte das Mädchen.

»Mogstn du a amoi trogn?« Und schon hängte sie Friedrich den Schlüssel um.

Annabel wollte etwas einwenden, aber ihr Sohn strahlte vor Stolz, als hätte er den Zugang zu einem Palast erhalten, also ließ sie ihn. »Möchtest du einen Keks, Magdalena?« Sie hatte immer welche in der Tasche, für den Fall, dass Friedrich Hunger bekam. Das Mädchen nickte. »Dann setz dich zu mir.« Auch Friedrich kletterte zu ihnen auf die Bank, und in null Komma nichts hatten die beiden Kinder die ganze Packung geleert, sprangen auf und spielten weiter mit dem Boot. Graue Wolken brauten sich zusammen, die Luft war zum Schneiden dick. Hoffentlich dauerte es noch bis zum Gewitter. Am Ende des langgestreckten Sees, über den Alpen, war der Himmel fast schwarz. Das Karwendelgebirge und auch das Wettersteingebirge bis hin zur Zugspitze lagen bereits im Dunst. Auch die Benediktenwand, dorthin hatte Annabel ihre bisher einzige Bergwanderung mit der Kirchengemeinde gemacht. Sie war fast gestorben vor Anstrengung. Mit Mühe und Not hatte sie es bis zur Tutzinger Hütte geschafft, die unterhalb der gigantischen Felsenwand lag, dann war sie erschöpft zusammengebrochen und hatte in einem Zimmer des Alpenvereins den Gipfelsturm der anderen verschlafen. Was für eine Strapaze das gewesen war! Dabei hatte sie sich für sportlich gehalten, schließlich bestand ihr Alltag seit Friedrichs Geburt hauptsächlich aus Herumrennen, Fangen und sonstigen Spielen.

Der größte Dampfer der Seeflotte, die *Bayern*, steuerte den Anlegesteg an. Obwohl angeblich an die dreihundert Passagiere auf den Decks Platz hatten, war er für einen Wochentag recht voll besetzt. Auf dem Steg drängten sich weitere Vergnügungssüchtige. Die Wellen wurden größer und platschten an die betonierte Seepromenade. Mücken umschwirrten Annabel, sie wedelte mit den Armen und hielt Ausschau nach ihrem Sohn, konnte ihn nicht sehen, weil gerade eine Reisegruppe vorbeiströmte. Da fiel ihr ein, dass sie vergessen hatte, ihn mit dem Kokosöl einzureiben, dass ihr der Apotheker empfohlen hatte. In seinem dünnen Hemd und der kurzen Hose war er sonst ein gefundenes Fressen für diese Blutsauger. Rasch durchwühlte sie ihre Tasche nach dem Gläschen, fand den letzten Pfarrbrief und überflog ihn. Ein Nachruf auf Henriette Dahlmann stand darin. Die Nachbarin hatte schräg gegenüber gelebt und damals, als Annabel neu nach Starnberg gezogen war, einen Puppenladen oder eine Reparaturwerkstatt für Kuscheltiere betrieben. Teddys mit Kopfverband und Puppen ohne Beine hockten in der Auslage, was Annabel damals eher schaurig als einladend fand. Frau Dahlmanns Sohn hatte Luise Brandstetter aus Leutstetten geheiratet, deren Brüder wiederum die Ziegenmilchlieferanten waren. Aber zu mehr als einem Gruß sonntags in der Kirche, auf der Straße oder in einem der Geschäfte am Ort war es in all den Jahren nicht gekommen. Hatte Fräulein Gusti nicht erzählt, dass die alte Frau Dahlmann zu Hause aufgebahrt werden wollte? Offenbar hing man in der Familie alten Traditionen an. Lautes Hupen erklang, Annabel schreckte hoch. Der Dampfer machte sich zur Abfahrt bereit. Hastig sah sie sich nach Friedrich um. Gerade hatte er doch noch mit Magdalena vor ihr gehockt und aus den Kieselsteinen einen Damm gebaut. Am Ufer zog ein Schwan seine Kreise, aber sonst war niemand mehr dort.

Aus für Ausländer-Lager / amtliche Bekanntmachung, Starnberger See u. Würmtal, vom 20. Juni 1953:

Feldafing. »Bis Mitte des Jahres wird das Ausländerlager endgültig aufgelöst«, erklärt Lagerleiter Captain Smith. 1948, bei seiner Gründung, wurden hier über sechstausend Ausländer beherbergt, am 1. Dezember 1952 war es noch mit 1168 Personen belegt. Inzwischen ist es bis auf wenige geräumt. Soweit die jetzt noch im Lager Feldafing Verbliebenen nicht ins Ausland gehen, sollen sie in bundeseigenen Lagern, deren Ruf sich in den letzten Monaten wesentlich gebessert hat, unterkommen. Auf die Frage, was danach mit dem Gelände geschehen werde, gab er noch keine Auskunft. Auf alle Fälle müssten zunächst einmal beträchtliche Mittel aufgewendet werden, um die Straßen und Gebäude, vor allem aber die Kanalisation instand zu setzen, unabhängig davon, wer die Bauten, darunter einige Villen, in Zukunft beziehen wird.

Merkwürdig: keine Silbe, dass es sich bei diesen Ausländern um Juden und andere Heimatlose handelt, die den deutschen KZs entkommen sind.
Die ehemaligen Kazetniks im DP-Camp legten sich immer ein Stück Brot unters Kopfkissen, bevor sie zu Bett gingen, oder sie steckten sich als Erstes welches in die Tasche, wenn sie den Speisesaal betraten. Zur Sicherheit, damit sie nie mehr Hunger leiden mussten.

Kost bei Untergewicht:
min. 120 g Fett, 80 g Eiweiß und 600 g Kohlenhydrate pro Tag. Beginn mit Bettruhe, nur Tee mit Fruchtzucker, dann kleine Mahlzeiten, bis zu sechsmal täglich. Zunächst Obst und Mehlspeisen, die die Esslust wecken sollen (nach der Leibspeise fragen!), dann vermehrt Eiweiß zugeben und schließlich leicht verdauliche Fette wie Butter und Sahne in Breien und Gemüsen verstecken. Anschließend zu fettreicheren Speisen übergehen. Reichlich backen, braten, panieren, räuchern und würzen. Vor den Hauptmahlzeiten eine Tasse kräftige Fleischbrühe. Fettreiches Fleisch und Käse auswählen. Als Nachtisch Pudding und Eis mit Sahne.
Beachte: Muskelaufbau ist wichtiger als Fettansatz!

Aus: Luises Notizbuch

LUISE

Am Morgen nach der Beerdigung hätten sie fast verschlafen. Hans schlug den Wecker aus und fing an, sie noch mal zu streicheln. Luise genoss den innigen Moment mit ihrem Mann, als wäre es Sonntag, dann fiel ihr Blick auf die Uhr. »Du musst aufstehen, sonst verpasst du den Zug.« Sie setzte sich auf.

»Ich könnte mich krankmelden.« Hans hielt sie zurück.

»Das sind ja ganz neue Töne, du hast doch noch nie gefehlt.« Ihr Mann arbeitete bei der Bundespost in München, verlegte Telefonleitungen, hauptsächlich in Behörden, zunehmend aber auch in Privathäusern. Zumindest in München, so weit war man in Starnberg noch nicht. Nur ein paar betuchte Familien besaßen einen eigenen Apparat. Darunter die Dahlmanns natürlich. Der Rest der Bevölkerung pilgerte zu den wenigen Telefonzellen, in denen das Schild »Fasse dich kurz« an die Wartenden draußen erinnerte. Oder man ging zur Starnberger Post und telefonierte von einer der Nischen aus, die dort eingerichtet waren.

»Ich glaube, ich habe wirklich Fieber, spürst du es nicht?« Er konnte gar nicht von ihr lassen.

»Heiß bist du schon.« Sie schmiegte sich wieder an ihn.

»Du aber auch.« Ihre Brüste berührten seine Brust.

»Wenn das so weitergeht, kleben wir aneinander fest. Warte kurz, ich muss aufs Klo.«

»Beeil dich, ich muss auch.«

Sie sah an ihm hinunter. »Geht das, zwei Sachen gleichzeitig?«

»Nur im Kopfstand.« Er grinste.

Luise stieg aus dem Bett, wollte kurz lüften und suchte vergeblich nach ihrem Nachthemd. Also stellte sich halb hinter den Vorhang, öffnete das Schlafzimmerfenster und sog die kühle Morgenluft ein. Es roch noch immer nach Regen, obwohl der Himmel aufklarte und sich die Morgensonne zeigte. Vom ersten Stock sah man fast über die ganze Straße, auf der schon einiges los war. Am Tutzinger-Hof-Platz weiter vorne kurvten Autos und Lastwagen über die Olympiastraße, die Hitler 1936 von München bis nach Garmisch-Partenkirchen ausbauen ließ. Dafür mussten sogar einige Häuser weichen. Nur einer der Anwohner weigerte sich, prozessierte und gewann. Widerstand wirkt, dachte Luise jedes Mal, wenn sie an dem Haus vorbeikam. Gabi Lerchentaler zog die Jalousien von ihrem Friseursalon hoch, und das Dienstmädchen der von Thalers schräg gegenüber schüttelte bereits die Federbetten ihrer Herrschaft aus. Knipser, der Stadtstreuner, lief zwischen den Leuten auf dem Gehsteig, die zum Bahnhof eilten, schnüffelte jeden Laternenmast ab und bellte den Zeitungsboten an.

Nur unter ihnen im Haus war es still, und erst da wurde ihr bewusst, dass sie morgens und abends nie mehr ins Erdgeschoss musste, um sich um ihre Schwiegermutter zu kümmern. Über Nacht schien auch Henriettes Stimme in ihrem Kopf leiser geworden zu sein. Normalerweise war Luise um diese Zeit längst fertig angezogen und hatte alles im Laufschritt erledigt. Heute durfte sie sich zum ersten Mal seit ewigen Zeiten gehenlassen, ein herrlich freier Tag lag vor ihr. »Jetzt können wir endlich, wann immer wir wollen, du weißt schon, was, tun und brauchen keine Rücksicht mehr zu nehmen, deine Mutter kann sich nicht mehr beschweren.«

»Stimmt.« Hans streckte sich, drehte sich zu ihr, stützte den Arm auf und betrachtete sie, wie sie nackt am Fenster stand. »Welch herrliche Aussicht, kannst du bitte den ganzen Tag so bleiben?«

»Mit Schmuck oder ohne?« Sie hatte vergessen, über Nacht die Ohrringe ihrer Mutter abzulegen, die sie nur bei besonderen Anlässen trug.

»Den darfst du anbehalten, aber nur den.«

Sie lachte. »Du Spinner. Was, wenn jemand klingelt, zum Beispiel der Biwi?« Oft, wenn Luise aus Feldafing heimgekehrt war, setzte sich der Briefträger Biwi Ebner auf ein Stück Kuchen oder zwei zu ihr, um nach seiner anstrengenden Tour mit dem vollgepackten Fahrrad – durch Starnberg, den Hanfelder Berg hinauf und wieder hinunter – ein Weilchen auszuruhen.

»Mit dem wollte ich sowieso mal ein Hühnchen rupfen, wenn´s nach mir geht, braucht der dich gar nicht mehr zu besuchen, jetzt, wo du tagsüber ganz allein bist und ich nicht zu Hause.«

»Oho, du bist ja eifersüchtig. Keine Sorge, der Biwi ist mit Sigrid, einer Berufsschulkollegin von mir, verlobt.«

»Das heißt gar nichts. Aber sag mal, wolltest du nicht vor mir aufs Klo?«

Sie holte sich frische Unterwäsche aus der Kommode und legte auch Hans welche heraus. Dabei entdeckte sie ihr Nachthemd, es lag zerknüllt unterm Bett. Schnell streifte sie es über und verschwand im Bad.

Zwanzig Minuten später dampfte in der Küche der Wasserkessel. Luise bügelte auf einer Decke auf dem Tisch das tägliche

Hemd für Hans. Anschließend schmierte sie einen Berg Brote, schichtete sie in die Blechdose und scheuchte an diesem Tag die erste Wespe hinaus, die durchs offene Küchenfenster hereingeflogen war. Als der Tee lange genug gezogen hatte, füllte sie die Thermoskanne und packte alles in die Aktentasche, die sein musste, auch wenn Hans außer Proviant, einem Stofftaschentuch und seinem Geldbeutel kein Stückchen Papier, geschweige denn eine Akte, darin herumtrug.

»Beeil dich, du musst in drei Minuten los«, rief sie nach oben. Endlich kam Hans im Unterhemd und Socken hereingetappt und fädelte den Gürtel in die Anzughose. Er gähnte. »Dein Tee ist fertig.« Als er sich angezogen hatte, biss er im Stehen einmal vom Honigbrot ab, nippte an der Tasse und grinste Luise unentwegt an, als hätten sie in der Nacht etwas ausgebrütet. Doch ihre Menstruation lag erst zwei Tage zurück, schwanger konnte sie in der vergangenen Nacht nicht geworden sein.

Er drückte einen Kamm in die Pomade und strich sich die Haare vor dem Spiegel nach hinten. »Ich geh nur, wenn du mir versprichst, dass wir heute Abend genau da weitermachen, wo wir vorhin aufgehört haben.«

Luise half ihm ins Hemd, dabei strich er ihr über den Rücken, fuhr ihr unters Nachthemd und zupfte an ihrem Unterhosengummi, ließ ihn schnalzen. »Sag mal, hast du über den Laden nachgedacht?« Luise nutzte die Gelegenheit, sie wusste, wenn Hans in dieser Stimmung war, konnte sie so gut wie alles von ihm verlangen.

»Zum Nachdenken hatte ich noch keine Gelegenheit, wie du weißt.«

»Also, ich habe es mir noch mal ganz genau überlegt und finde, dass wir es versuchen sollten.«

»Versuchen, das klingt, wie … wie … So ein Laden ist doch kein Kochrezept, das keinen großen Schaden anrichtet, wenn es misslingt. Das Geld ist dann weg, Luise, das habe ich dir doch schon erklärt.« Sie hasste es, wenn er ihr mit solchen Vergleichen kam, als ob sich alles ums Kochen drehen müsste, damit sie es begriff. »Wir müssen erst mal abwarten, was die Beerdigung kostet. Und überhaupt, ein Laden, was reizt dich eigentlich daran?«

Gute Frage, aber wie sollte sie auf die Schnelle einen Traum in Worte fassen. »Ich finde, dass ich …«

Doch er ließ sie gar nicht zu Wort kommen. »Willst du dir ernsthaft gleich wieder so viel Arbeit aufbürden?«

Sie überlegte. Eigenes Geld verdienen, unabhängig sein, wenigstens im Kleinen, war Luise wichtig. Damit sie ihren Mann nicht ständig um Taschengeld anzubetteln bräuchte, würde sie sich eine neue Arbeit suchen müssen. Sie könnte im Mooshäusl, einem Ausschank in Leutstetten, anfangen oder als Köchin in einem Offizierscasino der Amerikaner, sofern die nicht auch bald schlossen. Hans musste ihr in jedem Fall die Erlaubnis geben. Vermutlich war ihm das Mooshäusl lieber, dass sie für die Besatzer gearbeitet hatte, war ihm immer ein Dorn im Auge gewesen. Aber als sie sich kennenlernten, war sie bereits im Camp angestellt, und er konnte nichts einwenden.

»Sobald wir Kinder haben, wirst du sowieso rund um die Uhr beschäftigt sein«, ergänzte er.

»Was hat das damit zu tun? Kinder und ein Laden schließen sich doch nicht aus.« Wenn es nach ihm ginge, sollte sie zuhause bleiben und schnell schwanger werden. Ständig betonte er, dass sein Verdienst für sie beide reichte, und wenn er sich verbeamten ließe, sogar für Familienzuwachs. Augenblicklich verflog Luises gute Laune. Sie fühlte sich unter Druck gesetzt. Natürlich wollte sie Kinder, hoffte jeden Monat, schwanger zu sein, aber nach der Fehlgeburt vor drei Jahren hatte sie auch Angst davor.

»Willst du etwa hochschwanger hinter der Theke stehen und die Leute bedienen?«

»Noch bin ich es nicht, und wer weiß, ob ich es jemals wieder werde.« Sie war den Tränen nahe.

»Tut mir leid, Luiserl, das wollte ich nicht. Wir haben noch genug Zeit für meine eigene Fußballmannschaft.« Er nahm sie in den Arm. »Du kannst auf jeden Fall wieder schwanger werden, das hat von Thaler uns versichert. Trotzdem lass ich dich nicht mehr zu ihm, das schwöre ich dir, und wenn ich höchstpersönlich eine Hebamme herschleppen muss. Also entspann dich, und genieße deinen ersten freien Tag.« Er drückte ihr ein Bussi auf den Mund, das nach Honig schmeckte, und hatte es auf einmal sehr eilig. »Mensch, ich brauche doch noch Zigaretten, hoffentlich hat der Tabakladen am Bahnhof eine Lieferung Gaulouises gekriegt.«

Als er fort war, setzte sie sich im Nachthemd in die Küche, kochte sich einen Kaffee und überlegte. Hans meinte es bloß gut mit ihr, doch sie wollte mehr als nur Ehefrau, Hausfrau und, so Gott will, auch bald Mutter sein. Hauptsächlich brauchte sie etwas für sich, eine Aufgabe, die sie forderte. Obwohl sie sich bestens versorgt fühlte und mehr besaß, als sie sich als Bauerntochter je erträumt hatte. Ihr fiel das erste Gespräch mit Captain Smith ein, dem Leiter des Feldafinger DP-Camps, der dank seiner Nürnberger Vorfahren ein ausgezeichnetes Deutsch sprach. Nach der Zusage hatte er sie über das riesige Gelände geführt. Neben den Baracken und Zelten, in denen es ein Kino und sogar Forschungslabore gab, standen mehrstöckige Villen, die von parkähnlichen Anlagen umgeben waren. Dazwischen reihten sich die einstigen Sturmblockhäuser der Nationalsozialisten, in denen sich nun die Büros, die Krankenstation und auch die Küche befanden. Vor dem Krieg hatten KZ-Häftlinge diese Siedlung für die Reichsschule der NSDAP errichtet, erklärte er ihr, in der die Söhne der obersten Elite unterrichtet wurden. Nach der Kapitulation beschlagnahmten die Amerikaner das weitläufige Areal für die vom Hitler-Regime Verfolgten und die Überlebenden. Welche Ironie der Geschichte, dachte Luise, und Captain Smith bestätigte es in seinen Worten.

»Was, glauben Sie, ist das Wichtigste für diese Menschen, nachdem sie überlebt haben?«, hatte er sie damals gefragt.

»Gutes Essen und ein weiches Bett«, antwortete sie. Ihr lag auch *das Wiedersehen mit der Familie* auf den Lippen, aber sie wusste inzwischen, dass die meisten nicht nur ihre Heimat, sondern auch ihre Verwandten verloren hatten. Sie würde sie mit Diätkost aufpäppeln, geeignete Rezepte für sie austüfteln. Auf diese Weise hoffte sie, ihren Beitrag zur Rettung der Verfolgten zu leisten. Als Deutsche fühlte sich an dem Unrecht mitschuldig.

»Ja, für den besonderen Speiseplan haben wir Sie engagiert. Doch die Überlebenden brauchen mehr, vor allem brauchen sie ihre Identität zurück. Jahrelang waren sie nur noch Nummern, die man ihnen sogar auf den Arm tätowiert hat. Also versprechen Sie mir, dass Sie die Leute immer mit Namen anreden, das ist wichtig, und wenn Sie den Namen nicht wissen oder vergessen haben, fragen Sie danach.«

Gewissenhaft hielt sie sich daran. In den ersten Wochen schwirrte ihr der Kopf von all den fremden Namen, die schwer zu merken und manchmal noch schwerer auszusprechen waren. Bei der Stallarbeit, dem Bettenbeziehen oder Fensterputzen zu Hause übte sie und sagte sie sich diese immer wieder vor. »Herr Arosemena, Frau Miranda, Fräulein Dormuz, nein, Darmuz und dann das Ehepaar Izaba oder Azobi?« Dann Herr Kuadra, der erst die Woche zuvor eingetroffen war, und der blinde Herr Liebermann. Bald kam sie mit den Heimatlosen ins Gespräch, hörte ihre Geschichten, erfuhr von jüdischen Bräuchen, lernte sogar koscher kochen. Viele der Schicksale machten sie tief betroffen. Wie das von Elina, auf deren Unterarm ein besonders großgeschriebenes A und dann die Nummer eintätowiert war. Hellblau, in krummen Ziffern, die vom Ellbogen bis zum Handgelenk reichten. Es dauerte eine Weile bis Luise begriff, dass Elina als Kind nach Ausschwitz gekommen und die Tätowierung mit ihr gewachsen war. Bei ihrer Aufnahme im Camp hatte die junge Frau nur noch achtundzwanzig Kilo gewogen. Kaum war sie wieder bei Kräften, half sie in der Küche. Sie brauche etwas zu tun, sagte sie, sonst werde sie verrückt.

Während des Krieges hatte Luise und ihren Brüdern auch oft der Magen geknurrt, so dass sie schwer einschlafen konnten. Besonders als man ihnen erst die Schweine und dann auch noch die letzte Kuh aus dem Stall geholt hatte. Immerhin bauten sie Kartoffeln an und lagerten sie über den Winter ein. Sie tranken Kaffee aus Bucheckern und machten Salat aus Wiesenblumen, Löwenzahn und Brennnesseln, wie man es als Kind macht, wenn man Kochen spielt. Nur dass man die Sachen jetzt wirklich essen musste und nicht nur so tat. Manchmal stellte sich Luise dabei die Speisen vor, die sie zubereiten würde, wenn wieder Frieden herrschte und es alles zu kaufen gäbe. In jenen Jahren hatte sie beschlossen, Köchin zu werden, damit sie immer gerüstet wäre, aus wenigem etwas Köstliches zu zaubern.

Aber erst von Elina erfuhr sie, was es hieß, nicht nur wenig, sondern überhaupt nichts mehr zu essen zu haben. »Dann hast nicht du den Hunger, sondern der Hunger ergreift von dir Besitz und fängt an, dich aufzufressen.« Nachdem sie im Vorjahr ein Visum für New York erhalten hatte, reiste Elina ab. Sie wollte Schauspielerin werden. »Die Kunst, mich zu verstellen und in andere Rollen zu schlüpfen, beherrsche ich«, sagte sie beim Abschied, als Luise ihr noch einmal ihre Lieblingsnachspeise, Flódni, gebacken hatte, einen Apfel-Mohn-Walnuss-Kuchen, nach einem ungarisch-jüdischen Rezept. Wie Elina verließen fast alle Heimatlosen Deutschland, sobald sie ein fremdes Land gefunden hatten, das sie aufnahm. Die meisten »Feldafinger« stammten aus Osteuropa, doch an der Grenze zwischen West und Ost hatte sich der Eiserne Vorhang gesenkt. So war ihnen nur das quälend lange Warten auf eine Reisegenehmigung nach Israel oder Amerika geblieben, und als sie diese schließlich erhielten, fing die Auflösung des Camps an. Anfangs hatte Luise zusammen mit anderen für Tausende gekocht und mit den Ärzten einen genauen Plan erstellt, um die Überlebenden vor dem Hungertod zu retten. Dann, als die meisten halbwegs wiederhergestellt waren, half sie bei der Essensausgabe und schöpfte in Hunderte Blechschüsseln Suppe. Allerdings verkleinerte sich nach und nach die Belegschaft. Schließlich war von allen Köchinnen nur noch sie übrig geblieben, und montagfrüh, als sie eigentlich um Trauerurlaub bitten wollte, kündigte man auch ihr. Die Amerikaner zogen ab und lösten das Lager endgültig auf. Wo vorher ein tägliches Abarbeiten war, ob zuhause oder im Camp, gab es für Luise auf einmal nichts mehr zu tun.

Was, wenn Hans bei der Ladensache nicht mitzog und sie auch keine neue Arbeit fand? Oder wenn er ihr gar sein Einverständnis verweigerte? Sie dachte an ihren Vater und wie er sie immer zum Widerstand ermutigt hatte. Als Kind wäre Luise zu gerne zum Jungmädelbund und später zum Bund deutscher Mädel gegangen und Martin zu den Pimpfen und danach zur Hitlerjugend. Doch sosehr sie auch bettelten, ihr Vater erlaubte es nicht. Wenn einer ihrer Freunde sie zu einer Versammlung abholen wollte, lud er ihnen besonders viel Arbeit im Stall oder auf dem Feld auf. Dabei hätten sie so gerne dazugehört, wären in der für ihre Augen feschen Einheitskleidung mitgewandert und beim Musizieren dabei gewesen. Luise spielte Akkordeon und Martin Trompete. Sie hatten es satt, nur Kirchenlieder zu begleiten oder an Weihnachten zuhause ein wenig Stubenmusik zu machen. Sie wollten mit dem Jungvolk zum Reichsparteitag nach Nürnberg marschieren. Doch der sonst eher großzügige Vater blieb in dieser Angelegenheit unnachgiebig.

Selbst war er bei der Musterung wegen seiner Herzschwäche zurückgestellt worden, die hatte ihm der Leibarzt des Kronprinzen attestiert. Kurz vor Kriegsende erhielt Kaspar Brandstetter dann doch noch einen Stellungsbefehl, und Martin musste als Zwanzigjähriger zum Volkssturm. Den Kronprinzen konnten sie nicht mehr um Hilfe bitten, er lebte bereits im Exil. Wenige Wochen danach erhielt Luise, die mit Manni inzwischen allein auf dem Hof lebte, eine Todesnachricht per Post. Kaspar Brandstetter war in Lappland gefallen und bereits auf einem Soldatenfriedhof in Rovaniemi beerdigt worden, teilten die nüchternen Zeilen mit. Luise hatte erst in ihrem Schulatlas nachsehen müssen, wo dieser Ort lag. Mit einem Lineal und mit Hilfe des Maßstabs errechnete sie, dass die

Hauptstadt von Lappland dreitausend Kilometer von Leutstetten entfernt war. Bis dahin hatte ihr Vater das Dorf selten verlassen und nach dem Tod ihrer Mutter so gut wie gar nicht mehr. Falls jemand etwas von ihm wollte, sollte er herkommen oder eine Postkarte schreiben, sagte er. Seine einzige Reise ins Ausland war eine Tagesfahrt nach Salzburg gewesen. Als Firmling hatte er unbedingt die berühmten Salzburger Nockerln probieren wollen. »Einmal und nie wieder, die schmecken scheußlich«, lautete sein Resümee. Seither konnte ihn keiner mehr zu einem Ausflug überreden. »Wozu soll ich wegfahren, hier im Landkreis gefällt es mir am besten. Brauch ich meine Ruh, geh ich in den Stall. Ist es mir bei den Kühen zu laut, hock ich mich in die Würm und lass mich bis zum Wehr treiben. Und will ich ganz allein sein, leg ich mich in den See, bis meine Ohren rauschen. Bei uns gibt's doch von der ganzen Welt ein Stück, das reicht mir.« Aber Hitler zwang ihn fortzugehen, um kurz vorm Nordpol auf Leute zu schießen, die ihm nichts getan hatten.

Selbst heute, acht Jahre später, konnte Luise seinen Tod noch nicht begreifen. Und dann begegnete sie den ersten KZ-Häftlingen, auf deren Todesmarsch durchs Würmtal. 1945, als die SS alle Lager aufgelöst hatte. Es war an ihrem achtzehnten Geburtstag gewesen, für den sie etwas Besonderes zubereitet hatte. Sie stellte gerade den Wackelpeter zum Kaltwerden aufs Fensterbrett und hoffte, dass auch Martin im Laufe des Tages käme. Da sah sie, wie knochige Hände nach der Kaltschale griffen. Schüsse knallten, hastig duckte sie sich, harrte, an die Wand gekauert, aus, weil sie dachte, die Russen kämen. Bis sie sich wieder aufzustehen traute, war der Tross weitergezogen, das Glas samt grünem Inhalt zerschellt. Das hieß es also, ein Kazetnik zu sein, wie sich die ehemaligen jüdischen Häftlinge im Camp selbst nannten. Monate später las sie über die Befreiung des Dachauer Konzentrationslagers in der Zeitung. Kurz darauf bewarb sie sich um die Stelle in Feldafing und war froh, kein BDM-Mitglied gewesen zu sein. Dem Vater sei Dank! Ihm zum Gedenken hatte sie ihr erstes Kind Kaspar genannt. Kaum größer als eine Hand war er gewesen, lag in einer Nierenschale neben ihrem Klinikbett, als hätte er keine bessere Wiege verdient. Nie hielt sie ihn, nie drückte sie ihn an sich und wärmte ihn. Sie war zu schwach gewesen, um die Arme auszustrecken und ihn zu sich zu nehmen, betrachtete ihn nur, und zugleich ertrug sie es kaum. Stundenlang, bis eine Schwester ihn ihr fortnahm. Nicht einmal beerdigen durften sie ihn, ungetauft wie er war. Angeblich hatte man ihn mit in den Sarg eines anderen gelegt.

Als Luise wieder einigermaßen auf den Beinen war, suchte sie den Leutstettener Friedhof nach frischen Gräbern ab. Sie umrundete die kleine Kirche St. Alto, aber hier war seit Wochen niemand mehr beigesetzt worden, und auch der Pfarrer wusste von nichts. So blieb sie mit ihrer Trauer allein. Manchmal stellte sie sich vor, dass Kaspar mit den Samen eines Löwenzahns mitgeflogen war. Vielleicht hatte es ihn wie seinen Großvater mit dem Wind in die Welt hinausgetrieben, weiter als ein Lineal es in einem Atlas messen konnte.

Seither fragte sie sich, wie sie jemals ganze neun Monate überstehen sollte, ohne Tag für Tag zu bangen, wo sie doch kaum sieben geschafft hatte. Nein, sie konnte und durfte nicht mehr schwanger werden, und dennoch sehnte sie sich nach einem Leben mit Kindern, einem Haus voller Lachen und Spielen. Rasch versuchte sie, die schreckliche Erinnerung fortzuwischen, nahm einen Schluck Kaffee und aß das angebissene Honigbrot zu Ende, strich sich ein neues und schüttelte die Krümel vom Nachthemd. Sie und im Nachtgewand frühstücken. Das hatte sie zuletzt als kleines Mädchen getan und auch nur, wenn sie krank war. Dann machte ihr die Mutter *Schifferl*, mit Leberwurst bestrichene Brezenscheiben. Gewöhnlich half Luise wie der Rest der Familie noch vor der Schule beim Melken, so dass dann keiner neben ihr sitzen wollte. Bloß der Rattelmeier Christa, die von einem Schweinemasthof stammte, machte ihr Kuhstallgeruch nichts aus.

Erst in der Berufsschule legte sich das, sie schrubbte sich jeden Morgen nach der Stallarbeit über einer Waschschüssel, bevor sie das Haus verließ. Dann baute Martin endlich eine Dusche unter der Treppe ein. Seit ihrer Heirat roch Luise nur noch alle zwei Wochen nach Bauernhof, nämlich wenn sie Martin mit Manni half, ihn badete und sich um die Wäsche kümmerte. Sie war froh, dass Martin keine Kühe mehr hatte, der warme Wollgeruch der Schafe war sogar angenehm, und auch die Ziegen stanken nicht. Nur wenn sie Barti, den Ziegenbock kraulte – und er drängte sich oft genug auf –, hing sein scharfer Geruch an ihr fest und klebte in allen Poren, dagegen half selbst viel Parfüm nichts.

Sollte sie sich noch mal hinlegen? So wie sie beide heute Nacht geschwitzt hatten, müsste sie eigentlich das Bett neu beziehen. Luise berührte einen ihrer Ohrringe. Sie könnte nach Leutstetten fahren, auf dem Hof gab es immer etwas zu tun. Nein, entschied sie, ihre Brüder kamen gut alleine zurecht. Blieb noch das schmutzige Geschirr, das sich in der Küche stapelte. Aber auch das konnte warten. Sie blätterte in der Zeitung, die Hans heute nicht einmal aufgeschlagen hatte, und überflog die Schlagzeilen im *Land- und Seeboten*.

Deutschland – Schlüssel zum Frieden. Es ging um die Viermächtebesprechung mit der Sowjetunion, in der das geteilte

Deutschland eine wichtige Rolle spielte. Außerdem war eine Meldung zur Hinrichtung von zweiundzwanzig sowjetischen Soldaten eingefügt, die sich beim Aufstand in Berlin am 17. Juni 1953 geweigert hatten, auf Deutsche zu schießen. Wie furchtbar. Für ihren Mut hatten sie mit dem Leben bezahlt. Was, wenn sich die, die die zweiundzwanzig Soldaten hinrichten mussten, ebenfalls geweigert hätten, auf ihre Landsleute zu schießen, fragte sich Luise, dann wären auch sie verurteilt worden und immer so weiter. Ganz unten auf der Seite stand, dass im westfälischen Münster eine Horde Kapuzineräffchen aus dem Zoo ausgebrochen war und den Berufsverkehr lahmgelegt hatte. Völlig ungeniert tobten sie herum, jagten sich gegenseitig, sprangen über die Fahrzeuge und lockten eine große Zuschauermenge an, bis das Überfallkommando sie mit Hilfe der Passanten einfing. Der Leitaffe, der als Einziger im Zoo geblieben war, zeigte kein Verständnis für das Ausbüchsen seiner Artgenossen und ohrfeigte jeden bei seiner Rückkehr. Luise stellte sich diesen verbitterten Kerl vor, der es vermutlich nicht über die Mauer des Freigeheges geschafft hatte und jetzt den anderen ihren Spaß missgönnte. Stammte nicht ihre Nachbarin, Frau von Thaler, aus Münster? Zur Beerdigung war sie gar nicht gekommen, fiel Luise nun auf, obwohl sie nur schräg gegenüber wohnte und eine fleißige Kirchgängerin war. Luise mochte Frau von Thalers Sohn Friedrich, der sie oft besuchte. Manchmal buk sie ihm kleine Schmalznudeln, wie für einen Kinderkaufladen gemacht, und schenkte sie ihm in einer Papiertüte. Eine Kinderecke, die müsste sie unbedingt auch in ihrem Laden einrichten. Und überhaupt, sie könnte auch Kuchen backen und verkaufen. Allein die Vorstellung, tatsächlich eines Tages in ihrem eigenen Laden zu stehen, erfüllte sie mit Freude und richtete sie wieder auf. Am besten sie notierte sich ihre Ideen, das schuf Platz für weitere Einfälle. Irgendwo musste doch noch ein leeres Schulheft sein. In einer Schublade entdeckte sie ein paar Hefte, aber in jedem hatte sie bereits ein paar Einträge gemacht. Das erste stammte noch aus der Hauswirtschaftsschule. In Schönschrift hatte sie darin die ersten Paragraphen des Lebensmittelgesetzes festgehalten, die erklärten, was Lebensmittel überhaupt waren und dass auch Tabak dazugehörte. Hans ernährte sich also sehr gesund. Darunter stand der Unterschied zwischen Tunke und Mayonnaise, die ihr Kochlehrer, Herr Dasch, aus unerfindlichen Gründen, als »Mayonnäs« bezeichnete, was er auch so auf die Tafel geschrieben hatte. Auch das Rezept für eine Einbrenne fand sich hier, die tatsächlich die Basis für viele Gerichte war. Sie war ihr längst in Fleisch und Blut übergegangen, so dass Luise gar nicht mehr darüber nachdachte, wenn sie zu kochen anfing. Sie blätterte um und schrieb auf einer neuen Seite alles auf, was ihr durch den Kopf ging. Danach umkringelte sie die wichtigsten Punkte. Ja, das sah schon nach einem Plan aus. Einem konkreten Plan für ihren Traumladen, jetzt musste sie nur noch Hans überzeugen, damit er auch Wirklichkeit wurde. Sie könnte schon einmal anfangen, Henriettes Sachen auszusortieren, die Puppen gehörten auf jeden Fall raus. Doch wohin damit? Plötzlich fiel ihr etwas Besseres ein. Seit Ewigkeiten hatte sie sich mal in den Garten legen wollen und sich sonnen, und genau das würde sie jetzt tun. Vorausgesetzt, sie fand den Liegestuhl, der irgendwo in der ehemaligen Werkstatt stehen musste. Als sie sich kurz darauf im Schlafzimmerspiegel betrachtete, kam sie sich, bis auf die Arme, die schon etwas Farbe hatten, sehr bleich vor, aber das würde sich ändern. Sie schlüpfte in den teuren Badeanzug, den sie sich bereits im Frühjahr geleistet hatte. Rot gepunktet, im Nacken zu binden und vorne gerafft, so dass Bauch und Taille schlanker wirkten. Sie drehte sich die Haare zu einer Schnecke und steckte sie hoch, damit auch Nacken und Rücken braun werden konnten. Solange sie in der Garage wühlte, zog sie einen Rock über. Jetzt wirkte der Badeanzug wie ein elegantes Oberteil. Draußen schob sie zuerst die Triumph ins Freie, danach die Sägeböcke und ein paar Autoreifen, die Hans aus unerfindlichen Gründen hier lagerte. Die Reifen waren ölig und ihr Rock bald verschmiert. Dieser verflixte Liegestuhl konnte doch nicht weg sein. Sie holte eine Taschenlampe und arbeitete sich langsam nach hinten vor. Wie viel Zeug hier herumstand! Werkzeugkisten und eine eingestaubte riesige Maschine, die zu wer weiß was gut war. Überall Kisten, die sie zur Seite räumte. Auf manchen stand »Johann«, auf anderen »Hansi«, in denen war das Kinderspielzeug ihres Mannes – die Holzeisenbahn und seine Modellflugzeuge. Auf drei besonders großen stand in Henriettes Sütterlin-Handschrift: »PK-geschäftlich«. PK für Puppenklinik, das waren die Bastelsachen. Bald klebten Luise Spinnweben in den Haaren, sie schob alles zur Seite, stapelte neu, kesselte sich selbst dabei ein und musste hinausklettern. An einer Wand lehnten hauptsächlich Bretter, auf denen mit Bleistift gezeichnete Aufrisse für Möbel zu erkennen waren. Ein Schreiner verwendet kein Papier für seine Pläne, hatte ihr Hans erklärt. Er zeichnet maßstabsgetreu auf Holz. Luise kippte auch diese Aufrissbretter nach vorne und leuchtete mit der Taschenlampe dahinter.

Zuletzt verrückte sie sogar einen schweren Schrank, eher eine Anrichte, der obere Teil war zurückgesetzt. Bogenförmige Glastüren verbargen Fächer. Das untere Pult enthielt Schubladen. Achtzehn, zählte Luise. Der Schrank war schön verziert, mit gedrechselten Bändern und geschnitzten Blättern, in denen sich Tierköpfe verbargen. Einer mit einer langen Schnauze, ein anderer mit hängenden Ohren. War dies das Meisterstück ihres Schwiegervaters? Aber warum verstaubte er in der Werkstatt, warum hatte Henriette ihn nicht in der Stube aufgestellt, wie die Säulenvitrine, die ebenfalls von Johann Dahlmann stammte? Möglicherweise war der Schrank auch der letzte Auftrag gewesen, an dem er bis zu seinem Tod gearbeitet hatte, und der betreffende Kunde hatte ihn nicht abgeholt. Oder war das der ominöse Schrank, in dem Henriette das Rummykub-Spiel gefunden hatte, wenn man Gretel Breisamers wirren Reden Glauben schenkte? Eine Kiste, die mit einer 24 beschriftet war, kippte um, als Luise eine der Schubladen aufziehen wollte, und verfehlte um Haaresbreite ihren Fuß. Aus der eingedellten Seite quoll Lametta. Henriettes Weihnachtsdekoration. Luise stopfte die Silberfäden zurück und schob die Pappdeckel wieder zusammen. Sie schwenkte ihre Taschenlampe. Wo war bloß der verflixte Liegestuhl? Gerade wollte sie aufgeben und den Schrank zurück an die Wand schieben, da sah sie es. Auf dem Boden lag etwas. Mit Hilfe eines zerschrammten Eishockeyschlägers angelte sie nach dem Bündel. Es handelte sich um ein kleines Fotoalbum, verstaubt und ein wenig zerbeult kam es zum Vorschein. Sie wischte es mit ihrem Rock sauber, den sie ohnehin wechseln musste, und setzte sich damit draußen auf die Bank an der Hausmauer. Hoffentlich wurde das mit dem Sonnenbad heute noch etwas. Gerade zog sich der Himmel zu. Luise blätterte in dem Album. Die Innenseiten waren eingerissen, der dunkelgrüne Lederdeckel zerschrammt, und zu ihrer Enttäuschung stellte sie fest, dass es leer war. Jemand hatte alle Fotos herausgenommen, nur noch Fotoecken klebten auf dem Papier. Vermutlich sollte es ohnehin weggeworfen werden und war stattdessen hinter den Schrank geraten. Die Seiten waren mit einer brüchigen Kordel zusammengehalten. Im Falz klemmte etwas. Vorsichtig zog sie ein kleines schwarz-weißes Foto mit gezacktem Rand aus der Bindung. Luise erkannte ihre Schwiegereltern darauf, sie saßen mit anderen um einen Gartentisch und hoben die Gläser. Im Hintergrund war der Brunnen mit der Faunfigur. Das Foto musste also nebenan, bei den von Thalers, aufgenommen worden sein. Sie drehte es um. *Noahs Par Nitzwa, 1937* oder eher *Bon Mivma* stand dort in verschmierten Bleistiftbuchstaben. Was sollte das bedeuten?

»Mei, Frau Dahlmann, fesch sehen Sie aus. Wie eine Italienerin. Gut, dass wir Sie antreffen, machens uns auf, bittschön?« Herta Knödler stand mit Gretel Breisamer und Irmi Hinterstoißer vor der Gartentür. Die drei hielten sich am Zaun fest, als umklammerten sie Bojen auf dem See. Die kleine Irmi mit ihrem starken Damenbart, der sogar ihr Kinn zierte, konnte kaum drüberschauen und reckte den Kopf mit dem eng geknoteten Tuch. Sie erinnerte Luise an Gloria, Martins beste Milchziege, die sich auch nichts entgehen ließ und sich notfalls den Weg mit den Hörnern freistieß, wenn ihr etwas die Sicht versperrte.

»Guten Morgen, die Damen.« Rasch legte sie das Album weg und öffnete ihnen. Was wollten sie? Gretel hatte immer noch ihren breitkrempigen Trauerhut auf, an dem inzwischen verdorrte Ringelblumen pendelten. Alle drei trugen wieder ihre bunten, ärmellosen Kittelschürzen, aus denen die gebräunten Oberarme winkten. Wenigstens sie hatten schon Sonne abgekriegt, dachte Luise.

Herta drängte sich mit ihrem Stock an Luise vorbei und ließ sich stöhnend auf die Bank fallen. »Puh, das tut gut.«

Irmi spähte in die offene Werkstatt. »So schöne Kacheln,

ganz bayerisch und mit der Borte. Mensch, da hat sich der Henni ihr Mann aber seinerzeit nicht lumpen lassen.« Es stimmte, die Bodenfliesen waren wirklich besonders. Große weiße und in den Ecken kleine blaue und drum herum ein Band aus gelben und dunkelbraunen. Etwas Ähnliches würde ihr auch im Laden gefallen, das musste sie sich nachher gleich notieren.

»Sind Sie schon am Umräumen?«, fragte Irmi. »Sakrament, Ihnen geht aber auch die Arbeit nicht aus.«

»Ich habe eigentlich nur nach einem Liegestuhl gesucht.« Auf einmal dämmerte es ihr, was die drei einen Tag nach der Beerdigung schon wieder hertrieb. Diese Hausfrauenpralinen. Selbst wenn sie welche gefunden hätte, wären die nach all den Jahren bestimmt ungenießbar. Und warum sollten sie in der Schreinerwerkstatt aufbewahrt worden sein?

Gretel dackelte ebenfalls zur Bank und stellte ihre schwere Tasche ab, genau auf das Album. Luise wollte es noch wegnehmen, aber zu spät. »A schöne Leich war es, Frau Dahlmann, die Aufbahrung und auch die Feier. Und was für eine Mühe Sie sich gegeben haben, Ihr Kuchen und der gute Kaffee. Köstlich. Alle haben das gesagt, restlos alle.« Sie wartete, bis die beiden anderen zustimmten. Dabei stützte sie sich auf die Rückenlehne der Bank, weil die Tasche und die breite Herta, die auch noch ihre Beine in dem engen Kittel spreizte, keinen Platz zum Hinsetzen übrigließen. »Die Henni wird Ihnen vom Jenseits aus ewig dankbar sein.«

»Das freut mich. Kann ich Ihnen etwas anbieten?« Eigentlich hatte Luise keine Lust, schon wieder Gastgeberin zu spielen, doch sie wollte nicht unhöflich sein.

»Danke, wir gehen gleich wieder.« Irmi winkte ab und schlurfte zu ihnen. »Jetzt gib es ihr schon, Gretel, du siehst doch, dass die Frau Dahlmann zu tun hat. Und ich hab den Bazi gestern lange genug allein gelassen.« Bazi war ihr Wellensittich.

»Meinst du etwa, nur dir pressiert's? Ich muss noch zum Metzger, damit der Helmut vor zwölf seine Weißwürscht kriegt, sonst grantelt er wieder den ganzen Tag.« Im Gegensatz zu Herta, die Kriegswitwe war, hatte Gretel ihren Mann noch. Irmi war ledig und schlief allein in ihrem französischen Bett, das sie sich, laut Luises Schwiegermutter, extra angeschafft hatte, um einen Dschamsterer anzulocken.

Frau Breisamer bückte sich und hob mit Hertas Unterstützung einen länglichen Karton aus der Stofftasche, der sich zwischen den Holzgriffen verkeilt hatte. »Schauens her, Frau Dahlmann, das sollen wir Ihnen von der Henni geben.«

»Ein Geschenk für mich?« Luise ahnte Schlimmes, zwang sich dennoch zu einem Lächeln, nahm die Schachtel und schüttelte sie ein wenig. Ein leises Rascheln. Nein, nicht noch eine Gruselpuppe! Die drei Damen strahlten sie an.

»Eher eine Erbschaft als ein Geschenk, aber nennen Sie es, wie Sie wollen.« Herta erhob sich, schwerfällig auf ihren Stock gestützt, und tätschelte Luise den Arm. »Machen Sie die Schachtel am besten drinnen auf, damit es niemand sieht. Neidhammel gibt es überall. Es soll ganz allein Ihnen gehören, tun Sie damit, was Sie wollen, so hat's die Henni verfügt und uns dreien aufgetragen. Sollte eine von uns unterdessen senil werden, hat sie gesagt, so wären noch zwei andere da, die ihren Auftrag ausführen könnten. So, und jetzt belästigen wir Sie nicht länger.« Als das Fotoalbum auf der Bank wieder zum Vorschein kam, war Luise einen Moment versucht, die Damen zu fragen, ob sie die fremden Leute neben Henni und Johann auf dem Bild vielleicht kannten, aber dann ließ sie sie gehen.

Auf einmal hatte sie genug von allem. Besonders angesichts der Erbschaft, die in ihren Armen lastete wie ein Fels. Sie sah Hennis Freundinnen hinterher. Vermutlich waren sie froh, diese Bürde los zu sein. Seufzend ging sie ins Haus, legte das Album samt Foto in eine Schublade und stellte Henriettes Geschenk hinter die schmutzigen Teller auf der Anrichte. So war es vorerst außer Sicht. Vielleicht sollte sie es besser gleich wegwerfen? Sie sah auf die Uhr, schon zwanzig nach elf. Kaum zu glauben, dass sie so lange im Schuppen gewühlt hatte.

Wenigstens eine halbe Stunde wollte sie sich noch sonnen, dann eben ohne den verdammten Liegestuhl. Rasch trank sie ein Glas Wasser aus der Leitung, wusch sich den Staub ab und zog den Rock aus. Dann schnappte sie sich ein Handtuch und die neue *Brigitte*, die sie sich für fünfundsechzig Pfennig am Bahnhofskiosk geleistet hatte, und legte sich auf das kleine Wiesenstück zwischen Haus und Blumenbeet. Dort würde man sie vom Gehsteig aus nicht gleich auf den ersten Blick sehen. Einmal verrückte sie das Handtuch, um nicht im Schatten des Zwetschgenbaumes zu liegen, und dann noch mal, bis unter ihr nichts mehr pikste. Dann widmete sie sich der Zeitschrift, auch wenn es anstrengend war, sie gegen die Sonne zu halten. Ein Artikel informierte über das gefährliche Alter der Frau, unterteilt in drei Abschnitte. Zwischen achtzehn und einundzwanzig galt die Frau mehr als gefährdet denn als gefährlich, die letzte Phase, die Wechseljahre, milderten exzentrische Neigungen und Herrschsucht. Am gefährlichsten waren die Jahre um die dreißig. In vier Jahren war es auch bei ihr so weit. Luise las aufmerksam weiter. Frauen in diesem Alter seien für die Umwelt und damit besonders für den Mann die größte Bedrohung. Äußerlich wirkte die Endzwanzigerin noch jung, besaß aber den geistigen Horizont einer wesentlich älteren Frau. Also Obacht! Was für ein Blödsinn. Sie blätterte weiter. Man warnte vor Heiratsschwindlern, denen viele Damen in der Zeit des Frauenüberschusses zum Opfer fielen. Auf derselben Seite wurde eine Neuheit beworben. In München war eine sogenannte Schönheitstonne aufgestellt worden. Nach zwanzig Behandlungen sei man acht Kilo leichter oder umgerechnet sechzehn Zentimeter dünner. Roll dich schlank! Allein von dem Anblick, wie eine Assistentin einer Dickmadam in die riesige Waschtrommel half, wurde Luise übel. Sie schloss die Augen. Grotesk, kaum waren die Hungerjahre vorbei, setzte man Fett an. Doch anstatt sich darüber zu freuen, wollte man es wieder loswerden.

Hans störte es nicht, dass Luise ein bisschen mehr auf den Rippen hatte, ihm gefielen ihre weichen Rundungen, wie er ihr gestern Nacht versichert hatte. Und als Köchin musste sie nun mal probieren. Eigentlich war sie wieder hungrig. Doch sie beschloss, sich mit einem weiteren Brot zu begnügen und erst abends mit Hans warm essen. Was sollte sie überhaupt kochen? Sie rekelte sich in der Sonne und ging in Gedanken Rezepte durch, die wie auf Zeitschriftenseiten gedruckt waren. Auf einmal bekamen sie einen gezackten Rand und wehten aus einem schwarzen Album. Sie streckte die Arme aus und wollte sie festhalten, aber sie lag in einer Tonne, die sich immer schneller drehte, plötzlich wurde sie ausgespuckt und stand vor den großen Kochtöpfen im Camp, mit der Haube auf dem Kopf. Doch als sie an sich heruntersah, trug sie noch Holzpantinen wie als Kind, stand damit auf einem Schemel und rührte im großen Waschkessel.

»Welch herrlicher Anblick, Frau Dahlmann, weiter so!« Der Briefträger weckte sie.

»Grüß Gott, Herr Ebner.« Rasch setzte sie sich auf, zerrte

ihr Handtuch unter sich hervor und bedeckte sich. Sie nahm ihm die Beileidskarten ab. Nach einem kurzen Wortwechsel radelte er weiter, seine Verlobte wartete mit dem Mittagessen auf ihn. Noch halb im Traum gefangen, bat sie ihn, Sigrid Grüße auszurichten. Luise wischte sich übers Gesicht, wie ein Stein hatte sie in der prallen Mittagssonne geschlafen. Ihr war schwindelig, als hätte sich der Traum in ihrem Kopf eingraviert. Sie merkte, dass ihre Arme und Beine brannten, und wo das Handtuch zu Ende gewesen war, hatte sie Grasabdrücke auf den Waden. Vor dem Garderobenspiegel im Haus stellte sie fest, dass sich ihre Haut der Farbe des Badeanzugs angepasst hatte. Sie leuchtete genauso rot. Vorsichtig betupfte sie sich mit verdünntem Essig, das linderte. Dabei fiel ihr ein, dass sie noch einkaufen musste, damit sie heute Abend überhaupt etwas auftischen konnte. Vielleicht etwas mit Eiern und Zwiebeln? Das mochte Hans besonders gern. Doch so verbrannt konnte sie nicht aus dem Haus. Da half nur ein langärmeliges Kleid, obwohl das zu warm war. Sie stellte ein paar leere Marmeladengläser für die unverpackten Waren in den Korb und vergewisserte sich, dass sie noch genug im Geldbeutel hatte. Acht Mark und ein paar Zerquetschte, das dürfte reichen.

Drei Straßen weiter stellte sie ihr Moped vor Spezereien Moser ab und ging hinein. Obwohl nur zwei Frauen vor ihr dran waren, dauerte es. Frau Moser unterzog jede Kundin einem strengen Verhör, als müsste man erst gestehen, bevor man etwas kaufen durfte.

»Zwei Pfund Gravensteiner, Frau Stumpf, selbstverständlich, sofort.« Von sofort konnte keine Rede sein. Ata Moser, die unter Ischias litt, schlurfte langsam vom Regal, an dem dreieckige Tüten in mehreren Größen hingen, darunter die breite Papierrolle, bis zur Obstauslage. Luise nutzte die Wartezeit und prägte sich das ganze Sortiment und die Anordnung ein und ergänzte die Liste für ihr eigenes Geschäft, das sich in ihrer Vorstellung mehr und mehr formte.

»Wie geht's denn Ihrem Sohn?«, fragte Frau Moser die Kundin, als sie endlich eine Tüte mit Äpfeln füllte. Die Antwort verstand Luise nicht, da Frau Stumpf flüsterte. »Waaas? Hat er sich wirklich eine aus der Stadt angelacht?«, rief Frau Moser laut, damit alle es hörten. Sie hatte herabhängende Mundwinkel und weit auseinanderstehende Glupschaugen, mit denen sie jeden Bereich um sich herum auszuleuchten schien. »Diese jungen Dinger heutzutage können doch nicht mal mehr Socken stricken. Wie auch, mit solch langen Fingernägeln und Schaumwein schlürfen dazu. Und deshalb kriegen die Männer kalte Füße und hauen ab, bevor die Hochzeitsglocken läuten.« Verlegen lächelnd drehte sich Frau Stumpf zu den anderen Kundinnen um, als könnte sie mit einem freundlichen Gesicht die Peinlichkeit auslöschen. Den Augenblick nutzte die Ladenbesitzerin, um ihr rasch einen Apfel mit braunen Flecken in die Tüte zu mogeln, Luise hatte es genau bemerkt. Auch die minderwertige Ware musste verkauft werden, hatte die Moserin ihr einmal erklärt, als sie sich über matschige Birnen beschwerte, die sie zuhause beim Auspacken vorgefunden hatte. Seither kaufte sie ihr Obst nur noch auf dem Wochenmarkt oder, wenn es für ein bestimmtes Rezept unbedingt notwendig war, in kleinster Menge hier. Geiz sei ein reicher Bettler, warf ihr Frau Moser seitdem vor, und tat, als hätte sie Probleme mit der Waage. Wenn Luise einen Laden hätte, würde sie ihren Kunden derlei Sprüche ersparen. Sie würde überhaupt alles anders machen. Bei ihr sollten die Kunden das Gefühl haben, sie hätte nur auf sie gewartet, und nicht umgekehrt.

»Zweihundert Gramm Grieß, bitte«, verlangte sie, als sie endlich an die Reihe kam. Vielleicht würde Hans ein Pudding als Nachspeise weichklopfen.

»Erst mal grüß Gott, Frau Dahlmann. So viel Zeit muss sein. Ja, mein Gott, was ist Ihnen denn passiert? Habens Ihrem Herrn Bruder auf dem Feld geholfen?« Das war wohl eine Anspielung auf ihren Sonnenbrand. »Immer fleißig, die Frau Dahlmann, ja, ja, wo Sie doch selber so viel um die Ohren haben. Mein Beileid noch mal.« Luise bedankte sich für die Trauerkarte, die sie von Mosers erhalten hatten. »Was machens denn mit der leerstehenden Wohnung, wenn ich fragen darf?« Vermutlich brannte ihr diese Frage schon länger unter den Nägeln.

»Das steht noch nicht fest, doch sobald wir es wissen, werden Sie es als Erste erfahren.«

»Stets ein wenig schnippisch sind Sie, fast wie Ihre Schwiegermutter selig, als sie noch bei mir eingekauft hat.« Luise wusste, dass sich die beiden nicht hatten ausstehen können, aber über eine Tote wollte selbst Frau Moser nichts Schlechtes sagen. »Na ja, manchmal wird man mehrfach entlastet.«

»Wie meinen Sie das?« Normalerweise gab sie nichts auf das Geschwafel, aber jetzt wurde sie hellhörig.

Frau Moser begutachtete die länger werdende Schlange hinter Luise und wartete sogar, bis eine neue Kundin den Laden betrat, dann erst sagte sie, so laut es ging: »Um Ihre BRÜDER werden Sie sich bald nicht mehr KÜMMERN müssen, so viel ich gehört habe, hat sich bei denen in Leutstetten ein FLÜCHTLINGSFRÄULEIN einquartiert.«

Luise staunte. »Da wissen Sie mehr als ich.«

Frau Moser grinste wie ein Karpfen, der im Schlick eine Muschel gefunden hatte. »Aufpassen tät ich an Ihrer Stelle schon ein wenig, auch auf den Manni. Man weiß ja nie, was sich da für ein Gesindel einschleicht.«

»Das mach ich, Frau Moser.« So ein Schmarrn, dachte Luise. Martin hätte es gestern bestimmt erwähnt, wenn das stimmte. »Kann ich jetzt bitte den Grieß haben?«

Das Karpfengesicht verengte sich wieder. »Hart oder weich?«

»Weichweizen.«

»Der ist aus. Ich müsste extra nach hinten gehen, um einen neuen Sack zu holen, und das in meinem Zustand.«

Luise ließ sich nicht beirren. »Soll ich für Sie hintergehen?«, fragte sie, wie immer hilfsbereit.

»Das fehlt mir noch, hinter der Theke kann ich keine Kundschaft gebrauchen. Wen-deee-liinn?« Sie rief nach ihrem Mann. Nach einer Weile hörte man die Wasserspülung durchs ganze Haus rauschen, Herr Moser trat hinter einer Regalwand hervor und zog sich die Hosenträger hoch. »Was gibt's?«

»Der Weichweizengrieß ist aus.« Sie scheuchte ihn mit einem Schlenker aus dem Handgelenk hinaus, und wandte sich wieder an Luise. »Sonst noch was?«

»Einen Viertelliter Schlagrahm.«

»So, so.« Sie musterte Luise von oben bis unten und füllte dann die gewünschte Menge Sahne in das mitgebrachte Glasgefäß.

»Und haben Sie auch Schwammerl?« Die hätte sie fast vergessen.

Als Antwort erhielt sie ein Knurren, dann rief Frau Moser durch die Seitentür. »Und bring die Schwammerllieferung mit.« Nach einigem Rumpeln und Stöhnen rollte Wendelin Moser auf dem Karren einen Sack herein, obenauf eine Spankiste mit Steinpilzen und anderen Sorten. Die Pilze waren erste Qualität und dufteten wie frisch aus dem Wald. Luise sah ihr genau auf die Finger, als sie sie herausholte und abwog, damit kein Bitterröhrling darunter geriet. Aber als sie den Grieß aus dem Sack in eine Papiertüte schöpfte, flog ein Schwarm Motten auf.

»Ich habe es mir anders überlegt«, sagte Luise. »Was kosten die Schwammerl und der Schlagrahm? Auf den Grieß verzichte ich besser.«

»Ach, stellen Sie sich nicht so an.« Mit der Kelle wedelte Ata Moser die Insekten fort. »Wenn Sie den heute noch verarbeiten, geht er schon, ich gebe ihn zum halben Preis her. Der Fastenfreitag ist doch erst morgen.«

»Womit habe ich mir dieses Festessen verdient?« Hans nahm sich einen weiteren Semmelknödel. Luise hatte den Tisch feierlich gedeckt, Sonntagsgeschirr, Silberbesteck und Serviettenringe. Dazu lief leise Radiomusik. »Köstlich.« Ihr Mann fühlte sich sichtlich wohl. »Ein Glück, dass ich so eine wunderbare Köchin geheiratet habe, und jetzt gehörst du mir auch noch ganz allein.«

»Du meinst, dass ich in Zukunft nur dich bekochen werde?« Ihre Haut glühte, obwohl sie sich Gesicht, Hals und Arme und Oberschenkel zum Kühlen mit Quark bestrichen hatte. Jede Bewegung spannte, und in ein paar Tagen würde ihre Haut sich schälen.

Er nickte. »Dich hat's aber arg erwischt. Wie ist das denn passiert?«

»Ich bin in der Sonne eingeschlafen, eigentlich habe ich den Liegestuhl gesucht, weißt du, wo der ist?«

»Ach, den habe ich schon letzten Herbst zu Kleinholz zerhackt, da war der Wurm drin, und auch der Bezug war voller Stockflecken. Kein Wunder, ich kann mich nicht erinnern, wann du dich das letzte Mal rausgesetzt hast. Das wird jetzt alles anders, gleich morgen bring ich dir einen neuen aus München mit. Welche Farbe soll's sein?«

»Das pressiert nicht, vorerst habe ich genug von der Sonne.« Sie winkte ab, wollte das Gespräch so schnell wie möglich auf den Laden bringen, wusste aber noch nicht, wie. »Wie war dein Tag?«

»Es gab viel zu tun, ein ganzes Mietshaus in Schwabing hat Telefone gekriegt. Ein Haufen Parteien sind das, ich muss morgen noch mal hin. Aber warte, das wird dich interessieren.« Hans kratzte den Suppentopf mit den letzten Schwammerln aus, »weil du doch auch von so etwas träumst.« Jetzt war Luise gespannt. »Ich habe mich heute mit einer älteren Dame unterhalten, die vor kurzem ihren Milchladen zugemacht hat, und sie dir zuliebe ein wenig ausgefragt.«

»Und?« Luises Herz schlug schneller.

»Was sie mir erzählt hat, bestätigt leider meine Befürchtungen. Jahrzehntelang hatte sie keinen freien Tag in der Woche, Schufterei rund um die Uhr und kaum einen Verdienst. Sie ist froh, dass es endlich vorbei ist. Oft schreckt sie noch aus dem Schlaf hoch, weil sie glaubt, eine wichtige Bestellung für eine Kundin vergessen zu haben. Von dem Gemeckere der Leute gar nicht zu reden. Fix und fertig war sie, dazu kaputte Knie und ein krummer Rücken. Ihr Arzt hat gesagt, entweder sie macht den Laden dicht, oder sie wird keine sechzig.«

»Wirklich?« Mehr wusste Luise darauf nicht zu erwidern, ihre Hoffnung verflog, Hans jemals umzustimmen. Sie stand auf und stellte die Teller zusammen.

»Das alles willst du dir doch nicht auch antun, oder?«

Sie schwieg, holte die Dessertschüsseln aus dem Schrank. Als der Radiosprecher eine Stunde heißen Rhythm 'n' Blues ankündigte, drehte sie lauter und servierte Topfennudeln mit Apfelmus, die sie anstelle des Grießpuddings gemacht hatte. Dabei wippte sie im Takt mit dem *Sixty Minute Man*, fünfzehn Minuten küssen, fünfzehn Minuten necken, fünfzehn Minuten drücken, den Rest verstand sie nicht mehr. Die Topfennudeln dampften noch leicht, und die ganze Küche war erfüllt von ihrem Duft.

»Ich bin froh, dass du das einsiehst.« Er atmete auf. »Eine Nachspeise gibt's auch noch? Willst du mich mästen?« Bestens gelaunt lehnte er sich nach hinten und lockerte den Gürtel, als Luise ihm ein Schüsselchen befüllte, es mit ein paar Brombeeren aus dem Garten garnierte und reichlich Puderzucker darüber stäubte.

»Magst du ein Gläschen Likör dazu oder lieber einen Dujardin?« Sie imitierte die Radioreklame und sagte »Düschardääh«, so gedehnt französisch wie möglich.

Hans grinste. »Natürlich den Düdings, den nur du so toll aussprechen kannst.«

Mit einem selbstgemachten Eierlikör für sie und dem Weinbrand für ihn stießen sie an, und Luise dachte, jetzt oder nie. »Deine Bedenken und Einwände in allen Ehren, aber was, wenn ich das mit dem Laden trotzdem ausprobieren möchte?«

Er seufzte. »Dann hätte ich mir meinen Vortrag sparen können.«

»Nicht ganz.« Was er erzählt hatte, hatte sie auf eine weitere Idee gebracht, aber die behielt sie als Trumpfkarte in der Hinterhand, wenn alle Stricke rissen. Diesmal würde sie Hans festnageln, bis er nicht anders konnte und ihr seine Zustimmung gab. »Es gibt doch so viel, was dafür spricht.«

»Und was?« Hans schöpfte sich einen Nachschlag aus der Pfanne.

»Zum Beispiel, dass ich immer zu Hause wäre und mir die Arbeitszeit selbst einteilen könnte. Dann das Warenangebot. Wir bräuchten nie mehr einkaufen gehen und bekämen die Sachen obendrein günstiger.«

»Fang aber nicht wieder mit meinen Zigaretten an«, unterbrach er sie. »Sag mal, was ist das denn für eine Schachtel?« Er deutete mit dem Glas auf die Anrichte. Vorhin beim Abspülen war die sogenannte Erbschaft wieder zum Vorschein gekommen. Warum hatte sie sie nicht sofort zu Henriettes Sammelsurium in die Werkstatt geräumt?

»Keine Zigarettenstange, falls du das meinst, jetzt genieß erst mal die Nachspeise, bevor du rauchst, und lenk nicht ab, lass mich ausreden.« Fieberhaft ging Luise ihre innere Liste durch, Arbeitszeiten, Warenangebot, Kochkurse, aber das hatte sie alles schon vorgebracht. Was hatte sie noch? Es stand doch in dem Heft, sie holte es.

»Was ist dann drin? Schokolade?« Die Puppenschachtel ließ Hans offenbar keine Ruhe.

Also spielte sie ihren Trumpf vorzeitig aus. »Wie wäre es, wenn wir ein Telefon im Laden hätten, das würde bestimmt Kunden anlocken, was meinst du? Nachbarn, die sonst zu uns gekommen sind, könnten das dann mit einem Einkauf verbinden. Ich könnte ein Schild am Schaufenster anbringen und zusätzlich darauf aufmerksam machen, damit es sich weiter herumspricht. Nicht jeder will zum Bahnhof oder zur Post, und zur nächsten Telefonzelle muss man bis zum Rathaus vor.« An seinem Blick spürte sie, dass sie den richtigen Nerv getroffen hatte.

Er behielt den Löffel eine Weile im Mund, überlegte und zog ihn heraus. »Nicht schlecht, Luiserl. Bis alle Haushalte in Starnberg angeschlossen sind, dauert es tatsächlich noch. Die

Postzentrale arbeitet sich von München aus vor. Erst kommen die Vorstädte, dann die umliegenden Landkreise.« Er klapperte mit dem Löffel auf seinen Zähnen herum. »Jetzt sag schon, für wen ist das Geschenk?« An dieser Stelle hatte sie eigentlich mit einem Vortrag über die Faszination der Telekommunikation gerechnet, aber er schielte immer wieder auf die Anrichte.

»Das ist was für mich, nur für mich, haben die Freundinnen deiner Mutter betont. Gretl, Herta und Irmi haben es heute vorbeigebracht und recht geheimnisvoll getan, angeblich sollten sie es mir auf Henriettes ausdrücklichen Wunsch persönlich überreichen.« Luise ließ eine Brombeere im Mund zergehen und genoss den herrlichen Geschmack. »Bestimmt ist bloß eine weitere Gruselpuppe drin. Ich will den Deckel gar nicht abheben, wir wissen sowieso schon nicht, wohin mit der schauerlichen Sammlung.«

»Stimmt.« Hans lachte und schenkte sich nach. »Als Spende für ein Kinderheim taugen Mamas Zöglinge nicht, damit erschrecken wir die Kleinen zu Tode.«

»Wir könnten sie heimlich im Leutstettener Moos vergraben, wo sie hoffentlich ganz tief einsinken und auch in tausend Jahren nicht auftauchen.«

»Gute Idee.« Hans prostete ihr noch mal zu. »Ein bisschen wundert's mich schon, warum sie dir noch mal extra eine Puppe vermacht. Das muss schon eine ganz besonders scheußliche sein.« Er stand auf und holte die Schachtel. »Darf ich nachsehen?«

»Von mir aus, aber sag nicht, ich hätte dich nicht gewarnt.«

Mit dem, was zum Vorschein kam, als Hans den Deckel lupfte, hatten sie beide nicht gerechnet. In Stopfwatte gebettet, die ihre Schwiegermutter für ihre Puppen- und Teddybärreparaturen verwendet hatte, lag ein dicker Umschlag voller Geldscheine. Lauter deutsche Mark.

Hans pfiff durch die Zähne. »Mensch, das sind ja mindestens tausend, nein, zweitausend oder, Moment.« Er schob die Schüsseln zur Seite, breitete die Scheine aus, sortierte und zählte sie. Bald lagen ein grüner, ein blauer und ein brauner Geldscheinstapel auf dem Tisch. »Exakt viertausenddreihundertachtzig Mark. Woher hatte Mama so viel Geld? Damit könnten wir auf der Stelle einen Volkswagen kaufen, auf der Bahnstrecke sehe ich jeden Tag die Preise, gebraucht gibt es die schon ab viertausend.«

Luise erwiderte erst mal nichts, sie nahm sich noch mal den Umschlag vor und fand einen Brief, der zu ihrem Erstaunen in zittriger Sütterlin-Handschrift an sie allein gerichtet war. »Soll ich ihn dir vorlesen?«

Hans nickte. »Mamas Schrift habe ich nie so richtig entziffern können.«

Liebe Luise,
wenn Du dieses Geldpaket erhältst, bin ich von allem Irdischen befreit und endlich wieder mit meinem Johann vereint. Du, und vor allem mein lieber Hansi, Ihr fragt Euch bestimmt, wie ich so eine Menge ansparen konnte. Schon in meiner Lehrzeit habe ich mir angewöhnt, von jedem Lohn ein bisschen was auf die Seite zu legen, und später, als ich verheiratet war, hielt ich es genauso – und fiel es mir auch noch so schwer. Auf diese Weise ist über die Jahre einiges zusammengekommen, was ich sofort nach der Währungsreform umgetauscht habe. Dennoch versichere ich Dir, dass mein lieber Hansi-Bubi nie zu kurz gekommen ist, darauf habe ich immer geschaut. Zu gern hätte ich damit meinen Enkelkindern eine Freude gemacht. Wie Du weißt, war mir das Glitzern von Kinderaugen, wenn ich den Kleinen den liebsten Spielkameraden verarztet hatte, immer die größte Freude. Aber da ich das anscheinend in der eigenen Familie nicht mehr erleben werde, habe ich es mir anders überlegt.

Trotz unserer Differenzen hast Du mich stets gut behandelt, Luise, mich umsorgt, bekocht und gepflegt, obwohl ich manchmal ungenießbar war, das gebe ich zu. Wenn Du eines Tages in meinem Alter bist, wirst Du mich besser verstehen. Es ist schwer, in einem gebrechlichen Körper zu hausen, in dem der Geist noch wach ist und was zu tun braucht. Vor allem dass ich meine Hände nicht mehr recht benutzen kann, macht mir sehr zu schaffen. Ich muss nach jeder Zeile absetzen, weil mir die Finger einschlafen. Du weißt, wie gern ich gehandarbeitet habe. So stolz war ich, dass wir in den ersten Jahren für den Hansi nichts zu kaufen brauchten. In der Schule war er stets wie ein kleiner Prinz gekleidet, so dass sich viele fragten, aus welchem Adelshaus er käme. Und das selbst in einer Zeit, als Stoff kaum noch zu kriegen war. Bis zum Tod vom Johann habe ich mich um alles Geschäftliche gekümmert und die Buchführung der Schreinerei gemacht, sonst hätten wir niemals bauen können. Auch wenn Du und ich, Luise, sonst wenig gemeinsam hatten, so habe ich bei Dir gesehen, dass Du haushalten kannst. Hansi geht nach seinem Vater, der war genauso technikbegeistert, und wie ich den Buben kenne, würde er das Geld bestimmt für einen Kraftwagen oder ähnlichen Größenwahn ausgeben, darum vermache ich es lieber Dir. Denk dran, der Mann ist der König im Haus, aber die Frau ist seine Krone. Darum soll mein Vermögen allein Dir gehören. Tu damit, was Du für richtig hältst, und denke dabei gelegentlich an mich. Ich hoffe, dass Ihr immer glücklich sein werdet!
Vergelt's Gott.
Henriette

Sprachlos saßen sie noch eine ganze Weile am Tisch, Luise bemerkte, dass Hans weinte. Da kamen auch ihr die Tränen, sie umarmten sich und schluchzten beide. Es war, als wäre während der Aufbahrung und der Beerdigung keine Zeit für Trauer gewesen, und als käme sie jetzt zum Vorschein. »Vergelt's Gott«, sagte Luise, »waren ihre letzten Worte. Sie wollte mir vielleicht schon vom dem Geld erzählen.«

»Du meinst, weil in Geld vergelten drinsteckt?«

Luise zuckte mit den Schultern.

»Von wegen Prinz.« Hans schniefte. »Wie habe ich diese karierten Anzüge und Knickerbockerhosen gehasst! Abgesehen davon, dass sie nie richtig gepasst haben, entweder zu eng oder zu weit waren, haben mich meine Schulkameraden ausgelacht. Besonders im Pausenhof, beim Fußballspielen. Ich dachte, wenn ich mich ordentlich einsaue und Risse reinbringe, bin ich die vornehme Kleidung los. Die dämliche Kappe habe ich als Erstes weggeschmissen. Aber dann bekam ich ein schlechtes Gewissen, weil Mama bis spät in der Nacht daran genäht hat und es jetzt auch noch flicken musste. Was war ich froh, dass ich, kaum war ich zu Hause, eine Lederhose anziehen durfte. Erst in der Lehrzeit bei der Post habe ich ihr weismachen können, dass wir gekaufte Sachen tragen müssten. Stell dir vor, wenn es nach meiner Mutter gegangen wäre, würde ich heute noch als schottischer Graf verkleidet bei den Leuten klingeln und sagen: ›Good Morning, I am from se German Post and I build your Telephone on.‹«

Sein holpriges Englisch brachte sie zum Lachen. »Ich würde mich um dich reißen.« Sie küsste ihn.

Sanft tupfte Hans Luise eine Träne von der verbrannten Nase. »Also gut.«

»Was meinen, Eure Lordschaft?« Luise atmete ebenfalls auf. Wie nah Lachen und Weinen doch beieinander lagen, dachte sie.

»Das mit deinem Laden, Gemischtwaren, von mir aus, versuch es. Das Geld für erste Anschaffungen besitzt du ja nun, ich werde dich unterstützen, wo ich kann.«

»Wirklich?« Sie strahlte ihn an.

»Falls es danebengeht, können wir immer noch vermieten. Sagen wir, bis in einem Jahr.«

Zwölf Monate, in denen sie ihr Bestes geben konnte, das klang wie eine Ewigkeit und sollte zu schaffen sein. Sie sprang auf und klatschte in die Hände. »Dann los.«

»Was jetzt?« Hans kratzte sich am Kopf.

»Ein oder zwei Schränke könnten wir von Henriettes Sachen noch hinaustragen, zur Verdauung, dann schlafen wir besser. Du unterstützt mich, hast du gesagt.«

Widerwillig erhob er sich. »Na gut, aber ich will die Kühlung aussuchen.«

»Ich dachte, wir lagern Eis aus dem See ein, wie es die Mosers machen.«

»Du willst doch moderner sein und bestimmt vieles anders anfangen als die Moserin. Also brauchst du eine Kühltheke für Wurst und Käse. Und auch für die Torten, wenn du welche anbieten möchtest.«

Luise küsste ihn noch mal. Als sie die ersten Teile aus der Stube geräumt hatten, schien Hans ebenfalls Gefallen an der Aktion zu finden. Trotz der Plackerei fing er zu pfeifen an. Das tat ihr zwar in den Ohren weh, aber den Teufel würde sie tun, ihm das zu sagen. In den Schränken und Regalen seiner Mutter fand Hans längst Vergessenes oder Verlorengeglaubtes und erzählte Luise davon. Seine Steinschleuder, die sie ihm abgenommen hatte, als er beim Üben aus Versehen das Badfenster traf. »Sie hat gesagt, dass sie die Schleuder ins Feuer wirft. Dabei hatte ich die gerade erst in der Schule gegen drei meiner heißgeliebten Sechzger-Kartn getauscht. Doppelt bitter war das damals für mich. Ach, schau her«, er zeigte Luise ein paar löchrige Fingerhüte, die in einer Tasse ohne Henkel von dem guten Porzellan lagen. »Die hab ich ihr ständig angebohrt, mei, was hat sie geschimpft, wenn wieder ein Fingerhut unbrauchbar war und sie sich beim Nähen gestochen hat.« Er entrollte ein großes Papier, das mit einer Schleife zugebunden war. »Stimmt. Das Bild von der Riesenbaustelle mit den vielen Kränen hab ich in der ersten Klasse gemalt, nicht schlecht für mein Alter, würde ich sagen. Da wollte ich noch Kranführer werden. Mama hat mitgemalt, siehst du, hier unten. Die Schaulustigen mit den Glupschaugen – das ist eindeutig ihr Markenzeichen.«

Luise lauschte seinen Geschichten, hielt immer wieder in der Arbeit inne, um sich einen Kuss bei ihm zu holen. Es fühlte sich fast an wie damals, als sie sich kennenlernten.

Todmüde fielen sie beide kurz nach Mitternacht ins Bett. Trotzdem konnte Luise nicht einschlafen, ihr schwirrte der Kopf, und die Haut pulsierte vom Sonnenbrand. In Gedanken malte sie sich die Einrichtung aus, verrückte Möbel und sortierte sogar schon Ware in die Regale. Kaum zu glauben, dass ihr Traum wahr werden sollte.

MARIE

Haben Sie sich verletzt?« Plötzlich stand ein Mann mit einem Fahrrad vor ihr.

Ihr stockte der Atem. Sie rappelte sich hoch und rannte ein Stück, stolperte rückwärts, erreichte die Brücke und fing sich am Geländer ab. »Bleiben Sie, wo Sie sind«, kreischte sie. »Keinen Schritt weiter.« Dabei streckte Marie die Arme aus, als ob sie ihn auf diese Weise abwehren könnte. Um ihn herum lagen ihre Sachen, darunter auch ihr heißgeliebtes Skizzenbuch, das sich in der Nässe auflöste.

»Keine Angst, ich tue Ihnen nichts.«

»Das sagen sie alle.«

»Tut mir ehrlich leid, ich wollte Sie nicht erschrecken. Ich bin Ihnen nur hinterhergefahren, als es wieder zu regnen angefangen hat, und jetzt hab ich gesehen, wie Sie gestürzt sind.« Er sprach Oberbayerisch. Im Vergleich zum rauen Oberpfälzisch in Waldsassen klang sein Dialekt angenehm klar. Martin Brandstetter, der Schäfer von vorhin, seinen Namen hatte sie sich gemerkt. Er stellte das Rad ab und bückte sich, hob das Skizzenbuch auf, tupfte es mit seinem Hemd vorsichtig trocken. An seinem Hut steckte eine Rabenfeder, und an seinem Wolljanker war der Regen abgeperlt.

»Verraten Sie mir bitte, wie Sie es geschafft haben, dass das Pferd Ihnen gefolgt ist?«, fragte er. »Sie haben es nicht einmal beachtet, und trotzdem ist es zu Ihnen gekommen.«

»Ich habe es sehr wohl beachtet.« Marie atmete durch und

ging vorsichtig auf ihn zu, um ihre Habseligkeiten einzusammeln. Direkt neben seinen Stiefeln lag ein Büstenhalter. »Ich habe ihm nur nicht in die Augen gesehen, sondern ihm mit meinem ganzen Körper signalisiert, dass es bei mir in Sicherheit ist und mir vertrauen kann.«

»Beeindruckend, wirklich.« Er pfiff anerkennend durch die Zähne. »Und auch wie Sie Dülmen abgefertigt haben, war großartig. Ich musste einfach zuschauen. Bisher sind wir mit den Angestellten des Kronprinzen eigentlich ganz gut ausgekommen. Wir helfen den Hoheiten mit Lebensmitteln aus und sie uns mit Gerätschaften, die uns auf dem Hof fehlen. Aber der Protz führt sich auf wie eine Steige voller Affen.« Er verstummte.

Sie sah sich nach dem Kofferdeckel um, der den Abhang zum Fluss hinuntergerutscht war und dort zwischen den Steinen lag.

»Warten Sie.« Er holte ihn. »Der Koffer ist hin, fürchte ich.« Unschlüssig, ob er ihr den Deckel geben sollte, klemmte er das Skizzenbuch in das Netz, das noch einigermaßen trocken wirkte, und lehnte das Pappgestell an sein Fahrrad. Dann half er ihr beim Einsammeln der Kleider und reichte ihr schließlich den Pullover. Hastig rollte sie den Büstenhalter darin ein.

»Wo ist Ihr Bruder?«, fragte sie, verknotete Ärmel und Bund und benutzte den Pullover wie einen Beutel für ihre Sachen. »Dülmen hat mir vorhin von Ihnen erzählt.« Es raschelte hinter ihr. Wie gerufen, kroch Manni unter der Brücke herauf und hielt ihren Schirm über sich, der nur noch aus verbogenem Gestänge und Stofffetzen bestand. Mit seinem Auftritt rang er Marie unwillkürlich ein Lächeln ab.

»Los, komm her, Manni, du machst … äh … der Frau Angst.« Martin zog seinen Bruder an ihr vorbei und zu sich her.

»M-Marie heiße ich«, sie zitterte. »Marie Wagner, aber das wissen Sie vielleicht auch schon.«

»Marie, was für ein schöner Name, der passt zu uns. Ich meine, Martin, Manni und Marie. Dreimal M«, ergänzte er schnell. »Und was haben Sie jetzt vor, Fräulein Wagner?«

Sie wischte sich den Regen aus dem Gesicht und schlang die Arme um den Leib. Dann zuckte sie mit den Schultern. »Ich werde zurück nach München fahren, mir eine Übernachtung suchen und morgen weitere Stellenangebote durchsehen.«

»Wie wäre es, wenn Sie mit zu uns kommen, bis ihr Zeug getrocknet ist? Wir kriegen zweimal in der Woche den *Land- und Seeboten*, falls Ihnen der genügt.« Manni war inzwischen weggerannt, trottete nun aber wieder zu ihnen. Als Marie auf sein Angebot nicht reagierte, wandte sich Martin an seinen Bruder. »Was sagst du, soll das Fräulein Wagner mit uns Brotzeit machen?«

»Jo«, sagte Manni und grinste.

Ein nettes Gespann, dachte sie. Der eine mit Mütze und in kurzer Lederhose, ohne Hemd, den Latz und die Träger auf der nackten Haut, und barfuß. Manni, mit seinen kleinen schrägstehenden Augen, der Stupsnase und dem breiten Mund, musste um die fünfzehn sein, aber vielleicht irrte sie sich auch. Sein Bruder hatte ein kantiges Gesicht mit großer Nase und einen Stoppelbart. Sie schätzte Martin auf Ende zwanzig. Unschlüssig, was sie tun sollte, überlegte sie. Falls sie die Einladung zum Abendessen annahm, verpasste sie garantiert den letzten Zug nach München und würde auf dem Bahnsteig übernachten müssen, dort gab es nicht einmal ein Wartehäuschen. Oder am Ende doch in der Mühle bei dem gespenstischen Lenz landen. Und sollte sie einfach so zu einer fremden Familie mitgehen?

»Was versteckst du da eigentlich?« Martin versuchte, seinem kleinen Bruder die Hand hinter dem Rücken hervorzuziehen. Grinsend streckte Manni ihr schließlich die Faust entgegen. Ein gelber Hahnenfuß hing darin, allerdings mit der Blüte nach unten. Er hatte ihn mitsamt der Wurzel ausgerupft.

Der Brandstetterhof lag geduckt auf einem Hang, gegenüber vom Schloss. Ein Spalierbaum reckte sich über die Fassade, hoch bis unters Dach. Wie praktisch, dachte Marie, so konnte man vom Fenster aus Birnen ernten. So schnell änderten sich die Dinge, eigentlich hatte sie nie mehr nach Leutstetten zurückkehren wollen. Martin lehnte das Fahrrad an die Hauswand, nahm den kaputten Koffer samt ihrer Habe vom Gepäckträger und trug alles ins Haus. Dann bat er sie herein. Manni war vorausgerannt, aber außer nassen Fußspuren war nichts mehr von ihm zu sehen.

»Gehen Sie so lange in die Küche, die erste Tür rechts«, sagte Martin. »Sie haben bestimmt Hunger, oder?«

Marie nickte, ihr Magen knurrte schon den ganzen Tag. Martins Frau hatte sich bisher noch nicht gezeigt, wahrscheinlich bereitete sie das Abendessen vor.

»Ich komme gleich nach.« Auf einer Kommode neben dem Eingang schob er ein paar leere, von Erde und Gras verdreckte Glasflaschen zusammen und legte ihren Koffer vorsichtig wie ein verletztes Tier darauf ab. »Ich muss nur noch mal kurz in den Stall und nach einem trächtigen Schaf schauen. Es kann seit zwei Wochen nicht mehr aufstehen und liegt nur noch.«

»Kann man da etwas machen?«

»Bisher nicht. Der Tierarzt ist schon da gewesen, er meint, ich soll es notschlachten, aber das will ich nicht. Was, wenn die Lämmer noch leben?« Er bückte sich, hob Mannis Mütze auf und hängte sie an die Garderobe. »Ich weiß nicht, wie oft ich ihm sage, dass er seine Sachen aufräumen soll. Auch die Flaschen hier, die hat er wieder irgendwo im Wald ausgegraben. Wenigstens wischt er sich neuerdings die Füße ab, wenn er hereinkommt, das ist schon mal ein Fortschritt.«

Angesichts des hellen, gestreiften Teppichs auf dem Flur schlüpfte auch Marie aus den nassen Schuhen. »Wo ist das Bad? Dann kann ich mich umziehen.« Sie wollte ihre Sachen wechseln, obwohl die übrigen kaum trockener sein würden, und außerdem musste sie dringend auf die Toilette.

»Natürlich. Kommen Sie.« Nun zog er ebenfalls seine Stiefel aus, behielt sie in der Hand und ging voraus. Marie schnappte sich den Pullover aus dem Koffer, in dem sie ihre Unterwäsche eingerollt hatte, und folgte ihm.

»Ein richtiges Bad haben wir leider nicht.« Er öffnete eine Tür unter der Treppe. »Nur eine Dusche, bitte schön. Luise, meine Schwester, hat darauf bestanden, als sie noch hier gewohnt hat. Für warmes Wasser muss ich erst einheizen, die Leitung ist mit der Küche verbunden.«

»Das kann ich so lange tun, wenn Sie oder Ihre Frau nichts dagegen haben, wollten Sie nicht in den Stall?«

»In Ordnung, aber dann bringe ich Ihnen wenigstens schon mal ein Handtuch, damit Sie sich die Haare trockenrubbeln können. Und eine Frau gibt es hier übrigens nicht. Meine Schwester kommt alle zwei Wochen und schaut nach dem Rechten. Aber sonst leben nur Manni und ich hier.« Er schwang sich um den Knauf des Treppengeländers und spurtete, zwei Stufen auf einmal nehmend, nach oben. So blitzblank wie es überall war, musste seine Schwester erst gestern hier gewesen sein. Hätte sie gewusst, dass die beiden alleine hier lebten, wäre sie niemals mitgegangen. Hier konnte sie auf keinen Fall bleiben. Aber erst mal umziehen und was essen. Dann würde sie ihre Sachen nehmen und sich auf den Rückweg machen. Schnell sah sie sich um, wenn rechts die Küche war, dann war vielleicht links eine Toilette. Als sie die nächstbeste Tür aufdrückte, starrte sie in eine Ziegen- und Schafherde. Einige Tiere sprangen von ihrem Heulager auf und stellten sich dicht beieinander auf, als drohte Gefahr. Andere nahmen Maries Erscheinen gelassener und reckten neugierig die Köpfe mit Grasbüscheln im Maul. Hühner flatterten auf. Zu ihrer Verblüffung entdeckte sie gleich hinter der Tür ein durch eine niedrige Mauer vom übrigen Stall abgetrenntes Wasserklosett. Sie zögerte nicht lange und setzte sich. Ein Huhn wagte sich zu ihr und pickte nach ihren Zehen, die wie Würmer durch die nassen Socken schimmerten. Marie hatte Hühner schon immer gemocht, ihr sanftes Gurren, das aufgeregte Scharren, das beglückte Gackern, wenn sie ein Ei gelegt hatten, als sollte jedermann ihre sensationelle Leistung würdigen. Marie hätte besser die Schuhe anziehen sollen, jetzt waren die neuen weißen Baumwollsöckchen, die sie eigens für das Vorstellungsgespräch gekauft hatte, schmutzig. Obgleich auch im Stall alles, bis zu den Fressgittern hin, sauber gekehrt war. Mit so vielen Tieren blieb es auf der Toilette immer angenehm warm, dachte sie. Und wenn sie sich nicht täuschte, stand dort hinten in einem Extrapferch auch noch ein rotgescheckter Ackergaul. Alles, was ihr Herz begehrte – wo ein Pferd stand, da gehörte sie hin. Sie musste schmunzeln. Und Martin bemühte sich um ihr Wohlergehen, das gefiel ihr, gestand sie sich ein. Aber warum tat er das? Er kannte sie doch überhaupt nicht. Neben dem geschwungenen Waschbecken aus Emaille und einem karierten Handtuch hing eine Tausendblattrolle Kreppapier. Der reinste Luxus. Während der Vertreibung hatte sie erfinderisch sein müssen, sich manchmal mit Lumpen oder oft auch nur mit Blättern vom Baum begnügt. Kaum war sie fertig, drückte jemand die Klinke zum Wohntrakt herunter. Hastig sprang Marie auf und richtete ihre Kleidung.

»Verzeihung, ich wusste nicht, dass Sie hier sind.« Kurz lugte Martin zu ihr, senkte dann den Blick und blieb stehen, bis sie an der Spülung gezogen hatte. Das Rauschen begleiteten die Ziegen mit einem Meckern, als hätten sie sich mit erleichtert. »Und, wie gefällt Ihnen unser Thronsaal?«, fragte er, sichtlich bemüht, die Verlegenheit zu überspielen. »Mein Vater hat immer gesagt, wenn wir schon neben der königlichen Familie wohnen, dann brauchen wir ebenfalls einen Thron. Als unsere Eltern noch lebten, stand hier ein Plumpsklo mit zwei Löchern, für einen großen und einen kleinen Hintern, auf das man über zwei Stufen hinaufsteigen musste. Manchmal hat mir mein Vater hier aus der Zeitung vorgelesen. Wir haben uns über alles Mögliche unterhalten, wenn wir nebeneinandersaßen. Aber inzwischen habe ich den Thron ein bisschen modernisiert, wie Sie sehen. Nun ist man ganz für sich.«

»Na ja, abgesehen von mehreren Dutzend Zuschauern.« Sie zeigte auf die Tiere. »Wir hatten auch ein Plumpsklo, weit außerhalb vom Haus. Wenn es regnete oder schneite, mussten wir Bretter auslegen, damit wir es erreichen konnten. Als Kind bin ich auf den Brettern balanciert und habe mir dabei vorgestellt, ich wäre eine Seiltänzerin.« Sie wusch sich die Hände.

»Moment. Die Seife habe ich vor den Hühnern in Sicherheit gebracht.« Er öffnete ein Schränkchen über ihr, auf den ein blasses rotes Kreuz gemalt war. Das Schränkchen war voller Arzneimittel und Verbände. Auf dem untersten Bord lag ein Stück Kernseife. »Und wo kommen Sie her?« Als er ihr die

Seife gab, berührten sich ihre Schultern und auch ihre Fingerspitzen.

Marie zuckte zurück, trocknete sich die Hände, legte die Seife wieder aufs Bord und trat aus dem Winkel, an Martin vorbei, in die Stallgasse. »Danke für Ihre Freundlichkeit, aber ich …« Sie stockte, weil sie mitten in der Herde Mannis Wuschelkopf entdeckt hatte. Wahrscheinlich war er schon die ganze Zeit über dort gewesen, aber nicht wegen ihr. »Das trächtige Schaf, ich glaube, es ist so weit.« Sie zog die Söckchen aus, stopfte sie in ihre Rocktasche und folgte Martin durch das Gatter in den Pferch. Die Einstreu unter ihren nackten Füßen fühlte sich warm und weich an. Die Herde blieb ruhig, als sie sich mitten hindurch ihren Weg bahnten. Marie kam es so vor, als hielten die anderen bewusst Abstand zu dem Schaf, das nicht mehr aufstehen konnte. Manni saß bei einem weißen Lamm, das bereits geboren war. Es stand auf wackligen Beinen. Das Mutterschaf hatte immer noch Wehen, knurrte und blähte die Nüstern. Unter seinem Schwanz hing etwas heraus. Zwei winzige Klauen. Es presste weiter, aber nichts geschah, das zweite Lamm steckte fest. Martin half und zog es bei der nächsten Wehe heraus. Es war schwarz-weiß und kaum größer als eine Hand. Er löste die Fruchthülle, die es noch komplett umgab, damit es nicht erstickte. Doch das Lamm rührte sich nicht. Marie kniete sich zu ihm, rieb es trocken, massierte ihm Beine, Bauch und Hals. Wie bei seinem Zwilling hatte sich die Nabelschnur bereits bei der Geburt vom Mutterkuchen gelöst und hing ihm vom Bauch. Es hatte runde schwarze Flecken auf seiner weißen Wolle, als trüge es ein flauschiges Käferkostüm. Bitte, bitte, flehte Marie innerlich. »Es muss doch atmen«, sagte sie laut und streichelte es weiter.

»Wahrscheinlich hat es Schleim geschluckt.« Martin hob

das Lamm an den Hinterläufen auf, damit sein Kopf nach unten hing, und klopfte ihm auf den Rücken. Endlich hustete und spuckte es, holte Luft und fing zu zappeln an. Dabei blökte es hell, was bei den vielen Tiergeräuschen im Stall kaum hörbar war, aber das Mutterschaf, das weiterhin dalag, drehte sofort den Kopf und antwortete mit einem tiefen »Mäh«.

Vorsichtig bettete Martin das Lamm vor die Schnauze der Mutter, und Manni stellte den schneeweißen, fast doppelt so großen Zwilling dazu, damit sie beide bequem ablecken konnte. Marie gefiel, wie sanft die beiden Männer mit ihren Tieren umgingen. Viele Bauern sahen in ihnen keine Lebewesen, beuteten sie nur aus. »Wird das Mutterschaf jemals wieder aufstehen können?«, fragte sie.

Martin zuckte mit den Schultern. »Keiner hat geglaubt, dass Tulpe ihre Lämmer überhaupt zur Welt bringen kann, vielleicht passiert ja noch ein Wunder.« Als die Nachgeburt kam, wischte er sie mit einem Heubüschel fort. »Aber Milch hat sie wohl keine.« Er tastete das Euter ab und versuchte, sie zu melken, doch aus den Zitzen kam nichts.

»Das Schaf heißt Tulpe?« Marie stand wieder auf und lehnte sich an die Raufe.

Martin sah zu ihr auf. »Ich gebe meinen Schafen meistens Pflanzennamen.«

»Und wie werden Sie die Lämmer nennen?«

»Ich weiß nicht, sie überleben sowieso nicht.«

Sie erschrak. »Wieso? Ihnen geht's doch gut, und sehen Sie, das Schwarz-weiße versucht sogar schon aufzustehen.« Tatsächlich, unter der großen Zunge der Mutter, die in gleichmäßigen Zügen über seinen Körper fuhr, wackelte das kleinere Lamm mit den Beinchen, als suchte es im Heu Halt.

»Wenn sie keine Biestmilch abkriegen, sterben sie.«

»Meinen Sie Kolostralmilch? Ich kenne das von den Fohlen, die erste Milch von der Stute, die ist noch fast durchsichtig und wird erst später weiß.«

Er nickte. »Sie brauchen die Nährstoffe, die sind überlebenswichtig.«

»Kann man gar nichts tun?« Die Vorstellung, dass diese Kleinen, kaum dass sie so mühsam auf der Welt gekommen waren, verhungern und verdursten sollten, ertrug sie nicht.

»Manchmal nimmt sich eine Ziege eines mutterlosen Lamms an, aber ohne die Biestmilch wird auch das nicht helfen. Außerdem haben die meisten gerade selber Kitze, und die Damen suchen sich die Arbeit als Amme selbst aus.«

»Und wenn wir die beiden mit der Flasche großziehen?«, schlug sie vor.

»Wir?« Wieder sah er sie mit seinen großen braunen Augen an, ein Lächeln zuckte um seinen Mund. Manni kam zurück, beide Hände voller Gras, das er ausgerupft hatte, und streute es Tulpe vor die Nase. Gierig stürzte sie sich darauf, sie war hungrig nach der schweren Geburt.

»Ich meine natürlich Sie«, verbesserte sie sich. »Sie könnten den Lämmern die Flasche geben, davon haben Sie ja genug im Haus, wie ich gesehen habe. Und in die Ziegenmilch ein paar Tropfen Leinöl und ein Ei hineinrühren. So haben wir es auf unserem Gut mit den Fohlen gemacht.«

»Einen Versuch ist es wert.« Martin erhob sich und klopfte sich die Hose ab. »In der Speisekammer müsste noch ein Nuckel von Manni sein, ist zwar schon einige Jahre her, aber das probieren wir aus, oder, Manni?«

»Jo«, sagte der und grinste.

»Und die Flaschen sammelt der Manni, ihm gefällt es, durch das farbige Glas zu schauen, und manchmal fängt er Sonnenlicht darin ein.« Also deshalb standen so viele im ansonsten aufgeräumten Haus in allen möglichen Winkeln. Marie hatte sich schon gewundert.

»Gespeichertes Sonnenlicht, fein, dann habt ihr einen Vorrat, wenn's dunkel ist oder auch für den Winter.« Sie lächelte Manni an. »Schade, dass das nicht mit guten Gefühlen geht, dann hätte man immer etwas für schlechte Zeiten. Die Flasche auf und plopp.«

»Stimmt.« Martin lachte. »Aber jetzt lassen wir Tulpe mit ihren Zwillingen besser eine Weile allein, damit sie sich erholen und in Ruhe beschnuppern können. So lange sollten wir auch etwas essen. Und wenn Sie wollen, probieren wir das mit dem Leinöl und der Milch aus.«

»Und wie heißen diese kleinen Wunder?«, fragte Marie.

Er zuckte mit den Schultern. »Vielleicht fällt Ihnen ein Name ein.«

»Sind die Lämmer männlich oder weiblich?«

Er schaute nach. »Ein Böckchen und ein Weibchen.«

»Wie wäre es mit Stanis und Olivia?«, schlug sie vor.

Martin runzelte die Stirn.

»Ist mir gerade so eingefallen, weil die Zwillinge so unterschiedlich sind. Stanis ist zwar kein Pflanzenname, aber Olivia passt doch. Ich habe dabei an Stan Laurel und Oliver Hardy gedacht.«

»Ach, ja richtig. Die zwei Filmhelden aus *Dick und Doof*. Gute Idee.« Er streckte ihr die Hand hin. »Wollen wir du sagen?«

»Gern.« Sie schlug ein und spürte seine warme Haut. Sie konnte nicht recht entscheiden, ob ihr das gefiel oder ob sie auf der Hut sein sollte.

Die neugeborenen Lämmer aufzupäppeln, war ein schwieriges Unterfangen. Der Nuckel auf der Glasflasche war zu groß für die kleinen Mäuler, auch schmeckte ihnen der Kautschuk offenbar nicht. Einiges ging daneben, bis es Martin gelang, der kräftigeren Olivia etwas warme Milch ins Maul zu träufeln. Er rieb ihr den Hals, damit sie schluckte. Dann kam der kleine Stanis dran, den Marie in den Armen hielt. Erstaunlicherweise steckte in ihm ein starker Lebenswille. Nach einigen Anläufen begriff er schneller als seine Schwester, wie man an der Flasche saugte. Ein Erfolgserlebnis, über das Marie sich sehr freute. Besonders als Olivia es ihrem Bruder nachtat und den Rest der Flasche leertrank. Danach waren beide erschöpft, und ihre Augen wurden schwer. Marie bettete sie ins Heu, wo sie sich zusammenkuschelten.

»Jetzt müssen wir nur noch Tulpe zum Aufstehen bringen, sie liegt sich sonst wund.« Er hob das Mutterschaf an den Hinterläufen an, sofort stellte sie ihre Vorderbeine auf. Sie wankte leicht, aber sie stand. Doch als Martin sie losließ, knickte sie sofort wieder ein und fiel in die Streu zurück. Er massierte ihr noch eine Weile den Rücken und die Beine. Aus seinen Gesten sprach langjährige Erfahrung im Umgang mit Tieren, dachte Marie. Er holte aus dem Medizinschränkchen neben der Stalltür ein Fläschchen, hielt Tulpe den Kopf nach oben und kippte ihr einen Schluck davon ins Maul.

»Ist das Klosterfrau Melissengeist?«, fragte Marie.

Er lächelte. »Nein, das ist ein Sud, den schon mein Vater angesetzt hat, schmeckt zwar scheußlich, hilft aber auch Menschen gegen alles Mögliche. »So«, er erhob sich wieder. »Höchste Zeit fürs Abendessen.« Inzwischen hatte sich Manni ums Feuer gekümmert, es knisterte im Herd, als sie zurück in die Küche kamen. Martin schnitt eine Zwiebel klein, hackte

Petersilie und schlug ein Dutzend Eier in eine Pfanne. Er bat Marie, den Tisch zu decken, und fragte dann: »Kannst du melken?«

»Als Kind habe ich einmal eine Kuh gemolken, aber ich weiß nicht, ob ich das noch kann und wie das bei Ziegen geht.« Sie holte bunt gemustertes Geschirr aus der Anrichte, das etwas angeschlagen war. An einer Tasse fehlte der Henkel, der Tellerrand sah aus wie angeknabbert, dennoch war alles sauber, ordentlich gespült und eingeräumt. Alles hier hatte seinen Platz, die Küche war gemütlich. Auch Manni hatte immer etwas zu tun, er wurde gebraucht, was Marie beeindruckte.

»Melken verlernt man nicht, das ist wie Radfahren und Schwimmen. Noch dazu haben Ziegen zwei Zitzen, nicht vier, machen also nur halb so viel Arbeit.« Er stellte die dampfende Pfanne auf ein Brett und trug sie darauf zum Tisch. Ein köstlicher Duft breitete sich in der Küche aus. Maries Magen knurrte laut. »Wo habt ihr das Besteck?«, fragte sie, nachdem sie schon in den Schrankschubladen geschaut hatte.

»Im Tisch.« Er schnitt Brot in Scheiben. »Und du, Manni, hol Speck, Käse und Butter, wenn wir schon einen Gast haben.« Gerade war Manni dabei gewesen, Holz zu Spänen zu zerteilen, indem er an einem Spalter kurbelte, einem kunstvoll geschmiedeten Eisenteil mit langem Griff, das am Herd angeschraubt war. Sofort hörte er auf und lief aus der Küche.

»Wo rennt er hin?«, fragte Marie.

»In den Keller. Dank der Hanglage haben wir einen geräumigen Erdkeller, den wir als Kühlung benutzen, aber auch zum Käsen.«

»Ihr habt euren Keller draußen?« Sie hob die Wachstuchdecke an, um das Messer und Gabeln aus der Schublade zu holen. »Bei uns ging es durch eine Falltür unterm Tisch in den Keller.«

»Dann stammst du auch von einem Bauernhof?« Martin streute eine Handvoll Kaffeebohnen in eine Mühle.

»Na ja, nicht direkt, es war mehr ein Gut und ich die Tochter des Besitzers. Sag bloß, es gibt sogar echten Bohnenkaffee?«, ergänzte sie schnell, um von sich abzulenken.

»Nicht für uns, das ist nur ein Rest, außerdem würde er uns um den Schlaf bringen. Der ist für Tulpe, damit ihr Kreislauf in Schwung kommt.« Die Tiere der Brandstetters wurden wirklich mit echtem Bohnenkaffee verwöhnt, Marie staunte. Als Manni hereinkam, fingen sie endlich zu essen an. Sogar das Brot war selbstgebacken, in einem Backofen hinterm Haus, wie Martin erzählte. Marie hatte vor Hunger ein Loch im Bauch und das Gefühl, niemals mehr satt zu werden. Und Martin schien sich zu freuen, dass es ihr schmeckte. Mehrmals forderte er sie auf, ruhig nachzufassen. Auch Manni langte kräftig zu und schmatzte, als müsste er jeden Bissen extra prüfen.

»Wir bräuchten dringend jemandem, der uns bei der Ernte hilft. Nächste Woche mache ich Heu, wenn das Wetter hält, danach stehen die Obst- und die Kartoffelernte an. Tagelöhner sind zurzeit schwer zu kriegen, besonders hier bei uns, kaum jemand will die ganze Strecke vom Bahnhof bis hierher laufen.«

»Ist das ein Stellenangebot?«, fragte sie und nahm sich noch ein Stück von dem Ziegenfrischkäse, der es ihr besonders angetan hatte.

Martin nickte. »Überleg's dir, bleib einfach, solange du willst. Du kannst im Zimmer unserer Schwester wohnen, seit sie geheiratet hat, steht es leer. Ich würde mich freuen, wenn mir jemand in Haus und Hof unter die Arme greift.«

Eigentlich hatte sie schon längst aufbrechen wollen, aber jetzt bot er ihr nicht nur eine Übernachtung an, sondern sogar Arbeit. »Ihr habt auch ein Pferd, ein herrliches Kaltblut, habe ich gesehen«, sagte sie, um nicht sofort darauf eingehen zu müssen.

»Ohne den Fido geht nichts, was Manni?«

»Jo«, sagte der und versprühte Rührei über den Tisch.

»Mit ihm liefern wir die Milch an die Kunden.« Martin kratzte die Pfanne aus und leckte den Löffel ab.

»Bringt ihr die gar nicht zur Molkerei?«, fragte Marie. »Bei uns trugen die Mägde morgens und abends die Milchkannen zu einer Sammelstelle im Dorf, zu der dann der Molkereilastwagen kam.«

»Eine Molkerei, die Ziegenmilch verarbeitet, gibt es hier in der Gegend noch nicht. Einige Kunden beliefern wir direkt, manche holen sie auch bei uns ab, aus dem Rest machen wir Käse, den wir auch zu verkaufen versuchen.«

Sie schwiegen eine Weile. Nur Manni durchbrach die Stille mit seinen Essensgeräuschen. Martin stand auf und stellte seinen Teller in die Spüle. »So, ich glaube, Tulpe braucht jetzt ihr Tässchen Kaffee.«

»Was ist mit den Lämmern, werden sie überleben?«, fragte sie.

Er zuckte mit den Schultern. »Ich muss sie alle drei Stunden füttern und hoffen, dass sie die Milchmischung vertragen, mehr kann ich nicht machen.«

»Wir könnten uns abwechseln«, schlug sie vor. Auf diese Weise würde die Nacht schneller vergehen und vielleicht auch ihre Angst. Und morgen könnte sie weitersehen.

»Also bleibst du?«

Sie nickte.

»Fein, ich bin gleich zurück und zeige dir Luises Zimmer.«

Als er eine Viertelstunde später ihr voran die Treppe zum ersten Stock hinaufstieg, zögerte Marie und blieb unten stehen. Ein mulmiges Gefühl beschlich sie. Sollte sie Martin wirklich vertrauen? War er so ehrlich und offen, wie er vorgab? Draußen war es schon dunkel, sie würde kaum alleine zum Bahnhof zurückfinden und bei jedem Blätterrascheln tausend Tode sterben. Ihre Eltern fielen ihr ein, trotz aller Schikanen hatten sie bis zuletzt an das Gute im Menschen geglaubt. Und auch Theo, er hatte ihr gezeigt, stets offen auf andere zuzugehen, was ihr mit ihrer Schüchternheit schwerfiel. Sie dachte an den Tag, als sie gemeinsam Schule geschwänzt hatten, mit dem Bus übers Land gefahren waren, irgendwo ausstiegen und zu Fuß weitergingen. Dann verliefen sie sich, wussten nicht mehr, in welcher Richtung der Rückweg lag, und wurden auch noch vom Regen überrascht. Theo klingelte einfach am nächstbesten Haus, einem abgelegenen Hof, vor dem ein Kettenhund bellte, und fragte, ob sie sich unterstellen dürften. Marie war fast gestorben vor Angst, aber die Bewohner entpuppten sich als freundliches älteres Ehepaar, das sich über die Abwechslung freute und gleich ordentlich auftischte. Als der Regen aufgehört hatte, kutschierte der Bauer sie sogar noch nach Hause zurück. Dank Theo war Marie oft mit Leuten ins Gespräch gekommen, die sie freiwillig nie angesprochen hätte. Wer nicht wagt, der nicht gewinnt. Also überwand sie sich und folgte Martin nach oben. Wie im übrigen Haus waren auch hier die Dielen sauber gefegt, und ein gestreifter Teppich in Naturtönen lag im Flur. Er öffnete ein Zimmer und drehte das Licht an. Mit etwas Verzögerung flackerte unter einem geknüpften Lampenschirm eine Glühbirne auf. Es war stickig warm in der Dachschräge. »Du kannst später noch lüften, aber wenn ich jetzt aufmache, hast du lauter Mücken herinnen.« Herrinnen, mit seinem herrlich rollenden R klang das urbayerisch. Ansonsten strengte er sich anscheinend an, mit ihr hochdeutsch zu reden. Ein Spinnrad, ein kleiner Webstuhl und andere Geräte zur Wollverarbeitung standen hier sowie eine Nähmaschine mit Fußtritt. »Mit den Jahren ist aus dem Zimmer eine Abstellkammer geworden. Was dich stört, räume ich gleich raus.«

»Ist schon in Ordnung. Ich hab ja nicht viel.« In einer Wiege neben dem etwas erhöht stehenden Bett waren die Decke und das Kissen so drapiert, als ob sie noch benutzt würde. »Ist die von Manni?«

»Wir alle drei haben darin gelegen, Luise hatte sie für ihr Kind neu hergerichtet, das dann aber tot zur Welt kam.« Er schob die Wiege etwas näher zum Spinnrad.

»Wie schrecklich. Ist deine Schwester älter oder jünger als du?«

»Ich bin mit achtundzwanzig der Älteste, dann kommt Luise mit sechsundzwanzig, und Manni ist sechzehn. Unsere Mutter ist kurz nach seiner Geburt gestorben.«

»Oh, dann ist es ja doppelt schlimm für deine Schwester.« Die Brandstetters hatten also auch einiges durchgemacht, dachte sie.

»Ja, aber man merkt es Luise nicht an, du wirst es erleben, wenn du sie kennenlernst, ich meine, falls …« Er stockte. »Ich hole noch Bettzeug, Moment.« In der Zwischenzeit blickte sich Marie weiter im Zimmer um. Über dem Kopfende des Bettes standen auf dem Bord etliche Bücher, ein paar der Autoren kannte sie oder hatte schon von ihnen gehört, aber die meisten luden ein, entdeckt zu werden. Ein großer Überseekoffer voller Aufkleber aus der ganzen Welt stand in einer Nische, und an der Wand hing in einem Glaskasten eine Pfeifensammlung. »Raucht deine Schwester?«, fragte sie, als Martin mit einem Kissen und einer Decke zurückkehrte.

Er lachte. »Ich glaube nicht. Jedenfalls nicht Pfeifen, soviel ich weiß. Die hat uns ein Münchner gegeben, im Tausch gegen Lebensmittel. Selbst acht Jahre nach Kriegsende verschlägt es die Stadtmenschen manchmal noch bis hierher. Auch der Koffer und die vielen Teppiche unter deinem Bett, die stammen von solchen Tauschaktionen.« Er nannte es schon ihr Bett, und erst jetzt fiel ihr auf, dass es auf einem dicken Stapel Perserteppiche stand, die vermutlich sehr kostbar waren. »Wir könnten jede Woche einen neuen auslegen und hätten übers Jahr immer noch nicht alle benutzt. Aber ich mag die einfachen Teppiche aus unserer Schafwolle lieber als diese gemusterten. Bei jedem gewebten Streifen weiß ich, von welchem Schaf die Wolle stammt.«

Das gefiel Marie. »Wir haben unterwegs auch vieles getauscht, erst das weniger wertvolle Zeug, das wir mitgeschleppt haben. Zuletzt den Ehering meiner Mutter.« Dass sie dafür nur ein kleines Stück Brot erhalten hatten, behielt sie für sich. Der Ring war das Einzige gewesen, was ihrer Mutter von ihrem Vater noch geblieben war.

»Und wo ist deine Mutter jetzt?« Sie schwieg. »Ich will nicht aufdringlich sein, du kannst mir später von eurer Flucht erzählen.«

»Wir sind nicht geflohen, wir wurden rausgeworfen«, sagte sie, lauter als beabsichtigt.

»Tut mir leid, ich weiß nicht so viel darüber, aber vielleicht erzählst du mir morgen mehr?« Martin ging hinaus. »Dann schlaf gut. Hoffentlich. Ach so, warte.« Er kehrte mit einem Wecker zurück. »Falls dein Angebot, die Lämmer zu füttern, noch gilt.«

»Natürlich.« Kaum war er weg, drehte sie den Schlüssel zweimal im Schloss. Dann warf sie sich aufs Bett und atmete erleichtert auf.

HELGA

Sind Sie bereit, meine Damen, es geht los!« Helga suchte den AFN-Sender und drehte das Radio lauter. Die Stillzeit war zu Ende und die Säuglinge wieder in die Kinderstation gekarrt worden. Nun stellten Little Junior's Blue Flames ihr eigenes *Baby* vor, stimmgewaltig und mitreißend. Beim Gitarrensolo, das wie eine Eisenbahn ratterte, ging es im Mehrbettzimmer der Wöchnerinnen hoch her. Manche Frauen ruderten mit den Armen, andere zischten. Sie wippten in ihren Betten und strahlten eine Fröhlichkeit aus wie in der ganzen Woche nicht.

»Machen Sie das sofort aus, Schwester Helga!« Oberschwester Beate stürmte herein.

»Huhu, die strenge Schaffnerin!«, kicherte Frau Netzer, die zum dritten Mal entbunden hatte, und spitzte die Lippen, als würde sie Dampf ausstoßen.

»Schwester Helga, hören Sie nicht?« Die Oberschwester brüllte gegen die Musik an.

»Ich dachte, etwas Unterhaltungsmusik würde den Damen guttun.« Helga gehorchte und drehte leiser. Noch immer rotierten die Blue Flames *'round, 'round the bend.*

»Ich sagte AUSSCHALTEN, sind Sie taub? Die Damen sind nicht zum Vergnügen hier.«

»Aber etwas Vergnügen zwischendurch kann doch nicht schaden.« Helga drehte das Radio ab.

»Wollen Sie, dass ihnen die Milch sauer wird?«

»Das geht doch gar nicht, ich meine, Muttermilch ist immer steril, und rein medizinisch …«

»Was Sie meinen, interessiert nicht, Schwester Helga. Und belehren Sie mich nicht. Lernen Sie erst mal, eine Nadel richtig zu setzen.«

Das saß. Helga gab sich wirklich Mühe beim Blutabnehmen und beherrschte es einigermaßen, aber wenn sich ihre Unsicherheit herumsprach, würde es am nächsten Patientinnenarm nicht leichter werden.

»Kümmern Sie sich besser um das, was ich Ihnen aufgetragen habe.« Die Oberschwester walzte durchs Zimmer. »Wie wäre es, wenn Sie endlich die Bettpfannen leeren und damit für die von Ihnen verlangte Sterilität sorgen würden?« Ihre Vorgesetzte ließ Helga täglich spüren, dass sie an Hausarbeiten nicht gewöhnt war und anfangs nicht einmal einen Besen benutzen konnte. Auch die fertig ausgebildete Schwester Cornelia, eine pummelige Garmischerin, die unter dem Häubchen eine Prinz-Eisenherz-Frisur trug und behäbig über die Flure watschelte, kommandierte sie herum.

»Sie alle könnten etwas mehr Rücksicht nehmen.« Jetzt kriegten auch die Patientinnen ihr Fett weg. »Manche Frauen haben weniger Glück und vertragen keinen Lärm, schon gar nicht irgendein Negergedudel.« Die Schwester beugte sich über Frau Herzog, deren Kind tot zur Welt gekommen war, und fragte sie, wie es ihr ging. Was die Patientin erwiderte, verstand Helga nicht. Zwischen den Kissen war nur ihr Haarschopf zu sehen. Sofort plagte Helga das schlechte Gewissen, auch Frau Herzog hatte sie eigentlich bloß aufmuntern wollen. Rasch verschwand sie mit zwei Bettpfannen nach draußen, Richtung Toilette. Dort holte sie die LUX-Packung und Streichhölzer aus dem Versteck unterm Waschbecken und zündete sich eine an. Nach dem ersten Zug atmete sie auf, wedelte den Rauch, so gut es ging, weg und behielt wegen der Oberschwester den Gang im Blick.

Manchmal hätte sie mehr als nur zwei Hände gebraucht. Zwischen Fiebermessen auf der Wöchnerinnenstation, Milchpumpenverteilen, Unterleibsspülungen und Bettenbeziehen blieb ihr kaum Zeit zum Luftholen. Nach dem Stillen sammelte sie die Säuglinge ein und teilte sie vier Stunden später wieder aus. Die Kinder kamen nebeneinander auf einen Transportwagen wie Heringe in einer Büchse. Gab es Komplikationen bei einem Kaiserschnitt oder auch bei einer normalen Geburt, verzögerte sich die Essensausgabe, worüber sich vor allem die Privatpatientinnen in ihren Einzelzimmern beschwerten. Trotzdem mussten die Nachttische bis zur Visite blitzblank sein. Oberschwester Beate kontrollierte streng. Oft kam Helga sich wie eine Putzfrau und nicht wie eine Lernschwester vor.

Natürlich hatte sie geahnt, dass die Ausbildung hart werden würde, besonders da es ihr generell an Arbeitserfahrung mangelte. Davor hatte sie noch nie etwas getan, um Geld zu verdienen. Sie war froh, dass sie überhaupt so schnell eine Anstellung bekommen hatte. Kaum zu glauben, dass sie erst drei Wochen von zu Hause fort war. Ihr altes Leben in München, wo sie oft nicht gewusst hatte, wie sie ihre Tage herumbringen sollte, schien Lichtjahre entfernt. Für zwei Nächte war sie bei Eva untergeschlüpft, dann hatten deren Eltern ihr nahegelegt zu gehen. Nach Hause wollte Helga auf keinen Fall zurück, also durchforstete sie im Zeitungsladen am Bahnhof die Stellenanzeigen. Dreißig Kilometer von München bildete man zur Jahresmitte Krankenschwestern aus, damit war sie für den Anfang weit genug weg. Außerdem klang Seeklinik für Geburts- und Frauenheilkunde nach einer fürsorglichen Einrichtung, was hoffentlich auch für das Personal galt. Und nicht zuletzt kam sie damit ihrem Traum, Menschen zu heilen, ein Stückchen näher.

Bisweilen fühlte sie sich wie in einem Albtraum. Ständig begann alles von vorn. Der Kopf schwirrte ihr vor Anweisungen und medizinischen Begriffen, zugleich wandelte sie vor Müdigkeit wie auf Watte von Zimmer zu Zimmer. Zu den Stunden bei Tage sollte sie ab übernächster Woche auch noch für den Nachtdienst eingeteilt werden. Die einzige Abwechslung zur praktischen Tätigkeit war der Nachmittagsunterricht in Wochenbett- und Säuglingspflege, zu dem sie nach einer knappen Pause hechtete. Meistens schlief Helga auf der Schulbank ein, sosehr sie sich auch bemühte, den leiernd vorgetragenen Ausführungen zu folgen.

Außerdem musste sie ständig vor den älteren Kolleginnen auf der Hut sein. Sie kuschten zwar vor Stationsschwester Beate, hatten aber sonst anscheinend nichts Besseres zu tun, als Helga zu ärgern. Gleich am ersten Tag sollte sie einen Rahmen für ein großes Blutbild holen, hatte verzweifelt überall gesucht und schließlich den Hausmeister gefragt. Wechselrahmen, wie sie überall in der Klinik hingen, wurden vermutlich im Keller aufbewahrt.

»Dass Sie bloß den Kellerschlüssel von mir verlangen, finde ich beruhigend«, sagte Alois Wittgenstein, als sie ihm ihr Anliegen erklärte. »Ich dachte schon, Sie fragen mich nach dem Schlüssel für den Intercostalraum.« Von seinen bestimmt eins neunzig sah er grinsend auf sie, die gut dreißig Zentimeter kleiner war, hinab.

»Der Intercos-was-Raum? Wo liegt denn der? Ich habe mich mit dem ganzen Gebäude noch nicht vertraut gemacht, die

Flure sehen in jedem Stockwerk gleich aus, und ich …« Ihr brach der Schweiß aus.

»Jetzt mal halblang, Mädel.« Er tätschelte ihr den Arm. Vor dem Krieg war er Zimmerer gewesen, aber mit seiner Beinprothese traute er sich nicht mehr aufs Dach. »Ich arbeite schon ein Weilchen länger in diesem Narrenhaus, darum weiß ich, dass der Intercostalraum hier liegt.« Er klopfte auf seinen Brustkorb unter der grauen Kitteljacke. »So nennt man fachlich den Platz zwischen den Rippen. Und dass man ein Blutbild rahmen kann, und sei es auch noch so groß, ist mir neu. Sagen Sie den Halbgöttinnen in Weiß einen schönen Gruß vom Loisl, und die sollen gefälligst aufhören, Sie zu schikanieren, sonst kriegen sie es mit mir zu tun.«

Auch wenn sie in Wittgenstein nun wenigstens einen Verbündeten hatte, passierte ihr vor lauter Hektik trotzdem ein weiteres Missgeschick. Als sie Herrn Dr. von Thaler das Frühstück bringen wollte, blieb sie mit dem Ärmel an der Türklinke hängen. Sie stolperte in sein Büro, die Kaffeekanne kippte, sie fing sie gerade noch auf, aber der heiße Inhalt schwappte auf ihren Kittel. Um ein Haar hätte sie das ganze Geschirr fallen lassen.

Ihr Chef sprang auf, sie dachte schon, er wollte ihr mit dem Tablett helfen, aber er lief an ihr vorbei nach draußen. Offenbar hatte er durchs Fenster einen Krankenwagen gesehen und wurde gebraucht. »Tut mir leid, Schwester Helga, ich hoffe, Sie haben sich nicht verbrüht? Wie es aussieht, kriegen wir einen Notfall herein. Stellen Sie ab.«

Sie nickte, schob das Tablett auf den Schreibtisch. Doch so konnte sie unmöglich zurück, die Oberschwester hatte sie oft genug ermahnt, sorgfältiger mit ihrer Kleidung umzugehen, in der Klinik sei Hygiene oberstes Gebot. Egal ob ein Säugling sie ankackte oder Muttermilch wieder ausspuckte. Also versuchte sie, den Kaffeefleck am Waschbecken zu entfernen. Natürlich musste sie dazu den Kittel ausziehen, damit die Bluse darunter nicht auch noch nass wurde. Die hatte leider ebenfalls Kaffee abbekommen. Außerdem hatte sie sich verbrüht. Ihr Dekolleté war knallrot, sie betupfte die schmerzenden Stellen mit kaltem Wasser. Schon besser. Sie wollte doch heute Abend tanzen gehen. Rasch zupfte sie ihre kinnlangen Haare vor dem Spiegel zurecht. Gleich nach der Zusage, dass sie in Starnberg ihre Ausbildung beginnen durfte, war sie in den nächstbesten Frisiersalon gegangen und hatte sich die langen Haare abschneiden lassen. Erst dann hatte es sich wie ein Neuanfang angefühlt. Sie leckte sich die Lippen, als ihr Blick auf das Tablett mit den Kuchenstücken fiel. Geschenke der dankbaren Mütter an ihren Geburtshelfer. Die Lernschwestern durften erst essen, nachdem die Patientinnen versorgt waren. Helga schnappte sich einen Windbeutel und saugte die Sahne heraus. Die Lücke auf dem Teller würde dem Herrn Doktor nicht auffallen, der wusste bestimmt nicht mehr, welche Köstlichkeiten sie ihm gebracht hatte. Sie setzte sich in seinen bequemen Schreibtischstuhl und vertilgte als Nächstes in aller Ruhe ein Stück Käsesahnetorte. Das Johannisbeerkuchenstück mit der Baiserhaube war auch nicht zu verachten. Sauer und süß zugleich.

»Kompliment, Frau Stelzer«, Helga fuchtelte mit der Gabel in Richtung Tür und imitierte die tiefe Stimme ihres Chefs, »und herzlichen Glückwunsch zu Ihren zerknautschten Zwillingen, die Ihrem Mops ähnlich sehen, aber Kuchenbacken können Sie, das muss ich schon sagen. Bleiben Sie besser dabei und geben Sie die Kinderproduktion auf.«

Die Platte leerte sich, dennoch blieb genug übrig. Sie war schließlich kein Vielfraß! Nur noch einen Schokoladenwürfel.

Dann tupfte sie mit den Fingerspitzen die Krümel auf und schob die verbliebenen Kuchenstücke locker aneinander, damit die Lücken nicht auffielen. Zum Schluss trank sie den Rest Kaffee, der noch in der Kanne war, eine knappe Tasse immerhin. Sie rieb sich den Bauch, rülpste und kicherte. Ihre Mutter und die Anstandsregeln kamen ihr in den Sinn. »Keine Geräusche bei Tisch, Helga.« Gestärkt kehrte sie ans Waschbecken zurück und wusch ihre Kleidung aus. Da öffnete sich mit einem Mal die Tür, anstelle des Chefs trat seine Gattin ein.

»Grüß Gott, Frau Doktor«, sagte Helga mit dem tropfenden Kittel in der einen und der Seife in der anderen Hand. Ihr fiel auf, dass nicht nur sie, sondern auch die von Thaler durchnässt war.

»Was in Herrgotts Namen tun Sie denn hier?«, fuhr sie Helga an. »Wer sind Sie überhaupt?«

»Helga Knaup, Frau Doktor. Lernschwester Helga«, ergänzte sie, als ihr bewusst wurde, dass sie in ihrem viel zu kurzen und noch dazu halbdurchsichtigen Unterkleid vor der Frau stand. Wahrscheinlich hatte sie auch noch Spuren von Sahne oder Schokolade in den Mundwinkeln. Doch sie ließ sich nicht unterkriegen. »Dasselbe könnte ich Sie fragen. Wer hat Sie denn durchs Wasser gezogen?«

»Was erlauben Sie sich? So eine Unverschämtheit, das ist das Büro meines Mannes, ich bin Ihnen keine Rechenschaft schuldig, Sie … Sie … Früchtchen.« Sie funkelte Helga an, machte auf dem Absatz kehrt und schlug die Tür zu. Wahrscheinlich rannte diese Wichtigtuerin sofort zu ihrem Mann oder zur Oberschwester, dann durfte sich Helga wieder eine Moralpredigt anhören oder schlimmer. Einer Lernschwester konnte jederzeit gekündigt werden. Sei's drum. Sie hatte das vornehme Getue satt, dafür hätte sie auch zu Hause bleiben können. Früchtchen hatte die sie genannt. Als ob sie weiß Gott was in Herrn Doktors Büro getrieben hätte. Dabei war es einfach nur Kaffee gewesen und ein bisschen Kuchen dazu, na und? Dann sollten sie ihr halt kündigen. Zum Jammern war es sowieso zu spät.

Sie schlüpfte in ihren Kittel, schoppte ihren Bubikopf in Form und steckte ihr Häubchen neu fest. Dann schlich sie sich aus der Tür.

»Entschuldigung, die dreiundzwanzig?«, fragte ein Mann mit Blumenstrauß.

»Äh, wie bitte?« Helga starrte ihn an.

»Zimmer dreiundzwanzig, sagte man mir an der Rezeption. Meine Frau, sie hat …, es ist ein Junge, wir wollen ihn Eckbert nennen.«

»Ach so, ja«, sie begriff, wies ihm die Richtung, »die Treppe hoch, dann nach links, bis zur Wöchnerinnenstation. Glückwunsch, aber denken Sie dran, dass nicht Sie, sondern Ihr Kind mit diesem Namen leben muss«, rief sie ihm hinterher und lief den Gang hinunter, an den Zimmern der Privatpatientinnen vorbei. Als sie am Labor vorbeikam, hörte sie die Stimme des Chefs. Er brüllte.

»Nur diese eine Aufgabe hast du, mehr nicht, das kann doch nicht so schwer sein, aber nicht einmal dazu bist du in der Lage.« Wen meinte er? Helga blieb stehen und lauschte. So wütend hatte sie Dr. von Thaler noch nie erlebt. Mit den Patientinnen und auch den Schwestern sprach er nur das Nötigste, und das eher leise, oft hatte Helga Mühe, ihn zu verstehen, obwohl sie beinahe so groß war wie er.

»Und du, was tust du? Treibst es in deinem Büro mit diesem … diesem …«

»Versuch nicht von dir und deinem Versagen abzulenken.«

»Jetzt hör endlich auf. Das darf doch alles nicht wahr sein …«

Helga stutzte. War das Frau Dr. von Thaler?

»Sag mal, musst du in deiner Klinik jedem Weiberrock nachstellen?« Ja, das klang ganz nach ihr. Sosehr sie die Ohren auch aufsperrte, sie verstand nur Bruchstücke. »Du als Chef … Busenwunder … halbnackt in deinem Büro … Blondine …« Jetzt dämmerte ihr, dass hier von ihr geredet wurde. So eine Unverschämtheit! Von wegen Busenwunder! Obwohl, auf ihre Oberweite war sie tatsächlich stolz. Aber so, wie die Frau vom Chef das betonte, hörte es sich eher nach einer Beleidigung an. Als wäre sie das Dummchen vom Dienst! »Genüge ich dir nicht mehr?« Anscheinend war die Doktorsgattin außer sich. Diese ganze Aufregung wegen eines harmlosen Kaffeeflecks. Glaubte die im Ernst, dass Helga mit dem Chef …? Nicht mal im Traum. Von Thaler war zwar in Ordnung, aber überhaupt nicht ihr Typ, noch dazu viel zu alt, er hätte ihr Vater sein können. Ein Himmelreich für eine Zigarette, um ihre Nerven zu beruhigen! Oder noch besser, sie ging rein und klärte die Angelegenheit.

»Da bist du ja endlich.« Ihre Kollegin, Lernschwester Silvia, eilte auf sie zu. »Ich hoffe, du kannst mir helfen, ich soll schleunigst ein Venensuchgerät holen, weißt du, wo ich das finde?« Sie wirkte ehrlich verzweifelt, hatte Band eins und Band zwei des Lehrbuchs für Pflegeberufe im Arm und wankte fast unter dem Gewicht der gesammelten Weisheit. »Ich habe keine Ahnung, wie so ein Gerät aussieht und wie groß es sein soll. Die Bücher habe ich schon nach einer Abbildung durchsucht, aber im Inhaltsverzeichnis steht nichts darüber. Nicht bei V und auch nicht bei S. Zuvor war ich im Röntgenraum, da werden doch die meisten Geräte aufbewahrt, oder nicht? Aber die Kollegen haben mich ausgelacht, als sei ich die größte Idiotin, wahrscheinlich bin ich das auch.«

»Unsinn.« Helga umarmte sie. Anscheinend hatten sie sich jetzt das Küken gekrallt. »Lass dich nicht ärgern, die haben nur vergessen, dass sie alle einmal Anfänger waren.« Silvia war gleichzeitig mit ihr eingestellt worden. Direkt nach der mittleren Reife, die sie ein paar Dörfer weiter in einer strengen Nonnenschule gemacht hatte. Darum war sie auch erst sechzehn, fünf Jahre jünger als Helga. Welch ein Glück, dass sie Helga in ihrem Alter überhaupt noch anlernen wollten. Aber außer ihr und Silvia hatte es wohl keine Bewerberinnen gegeben. In Schönschrift und Ordnunghalten war Silvia perfekt. Beim Blutabnehmen hatte sie allerdings noch mehr Probleme als Helga, zum Leidwesen der Patientinnen, die blau verfärbte und zerstochene Armbeugen davontrugen.

»Hoffentlich finde ich das Gerät im Labor. Weißt du, ob da wer drin ist?« Sie wollte anklopfen.

Helga hielt sie zurück. »Nicht, da ist … äh, der Chef hat gerade eine Besprechung, wir stören besser nicht, komm. Ein Venensuchgerät gibt's leider nicht, das muss noch erfunden werden.« Sie zog Silvia in eine Nische, in der ein Regal mit Informationsbroschüren über Milchpumpen und Folgemilch stand.

»Wo liegt denn die Patientin, der Blut abgenommen werden soll?«

»In der dreiundzwanzig.« Dahin hatte Helga doch gerade den Eckbert-Vater geschickt.

»Du meinst, dass die …, dass ich …?« Silvias Gesicht war anzusehen, wie die Erkenntnis, veräppelt worden zu sein, langsam durchsickerte. »Was für eine Blamage. Frau Weinbergers Mann ist gerade zu Besuch und hat mit ansehen müssen, wie ich seiner Frau Nachthemd und Bettzeug gewechselt habe.«

»Ach, halb so schlimm«, versuchte Helga sie zu beruhigen. »Der wird seine Frau doch schon mal mit oder vielleicht sogar ohne Nachthemd gesehen haben.« Sie wusste nicht, ob Aufklärung im Stundenplan der Nonnenschule gestanden hatte.

»Aber doch nicht so.« Silvia kullerten Tränen über die Wangen und auf die Bücher. »Alles war voller Blut, aber keins in den Röhrchen, ich weiß auch nicht.«

»Schwester Helga?«

Sie wirbelte herum. Der Chef stand hinter ihnen. »Ja, Herr Doktor?«

»Bringen Sie mir bitte frischen Kaffee ins Büro. Aber bitte schnell, in zwanzig Minuten habe ich eine OP. Das Gebäck können Sie wegräumen und unter den Kolleginnen verteilen, vielleicht tröstet das auch Fräulein Heulsuse.« Er nickte Silvia zu.

Diesmal servierte sie ihrem Chef das Gewünschte, ohne etwas zu verschütten. Wenigstens gab er ihr eine zweite Chance, dachte sie, auch wenn es nur eine Kanne Kaffee war. Mit dem Rücken zu ihr saß Dr. von Thaler hinter seinem Schreibtisch am Fenster und hielt eine Röntgenaufnahme ins Licht, als sie eintrat. Am liebsten hätte Helga die Behauptungen seiner Frau richtiggestellt. Würde ihre freche Bemerkung gegenüber der Frau Doktor Folgen haben? Wie sollte sie das Thema ansprechen, ohne zuzugeben, dass sie an der Labortür gelauscht hatte? Vermutlich nahm er das Theater seiner Frau nicht ernst, immerhin hatte er ausgerechnet sie noch mal in sein Büro gebeten. Oder war es ein Vorwand gewesen, um mit ihr darüber zu sprechen?

»Sind Sie sicher, dass Sie keinen Kuchen wollen?«, fragte Helga, um sich bemerkbar zu machen. »Der Johannisbeerkuchen ist wirklich gut.« Ein winziges Stück war noch übrig. Sie biss sich auf die Lippen.

»Ach, ja?« Er drehte sich zu ihr um, sein Blick glitt von unten nach oben über ihren Körper, als müsste er überprüfen, ob sie wirklich ein Wunder mit Busen war. »Sie sind also Lernschwester Helga?«, sagte er, als er endlich ihr Gesicht erreichte. Nach wenigen Wochen schon wusste er ihren Namen, Respekt! Er war sogar kurz bei ihrem Einstellungsgespräch dabei gewesen. »Und, wie gefällt es Ihnen hier?«

»Es ist anstrengend, und manchmal weiß ich nicht, wie und wann ich alles beherrschen werde, aber ich arbeite gern für Sie, also nicht nur für Sie persönlich, sondern überhaupt in der Klinik.« Sie schenkte ihm Kaffee ein. »Milch, Zucker?«

»Schwarz bitte.« Er legte das Röntgenbild zur Seite, schlug die Beine übereinander, lehnte sich zurück und schaute sie neugierig an.

»Und Sie? Sind Sie mit meiner Arbeit zufrieden?«, fragte sie.

»Mit dem Kaffee? Den habe ich noch nicht probiert. Und ansonsten kann ich Ihre Fähigkeiten nicht beurteilen, wir hatten, soviel ich weiß, noch nichts miteinander zu tun. Worauf wollen Sie hinaus?«

»Ihre Frau und was da passiert ist …, es tut mir leid, ich wollte nicht …«

»Dafür können Sie nichts.« Er trank einen Schluck, verzog das Gesicht. Schmeckte der Kaffee so grässlich? »Aber danke. Es wird schon alles wieder gut werden, hoffen wir einfach das Beste. Was in unserer Macht steht, tun wir Ärzte. Und jetzt entschuldigen Sie mich bitte.« Er seufzte, trank noch einen Schluck, also konnte der Kaffee doch nicht so schlecht sein, und beugte sich über die Unterlagen.

Die Kaffeekocherei war ihr letzter Kraftakt für heute gewesen. Nach der großen Klinikuhr hatte sie bereits seit sieben Minuten und dreizehn Sekunden Feierabend. Raus aus der Schwesternmontur, hinein in ihr neues Cocktailkleid, das ihre Figur in eine Sanduhr verwandelte. Eigentlich hatte sie sich das Kleid für die Abiturfeier gekauft, obwohl es für die Sekunde auf der Bühne, wenn die Direktorin des Mädchengymnasiums das Zeugnis überreichte, fast zu gewagt war. Ihre Eltern hätten sie dabei bestimmt lieber im Dirndl oder einem einfarbigen Kostüm gesehen. Dieses Fuchsiafarbene schmiegte sich dagegen wie ein Handschuh um ihren Körper und war verdammt schwer anzuziehen, darum hatte sie auch erst gezögert, es überhaupt mitzunehmen. Kurz nagte der Streit mit ihren Eltern an ihr. Wenn die Klinikverwaltung sie nicht benachrichtigt hatte, wussten sie nicht einmal, wo Helga sich aufhielt. Trotz ihrer Volljährigkeit hatte zwar ihr Vater ihrer Ausbildung zustimmen müssen, aber so ein Papier war schnell getippt, die Unterschrift ihres Vaters beherrschte sie, schließlich hatte sie ihm nicht jede schlechte Schulnote zeigen können. Wozu noch einen Gedanken an die Vergangenheit verschwenden? Sie lebte hier und heute, hatte wieder einen anstrengenden Tag gemeistert und sich ein bisschen Vergnügen verdient. Ein paar Stunden, in denen sie tun und lassen konnte, was sie wollte, ohne auf irgendwelche Vorschriften zu achten. Auch wenn sie am Morgen schon um acht wieder antreten musste, so gehörten der ganze Abend und die Nacht ihr. Voller Vorfreude lief sie zum Schwesterntrakt, der gleich nebenan lag. Draußen sog sie die laue Sommerluft ein und betrachtete den See, der hangabwärts, kaum fünfzig Meter entfernt unterhalb des Parks begann. Heute leuchtete er dunkelblau und war mit Schaumkronen betupft. Von einer älteren Frau gestützt, spazierte eine

Schwangere in der Anlage von Bank zu Bank. Helga vermutete, dass sie von einer Hebamme hinausgeschickt worden war. Erstgebärende brauchten oft lange, bis die Wehen einsetzten, soviel hatte sie schon begriffen. Bei einer Geburt war sie noch nicht dabei gewesen, das war unter den Schwestern so etwas wie ein Ritterschlag. Bisher hatte sie sich um die Handlangerdienste, die Vor- und Nachsorge und den Stillwagen mit den greinenden Ergebnissen zu kümmern.

In ihrem gemeinsamen Zimmer angekommen, öffnete Helga als Erstes das Fenster, setzte sich aufs Fensterbrett und zündete sich eine Zigarette an, obwohl im Wohnheim das Rauchen nicht erlaubt war. Silvia hatte bereits ihr Nachthemd an und lag schon mit Buch und Käsebrot auf dem Bett. »Gehst du mit ins Undosa? Heute ist Tanzabend«, fragte Helga ihre Leidensschwester. Laut Plakat an der Litfaßsäule vor der Klinik lud das ehemalige Wellenbad Undosa, zu dem auch ein Restaurant mit großem Festsaal gehörte, jeden Freitagabend zum Tanz ein. Und ihr war heute noch mehr als sonst danach. Sie wollte sich in die Musik und hoffentlich in die Arme eines netten Mannes fallen lassen. Zur Not würde es aber auch Silvia tun.

»Tanzen? Das ist nicht dein Ernst. Heute kriegen mich keine zehn Pferde mehr hinaus, ich spüre meine Beine kaum noch. Außerdem will ich das ganze Wochenende lernen, und am Sonntag beginnt meine erste Nachtschicht.«

»Was liest du da überhaupt?« Helga drehte den Kopf zur Seite, um den Buchtitel zu entziffern. »*Die deutsche Mutter und ihr erstes Kind*. Das klingt …, na ja, sehr nach braun-deutscher Lektüre. Steht das etwa auch auf unserer Leseliste?«

Silvia verneinte. »Das habe ich in einer Metallkiste hinterm

Komposthaufen gefunden, als ich nach diesem Venendings, du weißt schon, gesucht habe.«

»Gib dir einen Ruck, es ist Freitagabend, bitte, bitte, begleite mich!« Helga hatte noch nicht einmal das gelesen, was die Berufsschullehrer ihnen aufgetragen hatten, doch der Unterricht begann erst am Montag wieder, und das war noch ewig hin. »Überleg's dir, in einer halben Stunde bin ich weg.« Sie drückte die Zigarette am Fensterbrett aus und ging ins Gemeinschaftsbad, um zu duschen und sich die Haare zu waschen, was dank der praktischen Kurzhaarfrisur schnell erledigt war. Dann stahl sie sich ins Nachbarzimmer und lieh sich Schwester Ingrids kostbaren Föhn. Ohne zu fragen, zur Strafe dafür, dass sie von den älteren Kolleginnen schikaniert wurde. Nachdem sie sich sorgfältig geschminkt hatte, schlüpfte sie in das Kleid und bat Silvia, ihr mit dem Reißverschluss zu helfen. Zuletzt klippste sie sich große, farblich passende Ohrringe an und betrachtete sich in dem ovalen Schrankspiegel. Trotz der Tortenstücke vorhin hatte sie abgenommen, der Stoff saß lockerer an ihren Hüften als beim Kauf. Kein Wunder, bei der Lauferei den ganzen Tag. Zufrieden war sie mit ihrem Anblick dennoch nicht.

»Ich sehe aus wie eine Nonne.« Helga zupfte am Ausschnitt herum.

»Wenn du eine Nonne bist, was soll dann Marilyn Monroe sagen?« Silvia lachte. Immerhin hatte Helga sie letzte Woche überreden können, mit ihr ins Starnberger Kino zu gehen, wo sie *Wie angelt man sich einen Millionär* angeschaut hatten. Seither verglich Silvia sie ständig mit dem Filmstar, bloß weil sie genauso blond war und auch eine Brille trug, jedenfalls bei der Arbeit. In ihrer Freizeit kam es nicht darauf an, alles haarklein betrachten zu können.

»Kannst du mir deine Nagelschere und einen Bleistift leihen?« Helga hatte eine Idee, ließ sich wieder aus dem Kleid helfen und setzte die Brille noch mal auf.

»Spinnst du, der kostbare Stoff, der franst aus«, warnte Silvia, als Helga loslegte und rings um das Dekolleté, bis über den Rücken große blattförmige Löcher schnitt.

»Nicht, wenn der Schnitt schräg ist, siehst du, so.« Das hatte sie bei der Schneiderin gesehen, die für ihre Mutter nähte. Sie zog das Kleid erneut über, überprüfte sich im Spiegel und war endlich mit ihrem Anblick zufrieden. Wenn sie einatmete, quoll ihre Haut genau an den richtigen Stellen hervor.

»So wie du heute aussiehst, triffst du den Mann fürs Leben«, sagte Silvia.

»Und was ist mit dir, Miss Bacall?«, neckte Helga ihre Freundin, »kommst du nun mit? Ich brauch doch eine Anstandsdame, sonst lassen die mich womöglich nicht rein.«

»Du wirst dir schon zu helfen wissen. Nee, bring mir einfach einen Millionär mit.«

»Wenn tatsächlich einer dabei ist, kannst du ihn hinterher haben, ich treffe mich nie zweimal mit demselben Mann.« Ihre goldene Regel, an die würde sie sich halten, komme, wer da wolle.

»Sag niemals nie.« Silvia warf sich wieder aufs Bett und vertiefte sich in ihr Buch.

Also machte sie sich alleine und zu Fuß auf den Weg. Schon von weitem spiegelten sich die Lampions im Wasser, die das Ufer vorm Undosa schmückten. Sie spitzte die Ohren, hörte schwungvolle Musik, die vielversprechend klang. Wie vermutet, wollte sie der Saaldiener ohne Begleitung nicht einlassen. Sie seien ein anständiges Lokal, mit Betonung auf »anständig«.

»Wie soll man jemanden kennenlernen, wenn man von vornherein zu zweit aufkreuzt?«, entgegnete sie ihm, atmete deutlich aus und ein, um ihren Blätterausschnitt auszuprobieren, vergeblich, der Saaldiener blieb unbeeindruckt.

Er straffte sein Jackett und ließ sie links liegen. »…'n Abend Frau Dahlmann, Herr Dahlmann«, begrüßte er ein Paar, das nach ihr eingetroffen war, und winkte es durch. Helga wartete, bis die beiden die Treppe nach oben genommen hatten und in dem Gedränge fast außer Sichtweite waren, dann rief sie: »Mensch, das war ja meine beste Freundin Dalli, mit der war ich doch verabredet. Nun hat sie mich doch glatt übersehen. Dalli, warte, so warte doch«, rief sie gegen die immer lauter werdenden Trommelwirbel an und rannte den beiden hinterher. Als sie den Saal betrat, wagte sie einen Blick nach unten, doch der Saaldiener war schon mit den nächsten Gästen beschäftigt. Einen Moment überlegte sie, ob sie sich an der Bar einen Martini gönnen sollte, früher hätte sie das bedenkenlos getan. Jetzt würde er sie einen Wochenlohn kosten, darum verzichtete sie besser. Sie griff in ihre Handtasche und stellte fest, dass sie ihre Zigaretten vergessen hatte. Sollte sie welche schnorren? Sie sah sich um, bemerkte wie ein rauchender älterer Herr ihr zuzwinkerte. Sofort schlug ihm seine Tischpartnerin auf den Arm. Da blieb ihr wohl nur das Tanzen.

Die deutschen Schlager trafen zwar nicht ganz ihren Geschmack, waren aber immerhin mitreißender als Wiener Walzer. Auf der Tanzfläche tummelten sich schon einige Paare. Helga wippte im Takt von *Rote Rosen, rote Lippen, roter Wein*. Ein Kellner kam und bot ihr einen Tisch an. »Später vielleicht«, sagte sie. Nahe der Bühne war ihr eine Gruppe amerikanischer Soldaten aufgefallen. Die GIs trugen Uniformen, hatten sie aber zum Teil aufgeknöpft, die Ärmel hochgekrempelt und ihre

Kappen abgesetzt. Sie klatschten und lachten, schienen die bayerische Band anzufeuern, die sich laut Trommelbeschriftung The Knattle Buggies nannte. Offensichtlich machten sich die Amerikaner über diese biedere Veranstaltung lustig. Ein Soldat fiel ihr besonders auf. Er schnippte mit den Fingern, als könnte er sogar deutschem Herzschmerz Schwung verleihen. Dann zupfte er an einer unsichtbaren Gitarre und bog sich nach hinten wie einer dieser begnadeten amerikanischen Musiker, die Helga von Schallplattenhüllen kannte. Der musste es sein, beschloss sie, auch wenn er vermutlich kein Millionär war, dafür reich an Ausstrahlung. Zügig durchquerte sie den Saal, an den Tischen vorbei, und trat vor ihn hin. Eigentlich hatte sie ihn auf Deutsch zum Tanzen auffordern wollen, aber das Pfeifen und Johlen seiner Kameraden, als sie sich an ihnen vorbeidrängte, brachte sie durcheinander. Sie besann sich, klaubte ihre Englischkenntnisse zusammen und rief lauter als beabsichtigt: »Would you ask me for a dance?«

»Well, I have never been asked to dance by a lady like you.«

Helga stutzte, als sie das hörte, hieß das jetzt ja oder nein? Sie merkte, wie sie errötete. Die Haut des Amerikaners schimmerte unter dem Licht der kelchförmigen Lampen, die in Trauben von der Decke des Undosa-Restaurants hingen. Seine Augen glänzten. Sie hatte noch nie so einen schönen Mann gesehen. Zugleich imponierte ihr seine lässige Art, wie er mit aufgeknöpfter Jacke, ein Bein auf dem Stuhl, an der Tischkante lümmelte. Als trüge er die Uniform, um seine Eigenart zu unterstreichen.

»Wollen Sie tanzen, meine Fraulein?«, sagte er jetzt auf Deutsch, mit Akzent und reichte ihr die Hand.

»Gerne.« Es kribbelte, als seine Finger ihre Taille umfassten und er sie auf die Tanzfläche zog. Dort drehte er sich mit ihr.

Er schien einen ganz eigenen Rhythmus zu haben, und bald schwebte Helga über den Tanzboden. Der nächste Hit begann mit einem grellen Trompetensolo, das jede Unterhaltung unterband. Aber sie mussten nicht sprechen. Jedenfalls nicht mit Worten. Der Soldat grinste sie an, zog die Augenbrauen hoch, wenn ein schiefer Ton erklang, zwinkerte oder spitzte den Mund. Helga lachte und spürte, wie alle Anspannung von ihr abfiel. Herrlich, sie war in ihrem Element!

»Geh'n Sie weeeg, Sie sind mir viel zu keeeck«, trällerte die Sängerin der Knattle Buggies. »Geh'n Sie weeeg, es hat ja keinen Zweeeck.« Der Trompeter hatte sein Instrument zur Seite gelegt, beugte sich zum Mikrophon vor und brummte: »Das sagt Greeetchen und mein Määädchen, geht ein Mann, mit viel Schwung, einmal dran.« Helga bemerkte die abschätzigen Blicke, als sie sich in den Armen des GIs zwischen den anderen Paaren drehte.

Aber kaum war das Lied zu Ende, löste sich ihr Kavalier von ihr und lief zu seinen Kameraden zurück. Das war's wohl. Sie hatte sich zu früh gefreut. Inmitten der Paare stand sie allein auf der Tanzfläche wie bestellt und nicht abgeholt. Doch ihr »Looker«, wie sie ihn für sich nannte, kehrte zurück.

»Sorry, ein klein, wie sagt man, Änderung, darf ich bitten?« Er verbeugte sich sogar, bevor er sie wieder umfasste. Diesmal fing das Lied mit schnellen Klaviertakten an. Die Melodie raste die gesamte Tastatur auf und ab, vor und zurück. Wieso beherrschte diese bayerische Band auf einmal einen Boogie-Woogie? Helga spähte auf die Bühne, ein amerikanischer Soldat hatte den Platz des Klavierspielers der Knattle Buggies eingenommen. Hatte ihr Tanzpartner das arrangiert? Schon wirbelte er sie herum, warf sie an einer Hand von sich fort und zog sie im letzten Moment wieder zu sich her und immer so weiter. Mit den Füßen tippte er auf den Boden, streckte die Beine aus, hüpfte und lachte, und sie tat es ihm nach. Bald drehte sich der ganze Saal mit ihnen. Immer schneller im Takt der Musik. Sie tanzten und tanzten. Boogie-Woogie, Cha-Cha-Cha und Swing. Alles löste sich, all die festgefahrenen Gedanken, die Zweifel und Ängste, mit denen Helga sich in den letzten Wochen geplagt hatte.

»Wollen wir ein bisschen nach draußen gehen?«, schlug sie vor, als sie völlig außer Atem waren und auch die Musiker eine Pause brauchten. So hoffte sie, auch den Gaffern zu entkommen, vorausgesetzt, er begleitete sie. Das tat er, schnappte sich auf dem Weg eine Flasche Sekt, die ein Kellner auf einem Tablett an ihnen vorbeitrug. Bevor der Mann etwas erwidern konnte, steckte er ihm einen Zehnmarkschein ins Jackett. Sie spazierten die Seepromenade entlang, bis zu den kleinen Bootshäusern, die sich mit ihren Spitzdächern aneinanderschmiegten, setzten sich an den Kai und ließen die Beine über dem Wasser baumeln.

»Sagst du deine Name?« Sein Deutsch war erstaunlich gut, er sprach mit diesem charmanten amerikanischen Slang, und er duzte sie gleich und bot ihr die Flasche an.

Sie trank, der Sekt prickelte auf der Zunge. »Helga Knaup, and you, Mr. Boogie-Woogie?« Sie gab ihm die Flasche zurück.

»Jack Woogie.« Auch er trank und lachte.

»Wirklich?«

Er schüttelte den Kopf. »Leider nur Jack Miller. Mr. Boogie-Woogie mir gefällt besser.« Wieder gab er ihr die Flasche. Auf diese Weise berührten sich ihre Münder, ohne dass sie sich küssten. Der See glitzerte im Mondlicht, und die Wellen schwappten an die vertäuten Boote. »Und was du machst, Helga, wenn nicht du tanzt?«

Sie überlegte einen Moment, wie viel sie von sich preisgeben wollte, normalerweise hielt sie es so allgemein wie möglich. »Ich bin Krankenschwester. Und du?« Die Abzeichen auf seiner Uniform sahen anders aus als die der GIs, die sie aus dem German Young Activities Club in München kannte. Auf seinen Revers hatte er einen silbernen Vogel. Wieder wechselte die Flasche den Mund.

»Ich bin in die U.S. Army Airforce Furstenfeldbruck.«

Mit Umlauten hatte er Probleme. »Oh, von da ist es hierher ja auch nicht der nächste Weg, um bayerische Schlager zu hören.« Fürstenfeldbruck lag westlich von München, bestimmt eine Stunde Autofahrt von Starnberg entfernt. Im Hintergrund ertönte wieder die alte Tanzmusik.

Er nickte. »Ja, ist hart. Meine Kameraden haben mich überredet. Ich habe es fast be-raut, sagt man so, aber hast du mich gerettet.«

»Dann bist du Pilot?«

»Erst für Geld, wie heißt das, in ein *mine* gearbeitet.«

»Mine, du meinst, in einem Bergwerk?«

Er nickte.

»Das heißt im Deutschen genauso.«

»Dann ich wollte nicht mehr unter die Erde sein, so ich habe die Flugausbildung und nach Deutschland gefliegen, um den Krieg zu Ende gemacht.«

»Bravo«, sagte sie. Aus seinem Mund klang die Kapitulation des Hitler-Regimes einfach. »Vom Maulwurf zur Libelle.«

»Maulworf?«

»Das blinde Tier, das unter der Erde gräbt.«

»Oh, a mole, ja.« Er klopfte sich auf die Brust. »Aber in Deutschland, der Krieg war schlimm. Schlimmer als leben in eine Berg.« Sie schwiegen ein paar Schlucke lang. Er roch besonders, eine Mischung aus Rasierwasser und einem unbekannten Duft, der ihr gefiel. Im Schatten der Laternen auf der Promenade nahm sie ihn nur schemenhaft wahr, der Stoff seiner Uniformjacke rieb an ihren nackten Armen. Sie rückte näher an ihn heran.

»Erzähl von dir, von deine Arbeit und Familie«, bat er.

»Da gibt's nicht viel zu sagen. Ist die Flasche etwa schon leer?«

»Sorry, wait.« Er wollte aufspringen, aber sie hielt ihn fest, indem sie den Arm um ihn legte. Dann suchte sie seinen Mund mit ihren Lippen. »Hier ist noch etwas Sekt, wenn du magst.« Sie küssten sich lange, ihre Zungen umkreisten sich auf Boogie-Woogie-Art. Es war eine laue Sommernacht, Helga fröstelte, sie wusste nicht, ob vor Aufregung oder vor Glück. Jack bemerkte ihre Gänsehaut, bot ihr seine Jacke an. Leute gingen vorbei, sie hörte Schritte auf dem Pflaster.

»Komm.« Helga stand auf, nahm Jacks Hand und zog ihn nach vorne, über einen kleinen Steg, der am Bootshaus entlangführte. »Vorsicht, fall nicht ins Wasser.«

»Willst du schwimmen?« Er folgte ihr.

Sie blieb vor einem vertäuten Segelschiff stehen. »Hast du ein Feuerzeug?« Er holte es aus der Tasche und knipste es an. Sie wollte lieber sehen, wo sie hintrat, wenn sie hinüberkletterte. Jack sprang hinterher. Gemeinsam ruckelten sie an der Kajütentür, glaubten erst, sie wäre verschlossen, dann flog sie auf. Das Schiff schaukelte sacht unter ihren Bewegungen, sie umarmten sich wieder und küssten sich. Er streichelte sie und zog sie langsam aus. War das, was sie da gerade tat, richtig? Ein kurzer Zweifel, aber dann fiel ihr ein, was sie für ihr Leben beschlossen hatte. Keine Zeit mit Langeweile verschwenden, sie lebte und liebte hier und jetzt, nicht morgen und nicht gestern, und wer konnte schon wissen, ob ihr so jemand wie dieser Mr. Mole-Boogie-Woogie noch mal in die Fänge geriet.

ANNABEL

Von Friedrich fehlte jede Spur, auch Magdalena war nirgends zu finden. Annabel geriet zunehmend in Panik, als sie das Ufer ablief und hin und wieder den Weg verließ, um hinter den Büschen nachzusehen. Ihr wurde heiß, das Herz klopfte ihr bis zum Halse, sie rannte an Spaziergängern vorbei, die sie – eine verzweifelte junge Mutter, die immer wieder laut den Namen ihres Sohnes rief – verwundert ansahen. Am Steg blieb sie stehen, vielleicht hatten er und Magdalena sich unter die Menschen gemischt? Wie hatte sie die Kinder nur so schnell aus den Augen verlieren können?

»Haben Sie einen kleinen Jungen gesehen?«, fragte sie ein Paar. »Mein Sohn, fünf Jahre, so groß etwa.« Sie hielt die Hand an ihre Hüfte. »Matrosenanzug, dunkelbraune Locken, Sommersprossen.« Die zwei schauten sie an, erwiderten nichts. Der Mann runzelte die Stirn. Am liebsten hätte sie die Leute geschüttelt. »Verstehen Sie mich überhaupt?« Wahrscheinlich Touristen aus dem Ausland. Annabel hastete weiter zum Kiosk. Dort kauften sie auf ihren Spaziergängen oft ein Eis. »Entschuldigen Sie, Sie kennen doch Friedrich, meinen Sohn, nicht wahr?« Die Frau sah sie fragend an, schnalzte mit der Zunge. Sollte das ja bedeuten? »Ich war doch schon oft mit ihm hier und habe bei Ihnen ein Eis gekauft, Dolomiti, das dreifarbige. Sie erinnern sich bestimmt«, versuchte Annabel, ihr auf die Sprünge zu helfen.

Die Kioskbesitzerin antwortete nicht, lutschte auf irgendetwas herum. Schließlich spuckte sie eine Glasscherbe aus. »Mir ist vorhin eine Blunaflasche zerbrochen, ist doch schade drum.« Waren denn alle verrückt geworden? Was, wenn jemand Friedrich entführt hatte? Nein, das konnte und durfte nicht sein. Außerdem hatte sie ihm eingeschärft, niemals mit Fremden mitzugehen, egal womit man ihn locken wollte. Noch dazu war Magdalena bei ihm, er war nicht allein. Der Gedanke an das Mädchen tröstete sie etwas. Der Dampfer hatte mittlerweile abgelegt, Schaumkronen tanzten auf dem Wasser, hohe Wellen klatschten an die Pfosten des Stegs. Auf einmal durchfuhr sie erneut der Schreck. Hoffentlich war er nicht mit an Bord gegangen. Sie drängte sich an den Leuten vorbei, zu einem Mann mit Mütze, der aussah wie ein Kapitän oder ein Fahrkartenverkäufer. Es spielte auch keine Rolle. »Haben Sie einen kleinen Jungen gesehen? Meinen Sohn?« Mit einem Mal bemerkte sie Magdalena. Das Mädchen stand ganz vorne an der Kante des Stegs und starrte wie gebannt ins Wasser. Wie war sie bloß in der kurzen Zeit bis dorthin gekommen? »Wo ist Friedrich, seid ihr … ist er …«, rief sie schon von weitem, noch bevor sie bei dem Mädchen war.

»Er woit unsa Schiff hoin«, schluchzte Magdalena. Weinend zeigte sie nach unten. »Owa des is furt, und do isa neigfoin.«

Annabel entdeckte ihren Sohn im Wasser, er hielt sich mit einer Hand an der Eisenverstrebung fest und sah zu ihr hoch. Sie glaubte ein »Ma…« zu hören, bevor er in den Sog einer Welle geriet, die über ihn hinwegschwappte.

Hastig legte sie sich auf die Bretter, um eine Hand ins Wasser zu strecken. Doch sie erreichte ihn nicht. »Halt dich mit beiden Händen fest! Lass den Kopf oben! Ich hole dich«, schrie sie ihm zu, hatte aber keine Ahnung, ob er sie hörte. Wieder rollte eine Welle heran und klatschte an die Pfosten. Diesmal tauchte Friedrich ab und versank. »Hilfe! Zu Hilfe!«, schrie sie, so laut sie konnte, sprang auf, schubste Magdalena in die Mitte des Stegs, damit wenigstens das Mädchen in Sicherheit war. Dann warf sie ihre Schuhe von sich und kletterte über das Gestänge nach unten. Friedrich war nirgends zu sehen. »Bitte, lieber Gott, bitte«, flehte sie. Da blitzte vor ihr im Sonnenlicht etwas auf. Magdalenas Schlüssel, den er hoffentlich noch um den Hals trug. Ohne länger zu zögern, sprang Annabel ins Wasser und schwamm darauf zu. Aber die Strudel zogen sie nach unten, mit aller Kraft strampelte sie sich wieder nach oben. Ihr ging viel zu schnell die Luft aus, und auch die Kleidung behinderte sie. Die Wellen spülten sie immer wieder an die Pfosten zurück. Auf einmal spürte sie etwas an den Füßen, eine zarte Berührung, wie von einer Wasserpflanze. Sie holte tief Luft und tauchte. Erst erkannte sie nichts als graugrünen Schaum, sosehr sie sich auch bemühte. Dann sah sie einen der Stegpfosten, der sich in den Grund bohrte. Sie hielt sich daran fest und schob sich weiter nach unten, bis sie die Umrisse eines kleinen Körpers fand. Sie versuchte Friedrich zu packen, er entglitt ihr, bis sie den Schlüssel erwischte, glaubte schon, die Kette hätte sich von seinem Hals gelöst. Doch dann bekam sie Friedrichs Matrosenkragen zu fassen und konnte ihren Sohn zu sich heranziehen, presste ihn an sich und paddelte mit einer Hand, so schnell sie konnte, nach oben. Nie mehr würde sie ihn loslassen. Als sie die Wasseroberfläche durchstießen, merkte sie, dass sie unter den Steg getrieben worden waren. Es war dunkel, und ihr Keuchen hallte.

»Hierher!«, rief jemand. »Kommen Sie!« Männerarme streckten sich ihr entgegen. Jemand saß auf einem Balken und reichte ihr die Hand. Sie kriegte sie nicht zu fassen. Mit einem Mal spürte sie ein paar kräftige Arme hinter sich. Einer war ins

Wasser gesprungen, zu ihnen geschwommen und stützte sie von hinten. Ein anderer packte Friedrich, hob ihn wie ein Bündel aus dem Wasser, und dann half man auch ihr hinauf. Im grellen Sonnenlicht angekommen, hörte sie einige Leute Beifall klatschen. Tropfnass setzte sie sich auf und beugte sich über Friedrich. Er blutete aus einer Stirnwunde, hatte die Augen fest geschlossen und zitterte. Sie zog ihm den Schlüssel ab und reichte ihn Magdalena, die sich mit von Tränen, Rotz und Dreck verschmiertem Gesicht neben sie hockte. Dann nahm sie Friedrich auf den Arm und stand auf. Alles drehte sich, sie holte tief Luft. Das Seewasser rann an ihr hinunter. Hoffentlich konnte sie sich auf den Beinen halten.

»Warten Sie, wenn er am Kopf verletzt ist, ist es besser, Sie bewegen ihn nicht.« Einer der Männer versuchte, sie zurückzuhalten, als sie sich in Bewegung setzte. »Wir holen einen Krankenwagen.«

Annabel ignorierte ihn, drückte sich an ihm und den Schaulustigen vorbei und hastete über den Steg. Sie warf einen Blick auf Friedrichs blasses Gesicht, seine Augenlider zuckten. Er lebte, das war das Wichtigste. Weiter durch die Zugunterführung bis zum Taxistand. »Schnell …«, blaffte sie den erstbesten Fahrer an, der zeitunglesend vor seinem Wagen stand. Gleich würde sie ohnmächtig werden, Friedrich lag wie ein Zementsack in ihren Armen. »Wir müssen in die Seeklinik. Mein Sohn, er ist fast ertrunken.«

»Die Thalersche? Das ist doch eine Frauenklinik mit Geburtsstation. Soll ich Sie nicht besser in ein Krankenhaus fahren? Das Kind blutet doch.« Diese Seelenruhe, das durfte nicht wahr sein. Annabel war völlig außer Atem, schwarze Punkte blitzten ihr vor den Augen. Zitternd öffnete sie mit einer Hand die Autotür und schob sich samt Friedrich auf den Rücksitz.

»Haben Sie kein Handtuch?« Der Fahrer entrüstete sich. »Sie machen mir ja die Sitze nass.« Endlich warf er die Zeitung weg und stieg ein.

»Das trocknet wieder, ist nur Wasser, keine Bange, ansonsten kommen wir für den Schaden auf. Fahren Sie los, schnell. Meinem Mann gehört die Seeklinik.«

Kaum hatte sie ihren Sohn gerettet, wollte man ihn ihr wieder entreißen. Konstantin eilte herbei, als Annabel aus dem Taxi gestiegen war, und trug Friedrich in ein Sprechzimmer der Privatstation. Sie berichtete ihm kurz, was geschehen war.

Er bettete ihn auf eine Liege. »Wie lange war er unter Wasser?«

»Nicht lange, ich weiß nicht, ich bin ... also, ich habe nicht auf die Uhr geschaut.« Welche Uhr auch, dachte sie. Da war keine Uhr gewesen, oder doch, die Bahnhofsuhr. Wie viel Zeit hatte es gedauert, bis sie ihn aus dem Wasser gefischt hatte? Viel zu lange, dachte sie, eine Ewigkeit. »Vielleicht fünf Minuten?«, entschied sie, laut zu sagen. »Oder bloß vier, nein weniger, vielleicht zwei«, korrigierte sie sich. Jede Sekunde war eine zu viel gewesen.

Konstantin schlug seinem Sohn sanft an die Wange, bis er die Augen öffnete. Gottseidank. »Mama? Papa?«

»Schatz, ich ..., wir sind hier.« Annabel nahm seine kleine Hand.

Friedrichs Mundwinkel zuckten, als wollte er lächeln, dann hustete er. Ihr Mann bat sie loszulassen, damit er ihn untersuchen konnte, dann winkelte er ihm ein Bein an, drehte ihn auf die Seite, schlug ihm auf den Rücken. Friedrich spuckte einen Schwall Wasser aus. Seine Gesichtszüge entspannten sich wieder, und er schlief ein.

»Was ist mit der Wunde auf seiner Stirn?«, fragte sie. »Muss die genäht werden?« Er hatte Blut in den Haaren.

»Nein, das heilt so. Doch er könnte eine Gehirnerschütterung haben oder mehr.«

»Mehr? Was heißt das?«

Konstantin ging nicht darauf ein. »Hat er sich erbrochen?«

»Ich … ich glaube nicht.« Sie versuchte sich zu fassen.

»Du glaubst es, oder du weißt es?« Er sah sie durchdringend an.

»Ich weiß es.«

»Schwester Beate?« Konstantin winkte die Oberschwester herein. »Ziehen Sie Friedrich bitte die nassen Sachen aus und halten sie ihn gut warm.«

»Aber das kann ich doch tun«, sagte Annabel.

»Du wartest besser draußen.« Er schob sie aus dem Behandlungsraum.

»Ich will aber bei ihm bleiben.«

»Du hilfst mehr, wenn du draußen wartest. Hol dir einen Tee oder lass dich am besten gleich nach Hause fahren, ich gebe dir Bescheid, sobald ich mehr weiß. Wieso bist du eigentlich ebenfalls durch und durch nass?«

»Das habe ich dir doch gesagt, ich bin Friedrich hinterhergesprungen.« Hatte er ihr überhaupt zugehört?

»Du?« Er zog die Augenbrauen hoch und wirkte fast amüsiert. Doch bevor sie etwas erwidern konnte, ließ er sie im Gang stehen und schloss die Tür. Vielleicht hatte er recht. Jetzt war Friedrich in den besten Händen. Sie fror. Unter der gelben Bluse sah man ihren Büstenhalter durch. Sollte sie sich in diesem Aufzug nach Hause fahren lassen? Besser sie wartete im Büro ihres Mannes, dort würde sie vielleicht von ihm eine Jacke oder einen Pullover zum Überziehen finden.

Als sie die Tür zu seinem Büro öffnete, stand sie einer Frau in Unterwäsche gegenüber. Annabel war so überrascht, dass ihr erst beim zweiten Hinsehen auffiel, dass sie ein Schwesternhäubchen trug. Als Annabel sie anherrschte, gab das junge Ding patzig heraus. Am liebsten hätte Annabel sie am Arm gepackt und aus dem Zimmer geworfen, so, wie Konstantin es gerade mit ihr gemacht hatte. Sollten doch alle sehen, was für ein Früchtchen dieses Fräulein war. Doch dann dachte sie an ihren eigenen Ruf, der mit dem ihres Mannes verknüpft war, und ihr Mann war schließlich der leitende Arzt.

Bevor sie ganz aus der Fassung geriet, machte Annabel kehrt, schlug die Tür hinter sich zu und eilte die Treppe hinunter, Richtung Foyer. Als sie durch das Hauptportal zur Hofeinfahrt blickte, sah sie, wie zwei Sanitäter jemanden in den Krankenwagen hievten. Seltsam, normalerweise lud man Schwangere zur Entbindung aus und nicht ein. Dann bemerkte sie Konstantin. Warum hatte er ihr Kind alleingelassen? Ging es ihm schon besser? Erst in diesem Moment begriff sie, dass der Patient auf der Trage ihr Sohn war. Friedrich. Schon schlossen sich die hinteren Türen, und der Fahrer stieg ein. Das Martinshorn ertönte, auf dem Dach drehte sich das Blaulicht. Der Wagen fuhr an. Annabel rannte hinterher. Aber es gelang ihr nicht, den Wagen einzuholen. Konstantin fing sie kurz vor dem Tor ab. »Was ist … mit Frie…drich, wohin … wird er ge…bracht?«, keuchte sie, wieder völlig außer Atem. Sie rang nach Luft, hielt sich den Bauch und krümmte sich. Das Herz brannte ihr in der Brust, ihre Beine gaben nach.

»Reiß dich zusammen.« Ihr Mann legte ihr den Arm um die Taille und stützte sie. Bei seiner Berührung sank sie in sich zusammen. Wie hatte sie seine Nähe vermisst! Am liebsten hätte sie auf der Stelle losgeheult, doch erst musste sie wissen, wohin man ihr Kind gebracht hatte. »Ich … will mich … nicht zusammenreißen, sag, was ist … mit ihm?«

»Das ganze Krankenhaus beobachtet uns. Muss das Spektakel sein?« Sie sah an der Fassade nach oben, konnte aber hinter den Fenstern nichts erkennen. Nur die zwei Frauen, die am Empfang standen, drehten sich weg, als sie sie anblickte. »Sonst bist du doch auch immer so darauf aus, den Leuten keinen Anlass für Gerede zu geben. Komm, wir sprechen drin weiter.« Er schob sie zurück in die Klinik.

»Kann ich helfen?« Oberschwester Beate eilte ihnen mit einem Klemmbrett entgegen.

»Danke, wir kommen zurecht«, sagte Konstantin. »Ich brauche noch einen Moment mit meiner Frau allein, dann beginnen wir mit der Visite.«

»Verzeihung, Herr Doktor.« Die Oberschwester ließ sich nicht abwimmeln. »Darf ich Sie an Frau Ehlingers Blasen-OP erinnern? Die war für elf Uhr dreißig angesetzt. Und wann soll der Anästhesist mit der Narkose beginnen? Außerdem wollten Sie sich die Gebärmuttersenkung bei Frau Müller-Reitmeier ansehen, sie liegt in der Siebzehn. Und eine der Hebammen bittet Sie in den Kreissaal, dort gibt es Probleme bei einer Plazentaablösung.«

»Wie spät ist es?«

»Elf Uhr zweiundvierzig.« Die Oberschwester zeigte mit ihrem Bleistift auf die große Uhr über der Rezeption. Konstantin seufzte. »Sagen Sie Dr. Hauck, er soll kurz übernehmen.« Er hastete den Flur entlang und drückte die nächstbeste Tür auf. »So, hier sind wir einen Moment ungestört. Die vom Labor machen ab halb zwölf Mittag.« Ein gefliester Raum mit medizinischen Gerätschaften. Annabel setzte sich auf einen Hocker und legte eine Hand an die Brust, um ihren Herzschlag zu beruhigen. »Wo hast du ihn hinbringen lassen? Wann kann ich zu ihm?«

Konstantin drehte einen der vielen Hähne auf, füllte einen Messbecher reichte ihr das Wasser. Jedenfalls nahm sie an, dass es Wasser war. »Trink einen Schluck.«

»Danke, aber ich will nicht.« Trotzdem nahm sie ihm den Becher ab.

»Friedrich atmet ungleichmäßig, sein Abdomen ist geschwollen, und er hustet immer noch.«

»Abdomen, was war das noch gleich?«

»Sein Bauch. Er muss beobachtet werden. Ich habe Vater angerufen.«

»Du hast *was*?«

»Er ist der Spezialist für solche Fälle.«

»Solche Fälle? Er ist dein Sohn.« Ihre Stimme überschlug sich. Also brachte man ihn in die Thaler'sche Kinderklinik nach München, die Annabels Schwiegervater, Richard von Thaler, leitete, obwohl er längst im Pensionsalter war. Sie hätte es ahnen müssen. Wahrscheinlich hatte Konstantin, kaum dass er sie losgeworden war, augenblicklich zum Telefon gegriffen. »Und warum habe ich ihn nicht begleiten dürfen? Friedrich hat bestimmt Angst auf der langen Fahrt und bei den Untersuchungen, er braucht mich.«

»Dass er dich braucht, kapierst du anscheinend erst jetzt. Vater hat versprochen, dass er sich persönlich um seinen Enkel kümmert. Wir sind hier für so etwas nicht ausgerichtet, das ist eine Frauen- und keine Kinderklinik, wie du weißt. Friedrich hat viel Wasser geschluckt, er gehört in fachärztliche Hände. Es kann zu einer Lungenentzündung und einer Verkrampfung der Kehlkopfmuskulatur kommen. Ich weiß nicht, ob dir das klar ist, aber er schwebt in Lebensgefahr.«

»Was? Er hat aber doch normal geatmet, und das Wasser hat er auch längst ausgehustet.«

»Stellst du hier die Diagnose?«

»Natürlich nicht, ich dachte …«

»Du denkst also, aha.« Seine Stimme hatte sich verändert. So hatte sie ihn bisher selten erlebt. Manchmal, wenn er nach dem Dienst übermüdet nach Hause kam, fuhr er sie in einem vergleichbaren Ton an. Aber spätestens nach einem Glas Bordeaux oder Chianti aus der uralten Weinsammlung des Thaler'schen Besitzes, die im Keller der Villa lagerte, war sein Zorn verflogen, und er entspannte sich. Jetzt baute er sich vor ihr auf. »Und was hast du gedacht, als du Friedrich allein auf den Dampfersteg gelassen hast?«

»Ich habe ihn nicht alleine gelassen, er hat mit Magdalena gespielt, dem Nachbarsmädchen, der Tochter der Friseurin.«

»Wie alt ist die?«

»Ich weiß nicht genau, ich schätze acht oder vielleicht schon neun.« Je mehr sie redete, desto dürftiger kamen ihr ihre Worte vor. Nun trank sie doch einen Schluck. Hauptsache, Konstantins Anschuldigungen hörten auf.

»Nur diese eine Aufgabe hast du, mehr nicht, das kann doch nicht so schwer sein, aber nicht einmal das kannst du.« Er brüllte sie an.

Plötzlich reichte es ihr. Später würde sie sich selbst noch genug Vorwürfe machen, jetzt ging es um das Leben ihres Sohnes, er musste wieder gesund werden. Sie holte Luft und platzte heraus. »Und du, was tust du? Treibst es in deinem Büro mit diesem … diesem …« Sie sprang auf.

»Versuch nicht, von deinem Versagen abzulenken.«

»Jetzt hör endlich auf. Das darf doch alles nicht wahr sein! Gibt es hier in der Klinik einen einzigen Weiberrock, dem du nicht nachstellst? Nur weil du der Leiter der Klinik bist und dir das erlauben kannst? Ich habe sie doch mit eigenen Augen gesehen, dieses Busenwunder, diese Helga Knaup, die aussieht, als ob sie nicht mal ihre drei Blusenknöpfe selbst abzählen könnte. Halbnackt in deinem Büro! Ist die überhaupt schon volljährig? Hast du sie dir sofort geangelt, kaum dass sie ihr Häubchen aufgesetzt hatte? Ist es das, willst du eine in Schwesterntracht? Genüge ich dir nicht mehr?« So, nun war es draußen, all das, was schon lange in ihr gärte, was sie aber still erduldete. Seine Flirts und Eskapaden.

»Und, was willst du von mir hören?« Konstantin zeigte sich unbeeindruckt. »Haben wir das in den letzten Jahren nicht viele Male durchgekaut? Es ist nicht so, wie denkst. Abgesehen davon wusstest du, wen du heiratest, oder nicht? Es gibt Wichtigeres als deine Befindlichkeiten.«

»Meine? Du bist doch der, der ...« Sie brach ab und biss sich auf die Lippe, obwohl sie ihm noch mehr an den Kopf hätte knallen mögen. Sie fühlte sich unendlich müde und erschöpft. »Es tut mir leid«, lenkte sie ein. »Auch dass ich Friedrich kurz aus den Augen gelassen habe, bitte verzeih mir. Ich weiß nicht, wie das passieren konnte.« Sie trat auf ihn zu, versuchte ihn zu umarmen.

Er wich ihr aus und ging zur Tür. »Du bist immer noch nass, ich will mich nicht umziehen müssen. Hoffen wir einfach, dass Friedrich deine Nachlässigkeit unbeschadet übersteht.«

Ideen für Ladenname:
- *Dahlmann am Eck*
- ~~*Spezereien Dahlmann, Luises Spezereien*~~
- *Luises Lebensmittel-Laden = LLL*
- *Delikatessen Dahlmann = DD*
- *Tante Dallis Laden*
- *Noch weiter überlegen …*

Warenpflege:
- *Wird bei Butter und Käse das Einschlagpapier mitgewogen?*
- *Was ist Liebfrauenmilch? = Ach so, bloß Weißwein*
- *Schädlingsbekämpfung, was tun gegen Essigälchen? = schwacher Befall: Essig auf 50 Grad °C erhitzen und filtrieren, 0,5 cm lange Würmer gelten noch nicht als gesundheitsschädlich.*

Wichtige Bücher, kaufen und lesen:
- *Durch Selbsthilfe zur Selbständigkeit. Ein Leitfaden für ~~den~~ die Jungkauf~~mann~~frau wie ~~er~~sie durch Tüchtigkeit und Sparsamkeit zur Selbständigkeit gelangt.*
- *Dienst am Kunden im praktischen Verkauf, von Dipl. Kaufm. W. Durchgreif*
- *Das Schaufenster. Lehrsätze zur Herstellung wirksamer Auslagen, mit Abb.*

Einteilung Laden:
»Masse macht Kasse«, keine Lücken in den Regalen! Kaufanreize schaffen!!!
- *Bückzone = Schwere Ware, die am Boden steht, oder geheime Sachen hinter der Ladentheke: (Verhütungsmittel, Theaterkarten, das Kursbuch der deutschen Bahn für den Fernverkehr usw.).*
- *Sichtzone in Augenhöhe = Markenware aus der Reklame, Angebote aus dem Schaufenster*
- *Kassenbereich = Einzelstücke / Sonderposten, auf die extra*

aufmerksam gemacht wird, aber auch gängige Kassenschlager und die Süßigkeitengläser
- *Griffzone = Neues und Altbewährtes gemischt*
- *Kinderkaufladenecke = Das Kind von heute ist der Kunde von morgen!*
- *Ruhezone = Sessel und Tischchen, wer zur Ruhe kommt, entdeckt mehr als das, was auf dem Einkaufszettel steht!*
- *Lockzone = Ware, die alle Sinne anspricht, z. B. frisch gerösteter Kaffee, duftendes Gebäck, Tabak, Seidenstrümpfe usw.*

Noch besorgen:
- *Neigungswaage, geeicht*
- *Süßwarenschaufel, versch. Bonbongläser*
- *Kassenjournal mit Hauptbuch*
- *Anschreibbuch*
- *Wareneingangsbuch*
- *Stranitzen versch. Größen: Spitztüten, Taschentüten viereckig, Zellophan.*
- *Papierrolle mit Aufhängung*
- *Holzkasten für die 25 l Essig-und-Öl-Glasgefäße, Schöpfkelle, Trichter, Siebe*
- *Schild: geöffnet / geschlossen*

Aus: Luises Notizbuch

LUISE

Bevor Hans zur Arbeit ging, bat sie ihn, ihr mit dem alten Schrank zu helfen, den sie für ihren Laden wollte. Beim Frühstück hatte Luise ihm schon das Foto gezeigt, das sie zusammen mit dem Album dahinter gefunden hatte, aber Hans zuckte nur mit den Schultern, von den fremden Leuten neben seinen Eltern erkannte er keinen, und die verschmierten Buchstaben konnte er genauso wenig entziffern.

Zuerst räumten sie zwischen all dem Gerümpel einen Gang in der Werkstatt frei. Dann machten sie sich daran, das sperrige Teil herauszuwuchten, es bewegte sich keinen Zentimeter. Als Hans ihn schon auseinandersägen wollte, stellte er fest, dass der Schrank zweiteilig war und das obere Pult abnehmbar. Das machte die Schlepperei zwar einfacher, aber beide Trümmer waren trotzdem noch sakrisch schwer. Hans wischte sich den Schweiß von der Stirn, und auch Luise schwitzte. Bei Tageslicht, auf der Wiese wirkte das Möbelstück sehr düster. Sie stellte sich ihren Laden aber hell und freundlich, in Pastelltönen vor.

»Meinst du, ich dürfte ihn streichen?«

»Klar, in der Werkstatt draußen verrottet der Schrank doch bloß. Du, ich muss mich auf den Weg machen.« Er klopfte sich den Staub ab, krempelte seine Ärmel wieder herunter, holte den Kamm aus der hinteren Hosentasche und strich sich die Haare streng nach hinten. Dabei mochte Luise es, wenn ihm ein paar Strähnen in die Stirn hingen, das sah verwegen aus.

»Danke.« Sie küsste ihn.

»Bis heute Abend«, sagte er. »Und nimm dir nicht zu viel auf einmal vor, wir haben noch das ganze Wochenende Zeit.« Kaum war er fort, wischte sie den Schrank mit einem Lappen sauber. Die Fächer, selbst jene hinter den Glastüren, waren leer. Warum hatte Henriette ihre Weihnachtsdekoration nicht dort einsortiert? In den Schubladen wäre alles gut aufgehoben gewesen.

Dann nahm sie sich die Stube, ihren zukünftigen Laden, vor, räumte die Puppen in eine Truhe in der Werkstatt, füllte Koffer und Kisten und alle Behältnisse, die sie fand, mit Henriettes Kleidern und Habseligkeiten und trug sie ebenfalls hinaus. Was sie davon behalten und was sie weggeben würde, wollte sie später entscheiden. Je mehr sich der große Raum lichtete, desto befreiter fühlte sie sich. Die Tür nach draußen war zwar noch vernagelt und von innen mit der Säulenvitrine versperrt, aber die ließ sich von ihr alleine nicht verrücken, da musste Hans wieder helfen. Auf einmal gab es Platz, wo vorher alles zugestellt war, Platz für etwas Neues. Dennoch tat sich Luise mit der genauen Vorstellung von ihrem Laden noch schwer. Ihr fehlte der Überblick. Gestern Abend hatten sie in einer Mappe die alten Baupläne für das Haus gefunden. Es gab auch einen Grundriss der Zimmer. Sie holte sich Papier und Stift, setzte sich an den Küchentisch und zeichnete die Einrichtung auf, die sie unbedingt für den Laden brauchte. Regale, Schränke, Bretter von innen an den Schaufenstern zum Auslegen der Ware, auch Aufsteller und den großen Schrank mit der Anrichte. Dann schnitt sie die kleinen Quadrate und Rechtecke aus und schob sie auf dem Grundriss hin und her. Nach ein paar Stunden stand der Plan, außerdem hatte sie sich notiert, was sie noch besorgen und anfertigen lassen musste und was von den alten Sachen sie verwenden oder umändern wollte. Das Schulheft füllte sich mit ihren Ideen und Listen.

Sie beschloss, sich bei künftigen Einkäufen in den jeweiligen Läden umzuschauen, sich nicht nur den Umgang mit den Kunden einzuprägen und zu überlegen, was sie anders oder genauso machen wollte, sondern auch die Einbauten, Anordnung und Gesamtgestaltung zu begutachten. Es gab so viel zu tun, und das beflügelte sie. Endlich! Ihr eigenes Geschäft, noch dazu mit dem Segen ihrer Schwiegermutter, der jetzt sogar als Geldsegen auf sie niedergeprasselt war. Kaum zu glauben, aber ihrem Traum stand so gut wie nichts mehr im Wege.

Als Hans heimkehrte, legte sie ihm, kaum dass er sich zu ihr in die Küche gesetzt hatte, schon den Grundriss hin. »Eine Ladentheke müssten wir anfertigen lassen, sie braucht die richtige Höhe, passend zur Kühlung, die links daneben stehen wird, habe ich mir überlegt. Dazwischen der Durchgang zur Küche.« Sie schob die Papiermöbel hin und her. »Was hältst du davon, wenn wir an der rechten Wand von der Theke aus gesehen ein großes Regal und an der linken zwei schmälere hohe hinstellen? Dann wäre im Laden sogar noch Platz für eine Sitzgelegenheit. Vielleicht mag sich die eine oder andere Kundin kurz ausruhen. Was meinst du?« Ohne seine Antwort abzuwarten, redete sie weiter. »Ich würde Herrn Notnagel von der Schreinerei in Pöcking herbestellen, damit wir die Möbel besprechen. Mutters Säulenvitrine könnten wir als Erinnerungsstück in die Mitte stellen, sie ist oval und außerdem der geeignete Ort für besondere Angebote.« Ach, sie war so aufgeregt. »Nur zur Beleuchtung fällt mir nichts ein. Es ist immer noch etwas dunkel, finde ich.«

»Respekt, du warst ja fleißig.« Er tätschelte ihr den Rücken.

»Die Beleuchtung übernehme ich, du sagst mir einfach, wo du die Lampen haben willst.« Das freute sie und auch, dass er sich ihren Plan genau betrachtete und dann noch die Listen durchging. »Wir müssen übrigens aufs Gewerbeamt und eine Genehmigung einholen«, fiel ihm noch ein, und Luise schrieb diesen Punkt gleich dazu. »Aber das Wichtigste hast du vergessen.« Hans stand auf und ging hinaus. »Ich glaube, damit steht und fällt der Laden.«

»Wieso, was meinst du?« Luise blätterte in dem Heft. Natürlich musste sie sich noch um den Wareneinkauf kümmern und mit den Lieferanten verhandeln. Das war fast das Wichtigste. Zum Glück hatte sie das Buch über Warenkunde aufgehoben, das sie noch aus der Hauswirtschaftsschule besaß. Darin hatte sie schon das meiste für ein ausgewogenes Sortiment angekreuzt. Und sich die Bücher herausgeschrieben, die zukünftigen Kaufleuten empfohlen wurden.

»Hilfst du mir mal?«, rief Hans auf einmal zur Tür herein. »Das Ding ist verdammt schwer.« Draußen stand ein Handwagen, darin lag zugedeckt ein Gegenstand. »Los, sieh nach, das ist für dich, oder besser gesagt, für Dahlmanns Gemischtwaren, oder wie wird der Laden eigentlich heißen?«

»Ich dachte an ein langes Schild an der Hauswand, links *Lebensmittel* und rechts *Feinkost* und in der Mitte in großen Buchstaben: *Dahlmann*. Wie fändest du das?«

Hans nickte. »Klingt gut.« Luise hob die Decke hoch und riss die Augen auf.

»Sie muss natürlich noch gründlich entstaubt und poliert werden«, erklärte er, »und die Mechanik schau ich mir auch noch an, damit alles funktioniert. Aber …«

Sie fiel ihm um den Hals und küsste ihn viele Male. »Sie ist wunderschön. Wo hast du die denn aufgetrieben?«

»Ich habe in der Mittagspause noch mal bei der Betreiberin des ehemaligen Milchladens geklingelt. Sie hat auch noch verschiedene andere Sachen im Keller, die wir ihr sehr günstig abkaufen könnten.« Luise strich über die Tasten, und als sie auf den roten Knopf drückte, sprang mit einem Klingeln die Geldschublade auf, das war die schönste Melodie, die sie seit langem gehört hatte. Hans schleppte die schwere Registrierkasse in die Stube und stellte sie auf den Tapeziertisch, den Luise schon an der Stelle aufgebaut hatte, wo sie sich die Theke wünschte. Sofort sah der Raum ein bisschen nach einem Laden aus. »Heute musst du leider mit Brotzeit vorliebnehmen, ich habe nichts gekocht.« Auch Luise hatte tagsüber nur einen Apfel gegessen und jetzt richtig Hunger. »Oder soll ich uns Reiberdatschi machen oder Pfannkuchen? Die sind auch schnell gemacht.«

»Weder noch«, erwiderte Hans. »Zieh dir das Kleid an, das gelb geblümte, das ich so an dir so mag, ich führe dich ins Undosa aus.«

»Echt? Können wir uns das leisten? Wir dürfen Henriettes Erbe doch nicht gleich so verprassen, wer weiß, was bis zur Eröffnung noch alles zu bezahlen ist.«

»Ich habe gesagt, ich führe dich aus, also bezahle ich, das hat nichts mit Mamas Geld zu tun.«

Wann waren sie zum letzten Mal zusammen ausgegangen? Noch dazu ins Undosa! Nun hatte sie endlich Gelegenheit, mal einen Petticoat unter dem Kleid zu tragen, im Alltag war der ja eher hinderlich. Dazu ein Schultertuch, um die nackten Arme zu bedecken, und die Spitzenhandschuhe mit der eingearbeiteten Rose, passend zum gelb-weißen Rosenkleid. Auch Hans hatte sich in Schale geworfen und trug den engen Anzug mit dem Seidenrevers und eine Fliege. Als sie im Seerestaurant ankamen, ergatterten sie gerade noch einen freien Tisch nahe der Tanzfläche.

»Geh'n Sie weeeg, Sie sind mir viel zu keeeck.« Luise summte den Schlager mit, der gespielt wurde, und hätte am liebsten noch vor dem Essen getanzt. Hans bestellte zuerst. Sie war so glücklich wie schon lange nicht mehr und sah darüber hinweg, dass das Essen fad schmeckte. Die Kasspatzn waren zu wenig gewürzt, die Zwiebeln verbrannt. Aber beschweren kam nicht in Frage. Wo Hans sie einmal ausführte und noch dazu einlud!

Ihr Mann genoss ein kühles Helles zu seinem Schweinsbraten, er aß mit Genuss und deutete zu einer Gruppe Soldaten. »Schau mal, die Amis sind schon wieder am Erobern. Ich wusste gar nicht, dass immer noch so viele von denen im Landkreis Starnberg stationiert sind. Hast du nicht gesagt, die haben dein Judenlager zugesperrt und wurden zurückbeordert?«

»Das ist nicht mein Judenlager.« Luise drehte sich zur Bühne um. Vielleicht waren ihr Chef, Captain Smith, und seine Truppe hier. Fehlanzeige. »Die sind nicht aus Feldafing, das ist die Air Force, davon gibt's doch mehrere Stützpunkte in Bayern.«

»Du meinst, wegen der Wiederaufrüstung?« Er nickte. »Wie die sich aufspielen, sitzen auf dem Tisch herum, bezirzen die Weiber und schauen, als wäre ihnen unsere Musik nicht gut genug.« Hans warf sein Besteck auf den Teller. Trotzdem überwand sie sich und fragte: »Tanzen wir jetzt?« Die Reaktion kam wie erwartet.

»Ich mach mich doch nicht vor denen zum Affen. Von denen wurde ich genug gedemütigt. Nehmen wir eine Nachspeise.

Und du hast dich heute ohnehin verausgabt. Lass uns lieber hier sitzen und entspannen.« Er winkte dem Kellner und verlangte noch mal die Speisekarte. Sie teilten sich einen kalten Hund. Hans nahm ein weiteres Helles und einen Pflümlischnaps, auf der Karte neben dem ganz normalen Obstler extra ausgewiesen, und Luise bestellte sich eine Bowle, die, als sie gebracht wurde, mit einem Papierschirmchen dekoriert war. Die Ananas war frisch aufgeschnitten und der Kokoslikör lecker, doch sie hätte so gern getanzt! Sehnsüchtig schaute sie den Paaren auf der Tanzfläche zu, dabei fiel ihr eines besonders auf. Er, ein Soldat der Air Force, war fast zwei Meter groß, trug seine Uniform lässig aufgeknöpft. Sie war klein, blond und gekleidet wie aus einem Modemagazin, das Kleid war wie eine zweite Haut, figurbetont, mit einem raffinierten Ausschnitt. Luise fiel auf, dass die Kapelle gewechselt hatte, einer der Soldaten hatte sich ans Klavier gesetzt und spielte etwas Flotteres als die deutschen Schlager.

»Warum klatschst du bei diesem Theater auch noch mit?« fuhr Hans sie an. Er hatte sein Helles bereits wieder geleert.

»Mir gefällt's.« Luise wollte sich nicht beirren lassen, ihre Schultern, Arme und Beine zuckten im Takt. Sie stieß an den Tisch und lachte. Hans rollte mit den Augen und orderte ein drittes Bier. Seine gute Laune kehrte erst zurück, als die Knattle Buggies wieder übernahmen. Zu ihrer Überraschung stand er doch noch auf, verbeugte sich vor Luise und reichte ihr die Hand. »Darf ich bitten, du meine Schönste der Schönen?«

Nachts lag sie wach und dachte an den Abend zurück. Wie so oft in ihrer Ehe schwankte sie zwischen Enttäuschung, Wut und Rührung. Seit seiner Rückkehr aus der Kriegsgefangenschaft bemühte sich ihr Mann, die Gegebenheiten zu akzeptieren, doch immer wenn er dem ehemaligen Feind begegnete, kochte alles wieder in ihm hoch. Dann verschwand der großzügige, lustige und geduldige Hans, der so viele Talente hatte und den sie so sehr liebte, hinter einem verbitterten und engstirnigen Mann. In Russland hatte er viel durchgemacht, trotzdem kannte sie nur Bruchstücke von seinen Erlebnissen. »Wie es wirklich war, will doch keiner hören«, erklärte er ihr jedes Mal, wenn die Sprache darauf kam.

»Redest du mit deinen Fußballfreunden darüber?« Harri und Elmar waren ebenfalls Heimkehrer, der eine aus Frankreich, der andere aus Nordafrika.

»Elmar geht es genauso. Die schrecklichen Dinge behalten wir lieber für uns, und die lustigen glaubt uns keiner. Harri ist der Einzige, dem es beim Feind besser ergangen ist als uns. Obwohl sein Fuß in einem Steinbruch zerquetscht wurde, schwärmt er heute noch von Frankreich, als wäre es das Paradies. Im Lazarett haben sie sein Sprachtalent erkannt und ihn als Dolmetscher eingesetzt. Das hat ihn von der Schwerstarbeit befreit, und er hat Land und Leute kennengelernt.«

Manchmal redete Hans im Schlaf, es klang wie russische Befehle. Kurz nach ihrer Heirat war er einmal aus dem Schlaf hochgeschreckt: »Mein Mantel, lasst mir den Mantel!« Er war nicht zu beruhigen gewesen und Luise nahe daran, einen Arzt zu holen, doch er bat sie, einfach nur bei ihm zu bleiben, damit er sie spürte und wusste, dass sie die Wirklichkeit war und nicht dieser Traum.

Mitten in der Nacht hatte sie Tee gekocht, ihren Mann in die Arme genommen und ihn gehalten. »Erzähl mir das von dem Mantel«, bat sie ihn, als es ihm besser ging. »So wirst du den Albtraum los.«

Erst weigerte er sich. »Das bleibt mir bis zum letzten Atemzug, Luise.«

»Erzähl es mir trotzdem, bitte, versuche es.«

Hans schwieg lange. »So knapp war es, Luise«, sagte er dann leise, »dass ich überhaupt hier bin, dass ich es durch die Kontrolle geschafft habe. So verdammt knapp.« Wieder verstummte er, und sie glaubte schon, er wäre eingeschlafen. Dann sprach er weiter. »Die Russen veranstalteten jeden Monat ein Spiel mit uns. Nur wenige ... wurden ausgewählt.« Er räusperte sich. Sie reichte ihm Tee. »Nur ein paar von uns durften jeweils heimkehren. Jeder hoffte, endlich dabei zu sein. Wir mussten uns nackt in einer langen Reihe am Bahnhof aufstellen und das Kleiderbündel so lange über den Kopf halten, bis einem fast die Arme abstarben.« Er setzte sich im Bett auf, stellte die Tasse auf das Nachtkästchen zurück und machte es vor. »Die Russen haben zuerst nach der Tätowierung gesucht. Die von der SS hatten ihre Blutgruppe in der Achselhöhle, damit sie schnell Hilfe bekamen, falls sie verwundet wurden. Viele haben damals versucht, bei der Wehrmacht unterzutauchen, und das wurde ihnen nun zum Verhängnis. Manche schnitten sich die Buchstaben selbst raus, doch dann sah man die Narben. Die mussten wie alle, die noch ein bisschen Fett auf den Rippen hatten, sofort wieder zurück. Ich gehörte schon immer eher zu den Hageren, aber im Lager war ich von der vielen Wassersuppe aufgeschwemmt und wirkte kräftiger. Ich wollte unbedingt nach Hause, ich sehnte mich so sehr nach der Freiheit, dass ich beschloss, mein Leben zu riskieren. Lieber sterben als noch einen Monat oder länger warten! Als sich die Russen wieder über einen von uns lustig machten und ihn als »Nazi-Sau« im Schlamm herumkriechen ließen, habe ich es ausgenutzt, dass keiner hergeschaut hat, hab mich geduckt und flach auf den Boden gelegt. Dann bin ich unter dem Eisenbahnwaggon auf die andere Seite gerollt. Die anderen in der Reihe hätten mich denunzieren können, jeden Moment habe ich mit einem Schuss in den Rücken gerechnet. Drüben standen die Heimkehrer und durften sich wieder anziehen. Ich sprang auf, wollte in meine Hose schlüpfen und verhedderte mich. Dann fand ich die Hemdsärmel nicht gleich. Und mein Mantel war weg, vielleicht hatte ich ihn unterm Waggon verloren, oder jemand hatte ihn mir aus dem Bündel geklaut. Der Mantel war überlebenswichtig. Doch dann dachte ich, lieber erfrieren als noch mal zurück. Gott sei Dank flog ich nicht auf. Die ganze Heimfahrt lang habe ich geglaubt, die Kontrolleure an den Grenzen würden mich herausfischen und zurückschicken, ich stand doch gar nicht auf der Liste.« Er schwieg erneut eine Zeitlang. »Noch heute träume ich, dass ich es nicht schaffe oder angeschossen werde oder zur Strafe nackt vor den Russen in der Kälte herumkriechen muss. Manchmal sehe ich diese Liste auf Kyrillisch im Traum und kann sie einfach nicht entziffern. Oder ich finde meinen Namen, und er ist durchgestrichen oder als einziger auf der falschen Seite.« Er schluchzte, Luise umarmte ihn und küsste ihm die Tränen fort. »Wenn ich wach bin und darüber nachdenke, glaube ich, dass die Siegermächte gar keine Listen hatten. Wer von uns nach Hause durfte und wer nicht, war reine Willkür.«

Über seine Zeit als Wehrmachtssoldat sprach er noch weniger, auch die genauen Umstände seiner Gefangennahme verschwieg er. Sie seien einfach in Richtung Osten marschiert. »Manche Strecken habe ich verschlafen, meine Beine sind von ganz allein gelaufen, ich habe es erst gemerkt, wenn ich woanders aufgewacht bin.« Das war's. Sosehr sie ihn auch bedrängte, mehr war nicht aus ihm herauszubekommen. Vermutlich wollte er deshalb auch nichts von ihren Erlebnissen im DP-Camp wissen, und wenn sie doch damit anfing, bat Hans sie aufzuhören. Nichts von den abgemagerten Gestalten, die schwerkrank waren und trotz aller Bemühungen starben. Oder von den schaurigen Dingen, die die ehemaligen Kazetniks in einer Villa vorgefunden hatten, die vor dem Krieg den nationalsozialistischen Eliteschülern als Unterkunft gedient hatte. Doch der Krieg war gottseidank vorbei, genauso wie ihre Arbeit im Camp. Vielleicht war es wirklich an der Zeit, nach vorne zu schauen und zu versuchen, all das Schreckliche hinter sich zu lassen.

MARIE

Bereits die erste Nacht auf dem Hof war eine Herausforderung. Kaum war sie in dem herrlich weichen Bett eingeschlafen, klingelte der Wecker. Zwei Uhr morgens. Im ersten Augenblick wusste sie nicht, wo sie sich befand, aber dann fiel ihr ein, dass sie Martin versprochen hatte, sich um die Lämmer zu kümmern. Rasch zog sie sich an, erwärmte die Milch, rührte das Öl-Ei-Gemisch hinein und drehte das Licht im Stall an. Als sie den Pferch betrat, lag der schwarz-weiße Stanis still auf der Seite im Heu. Sie erschrak, strich über seine Wolle, er atmete schwach, konnte aber nicht einmal mehr den Kopf heben. Auch das Maul öffnete er kaum, und es fehlte ihm die Kraft, um an dem Gumminuckel zu saugen. Seine Zwillingsschwester war etwas besser beieinander, sie trank, doch auch sie atmete stoßweise, als ginge es gleich zu Ende. Im Medizinschrank neben der Stalltoilette hatte Marie eine Glasspritze gesehen. Damit gelang es ihr besser, Stanis Milch ins Maul zu träufeln. Nach ein paar Tropfen wartete sie, bis er schluckte, und massierte ihm den Bauch, wie Martin es mit Tulpe gemacht hatte. Hoffend und bangend legte sie sich neben die zwei ins Heu.

Als eine Ziege an ihren Zopf knabberte, erwachte sie wieder und schaute sofort nach den Lämmern. Ein Wunder, sie lebten, versuchten sogar aufzustehen und sahen sie in der Morgendämmerung aus glänzenden schwarzen Augen an. Martin kam in den Stall, um die Ziegen zu melken, und teilte ihre Freude.

Danach begleitete sie ihn und Manni, als sie die Herde auf eine der eingezäunten Weiden am Dorfrand führten. Erst um halb neun gab es Frühstück. Mittlerweile knurrte Marie der Magen so laut, dass sogar Martin es hörte, der neben ihr das Fahrrad mit dem Wasserkanister schob.

»Erst das Vieh, dann der Bauer«, sagte er, »aber das können wir auch ändern, falls du länger bleibst.«

Aus der einen Nacht wurden zwei, dann drei. Martin band sie wie selbstverständlich in die Arbeit ein, und sie strengte sich an, lernte Tag für Tag dazu. Mit dem Melken tat sie sich anfangs schwer, schon nach einer Ziege schmerzten ihr die Finger, und sie brauchte ewig für einen halben Liter. Unterdessen molk Martin die restlichen elf. Doch auch das gelang ihr mit der Zeit besser, und bald konnten sie sogar von Arbeitsteilung sprechen. Olivia und Stanis gediehen, die Lämmer sprangen ihr laut blökend entgegen, wenn sie sie bei ihren Namen rief. Nach ein paar Tagen durften sie mit hinaus, liefen mit den anderen, deutlich größeren über die Weide und kletterten auf den ruhenden Schafen herum, als wären sie eine Hindernisstrecke. Nur vor den Ziegen mit ihren Hörnern nahmen sie sich in Acht. Martin hatte auch das Mutterschaf nicht aufgegeben und übte so lange mit ihm, bis es wieder stehen konnte. Mit ihren Lämmern reihte sich Tulpe wie selbstverständlich wieder in die Herde ein.

Langsam fasste Marie Vertrauen und dachte kaum noch daran, dass sie eigentlich nur für eine Stunde, einen Tag oder eine Woche hatte hierbleiben wollen. Und Martin erinnerte sie nicht daran. Eher im Gegenteil, er weihte sie sogar in die Kunst der Käserei ein. Aus der Ziegenmilch stellte er nicht nur Frischkäse, sondern auch Schnitt- und Hartkäse mit Zugabe von Kräutern her. Die Arbeit verlangte Konzentration, man durfte den Moment nicht verpassen, wenn die Milch beim Erwärmen zu Dickmilch gerann. Sonntags begleitete Marie die Brüder zum Gottesdienst, setzte sich links in die Bank zu den Frauen, während Manni und Martin in der kleinen St. Alto-Kirche auf die rechte Seite gingen. Der Pfarrer hieß Marie von der Kanzel als Neuankömmling aus dem Osten willkommen, und sie spürte die vielen unangenehmen Blicke auf sich. Wieso überhaupt neu, dachte sie, sie war eine Deutsche wie die anderen auch. Aber allein durch ihre schlichte, geflickte Kleidung fiel sie auf. Sie hatte eben kein feines Sonntagsdirndl, wie es in Bayern an Festtagen üblich war. Mitunter hörte sie wenig schmeichelhafte Worte. Der bayerische Dialekt war ihr zwar noch ein Rätsel, doch sie glaubte so etwas wie »Blutsauger und Zigeuner« zu verstehen.

»Hams des scho ghört?«, zischte eine Frau, die ein winziges grünes Trachtenhütchen auf dem festgezurrten Haarbusch trug. »Das Flüchtlingsmensch lebt mit de Brandstetterbriada in am liaderlichm Verhältnis.«

»Woos, glei mit olle zwoa?« Ihre Sitznachbarin hatte die Zöpfe zu großen grauen Schnecken auf den Ohren eingedreht.

»Ja, a Hex is des, über den Gspinnerten hod sie sich auf den Hof gschlicha, und jetzt is da Martl dro, er schaugt scho dauernd zu ihr rüber. Sengses?« Ungeachtet dessen, dass Marie neben ihr saß, wenn sie auch nicht viel verstand, deutete die Frau mit dem Hütchen zu Martin. »Koa anders Weiberleit kummt no an earm dro. Dabei hod sich mei Gretel wega earm extrig Ohrringerl stecha lassn.«

»Autsch«, sagte die Schneckendame. Es musste um etwas Schmerzhaftes gehen.

Später winkte Martin ab, als Marie ihm auf dem Heimweg

davon zu erzählen versuchte. »Ach, sei froh, dass du den Schmarrn nicht verstehst. Hör besser erst gar nicht hin. Diese Ratschweiber finden immer etwas, wenn sie sich nicht über Manni aufregen können, dann halt über jemand anderen. Ist ja sonst nichts los bei uns im Dorf.« Genau das, diese Ruhe in der Natur, gefiel Marie. Die Tiere nahmen sie so, wie sie war, ihnen war ihre Herkunft oder Vergangenheit gleichgültig. Im Leutstettener Moos und auf den Hügeln fühlte sie sich gänzlich unbeobachtet und frei. Gelegentlich, wenn das meiste getan war, setzte sie sich draußen ins Gras und malte. Dabei gefiel es ihr, die Farben so zu verwenden, wie sie sie in dem Moment empfand. Der Himmel rot und die Schafe grün oder umgekehrt. Allerdings waren die Näpfe in ihrem Malkasten schon fast leer. Darum skizzierte sie viel, oft nur Umrisse, und schrieb sich die Farben an den Rand, um die Zeichnung später, irgendwann, wenn der Traum, Künstlerin zu werden, greifbarer sein würde, auf ein größeres Format zu übertragen. Vielleicht sogar auf eine Leinwand. Manni begleitete sie oft. Er stocherte neben ihr im Moos herum und förderte das eine oder andere zutage. Glasscherben, Kupferpfennige, einen Groschen und einmal sogar einen Silberling, der sich allerdings als Knopf entpuppte. Manni zeigte ihr seine Fundstücke, und sie inspizierte sie ausführlich und lobte ihn dafür. »Wenn das so weitergeht, können wir von dem Geld bald ins Kino gehen. Warst du schon mal im Kino?«

»Naa.« Er schüttelte heftig den Kopf. Hatte er sie verstanden? Sie war sich nicht sicher, da lief er auch schon wieder los. Über Flaschen freute er sich am meisten, er setzte ihnen einen Trichter auf, den er immer am Hosenträger mit sich trug, und streckte sie der Sonne entgegen, hielt sie lange so und stülpte dann schnell den Verschluss darüber, falls der noch vorhanden war und funktionierte, und wenn nicht, rupfte er ein Grasbüschel aus, drehte es als Abdichtung in den Flaschenhals. Einmal fand er ein Metallstück, das mit Erde verkrustet war. Er spuckte darauf, rieb es an seiner Lederhose sauber, bis es glänzte, und gab es ihr.

»Für mich?« Es war ein Anhänger in Form eines Fisches.

»Jo.« Manni strahlte sie an.

Als sie an einem Abend in die Küche kam, schlief Martin zurückgelehnt am Tisch, die Arme verschränkt, der Mund leicht geöffnet. Schnell holte sie den Notizblock und porträtierte ihn. Ganz vertieft in ihre Zeichnung, merkte sie nicht, dass er wach war und nur noch zum Schein ruhig sitzen blieb. Sie kam sich ertappt vor, wie sie ihn so eindringlich betrachtete, dabei seine Konturen mit dem Bleistift festhielt, als ob sie ihn berührte. Hastig klappte sie den Block zu und verstaute ihn wieder in der Küchenschublade.

Am folgenden Wochenende lernte sie Luise kennen, über die sie von Martin schon viel gehört hatte. Sie verstand sich auf Anhieb mit ihr, vertraute sich ihr an und erzählte sogar von der Vertreibung und ihrer Jugendliebe Theo. Luise weihte sie ihrerseits in ihre Pläne ein und erteilte ihr den Auftrag, Schilder für den Laden zu entwerfen. Marie war begeistert. Ihr erster künstlerischer Auftrag! Meistens fiel sie jedoch vor lauter Arbeit todmüde ins Bett, ohne noch etwas zu zeichnen.

Die Heuernte begann. Mit der Sense mähte Martin die Hänge, die halbwegs geraden Wiesen mit einem Mähwerk, das von Fido gezogen wurde. Anschließend mussten die Reihen aufgeschüttelt werden. Marie half, aber auch Manni packte kräftig mit an. Er zeigte ihr, wie sie die Heugabel halten musste, damit sie nicht ständig im Boden hängen blieb. An ihren Händen bildeten sich Blasen, die höllisch brannten und über Nacht kaum verheilten. Dabei hatte sie gedacht, vom Unkrautjäten im Kloster abgehärtet zu sein. Richtige Feldarbeit kannte sie nur vom Sehen. Als Tochter eines schlesischen Gutsbesitzers hatte sie nirgends mithelfen müssen, tat es manchmal freiwillig, nur zum Spaß. Wenn sie die Lust verlor, saß sie lieber mit Theo auf einem Baum und schaute den Angestellten zu, die sich in der prallen Sonne abmühten. Dabei las er ihr manchmal Gerichtsakten vor, die er heimlich aus der Amtsstube entwendet hatte. Als Bürgermeister schlichtete sein Vater auch Streitsachen zwischen den Gemeindemitgliedern. Da gab es die absurdesten Verfahren, die Theo sehr faszinierten. Marie hörte ihm zu und zeichnete viel. Jetzt, nach dem ersten Tag der Heuarbeit, konnte sie sich kaum vorstellen, jemals wieder etwas Zartes wie einen Bleistift in den Fingern zu halten.

»Zeig mal deine Hände«, sagte Martin beim Frühstück. Ihm blieb nichts verborgen. Sie gab nach und hielt ihm die Handflächen hin. Er nickte. »Wasch die Blasen am besten in Seifenlauge, ich hol was, bin gleich zurück.« Marie hatte es vermieden, die wunden Stellen zu reinigen, aber nun tat sie es mit zusammengebissenen Zähnen. Danach tupfte er ihr die Haut vorsichtig trocken. Sie ließ es zu, was sie selbst verwunderte. Es war das erste Mal, nach dem unüberwindbaren Ereignis vor sechs Jahren, dass sie sich berühren ließ. Martin drapierte etwas Schafwolle auf ihre Handflächen und klebte ein Pflaster darüber. »Das lindert hoffentlich und polstert zugleich gegen neues Aufscheuern.«

Das tat es tatsächlich, schon am Vormittag, beim Wenden. Sie schüttelten das Gras auf, warfen es hoch in die Luft und verteilten es locker auf der Fläche, damit die Sonne es gleichmäßig trocknen konnte. Abends rechten sie es wieder zu Reihen zusammen, um es vor dem Tau zu schützen. Beim Ausziehen fiel Marie noch etwas von den duftenden Wiesenblumen und Kräutern aus den Kleidern. Am Morgen begann alles von vorne, die Reihen auflösen, das Gras, das sich langsam in Heu verwandelte, gleichmäßig über die Fläche verteilen, kurz vor der Dämmerung erneut zusammenrechen. Am Tag der Einfuhr verdunkelte sich gegen Mittag der Himmel, Gewitterwolken zogen heran. Martin ermahnte sie zur Eile, wenn das Heu nass würde, hätten sie im Winter nicht genügend Futter für die Tiere. Marie kletterte auf den Wagen, Martin und Manni warfen ihr Heu zu, das sie immer höher auf den Anhänger schichtete. Als die Fuhre aufgeladen war, setzte sich Manni auf Fido und trieb ihn an. Der Rappe zog kurz, blieb stehen und weigerte sich, auch nur einen Schritt weiterzugehen. Der Wind frischte auf, schwarze Wolken schoben sich näher. Sie probierten es wieder und wieder, suchten den Boden unter Fidos Hufen ab, halfen ihm ziehen. Es war nichts zu machen. Er schnaubte, rührte sich aber nicht vom Fleck.

»Was ist nur auf einmal mit ihm los?« Martin war verzweifelt. »Er kennt doch die Arbeit, zieht sogar den großen Kartoffelroder, den wir uns jedes Jahr von den Wittelsbachern ausleihen. Kannst du nicht irgendwas tun, Marie?«

Sie trat an Fido heran, strich ihm über die Halswirbelsäule, prüfte, ob er sich etwas ausgerenkt hatte. Eine Verletzung konnte sie nicht ertasten, auch sein Gebiss war in Ordnung. Kein Abszess oder fauler Zahn. Fido ließ sich sogar ganz willig ins Maul sehen. »Ich müsste ihn ausschirren, um genauer zu schauen, aber die Zeit haben wir nicht, oder?«

Es blitzte bereits. Wieder zerrte Martin am Halfter, und Manni trat Fido mit den Fersen in die Flanken. Da scheute der

Gaul und stieg auf. Sofort ließ Martin los, um sich vor den Hufen in Sicherheit zu bringen, auch Marie wich zurück. Um ein Haar hätte er Manni abgeworfen, aber der klammerte sich mit gebeugtem Oberkörper in die Mähne. Ein echter Mongole eben, wie Luise gesagt hatte. Doch als Fido sich aufbäumte, merkte Marie, was ihm fehlte, auch Martin wusste es nun. Am linken Vorderbein hatte sich das Hufeisen gelockert, und die herausragenden Nagelnieten drückten dem Pferd bei jedem Schritt ins Fleisch. Das war leicht zu beheben. Für den Fall einer Wagenpanne hatte Martin immer Werkzeug dabei. Er klemmte sich Fidos Huf zwischen die Beine, setzte einen Schraubenzieher unter den noch verankerten Nieten an und schlug mit dem Hammer dagegen, um sie aufzubiegen. Dann löste er mit einer Kneifzange Stück für Stück durch Anklopfen und Ziehen das Hufeisen. Die ersten Regentropfen fielen.

»Jetzt aber schnell.« Martin schnalzte mit der Zunge, und Fido trabte sichtlich gelöst los. Knapp erreichten sie den Hof, bevor es zu schütten begann, und lenkten den Wagen unter das Scheunendach. Geschafft.

Am nächsten Morgen rief Marie wie gewohnt die Lammzwillinge zu sich, um sie zu füttern. Olivia schlängelte sich durch die gesamte Schafherde hindurch, blökte schon von weitem im Stall und trank gierig die Flasche leer. Aber wo blieb Stanis? Marie rief noch mal nach ihm, normalerweise antwortete er mit einem kläglichen Mäh, wenn er nicht gleich den Weg zu ihr fand. Doch diesmal nicht. Sie brachte Olivia zu Tulpe zurück und fand Stanis nach einigem Suchen leblos unter der Raufe. Das kleine schwarz-weiß getupfte Lamm war tot. Marie hatte das Gefühl, den Boden unter den Füßen zu verlieren. Nein, das durfte nicht sein, nicht auch noch er. Rasch holte sie

Martin, er musste etwas tun. Er untersuchte ihn, konnte aber nicht feststellen, woran Stanis gestorben war. »Das passiert manchmal, leider.«

»Aber gestern war er doch noch gesund und munter und ist gewachsen wie Olivia.« Sie schluckte, Tränen verschleierten ihren Blick. »So etwas Kleines darf einfach nicht sterben.« Sie hob ihn an, streichelte über seine großen Ohren, die sich schon kalt anfühlten.

»Leben ist ein Wunder.« Martin strich ihr sanft über die Wange. »Man hat es nicht in der Hand.«

Sie zuckte zurück, sah ihn an. »Ich will es aber in der Hand haben.«

»Sei froh, dass es nicht so ist.«

»Gibst du immer so schnell auf?« Sie legte Stanis ab und rannte ins Haus. Es fing wieder an, alles in ihr rebellierte. In Luises Zimmer stellte sie sich vor den ovalen, goldgerahmten Spiegel und versuchte, ihr Bild zu fixieren, das immer unschärfer wurde. Sie schaute durch sich hindurch, ihr Körper ging ihr verloren, und sie konnte nichts dagegen tun.

»Marie? Was ist mit dir?« Martin war ihr gefolgt. »Ich hab geklopft, dachte, du bist ohnmächtig geworden, ist dir schlecht?« Sie hörte ihn wie aus weiter Ferne und rieb sich über die Stelle im Gesicht, an der er sie vorher angefasst hatte. Dann zuckte sie zusammen, als er sie am Arm berührte. Augenblicklich war sie wieder im Hier und Jetzt, ihre Nerven flatterten. Sie keuchte. »Es geht nicht.«

»Was geht nicht?«

»Das mit uns. Ich kann nicht, tut mir leid.«

HELGA

Als sie in der Morgendämmerung erwachte, schlief Jack noch. Sie sah sich in der Kajüte um, fand sich auf einer gestreiften Matratze wieder, die etwas schmal und kurz war, aber bequem. Jack hatte die Knie angewinkelt, die Füße an die Schiffswand gelegt. Ihre Kleidung war überall verstreut. Das Boot schwankte leicht und wiegte sie. Unterm linken Schulterblatt drückte etwas, Helga griff danach. Jacks Feuerzeug. Er schnarchte leise mit offenem Mund. Sie betrachtete ihn im Morgenlicht, überlegte, wie oft sie sich in dieser Nacht geliebt hatten. Sich geliebt und weitergeküsst und immer wieder von vorne begonnen. Sie hatte Lust, wieder über seinen nackten Körper zu streichen, seine schimmernde, zarte Haut, die muskulöse Brust, die Härchen am Bauchnabel. Sie musste ihn ohnehin wecken. Wahrscheinlich war es höchste Zeit, zur Arbeit zu kommen. Also küsste sie ihn wach, und während er sich streckte und durch das Bullauge auf den See blinzelte, suchte sie ihre Sachen zusammen. Ihr Sanduhrkleid hing über dem Rettungsreifen, ihren Büstenhalter fand sie, als sie schon dachte, sie müsste ohne gehen.

Helga kletterte an Deck und bemerkte auf dem See einen Fischer, der in einem Ruderboot stand und seine Netze einholte. Er sah zu ihr her. Auf dem Steg, an dem ihr Liebesschiff vertäut war, bellte ein Schäferhund. Sie dachte schon, jetzt ist alles aus. Wie sollten sie unbehelligt davonkommen? Doch der Hund gehörte nicht dem Besitzer, sondern bloß einem Spaziergänger, der seinen Hut lupfte, sich für die Störung entschuldigte und den Köter an der Leine fortzerrte. Als die Luft rein war, kroch auch Jack an Land.

»Gibt es eine Wiedersehen?«, fragte er, bevor sie sich an der Unterführung trennten.

»Nein.« Sie löste sich von ihm, auch wenn es ihr schwerfiel.

»Nein?« Wie konnte man bloß aus einem Nein eine Frage machen. Jacks Blick war zum Dahinschmelzen.

»Nein, no and never, wir werden uns nicht wiedersehen«, sagte sie in aller Deutlichkeit. Bei ihm würde sie keine Ausnahme machen. Sie lief los. Die Uferstraße zog sich, führte noch mal am Undosa vorbei, am Yachtclub und einem öffentlichen Badeplatz. Kurz bevor sie auf die Possenhofener Straße abbog, drehte sie sich noch mal um. Jack stand immer noch da, sah ihr nach und hob die Hand. Sie winkte nicht zurück, sondern rannte nun bis zur Seeklinik vor. Mit jedem Schritt verbannte sie die Nacht mit Jack mehr und mehr in ihre Erinnerungen und versuchte, sie abzuhaken. Vielleicht würde sie sie eines Tages wieder hervorholen und ihrer Enkelin von diesem wunderschönen Mr. Mole-Boogie-Woogie erzählen.

Im Schwesternwohnheim ging sie als Erstes ins Bad, duschte und spülte ihre Scheide mit Seifenlauge, um eine Schwangerschaft zu verhindern. Es war kurz nach halb acht, als sie sich ins Zimmer schlich. Froh, dass Silvia bereits fort war und sie ihr nicht erklären musste, wo sie übernachtet hatte, schlüpfte sie geschwind in ihre Schwesterntracht. Erst auf dem Weg zur Klinik fiel ihr ein, dass ihr immer noch die Kündigung drohte. Das hatte sie glatt vergessen. Thank you, Jack. Pünktlich um acht nahm sie ihre Anweisungen für den Tag entgegen.

Oberschwester Beate verhielt sich nicht anders als sonst. Sie ermahnte sie lediglich zu mehr Eile und weniger Unterhaltungen mit den Frauen, was nichts Neues war. Sie sollte mit dem Temperaturmessen anfangen, dann die Wassergläser ausspülen, und mit dem Bettenmachen musste sie bis zur Stillzeit um zehn Uhr durch sein. »Wenn Sie den Transportwagen bringen, kann ich Ihnen gleich zeigen, wie man die Mütter zum Stillen anleitet.« Den gestrigen Vorfall erwähnte sie mit keiner Silbe, anscheinend wusste sie nichts davon. Helga glaubte schon, es sei überstanden, da rief ihre Vorgesetzte sie zurück. »Und noch etwas. Bitte nehmen Sie Rücksicht, auf Dr. von Thaler. Falls er irgendwelche Wünsche äußert.«

»Wünsche?« Sie zuckte zusammen. »Was meinen Sie damit?« Zweideutigkeiten traute sie der Oberschwester eigentlich nicht zu.

»Der Herr Doktor hat es gerade sehr schwer, eigentlich sollte er sich freinehmen, aber er arbeitet unermüdlich weiter.«

»Was ist denn passiert?«

»Haben Sie das mit seinem Sohn gar nicht mitgekriegt?« Die Oberschwester zog die Brauen zusammen und musterte Helga. »Der kleine Friedrich ist gestern fast ertrunken und schwebt noch immer in Lebensgefahr.« Na, das erklärte, warum Frau von Thaler gestern so gereizt war und ihr eine Liebschaft mit ihrem Mann unterstellt hatte.

»Wo warst du die ganze Nacht?«, fragte Silvia, als sie sich im Flur begegneten. »Ich habe mir Sorgen gemacht und wollte schon fast die Polizei rufen.«

»Ich bin gesegelt«, sagte Helga.

»Im Dunkeln und ganz allein?«

Helga drückte die Klinke von Nummer elf, wo sie bei den Wöchnerinnen mit dem Fiebermessen beginnen sollte. »Dunkel war es schon, aber allein war ich nicht.« Sie zwinkerte Silvia zu und verschwand im Zimmer. Mehr wollte Helga nicht verraten. Redeten sie über ihn, würde es ihr noch schwerer fallen, Jack zu vergessen. Er tauchte ohnehin ständig in ihren Gedanken auf, als verweigerte er sich ihren Prinzipien. Sie spürte ihn noch an ihrem Körper, fast bei jeder Bewegung. Seine Hände, seine Lippen, seine Haut. Sie dachte an ihn, als die Oberschwester ihr und Frau Meierer in der Elf zeigte, wie man das Neugeborene anlegte, sie dachte an ihn, als sie das Essen auf der Station austeilte, und auch nachmittags, als die Angehörigen zur Besuchszeit eintrafen und um Vasen für die mitgebrachten Blumensträuße baten. Sie dachte an ihn, als sie eine alte Frau wusch, die nach einer Totaloperation noch nicht aufstehen durfte, und sowieso dachte sie an ihn, immer wenn sie, über den Tag verteilt, die vier Zigaretten rauchte, die sie sich weiterhin heimlich in der Toilette gönnte. Erst um fünf, als sie Feierabend hatte, glaubte sie, sich halbwegs von Jack gelöst zu haben, und freute sich auf ihren freien Abend. Vielleicht konnte sie Silvia heute überreden, die Bücher liegenzulassen und mit ihr auszugehen?

Aufgeregt empfing ihre Mitbewohnerin sie im Zimmer, sie hielt einen Blumenstrauß in der Hand. »Schau mal, Helga, die lagen vor der Tür. Ein Brief ist auch dabei.« Sie gab ihn ihr. »Ist das von deinem Verehrer, dem Segler?«

An Schwester Helga stand auf dem Umschlag. Sie öffnete ihn und las: *Willst du mit mir machen am Sonntag eine Ausflug? Ich würde mich freuen sehr. Ich dich abholen um drei Uhr p. m., dein Mr. Woogie.* Woher wusste er überhaupt, wo sie wohnte? Helga strich mit dem Daumen über die Wörter aus Tinte. So sah also seine Handschrift aus. Breite, aneinandergehängte Buchstaben. P. m. was bedeutete das noch gleich? Ach, ja, past midday oder so ähnlich. Ihr Englisch war wirklich dürftig. Die zwei O aus Woogie schienen zu tanzen, und das kleine G hatte eine Riesenschlaufe. Sie zerriss den Brief. »Es gibt keinen Verehrer«, sagte sie zu Silvia. Die Blumen würde sie verschenken, sie wusste auch schon, wem.

»So schlimm war dein Rendezvous? Bitte erzähl mir alles.« Silvia ließ nicht locker.

»Im Gegenteil, es war ausnahmsweise sehr schön.« Helga zog sich den Kittel aus. »Ich werde mich aber trotzdem nicht noch mal mit ihm treffen.«

»Und warum nicht?«, bohrte Silvia nach. »Wenn man sich nur einmal sieht, kann man sich doch gar nicht kennenlernen.«

»Du hast es erfasst. Und jetzt hör mal für ein Stündchen auf, deine Nase in die Bücher zu stecken, und geh mit mir raus.« Sie holte ihren Badeanzug aus dem Schrank, beschloss, darüber nur ein ärmelloses Kleid zu tragen, das sie mit einem breiten Gürtel auf Taille bringen wollte. Darunter konnte man sich auch umziehen, ohne durch blanken Busen oder Hintern öffentliches Ärgernis zu erregen. »Was ist, gehst du mit mir schwimmen? Wärmer soll der See in diesem Sommer nicht werden. Danach gönnen wir uns einen riesengroßen Eisbecher in der neuen Eisdiele am Bahnhof, ich lade dich ein.«

»Klingt verlockend, aber ich kann nicht«, sagte Silvia. »Ich habe meine Tage.«

»Ach, das bisschen Blut wird den See auch nicht rotfärben.«

»Spinnst du, davon wird man geisteskrank.«

»Wer hat dir das denn erzählt?«

»Schwester Kreszentia, meine Lehrerin in der Realschule.« Silvia setzte sich auf ihr Bett und zog die Beine an.

»Dann läufst du bestimmt auch nicht barfuß in der Zeit und

machst einen Bogen um die Küche, weil sonst das ganze Essen verdirbt? Lauter Ammenmärchen.« Helga winkte ab. »Wir sind doch angehende ... Wissenschaftlerinnen.«

»Was sind wir?« Silvia lachte auf.

»Na ja, so was in der Art. Alle haben irgendwo mal angefangen. Obwohl ich die Idee, Küchenarbeit zu vermeiden, wenn man menstruiert, gar nicht so schlecht finde. Wer schnippelt schon gern Gemüse. Nun komm, gib dir einen Ruck.«

»Ich habe Bauchweh.« Silvia lehnte sich an die Wand, zog sich die Decke über und schnappte sich ein Buch von ihrem großen Stapel auf dem Nachtkästchen. »Außerdem bin ich mit dem Kapitel über Nabelpflege noch nicht durch.«

»Na gut, dann geh ich eben alleine schwimmen.« Helga seufzte. »Vorher bringe ich dir noch eine Wärmflasche und einen Kamillentee, aber wenn du schmilzt, kann ich nichts dafür.« In der Gemeinschaftsküche setzte sie Wasser auf, fand jedoch keinen Tee mehr. Sie lief zur Klinik, um dort welchen zu holen, und verharrte kurz, als sie auf dem Seitenstreifen der Possenhofener Straße einen Jeep entdeckte. Jack saß am Steuer und strahlte sie an. Was machte er hier? In dem Brief hatte Sonntag und nicht Samstag gestanden. Helga senkte den Blick und tat so, als hätte sie ihn nicht bemerkt. Hinter ihr schlug eine Autotür zu.

»Helga?«

Sie reagierte nicht, beschleunigte ihre Schritte, bis sie den Eingang erreichte.

»Please wait. Hast du Blumenstrauß und mein Einladung gekriegt?« Er war ihr dicht auf den Fersen. »Ich war schon gefahren, so ich dich gesehen, will sagen kurz hello.«

Sie blieb stehen, wandte sich um und sah ihn eindringlich an. »Ich habe nein gesagt, nein, das verstehst du doch? Es geht nicht, wir können uns nicht wiedersehen.« Sie zog die Kliniktür auf und ging hinein. Hoffentlich kehrte er um.

Von der Teeküche aus konnte sie nicht erkennen, ob der Jeep noch an der Straße stand. Außerdem brühte sich auch Frau Rübsteck, die Verwalterin, gerade einen Tee auf, und Helga wollte nicht zu oft aus dem Fenster sehen und deren Neugier wecken. Nach ein paar höflichen Worten wartete Helga ungeduldig. Ihr Herz klopfte zum Zerspringen. Wieso fiel ihr das mit Jack so schwer? Als sie mit Kamillenblüten in der Tasse durch die Parkanlage zurückging, hielt sie Ausschau nach dem Jeep.

Dr. von Thaler parkte hinter dem Tor, stieg aus und winkte sie herbei. »Schwester Helga, praktisch, dass ich Sie hier treffe. Ich bräuchte dringend Ihre Hilfe. So jung, wie Sie sind, sprühen Sie bestimmt vor Ideen. Die Angelegenheit hat zwar noch bis Anfang des Jahres Zeit, doch ich bin in solchen Sachen leider ganz schlecht, und bevor ich es schleifen lasse und schließlich ganz vergesse ...«

»Worum geht es, Herr Doktor?« Sie hatte ihn noch nie so viel an einem Stück reden hören.

»Um Frau Boden.«

»Welche Patientin ist das?«

Ihr Chef beugte sich zu ihr vor und flüsterte ihr ins Ohr, als würden sie belauscht.

Während Helga ihm zuhörte, entdeckte sie Jack, der durch den Park spazierte. »Natürlich, Herr Doktor. Ich überlege mir etwas.« Sie wusste zwar nicht, wieso er ausgerechnet sie damit betraute, aber Oberschwester Beate hatte sie gebeten, nachsichtig mit ihm zu sein. »Wenn ich helfen kann, gerne. Ich habe gehört, dass Ihr Sohn sehr krank ist. Wie geht es ihm denn?« Sie versuchte, Zeit zu schinden, vielleicht gab Jack dann auf und fuhr weg.

»Den Umständen entsprechend gut. Er liegt in der Münchner Kinderklinik, die mein Vater leitet. Wir wissen noch nicht, wie viel Wasser er aspiriert hat und ob er ein Lungenödem entwickelt.«

Aspiriert wie die Kopfschmerztablette, so viel wusste sie schon, aber ein Lungen-äh-was? Gehört hatte sie diese Fachbegriffe schon einmal, doch ihre Bedeutung vergessen. Vielleicht sollte sie sich ein Beispiel an Silvia nehmen und fleißiger lernen. Die von Thalers waren seit Generationen Ärzte, die Thaler'sche Kinderklinik stand damals auch zur Debatte, als ihre Schwester erkrankte. »Und was heißt das, wenn ich fragen darf?«

»Fragen Sie, selbstverständlich, wie sollen Sie sich sonst medizinisches Wissen aneignen.« Der Doktor zuckte kurz mit den Mundwinkeln, wurde aber sofort wieder ernst. »Bei einem Lungenödem tritt Blut aus den Lungengefäßen und sammelt sich im Lungengewebe. Im Falle meines Sohnes heißt das, dass es auch noch Stunden nach dem Vorfall zu einem Atemstillstand kommen kann.« Er holte Luft, als könnte er für sein Kind mitatmen. »So, ich muss wieder in die Klinik. Geben Sie Bescheid, wenn Ihnen etwas einfällt, ja?« Sie nickte und spurtete ins Wohnheim zurück. Jack war nicht mehr zu sehen.

»Wo warst du denn?« Silvia stand in der Küche und drückte sich die Wärmflasche auf den Bauch. Sie hatte das Wasser bereits abgestellt.

»Wir hatten keine Kamille mehr, ich habe von drüben welche geholt.« Helga schüttete die Blüten in eine Kanne und überbrühte sie. Dabei blickte sie aus dem Fenster, entdeckte Jack auf einer Bank. Er hatte seine langen Beine übereinandergeschlagen und wippte mit dem Fuß. Ein Zeichen von Nervosität. Wie lange würde er dort ausharren? Etwa bis es dunkel wurde? Wann würde er sich geschlagen geben? Dabei tat er nicht wirklich etwas, er kämpfte nicht um sie, flehte oder jammerte nicht, saß einfach nur da und genoss die Aussicht. Genau das aber machte sie rasend.

»Du, ich habe es mir anders überlegt.« Silvia legte die Wärmflasche weg, ihr stand schon der Schweiß auf der Stirn. »Ich begleite dich, ich kann auch draußen lernen, und auf ein Eis hätte ich Lust.«

»Fein. Aber den Tee trinkst du bis zum letzten Tropfen, das ist mein krankenschwesterlicher Befehl, und danach geht's los. Ich will nur kurz einer Patientin, die eine Totaloperation hatte, die Blumen bringen. Sie kann etwas Aufmunterung vertragen.« Doch als sie zur Parkbank lief, um Jack die Meinung zu sagen, war er fort. Auch seinen Jeep entdeckte sie nirgends mehr. Obwohl es genau das war, was sie gewollt hatte, versetzte ihr diese plötzliche Leere einen Stich. Wenig später saßen sie auf den Fahrrädern, die das Schwesternheim zur Verfügung stellte, und radelten zu der großen Liegewiese am Hang. Silvia legte sich in kniekurzer Hose und Bluse auf ein Handtuch und vertiefte sich tatsächlich in ein Buch. Helga sprang vom Badesteg aus in den See und kraulte energisch durch die Fluten, bis sie jeden Gedanken an Jack losgeworden war. Dann legte sie sich zu ihrer Kollegin und ließ sich in der Sonne trocknen. »Soll ich dich abfragen?«, bot sie an. Gemeinsam büffeln machte doch tatsächlich Spaß, und wie nebenbei erfuhr sie, dass Aspirieren Einatmen bedeutet.

Die Eisdiele hatte bereits geschlossen, als sie kurz vor Einbruch der Dunkelheit zum Bahnhof radelten, aber es wurde dennoch ein lustiger Abend. Schwester Roswitha, die im Frühjahr ihr Examen bestanden hatte und nun im OP-Saal assistierte, besaß ein Kofferradio und hatte den AFN-Sender aufgedreht. »Kommt doch herein und setzt euch zu uns«, lud sie die beiden ein. Das ließ sich Helga nicht zweimal sagen. Weil Samstagabend war und die meisten frei hatten, erlaubte die Hausmutter in der Gemeinschaftsküche Musik. Peter Alexander schmetterte den Optimisten-Boogie. *Junge, Junge, Junge, heute liegen wir richtig, heute wollen wir tanzen, lachen, singen und euch allen Freude bringen, wollen tanzen, singen, lachen und euch allen Freude machen.* Schwester Ingrid, eine dreißigjährige Augsburgerin, die Silvia wegen des Venensuchgeräts herumgescheucht hatte, spendierte Wein und Likör. Sie teilte ihr Zimmer mit Cornelia, die gerade an einem Käse-Igel bastelte. Auf einen halben Salatkopf spießte sie mit Zahnstochern kleine Tomaten, Weintrauben und Käsewürfel. Außerdem gab es geröstete Brotscheiben mit Ananas und Schinken. Silvia zögerte, schob wieder ihr Unwohlsein vor.

»Jetzt hab dich nicht so, Kleine«, sagte Ingrid, die eigentlich die Kleinere der beiden war, dafür fülliger als Silvia mit ihrer knabenhaften Figur. »Oder bist du mir etwa immer noch beleidigt?« Sie bot ihnen eine der französischen Gitanes an, die sie mit einer silbernen Verlängerung à la Marlene Dietrich rauchte. Helga nahm sich eine, zündete sie an und rutschte zu Cornelia auf die wackelige Eckbank.

»Solche Scherze mussten wir alle am Anfang der Ausbildung aushalten. Obwohl, wenn ich es mir recht überlege …« Ingrid zog an ihrer Zigarettenspitze und blies den Rauch in eleganten Schleifen an die Küchenlampe. »Helga scheint mir bisher glimpflich davongekommen zu sein, oder hast du etwas mit ihr angestellt, Conni?«

»Ich sage nur Blutbild«, flötete Conni und rückte von Helga

ab, als ob sie Schläge erwartete. »Und dann habe ich sie auch noch fegen lassen.«

»Also hast tatsächlich du die Krümel ausgestreut? Dachte ich es mir doch.« Helga nahm sich einen Igelstachel und drohte Conni mit dem Zahnstocher, nachdem sie sich die Tomate und den Käse in den Mund geschoben hatte.

»Kinder, keine Verletzungen, für heute habe ich genug vom Verpflastern«, meldete sich Roswitha zu Wort. »Es reicht mit den Aufnahmeritualen, aber was ist jetzt mit unserem Küken?« Silvia stand noch immer in der Tür. Schnell drückte sie sich herein, nahm sich eine der Gitanes aus der Schachtel und quetschte sich auf die Eckbank neben Helga, die ihr Feuer gab. Nach dem ersten Zug hustete sie und trank Rotwein in großen Schlucken wie Limonade. Bald fand sie alles urkomisch. Keine Spur von Bauchschmerzen mehr. Die Küche duftete nach geröstetem Brot aus der Pfanne, der Käse-Igel verlor seine Stacheln. Sie aßen, tranken, rauchten und tanzten, wenn ihnen ein Lied gefiel. Dabei tauschten sie kuriose Patientengeschichten aus.

Conni erzählte von einem tragischen Fall. Ein paar Tage zuvor war eine Frau mit Verletzungen am ganzen Körper eingeliefert worden. Sie hatte Conni anvertraut, dass ihr Ehemann für die Blutergüsse, Wunden und den gebrochenen Arm verantwortlich sei. »Er misshandelt sie, wenn sie ihm nicht zu Willen ist, stellt euch vor. Aber kaum war sie einigermaßen versorgt, ist sie zu ihm zurückgekehrt.«

»Für manche Kerle sind wir Freiwild, ob mit oder ohne Trauschein.« Ingrid zog ploppend den Korken aus einer neuen Weinflasche. Einen Moment überlegte Helga, ob sie ihre Kolleginnen in der Chefsache um Rat fragen sollte, aber dann entschied sie sich um. Ihr würde schon etwas einfallen. Außerdem hatte er eigens sie damit beauftragt, so konnte sie sich beweisen.

Als gegen Mitternacht der Sender von deutschen Jukebox-Liedern zu englischen Songs wechselte und Joni James *Why don't you beliiiieve me* schluchzte, wandte sich die bereits reichlich beschwipste Ingrid an Helga. »Und du, hips. Du hast einen Kavalier, hup.« Sie hatte einen Schluckauf. »Einen, einen richtig schnuckeligen Boyfriend, hap, hab ich gehört.«

»Davon weiß ich nichts.« Helga trank wenig, Alkohol schmeckte ihr nicht sonderlich, es sei denn, einer wie Jack erbeutete eine Flasche Sekt. Sie nippte an Silvias kalt gewordenem Kamillentee, von dem noch ein Rest in der Kanne war.

»Doch, doch. Wittgenstein hat's mir gesagt. Er ist richtig erschrocken, ups ...« Weiter kam Ingrid nicht, Silvia war am Tisch eingeschlafen und an die Flasche mit dem Kirschlikör gestoßen. Der rote Inhalt ergoss sich über den Igelsalat. Helga verabschiedete sich und verfrachtete ihre Mitbewohnerin ins Bett. Mit einem seligen Grinsen, die Augenlider auf Halbmast, murmelte Silvia etwas von Nabelschnurklemmen, mit denen sie ihre Unterwäsche aufhängen wollte.

Bei Dienstantritt am nächsten Morgen waren alle Schwestern leicht verkatert. Als Oberschwester Beate in die Teeküche kam, wunderte sie sich über die ungewöhnliche Stille. »Was ist los, meine Damen, hat das Radio vor dem ständigen Gedudel kapituliert?« Sonst drehte immer eine von ihnen den rauschenden Volksempfänger auf, der früher die Reden des »Führers« übertragen hatte, und aus dem jetzt normalerweise Schlager dröhnten. Hausmeister Wittgenstein war das Gerät zum Entsorgen zu schade gewesen, und er hatte es ihnen vermacht.

»Was hören Sie eigentlich am liebsten für Musik?«, fragte Helga, als keine der anderen etwas erwiderte.

»Ich?« Die Oberschwester starrte sie an, als hätte sie nach der Größe ihres Büstenhalters gefragt. »Gar keine, ich genieße lieber die Ruhe und höchstens den Gesang der Vögel in meinem Schrebergarten, wenn ich frei habe. So, Marsch, an die Arbeit.« Dieser Versuch in der Chefsachenangelegenheit war schon mal gescheitert, dachte Helga und bereite einen Einlauf für eine Gebärende vor.

Der Sonntag verging wie im Flug. Mit einem Mal erhielten sie und auch Silvia von den erfahrenen Kolleginnen Unterstützung und lernten auf die Weise mehr als in all den Wochen davor. Sogar das Blutabnehmen gelang dank Ingrids Hilfe auf einmal. »Das Wichtigste ist, dass ihr selbst ruhig bleibt. Redet mit der Patientin, erklärt ihr Schritt für Schritt, was ihr vorhabt. Das ist auch für euch wie eine Anleitung, damit ihr nichts vergesst.« Beschwingt beendete Helga am frühen Nachmittag ihren Dienst und freute sich zum ersten Mal auf die Ausbildungszeit, die noch vor ihr lag. Eine Gemeinschaft von Frauen, die sich zuarbeiteten und gegenseitig unterstützten, um Frauen, die zur Entbindung oder zum Gesundwerden herkamen, die bestmögliche Pflege zu bieten.

Die Besuchszeit fing an. Leute strömten in die Klinik, als Helga sie durch das Hauptportal verließ.

»Schönen Sonntag, Schwester.« Frischgebackene Väter mit Blumensträußen im Arm oder älteren Kindern an der Hand grüßten sie, als wäre sie die Geburtshelferin gewesen. Alle waren fein herausgeputzt. Mitten unter ihnen stand Jack. Allein bei seinem Anblick bebte sie mit jeder Faser ihres Körpers. Sie ignorierte ihn, so gut sie konnte, und bog mit hastigen Schritten und gesenktem Blick nach rechts ab, in Richtung Schwesternwohnheim.

Er holte sie ein und lief neben ihr her. »Was ist, Helga? Ich denke doch, du und ich, wir uns mögen. Erklare bitte«, mit Händen und Füßen versuchte er, sich verständlich zu machen, aber sie sah weg. »Wenn ich verstehe die Grund, warum du mich hassen, dann ich lasse dich für immer und ewig.«

Sie seufzte. »Ich hasse dich nicht.«

»Was dann, sag es.«

»Ich treffe mich nie mit jemandem zweimal, und ich werde bei dir keine Ausnahme machen. So, jetzt weißt du es.«

»Warum?«

»Wenn es nur ein erstes Mal gibt, dann kann es kein letztes Mal geben, verstehst du?«

Er sah sie mit großen Augen an, schüttelte den Kopf.

»Na gut.« Sie verschränkte die Arme, um ihn auf Abstand zu halten. »Ich wurde schon einmal verlassen, nicht von einem Mann, es war …«, dann holte sie Luft, wollte etwas sagen, aber auf einmal brachte sie keinen Ton heraus, weinte stattdessen. Sofort umarmte er sie. Kurz schloss sie die Augen und genoss seine Umarmung, hätte sich am liebsten an ihn gelehnt, doch sie besann sich, entwand sich ihm und wischte sich die Tränen aus dem Gesicht. Nach ein paar Schritten jedoch kehrte sie um. Ihr war etwas eingefallen. Es war, als hätte ihre Schwester Lore es ihr eingeflüstert. Sie stellte sich vor ihm auf und sagte: »Hello, ich bin Helga. Would you ask me for a trip?«

»Oh yes. Freut mich, Sie kennenlernen, Helga, I am Jack. Sie Lust haben ein bisschen zu fahren durch die Gegend?«

»Woher wusstest du, wo ich wohne und arbeite? Hast du mir nachspioniert?«, fragte sie Jack, als sie kurz darauf in seinem Jeep saßen.

»In die Richtung, wo du bist gegangen, es gibt nur ein kranke Haus, hat man mir gesagt.«

»Oh, da wäre ich mir nicht so sicher.« Sie lachte, für diese gelungene Wortschöpfung musste sie ihn einfach küssen, und er erwiderte den Kuss nur zu gern. »Wohin fahren wir überhaupt?«, fragte sie, als sie sich wieder voneinander lösten.

»An einen Platz mit schönster Sicht über die See.« Jack fuhr los. »Vielleicht du weißt schon, wo?«

»Ich bin bisher kaum über Starnberg hinausgekommen, ich lebe noch nicht lange hier.« Weil sie ohne Verdeck fuhren, legte sie sich ihr hellblaues Tuch über die Haare und wickelte die Enden zweifach um den Hals, wie sie es in den Kinofilmen gesehen hatte. Einer Erkältung würde sie damit nicht vorbeugen, aber das eng um den Hals geschlungene Tuch betonte ihr bloßes Dekolleté.

Sie holperten auf der von Schlaglöchern durchsetzten Uferstraße entlang. Der See glitzerte. Kurz hinter Tutzing bog Jack in den Wald ab und fuhr einen steilen Berg hoch. Sie glaubte sich schon halb in den Alpen, da kamen sie auf einer Anhöhe voller knorriger, alter Bäume zum Stehen. Er parkte, und sie stiegen aus. Kühe grasten auf einer Wiese, und Bänke waren mit Blick über den See aufgereiht. Das musste die legendäre Ilkahöhe sein, von der die Kolleginnen schwärmten. Beeindruckend, Jack hatte nicht zu viel versprochen. Von hier aus sah man das andere Ufer und die gesamte Bergkette dahinter. Der Himmel leuchtete türkis. Ein perfektes Postkartenmotiv. Die Luft war erfüllt von Summen, es duftete nach frischem Gras und Blumen, heiße Sommerluft strich nach der erfrischenden, schnellen Fahrt über Helgas Haut. Eigentlich lustig, dass ausgerechnet ein amerikanischer Besatzer ihr die Schönheit ihrer bayerischen Heimat zeigte. Jack hatte sich Mühe gegeben und an alles gedacht. Unter der Plane auf der Ladefläche versteckten sich ein Picknickkorb und ein halbrunder Kasten, der an eine Hutschachtel erinnerte.

»Was ist da drin?«, fragte Helga. »Hoffentlich keine Waffen.«

»Wenn Musik man rechnet zu Waffen, dann es ist so.« Es war ein Plattenspieler. Zu gern wollte Jack ihr seine Lieblingslieder vorspielen, aber hier gab es keinen Strom. Er blätterte das dicke Album mit seiner Schallplattensammlung auf, schnippte und zippte dabei mit den Fingern und schnalzte mit der Zunge dazu, als würde er die Songs hören. Die Namen sagten ihr nichts. Ray Charles, Earl Hines, Nat King Cole, Johnnie Ray, auf den Plattenhüllen waren mal schwarze und mal weiße Musiker. Auch eine dunkelhäutige Frau war darunter. Sie hatte eine Blume im Haar und künstliche Wimpern und sang mit weitgeöffnetem Mund.

»Wie klingt diese Billie Holiday?« Helga las von der Platte ab und nahm an, dass das die Sängerin war, die so hieß.

»Sehr *extraordinary*, jede Melodie sie macht zu ihre ganz eigene. Wie soll ich sagen, sie benutzt ihr Stimme wie eine Instrument, wie ein Gitarre vielleicht, und sie spielt damit.« Er geriet ins Schwärmen.

»Kennst du sie?«

»Du meinst, persönlich?« Jack lachte. »Na klar, ich bin verheiratet mit Billie Holiday.«

»Echt?«

Wieder lachte er, hob den Picknickkorb heraus und legte den Arm um Helga. »Ich bin zusammen mit dir, du weißt doch. Wir beide uns haben vorhin kennengelernen, und morgen wir wieder kennengelernen und ubermorgen auch.« Er spielte mit, auch wenn es kein Spiel für sie war. Sie suchten sich ein schattiges Plätzchen, breiteten die Decke aus und leerten den Korb.

Jack öffnete ein paar Einweckgläser, schnitt Weißbrot in Scheiben. Sogar an Teller, Besteck und Gläser hatte er gedacht. »Gutes Essen aus meine Heimat, ich hoffe, es schmeckt.«

»Und was ist das alles? Erdnussbutter habe ich schon mal gegessen«, sie deutete auf das beige Mus. Das hatten sie von den Besatzern als Schulspeisung erhalten, bis es ihnen bei den Ohren herauskam. Die Amerikaner schienen alles mit Erdnussbutter zu vermischen, mal sehen, ob Jack das auch so handhabte. Helga nahm sich eine Gabel und probierte einen Salat, der erfrischend und lecker schmeckte. »Weißkraut und Karotten.«

»Das wir nennen Cole Slaw.«

»Mmh, sehr fein.« Helga war gerührt, noch nie hatte jemand sich so um sie bemüht, noch dazu ein Mann, ein Flieger, der ursprünglich Bergarbeiter war und Musik liebte wie sie. Schon jetzt hatte er so viele Facetten, die sie alle reizten. »Du kannst also auch kochen?«

»A little. These are scotch eggs.« Er gab ihr eine knusprig gebratene Kugel, die im Inneren ein gekochtes Ei verbarg, und schenkte Zitronenlimonade ein, die sauer und süß zugleich schmeckte und bei der Hitze angenehm kühlte.

»Köstlich.« Sie schloss die Augen und genoss. »Woher kommst du, ich meine, aus welchem Land in Amerika?«

Er scheuchte eine Wespe fort, die sich auf das Erdnussbutterglas gesetzt hatte, bestrich sich eine Scheibe Weißbrot, bedeckte sie mit einer zweiten und biss hinein. »Aus North Dakota, aber geboren ich bin in Südwesten, Arizona. Mein Mutter und mein Schwester noch leben dort. Und dein Familie?«

»Ich bin aus München, meine Eltern leben noch dort.« Sie schnappte sich ein weiteres Scotch Ei aus dem Einmachglas und fütterte Jack damit. Dann legte sie sich auf die Decke, den

Kopf auf den linken Arm gebettet, und schaute in die Wolken, die sich im Schneckentempo über den blauen Himmel bewegten. »Ich glaube, je mehr wir voneinander wissen, Jack, desto schwerer wird das mit uns beiden.«

Er beugte sich über sie und schmeckte nach Erdnussbutter, als er sie küsste. Seine Lippen wanderten ihren Hals hinab, über ihr Schlüsselbein, seine Finger umkreisten ihren Nabel.

Gegen elf Uhr abends, als sie hoffte, dass die meisten ihrer Kolleginnen bereits schliefen oder zumindest in ihren Zimmern bleiben würden, schleuste sie Jack ins Schwesternwohnheim. Silvia hatte ihre erste Nachtschicht, bis in die Morgenstunden würden sie sturmfreie Bude haben. Zuerst hörten sie leise Musik. Jack legte endlich seine Schallplatten auf, und gemeinsam übersetzten sie – Arm in Arm auf dem Bett liegend – die Songs. Er wollte, dass sie die Texte verstand. Von Liebe und Schmerz, aber auch von Rassentrennung und Ungerechtigkeit handelten sie. Doch nach einer Weile beschäftigten sie sich mehr miteinander und lauschten nur noch auf den Klang. *Maybe millions of people go by. But they all disappear from view. And I only have eyes for you*, sang Billie Holiday. Es klopfte an der Tür.

»Machen Sie auf, Schwester, sofort.« Die Stimme von Oberschwester Beate.

Helga sprang aus dem Bett und schlüpfte in ihr Nachthemd. Was war los? Hatte sie bei der Arbeit etwas falsch gemacht, oder hatte sie jemand gesehen und verpfiffen? War überhaupt abgeschlossen? »Schnell, leg dich in Silvias Bett und mach dich so klein wie möglich«, sagte sie zu ihm und schaltete die Musik aus.

Es kam noch schlimmer. »Polizei, bitte öffnen Sie.« Anscheinend hatte die Oberschwester sogar auf der Wache angerufen.

Helga hörte Gemurmel im Gang, jetzt wurde es eng. Bevor sie öffnete, versicherte sie sich, dass kein Fuß und kein Haar von Jack unter dem Bettzeug herausspitzte, sammelte seine Klamotten zusammen und stopfte sie rasch in den Schrank. Dann schaltete sie das Licht aus, öffnete die Tür und blinzelte in den Gang hinaus. Ein Wachtmeister und die Oberschwester sprachen gerade mit Conni, die ihr Zimmer schräg gegenüber hatte. Soviel sie mitbekam, ging es um eine Zeugenaussage zu der misshandelten Patientin, die vor ein paar Tagen eingeliefert worden war und von der ihre Kollegin neulich erzählt hatte. Offenbar hatte man ihren Ehemann festgenommen. So leise wie möglich schloss Helga wieder ihre Tür. Erleichtert, dass das Klopfen nicht ihr gegolten hatte.

ANNABEL

Noch bevor die Labortür ins Schloss fiel, hörte sie Konstantin draußen auf dem Gang mit jemandem sprechen. Er hatte wieder seinen gewohnt bedachten Tonfall, als wäre nichts geschehen. Fürsorglich war er nur mit anderen, nicht mit ihr, dachte sie. Annabel glaubte sogar, den Namen Knaup zu hören, da konnte sie nicht mehr. Sie zwängte sich an der Liege und den Laborgeräten vorbei, unter einer Art Ofen mit langen Eisenrohren hindurch, bis sie einen Winkel an der gekachelten Wand erreichte. Dort lehnte sie sich an, glitt zu Boden, zog die Beine an den Körper und schluchzte. Das hatte sie nicht verdient. Sie tat ihr Bestes, und trotzdem genügte sie nicht. Und jetzt hatte man ihr auch noch Friedrich genommen, als hätte sie absichtlich sein Leben aufs Spiel gesetzt. Das erste Mal war sie von ihrem Kind getrennt. Nicht auszudenken, was ihr Kleiner gerade in diesem Moment erleiden musste, wegen ihr! Es schüttelte sie. Ach, und dann Konstantin. Hatte sie nicht bereits nach der Verlobung geahnt, dass sie nicht die einzige Frau an seiner Seite sein würde? Es gab etwas in ihm, eine Sehnsucht, die sie nie stillen konnte, sosehr sie sich auch bemühte. Er war elf Jahre älter gewesen und sie noch Jungfrau, als sie sich kennenlernten. Nie hätte sie diesem kleinen Mann so viel Zärtlichkeit und Einfühlungsvermögen zugetraut. Er führte sie in die Liebe ein, bereits in der Hochzeitsnacht machte es ihm Freude, sie zu formen wie Wachs, gänzlich unerfahren, wie sie war. Und sie war eine gelehrige Schülerin. Und natürlich wünschte auch er sich ein Kind. Doch sosehr Annabel Gott anflehte, sie wurde und wurde nicht schwanger. Als es endlich klappte und sie ihren Sohn in den Armen hielt, war auch bei ihm die Freude groß und ihr Glück vollkommen. Fortan beschloss sie, über die Eskapaden ihres Mannes hinwegzusehen, was ihr mal besser und mal schlechter gelang. Inzwischen war sie dreiunddreißig und kämpfte immer noch mit der Inbrunst eines Backfisches um seine Aufmerksamkeit, und nun schien sie gegen eine junge Lernschwester zu verlieren. Es reichte. Das würde sie sich nicht gefallen lassen. Sie raffte sich auf, wischte ihre Tränen ab und verließ das Labor. Im Foyer bat sie um ein Taxi und wartete draußen, um einem Gespräch mit der Empfangsdame aus dem Weg zu gehen. Bestimmt hatte sich das, was mit Friedrich geschehen war, bereits herumgesprochen.

Zurück in der Villa, zog sie sich um. Vor ihrem Kleiderschrank schweiften ihre Gedanken erneut zu dem Unfall. Wieder und wieder ging sie den Ablauf am See durch. Dabei versuchte sie, sich auszurechnen, wie lange sie Friedrich tatsächlich aus den Augen verloren hatte. Sie griff zum Telefon, um in der Thaler'schen Kinderklinik nachzufragen, ob er gut eingetroffen sei, legte aber wieder auf. Das würde Konstantin vielleicht noch mehr gegen sie aufbringen. Andererseits glaubte sie, dass er das Ganze nicht allein entschieden hatte. Den von Thalers und vor allem ihrem Schwiegervater war die Heirat seines einzigen Sohnes mit der Tochter eines Möchtegernpfaffen, wie er ihren Vater bezeichnete, von Anfang an ein Dorn im Auge gewesen. Als Atheist lehnte Richard von Thaler alles Katholische ab, für ihn zählte einzig die Erkenntnis aus Forschung und Wissenschaft. Noch dazu hatte Annabel außer einem Tisch, den man für vierzehn Gäste ausziehen konnte und der ihnen schon oft gute Dienste geleistet hatte, nichts mit in die Ehe gebracht.

»Mehr braucht es auch nicht«, erklärte Konstantin, damals noch ganz auf ihrer Seite, als er sie seinen Eltern vorstellte. »Wir haben doch alles, alles bis auf Annabel.« Umstimmen konnte er seine Eltern damit nicht. Sosehr sie sich auch bemühte, ihren Knigge für gehobene Kreise lernte und sogar eine Bräuteschule besuchte, ließ die Familie sie jahrelang spüren, dass sie nicht dazugehörte. Erst 1943, bei der Beerdigung ihrer Eltern, zeigten sie aufrichtige Anteilnahme, ihre Schwiegermutter nahm sie in den Arm und weinte mit ihr. Danach wähnte sich Annabel endlich in den erlauchten Kreis aufgenommen. Doch sie hatte sich geirrt, es sollte noch bis zu dem Tag dauern, als sie den langersehnten Enkel geboren hatte – erst da boten ihr Richard von Thaler und seine Gattin Irmela endlich das Du an.

Das Nachdenken quälte sie, sie brauchte etwas zu tun. Darum wies sie das Dienstmädchen an, alle Teppiche zu reinigen und auch die Vorhänge abzunehmen, außerdem gehörten die Fenster an der Südseite geputzt. Der einzige Trost war, dass sie Friedrich in guten Händen wusste. Immerhin galt Richard in der Kindermedizin als Koryphäe. Als ihr Blick aus dem Fenster fiel, sah sie Friedrichs Freundin auf der Straße. Magdalena hockte auf dem Bürgersteig und malte mit Kreide ein Himmel-und-Hölle-Spiel. Sie lief hinaus zu ihr. »Sag mal, wieso seid ihr eigentlich bis zum Steg gelaufen? Ihr solltet doch bei mir bleiben.« Das Mädchen sah zu ihr auf, erwiderte aber nichts. »Erzähl es mir, ich schimpfe auch nicht, ich versprech's. Warum ist Friedrich ins Wasser gefallen?«

»I woaß a ned.« Magdalena zuckte mit den Schultern und

vertiefte sich wieder in ihr Bild, zog große Kreise um die Zahlen.

»Ich rede mit dir, bitte, hör doch mal kurz mit dem Malen auf.« Aber das Kind machte weiter. Ein furchtbarer Gedanke beschlich Annabel. »Sag mal, hast du ihn geschubst?«

»Naa, so war des ned. I kon nix dafir.«

»Was? Rede doch deutsch, streng dich an, wie lief das genau ab, jetzt sag schon!« Sie packte das Mädchen am Arm, zerrte es hoch und schüttelte es. »Bitte, ich muss es wissen.« Magdalena heulte los.

»Frau von Thaler, was machen Sie da? Lassen Sie die Kleine doch los, Sie tun ihr weh.« Plötzlich drängte sich Luise Dahlmann dazwischen. Sie kam über die Straße gerannt und löste das Mädchen aus Annabels Griff.

»Oh, Verzeihung, ich habe die Nerven verloren.« Was war nur in sie gefahren? Ihre Wut konnte sie doch nicht an dem Kind auslassen. Sie bückte sich und wollte ihr die Tränen fortwischen, aber angesichts des rotzverschmierten Gesichts strich sie ihr nur kurz über die langen Zöpfe. Magdalena schniefte, warf die Kreide fort und rannte zwischen den beiden Frauen hindurch und die Straße hoch, bis zum Frisiersalon. Hoffentlich erzählte sie ihrer Mutter nichts, sonst würde es gleich einen Aufruhr geben.

»Was ist denn passiert, hat Magdalena etwas angestellt?«, fragte Frau Dahlmann in bemühtem Hochdeutsch.

Wenigstens verstand sie jetzt mal jemanden. Andererseits, was ging die Nachbarin die ganze Sache an? Doch der Anstand gebot es, zumindest zu antworten. »Ja, oder besser gesagt, ich weiß es nicht.« Sie holte Luft. »Mein Sohn wäre beim Spielen um ein Haar ertrunken, und Magdalena war dabei. Ich wollte einfach nur wissen, wie es dazu gekommen ist.«

»Wie schrecklich, ich meine, das mit Ihrem Sohn. Wie geht's ihm denn jetzt?« Sie war die Erste, die aufrichtig Anteil nahm.

»Er liegt in der Kinderklinik meines Schwiegervaters, mehr weiß ich leider auch nicht.« Annabel war schon wieder fast am Heulen.

»Kann ich etwas für Sie tun, Frau Doktor? Kommens doch rein zu uns, wollen'S vielleicht eine Tasse Kaffee mit mir trinken?«

»Das ist nett, danke.« Das war es wirklich. »Aber ich muss wieder ins Haus, falls das Telefon geht.« Sie könnte Frau Dahlmann zu sich einladen, aber jetzt, ohne Teppiche und Vorhänge, das machte keinen guten Eindruck. Nein, besser ein andermal. »Mein herzliches Beileid übrigens zum Tod Ihrer Schwiegermutter.« Sie hatte ihnen zwar eine Beileidskarte zukommen lassen, aber nun gab sie ihr noch persönlich die Hand.

»Danke. Da fällt mir etwas ein, ich habe etwas für Sie in unserer alten Werkstatt gefunden. Wartens, ich hole es.« Frau Dahlmann lief in ihren Garten und kam kurz darauf mit einem Foto zurück.

»Papa hat Friedrich so weit stabilisiert«, sagte Konstantin, als er am Abend heimkehrte.

»Heißt das, ihm geht's besser? Ist er bei Bewusstsein? Hat er Schmerzen?« Annabel bestürmte ihn mit Fragen, noch bevor er am Tisch saß und Fräulein Gusti die Rindsrouladen, die beim Lindner heute im Angebot gewesen waren, servierte.

»Er hat einen leicht erhöhten Blutdruck, wird überwacht, und seine Herzfrequenz wird ständig gemessen. Papa meldet sich, sobald sich sein Zustand verändert.«

»Muss Friedrich die Nacht über in München bleiben?«

»Was hast du denn erwartet? Bitte lass uns essen, ich bin hungrig und erschöpft.« Er legte sich die Serviette auf den Schoß und hob sich eine Roulade und etwas von den zu knusprig geratenen Kartoffeln auf den Teller. Annabel hatte kaum Appetit. Sie schwiegen beim Essen, man hörte nur das Klappern des Bestecks und das Ticken der Standuhr, was sie an den Herzschlag ihres Sohnes erinnerte, der wegen ihrer Nachlässigkeit aus dem Rhythmus geraten war.

Ihr fiel die Begegnung mit Luise Dahlmann ein. »Sag mal, hast du eigentlich je wieder etwas von Samuel gehört?« Dr. Samuel Kleefeld war Konstantins bester Freund gewesen, mit ihm zusammen hatte er die Seeklinik gegründet und aufgebaut.

»Wie kommst du jetzt auf den?« Konstantin tupfte sich die Mundwinkel ab und schenkte Wein nach.

»Luise Dahlmann hat ein Foto von 1937 gefunden, das in unserem Garten aufgenommen worden ist. Darauf sind die Dahlmanns zusammen mit den Kleefelds zu sehen und ein paar andere Leute, die ich nicht kenne.« Das war im Jahr bevor sie geheiratet hatten, damals arbeitete Annabel schon in der Seeklinik.

»Zeig her.«

»Frau Dahlmann hat es behalten, ich kann sie noch mal danach fragen, wenn ich sie treffe.« Sie hätte das Bild gleich an sich nehmen oder wenigstens um einen Abzug bitten sollen, aber Luise hatte es wieder eingesteckt.

»Ist doch unwichtig. Und bevor du noch mal fragst, nein, Samuel und ich, das war einmal, ich will nicht darüber reden.« Worüber wollte er überhaupt noch sprechen, was immer sie fragte oder anregte, würgte er ab. Zu gern hätte sie die Sprache noch mal auf dieses Fräulein Knaup gebracht, aber sie wusste nicht, wie. Nach dem Abendessen las Konstantin noch eine Weile in seinen Zeitschriften. Annabel schaltete im Radio das klassische Wunschkonzert ein. Lustlos blätterte sie in dem englischen Kriminalroman, den sie am Vorabend höchst gespannt gelesen hatte, konnte sich aber nicht erinnern, um was für einen Mordfall es überhaupt gegangen war. Sie las ein paar Abschnitte und merkte, dass sie nichts behielt, insgeheim fragte sie sich die ganze Zeit, wann endlich das Telefon klingeln und sich das Krankenhaus melden würde. Doch es blieb still.

Wie üblich verließ Konstantin am nächsten Morgen ohne Frühstück das Haus. Annabel, noch im Morgenmantel, begleitete ihn bis zur Einfahrt. Dort stand sein Ford Taunus. »Wann kann ich heute zu Friedrich fahren?«, fragte sie.

»Ich gebe dir Bescheid, sobald ich mit Papa gesprochen habe.«

»Das hast du gestern auch gesagt.«

»Hab Geduld, vielleicht kannst du auch erst morgen zu ihm. Wir werden sehen.«

Zwei Tage ohne ihr Kind, eine schreckliche Vorstellung. Sie strich sich über den Hals, ihre Hände zitterten. Zu ihrer Überraschung küsste Konstantin sie zum Abschied auf die Wange. Sie wollte mehr, umfasste sein Gesicht und streifte mit ihren Lippen seinen Mund. »Ich vermisse dich«, sagte sie.

»Aber ich bin doch hier.« Forschend sah er sie an, der Blick wie ihr Sohn, die gleichen dunkelbraunen Augen, nur waren seine mit Falten umkränzt.

Sie liebte ihn mit jeder Faser ihres Seins, wenn er nur aufrichtig zu ihr war. Jetzt war der Moment, um zu fragen, auch wenn sie damit jeglichen Anflug von Harmonie wieder zerstörte. »Diese Lernschwester, das Fräulein Knaup, was ist das überhaupt für eine, und was habt ihr in deinem Büro gemacht?«

»Geht das schon wieder von vorne los? Gestern war sie nur das blonde Busenwunder, heute hat sie sogar schon einen Namen.« Er verdrehte die Augen, sperrte den Wagen auf und stieg ein. »Ob du es glaubst oder nicht, sie hat mir einfach bloß Kaffee gebracht, nichts weiter. Dann seid ihr eingetroffen. Zufrieden?« Er drehte den Zündschlüssel und startete den Motor. Sie nickte, lehnte sich halb in den Wagen. »Also gut«, ergänzte er. »Ich rufe dich am Nachmittag wegen Friedrich an, am Vormittag habe ich zwei Operationen und muss erst sehen, was sonst noch ansteht. Lässt du jetzt bitte die Tür los?«

Seit wann servierte man als Lernschwester den Kaffee in Unterwäsche, fragte sie sich und sah dem Ford hinterher, als er aus der Einfahrt rollte. Um etwas von der Last loszuwerden, die sie beschwerte, beschloss sie, zur Beichte zu gehen, vielleicht wusste Pfarrer Zuckermüller einen Rat. Bevor sie das Haus verließ, wies sie Fräulein Gusti an, um Gottes willen ans Telefon zu gehen und sich alles zu merken, oder besser aufzuschreiben, was etwaige Anrufer sagten. Sie legte ihr Block und Stift direkt neben den Apparat.

Als Annabel am Pfarrhaus läutete, holte sie Hochwürden vom Frühstückstisch. Bereitwillig sperrte er trotzdem schon mal die Kirche auf und schickte sie in den Beichtstuhl vor. Er würde nur noch rasch seinen Kaffee austrinken, sagte er. Sie setzte sich in den düsteren Kasten hinter dem Vorhang und wartete. Es dauerte. Wahrscheinlich war dieses Vorgehen der Auftakt zur Buße, vermutete sie. In der eigenen Schuld baden, bevor man sich davon lösen durfte. Sie dachte an ihren Vater, der eigentlich Priester hatte werden wollen, sich aber auf seinem Weg ins Zölibat in ihre Mutter verliebte, als er ihre Buchhandlung betrat. Fast täglich kaufte er von da an irgendein Buch, bat sie um Empfehlungen und fing an, mit ihr über die Inhalte zu diskutieren. »Wenn das so weitergeht, habe ich bald keine Bücher mehr. Dann muss ich mein Geschäft zu Ihnen verlagern, den halben Bestand besitzen Sie ja bereits«, hatte ihre Mutter eines Tages gescherzt. »Wo wohnen Sie denn?« Den Fortgang der Geschichte erzählten sie ihr jedes Mal anders, so dass Annabel bis heute nicht sicher wusste, wie es wirklich weitergegangen war. Jedenfalls heirateten sie so schnell wie möglich, und fünf Monate später wurde sie geboren. Als Heranwachsende wäre Annabel am liebsten Nonne geworden. Wenn ihr Vater schon ihretwegen nicht seiner Berufung folgen durfte, dann wollte sie es an seiner Stelle tun.

Doch ihre Mutter bestand darauf, dass sie erst die Handelsschule abschloss. »Sekretärin ist der Beruf der Zukunft, damit findest du jederzeit und überall eine Anstellung. Ins Kloster kannst du auch später noch gehen.« Widerwillig folgte Annabel, lernte nicht nur das Zehnfinger-Tastsystem, sondern auch bei einer Klassenfahrt im Hotel Konstantin kennen. Er war ihre große Liebe, und er würde es bleiben. Wie es bei ihren Eltern gewesen war, sie blieben unzertrennlich bis in den Tod.

Endlich raschelte es hinter dem Gitter, Zuckermüller betrat den Beichtstuhl. »Im Namen des Vaters und des Sohnes und des Heiligen Geistes.«

»Amen«, sagte Annabel und machte das Kreuzzeichen.

»Gott, der unser Herz erleuchtet, schenke dir wahre Erkenntnis deiner Sünden und seiner Barmherzigkeit.«

»Amen.«

»Was kann ich für dich tun, mein Kind?« Hier duzte er sie, außerhalb des Beichtstuhls redete er sie mit Frau Doktor an, fiel ihr wieder einmal auf.

»Friedrich geht es schlecht, und ich bin schuld.« Und sie erzählte ihm, was vorgefallen war.

»Gott sei ihm gnädig. Ich werde deinen Sohn in meine Gebete einschließen«, leierte er herunter. Sie hatte sich mehr Anteilnahme erhofft.

»Und weiter?«, fragte er. »Was hast du noch auf dem Herzen?«

»Es geht um meinen Mann, ich weiß nicht, wie ich mich ihm gegenüber verhalten soll«, fing sie an.

»Er ist doch auch am Wohlergehen eures Kindes interessiert, oder nicht?«

»Sicher, aber da ist noch eine andere Sache. Konstantin betrügt mich. Im Laufe der Jahre immer wieder und gerade mit einer neuen Schwester in seiner Klinik.«

»Du meinst in diesem Augenblick?« Die Nase des Pfarrers berührte das Gitter. Sie roch seinen Atem, Kaffee war das nicht.

»Keine Ahnung«, sie wich zurück und drückte sich in die Ecke. »Besser gesagt, ich hoffe nicht. Doch gestern habe ich ihn mit ihr erwischt und zur Rede gestellt.«

»Wobei erwischt? Beschreib es ruhig und befreie dich von allem Schlechten.«

»Ich weiß nicht genau.«

»Nur zu, frei heraus«, ermunterte er sie. »Mir ist nichts Menschliches fremd. Ist es zu unzüchtigen Handlungen gekommen?«

»Das weiß ich nicht.«

»Dann hast du nichts beobachtet?«

»Doch.« Sie wusste nicht, wie sie es erklären sollte, und übersprang diesen Teil. »Jedenfalls hat er alles abgestritten.«

»Also, hast du etwas gesehen?«

»Nein, ich vermute es nur.«

Zuckermüller seufzte, es klang fast ein wenig enttäuscht. »Du machst dir zu viele Gedanken. Leg alles in Gottes Hände, und halte deine Seele rein.«

»Aber Herr Pfarrer, das kann ich nicht, das Ganze nagt an meiner Seele, es zerfleischt mich«, sagte sie frei heraus, wie er sie vorhin aufgefordert hatte.

»Sein Wille geschehe.«

»Wessen Wille, Konstantins?«

»Gottes Wille, mein Kind, Gottes Wille allein. Denk immer daran. Und denk auch an das Ehegelöbnis, zur Untreue gehören immer zwei.«

»Was soll das heißen?«

»Gibt es vielleicht einen Grund, warum sich dein Mann anderweitig umschaut?«

»Aber Herr Pfarrer!«

»Ich verurteile dich nicht, wir alle sind Sünder. Und jetzt lass uns gemeinsam beten.« Und er fing mit dem Vaterunser ein.

»Dein Wille geschehe«, »dein Wille geschehe«, sagte sie sich auf dem Heimweg immer wieder vor. Doch alles in Gottes Hand zu legen, fiel ihr schwer. Die Beichte hatte sie nur noch mehr angestachelt. Natürlich schob sie die Schuld nicht auf Konstantin, das Fräulein Knaup, diese aufdringliche Person mit dem frechen Mundwerk, hatte ihren Mann verführt. Was war das überhaupt für eine? Schlich sich in ihr Leben und nahm sich einfach, was ihr nicht gehörte. Annabel würde ihr zeigen, wer das Sagen hatte.

Zuhause schwor das Dienstmädchen Stein und Bein, dass niemand angerufen habe, und brachte ihr die Post, ein Päckchen für Konstantin aus Amerika. Da fiel Annabel ein, wie sie es anstellen könnte, mehr über diese Helga Knaup zu erfahren. Wieder ließ sie sich mit dem Taxi zur Seeklinik bringen. Damit sie Konstantin nicht über den Weg lief, ging sie direkt in die Verwaltung, die sich zwischen Klinik und Schwesternwohnheim in einem Nebengebäude befand. Sie klopfte in ihrer alten Abteilung, in der sie von 1937 bis 1938 gearbeitet hatte. Telefonverbindungen herstellen, Personalakten verwalten, die Post erledigen. Daneben war sie die Privatsekretärin ihres Verlobten gewesen.

»Guten Morgen, Frau Rübsteck, haben Sie eine neue Brille?« Überschwänglich begrüßte sie ihre Nachfolgerin, die Kopfhörer aufhatte und vom Band tippte.

»Ja, Frau Doktor von Thaler, wie nett, Sie zu sehen.« Sie nahm die Kopfhörer ab und erhob sich von ihrem Drehstuhl, fasste sich verlegen lächelnd an ihre Schmetterlingsbrille. »Meine Tochter hat mich überredet, mal etwas Moderneres zu wagen, schließlich trägt man das Ding den ganzen Tag auf der Nase.« Gerda Rübsteck arbeitete nun schon seit über fünfzehn Jahren hier und galt laut Konstantin als sehr gewissenhaft. Dank ihres Alters, sie war um die fünfzig, bot sie auch keinen Grund zur Eifersucht.

»Wie geht's denn Ihren Kindern?« Obwohl Annabel sich nicht einmal an deren Namen erinnerte, tat sie so, als sei sie brennend am Werdegang des Rübsteck'schen Nachwuchses interessiert.

»Danke, gut. Elfi wird Fremdsprachenkorrespondentin, Englisch und Französisch, das ist ja dank der Besatzer sehr gefragt. Gerhard arbeitet jetzt bei der Deutschen Bundesbahn in der

Schaltzentrale. Wir erwarten in Kürze das zweite Enkelkind, seine Frau ist schon über der Zeit, aber ich kann sie nicht überreden, hier beim Herrn Doktor zu entbinden. Sie schwört auf ihre Hausgeburtshebamme. Na, hoffen wir, dass alles gutgeht. Was hätte ich damals darum gegeben, ein paar Tage fortzukönnen, besonders beim zweiten, wo man aus dem Windelnwaschen gar nicht mehr herauskommt. Vor dem Krieg ist so gut wie keine Schwangere in eine Klinik gegangen.« Sie holte kaum Luft. Annabel räusperte sich, das tat seine Wirkung. »Verzeihen Sie, Frau Doktor, ich plappere einfach drauflos. Was führt sie her, kann ich etwas für Sie tun?«

Jetzt kam das Päckchen zum Einsatz, das sie extra mitgenommen hatte. Annabel bat sie, es ihrem Mann auszuhändigen.

»Selbstverständlich. Soll ich es sofort erledigen?«

»Nein, das hat keine Eile.«

Frau Rübsteck nahm es entgegen und legte es in einen Drahtkorb, in dem sich bereits Briefe stapelten. Vermutlich Dankesschreiben, die Konstantin fast täglich erhielt. Manchmal lagen auch Fotografien dabei, damit er das Gedeihen der Sprösslinge mitverfolgen konnte. »Dass mit Ihrem Sohn tut mir leid, Frau Doktor, hoffentlich wird er schnell wieder gesund.«

»Danke, das hoffe ich auch. Darf ich mich einen Moment setzen?« Annabel fasste sich an die Stirn und seufzte.

»Wie unhöflich von mir, natürlich, kommen Sie.« Frau Rübsteck führte sie zu einem Stuhl neben einem großen Aktenschrank. »Kann ich Ihnen etwas anbieten? Warten Sie, ich bringe Ihnen ein Glas Wasser.« Dazu musste sie nur in den Nebenraum gehen, Annabel wollte sie aber weiter und für länger von hier weghaben.

»Ein Melissentee wäre großartig, oder auch Pfefferminze. Aber ich will Ihnen nicht zu viele Umstände machen.«

»Oh, überhaupt nicht.« Obwohl ihr Gesichtsausdruck das Gegenteil verriet, schlug sie mit einer schnellen Geste die Mappe auf ihrem Schreibtisch zu. »Eigentlich darf ich niemanden allein im Büro lassen, ich muss zusperren, bevor ich gehe.«

»Das ist mir bekannt, Frau Rübsteck, aber wir vertrauen einander doch.« Mit zitternden Händen rieb sich Annabel die Schläfen. »Könnten Sie noch eine Aspirin-Tablette organisieren? Heute Nacht habe ich kaum geschlafen und höllische Kopfschmerzen.«

»Gewiss, ich bin gleich zurück.« Kaum war sie draußen, sprang Annabel auf und öffnete den großen Wandschrank, sie hoffte, dass die Personalakten noch genauso einsortiert waren wie damals, und hatte Glück. PT, die Abkürzung für Patienten, von A-Z, und darüber PS für das Personal. Der Ordner I bis K stand im obersten Fach. Hastig sah sie sich nach einer Trittleiter um, fand keine und stieg auf den Drehstuhl, den man höherstellen konnte. Die Sitzfläche bewegte sich, als sie den entsprechenden Ordner herauszog und aufschlug. Annabel lehnte sich gegen den geöffneten Schrank und las. Helga Knaups Personalakte war dünn. 1932 in München geboren, Besuch einer Oberschule, ihre Mutter, Heidrun Knaup, war Hausfrau, ihr Vater, Hugo Knaup, im Schuhverkauf tätig. Außerdem lag die unterschriebene Zustimmung ihres Vaters bei, dass sie diese Ausbildung antreten durfte. Der ganze Aufwand umsonst, dachte sie. Nicht einmal die Adresse der Eltern hatte sie herausgefunden. Dabei hätte sie ihnen zu gerne verraten, was ihre Tochter in ihrer Ausbildung so trieb, dass sie dabei war, eine Ehe zu zerstören. Wenn sie Frau Rübsteck auf die Lernschwester ansprach und nach mehr Informationen verlangte, wurde ihre Eifersucht offenkundig. Nein, besser sie forschte selbst und inkognito weiter. Inkognito, wie sich das anhörte! Eine Gänsehaut überzog ihre Arme. Das hatte etwas von Wichtigkeit, einem echten Auftrag. Zugleich musste sie lächeln. Sie liebte die Romane über Sherlock Holmes und Miss Marple und ermittelte mit den beiden nun schon viele Bücher lang, hätte ihnen aber auch manchmal am liebsten auf die Sprünge geholfen, damit sie den Täter schneller fanden. Manche Hinweise waren zu offensichtlich. Auf einmal fühlte sie sich auch als eine Art Detektivin, Gott bewahre, nur in Sachen Liebe und Gerechtigkeit, nicht in Mord und Totschlag.

Als sie den Ordner zurückstellte, fiel ihr auf, dass ein mit einem T gekennzeichneter an eine Seitenwand, fast hinter die Türangel geschoben worden war. Vielleicht handelte es sich um ein Versehen. Annabel zog ihn heraus und wollte ihn an die richtige Stelle, zwischen S und U schieben. Dann besann sie sich, schließlich war sie hier nicht mehr angestellt. Der Drehstuhl ruckelte. Sie verlor das Gleichgewicht, ließ die Akte los und fing sich an der Schranktür ab. Der Ordner krachte erst auf die Tischkante und dann auf den Boden. Unwillkürlich hatte Annabel wieder ihren Sohn vor Augen, am letzten Morgen, als die Welt noch in Ordnung war, war ihm etwas Ähnliches vor dem Fenster passiert, und sie hatte ihn noch auffangen können. Wieder brannte die Sehnsucht in ihr. Sie sollte bei ihm sein, um auf ihn aufzupassen. Dein Wille geschehe, wenigstens Friedrichs Schicksal musste sie in Gottes Hände legen. Mit wankenden Beinen stieg sie vom Stuhl. Wenn Frau Rübsteck schon auf dem Weg war, hatte sie den Lärm vermutlich gehört. Als sie den Aktendeckel zuklappen wollte, fiel ihr Blick auf das erste Blatt. *Military Government of Germany* prangte dort in großen Lettern.

Sie überflog die Seiten. Das war ein Fragebogen der amerikanischen Militärregierung. Zweisprachig, in Englisch und

Deutsch verfasst. Etwas verschmiert, die Buchstaben leicht ausgelaufen, waren die Antworten in blauer Schreibmaschinenschrift auf die vorgegebenen Linien übertragen worden. Als Sekretärin war Annabel damals froh gewesen, dass es diese Möglichkeit der Vervielfältigung gab. Man legte ein Blaupapier zwischen zwei leere Blätter, bevor man sie in die Maschine zog, und erzeugte auf diese Weise ein Duplikat, ohne alles noch mal tippen zu müssen. Sie blätterte weiter in dem Entnazifizierungsbogen. Wer behauptete, die Deutschen seien Bürokraten, hatte die hunderteinunddreißig Fragen der Alliierten noch nicht durchgeackert. Dann staunte sie. Das Formular war von ihrem Mann selbst ausgefüllt worden. Konstantin von Thaler. Warum hatte er ihr nie erzählt, dass auch er sich dieser Befragung hatte unterziehen müssen? Unter anderem musste man die Organisationen auflisten, denen man während des Dritten Reiches angehört hatte. Konstantin hatte den NS-Ärztebund angekreuzt. Annabel wusste das, hatte der Tatsache aber bislang keine Bedeutung beigemessen. Ohne diese Mitgliedschaft hätte ihr Mann nicht mehr als Arzt praktizieren können, jedenfalls nicht offiziell und als Leiter der Klinik. Nur deshalb war er auch nicht eingezogen worden. An Frauenheilkunde und Geburtshilfe war selbst in dieser dunklen Zeit nichts Verwerfliches. Abgesehen davon, dass Kinder mit Behinderungen zu melden waren. Aber in seinem Freund und Kollegen Dr. Kleefeld hatte er sicher einen guten Leumund gefunden, um mit den Besatzern alle Unstimmigkeiten zu klären. Schließlich hatte Konstantin Kleefeld zu einem Neuanfang in der Schweiz verholfen. Annabels Beginn in der Klinikverwaltung war zugleich Dr. Kleefelds Abschied gewesen. Seither hatten sie nie wieder etwas von der Familie gehört, was sie merkwürdig fand und auch undankbar. Kein Wunder also, dass Konstantin nicht gut auf seinen ehemaligen Freund zu sprechen war und an einem alten Foto, das vielleicht Erinnerungen aufwühlte, kein Interesse hatte. Nicht einmal zur Hochzeit oder zur Geburt von Friedrich hatten ihnen die Kleefelds gratuliert, das wäre doch das Mindeste gewesen. Sie vernahm Schritte, schob schnell die Akte in die Lücke zurück und schloss den Schrank.

Nach einer weiteren bangen Nacht wurden ihre Gebete erhört. Als ihr Schwiegervater morgens um halb sieben anrief, kam Friedrich sogar schon selbst ans Telefon und plapperte munter drauflos. Konstantin umarmte Annabel, auch er wirkte erleichtert.

»Ich fahre am besten gleich zu ihm«, sagte sie und löste den Gürtel ihres Morgenrocks. »Falls es ihm wirklich so gutgeht, wie er klingt, bleibe ich anschließend noch in München und erledige Einkäufe. Wenn deine Eltern am Wochenende kommen, haben wir noch einen Grund mehr, zu feiern. Was hältst du von gebratenen Täubchen zu Mittag?«

»Lass uns doch noch die Ruhe zu zweit genießen«, schlug er vor. »Ich kann heute später in die Klinik fahren.« War das sein schlechtes Gewissen wegen der Frauengeschichten, oder fiel einfach die Anspannung von ihm ab? Er fasste ihr an den Po, riss ihr fast die Kleider vom Leib. Jetzt, wo er sie so plötzlich wieder begehrte, fiel es ihr schwer, sich darauf einzustellen. Sie schafften es kaum ins Schlafzimmer, liebten sich schon auf der kleinen Anziehcouch vor dem Bett. Und Annabel bangte nur, dass jeden Moment Fräulein Gusti hereinplatzen könnte, aber dann war ihr das auf einmal egal, und sie genoss die Liebkosungen. Endlich war alles wieder im Lot. Bestens gelaunt kleidete sich Konstantin hinterher an und küsste sie zum Abschied. »Bring unseren Jungen heil nach Hause, ja?«

Bei Heil fiel ihr wieder die Entnazifizierungsakte ein, sie war nahe dran, ihn danach zu fragen, wollte jedoch den gerade wiederhergestellten Frieden nicht verderben. Sie strahlte ihn an. »Schön war's, das könnten wir doch öfter tun?« Sie half ihm mit dem Krawattenknoten. »Außerdem soll Friedrich ja kein Einzelkind bleiben.«

Konstantin lachte. »Jetzt schau erst mal, dass du das eine Kind groß kriegst und es nicht wieder ins Wasser fällt.« Das saß, ihre gute Stimmung war augenblicklich zerstört.

»Mama, Mama, schau mal, es gibt ein Spielzimmer hier. Mit einem riesengroßen Schaufelpferd.« Friedrich zeigte es mit ausgebreiteten Armen. Freudig hatte er sie gleich am Durchgang zur Inneren empfangen und zog sie an der Hand den Flur entlang.

»Das heißt Schaukelpferd, mein Lieber«, korrigierte ihr Schwiegervater. Er begleitete sie ein Stück und wandte sich an Annabel. »Das Schaukelpferd ist eine Spende vom Kaufhaus Oberpollinger, vermutlich ein Ladenhüter aus der Weihnachtsabteilung. Du musst wirklich besser auf Friedrichs Aussprache achten. Dass er bayerisch redet, dagegen habe ich nichts, wir leben nun mal hier.« Richard stammte gebürtig aus Weimar. »Ich muss meine Patienten auch verstehen, aber die Wörter sollte unser Enkel schon richtig sagen.« Momentan war Annabel froh, dass ihr Kind überhaupt gesund war, ein falscher Buchstabe stellte das geringste Übel dar. Bis er in die erste Klasse kam, würde er solche Fehler nicht mehr machen. Im Vorbeigehen blickte sie kurz in die Krankenzimmer und sah in bleiche, ausgezehrte Gesichter, kleine Körper in großen Betten und verzweifelte Eltern, die bei ihren Lieblingen wachten. Da wurde ihr erst richtig bewusst, was für ein Glück sie gehabt hatte. »Vielen Dank, dass du dich um Friedrich so gut gekümmert hast«, sagte sie zu Richard.

Er legte seine warme Hand auf die ihre. »Das war meine Pflicht und ist mir ein Vergnügen.« Richard war zwar größer als Konstantin, sogar größer als Annabel, dafür ziemlich korpulent, so dass er den Arztkittel stets offen trug. Im Gehen flatterte er hinter ihm her wie der Frack eines Klaviervirtuosen auf dem Weg zu einem Konzert. »Außerdem brauchte ich nicht viel tun, unser Friedrich hat das ganz alleine hingekriegt. Er ist eben eine Thaler-Kämpfernatur.« Natürlich, nur das Erbe zählte, wie hatte sie das vergessen können.

»Dann sehen wir uns am Sonntag bei uns draußen?«, fragte sie, als er zurück zur Visite musste. »Ich werde mir anlässlich Friedrichs Genesung ein ganz besonderes Menü überlegen.« Anstelle einer Antwort runzelte ihr Schwiegervater die Stirn. »Falls ihr es früher schafft, können wir noch einen Aperitif auf der Terrasse einnehmen«, ergänzte Annabel.

»Wir versuchen es«, sagte er dann. »Hast du immer noch dieselbe Köchin? Falls ja, rechnen wir mit dem Schlimmsten.« Er verabschiedete sich.

Das Schaukelpferd war wirklich ein Schaufelpferd, nämlich ein Elch mit Geweih, auf gebogenen Kufen, ihr Sohn wusste mehr als der Professor persönlich. Annabel lobte ihn und bewunderte seine Reitkunststücke, die er ihr hochkonzentriert und mit zusammengepressten Lippen vorführte. Nachdem er ihr auch den Kreisel und sämtliche Fahrzeuge gezeigt hatte, konnte sie ihn endlich zum Gehen überreden. Die Innenstadt mit den Delikatessengeschäften rund um den Marienplatz lag nur ein paar Straßen entfernt, das würden sie zu Fuß schaffen. Mit der Aussicht, dass er sich in der Spielzeugabteilung eines Kaufhauses etwas aussuchen durfte, willigte er ein. Ein paar Stunden später bereute es Annabel, das Dienstmädchen nicht mitgenommen zu haben. Friedrich war müde, und immer wieder musste sie ihn samt Blechtankstelle mit Hochgarage tragen. Wenigstens hatte sie ihre Einkäufe schon vorausschicken lassen. Erschöpft legten sie im Café Luitpold eine Pause ein. Annabel genoss ihren Kaffee, Friedrich vertilgte eine Käsesahnetorte und erzeugte mit seiner Limonade zum Ärger des Nachbartisches jede Menge Blubberblasen. Doch heute wollte sie nicht so streng mit dem Kleinen sein. Bald war auch die Limo geleert, und Friedrich spielte zwischen Tisch und Stuhl mit seiner Tankstelle. Bevor es wieder nach Hause ging, wollte sie ihm noch neue Sandalen kaufen. Und falls es sich ergab und sie ihn ausfindig machte, würde sie dem Vater der Lernschwester die Leviten lesen, auf dass diese Konstantin endgültig in Ruhe ließ. Also klapperten sie die Schuhläden in der stark frequentierten Kaufingerstraße ab. Einen nach dem anderen. Überall fragte Annabel nach einem Herrn Knaup, wenn jemand sie bedienen wollte. Erhielt sie eine negative Auskunft, sah sie sich nur flüchtig um und verließ das Geschäft. Friedrich quengelte wieder, hoffentlich mutete sie ihm nicht zu viel zu. »Gleich, Schatz, nur noch ein Schuhgeschäft, und dann fahren wir heim, ja?« Sie wollte das Ganze schon abblasen, München war riesig, und womöglich gab sich Helga Knaups Vater nur als Fachverkäufer aus und arbeitete in Wirklichkeit in irgendeiner Reparaturwerkstatt am Stadtrand. Am Ende, kurz vor dem Karlstor, blieb nur noch Schuh-Löw übrig. Wider Erwarten wirkte Friedrich auf einmal putzmunter und lief sogar freiwillig in das Geschäft. Normalerweise verlieh er ungern seine Füße beim Anprobieren, aber Löw verteilte kleine Bilderbücher an die Kinder der Kunden, so dass sie ganz vertieft und entspannt sitzen blieben. Zuhause besaßen sie bereits einen Stapel von den Abenteuern des gestiefelten Löwen.

»Wie kann ich Ihnen helfen, Frau von Thaler?« Der Verkäufer, ein Herr Seifert, kannte sie von etlichen Einkäufen in den vergangenen vier Jahren. Während ihr Sohn in *Leo stiefelt zu den Eskimos* vertieft war, entschied sich Annabel für ein Paar marineblauer Sandalen, die sich an seine Füße schmiegten wie eine zweite Haut. »Kann ich sonst noch etwas für Sie tun?«, fragte Herr Seifert, bevor er kassierte.

»In der Tat, sagen Sie, ein Herr Knaup arbeitet nicht zufällig bei Ihnen?« In ihrem Geldbeutel suchte sie noch nach dem passenden Trinkgeld.

»Wie meinen?« Er schaute sie verwirrt an.

»Knaup mit P.« Sie sprach es überdeutlich aus. »Hugo Knaup. Er hat eine Tochter, Helga mit Vornamen, kennen Sie ihn?« Sie gab ihm zwei Mark. Die Verkäuferin, die eine andere Kundin bediente, drehte den Kopf zu ihr.

»Äh, ja, selbstverständlich.« Seifert steckte das Geld ein und räusperte sich. »Herr Knaup ist der Direktor der Löw-Werke, ich bin ihm bisher leider noch nicht begegnet, aber soviel ich weiß, hat er eine Tochter namens Helga.« Damit hatte Annabel nicht gerechnet, den ganzen Heimweg im Taxi über fragte sie sich, wieso ausgerechnet diese schwerreiche Tochter bei ihrem Mann als einfache Krankenschwester arbeitete.

Biskuitrolle mit Früchten *(Lieblingskuacha vom Martin und aa vom Manni)*

Zutaten:
3 Eier
120 g Zucker
120 g Mehl
1 TL Backpulver
2 EL Zucker zum Bestreuen
½ l Schlagrahm
Himbeeren, Erdbeeren o. Ä. für die Füllung (und zum Vaziern)

Die Eier in zwei Schüsseln trennen, dabei achtgeben, dass kein Eigelb ins Eiweiß gerät. Den Eischnee mit der Prise Salz steifschlagen, dann das Eigelb mit dem Zucker schaumig rühren. Nun das Mehl mit dem Backpulver vermischen und zum Eigelbschaum geben, vorsichtig unterheben, dadurch wird der Biskuit locker und luftig. Zuletzt den Eischnee ebenfalls unterheben. Den Teig auf ein gefettetes Blech streichen, ca. zwanzig Minuten backen.
(Wichtig: Ofatürl ned zfriar aufmacha, aber a ned z'spät!)
Derweil den Schlagrahm schlagen, mit den Früchten und etwas Zucker vermengen. Den fertig gebackenen Biskuit auf ein gezuckertes Geschirrtuch stürzen, etwas abkühlen lassen und mit der Füllung bestreichen.
Dann das Ganze aufrollen.

Schneller Eins-zwei-drei-Teig als Grundlage für Obstkuchen (und a für Ausstecher-Platzerl an Weihnachtn)

100 g Butter, 200 g Zucker, 300 g Mehl verkneten, ausrollen, den Rand und Boden einer Backform damit belegen. 10 min. vorbacken (oda weniga, so wias da Ofa mog).
Mit Obst der Saison belegen. Oder eine Quarkfüllung (s. dort) herstellen und mit Aprikosen oder Kirschen füllen. (Wo is die Quarkfüllung, Mama?)
<u>Streusel herstellen:</u> 2 EL Butter, 2 EL Zucker, 4 EL Mehl verkneten, bis sie bröselig werden. Dann den Kuchen herausnehmen, mit dem Obst oder der Füllung belegen, obenauf die Streusel streuen. 50 min. backen. (Ned zu lang, liaba öfta nachschaun!!!)

Aus: Ida Brandstetters Rezeptbuchsammlung

LUISE

An einem Samstag Ende Juli fuhr sie wie üblich zu ihren Brüdern nach Leutstetten, um sich um die Wäsche zu kümmern und Manni zu baden, was kein leichtes Unterfangen war. Wie staunte sie, als anstelle von Martin eine junge Frau die Stallgasse kehrte. »Wer sind Sie denn?«, fragte Luise.

»Marie Wagner, guten Tag.«

»Grüß Gott. Ich wusste gar nicht, dass mein Bruder eine neue Hilfe für seinen Hof gefunden hat.«

»Ob ich das bin, weiß ich noch nicht.« Sie lächelte und errötete dabei, was Luise sofort für sie einnahm. »Dann sind Sie Martins und Mannis Schwester Luise? Ich habe schon viel von Ihnen gehört.«

»Ich heiße Luise Dahlmann, aber Luise reicht, wir können uns gerne duzen.« War das die geheimnisvolle Flüchtlingsfrau, von der die Moserin gesprochen hatte?

»Gern.« Die Frau stellte den Besen weg, gab ihr die Hand. »Ich bin eher durch Zufall hier gelandet, nachdem ich mich im Schloss vorgestellt hatte.«

»Beim Prinzen?«

Sie nickte. »Als Bereiterin für das Gestüt. Sie nehmen aber keine Frauen.«

Luise nickte. »Wie schade.«

»Ja, aber daraufhin hat mir Ihr …, äh, dein Bruder eine Übernachtungsmöglichkeit angeboten und, wenn ich will, auch

Arbeit. Mal sehen, wie lange ich bleibe. Ich hoffe, es ist dir recht, dass ich so lange in deinem alten Zimmer schlafe?«

»Da habe ich nicht mehr mitzureden, wenn Martin das so bestimmt hat, passt das. Woher kommst du?« Ihrer Sprache nach jedenfalls nicht aus Bayern, dachte Luise.

»Aus Ebersdorf, das ist ein Dorf bei Glatz, Niederschlesien. Wir, das heißt … ich … musste 1946 von dort weg.« Marie verstummte, und Luise ahnte, dass sich dahinter ein schweres Schicksal verbarg. Dann war an dem Gerede doch etwas dran gewesen, dachte sie.

»Ich bin wegen der Wäsche hier.« Luise zog sich ebenfalls eine Schürze über, die sie in ihrer Tasche mitgebracht hatte, und band sich mit einem Tuch die Haare zurück.

»Oh, das habe ich heute Morgen übernommen, bei dem schönen Wetter trocknet sie bestimmt schnell, sie hängt schon an der Leine. Verzeihung, ich hoffe, ich habe nichts durcheinandergebracht, aber ich hatte auch ein paar Sachen zu waschen, und da dachte ich mir …«

»Sehr gut, dann gibt es für mich nicht mehr viel zu tun, außer Manni zu baden. Aber das mache ich normalerweise erst gegen Abend, vom restlichen Wasser im Kessel. Wo stecken meine Brüder denn?«

»Die erneuern den Zaun auf der steilen Wiese am Dorfende, wo es den Berg hinauf geht.«

»Richtung Wangen?«

»Ja. Gestern ist die ganze Herde ausgebüxt, weil der Zaun umgerissen war, zum Glück ist kein Lamm verlorengegangen. Brav sind sie die ganze Straße entlang bis zum Stall gelaufen.«

»Ach, ihr habt Nachwuchs gekriegt?« Luise ging zu dem abgegrenzten Pferch, wo ein Mutterschaf mit Zwillingen lag, und Marie erzählte ihr von Tulpes schwieriger Entbindung. Sie war ganz in ihrem Element. »Ich glaube, es wird sowieso Zeit für das nächste Fläschchen. Wollen wir rübergehen?«, schlug sie vor.

»Gern.«

»Es müsste noch etwas Kaffee da sein, wenn du magst.« Vor der Durchgangstür warf Marie die Stiefel in die Ecke. Der eine landete kurz vorm Gulli, der andere mit einem Scheppern in einem Kübel. Die Stiefel gehörten eigentlich Manni, aber der benutzte sie höchstens im Winter. Luise wartete, ob Marie sie aufhob und nebeneinanderstellte, Martin legte großen Wert auf Ordnung, aber Marie war bereits in den Wohntrakt gelaufen, und zwar barfuß wie Luises kleiner Bruder.

In der Küche hob sie den Deckel der Blechkanne, die am Rand des Herds stand, zuckte zurück und leckte sich die Finger ab. »Autsch, ich fürchte, der Kaffee ist leider verdampft, aber ich könnte den Satz noch mal aufgießen.«

»Brauchst du nicht.« Aufgewärmter Kaffee schmeckte nicht, aber das verkniff sich Luise. »Ich habe gemahlenen mitgebracht.« Sie zog eine kleine Dose Pedro-Kaffee aus ihrer Tasche. Ein Luxusmitbringsel, vier Mark dreißig für zweihundertfünfzig Gramm, aber das war es ihr wert. Sie brannte darauf, Martin von der Ladenidee zu erzählen. »Ich freue mich schon auf eine Tasse Goaßmillikaffee. Aber bevor wir uns einen frischen machen, könnte ich doch etwas dazu backen. Jetzt, wo du mir schon die ganze Wäsche abgenommen hast, hab ich Zeit.« Sie öffnete die Mehldose, doch die war leer.

»Das wäre großartig. Ich komme mit dem Ofen noch überhaupt nicht zurecht und würde mir nicht zutrauen, etwas zu backen. Vielleicht kannst du mich einweisen?«

»Gern, aber mit diesem Ofen kommt keiner zurecht, meine Mutter hat damals schon immer geschimpft. Entweder ist der

Guglhupf auf einer Seite noch nicht durch, oder er ist verbrannt. Es ist ein bisschen Glücksache, weil man mit Holz keine gleichmäßige Hitze herbringt. Zuhause habe ich inzwischen einen Elektroherd, mit dem gelingt so gut wie alles, außer man vergisst, ihn rechtzeitig auszuschalten.«

»Ehrlich gesagt kann ich gar nicht kochen. Höchstens Bratkartoffeln und irgendwas aus Rüben.«

»Oh, damit kannst du Martin schon zufriedenstellen«, sagte Luise. Als sie merkte, dass sie Marie in Verlegenheit brachte, ergänzte sie: »Und Manni natürlich auch.« Sie ging zum Küchenschrank, zog ein handgeschriebenes Buch aus dem Fach mit den Brotzeitbrettern. »Vielleicht kannst du mit dieser Rezeptsammlung etwas anfangen?« Sie blätterte darin. »Die mit den meisten Fettflecken sind die beliebtesten. Manchmal steht sogar dabei, was man bei unserem Ofen berücksichtigen muss.« Sie tippte auf ihre eigenen Bleistiftnotizen in ihrer noch kindlichen Handschrift, als sie die Erfahrung mit ihrem ersten Hefeteig für einen Osterzopf festgehalten hatte: *Ganz an Rand vom Ofa histoin, sunst vabrennta.* »Die Himbeer-Biskuitroulade zum Beispiel oder der Mohnkuchen, obwohl Blaumohn sehr schwer zu kriegen ist.« Wieder ein Punkt auf ihrer Warenangebotsliste, sie liebte Mohnzöpfe, Mohnsemmeln und Mohnschnecken.

»An eine Biskuitrolle traue ich mich bestimmt noch nicht so schnell heran. Ich wüsste nicht, wie man die macht, ohne dass sie zerbricht.«

»Steht alles hier.« Sie zeigte ihr die Seite. »Du musst den heißen Teig bloß auf ein mit Zucker bestreutes Geschirrtuch stürzen und sofort einrollen.«

»Und die Füllung? Wie kriege ich die hinein?«

»Steht auch da.«

Marie wirkte begeistert. »Danke, und du brauchst die Sammlung nicht?«

»Doch, die ist so etwas wie das Familienheiligtum, aber die meisten Rezepte kann ich auswendig, und außerdem habe ich sie mir abgeschrieben.« Die feine, gleichmäßige Handschrift ihrer Mutter wiederzusehen, war jedes Mal ergreifend. »Das Buch gehörte meiner Mutter, sie hieß Ida, es sind auch noch Rezepte von meiner Großmutter darin.«

»Ich werde es in Ehren halten und studieren. Soll ich dir Mehl holen? Martin war gestern in der Mühle, hat er gesagt, der Sack müsste noch auf dem Wagen sein.«

Luise nickte. »Du könntest auch Butter, Eier und Milch mitbringen. Ich dachte an einen Apfelkuchen, von den Klaräpfeln draußen. Ach, warte, ich komme mit.« Sie schnappte sich einen der Körbe, die im Flur gestapelt waren, um auf dem Weg gleich die Äpfel aufzusammeln. Draußen sprach Marie mit den Hühnern, warf ihnen ein paar Getreidekörner zu, die sie in der Schürzentasche dabeihatte, bevor sie unter der Wäscheleine mit den frischgewaschenen Kleidungsstücken hindurch zum Erdkeller gingen. Luise fiel auf, dass Marie sich auf dem Hof bewegte, als wohnte sie schon ewig hier und nicht erst seit ein paar Tagen. Auch gefiel ihr Maries respektvoller Umgang mit Tieren, den meisten Menschen fehlte er. Manche Aushilfen verrichteten ihren Dienst sogar mit unerträglicher Grobheit. Luise war gespannt, wie Martin sich Marie gegenüber verhielt. Eigentlich war er bei Frauen sehr beliebt, sich aber seiner Wirkung nicht bewusst und sehr wählerisch. Eine, die leicht zu haben war, war nichts für ihn, er wollte eine Frau erobern. Wie damals die Lehrerin in der Landwirtschaftsschule, seine erste Liebe, von der Luise wusste. Als Verheiratete war sie unerreichbar, aber Martin hatte sich immerhin ein paarmal mit ihr getroffen, bis ihr Mann hinter das Verhältnis kam. Was dann geschah, hatte er ihr nie erzählt. Seither hatte sie keine Frau mehr an seiner Seite bemerkt. »Wir wohnen unterhalb des Karlsberges«, erklärte Luise, als sie den Hang hochstiegen. »Oder hat dir Martin das schon erzählt?«

Marie schüttelte den Kopf. »Hat das etwas mit Karl dem Großen zu tun?«

Luise nickte. »Der Sage nach wurde er hier geboren. Die Karolinger hatten oberhalb der Würm ihr Gebiet. Aus den alten Steinen der Karlsburg wurde angeblich das Leutstettener Schloss gebaut, in dem Kronprinz Rupprecht mit seiner Familie lebt. Sagen und Legenden gibt es hier viele, sogar ein Schatz soll dort oben vergraben sein, falls du Geldsorgen hast.«

»Wer hat die nicht?«

»Aber sei vorsichtig. Der Schatz wird von den drei Bethen bewacht, die auf ihre Erlösung warten.«

»Bethen? Ist das bayerisch?«

Luise lächelte. »Nein, das bezieht sich auf die drei Schwestern, Ainpet, Gberpet und Firpet, die auf dem Gemälde in der kleinen Kirche St. Alto unten im Dorf dargestellt sind. Die Schwestern sind eigentlich keltische Fruchtbarkeitsgöttinnen. Manche Frauen bringen ihnen an Heiligabend Geschenke, in der Hoffnung, dass ein Kinderwunsch in Erfüllung geht.« Dass sie das auch tat, verschwieg sie.

»Ein schöner Brauch«, sagte Marie bloß.

Sie erreichten den Erdkeller, der nur durch eine graue Holztür im Hang zu erkennen war. Luise ertastete den Schalter an der Wand und drehte das Licht an. Auch eine von Martins Modernisierungen, die er zusammen mit der Dusche unter der Treppe vorgenommen hatte. Als der Vater noch lebte, hatten sie sich mit Laternen behelfen müssen. »Hier haben wir während des Krieges Zuflucht gesucht, wenn Bombenalarm war.«

»Wirklich? Und sind hier Bomben gefallen?«

»Zum Glück nicht. Auf dem Weg nach München haben die Flugzeuge nur ein paar Blindgänger verloren. Einige landeten im See und in der Würm und vielleicht auch im Moos.«

»Im Wald?«

»Im Leutstettener Moos, so nennen wir das Moor hier. Hoffentlich tauchen sie nie wieder auf. Aber falls du bis nächstes Frühjahr noch da bist und nachts ein Brüllen hörst, das ist von der Moorkuh.«

»Eine Gespensterkuh, die in eurem Moor-Moos feststeckt? Hui, bei euch ist es ja gruselig.« Marie erschauderte, vielleicht auch, weil es im Keller im Vergleich zu der Sommerhitze draußen kalt war.

Luise winkte ab. »Das ist auch nur so eine Legende, dahinter steckt der Balzruf eines Vogels, den wir Moorkuh nennen.«

In einer Nische reiften im Regal handtellergroße Ziegenkäse-Laibe.

»Gestern hat mir Martin gezeigt, wie man sie wendet und mit Salzwasser abreibt, damit sich kein Schimmel bildet.« Luise war beeindruckt, in welche Hoheitsgebiete ihr Bruder die Neue vorgelassen hatte. Er sah anscheinend etwas in ihr, das Luise erst noch entdecken musste. Zu gern hätte sie mehr über die Flucht gewusst und wo Marie die Jahre danach verbracht hatte, aber sie wollte sie nicht bedrängen. So suchten sie die Zutaten zusammen, füllten das Mehl auf und sammelten gemeinsam im Obstgarten die Äpfel ein.

Zurück in der Küche erklärte sie Marie, wie der Ofen funktionierte und was beim Kuchenbacken zu beachten war. Während sie die Äpfel schnitt und entkernte, stellte Luise einen

Eins-zwei-drei-Teig her. Hundert Gramm Zucker, zweihundert Gramm Butter und dreihundert Gramm Mehl. Zum Abwiegen benutzte sie die Tafelwaage mit den Eisengewichten, die schon ihrer Großmutter gehört hatte. Die Zeiger bestanden aus zwei Seepferdchen, deren Mäulchen sich berührten, wenn das gewünschte Gewicht erreicht war. Das exakte Auspendeln blieb etwas umständlich, und Luise wollte sich für den Laden unbedingt eine große, moderne Neigungswaage anschaffen. Außerdem war diese Waage natürlich nicht geeicht. Sie verquirlte noch ein Ei, fügte eine Prise Salz dazu und knetete den Teig auf dem Tisch.

»Du bist ja die geborene Köchin«, stellte Marie fest, und brachte Luise zum Lachen.

»Und das sogar mit Abschluss, hat Martin hat dir das nicht erzählt? Hast du auch einen Beruf gelernt?«

»Einen Abschluss habe ich nicht, nur langjährige Erfahrung als Bereiterin. Wir, also meine Familie, hatten ein Gestüt, wenn auch ohne eigene Zucht, die wollte mein Vater erst aufbauen. Ich konnte früher reiten als laufen, hat er immer gesagt, und ich dachte, mein Leben würde sich um Pferde drehen, bis …« Marie stockte und holte Luft.

»Bist du schon auf Fido geritten?«, fragte Luise, als sie Maries Zögern bemerkte. »Falls dich Manni lässt. Unser kleiner Bruder liebt diesen Rappen über alles. Sobald wir einspannen, sattelt er auf. Manni fährt nie im Wagen mit oder geht bei der Arbeit auf dem Feld hinterm Pflug. Immer auf dem Pferd. Wie ein Mongole.«

»Ein Mongole?«

»Das Reitervolk, die Mongolen, Manni sieht doch ein bisschen so aus, das dachte ich schon als Kind, als die Hebamme gesagt hat, er sei mongoloid.«

»Das gefällt mir, Manni, der Mongole.« Marie strahlte wieder.

Luise drückte den Teig in die Springform und stocherte mit dem Schürhaken im Feuer, um eine gleichmäßige Glut zu erzeugen. Dann schob sie die Form auf das Herdgitter. »Ich backe den Teig zehn Minuten vor. Dann wird er knuspriger. So lange mach ich den Guss für die Äpfel.« Sie rührte Ziegenmilch, Zucker und Eier mit dem Handquirl schaumig. Plötzlich tauchte die graugetigerte Katze vor dem Fliegengitter im Fenster auf und miaute. »Purzel hat den Quirl gehört, sie glaubt, es gibt Schlagrahm. Aber Ziegenmilch rahmt wenig auf, sie wird sich mit Milch begnügen müssen.«

»Was ist mit Purzels Schwanz passiert?«, fragte Marie. Es krachte, die Katze war vom Fensterbrett geplumpst.

»Als sie noch ganz klein war, wurde ihr der abgefahren. Martin hat sie am Straßenrand gefunden und gesundgepflegt. Aber seither fällt sie überall runter. Katzen brauchen den Schwanz fürs Gleichgewicht.« Kurz darauf miaute Purzel wieder, Luise ließ sie herein, goss etwas Milch in eine Schüssel und stellte sie neben die Eckbank. Gierig stürzte sich die Katze darauf und fing an zu schlabbern.

»Zuhause hatte ich einen Kater. Einen großen schwarzweißen, ich habe ihn Monsieur getauft.« Marie bückte sich und streichelte Purzel. »Er ist mir fast den ganzen Weg bis zum Bahnhof nachgelaufen, als wir wegmussten. Manchmal weiß ich nicht, was ich mehr vermisse. Ihn oder ...«, sie stockte kurz, schluckte, »... oder alles andere.«

»Dann bist du mit dem Zug in den Westen gefloh... äh, hergekommen? Wie sagt man da denn richtig?« Eigentlich waren die Schlesier, Sudeten und Ostpreußen doch auch Deutsche, deren Heimat nach dem verlorenen Krieg von den Russen besetzt worden war.

»Wir sind Vertriebene, keine Flüchtlinge. Meine Mutter und ich mussten zu Fuß bis zum Zug nach Breslau marschieren, weil der Glatzer Bahnhof gesperrt war. Es dauerte zwei Tage und zwei Nächte. Unterwegs haben wir immer mehr von unserem Gepäck zurückgelassen. Am Straßenrand lagen bereits alle möglichen Sachen. Küchengeräte, Nähmaschinen und Matratzen.«

Das erinnerte Luise an das Erlebnis mit den Matratzen im Camp, die hatten die ehemaligen Kazetniks alle hinausgeworfen, nachdem sie festgestellt hatten, dass sie mit Menschenhaaren gestopft worden waren. Haare ermordeter Juden. Die Seestraße war gesäumt davon, doch sie wollte Marie nicht unterbrechen.

»Manche Kinder haben sich einen Stuhl auf den Rücken geschnallt«, erzählte Marie weiter. »Dann wurden wir in Viehwaggons verfrachtet, mussten mehrere Tage lang ohne Essen und mit kaum Wasser auskommen. Wenn der Zug hielt, sind wir wie die Heuschrecken über Felder, Ställe und Gemüsegärten hergefallen.«

Betroffen hörte Luise zu, holte den Teig aus dem Ofen und belegte ihn mit den Äpfeln, dann schüttete sie den Guss darüber und schob den Kuchen zurück ins Backrohr. »Unser Pfarrer hat damals in einer Predigt sogar das siebte Gebot aufgehoben«, sagte sie. »In der Not soll sich jeder das nehmen dürfen, was er zur Erhaltung seines Lebens und seiner Gesundheit braucht, wenn er es durch ehrliche Arbeit oder durch Bitten nicht bekommen kann.«

»Stehlen mit Gottes Segen. So weit hat es die Menschheit gebracht«, ergänzte Marie. »Martin hat gesagt, dass eure Mutter kurz nach Mannis Geburt gestorben ist. Und was ist mit eurem Vater passiert?«

»*Für Führer, Volk und Vaterland auf dem Feld der Ehre gefallen.* So stand es in der Todesnachricht, die wir kurz vor Kriegsende erhielten. Und deiner?«

»Verhaftet und erschossen, zusammen mit ein paar anderen Männern aus dem Dorf, darunter auch unser Bürgermeister und sein Sohn Theodor. Sie wurden irgendwo im Wald verscharrt, wir durften sie nicht einmal richtig beerdigen, was besonders für meine Mutter furchtbar war.« Marie hielt inne. »Du bist die Erste, der ich davon erzähle. Theo und ich …« Sie schluckte. »Wir waren Freunde.« So wie Marie das sagte, klang es für Luise nach mehr als nur Kameradschaft. Sie hörten ein Poltern im Gang.

Martin kam in die Küche und stutzte, als er Luise erblickte. »Du bist schon da? Natürlich, ich hätte es mir denken können, so wie es im Flur bereits duftet. Was gibt's denn heute?« Mit Blick auf die vielen Kerngehäuse, die in einer Schüssel lagen, gab er sich selbst die Antwort. »Mmh, lecker, mein Lieblingskuchen.« Er setzte sich auf die Eckbank und verputzte die Apfelreste, die eigentlich die Ziegen im Melkstand bekommen sollten, er schien hungrig zu sein.

»Ich dachte, Käsekuchen ist dein Lieblingskuchen?« Luise neckte ihn.

»Einfach alle Kuchen, die meine Lieblingsschwester backt. Oder hast du …?« Er sah zu Marie, die schüttelte den Kopf.

»Nee, aber ich hoffe, ich kriege es das nächste Mal hin. Steht das Rezept für diesen Zahlenteig in eurem Familienbuch?«

»Du meinst den Eins-zwei-drei-Teig? Ich glaube nicht, das ist so ein Grundrezept, aber hinten ist noch Platz, schreib du es doch rein.« Luise blätterte zu einer freien Seite. Erst zögerte Marie, dann zog sie einen Bleistift aus ihrer Schürzentasche und notierte, was Luise ihr diktierte.

»Du hast eine schöne Schrift«, sagte Luise.

»Sie kann auch zeichnen, schau mal.« Martin holte den Block aus der Küchenschublade, er war voller Skizzen. Ein Winkel in der Küche, das karierte Geschirrhandtuch, das über der silbernen Ofenstange hing, die Falten und das Karo des Stoffes naturgetreu dargestellt. Oder ein Stück vom Haus – das Dach mit den verzierten Windfangbrettern. Marie nahm Dinge wahr, die andere übersahen. Die Lämmer auf der Weide und die Charaktergesichter der alten Schafe. Es gab auch ein kleines Porträt von Martin mit seinen strubbligen Haaren, den Bartstoppeln und geschlossenen Augen. »Oh, wann sie das gezeichnet hat, weiß ich nicht.« Rasch klappte er den Block wieder zu.

»Die sind alle toll, deine Bilder.« Luise fiel etwas ein. »Hättest du Lust, die Schilder für meinen Laden zu malen? Ich bräuchte jede Menge kleine für die Waren und Schubladen und ein großes für die Hauswand, gegen Bezahlung natürlich.« Nun war es heraus.

»Was für ein Laden?«, fragte Martin dann auch.

»Tja, nicht nur du hast Neuigkeiten.« Und Luise erzählte von ihrem Plan, auch dass sie die Erzeugnisse des Hofes anbieten wollte. Martin und Marie waren Feuer und Flamme, und Marie skizzierte nebenbei schon die ersten Schriftzüge.

»Wunderbar, das gefällt mir. Am besten kommst du mal vorbei, und wir besprechen alles genau. Angebotsschilder brauche ich auch. Liefert ihr immer noch Ziegenmilch an die von Thalers?«

Martin nickte. »Sie gehören mittlerweile zu unserer Stammkundschaft.« Manni streckte den Kopf zur Tür herein und grinste. Es galt mehr Marie als ihr. Sofort spürte Luise einen Anflug von Eifersucht. Auch wenn gerade das passierte, was sie sich für ihre Brüder, besonders für Martin, immer gewünscht hatte, fühlte sie sich auf einmal merkwürdig überflüssig. Auf dem Brandstetter-Hof gab es fortan eine junge Frau, die sich wie selbstverständlich in die Rolle der Bäuerin fügte und Luises Aufgaben übernahm. Obwohl Marie erst so kurz hier war und ihr gegenüber betont hatte, dass sie noch nicht wusste, wie lange sie bleiben wollte, war sie schon ein Teil dieser kleinen Familie geworden. Manni kam an den Tisch gestürzt, auf der Suche nach Teigresten, und Luise hatte natürlich ein Stückchen für ihn zur Seite gelegt. Mampfend verschwand er wieder. Sie spülte das Backgeschirr ab, setzte Wasser für den Kaffee auf.

Martin war so gesprächig wie sonst nie, er erzählte, wen er alles getroffen hatte und was es Neues im Dorf gab. Sonst hatte Luise ihm alles aus der Nase ziehen müssen. Ihr fiel auf, wie aufmerksam und entspannt er wirkte, er erkundigte sich nach Einzelheiten zu ihrem Laden und fragte, was Hans von der Idee hielt. Eigentlich konnte sie froh sein, dass sie entlastet wurde, was die ständige Sorge um ihre Brüder betraf. Vielleicht hatte Martin in Marie die Frau fürs Leben gefunden? Als sie den noch warmen Apfelkuchen anschnitten, rumpelte Manni wieder herein. Die nackten Füße bis zu den Knöcheln erdverkrustet, knallte er eine Schnur auf den Tisch, an der er eine Reihe toter Wühlmäuse aufgefädelt hatte. Sein Beitrag zum Familienunterhalt. Er sorgte dafür, dass diese Schädlinge das mühsam gehegte und gepflegte Gemüse auf den Feldern nicht zerstörten.

In den nächsten Tagen war sie rund um die Uhr mit dem Einrichten des Ladens beschäftigt und spannte auch Hans nach dessen Feierabend und am Wochenende ein. Am Montagmorgen quetschte sie sich mit ihm zusammen in den vollbesetzten Zug, der die Pendler zwischen Garmisch und Starnberg auf dem Weg nach München einsammelte. Einen Sitzplatz fanden sie nicht. Ihr Mann hielt sich an einer Schlinge unter der Waggondecke fest, und Luise hängte sich bei ihm ein. Mit der freien Hand ging sie ihre Notizen durch.

»Hast du an die Zigaretten gedacht?«, fragte Hans.

»Die sind in deiner Aktentasche.«

»Nein, ich meine für den Laden, ein kleines Sortiment, Pall Mall, Gauloises, Flux, Gitanes, Reval, und auch offener Tabak für Selbstgedrehte wäre nicht verkehrt.«

»Natürlich, ich muss doch meinen Gönner bei Laune halten.«

Sie wollte ihn küssen, aber er zischte bloß. »Nicht, die Leute.« Nur in Filmen und Romanen küsste man sich in der Öffentlichkeit. Aber als der Zug ruckelte, küsste er sie doch wie aus Versehen.

»Wenn Zigaretten zu den Lebensmitteln gehören, dann frag ich beim Hemberger danach.« Das Großhandelskontor in der Orleansstraße stand unterstrichen in ihrem Heft. Dort wollte sie sich nach den Lieferbedingungen und Preisen für die Waren erkundigen, vielleicht sogar schon etwas aushandeln. Am Hauptbahnhof stiegen sie in die genauso vollbesetzte Tram und trennten sich am Sendlinger Tor.

»Gutes Gelingen, Frau Ladenbesitzerin!« Hans ging zum großen Postgebäude in der Sonnenstraße. Luise spazierte zum Café Frischhut, gönnte sich eine Auszogne auf die Hand und schlenderte über den Viktualienmarkt, von den Rufen der Marktschreier angelockt.

»Drei für zwei, kaufen Sie, kaufen Sie.«

»Frische Birnen und Heilkräuter.« Dabei musste sie an Karl

Valentin denken, den Münchner Komiker, den sie sehr verehrte. *Ein Glück, dass der »Führer« nicht Adolf Kräuter geheißen hat, sonst hätten wir Heilkräuter rufen müssen*, hatte er einmal gesagt. Sie kannte fast all seine Stücke auswendig, hatte sogar mit Hilfe seiner Texte lesen gelernt. Ihrem Vater war es lieber gewesen, sich gestammelte Stückl von Karl Valentin anzuhören als die langweiligen Sätze über Ina und Uli aus der Fibel. Später hatte sie sich mit Martin und Manni im Kino Valentins Filme angeschaut, obwohl einige von der Reichsprüfkammer wegen »Elendstendenzen« verboten worden waren. Der Komiker hatte nur ein paar Dörfer weiter die Würm entlang Richtung München, in Planegg, gelebt und war 1948 gestorben, verarmt und von der Bevölkerung fast vergessen. Sein hintergründiger Humor war kurz nach dem Krieg unbeliebt, die meisten lachten lieber, ohne zu denken.

Luise streifte von Marktstand zu Marktstand und begutachtete die Auslagen, nahm all die Farben und ständig wechselnden Gerüche auf. Die Fischbude neben der Blumenhändlerin. Der Gewürzstand neben der Bäckerei. Dabei versuchte sie, sich einzuprägen, wie die Waren präsentiert wurden, und sie achtete darauf, wie man die Kunden behandelte, selbst wenn diese mürrisch oder gehetzt waren. An dem überbordenden Obststand der »Drei für zwei«-Ausruferin gab es nicht nur Apfelsinen, Ananas, Feigen, Pampelmusen, sondern auch exotische Früchte, deren Namen Luise nicht kannte, geschweige denn dass sie sie jemals probiert hätte. Hier reihten sich die Leute bereitwillig in eine lange Schlange. Gegenüber war ein ähnlicher Stand, doch da wollte keiner kaufen. Luise betrachtete das Sortiment, es wirkte genauso frisch wie das am anderen Stand. Zwischen einer Kiste Birnen und Weintrauben lagen kugelige Salamis. Sie griff nach einer.

»Finger weg!« Luise zuckte zurück. Erst da bemerkte sie die Verkäuferin in ihrer gemusterten Kittelschürze, die sich wie ein Chamäleon hinter ihrer Auslage tarnte. Als Luise die Hand wegnahm, schwenkte sie in einen säuselnden Tonfall um. »Wie viel Salakas dürfen's sein, gnä' Frau?«

»Salakas?«

»Sie wollten doch eine Schlangenfrucht, oder nicht?« Bei näherer Betrachtung erinnerten die Früchte mit der schuppig überlappenden Haut, die sie für Wurstpelle gehalten hatte, tatsächlich an Schlangen. »Wie schmeckt die?«

»Mei, da fragen Sie mich zu viel. Bei dem Preis schneide ich keine zum Probieren an, ich verkauf sie bloß. Also, was ist jetzt?« Laut Schild kostete das Stück sechs Mark zwanzig, dafür bekam man ein Kilo Butter.

»Danke nein, ich schau mich bloß um.« Eine Frau mit Einkaufskorb stellte sich hinter Luise.

»Das hab ich gern, von Ihrer Schauerei kann ich auch nicht leben.« Die Verkäuferin zupfte ein paar schimmelige Himbeeren aus einer Kiste. »Das ist alles verderbliche Ware, die abbezahlt werden muss, auch wenn keiner was kauft.«

»Was ist los, geht da nichts weiter? Ich hab's eilig.« Eine dritte Frau hatte sich angestellt und rief nach vorne.

»Wollens jetzt was oder nicht?«, maulte die Verkäuferin Luise an. »Es warten schließlich noch andere, die nicht nur Stielaugen haben.«

»Mögen hätt ich schon wollen, aber dürfen habe ich mich nicht getraut«, sagte sie mit Karl Valentins Worten.

»Häh?« Das Chamäleon runzelte die Stirn.

»Pfia Gott.« Luise ließ sie stehen und stellte sich etwas weiter entfernt an eine Akazie, wo gerade ein Arbeiter eine Grube aushob, und notierte sich ihre Erkenntnisse: Der Mensch war genauso ein Herdentier wie die Schafe ihres Bruders Martin. Einer gierte nach dem Grasbüschel des anderen.

Der Arbeiter kraxelte mit seiner Schaufel aus dem Loch.

»Was bauen Sie hier?«, fragte sie.

»Da soll der Karl-Valentin-Brunnen herkommen.«

»Wirklich?« Luise freute sich. Für den Komiker kam diese Ehrung zwar zu spät, aber für den Rest der Welt war es ein Anfang.

Im Kaufhaus Hertie überwältigte sie die Auswahl. Hier gab es alles und mehr, als man sich vorstellen konnte. Die ausgelegten Waren weckten Wünsche, von denen man nicht zu träumen gewagt hätte. Luise schlenderte durch die Stockwerke, an der Damen-, Herren- und Kinderkonfektion vorbei, bis zur Stoffabteilung, staunte über die vielen neuen Muster und ausgefallene Farbkombinationen. Sie strich über die Stoffballen, befühlte die Qualität. Ein seidig leichter blauer Stoff mit dreieckigen gelben Tupfern gefiel ihr besonders, oder dort vorne der hellgrüne, der wie ein Kleid um eine Puppe drapiert war. Doch wann sollte sie sich auch noch etwas nähen? Sie wandte sich ab und schlenderte weiter, blieb in der Kosmetikabteilung hängen, wo ihr eine nette Dame eine nach Vanille duftende Handcreme aufredete. Sie musste sich eingestehen, dass sie tatsächlich vom ständigen Abspülen raue Hände hatte, und ihre Haut fühlte sich bereits nach dem ersten Auftragen viel weicher an. Prompt machte sie Fettflecke in ihr Heft, als sie sich notierte: Die Kundin möglichst höflich an ihren Schwachstellen erreichen und Hilfe anbieten.

Im Hertie-Keller befand sich ein riesiges Lebensmittelsortiment. Alle Verkäufer trugen weiße Kittel, die Verkäuferinnen Rüschenblusen, Luise fühlte sich ein bisschen wie in einer Apotheke. Anders als vorhin auf dem Viktualienmarkt gab es hier kein Feilschen oder Anpreisen, sondern diskrete Empfehlungen des schier endlosen Angebotes. Dabei war es noch gar nicht so lange her, dass die Auswahl begrenzt gewesen war. Erst vor fünf Jahren, als aus der Reichsmark die Deutsche Mark geworden war, hatten sich wie über Nacht in den Geschäften die Regale gefüllt. Von einem Tag auf den anderen musste man für ein Stück Seife und einen Sack Kohlen nicht mehr stundenlang anstehen. Plötzlich gab es auch keine Rationierung mehr.

Vielleicht sollte sie sich einen ähnlichen ärmellosen weißen Kittel mit Taillenband nähen, das strahlte Seriosität aus und würde zu ihren pastellfarbenen Möbeln passen. Sie könnte darunter bunte Blusen mit gemusterten Kragen anziehen. Kurz entschlossen ging sie in den ersten Stock zurück und kaufte sich die beiden feingemusterten Stoffe, die ihr zuvor aufgefallen waren, dazu weißen Popeline für mehrere Kittel, damit sie immer einen zum Wechseln hatte. Vollbepackt, besuchte sie zuletzt noch das Großhandelskontor für Wiederverkäufer und vereinbarte ein Beratungsgespräch vor Ort. Als sie abends mit Hans wieder nach Hause fuhr, rauchte ihr der Kopf.

Doch es ging weiter. Schon die Woche darauf kam Herr Notnagel, vermaß die Theke und passte nach Luises Plänen die Regale an. Und brauchten sie nicht auch eine Rampe, die über die zwei Stufen in den Laden führte, damit man mit einem Kinderwagen oder dem Einkaufswägelchen hereinkam? Damit beauftragte sie Elmar, den Spezl ihres Mannes, der Maurer war. Am Wochenende verlegte Hans eine Telefonleitung in den Laden. Während dieser ganzen Um- und Einbauten kochte Luise für alle. Ihre Mahlzeiten schienen zu schmecken, besonders der Fußbodenleger überhäufte sie mit Komplimenten und schöpfte sich noch mal eine Kelle Leberknödelsuppe in den Teller.

»Mei, Frau Dahlmann, wo krieg ich denn weiterhin solch gutes Essen her, wenn das Linoleum liegt?« Sie hatte sich für etwas Pflegeleichteres als die kunstvollen Fliesen in der ehemaligen Werkstatt entschieden. »Und Sie haben wirklich keine Schwester, die genauso gut kochen kann, eine ledige, mein ich?« Luise verneinte. »Eine Cousine täte es auch.« Sie lachte und schüttelte den Kopf.

Bei der Stadt hatte sie einen Gewerbeschein beantragt, für den ihr Hans die Vollmacht erteilt hatte. Als sie das kostbare Dokument abholte, stellte sie sich vor das Rathaus und jubelte. Sie konnte einfach nicht anders. Nun war ihr Vorhaben sogar amtlich besiegelt. Wenn es sich jetzt auch noch überall herumsprach, dass sie einen Laden eröffnete, stand dem Erfolg nichts mehr im Weg.

MARIE

Sie stopfte ihre Sachen in den ramponierten Koffer, verschnürte ihn mit Paketband und sah sich noch einmal im Zimmer um, ob sie etwas vergessen hatte. Die Sonne schien, wenigstens das. Wortlos war Martin vorhin gegangen, es gab auch nichts mehr zu sagen, außer vielleicht Lebwohl. Sie schob die Wiege wieder an ihren Platz und stellte auch Erich Kästners *Lyrische Hausapotheke*, in der sie zuletzt gelesen hatte, zurück ins Regal. Dann ging sie nach unten und hielt Ausschau nach Martin und Manni, fand sie nirgends. Schließlich schrieb sie: *Danke für alles! Ich melde mich wieder, wenn ich weiß, wohin ich gehöre. /Marie* auf den Notizblock in der Küche. Sie überlegte, ob sie Manni den Anhänger zurückgeben sollte, den sie an einer Hanfschnur um den Hals trug. Aber er hatte ihr den doch eindeutig geschenkt, also behielt sie ihn als Erinnerung. Sie eilte die Dorfstraße hinunter, über die Brücke und in den Wald, ohne sich noch mal umzusehen. Hauptsache fort von hier. Martins Annäherung, der Tod des Lammes, sie ertrug es nicht. Als sie endlich den Mühlthaler Bahnhof erreicht hatte, war es kurz nach zwölf. Laut Fahrplan sollte in sieben Minuten ein Zug Richtung München abfahren. Und da rollte er auch schon ein, jetzt gab es kein Zurück mehr. Aus sämtlichen Waggons stiegen Leute aus und strebten die Wirtschaft Obermühlthal an, die gleich am Anfang des Bahnsteigs mit ihrem großen Biergarten unter hohen Bäumen zum Essen und Trinken lockte. Marie knurrte der Magen, an Proviant hatte sie nicht gedacht.

Sie stieg ein und suchte sich einen Platz im Abteil, mied den Blick aus dem Fenster. Vielleicht würde man sie vorübergehend wieder in Waldsassen aufnehmen, hoffte sie, und wenn sie dann keine Stelle als Bereiterin fand, dann könnte sie es in einem graphischen Betrieb versuchen. Eine Ausbildung zur Schriftenmalerin würde ihr gefallen. Auf die Idee hatte sie Luise gebracht, die jetzt vergeblich auf ihre Ladenschilder warten würde. Plötzlich fiel ihr Olivia ein. Marie hatte das Lamm im Stich gelassen, in Martins Obhut zwar, aber trotzdem. Der Zug stand noch, obwohl der Schaffner längst gepfiffen hatte. Auch die anderen im Abteil wunderten sich, warum sie nicht anfuhren.

Ein Herr in kariertem Anzug nahm sein Monokel vom Auge und legte die Zeitung zur Seite. Dann schob er das Fenster herunter und fragte den Schaffner: »Was ist los? Hat sich ein Rad gelockert, oder warum geht nichts weiter?«

»Ach, irgendein Depp hat sich vor die Lok geworfen und blockiert die Abfahrt.«

Die Frau gegenüber presste ihr Samthandtäschchen vor den Mund.

»Ein Unfall oder Selbstmord?«, fragte der Neugierige weiter. »Lebt er noch?«

»Keine Ahnung.« Der Schaffner blieb gelassen.

Jemand klopfte ans Fenster rief nach Marie. Es war Martin.

Sie lief durch das Abteil bis zur Tür und drückte sie nach außen auf. Der Einspänner mit Fido stand auf den Parkplätzen. Martin war ihr nachgefahren.

»Es ist wegen Manni, er sitzt auf den Gleisen.«

»Was?« Marie erschrak, stieg aus und lief mit Martin bis zur Lok. Andere Leute stiegen ebenfalls aus, der Schaffner folgte ihnen. Auf dem Bahnsteig bildete sich eine Menschentraube.

Marie hatte Mühe, durch sie hindurch auf das Gleisbett zu sehen. Manni hockte im Schneidersitz, wie üblich nur mit seiner Lederhose und seiner Mütze bekleidet, direkt vor der riesigen Lokomotive, die drohend über ihm schnaufte. Dabei beachtete er den Lokführer nicht, der sich aus dem Seitenfenster beugte und laut auf ihn einschimpfte. »Schleich dich endlich, Bürscherl, was fällt dir ein, den gesamten Eisenbahnverkehr aufzuhalten. Ja, verstehst du mich überhaupt?«

Manni schwieg, wie ins Gebet versunken.

Der Lokführer wandte sich an die Schaulustigen. »Los, hebt's endlich den Buddha weg, sonst stehen wir morgen noch da.« Ein Mann krempelte sich umständlich die Hemdsärmel auf, kletterte rückwärts den Bahnsteig hinunter wie vom Rand eines Schwimmbeckens ins Wasser und wollte Manni packen. Der jedoch sprang im selben Moment auf und lief weg. »Bürscherl, bleib stehen!« Doch Manni folgte nicht, er rannte die Schienen entlang.

»Wann ... geht's ... weiter?« Der Schaffner hatte sie erreicht, er schnaufte stark, stützte sich auf die Knie, um Atem zu fassen. »Die Bundesbahn legt Wert auf Pünktlichkeit.«

»Fahrt doch einfach los, der Spinner wird schon ausweichen, wenn's hart auf hart kommt«, schlug ein beleibter Kerl vor. Sein Zwirbelbart wuchs ihm bis zu den Ohren. Mit einem »Prost« ließ er den Verschluss einer Bierflasche aufschnappen und trank, als stünde er vor einer Varietébude. Marie bangte um Manni. Was, wenn er weiterlief und ihn der Gegenzug erfasste? Als sie sich zwischen den Leuten durchdrängen wollte, bekam sie ein paar Ellbogen zu spüren. »He, zurück, hier steh ich«, geiferte eine dürre Frau. An ihrem hohen Hut hatte sie eine Straußenfeder gesteckt, die Marie die Sicht erschwerte und im Gesicht kitzelte. Zusammen mit den anderen bildete sie eine Mauer und verteidigte auf Gedeih und Verderb ihren Platz in der ersten Reihe.

»Ich versuch, ihn von vorne abzufangen.« Martin umrundete die Menge, sprang am Bahnsteigende auf die Gleise. Doch auch er erwischte ihn nicht. Für Manni schien es ein Spiel zu sein, lachend wich er seinem Bruder aus, sobald der näher kam. Nun riskierten beide ihr Leben.

»Manni!«, rief Marie, so laut sie konnte, hüpfte, damit sie zu sehen war, und winkte mit beiden Armen. »Maaaannii, ich bin's, Marie! Komm her zu mir, ich habe etwas für dich, ein Geschenk!« Mehr fiel ihr auf Anhieb nicht ein. Wenigstens blieb er nun stehen und horchte, sah sie aber offenbar nicht. Da schnappte sie sich das Bier des Gaffers, es war sowieso fast leer, und wedelte damit über den Köpfen der Menge. »Einen besonders schönen Sonnenbehälter, schau!« Endlich bemerkte er sie, strahlte übers ganze Gesicht und kam auf sie zugelaufen. Bei ihr angelangt, riss er ihr die Flasche aus der Hand, hielt sie kurz in den Himmel, nickte und kippte das restliche Bier auf den Bahnsteig. Dann fiel er Marie um den Hals. Erleichtert ließ sie es geschehen.

»Ist ja rührselig ihr zwei, aber neunzig Pfennig tät ich kriegen.« Der Schnauzbärtige drehte sich zu ihnen um und deutete auf die leere Flasche.

»Da war doch fast nichts mehr drin«, sagte Marie.

Er trat auf sie zu und hob die Faust, sie glaubte schon, er würde sie schlagen. »Warum lebt der Idiot denn überhaupt, der hätte doch gleich nach der Geburt kaputtgemacht gehört.« Schützend legte sie die Arme um Manni. Der Kerl war offenbar noch von der braunen Sorte. Keiner der Fahrgäste stand ihnen bei, sie gafften bloß. Manche schüttelten die Köpfe und warfen ihnen verärgerte Blicke zu, als wären sie über den Verlauf des Schauspiels enttäuscht. Der Bärtige spuckte vor ihnen aus und tappte zurück in die Wirtschaft. Marie atmete auf, das Herz klopfte ihr bis zum Hals.

Murrend wie Martins Herde, wenn sie auf einer kahlen Wiese weiden sollte, ließen sich die Fahrgäste vom Schaffner mit der Kelle zurück in den Zug treiben. »Das nächste Mal passen Sie besser auf Ihren Bruder auf, Fräulein. Sonst kommt Sie das teuer zu stehen. So ein Firlefanz ist vielleicht was für den Zirkus Krone, aber nicht für uns.« Der Schaffner pfiff durchdringend schrill, zeigte dem Lokführer die grüne Kelle und stieg ein. Martin eilte zu Marie und Manni und umarmte sie beide, küsste seinen Bruder, und Marie bekam wie aus Versehen auch etwas davon ab.

»Was ist jetzt mit Ihnen, Fräulein, fahren's mit, oder bleiben's da?« Der Schaffner war dabei die Tür zuzuziehen, und der Zug rollte bereits an.

»Ich bleib«, sagte sie. Da löste sich Manni von ihr, rannte zu Fido und band ihn los.

Schweigend sah sie der Bahn nach, bis der letzte Waggon in der Kurve verschwunden war. Martin stieg auf den Bock und nahm die Zügel in die Hand. Als sie sich ihm zuwandte und sich ihre Blicke trafen, keimte in ihr ein Verdacht. »Sagt mal, habt ihr das ganze Theater abgesprochen?«

»Jo.« Manni kletterte über die Deichsel auf Fidos Rücken, zur Abfahrt bereit.

Marie schwang sich hinter ihm auf das Pferd, neben Martin, der sie fast geküsst hatte, wollte sie jetzt nicht sitzen. Doch dann durchfuhr sie ein neuer Schreck. »Mist, meine Sachen, mein Koffer.« Jetzt musste sie völlig bei null anfangen, mit überhaupt nichts mehr.

Im August, bei einem starken Unwetter, fiel eine Buche auf die Dorfstraße und versperrte die Durchfahrt. Der Förster beauftragte Martin mit der Beseitigung des Baumes, um den Verkehr schnellstmöglich wieder freigeben zu können. Als Manni das hörte, johlte er, er liebte alles, was mit Holz zu tun hatte, und kaum hatte Martin angespannt, schwang er sich auf Fidos Rücken.

»Marie, kannst du heute den Käse ins Schloss bringen?« Martin lud eine schwere Eisenkette und mehrere Sägen auf den Wagen. Bisher hatte er die Lieferungen übernommen, als spürte er ihren Widerwillen, dem unfreundlichen Verwalter wieder zu begegnen. Sie nickte. Früher oder später musste sie sich überwinden, schließlich wohnten die Wittelsbacher genau gegenüber und gehörten zur Stammkundschaft. Also wickelte sie einen Laib Käse in Wachspapier, legte ihn in einen Korb und machte sich auf den Weg. Vor der Einfahrt, die wie bei ihrem ersten Besuch offenstand, zögerte sie kurz, fasste sich ein Herz. Zielstrebig ging sie zum Schlossportal, mied es, nach links zu den Ställen zu sehen, obwohl sie die Pferde wiehern hörte. Bei den Buchsbäumen stand ein weißhaariger Mann mit Schnurrbart und einer Schere in der Hand. Vermutlich der Gärtner.

»Wollen Sie zu mir?«, fragte er.

»Guten Morgen, ich komme vom Brandstetterhof.«

»Oh, fein. Etwa der Ziegenkäse? Geben Sie ihn mir gleich, auf den freu ich mich die ganze Woche.«

»Dann sind Sie …?« Er war wohl doch nicht der Gärtner, sondern der Kronprinz persönlich. Er trug ja auch einen Trachtenhut und unter der Schürze einen feinen Nadelstreifenanzug. Sie wusste nicht, wie sie ihn korrekt ansprechen sollte. »Eure Majestät?« Sie verbeugte sich leicht.

Er lächelte. »Königliche Hoheit genügt vollkommen.« Marie kannte den Unterschied zwischen den beiden Begriffen gar nicht. Er warf die Schere in den Eimer mit den abgeschnittenen Zweigen, nahm ihr das Päckchen ab und setzte sich auf eine Bank unter dem Spalier an der Schlosswand. Wo Herren seiner Generation für gewöhnlich eine Taschenuhr trugen, zog er ein Taschenmesser aus der Weste, wickelte den Käse aus und schnitt sich ein Stück ab. Genüsslich aß er es. »Mmh, pfundig. Mei, der Martin, der versteht sein Handwerk. Und Sie sind seine neue Gehilfin?«

»Marie Wagner«, stellte sie sich vor.

»Sie sind aber nicht von hier, oder?«

»Gebürtig bin ich aus Niederschlesien, aber seit sieben Jahren in Bayern.«

»So nehmens doch einen Moment neben mir Platz, Fräulein Wagner. Ich krieg sonst Genickstarre, wenn ich die ganze Zeit zu Ihnen hochschauen muss.« Als Hoheit sah man wohl auch nicht gerne zu jemandem auf, dachte sie und setzte sich, nun genau mit Blick auf die Stallungen. Ein anderer Bursche, nicht mehr dieser Amerikaner, führte eine braune Stute über den Hof, auf die Wiesen, die unterhalb des Schlosses begannen, und dahinter kam ein dunkleres Fohlen mit schwarzen Fesseln zum Vorschein. Es trabte ohne Halfter neben der Mutter her.

Die Schönheit der Tiere beeindruckte sie, sie hätte Lust gehabt, die Pferde zu zeichnen, wenn sie sie schon nicht reiten durfte, aber womit? Ihre Malsachen waren im Koffer gewesen, und der war wohl für immer fort. Um den fast leeren Tuschkasten war es nicht so schade wie um das Skizzenbuch. Dessen Verlust schmerzte sie am allermeisten. Bis sie sich etwas Neues leisten konnte, würde sie sich mit dem Notizblock in der Küche begnügen müssen. Darum versuchte sie, sich den

Anblick der Pferde einzuprägen, das Wellenspiel der Mähne, wie sich die Muskeln bewegten. Die langen Beine des Fohlens, sein staksiger Gang, im Vergleich zur Eleganz des Muttertiers. Aber auch wie die Stute mit Augen, Ohren, Nase und auch dem Schweif ihre Umgebung wahrnahm. Ein Porträt vom Kronprinzen neben ihr reizte sie ebenfalls, sein klares Profil mit der hohen Stirn, der kräftigen Nase und den Falten in seinem Gesicht, von denen bestimmt jede einzelne eine Episode aus seinem Leben erzählen konnte.

»Herrliche Trakehner besitzen Sie«, sagte sie zu ihm.

»Das sind keine, mein Fräulein, sondern unsere eigene Zucht, die Leutstettener.«

»Verzeihung, da habe ich mich getäuscht. Wir hatten auch Pferde, gemischte Rassen, keine eigene Zucht«, erklärte sie. »Bei Breslau, in Glatz, wo ich herkomme.«

»So? Dann müssten Sie eigentlich den Unterschied zwischen einem Warmblut und unseren Halbblütern kennen. Ursprünglich stammen sie aus einem ungarischen Gestüt, das die Erzherzogin von Modena-Este, eine Verwandte von mir, im letzten Jahrhundert besaß. Sie bewohnte auch ein Renaissanceschloss, so wie das hier, nur sehr viel größer. Nádasdy, vielleicht sagt Ihnen der Name etwas? Dort habe ich bis zum Kriegsende ausgeharrt, zusammen mit einem Teil der Pferde. Hat Martin Ihnen schon davon erzählt?«

Sie verneinte. »Dann war er auch in Ungarn?« Beim Käsemachen hatte er ihr vom Widerstand der Wittelsbacher gegen die Nationalsozialisten erzählt und auch von den dramatischen Folgen für die ganze Familie. Sie waren in Sippenhaft genommen und auf verschiedene Konzentrationslager verteilt worden, als der Kronprinz fliehen konnte. Aber nichts davon, inwieweit Martin an dieser Aktion beteiligt war.

»Während des Dritten Reichs hat Martin zwei Stuten bei sich im Stall untergebracht, damit im schlimmsten Fall nicht die gesamte Zucht verloren wäre. Als die SS unseren Besitz beschlagnahmt hat, waren auch unsere Leutstettener, genau wie wir, unerwünscht. Als die Rote Armee in Ungarn einrückte, mussten wir wieder fliehen. Meinem Neffen Ludwig gelang es, die Pferde über die russische Grenze zu schleusen. Erst mit der Bahn und dann als Treck mit sechzehn Gespannen. Darin verbargen sich auch jüdische Flüchtlinge. Das da drüben ist Levi, einer von ihnen.« Er zeigte auf den Stallburschen, der das nächste Pferd hinausführte. »Wir waren nicht gerade unauffällig. Aber wie heißt es so schön, im größten Gewimmel versteckt man ein Geheimnis am besten. Oder mehrere.« Er schwieg eine Zeitlang.

Marie staunte, sie war voller Respekt vor dem alten Herrn. »Dann sind Sie ein begeisterter Reiter, Hoheit?«

Er schüttelte den Kopf. »Früher schon, aber in meinem Alter riskiere ich lieber keinen Beckenbruch mehr, jetzt beschäftige ich mich lieber mit Kunst.« Sie horchte auf. Kunst und Pferde, das war nach ihrem Geschmack.

Drei Stockwerke über ihnen öffnete sich ein Turmfenster. Eine Frau beugte sich hinaus. »Schatzl, Schaaaatzl?«, rief sie durchdringend laut. Der Kronprinz reagierte nicht und verspeiste weiter seinen Käse.

»Ich glaube, Ihre Frau ruft Sie.« Marie zeigte nach oben.

»I wo, die ruft bloß nach unserem Chauffeur.«

Mit solcher Lockerheit im adligen Kreis hatte Marie nicht gerechnet, doch es kam noch besser: Ein Wagen hielt auf dem Kiesweg, der Fahrer in doppelreihig geknöpfter Uniform stieg aus, lupfte seine Schirmmütze und verbeugte sich vor dem Kronprinzen. »Wir können dann, Eure königliche Hoheit.«

»Ja, ja, ich weiß, dass *Sie* können, aber bitte hetzens *mich* nicht.« In aller Ruhe verpackte der Kronprinz den restlichen Käse, wischte sich mit der Schürze den Schnurrbart sauber und erhob sich. Auch Marie stand auf. »Es war nett, mit Ihnen zu plaudern, Fräulein Wagner. Bis zum nächsten Mal.« Er reichte ihr die Hand. Wie verabschiedete man sich angemessen von einem Kronprinzen? Mit einem Knicks oder einer Verbeugung? Kurzentschlossen nahm sie einfach die dargebotene Hand und schüttelte sie kräftig.

Bis Martin und Manni mittags zurückkamen, versuchte Marie mit Hilfe der Brandstetterischen Rezeptesammlung etwas Gutes auf den Tisch zu bringen. Sie freute sich schon darauf, von ihrer Unterhaltung mit dem Prinzen zu berichten. Allerdings tauchte Manni nur kurz am Tisch auf, schlang das Essen hastig hinunter und lief wieder nach draußen. »Es gibt noch Kuchen«, rief Marie ihm hinterher. Doch er war schon fort.

»Der kommt gleich zurück.« Martin setzte sich an den Tisch und lud sich eine ordentliche Portion auf den Teller. »Er hat im Buchenstamm ein Vogelnest mit drei noch unbeschädigten Eiern gefunden, die will er den Hühnern zum Weiterbrüten unterschmuggeln. Mal sehen, ob ein Kuckuck schlüpft.« Er lachte. »Deinen Kuchen lässt er sich bestimmt nicht entgehen. Sind übrigens lecker, die Kartoffelnudeln, passen sehr gut zum Sauerkraut.«

»Freut mich. Du hast doch letztes Jahr das Kraut eingelegt, ich habe es bloß warm gemacht.« Sie bemerkte, wie er die verkohlten Krusten von den Kartoffelnudeln abkratzte. Dabei hatte sie nur eine Sekunde die Pfanne vergessen, um nachzuschüren, im Handumdrehen war die Butter verdampft gewesen.

»Wie war's im Schloss?« Trotzdem nahm er sich noch mal nach. Er musste wirklich Hunger haben. Sie erzählte von ihrem Vormittag, auch dass die Kronprinzessin den Chauffeur Schatzl nannte.

»Er heißt so«, sagte Martin, ohne mit der Wimper zu zucken.

Marie begriff nicht. »Wie jetzt?«

»Na, Schatzl, mit Nachnamen.«

»Ach so.« Sie lachte. »Aber sag mal …«, die Rettung der Leutstettener Pferde war ihr wieder eingefallen, »wie hast du es geschafft, zwei große Stuten der Wittelsbacher vor der SS zu verbergen? Wurden bei euch nicht auch Pferde als kriegswichtig eingezogen? Bei uns war das so. Die ganze Feldarbeit mussten unsere Ochsen übernehmen.« Damals hatte sie ihren Vater angefleht, ihr wenigstens Feuerherz zu lassen, den jungen schwarzen Hengst mit der weißen Blesse, aber auch ihn hatte man abgeholt. Marie hatte sich in ihrem Zimmer eingeschlossen und war untröstlich, dabei war dies lediglich der Auftakt zur Katastrophe gewesen. Theo, der Sohn des Bürgermeisters, blitzte in ihren Gedanken auf. Als Einziger hatte er es geschafft, sie wieder hinauszulocken, indem er so lange Kieselsteine an ihr Fenster warf, bis sie nachgab. Kurz sah sie sein schmales Gesicht mit der langen Nase und den hohen Wangenknochen wieder vor sich und wischte schnell die Erinnerung an ihn fort. Martin saß vor ihr, lebendig und nahe. Er gefiel ihr auf eine besondere Weise, mit der sie nie gerechnet hatte. Der lustige, schlaksige und auch waghalsige Theo war unwiederbringlich tot.

»Nicht nur die Pferde wurden eingezogen«, sagte Martin. »Mein Vater auch. Aber vorher hat er noch das Versteck organisiert. Zum Dank für die Kriegsuntauglichkeitsbescheinigung, die uns der Kronprinz verschafft hat. Bis zum Kriegsende hat sie zumindest mich vor dem Schlimmsten bewahrt. Der Volkssturm, zu dem sie mich noch holten, war schnell vorbei.«

»Und wann war das mit den Pferden?«

»1939. Ich war vierzehn.«

»Und wohin habt ihr sie gebracht?«

»Rate mal, das Versteck kennst du längst.«

Er machte es spannend, kratzte die Kartoffelreste aus der Pfanne und schwieg.

Während sie überlegte, brühte sie den Tee auf, den sie von den ersten Hagebutten angesetzt hatte. Mit Honig vermischt, schmeckte er wie Limonade. Sie und auch Martin tranken lieber Tee als Kaffee, aber das brauchte Luise, die eine leidenschaftliche Kaffeetrinkerin war, nicht zu wissen. »Im Schafstall nicht, das wäre zu auffällig, und in euerm sogenannten Moos auch nicht, da hätte man sie schon von weitem gesehen.« Sie grübelte weiter. So gut kannte sie sich im Dorf und auch in der Umgebung noch nicht aus. »Hast du etwa die Schatzhöhle von den drei Bethen gefunden?«

»Fast. Du bist nahe dran.« Er grinste sie an. Am liebsten hätte sie ihn auf der Stelle geküsst und wunderte sich im nächsten Moment, dass dieser Wunsch überhaupt in ihr auftauchte. Doch sie hielt sich zurück. »War ich dort schon mal?«

Er nickte. »Jeden Tag.«

»Mmh.« Jetzt war sie endgültig verwirrt.

»Was gibt's denn für einen Kuchen?«, fragte er, anscheinend gefiel es ihm, sie auf die Folter zu spannen.

Sie merkte, wie sie errötete, als er sie anschaute. Das würde wohl nie anders sein, so schön, wie er war, mit seinem bartumschatteten, kantigen Gesicht und den verstrubbelten Haaren. Dass er sie überhaupt anschauen wollte, brachte sie schon in Verlegenheit. Was fand er nur an ihr, blass und dünn, wie sie noch immer war? Sie besaß kaum noch etwas von der Oberweite, auf die sie früher so stolz gewesen war. Mittlerweile musste sie ihre Büstenhalter auspolstern, damit man überhaupt etwas sah. »Äh, ich habe eine Himbeerrolle versucht, aber ich weiß nicht.« Sie holte sie aus der Speisekammer, die hinter der Küche lag, froh, wenigstens einen Augenblick ihr Gesicht abkühlen zu können. Obwohl sie die Anweisungen im Rezept genau befolgt hatte, war ihr die Biskuitroulade beim Befüllen doch zerbrochen und sah eher wie ein Zelt aus. Schlagartig fiel ihr ein, wo das Versteck war. Sie kehrte in die Küche zurück und streute reichlich Puderzucker über den Kuchen, um den gröbsten Bruchschaden zu verdecken. »Habt ihr die Stuten im Erdkeller versteckt?«

»Treffer, er verzweigt sich bis weit unter den Berg. Wir haben damals eine Holzlege auf Rollen gebaut und so davorgeschoben, dass keiner wusste, dass eine Tür dahinter ist. Damit die Pferde an die Luft kamen und Bewegung hatten, haben wir sie nachts hinausgelassen. Aber mein Vater hat mir nie erlaubt, sie zu reiten, das hielt er für zu gefährlich. Erst als er eingezogen worden ist, bin ich nachts über die Felder geritten.«

»Ich wusste nicht, dass du auch so gerne reitest. Und davon abgesehen: Bist du etwa wie der heilige Sankt Martin, der mit allen seinen Mantel teilt? Mich hast du auch aufgenommen.«

»Ich hab's nicht so mit den Heiligen, mir ist das Irdische lieber.« Er wollte ihre Hand berühren, als sie die Zeltrolle anschnitt.

Schnell zog sie die Hand weg. »Die ist leider mehr dreieckig als rund.«

»Keine Roulade, sondern eine Triade, die schmeckt bestimmt noch besser.« Er schob sich ein großes Stück in den Mund.

»Sehr fein und nicht zu süß.« Hoffentlich hatte sie nicht den Zucker vergessen, das erklärte vielleicht, warum sie zerbrochen war. Sie probierte auch. Es schmeckte süßlich, aber das kam vom Puderzucker und den Himbeeren in der Sahnefüllung.

Als Manni in die Küche platzte, schickte ihn Martin sofort wieder hinaus, Hände waschen. Aber er weigerte sich, verschränkte die Arme und bockte. Dabei schielte er zu Marie, als erhoffte er sich Unterstützung von ihr. Wie Luise es schaffte, ihn überhaupt je zu baden, war ihr ein Rätsel.

»Na gut«, sagte Martin, »dann esse ich eben alleine die Marie-Triade auf.« Er hob den restlichen Kuchen hoch und tat so, als wollte er ihn in einem Stück verschlingen. Manni sprang zeternd herbei und boxte seinen Bruder, dem darüber fast die Kuchenplatte aus der Hand fiel. »Ach, willst du auch was davon?«

»Jo«, sagte Manni.

»Und was musst du dafür tun?«

Mürrisch schlurfte Manni hinaus und kehrte tatsächlich halbwegs sauber zurück. Nach dem Tee bestand er darauf, ihnen die Vogeleier zu zeigen, die er einer Glucke untergelegt hatte. Sie waren weiß, mit rotbraunen Sprenkeln. Martin und Marie spekulierten über die Vogelart.

»Von einer Blaumeise«, sagte Marie. Martin tippte eher auf einen Kleiber. Vor dem Einschlafen in jener Nacht fühlte sie sich zum ersten Mal seit langem voller Hoffnung und Freude. Warum sich nicht in diesen Sankt Martin verlieben, vielleicht half ihr seine bodenständige Heiligkeit wieder zu ihr selbst zurück.

Erkenntnisse vom Münchner Viktualienmarkt:
- *Der Mensch ist ein Herdentier. Sobald ein Kunde sich interessiert zeigt und den Anfang macht, stellen sich die anderen dazu.*
- *Anpreisen der Ware: Mit Schnäppchentricks arbeiten, drei für zwei oder zwei für eins usw.*
- *Ungewöhnliches neben Gewöhnliches legen, als Magnet.*
- *Wichtig: nichts anbieten, was ich nicht selbst probiert habe oder kenne.*
- *Eigene Sorgen außen vor lassen. Die Kundin ist die Königin, allein ihr Wohlbefinden zählt.*
- *Diskret bleiben. Am besten: Hören und überhören!*

und im Kaufhaus Hertie:
- *die Kundin möglichst höflich an ihren Schwachstellen erreichen und Hilfe anbieten (Handcreme)*
- *Vertrauen schaffen, Wohlbefinden signalisieren*
- *unaufdringlich sein*

Schokolade selbst hergestellt:
Zutaten: 240 g Kokosfett, 240 g Zucker, 100 g Kakao und 3 gestr. EL Mehl, etwas gehackte Nüsse, Mandeln oder Rosinen.
Evt. essbare Blüten

Zubereitung: Fett in einem Topf schmelzen o. im Wasserbad zerlassen, mit Zucker schaumig rühren, Kakao, Mehl und Nüsse u. a. dazugeben. Zum Schluss die Blüten vorsichtig unterheben. Auskühlen lassen und mit einem in heißes Wasser getauchten Messer in kleine Stücke zerteilen. Genießen!!!

Aus: Luises Notizbuch

LUISE

Um nicht dauernd erklären zu müssen, wann es endlich etwas zu kaufen gebe, und auch, um ein konkretes Ziel vor Augen zu haben, legte Luise die Eröffnung ihres Ladens auf den vierten September fest. Ein Donnerstag. Diesen Tag hatte sie sorgfältig ausgewählt. Am Mittwochnachmittag hatten die meisten Läden geschlossen, und vor dem Wochenende würden die Leute noch einmal einkaufen wollen. Auf diese Weise erhoffte sie sich genügend neugierige Kunden, die ihren ersten Eindruck weitersagten und andere anlockten. Jetzt, wo das Datum feststand, drängte plötzlich die Zeit. Wie sollte sie die neue Theke streichen? Auch in Pastelltönen wie die Regale oder lieber doch im Holzton belassen? Aber dann hob sie sich zu sehr von der Wurst- und Käsetheke ab, die sie daneben aufstellen wollte. Die war vor ein paar Tagen eingetroffen und begeisterte Hans. Einstweilen kühlte er sein Bier darin. Andererseits gefielen ihr die Maserung des Holzes und die kunstvollen Füllungen, die sich Herr Notnagel überlegt hatte. Darum entschied sie, die Ladentheke vorerst farblos zu belassen, streichen konnte sie sie immer noch. Das war einfacher, als abzubeizen. Außerdem war noch mit Lieferanten zu verhandeln. Viele verlangten Vorauskasse, und der Geldvorrat aus Henriettes Hinterlassenschaft schrumpfte. Fast jeden Tag stand irgendein Vertreter auf der nagelneuen Fußmatte und wollte ihr seine »exklusiven« Kofferraumartikel zum vermeintlichen Sonderrabatt andrehen. So manch einer ließ sich nur schwer abwimmeln, und wieder war eine halbe Stunde in den Sand gesetzt. Elektrische Staubsauger oder nicht? Nein, die nahmen zu viel Platz weg, auch wenn sie immer gefragter wurden. Sie selbst war noch mit ihrem mechanischen Staubroller zufrieden. Bei einem Sortiment von den Stiften, die nicht mehr mit Tinte aufgefüllt werden mussten, willigte sie ein. Diese Kugelschreiber passten zum Schulbedarf, den sie neben ein paar ausgewählten Zeitschriften anbieten wollte, und auch Hans packte sie einen in seine Aktentasche.

Mitten in diesem Trubel erhielt sie Post von Captain Smith, sie könne in Feldafing ihr Zeugnis abholen. Das wollte sie gleich am nächsten Tag tun, obwohl die Arbeit im Camp ewig zurückzuliegen schien. Bei der Gelegenheit würde sie nach dem Garten sehen, den sie am Waldrand angelegt hatte: Gemüse, mehrere Mistbeetkästen mit Salat und zahlreiche Johannisbeersträucher, dazu ein Kräuterbeet. Das war ihr das Liebste gewesen. Muskatellersalbei hatte sie gezogen, Huflattich, Lavendel, Thymian, Kamille und einiges mehr, was bestimmte Leiden der oft schwerkranken Heimatlosen gelindert hatte. Sogar ein eigener Brunnen war ihr von der Leitung extra dafür genehmigt worden. Auch ein Kartoffelfeld gab es, mit Saatkartoffeln vom Hof ihrer Brüder. Wie sie so daran dachte, fiel ihr etwas ein, das sie für den Laden brauchen könnte. Vorausgesetzt, das Angebot des Captain galt noch.

Zum Abschied machte sie ihm eine Bayerisch Creme, die er so gerne gegessen hatte, und schnallte die Schüssel auf den Gepäckträger der Triumph, wo sie während der Fahrt über die mit Schlaglöchern übersäte Seeuferstraße ordentlich durchgeschüttelt wurde. Hinter der Schranke des immer noch streng bewachten Camps musste sie absteigen und das Moped den Berg hinaufschieben, da die Räder im Matsch blockierten. Die

Abrissarbeiten mit schwerem Gerät und die Sommergewitter hatten die Wege in Schlammpfade verwandelt. Bis Luise die *Administration* erreichte, waren ihre Schuhe durchgeweicht und die kostbaren Seidenstrümpfe, die sie als Luxusartikel ins Sortiment aufgenommen hatte, ruiniert. Sie versuchte, den Schaden mit ihrem Taschentuch zu beheben, verrieb den Dreck bloß mehr, außerdem bemerkte sie eine Laufmasche auf einer Wade. Dabei hatte sie sich extra elegant angezogen, eine neue selbstgenähte Bluse zum weitschwingenden Glockenrock, darunter einen Petticoat. Sie klopfte an der Bürotür. Hoffentlich würde Captain Smith nicht auf ihre schmutzigen Beine achten. Ein junger Gefreiter bat sie herein und überreichte ihr ganz förmlich in einem Briefumschlag das *Certificate*, wie er es nannte. Dann verlangte er von ihr den Schlüssel für das Nachbarhaus, in dem sich die Küche befand. »Und der Captain?«, fragte Luise. Der sei bereits abgereist. Das enttäuschte sie, trotzdem überreichte sie ihre Bayerisch Creme. »For you and your …«, sie überlegte einen Moment, wie sie Kameraden ins Englische übersetzen sollte, fellows, comrades? »… and your friends«, sagte sie dann der Einfachheit halber. Er runzelte die Stirn, nahm ihr die Schüssel ab und stellte sie auf einen hohen Aktenschrank, wo er sie bestimmt vergessen würde. Dabei hatte sie sich so viel Mühe damit gegeben und auf die gelbe Haube der Creme mit Sahne *goodbye and thanks* geschrieben. Was bis auf das H in thanks auch noch halbwegs lesbar war. Sie öffnete den Umschlag und überflog das Zeugnis, das zwar knapp, aber überaus wohlwollend und zweisprachig gehalten war. In der letzten Zeile forderte Captain Smith alle alliierten Dienststellen auf, der obengenannten Mrs. Luise Dahlmann *Schutz und Entgegenkommen* zu gewährleisten. Nun war sie also eine zertifizierte bayerische Köchin mit der

Berechtigung, alle Besatzungszonen zu passieren. Ob sie dieses Dokument jemals brauchen würde? In diesen Zeiten wusste man nie. »Den Schlüssel zur Küche bringe ich Ihnen gleich, ich will nur meine restlichen Sachen holen.«

»Dann begleite ich Ihnen«, sagte der Gefreite mit Akzent, strich seine Uniform glatt und rieb sich über das pickelige Kinn. Befürchtete er, dass sie etwas einsteckte, was ihr nicht gehörte? Bei ihrer letzten Begegnung hatte sie der Captain sogar aufgefordert, sich noch zu nehmen, was sie wollte. Und das würde sie auch tun, bevor es verdarb oder weggeworfen wurde. »Nicht nötig«, wehrte sie ab.

»Tut mir leid, ich habe order, zu lassen no person alone in die Kuche.«

»Okay, und ich besitze diese Bescheinigung.« Sie zeigte ihm das Zeugnis. Daraufhin wusste er nichts zu erwidern. »Sie können ja so lange von meiner Nachspeise probieren, die ist wirklich fein.« Vor der Durchreiche in der Küche blieb sie stehen und gab ihm einen Löffel. Er nahm ihn und ließ sie allein. Die vielfach benutzten Blechteller mit den schwarzen Griffen an beiden Seiten stapelten sich im Regal. Die Kellen über dem Herd glänzten noch genauso, wie sie sie nach dem Polieren hinterlassen hatte. Bloß der Speisesaal wirkte durch die fehlenden Tische und Stühle wie ein Tanzsaal, der vergeblich auf eine neue Hochzeitsgesellschaft wartete. Unterwegs hatte sie gesehen, dass die Behelfs-Synagoge bereits abgerissen war. Als hier noch Hochbetrieb herrschte, war dort fast jede Woche eine Ehe geschlossen worden. Die Überlebenden, die die meisten ihrer Angehörigen in den Gaskammern verloren hatten, sehnten sich nach einer neuen Familie. Luise holte ihre Kochschürze aus einer Schublade. »Frau Dahlmann« war in geschwungenen roten Buchstaben auf die Brusttasche gestickt.

Zu Beginn ihrer Arbeit im Camp hatte dort »Frl. Brandstetter« gestanden, und wenn man genau hinsah, erkannte man, dass das F und das R aus etwas hellerem Garn bestanden. Sie strich darüber. Bei der Namensänderung hatte sich die Stickerin gespart, alle Buchstaben aufzutrennen. Ein letztes Mal sah sich Luise um, ging dann in die Speisekammer, bediente sich aus den Vorräten und schleppte ihre Beute in einer Kiste nach draußen. Der Wachhabende tauchte wieder auf und half ihr zu ihrem Erstaunen beim Aufladen. Mit sahneverschmiertem Mund verschnürte er den Sack Kakaobohnen und die Dosen mit Kokosfett auf dem Gepäckträger der Triumph. Anscheinend hatte ihm die Bayerisch Creme geschmeckt.

»Ich möchte noch kurz zum Garten hinauf«, erklärte Luise, als er sie schon verabschieden wollte. »Bin gleich zurück.« Oben angelangt, erkannte sie die Beete kaum wieder. Alles war zugewuchert. Aus alter Gewohnheit klaubte sie ein paar Schnecken ab, die sich an einem Riesenkürbis gütlich taten, und schleuderte sie über den Zaun. Dann pflückte sie Tomaten, von denen die meisten bereits aufgeplatzt waren, und legte sie in ihren Korb. Ihr Blick schweifte über das halbaufgelöste Camp, das immer noch wie ein eigenständiges Dorf aus lauter verschiedenen Gebäuden, verschlungenen Wegen und Straßen bestand. Zeitweise hatte es hier auch kleine Geschäfte gegeben. Schneider, Schuster, Friseure und einen Lagerfotografen, sogar ein Gemischtwarenladen. Es existierten eigene jüdische Zeitungen, in deutschem Bleisatz gedruckt, weil damals keine hebräischen Lettern aufzutreiben waren. Die Nachrichtenblätter konnte man mit dem Feldafinger Dollar erwerben, der Währung, die hier kursierte. Weiter hinten, halb versteckt hinter Bäumen, entdeckte sie auch das kleinste und älteste Haus auf dem Gelände, das Villino, in dem der Literaturnobelpreisträger Thomas Mann seinen *Zauberberg* geschrieben hatte. Luise las schon seit drei Monaten in dem dicken Roman, schaffte abends meist nur ein bis zwei Seiten, bevor ihr die Augen zufielen.

»Dieser Mann bricht dir noch das Nasenbein«, zog Hans sie auf, wenn sie wieder mit dem Buch auf dem Gesicht eingeschlafen war. Dabei war der Roman keinesfalls langweilig oder schwierig zu lesen, die paar Seiten, die sie jeweils vorwärtskam, bereicherten sie. Ihr gefiel die Geschichte, die in ihrer Heimat entstanden war und deren Hauptfigur, Hans Castorp, den gleichen Vornamen wie ihr Liebster trug. Sie wandte sich ab, riss den Drahtzaun aus der Verankerung und öffnete den Garten für das Wild. Wenigstens sollten die Rehe noch etwas davon haben, bevor hier alles endgültig dem Erdboden gleichgemacht wurde.

Zurück in Starnberg, probierte sie, wie sich, zusammen mit etwas Mehl und gehackten Nüssen, aus dem Kokosfett und den Kakaobohnen Schokolade herstellen ließ. Sie experimentierte ein wenig herum. Zuerst gelang es ihr nicht, das Kokosfett wie Butter oder Margarine, die sie sonst verwendete, mit Zucker schaumig zu rühren. Sie musste es erst erwärmen und mit Honig vermischen, was ihm einen ganz eigenen Geschmack verlieh. Nachdem sie die Kakaobohnen in ihrem Fleischwolf zermahlen hatte, löste sie das Pulver in Wasser auf und erhitzte es, kippte es, mit den anderen Zutaten vermischt, auf das Blech, das sie mit Butterbrotpapier ausgelegt hatte. Sie bedeckte die Masse mit einem zweiten Papier und presste sie zu einer hauchdünnen Schicht. Bevor die Schokolade erstarrte, schnitt sie sie in kleine Würfel, verzierte sie mit Blütenblättern und feinen Gewürzen und ließ sie in der Kühlung aushärten.

Und endlich war es so weit. Am vierten September um sieben Uhr siebenundfünfzig warf sie einen letzten prüfenden Blick durch den Laden. Noch drei Minuten, dann würde ihr Traum in Erfüllung gehen. Alles war blitzblank gewischt, die hell gestrichenen Regale und Schränke bis zum Rand gefüllt. Luise schüttelte noch mal das Kissen in Henriettes Ohrensessel auf und rückte den Telefonapparat auf dem Tischchen daneben so, dass er gleich ins Auge stach. Dann schob sie den einen oder anderen Artikel bündiger an die Regalkante und vergewisserte sich aufs Neue, dass das frische Obst makellos war. Sie freute sich über die schön geschwungenen Buchstaben von Maries Beschriftung an den Schubläden und auf den Angebotstafeln, die dem Laden den letzten Schliff verliehen. Obwohl genügend Licht durch die Schaufenster fiel, schaltete sie zur Feier des Tages die futuristische Leuchte mit den seltsamen Insektenfühlern an, die ihr Hans unter der Decke montiert hatte. Zuletzt überprüfte sie, ob die Registrierkasse auch wirklich aufsprang. Das tat sie mit einem fröhlichen *Kling*, und ja, es war auch genügend Wechselgeld drin. Luise holte tief Luft, strich ihren Kittel glatt, zupfte an ihrem Blusenkragen und ging zur Tür. Dann drehte sie das Schild von »Geschlossen« auf »Geöffnet«.

Eine ältere Frau bewegte sich auf den Laden zu. Luise zwang sich, ruhig zu bleiben, dann lief sie doch zur Tür und öffnete sie weit. Die Ziegenglocke, die Martin ihr zur Eröffnung geschenkt hatte, bimmelte. Gleich würde die allererste Kundin ihren Laden betreten. Ihr Herz klopfte stark. »Grüß Gott, schön, dass Sie hergefunden haben, wie geht es Ihnen, was darf's denn sein? Wie kann ich Ihnen zu Diensten sein?« So viele Male hatte sie geübt, was sie als Begrüßung sagen wollte und was nicht, dass sie jetzt einfach alles herausposaunte.

Die Frau lockerte den Knoten ihres Kopftuchs. »Hätten Sie etwas Wasser für meinen Schorschi, bitte?« Sie hielt einen ergrauten Rauhaardackel an der Leine.

»Selbstverständlich. Einen Augenblick.« Eigentlich wollte sie keine Hunde im Laden. Marie hatte eigens ein Verbotsschild gemalt. Aber dieser Schorschi sah dem durchgestrichenen Schäferhund überhaupt nicht ähnlich, und Luise wollte die allererste Kundin nicht sofort vergraulen. »Kommen Sie ruhig so lange herein.«

»Nein, ich warte hier.« Der Hund hechelte verdächtig. Hastig lief Luise in die Küche und brachte eine Emailschüssel mit Wasser. Kaum hatte Schorschi getrunken, wandte sich die Frau zum Gehen.

»Mein Laden ist neu eröffnet, so treten Sie doch näher. Ich habe ein großes Warenangebot, es lohnt sich hereinzuschauen.«

Die Frau schüttelte den Kopf.

»Wie wäre es mit einem Stück Ziegenkäse für Sie und einer Scheibe Wurst für Ihren Hund?«

»Ich mag keinen Käse, und der Schorschi verträgt nur Kalbsleberwurst, die hol ich seit Jahren beim Spindler, der macht die beste.« Da musste Luise ihr recht geben, die Metzgerei am Tutzinger Hofplatz war erstklassig. »Vielleicht ein anderes Mal, ich hab's eilig.«

»Moment, ich habe noch etwas für Sie.« Luise lief zur Theke und kam mit dem Tablett zurück.

»Oh, danke.« Schon verschwand eine Praline im Mund der Frau, und dann trippelten sie davon. Dame und Hund. Zurück blieb die Wasserschüssel. Luise wollte den Rest ausleeren, dann besann sie sich und schob sie neben die Rampe. Sie würde Marie um ein weiteres Schild bitten, und Hans sollte ihr einen Haken für Hundeleinen an der Hauswand anbringen. Vielleicht würde ein Tränkplatz für Schorschis in allen Größen deren Frauchen oder Herrchen in den Laden locken. Als sie diese Idee in ihr inzwischen fast volles Heft schreiben wollte, fand sie es nicht. Sie suchte überall, wohin hatte sie es vor lauter Räumen und Putzen nur verlegt? Gestern Abend war sogar der Fotograf vom *Land- und Seeboten* erschienen und hatte ein paar Aufnahmen von ihr gemacht.

»Nicht so statisch, Frau Dahlmann«, sagte er, als sie sich in ihrem neuen weißen Kittel und der frischgebügelten bunten Bluse hinter der Theke aufstellte und in die Kamera schaute. »Tun Sie etwas, bewegen Sie sich, zeigen Sie, was Sie vorhaben.« Luise deutete auf die Waage und die Registrierkasse, doch er wirkte weiterhin unzufrieden. »Nein, so geht das nicht. Ihr Laden ist doch modern, das sollten wir auch im Bild zeigen. Wie wäre es mit einer Außenaufnahme vorm Schaufenster?« Trotz der Lederpantoletten mit Absatz, in denen ihre Waden gut zur Geltung kamen, stieg sie draußen auf die Trittleiter. Eine wackelige Angelegenheit. »Und jetzt bitte leicht zu mir drehen«, forderte der Fotograf sie auf. Sie tat wie geheißen, balancierte mit Pinsel und Farbdose, als würde sie gerade *Schweinsöhrchen, 1 St. 30 Pf.* auf die Scheibe schreiben. Dabei hatte Marie das bereits gestern erledigt. »Und jetzt lächeln, Frau Dahlmann. Na endlich.«

Sie suchte weiter nach ihrem Notizheft, schaute in allen Schubfächern und unter der Theke nach. Als sie sich wieder erhob, nahm sie vor dem Fenster eine Bewegung wahr. Wieder ging sie hinaus, entdeckte aber niemanden. Dabei war das Wetter perfekt. Nicht zu warm und nicht zu kalt für einen Einkauf, und es regnete auch nicht. Als sie kehrtmachte, hörte sie Geschnatter. Ein Entenpaar tummelte sich um den Wassernapf. Der Erpel mit den schillernd grünen Federn schöpfte mit dem Schnabel Wasser, und dann hüpfte die Entendame in die Blechschüssel und badete darin. Wenigstens die Tränke war ein Erfolg. Luise sah auf die Uhr. Bald war die erste Stunde vorbei und immer noch kein Kunde in Sicht. Vielleicht sollte sie Kaffee aufsetzen und die Tür auflassen, damit der Duft jemanden hereinlockte? Kaum war sie in der Küche, ging alles sehr schnell. Es schellte, sie lief nach vorne. Ein baumlanger Kerl hatte die Tür mit dem Rücken aufgedrückt. Als er sich umdrehte, stieß er noch mal an die Glocke.

»Haben Sie blutstillende Watte?« Er keuchte, hielt eine Hand an die Brust gepresst und stützte sie mit dem anderen Arm.

»Sind Sie verletzt?«

Er nickte. Sie lief um die Theke. »Watte habe ich keine, aber einen Druckverband könnte ich Ihnen machen, zeigen Sie mal her.« Hoffentlich tropfte er nicht auf die Ware, in Gedanken notierte sie »Watte« unter »Hundetränke«. Langsam streckte der Mann die Hand vor und verzog das Gesicht.

»Wo genau haben Sie sich denn verletzt?« Luise drehte das Licht an und nahm die Hand in Augenschein, konnte aber nichts erkennen.

»Da!« Vorsichtig bewegte er den kleinen Finger und zischte durch die zusammengebissenen Zähne.

»Ich sehe immer noch nichts.«

»Na, hier.« Er zeigte auf einen Einstich in Stecknadelgröße auf der Fingerkuppe, aus dem auf seinen Druck hin ein Blutstropfen quoll. »Ich habe mich an einer Heckenrose gestochen, als ich an Ihrem Zaun entlanggestreift bin.«

»Ein Pflaster und etwas Schwedenbitter wird helfen.«

Er nickte. Doch dann fiel ihr ein, dass Martin ihr das Gebräu, das er nach dem aufwendigen Rezept ihres Vaters ansetzte und das alle möglichen Beschwerden linderte, erst noch liefern wollte. »Hundetränke – Watte – Schwedenbitter«, die Liste wurde länger und länger, jetzt musste nur noch das vermaledeite Notizbuch wieder auftauchen. »Schwedenbitter habe ich leider doch noch keinen, dafür etwas Jod?«

»Ach so, ich dachte, das ist ein Schnaps zum Trinken, davon hätt ich nämlich gerne einen.« Er stützte sich auf die Theke, während sie ihn verarztete und ihm einen Obstler eingoss. »Was macht das?«

»Nichts, das war gratis.«

»Oh, danke sehr. Und die Pralinen, wie viel kosten die?« Er leckte sich die Lippen.

»Da dürfen Sie sich auch eine umsonst nehmen …«, angesichts seiner Größe und seiner Tapferkeit ergänzte sie: »Oder von mir aus auch zwei.«

HELGA

Jede freie Minute verbrachten sie und Jack gemeinsam. Und wenn er sie verließ, war sie gewiss, dass er wiederkommen würde und sie ihn aufs Neue kennenlernte. All ihren Prinzipien zum Trotz hatte sie sich in ihn verliebt. Bald schmiedeten sie Pläne für ein gemeinsames Leben, ob in Deutschland oder Amerika, würde sich zeigen. Hauptsache, sie blieben zusammen.

Auf jeden Fall wollte Jack nach seiner Entlassung aus der Air Force nicht mehr ins Bergwerk zurück, hatte er ihr versichert, lieber lernte er doch noch Gitarre und Schlagzeug und tingelte mit einem Wohnwagen durch die Städte. »Ich will nicht warten so lange wie meine Freund Old Pete.«

Helga lag in Jacks Arm auf ihrem Handtuch, das viel zu klein war. Überall pikste der Untergrund. Gleich nach Dienstschluss hatten sie sich am Ostufer des Sees getroffen, wo es viele geheime Badeplätze gab. Nach einem langen und zärtlichen Bad – das Wasser hatte laut der Kreideziffern auf einer Tretboot-Werbetafel fünfundzwanzig Grad – ließen sie sich nun in der Sonne trocknen. »Wieso, was war mit Old Pete?«

»An meine letzten Abend vor Einsatz nach Deutschland, da hat er gefeiert sein Comeback. Ich nicht weiß, wie heißt auf Deutsch?«

»Rückkehr, aber Comeback klingt schöner.« Und Jack erzählte ihr in seinem gebrochenen Deutsch von diesem Old Pete, und wenn er stockte, dann sprach er auf Englisch weiter.

Helga reimte es sich so zusammen, dass der alte Mann in seiner Jugend in einer Band gesungen hatte, aber dann mit Jack unter Tage schuftete. Weil nun sein bester Kumpel in den Krieg ziehen musste, setzte er noch mal seinen Cowboyhut auf und zog seine Fransenjacke an, die ihm längst zu klein geworden war. Sie spannte an den Armen und am Bauch, aber das *didn't matter*, war egal. Seine Stimme, als er zu singen anfing, kam tief aus seinem Innern, so tief, als müsste er sie eigens heraufbefördern. »Es nicht war really good, es machte Schmerzen in die Ohren, aber Pete einfach weiter gemacht, es war fantastic. Dann er ist gestorben.«

»Wie?« Sie musste sich verhört haben. »Er ist gestorben?«

»Yes, he died on the stage … can you believe that, aber sein voice ist geblieben.« Helga stellte sich vor, wie sich im Moment des Herzstillstands die Stimme aus ihm löste. Als sein Körper zu Boden sank, schwebte sie noch über den Gästen, bis sie sich mit den anderen Tönen, Stimmen und Geräuschen vermischte.

»Was du machen später in Beruf?«, fragte Jack unvermittelt.

»Eigentlich will ich Medizin studieren und Ärztin werden. Doch ich weiß nicht, ob ich das schaffe.«

»Why not? Dream a dream and make it come true.« Ein Poet war er auch noch, ihr Liebster!

Mitte August sagte ihr Jack, dass er eine paar Tage durcharbeiten müsse, sie solle sich keine Sorgen machen, wenn er sich nicht meldete. Es gebe einen neuen Einsatz in »Fursty«, wie die Air Force den Fürstenfeldbrucker Flugplatz nannte. Genaueres dürfe er ihr nicht verraten. Als Entschädigung versprach er ihr für das kommende Wochenende einen Rundflug mit einer Propellermaschine über dem See. Hibbelig vor Freude erwartete sie ihn. Helga würde zum ersten Mal fliegen und die

Welt von oben betrachten. Doch Jack tauchte weder am Samstag noch am Sonntag auf und ließ ihr auch keine Nachricht zukommen. War er krank geworden, oder hatte sein geheimer Einsatz länger gedauert? Bangend wartete sie bis zum Mittwoch, dann radelte sie zu einer Telefonzelle, suchte im Telefonbuch nach der Nummer des amerikanischen Stützpunktes in Fürstenfeldbruck und wurde zur Hauptwache durchgestellt.

Dort verweigerte man ihr die Auskunft. Als sie behauptete, die Verlobte von Jack Miller zu sein, lachte der Leutnant, mit dem man sie verbunden hatte, sie aus. »Miller? Jack? Davon gibt es einige in der U. S. Army, und die meisten haben Deutschland bereits verlassen. Ihr Dienst am deutschen Volk und auch am deutschen *Fraulein* ist beendet.« Er legte auf.

Erst wollte sie nicht wahrhaben, dass Jack wirklich für immer weg war. Mehrmals täglich lief sie zur Pforte, hoffte wenigstens auf eine kurze Mitteilung von ihm. Bei den Kolleginnen fragte sie so oft nach, ob jemand für sie angerufen habe, dass die nur noch die Augen verdrehten.

Silvia wusste keinen Rat, als Helga sich ihr anvertraute, und umarmte die Schluchzende einfach, was besser als jeder Rat war, und rieb ihr den Rücken.

»Wollen wir an unserem nächsten freien Nachmittag zusammen in die Eisdiele und uns den Bauch mit allen Sorten, die es gibt, vollschlagen?«

»Von mir aus.« Helga war alles recht. Ob Eisdiele oder sonst was, Hauptsache, etwas brachte das Gedankenkarussell zum Stillstand. Immer wieder ging sie die letzten Treffen mit Jack durch. Hatte sie etwas falsch gemacht? Etwas Falsches gesagt? Oder war sie tatsächlich auf ihn reingefallen? War alles nur eine Täuschung gewesen, *fake*, wie Jack es nennen würde? Sie stürzte sich in die Arbeit, übernahm Sonderschichten. Trotzig klammerte sie sich an ihren Traum, eines Tages Ärztin werden.

Im Herbst begann der Berufsschulunterricht, der eine Abwechslung zur körperlich anstrengenden Arbeit in der Klinik war, sie aber in anderer Weise forderte. Bald darauf büffelte sie zusammen mit Silvia für die erste Schulaufgabe in Anatomie den Bewegungsapparat. Sie wusste nicht, wie sie die bevorstehende Prüfung nach dem vor Angst verpatzten Abitur überstehen sollte. Allein wenn sie daran dachte, brach ihr der Schweiß aus. Dennoch stürzte sie sich in die Lernerei, in der Hoffnung, dass sie das ablenkte. Trotzdem gab es noch endlos lange Abende, schlaflose Nächte und zähe Morgenstunden, in denen sie grübelte und sich zerfleischte. Jack hatte seinen Plattenspieler und die Schallplattensammlung bei ihr vergessen. Sie vergrub alles so weit hinten wie möglich in ihrem Schrank, drapierte ihre Sachen davor. Doch vom Bett aus und wenn die Schranktür geschlossen war, hörte sie seine Musik, in diesem Zimmer hingen Jacks Songs noch in der Luft.

Anfang September feierte Ingrid ihren Dreißigsten in der Küche des Schwesternwohnheims. Helga war keine passende Ausrede eingefallen, und so gratulierte sie ihr mit einer Flasche Sekt.

»Sieht man dich auch mal wieder ohne Begleitung?« Helga ging nicht darauf ein. Ingrid hatte sich nicht lumpen lassen und ein richtiges Büfett spendiert. Die anderen schlemmten, aber Helga hatte kaum Appetit. Vor der Anatomieprüfung hatte sie sich dermaßen reingesteigert, dass sie auf dem Weg in die Berufsschule mehrmals anhalten und vom Rad absteigen musste, um sich zu übergeben. Beim Schreiben war ihr der Füller fast aus der Hand geglitten, ihr Herz raste, und dass sie den Kiefer total angespannt hatte, merkte sie noch Tage später. Wider Erwarten bekam sie eine Zwei. Eine Zwei! Dieser Erfolg verlieh ihr Auftrieb. Sie begriff nun, dass die Medizin genau ihr Gebiet war. Wenn sie sich reinhängte, brauchte sie sich keine Sorgen zu machen, dass sie den Stoff im Ernstfall nicht abrufen konnte. Er war ihr in Fleisch und Blut übergegangen. Jetzt wusste sie auch, wie sie ihre Prüfungsangst besiegen konnte: Sie musste durch die Angst hindurch und auf ihr Wissen und Können setzen. Im Grunde musste sie einfach auf sich selbst vertrauen. Beim Auflisten der zweiundzwanzig Schädelknochen des Menschen – Hinterhauptbein, Schläfenbein, Jochbein – hatte sie sich vorgestellt, dass auch ihre Angst ein Knöchelchen wäre und zu ihr gehörte wie die winzigen Dinger im Innenohr. Doch trotz überstandener Prüfung legte sich die Übelkeit leider nicht, inzwischen genügte schon der Gedanke ans Essen, und ihr wurde schlecht. Darum setzte sie sich lieber neben das Radio über der Spüle und suchte nach Tanzmusik.

»Warum holst du nicht deinen Plattenspieler?«, fragte Conni, »Silvia sagt, du hast einen.«

Helga blickte zu ihrer Freundin, die rot angelaufen war. »Ich habe ihnen aber sonst nichts erzählt, ehrlich«, sagte Silvia schnell.

»Was gibt's denn? Ihr verheimlicht uns doch etwas? Kommt schon, heraus mit der Sprache«, foppte Conni sie.

»Na gut, ich hole den Plattenspieler. Aber wenn uns die Oberschwester erwischt, beschlagnahmt sie ihn noch.« Der Plattenspieler war das Einzige, was ihr von ihm geblieben war.

»Ach, die alte Griesgrämerin, die soll doch mit ihren Gartenzwergen tanzen.« Conni schnappte sich ein Stück Camembert und hängte sich ein paar der kleinen Brezen vom Büfett über den Zeigefinger.

»Schwester Beate mag Gartenzwerge?« Helga horchte auf.

»Mögen ist stark untertrieben, sie ist besessen von den Dingern. Frag sie bloß nicht danach, sie quasselt dir sonst noch einen Kropf an den Hals von dem Märchenwald, den sie mal in ihrem Schrebergarten in Obermenzing hatte.«

»Wieso, wo ist der hin?«

»Die ganze Anlage wurde bei einem Bombenabwurf zerstört. Jetzt muss sie von neuem mit dem Sammeln anfangen und spart sich jeden einzelnen Zwerg vom Mund ab.« Conni strich über den Speckwulst, der ihr über den Rockbund quoll. »Puh, bin ich voll. Ich platze gleich. Bei der Lauferei den ganzen Tag müsste ich eigentlich gertenschlank sein, aber Pustekuchen. Dabei war ich früher die reinste Sportskanone, ein Ass in Völkerball.«

»Du?« Ingrid lachte und schenkte sich Sekt nach.

»Ja, ob du's glaubst oder nicht. Zu gern würde ich wieder ein bisschen Sport machen, wenigstens einmal in der Woche.«

»Du hast recht, das täte uns allen gut.« Ingrid nickte. »Es gibt doch in Starnberg bestimmt einen Turnverein.«

»Du meinst, wie ein Mehlsack an den Ringen hängen oder an einem Bock kleben? Oder gar Übungen mit einem Medizinball, nein, dazu kann ich mich abends nicht mehr aufraffen. Es müsste etwas mit Pepp sein.« Conni warf sich ein Hackbällchen in den Mund.

»Ich habe mal Rhönrad geturnt, mit fünfzehn, sogar auf Turnieren«, sagte Ingrid. »Mensch, das ist mein halbes Leben her, Prost!« Sie stießen mit ihr an. »Was ist mit euch, Silvia und Helga? Wie steht's mit eurer sportlichen Laufbahn? Beim BDM musste doch jede irgendetwas machen. Wo wart ihr dabei?«

Silvia zuckte mit den Schultern. »Ich war nicht beim BDM.«

»Stimmt, ich vergesse ständig, wie jung du noch bist, sei

froh, so ist dir dieser Drill erspart geblieben.« Helga sagte nichts, stand auf und wollte gehen. »Hey, was ist los, wo willst du hin?« Ingrid versuchte sie aufzuhalten.

»Die Schallplatten holen, das wolltest du doch. Und wenn ihr Lust habt, könnten wir zu der Musik ein bisschen turnen?«

»Mit vollem Bauch?« Conni und Ingrid sahen sich an.

»Warum denn nicht, dann passt wieder was rein.«

Und es funktionierte. Jacks Musik, sosehr sie Helga auch das Herz versengte, riss jede noch so träge Kollegin vom Stuhl. Sie tanzten, stöhnten und kicherten um die Wette bei allen möglichen Verrenkungen, die Helga vorschlug. Das müssten sie unbedingt wieder tun, war die einhellige Meinung. Also überlegte sich Helga für das nächste Mal sogar ein kleines Programm. Endlich hatte sie auch für außerhalb der Arbeit etwas gefunden, was sie ablenkte. Konnte sie dennoch nicht einschlafen, sagte sie nun den Aufbau und die Funktion der Muskelgruppen auf, oder sie rief sich Turnübungen aus ihrer Schulzeit in Erinnerung. Die Gymnastik half ihr auch gegen die Übelkeit. Oft dachte sie dabei an ihre Schwester, für die Ballett ihr Leben gewesen war. Anstelle von klassischen Dehnübungen wollte Helga lieber etwas mit Schwung machen, im flotten Rhythmus moderner Musik, was den Körper richtig ins Schwitzen brachte und ihren Geist abstellte.

Leider verflogen die guten Vorsätze der Kolleginnen nur allzu rasch, nach dem anstrengenden Dienst bevorzugten sie das Nichtstun. Bloß Silvia hielt ihr die Treue, vielleicht auch, weil ihr gar nichts anderes übrigblieb, wenn Helga in ihrem gemeinsamen Zimmer trainierte.

»Du könntest doch Zettel aushängen und einen Turnkurs in Starnberg anbieten«, schlug Silvia vor, als sie nach dem dritten Versuch, einen Liegestütz hinzukriegen, erschöpft auf dem

Boden zusammenbrach. »Und ein kleiner Nebenverdienst ist es auch.« Auch wenn Silvia sie wahrscheinlich bloß aus dem Zimmer haben wollte – der Vorschlag gefiel Helga. Vielleicht könnte sie Mütter aus der Klinik gewinnen. Einen Versuch war es wert. Jetzt musste sie bloß noch einen Raum finden, wo das Ganze stattfinden konnte. Sie fragte ein bisschen herum, und eine Patientin schlug den Pfarrsaal vor. Pfarrer Zuckermüller, ein kahlköpfiger, fülliger Herr mit verschmitztem Lächeln, den sie von einigen Krankenbesuchen und Nottaufen kannte, fand Gefallen an ihrer Idee.

»Jegliche Art von Bewegung gehört unterstützt. Als Student war ich Leistungsschwimmer.« Er strich sich über den Kugelbauch in der Soutane.

Voller Zuversicht radelte Helga Mitte September durch Starnberg und hängte Zettel auf, damit der Kurs *Trimmen und Swingen* schon am folgenden Mittwoch beginnen konnte. Sie fragte auch in einigen Geschäften nach und kam mit einer Ladenbesitzerin in der Ludwigstraße ins Gespräch, die ihren Feinkost- und Gemischtwarenladen erst kürzlich eröffnet hatte.

»Am besten, wir hängen Ihre Ankündigung gleich ins Schaufenster, so kann sie jeder sehen.« Schon holte sie Klebestreifen. »Wäre dieser Turnkurs eigentlich auch etwas für mich?«

2. Teil

Fünf Monate später
1954

Womit kann ich Ihnen dienen, meine Dame / mein Herr? =
Anrede bei Neukunden.

Merke: Was darf's sein, sagt man allgemein zu jedem Kunden. Mit ›was darf's denn heute sein‹, betont man, dass man sich freut, die Stammkundin wiederzusehen.

Kundengespräch vom Dienstag, 02. Februar 1954:
Ich: Guten Morgen, Fräulein Wellano, was darf's denn heute sein?
Rosa Wellano: Es ist so ... (sie druckst herum) ... seit letzter Woche bin ich Selbstwählerin.
Ich: Herzlichen Glückwunsch, dann haben Sie nun ein eigenes Telefon im Haus?
Rosa Wellano: Ja, und jetzt will ich ausprobieren, ob es auch funktioniert. Darf ich? (Sie geht zum Telefon im Laden.)
Ich: Bitte sehr, gern. (Nach einer Weile.) Und?
Rosa Wellano: Das Freizeichen kommt. Tut, tut, gell? Aber sonst passiert nichts.
Ich: Ja, ist denn jemand zuhause bei Ihnen, der abheben könnte?
Rosa Wellano: Nur der Wastl, aber der bellt bloß. (Enttäuscht legt sie auf.)
Ich: Ja, was machen wir denn da? Wie wär's, wenn Sie wieder nach Hause gehen, und ich rufe Sie von hier aus an?
Rosa Wellano: Das würden Sie tun, Frau Dahlmann? (Sie strahlt.) So in fünfzehn Minuten? Je nachdem, wie ich bei diesem Schnee durchkomme. Ich wohne am Almeidaberg. Ich beeil mich auch. (Sie schreibt mir die Nummer auf und geht.)
Nach der vereinbarten Zeit rufe ich an, es klickt in der Leitung: Fräulein Wellano? Hallo? (Ich höre jemanden atmen, aber keiner spricht.) Hallo, Fräulein Wellano, sind Sie dran? Ich bin's, Luise Dahlmann. (Ein Hund bellt.) Wastl? Hallo? (Ich warte noch eine Minute, dann lege ich auf.)

Fräulein Wellano kommt wieder in den Laden zurück. »Wunderbar, Frau Dahlmann, es klappt, vielen Dank. Was macht das?«
Ich: Dann waren Sie das eben am Apparat? Warum haben Sie denn nichts gesagt?
Rosa Wellano: Ach so, hätt ich das müssen? Das wusste ich nicht, und auf die Schnelle wäre mir bestimmt nichts eingefallen. Da muss ich wohl noch ein bisschen üben. Was sagt man denn da für gewöhnlich so, Frau Dahlmann?

Aus: Luises Ladenkunde-Album

LUISE

Seit Stunden lag sie wach, hörte ihren Mann neben sich schnarchen und grübelte. Sie war unzufrieden mit sich und mit dem Laden. Es war Anfang Februar und von der Frist, die Hans ihr im Juli gesetzt hatte, schon mehr als die Hälfte verstrichen. Trotz aller Bemühungen kam der Verkauf nur schleppend in Gang. Dabei strengte sie sich wirklich an, überlegte sich ständig neue Aktionen und Angebote und blieb vor allem ihrem Grundsatz treu, jeden, der hereinkam, wie den wichtigsten Kunden des Tages zu behandeln, selbst wenn jemand nach Ladenschluss noch klopfte. Trotzdem tätigte kaum jemand seinen gesamten Einkauf bei ihr. Sollte sie es vielleicht doch wie die Marktschreier versuchen und ihre Waren lauthals vor der Tür anpreisen wie auf dem Viktualienmarkt? Dabei stand Luise von acht bis zwölf Uhr und dann von fünfzehn bis achtzehn Uhr hinter der Theke und bediente. In der Mittagspause verpackte sie Bestellungen, füllte die Regale auf oder backte Kuchen. Bis sie abends den Laden geputzt und alles für den nächsten Tag hergerichtet hatte, wurde es spät, und Hans und sie hatten unter der Woche kaum noch Zeit füreinander. Mittlerweile hielt sich seine Unterstützung in Grenzen. Mehr und mehr zog er sich zurück, verbrachte seine Freizeit lieber auf dem Fußballplatz oder in der Turnhalle, wo die Starnberger Mannschaft im Winter trainierte. Oder er saß in der Werkstatt hinterm Haus, nahm Geräte auseinander und setzte sie wieder zusammen. Mitunter trug das sogar zum Geschäft bei, wenn er zum Beispiel einer Kundin das Fahrrad reparierte und sie ihm danach auch noch ihren elektrischen Mixer brachte. Manche Reparaturen erledigte er samstags sofort, und in der kurzen Wartezeit kaufte die Frau meist etwas ein oder sah sich zumindest im Laden um. Trotzdem vermeldete das Kassenbuch selten ein Plus. Bei Dahlmanns durfte man anschreiben, und das tat fast jeder. So rannte Luise am Monatsende auch noch dem Geld hinterher. Egal wie sie es drehte und wendete, der Laden lief einfach nicht so, wie sie sich das erhofft hatte. Plötzlich war es neben ihr still geworden. Hans blinzelte sie an.

»Bist du schon wach?«, fragte sie.

»Mmh«, war die Antwort.

Sie legte los, redete sich alles von der Seele, was sich die letzten Stunden in ihrem Gedankenkarussell gedreht hatte. Ab und zu schaute sie zu ihm und versicherte sich, dass Hans nicht wieder eingeschlafen war, was er gerne mal tat. Ihr Redeschwall hatte anscheinend etwas Entspannendes, egal wie existenziell es für sie selbst war. Als er die Augen schloss, stupste sie ihn an. »Hast du mir zugehört?«

Er brummte ein Ja, drehte sich auf den Rücken und verschränkte die Arme.

»Wir haben nach wie vor keine Stammkunden.« Luise seufzte. »Langsam weiß ich nicht weiter.« Er schwieg immer noch. »Und du, was denkst du?«

»Ich überlege noch.«

»Ich weiß genau, was du überlegst.«

»Ach, ja?«

»Sag ruhig, dass du das alles vorher gewusst hast, es ist eh schon egal.«

Er wandte sich ihr zu, stützte den Arm auf und sah sie an,

blickte an ihr vorbei zum Nachtkästchen, auf dem der Wecker tickte. In zwanzig Minuten würde er schrillen, und dann ging alles von vorne los. Weiterschuften, auch wenn es sinnlos war. Am besten sie stand gar nicht erst auf.

»Ach, Luiserl.« Er strich ihr übers Gesicht und den Schmollmund. »Warum bist du nicht einfach stolz?«

»Worauf, bitte schön? Dass ich mir etwas in den Kopf gesetzt habe, das nicht funktioniert und nur Unkosten verursacht?«

»Auf dich und das, was du schon erreicht hast. Ich bin jedenfalls sehr stolz auf dich.«

»Pfff. Von wegen, erreicht. Ständig muss ich die paar Leute erinnern, ihre Schulden zu bezahlen.«

Er beugte sich über sie, hangelte sich bis zu ihrem Nachtkästchen und griff zum Ladenkunde-Album, in dem sie das letzte halbe Jahr dokumentiert hatte. Als er sich wieder auf den Rücken drehte, spürte sie kurz seine Lippen auf ihrem Mund. »Übrigens: Guten Morgen erst mal.«

»Was hast du vor?« Luise rutschte zu ihm, legte sich in seine Armbeuge.

»Wollen wir doch mal sehen, ob du wirklich nichts erreicht hast.« Er schlug das Album auf. Anfangs hatte sie alles in ein einziges Heft geschrieben, als das voll war, mit einem neuen begonnen. Bald blickte sie nicht mehr durch, weil die Bestellungen zwischen Anekdoten aus dem Ladenalltag verschüttgingen oder sie eine Idee für die Schaufenstergestaltung nicht wiederfinden konnte. Sie brauchte ein System für die Hefte, in die sie auch die Notizzettel und Zeitungsausschnitte einklebte, die überall herumflatterten, wenn sie sie nicht gleich zur Hand hatte. Ein Heft für Einfälle, ein zweites für Einkaufslisten, ein drittes mit einem Kalender, in dem sie ihre

Aktionen festhielt, ein viertes für Verbesserungsvorschläge. Das fünfte war für die Kundengeschichten. *Hören und überhören*, blieb ihr Motto, wenn die Leute etwas Persönliches erzählten. Damit sie es nach Feierabend aus dem Kopf kriegte und nicht in der Nacht die Probleme anderer wälzte, setzte sie sich jeden Abend nach der Abrechnung noch kurz an die Theke, notierte nicht nur Bestellungen, sondern schrieb auch die besonderen Begebenheiten auf, wie Fräulein Wellanos Selbstwählversuch. Diese Anekdoten lockerte sie mit Fotos auf, die Hans hin und wieder mit seiner Isolette-Kamera gemacht hatte, bei der man das Objektiv auffalten konnte. Manche Bilder waren sogar vergilbt, weil es dauerte, bis der Agfa-Film voll war, und sie oft vergaßen, ihn zum Entwickeln zu bringen.

Jedenfalls entstand auf diese Weise mit der Zeit eine kleine Sammlung aus »Dahlmann-Episoden«. Heft um Heft hatte sich gefüllt, und bald stand Luise vor einem ähnlichen Problem wie zu Beginn mit den vielen Zetteln, da sich die schwarzen Hefte mit dem weißen Etikett kaum voneinander unterschieden. Ständig verlegte sie eines oder musste erst das richtige unter den anderen suchen. Wie an der Ladeneröffnung, als sie das Heft aus Versehen bei den Schreibwaren mit einsortiert hatte und erst fand, als die kleine Magdalena ein liniertes für die Schule verlangte. Darum suchte Luise nach einer Möglichkeit, die Hefte zusammenzubinden. Ihr fiel das grüne Lederalbum ein, das sie letzten Sommer zusammen mit dem merkwürdigen Foto in der Werkstatt entdeckt hatte. Sie holte es aus der Kommodenschublade im Schlafzimmer. Es hatte einen umnähten Rand, war nur minimal größer als die Schulhefte und gab eine perfekte Hülle ab. Die Kratzer und ein paar Flecken störten nicht weiter, im Gegenteil, sie verliehen die richtige Patina. Sie zog einen roten Einweckgummi um das Album, um es zusammenzuhalten. Perfekt. »Ladenkunde« nannte sie ihre Sammlung, in Anlehnung an ihre Warenkunde aus der Hauswirtschaftsschule. Gleich vorne hatte sie das Zeitungsfoto von der Eröffnung eingefügt.

Hans grinste, als er das Foto betrachtete. »Sieht aus, als ob du schwebst.« Es stimmte, auf den ersten Blick sah man nicht, dass ihr linkes Bein auf dem Vorsprung stand und nicht in der Luft. »Ihr Frauen. Wie könnt ihr nur mit solchen Schlappen auf einer wackeligen Trittleiter balancieren? Du hättest dir sonst was brechen können.«

»Habe ich aber nicht. Allerdings hättest du längst dafür sorgen können, dass die Leiter nicht mehr wackelt. Denk doch nur an Marie, die sich jede Woche draufstellt, um das Schaufenster zu beschriften. Übrigens sind das keine Schlappen. Das sind Löw-Qualitätspantoletten.« Die hatte sich Luise eigens zur Eröffnung gekauft. Inzwischen waren sie schon leicht abgetreten. Neben dem Foto von der Eröffnung hatte sie die Anzeigen vom *Merkur*, der *Süddeutschen* und dem *Land- und Seeboten* eingeklebt, die sie, ohne Kosten zu scheuen, vor Weihnachten geschaltet hatte. Auf der nächsten Seite den Hinweis auf den Turnkurs. *Fröhlich Swingen und Trimmen mit Helga.* Als die Krankenschwester Luise letzten Herbst gefragt hatte, ob sie den Zettel bei ihr aufhängen dürfe, waren sie gleich so nett ins Gespräch gekommen, dass Luise sich auf der Stelle angemeldet hatte. Seither turnten sie jeden Mittwochabend in ihrem Laden.

»Was hatte Zuckermüller damals eigentlich gegen eure Turnerei?«, fragte Hans.

»Angeblich ist er vom Pfarrgemeinderat umgestimmt worden. Wir glauben, dass unsere Nachbarin, die Frau Doktor, dahintersteckt. Im Pfarrgemeinderat gilt sie als besonders strenge Sittenwächterin.«

»Die von Thaler?«

Luise nickte. »Erinnerst du dich noch an den morschen Korbstuhl, den du letzten Herbst zu Kleinholz hacken wolltest?«

»Das habe ich doch auch, der war völlig hinüber.«

»An dem Abend, als wir aus dem Pfarrsaal geworfen wurden und dann das erste Mal im Laden turnten, ist die Thalersche auf diesen Stuhl gestiegen, wohl, um uns zu beobachten. Prompt ist sie eingekracht.«

»Echt? Wer andern eine Grube gräbt …«

Luise lachte. »Schade, dass du nicht mit deiner Isolette zur Stelle warst. Dieses Bild hätte ich zu gern in meinem Album.« Sie würde es auch so nie vergessen. Zu dritt – Marie, Helga und sie – hatten sie die Frau Doktor herausgehievt. Sie klemmte in dem Korbstuhl fest. Obendrein blutete sie am Knie, zwar war es nur eine Schramme, sie weigerte sich aber partout, sich von Luise verarzten zu lassen, und humpelte lieber kleinlaut über die Straße davon. Seither wirkte sie noch unnahbarer, wenn sie ihren Sohn abholte, gezwungenermaßen, denn er war ständig bei ihnen. Luise blätterte bis zu dem Foto von Fritz, wie er Magdalena in der Kinderecke bediente, die sie extra eingerichtet hatte und wo auch die Schusterkinder ab und zu spielten. Ebenso gerne bastelte Fritz in der Werkstatt. Auf einem anderen Bild saß er in seinem Seifenkisten-Rennauto, das er mit Hans gebaut hatte. Luises Mann mochte den Jungen sehr. Auf diese Weise hatten sie ein Kind um sich, auch wenn sie selbst noch keine Eltern waren. Das dritte Foto zeigte Luise, wie sie bei der Eröffnung des Ladens das Pralinen-Tablett hielt und in die Kamera strahlte.

»Deine Pralinen waren eine Wucht«, sagte Hans.

»Das dachte ich anfangs auch. Als sich herumsprach, dass man bei uns für jeden Einkauf eine Praline gratis kriegt, kamen tatsächlich mehr Leute. Aber die meisten kauften nur eine Kleinigkeit. Ein paar fragten sogar, was am wenigsten kostet, nur um das Stückchen Schokolade geschenkt zu bekommen.«

»Biete doch noch mal etwas ähnlich Köstliches an«, schlug er vor, »kurz vor Fasching vielleicht kleine Krapfen? Du musst einfach noch etwas Geduld haben – mit den Leuten und vor allem mit dir selber.«

»Bist du eigentlich nicht sauer?« Vorsichtig tastete sich Luise an die quälende Angelegenheit heran.

»Natürlich, ich war sogar stocksauer, dass ich nur eine einzige Praline ergattert habe.«

»Nein, ich meine, du hast doch alles vorausgesagt, viel Arbeit, kaum Verdienst, keine Freizeit. Knapp die Hälfte von Mutters Geld habe ich schon investiert.«

»Halbzeit, das Spiel steht noch offen, und alles ist möglich«, kommentierte Hans, durch und durch Fußballer.

»Eigentlich wolltest du doch vermieten.«

»Das wollte ich auch, bei jeder Veränderung an Mutters Wohnung habe ich mir damals vorgestellt, wie wir alles wieder rückgängig machen können. Aber dann, als alles fertig war und du auf dem Pralinenbild so gestrahlt hast, habe ich das vergessen. Erst als mich der Aschenbrenner angesprochen hat, was jetzt mit der Wohnung wäre, ist mir eingefallen, dass ich ihm noch gar nicht abgesagt habe.«

Er blätterte ins nächste Heft, bis zum Kalender, der gespickt voll war. »Schau her, begreifst du jetzt, was du alles schon geschafft hast?«

»Falls du Schaffen im Sinn von Schuften meinst, vielleicht.« Allein die Adventsaktionen, Sonderangebote, Backnachmittage sprengten fast die Seite im Dezember. Vor lauter Umtriebigkeit im Laden hatte Luise ganz vergessen, ihre Wohnstube im ersten Stock zu schmücken, und glaubte schon, sie würden die Weihnachtsfeiertage in aller Kargheit verbringen. Abgesehen von den letzten Bockwürsten, die vom Angebot übrig geblieben waren. Doch Hans hatte sie überrascht. Luise blätterte bis zu dem eingeklebten Foto vor und strich darüber. Sie hätte ihn heute noch dafür küssen mögen, und das tat sie auch sofort. Heimlich hatte er einen Christbaum aufgestellt und ihn mit Schrauben, Muttern, Ventilen und ein paar Kabeln geschmückt. An der Spitze steckte eine Glühbirne anstelle eines Sterns, die auch noch leuchtete, sobald er sie andrehte. Dahinter stand als weitere Überraschung die Musiktruhe mit Schallplattenwechsler, die sie später im Flur zum Laden aufstellten, um tagsüber ihre Lieblingslieder hören zu können, und die sie auch für das Mittwochsturnen benutzten, damit Helga nicht jedes Mal auf dem Fahrrad ihren Plattenspieler mitbringen musste.

»Sieh doch nicht nur so bang nach vorn, Luiserl. Wenn du zurückblickst, kannst du wirklich stolz auf dich sein.«

»Du glaubst mehr an mich, als ich selbst.«

Der Wecker klingelte. Luise stellte ihn aus, wollte aufstehen und nach dem Hefeteig sehen, ob er über Nacht aufgegangen war.

»Ach, komm, noch zehn Minuten.« Hans zog sie ins Bett zurück.

Sie wusste, was er vorhatte, zögerte. »Ich muss die Rosinenschnecken vorbereiten, und um halb acht kommt der Großhändler.« Sie blickte aus dem Fenster. Es schneite in dicken

Flocken. »Würdest du bitte Schnee räumen und streuen, bevor du in die Arbeit fährst? Nicht dass noch jemand von unseren auserwählten Kunden stürzt.«

»Ja, ja, das mach ich alles, aber bitte, lies mir noch ein paar Kundengeschichten vor. Oder dachtest du etwa, für uns nehme ich mir nur zehn Minuten?«

Jetzt grinste sie ihn an, ließ sich wieder in seine Arme fallen. »Und übrigens, das Telefon im Laden, das wollte ich dir noch sagen. Das läuft auch nicht so, wie wir uns das erhofft haben.«

»Wieso, der Apparat ist doch nagelneu und die Leitung die gleiche wie zu unserem Privattelefon.«

»Nein, die Kunden nutzen es einfach nicht«, erklärte Luise. »Erst gestern, die Frau Riegler zum Beispiel. Ihre Tochter lebt doch in Ostberlin. Als sie reingekommen ist, dachte ich schon, sie will telefonieren. Ganz zielstrebig ist sie auf den Apparat zugegangen und hat sich in Henriettes Ohrensessel gesetzt, aber es waren noch zwei andere Damen da.«

»Na siehst du, von wegen der Laden läuft nicht. Gestern war ja der reinste Hochbetrieb.«

»Eine Packung Brühwürfel, drei Stück Marmorkuchen, ein Pfund Sauerkraut und zwei Fleischwurstkonserven, vier Mark achtzig, wenn du es genau wissen willst. Jedenfalls ist die Frau Riegler wieder aufgestanden und vor den Regalen hin- und hergegangen, als würde sie etwas Bestimmtes suchen. Als sie drankam, druckste sie herum und fragte mich nach Ananas in der Dose. Ausgerechnet die hatte ich vergessen aufzufüllen, und das Fach war leer. Also bin ich kurz in den Keller, um Nachschub zu holen. Und kaum war ich auf der Treppe, habe ich sie gehört.« Luise legte eine Pause ein.

»Ach ja? Jetzt mach es nicht so spannend.«

»Sie hat telefoniert, aber so leise, dass ich nichts verstanden habe.«

»Ist doch verständlich, sie wollte von niemandem belauscht werden. Die Lage in der Ostzone spitzt sich zu. Wer weiß, ob Deutschland jemals wiedervereinigt wird, bisher sind die Verhandlungen gescheitert. Vielleicht versucht sie, ihre Tochter noch in den Westen zu holen, bevor sie die Grenzen dicht machen.«

»Genau das ist das Problem.«

»Also hast du doch was gehört?«

»Nein, ich meine, dass die Leute nicht belauscht werden wollen, wenn sie telefonieren.« Kaum hatte sie es ausgesprochen, kam ihr der rettende Einfall. »Könntest du nicht den Apparat nach hinten verlegen, in den Flur? Wie wäre es mit der Garderobennische? Für unsere Mäntel und deinen Hut finde ich einen anderen Platz. Und die Ablage könnte man verlängern, damit so eine Art Abtrennung entsteht, dann würden sich die Leute weniger gestört fühlen. Sie müssten zwar im Stehen telefonieren, aber besser so als gar nicht.«

»Spitze, Luiserl.« Hans drückte sie fest an sich. »Das erledige ich noch heute Abend. Wenn ich sowieso ein Brett anschraube, könnte ich auch gleich eines unten quer an die Wand montieren, ein hübsches Kissen drauf, fertig ist die Sitzgelegenheit, und auch ein Fach für das Telefonbuch. Aber eine Frage hätte ich noch …«

»Ja?« Luise war hellauf begeistert.

»Was krieg ich dafür?«

Sie sah auf die Uhr. »Sieben Minuten, einverstanden?«

»Achteinhalb.« Er küsste sie.

Das Gespräch mit Hans hatte Luise wieder Auftrieb gegeben. Voller neuer Einfälle stimmte sie ihre mögliche Kundschaft auf die Faschingszeit ein, hängte Luftschlangen und Girlanden auf. Dann buk sie kleine Krapfen in heißem Fett aus, füllte sie mit Marmelade und glasierte sie mit Schokolade, Zitronenguss oder siebte einfach nur Puderzucker darüber. Als sie um Viertel vor acht die Ladentür aufsperrte, um noch zu lüften, blieb der erste Passant vor dem Eingang stehen.

»Mmh, hier riecht es ja wie in der Münchner Schmalznudel, guten Morgen, Frau Dahlmann.« Es war der Uhrmacher Ferdinand Bellarabi, der sein Geschäft in der Hauptstraße hatte. Ein feingliedriger Herr mit beginnender Halbglatze. »Was gibt's denn Feines heute?« Luise erklärte ihm, dass jeder, der etwas bei ihr einkaufte, einen Krapfen seiner Wahl erhielt. Da war er sofort dabei, verlangte eine Packung Pfeifentabak, den sie, Hans sei Dank, vorrätig hatte. Schon drängten die nächsten herein. Luise rannte bald zwischen Küche und Laden hin und her, um für Nachschub zu sorgen.

Am Abend hielt ihr Mann sein Versprechen und richtete die Telefonecke ein. Und Marie, die ein paar Tage später auftauchte, malte zwei Hinweisschilder, eines für die Ladentür *Hier diskret telefonieren* und eines mit Pfeil nach links hinten, das Luise an die Kasse stellte. Es funktionierte, deutlich mehr Kunden, auch welche, die Luise noch nie im Laden gesehen hatte, fragten nach dem Telefon und gingen schnurstracks nach hinten. Jetzt brauchte sie unbedingt noch ein paar Türschilder mit »Privat«, um die Neugierigen im Zaum zu halten, von denen sich schon zwei in die Küche gleich hinter dem Durchgang und einer ins Bad am Ende des Flurs verirrt hatten …

»Frau Dahlmann, was soll ich heute kochen?«, fragten immer mehr, so dass sie nicht nur Frau von Thaler mit einem ganzen Sonntagsmenü aushalf, sondern auch andere Kunden beriet. Anscheinend hatte es die Runde gemacht, dass Luise eine tolle Köchin war. Raffiniert schlug sie ihnen Rezepte vor, für die sie alle Zutaten im Angebot hatte. Und falls eine Kundin etwas verlangte, was nicht vorrätig war, nannte sie Alternativen. Aus Kartoffeln, die Hans in großen Mengen von Martin eingelagert hatte, konnte man nahezu alles herstellen, mit den richtigen Gewürzen auch falsche Leberwurst und sogar Kuchen. Luises Bruder überlegte schon, ob er den Anbau um ein Feld erweitern sollte, so groß war inzwischen die Nachfrage. Dass Not erfinderisch machte, hatte sie verinnerlicht. Leichte Küche in schweren Zeiten. Nur hatte »leicht« früher etwas ganz anderes bedeutet als heute. Im Krieg reduzierte oder ersetzte man Fett, weil es zu wenig oder gar keines gab. Genauso wie Zucker. Gebäck und Süßigkeiten zählten zu den Luxusartikeln, ähnlich wie Kaffee und Fleisch. Mollig galt seit Anfang der fünfziger Jahre immer noch als Zeichen des Wohlstands, und Luises Sonntags- und Mittwochskuchen verkauften sich nach wie vor. Zugleich fiel ihr auf, dass nicht nur sie selbst, sondern auch andere Frauen wieder stärker auf ihre Linie achteten. Die Hungerjahre schienen endgültig vorbei zu sein, jetzt hieß es, *FDH*, wie eine Frauenzeitschrift auf der Titelseite verkündete, um erst im Heft aufzulösen, dass das *friss die Hälfte* bedeutete. So manch eine Kundin kam mit herausgetrennten Diätseiten vorbei. Auch darauf hatte sich Luise eingestellt. Von ihr erfuhr man, wie man ein fürs Auge üppiges Mahl, das zugleich delikat schmeckte, so zubereitete, dass es trotzdem nicht auf den Hüften hängenblieb.

Beschwingt und voller Elan bereitete sie am Mittwoch für die nächste Turnstunde ein paar Leckerbissen vor. Der Großhändler hatte ihr an diesem Morgen nämlich schon erste Radieschen aus Südspanien angeboten. Ein Wunder, sie fragte sich, wie weit südlich dieses Spanien lag, wo doch in Bayern tiefster Winter herrschte. Der Schnee türmte sich noch immer auf den Bürgersteigen. Der Räumdienst kam kaum hinterher, und laut Wetterbericht sollte es auch über Fasching weiterschneien. Sie betupfte die Radieserl mit Brandstetters Ziegenfrischkäse anstelle von Mayonnaise, so dass sie wie winzige Fliegenpilze aussahen, und lockerte die Giftpilze mit ein paar harmlosen Champignons auf, die aus einer Zuchtanstalt in Großhadern stammten. Zuletzt garnierte sie alles mit Kräutern aus den Töpfen vom Fensterbrett. Gesunde Häppchen, die nicht ansetzten. Als sie abends kurz vor acht das Tablett in den Laden trug und zu den Gläsern stellte, die sie schon mit selbstgemachter zuckerfreier Limonade gefüllt hatte, kam Helga zur Tür herein und fiel in Ohnmacht. Erst glaubte Luise, sie hätte sich einfach nur zu sehr abgehetzt. Unter dem Mantel trug sie noch ihre Schwesterntracht und war anscheinend sofort nach dem Dienst hergeradelt. Bei dem Glatteis! »Kann ich ein Glas Wasser haben?«, fragte sie noch, verdrehte die Augen und kippte nach hinten, um ein Haar wäre sie mit dem Kopf gegen den Schrank geknallt. Luise holte rasch einen Stuhl und lagerte Helgas Beine hoch, hockte sich zu ihr, nahm ihren Kopf in die Arme und knöpfte den Schwesternkittel auf, der um die Mitte arg spannte. Dann klopfte sie ihr auf die Wangen, bis sie wieder zu sich kam.

Helga blinzelte und rappelte sich auf. »Danke, es geht schon wieder.« Luise gab ihr ein Glas Limonade und bot ihr auch ein paar von den Häppchen an.

»Puh, als Krankenschwester mit niedrigem Blutdruck sollte ich es eigentlich besser wissen und mehr auf mich achten. Mmh, lecker, was du da wieder gezaubert hast.«

»Sag mal, bist du schwanger?«, fragte Luise. Helgas Bauch im aufgeknöpften Kittel wölbte sich bereits unterhalb der Brust.

Helga nickte, schnappte sich noch ein paar Diät-Pilze und setzte sich in den Ohrensessel. »Lange wollte ich es selbst nicht wahrhaben. Schwanger, das sind die verheirateten Frauen in der Geburtsklinik, aber doch nicht ich. Wenn das herauskommt, werde ich gefeuert.«

»Das können sie nicht machen.«

»Doch, das können sie.«

»Und was willst du dann tun?«

»Weiß nicht, ich lass es darauf ankommen, bis zur Geburt im Mai versuche ich, es zu verbergen. Du bist die Erste, die es bemerkt hat.«

»Und der Vater des Kindes, ist das der, mit dem du im Undosa getanzt hast?« Luise war am Boden hocken geblieben und lehnte sich an die Theke.

»Woher weißt du das?«

»Ich war an diesem Abend mit Hans dort, das war der Tag, an dem wir beschlossen hatten, den Laden zu eröffnen. Ich habe euch gesehen, ihr seid das schönste Paar von allen gewesen.«

Helga seufzte. »Ja, Jack. Von ihm sind auch die Schallplatten. Ein Sammelalbum und ein Kind, das war wohl sein ganz persönliches Care-Paket für mich.« Sie erzählte Luise, dass er sang- und klanglos verschwunden war. »Und ich dachte, er ist der Mann fürs Leben.«

»Hast du schon bei seiner Dienststelle angerufen?«

»Hab ich, aber Jack Millers gibt es bei denen wie Sand am Meer.«

»Soll ich es mal versuchen? Bis letztes Jahr habe ich als Köchin für die Amerikaner gearbeitet, in einem Camp für *Displaced Persons*, vielleicht erhalte ich Auskunft.«

»*Displaced Persons*?«

»Heimatlose. In Feldafing waren das hauptsächlich Juden, die die KZs überlebt haben.«

»Jack ist auch Koch, hat er zumindest behauptet.« Das klang, als ob sie es anzweifelte.

»Na, das ist doch schon mal ein Anhaltspunkt, ich kann mich gerne für dich erkundigen.«

»Lieber nicht. Er wird seine Gründe haben. Ich habe mich damit abgefunden, dass ich allein zurechtkommen muss, besser gesagt, wir zwei.« Sie strich sich über ihren Bauch. Mittlerweile hatte sie wieder etwas Farbe im Gesicht. Ihr Gespräch wurde von den Frauen unterbrochen, die nacheinander mit dem Ladengebimmel die Turnstunde einläuteten. Unter Lachen und regem Austausch schälten sie sich aus ihrer Winterkleidung und kamen in Trimmklamotten zum Vorschein.

»Du gibst uns bitte nur noch Anweisungen und turnst selbst nicht mehr mit«, flüsterte Luise Helga zu, als diese sich im Flur umgezogen hatte und die Schallplatten in die Musiktruhe legte. Sie würde Helga beistehen und sie unterstützen, wo sie konnte. Luise schlüpfte mit den Füßen in die Waschlappen. *Yip yip way bop de boom ditty boom ditty*. Johnnie Ray erklang, und schon verlangten die Übungen vollste Aufmerksamkeit.

»Grüß Gott, Frau Doktor.« Mal sehen, was die Nachbarin diesmal will, dachte Luise ein paar Tage später, kurz nachdem sie den Laden aufgesperrt hatte. Neulich sollte sie sie erst für ein Festessen beraten, hatte es dann aber nicht nur für die gnädige Frau zusammengestellt, sondern auch gleich gekocht. Hans regte sich auf, als er davon erfuhr. Darum verschwieg Luise ihm gegenüber lieber, dass sie an ihrer Arbeit kaum etwas verdient hatte. Die Wachteln hatte ihr Martin organisiert. Er kannte einen Rentner, der das Kleinstgeflügel in seinem Schrebergarten hielt und froh um das Zubrot war. Luise hatte einfach nicht nein sagen können, auch dem kleinen Fritz zuliebe, der wegen des langersehnten Opa-und-Oma-Besuchs ganz aufgeregt gewesen war.

»Guten Morgen, Frau Dahlmann. Heute bräuchte ich Frühstückseier.«

»Vom Huhn?«

»Wieso, gibt es die auch noch von anderem Geflügel?«

»Na ja, ich war nicht sicher, weil Sie sie Frühstückseier nennen.«

Frau von Thaler runzelte die Stirn, dabei hatte Luise doch lupenreines Hochdeutsch geredet. »Wir hatten gestern Hochzeitstag, und jetzt will ich meinen Mann mit einem besonderen Frühstück überraschen, darum.«

Die Frau Doktor war überempfindlich, Luise musste aufpassen, was sie sagte. »Herzlichen Glückwunsch, wie viele Eier sollen es denn sein?« Sie ging zur Kühlung.

»Zwei Paar bitte. Und dann …« Sie schaute sich im Laden um, deutete auf die Orangen in der Säulenvitrine. »Ach, wissen Sie was, bereiten Sie mir bitte ein Frühstückstablett vor. Käse, Wurst, Marmelade und auch von Ihrem Gebäck. Nur vom Feinsten, versteht sich. Ich würde so lange telefonieren, wenn's recht ist.« Sie zeigte auf das Schild an der Kasse.

»Wieso … ich meine, wie lange sollen denn die Eier kochen?«

Fast hätte Luise gefragt, ob das Telefon der Frau Doktor kaputt war, aber gerade noch rechtzeitig besann sie sich. Wie sollte sie sonst jemals Einnahmen verbuchen.

»Ach so, ja natürlich. Für meinen Mann weich, für mich hart. Kochen Sie die, Frau Dahlmann, wenn ich fragen darf, in zwei Töpfen?«

»Äh, ich nehme die einen einfach früher heraus.« Luise unterdrückte ein Grinsen. Hoffentlich fragte sie jetzt nicht auch noch, welche »die einen« waren.

»Wo steht denn der Apparat genau?« Das musste ein dringender Anruf sein.

»Im Flur, gleich rechts, gegenüber der Treppe.« Luise zeigte es ihr. Kaum war sie in der Küche und setzte Wasser auf, hörte sie Annabel von Thaler sprechen. Sie ging noch mal in den Laden, um die Eier zu holen. Frau von Thaler legte sofort die Hand um die Sprechmuschel und drehte ihr sogar den Rücken zu. Zu schade, Luise hätte gern gewusst, worum es ging.

Kaum hatte sie der Nachbarin das vollbeladene Tablett über die Straße getragen, kam Manni in den Laden. Jetzt im Winter gab es auf dem Hof weniger zu tun, und er half ihr manchmal beim Einräumen und Staubwischen. Am liebsten polierte er die Flaschen. Sie musste aufpassen, dass er den Inhalt nicht ausleerte und die Weine und Spirituosen verkorkt ließ. Zur Belohnung für seine Mühe gab sie ihm ein paar Pfennige, mit denen er zufrieden war. Nur von den Süßigkeiten konnte er nie genug kriegen. Luise räumte die Gläser mit dem bunten Inhalt, für den die Schulkinder oft ihr ganzes Taschengeld opferten, von der Theke in das oberste Regalfach, solange Manni da war und sie Kunden bediente. Obwohl sie ihn heute schon mehrmals ermahnt hatte, schlich er sich hinter ihrem Rücken schon wieder zum Regal und versuchte heranzureichen.

»Darf's noch etwas sein, Frau Greinauer?« Die Kundin hatte ihre Tochter Sandra dabei, ein blasses Mädchen mit Seitenscheitel und zwei langen geflochtenen Zöpfen. Mit großen Augen verfolgte sie Mannis Treiben, und Luise brauchte sich nicht umzudrehen, um zu ahnen, was hinter ihrem Rücken vorging. Das Gesicht des Kindes spiegelte es ganz genau. Ständig zupfte sie an der Hand ihrer Mutter, als wollte sie sie auf etwas aufmerksam machen, oder vielleicht in der Hoffnung, dass auch sie einen Lutscher erhielt, wenn sie weiterhin so brav blieb. Irgendwann kam es, wie es kommen musste, es klirrte, ein Glas ging zu Bruch. »Ach, Manni.« Luise seufzte. »Musste das sein, hättest du nicht warten können, bis ich dir etwas gebe?« Schon klaubte er die Kirschlutscher zwischen den Scherben auf und schob sich mehrere davon in den Mund. Die grünen Stiele ragten zwischen seinen Lippen heraus. Er grinste Luise an. Sie konnte ihm einfach nicht böse sein. »Los, komm, hol die Schaufel und den Handbesen aus der Küche, unter der Spüle, und hilf mir, wieder Ordnung zu machen.« Bevor er sich wie ein Fakir aus den Scherben erhob, stopfte er sich noch ein paar Lutscher in die Hosentaschen. Dann trottete er nach hinten. »Bitte entschuldigen Sie.« Luise wandte sich wieder der Kundschaft zu, tippte die Summe des Einkaufs in die Kasse und schob Frau Greinauer die Waren zu. »War das alles, oder wollten Sie noch etwas?«

Mit spitzen Fingern betastete Frau Greinauer eine Packung mit Speisestärke, wischte darüber und verzog angewidert das Gesicht. »Vor fünfundvierzig hätte es das nicht gegeben.«

»Verzeihen Sie, ist ein Splitter bis hierher gespritzt? Das habe ich gar nicht bemerkt.« Eigentlich konnte das nicht sein, aber vielleicht hatte sie sich getäuscht. »Vorsicht, schneiden Sie sich nicht. Geben Sie her, ich tausche das Mondamin aus.«

»Nein, ich rede von dem Ungeziefer da, unter Hitler hätte man solche wie den gar nicht am Leben gelassen.« Mit spitzem Kinn zeigte sie auf Manni, der folgsam auf dem Boden hockte und die Scherben zusammenkehrte.

»Ungeziefer?« Luise war schockiert. »Das ist mein Bruder. Ich verbitte mir solche Worte über ihn.«

»Ach so? Sie verbitten sich das, Frau Dahlmann? Mit welchem Recht wollen Sie mir den Mund verbieten?«

Manni war jetzt aufgestanden. Er war fast schon so groß wie Luise, aber deutlich kräftiger als sie. Wie ein Bär, so nannte sie ihn auch oft, jetzt allerdings einer, der vor der Zeit aus dem Winterschlaf geweckt worden war, stapfte er hinter der Theke vor. Frau Greinauer packte Korb und Tochter und wich ein paar Schritt zurück. Aber Manni wollte ihnen nichts tun, im Gegenteil, er hielt Sandra einen Lutscher hin, den er vorher sorgfältig aus seiner Hosentaschensammlung ausgewählt hatte. Rasch pustete er sogar noch mal darüber, damit bestimmt keine Splitter daran waren.

»Wage es nicht.« Die Greinauer schlug ihrer Tochter auf die Hand, als sie danach greifen wollte. »Den langst du nicht an, wer weiß, wo der Kerl vorher seine Finger drin hatte.«

»Sie verlassen jetzt besser meinen Laden, Frau Greinauer.« Luise reichte es.

»Zu gern.« Die Dame schüttete ihren Korb auf dem Sessel aus. Die Erbsendose rollte hinab. »In diesem Verhau will man ja sowieso nichts kaufen.« Dann zerrte sie ihre weinende Tochter hinaus und schlug die Ladentür so fest hinter sich zu, dass die Ziegenglocke schepperte und die Tür in den Angeln bebte.

Das arme Mädchen, dachte Luise, mit so einer Mutter aufzuwachsen, ist hart. Und wieder hatte sie eine Kundschaft verloren statt gewonnen, aber auf solche Leute verzichtete sie gern. Als die beiden fort waren, räumte Luise die Ware zurück in die Regale und schaute dabei aus dem Fenster. Am Morgen hatte es noch so ausgesehen, als ob es wärmer würde und die Sonne herauskäme, doch jetzt begann es erneut zu schneien.

»Huh, schön warm hier, ich habe meine Handschuhe zu Hause vergessen.« Kurz vor der Mittagspause holte Marie Manni ab. Auf dem Hinweg am Morgen war er zu Fuß durchs Moos nach Starnberg gelaufen, nun durfte er auf Fidos Rücken zurückreiten. Marie rieb sich die Hände.

»Stell dich an den Ofen.« Luise legte noch ein Brikett nach und erzählte ihr von dem Vorfall.

»Unfassbar.« Marie schüttelte den Kopf. »Ich habe gedacht, dass das vorbei ist, aber es steckt wohl noch in vielen Köpfen drin.

»Sind ja auch noch dieselben Köpfe«, sagte Luise.«

Marie nickte. »Da hilft wohl auch keine Entnazifizierung. In Mühlthal hat uns letztes Jahr auch so ein Kerl angefeindet.«

»Wieso, was war da?«

»Ach, nichts. Als wir am Bahnhof waren, gab es ein ..., jedenfalls hat da dann so ein Kerl vor uns ausgespuckt. Was liegt denn hier?« Sie bückte sich unter die Theke, wo die Kreidefarbe im untersten Fach stand, und hob Frau Greinauers Erbsen auf.

»Davon hat Martin gar nichts erzählt.« Ihr Bruder war ihr gegenüber wieder so verschlossen wie früher.

»Ist auch schon lange her, wie gesagt. Du, ich habe Martin versprochen, dass ich bis mittags zurück bin, was darf ich heute ans Schaufenster schreiben?«

Schmunzelnd gab ihr Luise den Zettel. Na ja, ein Paar braucht seine Geheimnisse, dachte sie. Sie und Hans hatten sich am Anfang ihrer Beziehung auch zusammenraufen müssen, ohne Streit und Versöhnung ging es nicht. Man musste die Grenzen ausloten und feststecken. Hoffentlich schafften Martin und Marie das. Sie wünschte es den beiden. »Warte, ich habe noch Handschuhe ohne Fingerkuppe, damit tust du dich leichter.« Sie brachte sie ihr.

Frische Süßrahmbutter, 250 Gramm für 1,30

holl. Schmelzkäse, 500 Gramm für 1,40

Windbeutel, 40 Pf. / St.

Trotz des schlechten Wetters pinselte die junge Schlesierin in ihrer elegant geschwungenen Schrift von außen das Angebot auf die Scheibe. Unterdessen hockte Manni im Durchgang zur Wohnung und bearbeitete die größten Scherben vom Lutscherglas mit einem Stück Schmirgelpapier, um die scharfen Kanten abzurunden. Anschließend legte er sie in seinen Rucksack, in dem es schon klimperte.

Am späten Nachmittag trudelten Gretel und Herta ein, nur zwei Drittel des üblichen Trios. Aber Irmi war wohlauf, versicherten sie sogleich, als Luise sich nach ihr erkundigte. Sie besuche ihre Enkelin in Feldmoching, denn die habe heute Namenstag. Die beiden alten Damen kauften sich je einen Windbeutel, erhielten zwei Krapfen dazu und ließen sich in Anbetracht des drohenden Heimwegs über schneebedeckte Gehsteige im Ohrensessel nieder. Abwechselnd, mal saß die eine ein paar Minuten, mal die andere, bis Luise sich erbarmte und einen Stuhl in den Verkaufsraum trug.

»Wenn Sie auch noch ein Tässchen Kaffee hätten, Frau Dahlmann, wären wir überglücklich.« Herta setzte ihr breitestes Lächeln auf und erinnerte Luise an eine von Henriettes Puppen, die in der Werkstatttruhe ruhten. Hatte ihre Schwiegermutter etwa mit diesen Wunderwesen ihre Freundinnen porträtiert? Da ihr das Kundenglück am Herzen lag, brachte Luise den beiden das Gewünschte. Es würde sie hoffentlich niemand bei der Gewerbeaufsicht anzeigen. Sie besaß nämlich keine Kaffeehauslizenz. Doch seit dem Trubel am Vormittag – erst das geheimnisvolles Telefonat der Frau von Thaler und dann die Aufregung mit Manni – war nichts mehr los. Die wenigen Käufer waren vor allem an den Gratiskrapfen interessiert. Da half keine Überredungskunst und auch kein Hinweis auf die neuen Angebote. Gretel holte sofort ihr Nadelspiel heraus, und so verstrickten sie sich alle drei bis um kurz vor sechs in etlichem Klatsch und Tratsch, bis Gretel Reihe um Reihe über die knifflige Ferse eines Sockens hinaus war. Dabei bewegten sich ihre knotigen Finger so schnell, dass sie fast verschwommen wirkten, wenn man hinsah.

»So, meine Damen, Feierabend, ich muss zusperren«, verkündete Luise um Punkt sechs Uhr. Sie half ihnen auf und begleitete sie hinaus. Es war wieder etwas wärmer geworden, Schneematsch bedeckte die Straßen. Sie lieh Irmi noch einen Schirm und sah den beiden Damen nach, die sich gegenseitig einhakten und schwatzend über den Bürgersteig davonwackelten.

Als Luise den Blick in die andere Richtung wandte, bemerkte sie eine bis über beiden Ohren eingemummte und offenbar in mehrere Kleiderschichten gehüllte Frau, die sich mit zwei Koffern abmühte. Eine Szene wie aus Kriegszeiten. Man sollte Rollen unter den klobigen Dingern anbringen, hatte sie sich schon oft gedacht. Merkwürdigerweise bewegte sich die Frau nicht Richtung Bahnhof, sondern kam auf ihren Laden zu.

»Helga?« Erst als sie die Straße überquerte, erkannte Luise sie. »Was hast du denn vor?«

»Mir wurde gekündigt, und aus dem Schwesternwohnheim musste ich auch raus. Kann ich vielleicht bei dir übernachten? Ich weiß sonst nicht, wohin. Nur ein, zwei Tage, bis ich eine andere Bleibe gefunden habe?«

»Natürlich.« Luise nahm ihr die schweren Koffer ab und bat sie herein.

HELGA

Die Oberschwester bestellte sie zu sich. Allein. Helga ahnte schon, dass wahrscheinlich kein Loblied sie erwartete. Dabei strengte sie sich an. Zugegeben, beim ersten Kaiserschnitt, den sie im Rahmen der Ausbildung letzte Woche begleiten durfte, war ihr schlecht geworden und das Skalpell aus der Hand gefallen, das sie Doktor von Thaler reichen sollte, aber sie bemühte sich wirklich. Es war der Anblick der Hautschichten gewesen, die man durchtrennen musste, ohne das Kind im Bauch zu verletzen. Das hatte sie aus der Fassung gebracht.

Oberschwester Beate bot ihr einen Stuhl an. »Besser Sie setzen sich, in Ihrem Zustand.«

»Danke, mir geht's gut.« Sie blieb lieber stehen.

»Sie wissen, welchen Zustand ich meine, und brauchen sich nicht mehr zu verstellen. Also bitte.« Sie zeigte auf den Stuhl. Jetzt war es also heraus. Dabei hatte Helga ihren sich mehr und mehr wölbenden Bauch mit extraweiten Kitteln kaschiert und sich pausenlos mit Essen vollgestopft, damit ihr Umfeld glaubte, sie nähme deswegen zu. Auch Silvia hatte noch nicht bemerkt, dass Helga schon im sechsten Monat war. Zumindest war Helga bislang davon ausgegangen.

Die Oberschwester zog einen zweiten Stuhl an den Tisch und setzte sich ebenfalls. »Sie haben in letzter Zeit wirklich gute Arbeit geleistet. Geradezu vorbildlich. Auch im Umgang mit den Patientinnen. Ihr Einfühlungsvermögen ist bemerkenswert. Offen gesagt, am Anfang war ich skeptisch, körperliche Arbeit war Ihnen anscheinend fremd, und Ihnen fehlte auch der nötige Ernst. Dazu kommt noch, dass unser Beruf eine gewisse Distanz zu den Patientinnen verlangt, wir dürfen die Schicksale nicht zu nahe an uns heranlassen, das hält kein Mensch auf Dauer aus. Gerade eine junge Lernschwester wie Sie nicht. Aber Sie haben sich tapfer geschlagen und alles mit Bravour gemeistert.« Also doch Anerkennung, Helga traute ihren Ohren nicht. Und es ging noch weiter. »Nicht nur unter meiner Obhut machen Sie sich gut, auch in den anderen Abteilungen lobt man Sie in den höchsten Tönen. Ich bin stolz auf Sie und würde Sie gerne weiterhin bei uns beschäftigen, aber, so leid es mir tut …« Sie schwieg kurz. »Ja, ich muss Sie entlassen.«

»Wie bitte? Sie loben mich, und trotzdem muss ich gehen? Es liegen noch über zweieinhalb Jahre Ausbildung vor mir. Die Übelkeit habe ich im Griff, das im OP-Saal war eine Ausnahme und wird nicht wieder vorkommen, versprochen.« Helga brauchte die Arbeit, nicht nur das Geld, auch die Beschäftigung. Die Betreuung ihres Kindes würde sie nach der Geburt schon irgendwie regeln, momentan war es noch gut untergebracht. Sie würde sich eine Tagesmutter suchen, finanziell musste das möglich sein, das machten viele so. Und sie wollte ihr Kind in der Seeklinik zur Welt bringen, das war am einfachsten. Schwupp, raus damit und auf den Säuglingstransportwagen. So hatte ihre Tochter oder ihr Sohn gleich Spielkameraden.

»Sind Sie verlobt, Fräulein Knaup, oder hat der Kindsvater das Aufgebot bestellt?« Mit einem Mal war sie nicht mehr Schwester Helga.

»Nein. Es gibt keinen Vater oder zukünftigen Ehemann,

Frau Boden …«, was die andere konnte, konnte sie auch. »Jedenfalls nicht in greifbarer Nähe.« Sie hatte sich zwar damit abgefunden, Jack nie wiederzusehen, aber diese Erkenntnis war bitter. Bloß jetzt nicht die Beherrschung verlieren und losheulen.

Die Oberschwester seufzte. »War es dieser GI, mit dem man Sie letztes Jahr gesehen hat? Es geht mich zwar nichts an, doch …«

»Sie haben recht, es geht Sie nichts an.«

Ein paar Augenblicke lang maßen sie einander mit Blicken, dann blinzelte die Oberschwester und legte ihr das Kündigungsschreiben vor. »Bitte packen Sie unverzüglich Ihre Sachen und räumen Sie das Zimmer.«

»Wie bitte? Ich muss sofort das Wohnheim verlassen, aber wo soll ich denn hin?« Helga sah aus dem Fenster. Selbst die Bänke am See waren zugeschneit und kaum noch zu erkennen, und sie besaß nicht mal eine eigene Zudecke.

»So sind die Vorschriften, mit sofortiger Wirkung.«

»Na gut.« Sie stand auf, nahm den Zettel vom Tisch. »Woher wussten Sie eigentlich, dass ich schwanger bin, und sagen Sie jetzt nicht, dass Sie einen Blick dafür haben.«

Beate Boden senkte den Blick. »Das ist mir zugetragen worden.«

»Aber doch nicht von Silvia?« Hatte sich Helga in ihrer Zimmergenossin getäuscht, hatte Silvia sie hingehängt?

»Nein, Ein Anruf von oberster Stelle. Darum sind mir auch die Hände gebunden.« Besonders zerknirscht wirkte sie nicht. »Können Sie nicht zu Ihren Eltern zurückgehen?«

Helga schwieg. Von wegen, für die war sie gestorben … wie Lore. Sie hörte ihre Mutter schon, diese Schande, ein uneheliches Kind, noch dazu von jemandem wie Jack. Nein, da würde sie sich lieber alleine durchschlagen, koste es, was es wolle. »Dann auf Wiedersehen«, sagte sie.

Auf der Allee zwischen Klinik und Wohnheim stieß sie auf Doktor von Thaler, der rauchend an einer Kastanie lehnte und auf den zugefrorenen See schaute. Obwohl sie eine Riesenwut auf ihn hatte, beschloss sie, ihn zu ignorieren und einfach vorbeizugehen. Doch das gelang ihr nicht.

»Schwester Helga? Haben Sie einen Moment für mich?« Mit der freien Hand griff er in die Brusttasche und bot ihr auch eine Zigarette an. Na, der hatte Nerven. Außerdem wurde ihr mittlerweile schon allein vom Geruch des Nikotins übel. Aber egal, vielleicht würde eine Kippe sie ein bisschen aufrichten.

»Sie rauchen Winston?« Helga kannte die Zigaretten aus der Werbung in der amerikanischen *Vogue*, in der sie am Zeitungsstand gelegentlich blätterte. Auf diese Weise war sie Jack ein bisschen näher. Leisten konnte sie sich das Modemagazin schon lange nicht mehr.

»Sie kennen die Marke? Ich lasse Sie mir per Post schicken. *Winston tastes good like a cigarette should.*« Er lachte und gab ihr Feuer. »Wie geht's Ihnen?«

»Den Umständen entsprechend, danke.« Sie nahm einen tiefen Zug, das war wirklich starkes Zeug. Sie hustete, dann zischte sie ihn an. »Wie konnten Sie nur? Haben Sie gar kein Gewissen?«

»Es tut mir leid.«

»Ach, wirklich? Wie nett von Ihnen, aber von Ihrem Mitleid werde ich nicht existieren können.« Auf einmal fror sie entsetzlich, die Kälte kroch von den Zehen aufwärts, bis in die Fingerspitzen. »Als Geburtsarzt müssten Sie wissen, was Sie einer schwangeren Frau antun, wenn Sie ihr kündigen. Und kommen Sie mir nicht mit irgendwelchen Vorschriften, davon hat mir die Oberschwester schon die Ohren vollgesülzt.« Sie wollte in ihrer Wut mit der Schuhspitze einen Stein wegschießen, verlor das Gleichgewicht und rutschte aus. Der Doktor fing sie am Ellenbogen auf. Er hielt sie, und auch sie umklammerte ihn. Für ein paar Sekunden waren sie sich Auge in Auge gegenüber. Sobald sie wieder einigermaßen sicher auf den Beinen war, löste sie sich von ihm, schob ihre Brille gerade und atmete tief durch.

»Geht's wieder? Haben Sie sich weh getan?«

Sie schüttelte den Kopf. Ihr war immer noch etwas schwummrig. Von Thaler griff in seine Tasche, vielleicht für eine neue Zigarette, doch er zog seine Brieftasche heraus und hielt ihr ein paar Scheine hin. »Ihnen steht doch bestimmt noch ein Monatsgehalt zu.«

Sie zögerte.

»Das ist kein Geschenk, also nehmen Sie es, bitte. Apropos Geschenk, ich weiß, Sie haben jetzt andere Sorgen, aber Frau Bodens Dienstjubiläum steht an, erinnern Sie sich, dass ich Sie im Herbst gebeten hatte, sich etwas zu überlegen?« Im letzten Sommer war das gewesen, als sie Jack kennenlernte, jeden Tag aufs Neue. Schnell wischte sie die Erinnerung fort. »Ihnen ist nicht zufällig etwas eingefallen? Sonst wird es halt doch das Übliche, Blumen und ein Korb mit Delikatessen.«

»Von Dahlmann? Dort gibt es köstliche Pralinen und andere Leckereien.« Helga nahm das Geld und steckte es ein, das war nicht der Moment für Stolz, sie brauchte jeden Pfennig.

»Stimmt, darauf hätte ich auch selbst kommen können. Luise Dahlmann ist unsere Nachbarin, aber ich war noch nie in dem Laden, das werde ich sofort meiner Frau sagen, danke.«

Ach ja, seine Frau, mit der hatte sie bereits mehrfach die

Ehre gehabt, kürzlich war sie vor lauter Neugier sogar in einem kaputten Korbstuhl gelandet. Mit einem Mal wurde von Thaler wieder ganz förmlich und reichte ihr die Hand, sichtlich erleichtert, dass das Gespräch eine für ihn angenehme Wendung genommen hatte. Und Helga dämmerte es, wer ihre Entlassung vorangetrieben hatte, nicht der Klinikchef selbst, sondern seine Frau, dieses Biest. »Und noch was.« Helga holte Luft, sah sich nach der Zigarette um, die sie vorhin versehentlich fallen gelassen hatte.

»Ja?« Er rechnete anscheinend mit einem Donnerwetter und wich ein Stück zurück.

»Frau Boden liebt Gartenzwerge, ich meine, vielleicht finden Sie ja ein Pärchen, das wie ein Arzt und eine Krankenschwester aussieht, damit würden Sie Oberschwester Beate einen Traum erfüllen. Und vergessen Sie nicht, Ihre von Eifersucht und Neid zerfressene Frau dazuzustellen. Ich weiß nicht, ob es die auch als Gartenzwerg gibt, aber vielleicht als böse Königin.« Grußlos ging sie weiter, doch das Gespräch hatte sie auf eine Idee gebracht. Helga wusste nun, wen sie um Hilfe bitten konnte.

MARIE

Als Martin eines Mittags mit Manni von der Waldarbeit zurückkehrte und in die warme Küche kam, wo sie bereits mit dem Essen wartete, reichte er ihr einen Brief. *Frl. Marie Wagner, Gestüt Leutstetten bei Starnberg, Bayern,* stand in Druckbuchstaben auf dem Umschlag. »Der Postbote hat ihn schon seit ein paar Tagen mit sich herumgetragen und wusste nicht, wem er ihn zustellen soll. Zurückschicken konnte er ihn auch nicht, weil kein Absender draufsteht. Zufällig hat er heute mit dem Kronprinzen gesprochen. Der wusste dann von dir.« Martin nahm sich Rahmspatzn mit Zwiebelringen aus der Bratform, teilte auch Manni welche aus. »Haben dir die Nonnen geschrieben?«

Marie zuckte mit den Schultern und drehte den Umschlag in der Hand. Letztes Jahr hatte sie wegen ihres Koffers die Bundesbahn angeschrieben, aber bisher keine Antwort erhalten. Allerdings hatte sie ihre genaue Adresse auf dem Brandstetterhof angegeben und keine solch vage Anschrift. Noch dazu sah dieser Brief nicht sehr offiziell aus. Sie wischte das Buttermesser an der Schürze sauber und öffnete ihn, zog den dünnen Bogen heraus, las und las wieder und konnte es nicht glauben.

»Schlechte Nachrichten?«, fragte Martin, »du bist ganz blass geworden.«

»Nein, doch, ich weiß nicht. Jemand, den ich für tot gehalten habe, hat mir geschrieben.«

Liebste Marie, ich hoffe, dieser Brief wird dich erreichen. Seit ich aus der russischen Gefangenschaft entlassen bin, suche ich nach dir. Erst über das Rote Kreuz, dann über die Vertriebenenstelle, und dort nannte man mir Moosburg. Von da schickte man mich zum Kloster Waldsassen weiter, wo die Schwestern mir sagten, dass du in einem königlichen Gestüt arbeitest. Also versuche ich mein Glück unter dieser Adresse und hoffe, dich endlich wiederzufinden. Du warst in den quälend langen Jahren in Sibirien meine Rettung. Marie, ich dachte, ich käme davon, aber sie haben mich in ein Schweigelager bei Jakutsk gesteckt. Wir durften niemandem schreiben und bei der Arbeit nicht sprechen. Nur in den Baracken erlaubten sie uns ein Flüstern, sonst hätten wir den Verstand verloren. Die meisten starben an Erschöpfung, viele sind verhungert und erfroren. Dass ich überlebt habe, verdanke ich nur dir. Allein die Erinnerung an dich hat mich über die Zeit gerettet. Nun möchte ich dich so bald wie möglich sehen! Bitte schreibe an meine Mutter in Hamburg, Zeppelinstraße 15. Sie arbeitet am Flughafen, ich darf bei ihr wohnen, bis ich ein Zuhause gefunden habe. Ich habe große Zukunftspläne und freue mich, dir davon zu erzählen. Hoffentlich hast du mich ebenso sehr vermisst wie ich dich, und wir sehen uns schon bald in der Wirklichkeit, nicht nur in meinen Träumen.
Dein Theo.

Kaum zu glauben, er lebte. Wie war er damals der Erschießung entkommen? Hieß das … Sie wagte es nicht zu denken! War ihr Vater möglicherweise auch am Leben? Martin sah Marie immer noch erwartungsvoll an. Aber was hätte sie ihm sagen sollen? Manni aß bereits und schien nichts von der aufgeladenen Atmosphäre mitzubekommen. Schmatzend schaufelte er die Spatzn in sich hinein. Sie wusste selbst nicht, was sie in diesem Moment fühlen oder denken sollte. Bis zu der Minute, als sie den Brief geöffnet hatte, war nur eine Zukunft vorstellbar gewesen, ein Leben mit Martin. Das zwar noch Zeit brauchte, aber die ließ er ihr auch. Und jetzt?

»Ein Jugendfreund aus meiner Heimat, hat mir geschrieben.« Sie schluckte, als sie es laut aussprach, wurde es noch einmal wahr. Das Unmögliche war Wirklichkeit, Theo lebte! Und er liebte sie noch!

»Meinst du Freund im Sinn von Kamerad, oder war das mehr zwischen euch?« Martin musste ihr etwas angesehen haben, oder ihr Tonfall hatte sie verraten. Sie merkte, wie schwer es ihm gefallen war, diese Frage zu stellen, und sie beschloss, ihn nicht anzulügen.

»Theo war alles für mich, mein Freund, mein Rettungsanker, mein Tröster, mein Befreier. Wir sind zusammen erwachsen geworden, haben miteinander die Liebe entdeckt.«

»So, so.« Martin legte das Besteck weg und stand auf.

»Was ist, wo willst du hin?«

»Holz spalten.«

»Und das Essen?«

»Ich hab keinen Hunger mehr.«

Als er fort war, las sie den Brief noch mal und noch mal. Sieben Jahre hatten sie sich nicht gesehen. Ob sie einander überhaupt wiedererkannten? Sie wollte Theo auf der Stelle antworten, jeder Tag, der verstrich, war ein verlorener Tag. Hatten sie nicht Jahre aufzuholen? Wieder nahm sie den Block aus der Küchenschublade, blätterte zu einer freien Seite, von der es nur noch wenige gab, und entschied sich, um die Skizze der Schafherde herumzuschreiben, dann konnte er sich sofort vorstellen, in welcher Umgebung sie lebte.

Lieber Theo, ich dachte, es gibt keine Wunder, aber du lebst! Ja, ich will dich wiedersehen, und ja, ich freue mich auf dich. Schreib mir, wann und wo. Alles Weitere dann. Deine Marie

Es gäbe noch viel mehr zu sagen und zu schreiben, aber damit wollte sie warten, bis er vor ihr stand. Sie bat Manni, der immer noch aß, kurz aufzustehen, damit sie an die Schachtel mit den Briefmarken und Kuverts drankam, die in der Eckbank lag. Dann schlüpfte sie in die Strickjacke, die sie sich aus ihrer ersten selbstgesponnenen Wolle gestrickt hatte, streifte die Fäustlinge über und eilte nach draußen. Dort schlug Martin mit einer solchen Wucht auf einen Holzklotz ein, dass die Scheite und Späne nur so durch die Luft flogen.

Sie blieb kurz stehen, war nahe dran, zu ihm zu gehen und ihn vor Freude zu küssen, doch dann entschied sie sich um, lief zum Briefkasten und warf den Brief an Theo ein.

In den folgenden Wochen war Martin stiller als sonst. Sie redeten oft nur das Notwendigste miteinander, ansonsten ging jeder seiner Arbeit nach. Auch beim Essen oder abends in der Stube, wo sie sonst oft beieinandersaßen, er am Webstuhl, sie am Spinnrad oder malend am Tisch, fand er jetzt immer einen Vorwand, nicht länger als nötig in ihrer Nähe zu sein. Theos Brief musste der Grund sein und dass sie jeden Tag auf eine Antwort wartete.

Martin wusste so wenig über sie und über das, was sie erlebt hatte. Und sie nicht viel über ihn, wer seine erste Liebe gewesen war und ob er sie auch vermisste. Eines Morgens Ende März, als es draußen bereits zu tauen anfing, erschien er nicht zum Frühstück. Dabei war es ein besonderer Tag. Nach dem langen Winter im Stall durfte die Herde endlich wieder auf die Weide, wo sie zwischen den Schneeresten erste Grashalme zupfen konnte. Manni war längst in der Küche, stürzte sich hungrig auf die warme Milch und trank eine Tasse und gleich noch eine zweite hinterher.

»Wo ist Martin?« Sie strich Manni Brote, die er ihr fast unterm Messer wegschnappte, während er sie nur stirnrunzelnd ansah. »Ist er von jemandem aufgehalten worden, oder wo steckt er?« Wieder guckte Manni verständnislos. Marie begriff, sie musste ihre Frage anders stellen. »Ist er noch bei den Schafen?«

»Naa«, kam es aus Manni endlich heraus, als ob er froh wäre, die Antwort zu wissen.

»Wo ist er dann? Etwa im Wald?«

»Jo.«

»Wirklich?« Warum hatte er ihr nicht Bescheid gesagt, das war doch sonst nicht seine Art. »Und wo genau? Richtung Mühlthal oder Starnberg?« Leutstetten war umgeben von Wäldern, das würde eine große Suche werden. Manni schnappte sich eine weitere Scheibe Brot und kaute, Honig lief ihm übers Handgelenk. Er schleckte seine klebrigen Finger ab. Luise hatte recht, er erinnerte tatsächlich an einen Bären, allerdings einen, der gerade einen Bienenstock ausgeraubt hatte. Sie trank ihren Tee und dachte nach. »Kannst du mir die Stelle im Wald zeigen?«

»Jo.« Er rumpelte hoch, nahm ihre Hand in seine honigbeschmierte und wollte sofort los. So pappten sie aneinander.

Hinter dem Hof stiegen sie am Erdkeller vorbei auf den Karlsberg. Überall knisterte und plätscherte es. Schmelzwasser lief in Rinnsalen ins Tal. Zwischen den noch kahlen Baumkronen leuchtete der Himmel hellblau. Manni blieb stehen, bückte sich und kratzte mit einem Stock in der Erde, an schattigen Stellen war der Boden noch gefroren. Neuerdings trug er mehrere Schichten Kleidung, ein paar Pullover, die ihm zu eng waren, und auch Kniestrümpfe, die er über den Rand der Gummistiefel stülpte. Dazu den langen Mantel seines Vaters, der aber eher ein leichter Arbeitskittel war, und die rote Strickmütze, die sich am Rand bereits auflöste. An einem umgestürzten Baumstamm bog er ab und kehrte nach einer Weile mit einem neuen Fundstück zurück. Ein schwarzer Herrenlederhandschuh, den er sich strahlend überstreifte. Beim Weitergehen lauschte Marie, ob sie Martins Axt hörte. Aber bis auf die Geräusche des Waldes blieb es still. Zwei Eichelhäher stritten sich über ihren Köpfen und jagten einander kreischend durch die Luft. Eine Amsel wühlte im Laub vom Vorjahr nach Insekten. Unter Maries Schritten krachten Äste. Sie trug die groben Bergstiefel von Ida Brandstetter und auch deren karierten warmen Wollrock. Auf dem Gipfel zeigte Manni zwischen zwei Fichten zu einem Jägerstand. Dort saß Martin mit Blick in die Ebene.

»Darf ich raufkommen?« Sie stieg die Leiter hoch. Manni ließ sich unter ihr in einen Schneehaufen fallen. »Was ist los? Du hast ja noch nicht mal gefrühstückt?« Sie quetschte sich dicht neben Martin auf die nasse Holzbank.

Er drehte seinen Hut mit der Rabenfeder in der Hand. Sie rutschte nah an ihn heran, Schultern und Arme berührten sich, auch seine Hosenbeine ihren Rock. Noch immer reagierte er nicht. »Warum redest du nicht mehr mit mir? Habe ich etwas Falsches gesagt oder getan?« Er schwieg. »Bist du jetzt wie Manni, soll ich dir nur noch Ja-oder-Nein-Fragen stellen? Ist es wegen Theo?«

»Wirst du zu ihm gehen?« Endlich sprach er wieder, es war mehr ein Krächzen. Als müsste er sich zwingen, überhaupt etwas zu sagen.

»Darüber habe ich noch gar nicht nachgedacht.« Vorläufig reichte ihr die Freude darüber, dass Theo am Leben war. Was wusste sie, was bei dem Wiedersehen geschah oder was danach kam. »Ich dachte, alles und alle aus meinem alten Leben wären für immer fort. Meine Eltern, mein Elternhaus und auch er und unsere Väter, erschossen in einem Wald wie diesem hier und irgendwo verscharrt. Ich habe alles verloren, verstehst du das?« Sogar mich selbst, ergänzte sie im Stillen. »Er ist ein Stück meiner alten Heimat, ein Teil meiner Erinnerung. Wie soll ich sonst jemals begreifen, was geschehen ist. Nur er kann bezeugen, dass es die alte Welt wirklich gegeben hat.« Sie redete so viel wie schon lange nicht, holte Luft und schwenkte zu ihm um. »Und du, was ist mit dir? Wer war deine erste Liebe? Erzähl mir von ihr.«

»Es gibt keine. Ich war noch nie mit einer Frau zusammen.«

»Soll das heißen, du warst noch nie verliebt?«

»Da gab es schon welche, die mir gefielen, angefangen mit meiner Lehrerin in der Berufsschule. Sie hat mir schöne Augen gemacht und mich nachmittags zu sich nach Hause eingeladen. Aber sie war verheiratet, und irgendwann, als wir uns küssten und streicheln wollten, kam ihr Mann zur Tür herein. Mehr war nicht, auch später nicht.«

»Du kannst doch jede haben. Allein hier im Dorf, die Frauen in der Kirche, selbst die älteren, wie die dich ansehen.«

Er zuckte mit der Schulter. »Die schauen nicht mich an.«

»Wen denn sonst? Ich hab's doch gemerkt, die neidischen Blicke, mit denen sie mich aufspießen, weil ich bei dir wohnen darf, ich, das Flüchtlingsgschwärl.« Mit ihrer bayerischen Aussprache entlockte sie ihm ein Grinsen. Er atmete auf, streckte sich und legte wie beiläufig den Arm um sie. Fröstelnd drückte sie sich noch näher an ihn, und er hüllte sie in seine Jacke ein. So saßen sie eng beisammen, schauten zu Manni runter. Anscheinend war er im Schnee eingeschlafen. Martins Geständnis berührte sie, und auch, dass er eifersüchtig auf Theo war.

»Und deine Mutter, was ist mit ihr geschehen?«, fragte er.

»Ich kann nicht darüber reden, noch nicht.« Sie musste erst

die Worte für das Unsagbare finden. »Aber wenn du magst, erzähl ich dir, wie ich nach der Vertreibung hierhergefunden habe.«

»Ja, bitte. Alles, von Anfang an.«

Sie holte Luft. »Na gut, wie entscheidet man, was man unbedingt mitnehmen soll, wenn man nur achtundvierzig Stunden hat? Was würdest du mitnehmen?«

Martin überlegte. »Werkzeug und was zu essen?«

Sie nickte. »Besteck, vor allem ein Löffel, für eine Suppe, wenn wir unterwegs eine bekämen. Das war bald wichtiger als das gute Geschirr, das meine Mutter, in Tücher gewickelt, im Rucksack mitschleppte. Was unterwegs nicht zerbrach, tauschte sie ein. Am meisten half mir das Zeichnen, ich zeichnete mit allem und auf alles. Das besiegte meine Angst oder hielt sie wenigstens in Schach.«

»Und wo sind deine Zeichnungen jetzt?«

»Das meiste habe ich gleich verschenkt. Die Porträts den Leuten im Zug und in den Unterkünften. Manche beschrieben mir ihre Angehörigen aus der Erinnerung. In der Eile hatten sie nicht mal ein Foto eingesteckt.«

»Du bist echt sehr gut, triffst genau das Wesen der Leute und Tiere, die du malst, du könntest als Phantomzeichnerin für die Polizei arbeiten.«

»Gute Idee, dann geh ich mal los.« Sie lächelte, tat so, als wollte sie aufstehen. Martin hielt sie zurück, legte den Arm enger um sie. Sie schmiegte sich wieder an ihn. »Die Schwestern im Kloster Waldsassen schenkten mir zu Weihnachten einen Tuschkasten, damit konnte ich meine Zeichnungen kolorieren. Endlich wurde meine Welt wieder bunt. Aber den habe ich auch nicht mehr, nichts ist für die Ewigkeit.«

»Doch«, sagte Martin. »Manches schon.« Er nahm ihr Gesicht in seine Hände und küsste sie zärtlich. Ihr erster richtiger Kuss. Erst spürte sie seine Berührung kaum, dann drängte sich seine Zunge in ihren Mund. Seine Hand fuhr über ihren Rücken, schob sich in den Ausschnitt ihrer Strickjacke, löste den obersten Knopf, strich über ihre Haut.

»Wo ist eigentlich Manni?« Rasch schob sie seine Hand fort. »Ich sehe ihn gar nicht mehr.« Sie sprang auf und kletterte nach unten. Manni war nicht mehr im Wald, sosehr sie auch nach ihm riefen. Er hockte schon barfuß am Kachelofen, mit Purzel auf dem Schoß, als sie Arm in Arm auf den Hof zurückkehrten.

In der Nacht holte sie der immer gleiche Traum ein. Sie starb – und lebte zugleich. Es fing mit dem Ende an. Der Stein raste auf sie zu, traf gegen ihren Kopf. Erst spürte sie nichts, aber dann zersprang sie in unzählige Teilchen, flog wie ein Bienenschwarm in die Luft, sah sich selbst aus der Ferne, wie sie noch ganz, als ein Mensch, unten auf der Wiese lag. Eine helle Gestalt, fast wie hindrapiert, an der sich ein Soldat zu schaffen machte. In seiner grünbraunen Uniform war er zwischen den Blättern der Kartoffelpflanzen kaum zu erkennen. Er lag auf ihr, als wäre sie eine Puppe, mit der man tun konnte, was man wollte. Doch das stimmte nicht, der Traum spielte mit ihr. In Wirklichkeit hatte sie sich gewehrt, den Soldaten traktiert, gekratzt und getreten.

Dabei hatten ihre Mutter und sie sich bereits in Sicherheit gewähnt. Nach den Wochen in der Moosburger Turnhalle, die als Auffanglager diente, waren sie aufgebrochen, um sich in den umliegenden Dörfern Arbeit zu suchen. Ein Bauer bot ihnen eine richtige Unterkunft an, nicht nur eine Zuflucht im Heustadel. Sie teilten sich ein Zimmer mit einer ostpreußischen Familie – Großmutter, Mutter, Tante und zwei halbwüchsige Kinder. Die Blekes verdingten sich ebenfalls als Erntehelfer. Nach einer Grießsuppe und einem Stück Brot am Morgen verteilten sie sich auf den Feldern, um Kartoffelkäfer abzusammeln, pro Eimer gebe es zwei Groschen extra, hatte der Bauer versprochen. Familie Bleke schwärmte auf das erstbeste Feld aus, sofort fingen sie an, die orange-schwarz gestreiften Käfer und ihre Larven vom Kartoffellaub zu lesen. Die Wagners suchten sich eine abgelegene Stelle am Waldrand und arbeiteten sich dort durch die Reihen. Sie genossen es, für ein paar Stunden unter sich zu sein, fern von den ewigen Klagen der Blekes. Maries Mutter als ehemalige Gutsherrin war die Schufterei und das viele Bücken nicht gewohnt. Aber sie bemühte sich, genau wie Marie. Sie wollte sich nicht unterkriegen lassen und der Tochter ein Vorbild sein. Nur nachts hörte Marie sie neben sich schluchzen. Die roten Augen kämen von den verlorenen Brillengläsern, behauptete sie. Im Gedränge am Breslauer Bahnhof waren sie ihr zerbrochen. Dennoch trug sie weiterhin das leere Gestell.

»Besser als nichts«, sagte ihre Mutter hartnäckig, wenn jemand sie fragte, warum. Auf dem Feld hatten sie aufgeatmet und gescherzt. Fast wie früher gelacht. Die Sonne schien, und das Elend schien auf einmal weit weg. Keine zerstörten Häuser oder gerodeten Wälder, sogar das riesige Gefangenenlager, das die Amerikaner nicht weit vom Hof eingerichtet hatten, war nicht mehr zu sehen. Nach und nach füllten sich ihre Eimer mit Käfergewimmel. Marie fragte sich, ob man aus ihnen nicht eine herrliche Farbe herstellen konnte. Ein Orangerot, denn zermatscht wurden sie so oder so. Ihre Mutter stimmte sogar ein schlesisches Volkslied an, das die Glatzer Berge besang. *Und in dem Schneegebirge, da fließt ein Brünnlein kalt, und wer daraus tut trinken, der wird ja nimmer alt.*

Plötzlich hörten sie eine Waffe klicken. Ein Soldat sprang aus dem Gebüsch, rannte auf sie zu und rief etwas auf Englisch. »*Down and undress*«, verstand Marie. Ihre Mutter stellte sich vor sie. Der Amerikaner fuchtelte mit der Pistole herum, rief »*I'll kill you*« und schoss. Alma Wagner fiel in die Senke zwischen zwei Kartoffelreihen. Der Soldat zerrte Marie mit sich, brüllte weiter und warf sie am Ackerrand zu Boden. Ein Ast stach ihr in die Seite. Sie versuchte, sich unter dem Mann herauszuwinden. Er presste sie auf den Boden. Sie strampelte, schrie aus Leibeskräften. Wo steckten die Blekes, verdammt nochmal? Sie waren doch nur ein Feld entfernt und mussten sie hören. Ihre Mutter, sie brauchte Hilfe. Marie versuchte, sich aufzurappeln. »*Shut up, German bitch.*« Der GI brüllte und trat sie mit seinen Stiefeln in den Bauch. Ihr wurde schwarz vor Augen. Als sie wieder zu sich kam, hatte er ihr den Rock hochgeschlagen und den Schlüpfer heruntergerissen. Er stank nach Alkohol und Schweiß, und seine Uniform kratzte in ihrem Gesicht. Etwas schob sich in sie, ein Blitz zerteilte ihren Unterleib. Wie tausend Bienenstiche auf einmal, dachte sie. Sie biss den Mann, wehrte sich weiter. Plötzlich klickte es, klickte wieder und noch mal. Er hatte die Pistole auf sie gerichtet, aber kein weiterer Schuss fiel. Das Magazin war leer. Er warf die Waffe zur Seite, griff nach einem faustgroßen Stein und holte aus. Sie sah die harten Kanten auf sich zurasen, gleich würde ihr Schädel zerbersten. Da bekam ihre Rechte auch etwas zu packen, und sie schlug zu. Als sie erneut die Augen öffnete, spürte sie keinen Boden unter sich, aber Hände, die sie umfassten. Jemand trug sie mit federnden Schritten. Sie lag in den Armen ihrer Mutter und schmiegte sich an sie, roch ihren Geruch und spürte ihre Wärme.

»Muttel, du lebst«, stellte sie erleichtert fest. Ein Kartoffelkäferpärchen hockte auf der Schulter ihrer Mutter, klebte aufeinander, Männchen auf Weibchen. Marie spürte, wie sich ihr Mund mit Blut füllte. Es schmeckte nach Eisen. Sie schluckte und wachte auf.

ANNABEL

Das Essen zu Friedrichs Genesung war ausgefallen. Erst hatte ihr Schwiegervater einen Termin auf einem Ärztekongress, dann unterzog sich ihre Schwiegermutter einer aufwendigen Zahnbehandlung, und über Weihnachten und Neujahr flogen Richard und Irmela wie üblich nach Korsika, wo die von Thalers ebenfalls ein Anwesen besaßen. Mittlerweile war es Februar. Monatelang hatten sie kaum von sich hören lassen, dann kündigten sie sich plötzlich für den kommenden Sonntag an. Ausgerechnet jetzt, wo Annabel noch keine neue Köchin hatte. Die alte war am Vortag, zu Lichtmess, gegangen. Sie hatte sie schon Wochen zuvor entlassen wollen, aber die Frau berief sich auf ihre Rechte, kannte sich aus, denn ihr Mann war Sozialdemokrat und in der Gewerkschaft. Annabel hatte eigentlich in aller Ruhe nach einer Nachfolgerin suchen und sich so lange mit Fertiggerichten behelfen wollen, die Lindner auf Bestellung lieferte. Aber dann kam der Anruf! Keine Ahnung, warum die von Thalers sie ausgerechnet jetzt besuchen mussten. Wie sollte sie auf die Schnelle etwas Präsentables auf den Tisch bringen?

Wo steckte ihr Sohn eigentlich? Hoffentlich war er nicht wieder drüben bei den Dahlmanns. Hatte Friedrich nicht vorhin, als sie gerade mit der städtischen Stellenvermittlung telefonierte, irgendetwas von einem Rennauto in einer Werkstatt gesagt? Damit konnte nur die ehemalige Schreinerei gemeint sein. Fräulein Gusti hatte bereits Feierabend, also musste ihn

Annabel selbst abholen. Seit dem peinlichen Vorfall mit dem Korbstuhl im Herbst ging sie Luise Dahlmann möglichst aus dem Weg, soweit das unter Nachbarn möglich war. Eigentlich hatte sie die Turnstunde verhindern wollen, aber anstatt dass die Frauen das Ganze unterließen, dröhnte seit dem Herbst jeden Mittwochabend das ganze Viertel von acht bis halb zehn, als stünden die Schlagzeuger direkt auf der Ludwigstraße. Dabei war sie nicht Einzige, die sich damals über Helga Knaups Werbezettel aufgeregt hatte, der so provokant in ganz Starnberg aushing. Auch einige aus der Kirchengemeinde pflichteten ihr bei, dass *Swingen und Trimmen* in einem katholischen Pfarrsaal nichts verloren hätten. Gestärkt vom Zuspruch der Menge, hatte Annabel Hochwürden überredet, die Turnstunde abzusagen. Doch was tat diese raffinierte Person? Sie verlegte das Ganze einfach in Dahlmanns Laden! Zugegeben, ein bisschen mehr Training würde Annabel auch nicht schaden. Das morgendliche Turnen nach Müllers System langweilte sie, so dass sie es vor längerer Zeit schon aufgegeben hatte. Aber unter den Fittichen dieses Fräulein Knaup zu turnen, der schwerreichen Erbin eines Schuhimperiums, die sich zur Tarnung ein Schwesternhäubchen aufsetzte und ihren Mann bezirzte? Nein, danke. Und ausgerechnet von der wurde sie bei dem Versuch, nach dem Rechten zu sehen, ertappt. Nicht nur sie, ebenso Frau Dahlmann und die zugewanderte Schlesierin, die, wie man hörte, in einer Art wilder Ehe mit Luises ältestem Bruder lebte, hatten vereint mithelfen müssen, Annabel aus dem vermaledeiten Korbstuhl zu befreien. Bestimmt lachten die Frauen heute noch hinter ihrem Rücken über sie. Aber so schnell würde Annabel nicht klein beigeben. Wer zuletzt lacht, lacht am besten.

Das Rennauto entpuppte sich als große Seifenkiste, nicht als handliches Spielzeug, wie Annabel gedacht hatte. Friedrich saß darin wie ein Formel-1-Fahrer und lenkte stolz, während Frau Dahlmann ihn über den vom Schnee geräumten Hinterhof schob.

»… 'n Abend, Frau Doktor.« Sie keuchte ein wenig, lief gebückt im Kreis. Der Laden war bereits geschlossen. Annabel fragte sich, was sie sich noch alles auflud, sie musste doch ausgelastet sein mit dem Laden. Annabel kaufte zwar nie bei ihr ein, hatte aber von den Starnberger Geschäftsleuten gehört, dass Lindner zum Beispiel Feinkost Dahlmann bereits als ernstzunehmende Konkurrenz betrachtete. Da Herr Äpli, der reisende Coiffeur, in seiner Isetta keinen Trockner unterbrachte, war Annabel für ihre Dauerwelle in Gabis Schönheitssalon gegangen. Dort schwärmte Frau Lerchentaler regelrecht von Luise Dahlmann. Angeblich konnte man bei ihr nicht nur günstig einkaufen, sondern wurde obendrein mit Rezepten versorgt. Vielleicht hatte sie auch für sie, Annabel, in ihrer Not, eine Empfehlung? Einen Versuch war es wert. Sie gab sich einen Ruck, bedankte sich erst für die nette Betreuung von Friedrich und fragte dann nach einem Menüvorschlag anlässlich des Besuchs der Schwiegereltern.

Trotzdem graute es Annabel vor dem Sonntag. Egal wie sehr sie sich anstrengte, die von Thalers würden etwas finden, was ihnen nicht passte, und seien es Friedrichs mangelhafte Fortschritte in Sachen Bildung und Manieren. Hoffentlich würde wenigstens der Unfall unerwähnt bleiben. Friedrich schien das schlimme Erlebnis letzten Sommer nicht mehr zu belasten, was Annabel beruhigte. Hauptsache, ihre Schwiegereltern wühlten es nicht wieder auf.

»Jetzt lass doch mal den Jungen.« Wider Erwarten fiel ihre

Schwiegermutter Richard von Thaler ins Wort, als er sein Enkelkind am Tisch wie gewohnt maßregelte. Vor lauter Angst, sich falsch zu benehmen, hatte Friedrich nach dem Hauptgang ein Glas umgestoßen und brach in Tränen aus. »Sei doch lieber froh, dass der Bub so fidel ist. Wir alle haben genug durchgemacht aus Sorge um ihn, und gerade du als Kinderarzt müsstest eigentlich einfühlsamer sein.« Was war nur in ihre Schwiegermutter gefahren? Sie stimmte ganz neue Töne an. Gewöhnlich war Irmela von Thaler eher schweigsam und schlug sich unbedingt auf die Seite ihres Mannes. Jetzt stand sie auf, tröstete ihren Enkel und ging mit ihm in sein Zimmer. Als Konstantin sich mit seinem Vater zum Fachsimpeln und Rauchen in die Bibliothek zurückzog und Fräulein Gusti das Geschirr in die Küche brachte, trug Annabel den Schichtpudding nach oben, wo die Großmutter auf dem Fußboden lag und mit ihrem Sohn Mensch-ärgere-dich-nicht spielte.

Dabei tat Irmela so, als wüsste sie nicht genau, wie das Spiel ging, und Friedrich erklärte es ihr mit deutlichen Worten. »Naa, Großmama, wenn du eine Sechs würfelst, müssen erst olle Manschgerl von deiner Farb aufs Feld. Erst danach derfst du mit dene andern weitermacha.« Er redete bayerisch, fast wie Magdalena. Annabel traute ihren Ohren nicht. Als er sie mit dem Puddingtablett bemerkte, sprang er auf und klatschte in die Hände. »Ui, Knusperpudding, mein Lieblings.« Normalerweise durfte er nur bei Tisch essen, aber heute erlaubte sie ihm zur Feier des Tages die Nachspeise an seinem Kinderschreibtisch.

»Danke, dass du dich so nett gekümmert hast.« Sie reichte ihrer Schwiegermutter auch ein Schälchen. »Möchtest du wieder in den Salon zurückkehren?«

»Nein, wieso, hier ist es doch gemütlich.« Irmela zupfte

sich das Mandarinenstück vom Pudding und aß es sofort. Dann lehnte sie sich trotz ihrer aufwendig toupierten Frisur an den übergroßen Teddybären, der momentan einen Verband schräg über dem Ohr hatte, und löffelte die Nachspeise mit Hochgenuss. Irgendetwas musste in dem halben Jahr vorgefallen sein, dass sie derart die Konventionen brach.

»Magst du noch einen Kaffee dazu?« Annabel setzte sich auf einen Kinderstuhl, auf dem ihr die Knie fast ans Kinn reichten.

»Gerne später. Das Essen war übrigens vorzüglich. Mit Ziegenkäse gefüllte Wachteln, darauf muss man erst mal kommen. Ist eure neue Köchin aus Frankreich? Deutsche Fachkräfte kriegt man heutzutage kaum noch. Wir suchen seit ewigen Zeiten nach einem Gärtner, der auch den Winterdienst übernimmt.« Sie seufzte. »Mir graust es schon vorm Frühjahr, wenn die zugewucherten Hecken wieder zum Vorschein kommen. Ich warne dich schon mal vor, falls ihr uns wieder einmal besucht.« War das eine Einladung? Annabel würde es nie wagen, ihre Schwiegereltern einfach so in der Grünwalder Residenz zu besuchen. »Lecker. Diese knusprige Keksschicht im Pudding. Ich glaube, das wird auch mein Lieblings.« Sie zwinkerte Friedrich zu. »Nun sag schon, Annabel, woher hast du die neue Köchin?«

»Äh, also …« Sie räusperte sich. »Das habe ich selbst gemacht.«

»Du?« Irmela fiel fast der Löffel aus der Hand.

»Freut mich, wenn es dir geschmeckt hat.« Sie atmete auf und richtete sich ein Stückchen auf dem Kinderstuhl auf. Bisher war alles glattgegangen.

»In dir steckt mehr, als ich gedacht habe.« Irmela war sichtlich beeindruckt, und Annabel versuchte, das als Kompliment aufzufassen. »Konstantin auf diese Art zu verwöhnen, machst du richtig, der Bub arbeitet viel zu viel.« Der »Bub« wurde an Ostern vierundvierzig. »Ich finde es wichtig, dass man auch als Frau eine Aufgabe hat, und wenn es bei dir das Kochen ist, dann soll es so sein. Schade, dass ich so eine Gabe nicht besitze. Wenn ich den Herd bei uns übernähme und unser Küchenpersonal entließe, müssten wir bei lebendigem Leib verhungern.«

»Was ist lebele Lei, Großmama?«, fragte Friedrich mit Schlagsahne auf der Nasenspitze.

»Das, wo der Pudding hinwandert, wenn du ihn runterschluckst, mein Süßer.« Ihre Schwiegermutter tippte Friedrich mit dem Löffel auf den Bauch.

»Das Rezept stammt übrigens von meiner Nachbarin, Frau Dahlmann«, gab Annabel zu. Dass Luise Dahlmann die Wachteln und auch das Dessert kurz vor dem Eintreffen der von Thalers küchenfertig geliefert hatte, verschwieg sie. Aufwärmen, Portionieren und Garnieren war eine Kunst, sie hätte die Wachteln im Backofen auch verbrennen lassen können.

»Ist das die von dem neueröffneten Laden nebenan? Wie läuft der denn so?«

Annabel zuckte mit den Schultern.

»Ich geh oft zur Tante Dalli«, mischte sich Friedrich ein. Ihr Sohn verstand alles, worüber sie sprachen. Hoffentlich entlarvte er sie nicht.

»Seit wann sagst du Dalli zu Frau Dahlmann?« Sie hatte ihm eingeschärft, Erwachsene immer mit vollem Nachnamen anzureden.

»Die ist doch kein Mann, Mama.« Friedrich stocherte im Pudding herum, er wirkte schon mehr als satt. »Die Turnlehrerin, die du nicht magst, Mama, sagt auch so, aber nicht Tante Dalli, sondern nur Dalli, weil sie kein Kind mehr ist.« Nicht schon wieder diese Knaup, die verfolgte sie auf Schritt und Tritt. Jetzt machte die sich auch noch an ihren Sohn heran.

»Was hast du gegen seine Turnlehrerin?«, fragte Irmela.

Besser, Annabel wechselte das Thema. »Wie du hörst, weiß Luise Dahlmann, wie man Kinder anlockt: Hauptsächlich mit Süßigkeiten, und sie hat auch einen kleinen Kaufmannsladen eingerichtet, damit sie sich nicht langweilen, wenn die Mütter in der Schlange stehen. Außerdem ist sie eine erfahrene Köchin, die viele Jahre bei den Alliierten angestellt war. So erhalten Kundinnen bei ihren Einkäufen gleich die passenden Rezepte dazu.«

»Dann solltest du vielleicht doch öfter rübergehen und sie unterstützen, ist doch praktisch, gleich nebenan.«

»Ja, Mama«, rief Friedrich begeistert und stellte die halbvolle Puddingschale weg. »Tante Dalli ist so lieb. Und die Turnlehrerin heirate ich mal, wenn ich groß bin.«

»Komm, Friedrich, geh Hände waschen.« Annabel schickte ihn ins Bad, unterdessen wollte sie Irmela etwas fragen. Der Löw-Konzern machte gerade Schlagzeilen. Es ging um jüdisches Eigentum und irgendwelche Wertpapiere, die die Firma erstatten musste. »Kennst du die Familie Knaup aus München?«

»Das Direktorenehepaar der Schuhfabrik?«

Annabel nickte.

»Wie man sich halt von ein paar Wohltätigkeitsveranstaltungen kennt, warum?«

»Ach, es interessiert mich nur, ich habe ein bisschen was über die Firma in der Zeitung gelesen, und Friedrich trägt am liebsten Löw-Schuhe.«

»Großmama, wart, ich hab alles vom Leo Löw.« Ihr Sohn kam schon wieder zur Tür herein und holte seine Sammlung mit den Abenteuern des gestiefelten Löwen. Irmela stellte die Nachspeise weg und nahm Friedrich auf den Schoß.

»*Leo bei den Indianern*, schau.« Er zeigte ihr sein zerfleddertes Lieblingsheft. »Liest du es mit mir?« Seinen flehenden Kulleraugen konnte niemand widerstehen, auch die Großmutter nicht.

»Einverstanden. Und danach trinke ich Kaffee mit deiner Mama. Du, Annabel, ich könnte doch öfter mal etwas mit Friedrich unternehmen, wenn es dir recht ist. Entweder ich besuche ihn, oder ich hole ihn ab. Was hältst du davon?«

»Ui, ja.« Friedrich klatschte begeistert in die Hände, im nächsten Moment sah er ernst zu Annabel hoch, wollte wissen, was sie dazu meinte.

»Natürlich, gern, wenn es deine Zeit erlaubt, Irmela.«

»O je, die Zeit, die vergeht viel zu schnell. Solange ich mich noch halbwegs rühren kann, wäre es mir eine große Ehre und Freude, mit meinem Enkelkind zusammen zu sein.«

»Und woher kommt dieser Wandel, ich meine, Friedrich ist bald sechs, bisher hast du dich nur an den Feiertagen um ihn gekümmert, wenn überhaupt.« Es klang vorwurfsvoller, als es gemeint war, sie war bloß neugierig.

»Ich weiß.« Irmela nickte, wirkte kein bisschen beleidigt. »Schon für Konstantin hatte ich kaum Zeit, habe alles dem Kindermädchen überlassen, und bei Friedrich genauso weitergemacht. Ehrlich gesagt bewundere ich dich für deine Ausdauer und Geduld mit dem Kind. Aber nach Friedrichs Unfall ist mir klargeworden, was ich als Großmutter versäumt habe. Also, bitte gib mir die Chance.« Obwohl diese Erkenntnis etwas sehr spät kam, freute Annabel sich wie ein Kind. Beschwingt lief sie in die Küche, um Fräulein Gusti anzuweisen, den Kaffee zu servieren.

Im Salon knisterte das Feuer im Kamin und verbreitete eine behagliche Wärme. Auch Richard setzte sich zu ihnen. Konstantin verzichtete, er wollte mit Friedrich im Garten spielen. Gesagt, getan, und bald konnte sie Vater und Sohn durch die Terrassentüren beobachten, wie sie sich im Schnee balgten. Der Anblick rührte Annabel. Manchmal glaubte sie, dass Herr Dahlmann mehr Zeit mit Friedrich verbrachte als sein eigener Vater.

Ihre Schwiegermutter ließ sich aufs Sofa fallen. Sie wirkte erschöpft und ihre blondierten Haare verschoben, trug sie vielleicht eine Perücke? Allerdings hatten gerötete Wangen die vornehme Blässe ersetzt, was ihr stand und sie um Jahre jünger wirken ließ. »Annabel hat mich nach den Knaups gefragt«, sagte Irmela zu Richard, der auf die Uhr sah, als zählte er die Minuten, wann der Anstandsbesuch endlich vorbei wäre oder das Telefon klingelte, um ihn zu einem Notfall in die Klinik zurückzurufen. »Du triffst dich doch ab und zu mit dem Hausarzt der Knaups, diesem Doktor Schneid. Was ist dran an den Schlagzeilen?« Annabel hatte nicht damit gerechnet, dass noch mal die Sprache auf die Löw-Werke käme. Richard nippte an seinem Kaffee und verzog das Gesicht. Was konnte sie dafür, dass er ihn ohne Milch und Zucker trank.

»Unschöne Sache, die da durch die Presse geistert. Ich frag mich, wie lange sie uns Deutsche noch mit dieser Hitlerzeit plagen. Irgendwann muss doch mal Gras über die Sache wachsen.«

Was sollte das denn heißen? Aber Annabel wollte ihn nicht unterbrechen.

»Die armen Knaups haben genug mitgemacht. Eine Tochter ist an Polio gestorben, übrigens nicht bei uns.« Das klang so, als ob er diesen schweren Verlauf verhindern hätte können, dabei gab es gegen Kinderlähmung noch kein Heilmittel, nur Linderung. »Ich weiß nicht, wann mit der Forschung mal etwas vorangeht und sie einen Impfstoff entwickeln. Jetzt soll die zweite Tochter der Knaups ebenfalls erkrankt sein.«

»Auch an Polio?«, fragte Irmela.

»Ich hoffe nicht, sie ist bereits volljährig, und je älter, desto schlimmer sind die Folgen. Soviel ich weiß, ist sie seit Monaten in der Schweiz auf Kur.«

Auch eine Lösung, um Nachfragen über den Verbleib der Tochter zu verhindern, dachte Annabel. »Stimmt es denn, was die Zeitungen berichten, dass die Löw-Werke nach und nach alle Juden aus dem Vorstand entlassen hatten?«

»Das musste man doch, um als Betrieb weiterbestehen zu dürfen.«

»Na ja, die Knaups haben es schon ein bisschen übertrieben, finde ich«, meldete sich Irmela wieder zu Wort. »Niemand hat sie gezwungen, ihren Töchtern Vornamen mit H zu geben, nur um Hitlers bester Schuhfabrikant zu sein.«

»Wieso, wie heißen sie denn, die Töchter der Knaups?« Annabel ließ ihre Frage so beiläufig wie möglich klingen.

»Die Verstorbene hieß Hannelore, soviel ich weiß«, sagte Richard. »Aber die andere, mmh, fällt mir nicht ein, ist ja auch unwichtig.«

Für mich nicht, dachte sie. »Heißt die nicht Helga? Ich glaube, die Familie wurde in der Zeitung erwähnt, oder war es der Schuhverkäufer neulich, der mir das sagte.« Diese Lüge würde mehr als ein Vaterunser als Buße bedeuten, bestimmt auch den glorreichen Rosenkranz, vielleicht auch den schmerzhaften.

»Kann sein. Ja, doch, jetzt, wo du es sagst.« Ihr Schwiegervater nickte. »Helga und Hannelore Knaup.«

Annabel jauchzte innerlich, sie könnte als Beraterin für Agatha Christie arbeiten. »Was haben Schuhe eigentlich mit Nationalsozialismus zu tun?« Weiterhin gab sie sich à la Miss Marple möglichst unbeteiligt, rührte sich reichlich Zucker in ihren Kaffee, damit ihre Aufregung nicht auffiel.

»Schuhe waren genauso wichtig wie Waffen. Unsere Wehrmacht hätte doch schlecht mit Holzpatinen an den Füßen in Polen einmarschieren können.« Richard stellte seine Tasse ab, sie war noch voll. »Sag mal, hast du nicht noch etwas Stärkeres, etwas mit Geschmack?« Sie stand auf und holte den Kirschschnaps, den er ihnen immer als Geschenk gleich an der Tür überreichte, als könnte er die Schwelle sonst nicht übertreten. Er goss sich einen Schluck in den Kaffee, nahm Tasse und Untertasse auf und trank. Endlich hellte sich seine Miene auf. »Hitlers Plan war gar nicht so dumm, wenn du mich fragst, nur schlecht ausgeführt.« Annabel verschluckte sich fast, als sie das hörte. Schon wieder so eine Äußerung. Bisher hatte sie geglaubt, die von Thalers seien neutral gewesen, bestenfalls Mitläufer wie die meisten. Hatte das Fräulein Knaup vielleicht mit ihren Eltern gebrochen, weil deren Machenschaften im Dritten Reich ans Licht gekommen waren?

»Deine Mutter ist kaum wiederzuerkennen. Sie hat den Wunsch geäußert, hin und wieder mit Friedrich etwas zu unternehmen.« Nachdem Richard und Irmela sich verabschiedet hatten und Friedrich selig schlief, schenkte Annabel sich und Konstantin noch ein Glas Rotwein ein und brachte es ihm in die Bibliothek.

»Ist doch fein, dass sie dich ein wenig entlastet.« Ihr Mann saß am Schreibtisch und beschäftigte sich mit einem Gutachten, wie so oft zu später Stunde.

Augenblicklich dämmerte es ihr, woher Irmelas Sinneswandel kam. »Hast du das etwa mit deiner Mutter abgesprochen? Aus Angst, dass Friedrich wieder etwas zustößt, wenn ich mit ihm unterwegs bin?«

»Ich bitte dich.« Unerwartet nahm er ihre Hand und sah zu ihr auf. »Ich dachte lediglich, dass du ein wenig Freiraum gebrauchen könntest. Nach fast sechs Jahren Kinderbetreuung rund um die Uhr. Und meine Mama sehnt sich nach einer Beschäftigung, Fritz und sie verstehen sich doch auch.«

»Du weißt, dass ich es nicht mag, wenn du den Namen unseres Sohnes abkürzt.« Sie entzog sich seinem Griff und setzte sich mit ihrem Glas in den gepolsterten Erker, in dem sie meist ihre Krimis schmökerte.

»Ach, Bella, manchmal bist du adliger als es ein von Thaler jemals sein könnte.« Bella, so hatte er sie schon ewig nicht mehr genannt. Zuletzt in ihren Flitterwochen, 1938, die sie wegen der angespannten politischen Lage im Harz statt am Mittelmeer verbracht hatten. »Heute ist es doch gut gelaufen, findest du nicht? Wir hatten schon aufreibendere Sonntage. Papa wird sich auf seine alten Tage nicht mehr ändern, obwohl, wenn Mama so weitermacht und ihm nicht mehr alles durchgehen lässt, vielleicht doch. Aber dein Essen hat nicht nur mir, sondern auch ihm wunderbar geschmeckt, und überhaupt. Nimm doch einfach mal Hilfe an, wenn man sie dir anbietet und sei nicht immer so misstrauisch.«

Er wusste, wie er sie weichklopfen konnte, aber ein paar Fragen hatte sie doch noch. »Wie haben sich deine Eltern eigentlich vor 1945 verhalten?«

»Nicht anders als sonst, du hast es doch selbst erlebt damals. Wieso?«

Sie musste ihm beipflichten. Unterm Krieg hatte sie sich

tatsächlich kaum Gedanken darüber gemacht, und auch danach nicht. »Als du mit Friedrich im Garten warst, haben deine Eltern davon angefangen. Dein Vater war NSDAP-Mitglied, aber du?« Sie wusste es bereits aus seiner Akte, er war erst kurz vor Kriegsbeginn beigetreten, als sie bereits verheiratet waren.

»Wir mussten in der Partei sein, sonst hätten wir als Ärzte nicht mehr praktizieren können«, diese Aussage glich der seines Vaters. »Ich habe es so lange wie möglich hinausgeschoben, aber als ich die Klinik alleine leitete, ging es nicht anders, sonst hätte ich sie schließen müssen.« Erwähnte er bewusst Dr. Kleefeld nicht, oder hatte er seinen Freund schon so sehr aus seiner Erinnerung verdrängt, dass es ihm selbst nicht mehr auffiel?

»Und deine Entnazifizierung, wann wolltest du mir das erzählen?«

»Woher weißt du davon?« Er starrte sie an.

»Ich habe dir die Post in die Klinik gebracht und deine Akte auf Frau Rübstecks Schreibtisch liegen sehen.« Hoffentlich kaufte er ihr diese Lüge ab. Im Vergleich zu dem, was er ihr vorschwindelte, war das gewissermaßen eine Notlüge, und auf ein paar Bußgebete mehr oder weniger kam es jetzt auch nicht mehr an.

»Was denkst du noch von mir? Erst unterstellst du mir eine Affäre mit einer von unseren Schwestern, und jetzt glaubst du, dass ich ein Kriegsverbrecher bin?«

Sie schwieg, trank einen Schluck und wartete auf seine Antwort.

»Der Bescheid kam letzte Woche, ich gelte als unbelastet, zufrieden? Bayern schließt übrigens demnächst als letztes Bundesland mit dieser leidigen Entnazifizierung ab.«

»Und was ist mit Samuel Kleefeld, hat er dir als Leumund beigestanden?«

»Fängst du schon wieder mit ihm an. Dazu habe ich den doch nicht gebraucht. Und dass ich dir nichts gesagt habe, hatte nur den Grund, dass ich nicht wollte, dass du dich aufregst.« Auf einmal tat ihr Konstantin leid, hatten sie sich schon so weit entfremdet, dass er ihr nicht einmal mehr etwas so Wichtiges anvertraute? Sie merkte, dass ihn der Bruch mit Dr. Kleefeld immer noch belastete, und bohrte nicht weiter nach. Außerdem hätte sie sich doch nicht in ihn verliebt und wäre in das verhasste Bayern gezogen, wenn er ein fanatischer Hitleranhänger gewesen wäre. Als Arzt machte ihr Mann keinen Unterschied zwischen den Menschen, weder im Dritten Reich noch in der Demokratie. Wem er helfen konnte, dem half er auch. Besser, sie versuchte sich von ihren Ängsten und Befürchtungen zu lösen. Auch was diese Helga Knaup anging. Annabel atmete auf. Sie glaubte Konstantin, und in der Knaup-Sache hatte sie auch erfahren, was sie wissen wollte. Es war an der Zeit, die ganze Angelegenheit abzuhaken.

»Mama, wann sind wir bei der Großmama?« Friedrich hüpfte auf der Rückbank des Taxis, das bei diesem Tauwetter auf der Autobahn nur im Schneckentempo vorwärtskam. Zum ersten Mal durfte ihr Sohn in Grünwald übernachten und war kaum zu bändigen. Bis kurz vor der Abfahrt hatte er noch mehrmals seinen kleinen Koffer ausgeleert. Er konnte sich einfach nicht entscheiden, welches Spielzeug er mitnehmen sollte. Die bereits verbeulte Blechtankstelle mit den vielen Autos? Oder den neuen Zoo mit sämtlichen Tieren, den er zu Weihnachten bekommen hatte? Aber der passte nicht in den Koffer, also fragte Friedrich nach einem zweiten.

»Großmama hat sicher noch Papas Spielzeug aus der Zeit, als er ein Kind war, du brauchst eigentlich gar nichts mitzunehmen«, versuchte sie, ihm zu helfen. Er wirkte erleichtert, räumte den Koffer zurück in den Schrank und hob stattdessen die schwere Doktortasche aus dem Regal, die Konstantin ihm mit ein paar echten Untersuchungsutensilien bestückt hatte. Neben Verband und Pflaster steckten auch ein kleines Stethoskop und ein Reflexhammer in den Fächern. Damit hatte er schon auf die Knie sämtlicher Stofftiere eingedroschen, aber auch auf Annabels, Fräulein Gustis und Magdalenas Knie. »Dann brauch ich nur den, wenn sich die Großmama weh tut. Der Großpapa kümmert sich ja nicht mehr um sie, weil sie schon so alt ist.«

»Sagt das die Großmama?«

»Nein, ich«, erklärte Friedrich. »Der Großpapa ist doch bloß Kinderarzt.« Er war so schlau, ihr Kleiner. Sie drückte ihn an sich und küsste ihn aufs Haar. Wenn er so weitermachte, würde er tatsächlich in die Fußstapfen seines Vaters und Großvaters treten und die Thaler'sche Ärzte-Dynastie fortsetzen.

Nachdem sie ihn bei Irmela abgeliefert hatte, freute sie sich schon, ihrem Mann davon zu erzählen. Zurück in Starnberg, war auf einmal die Zeit knapp. Damit das Wetter ihr nicht den sorgfältig geplanten Abend verdarb, wies sie den Taxifahrer zu warten. Sie kleidete sich rasch um, bat Fräulein Gusti, Konstantins Anzug einzuhüllen und zum Wagen zu tragen. Kurz darauf stöckelte Annabel in einem langen Kleid hinterher, darauf bedacht, im Schneematsch nicht auszurutschen. Dann ließ sie sich zur Seeklinik bringen und fand Konstantin in einem Sprechzimmer vor der Leuchtwand mit Röntgenbildern.

»Was? Karten für Wilhelm Kempff – und gleich für heute, Bella Bellissima, wie hast du die ergattert?« Die Überraschung war gelungen, er freute sich sehr. Beethovens Sonaten liebten sie beide, noch dazu großartig interpretiert.

»Alles Gute zum sechzehnten.« Annabel beugte sich zu Konstantin hinunter und küsste ihn. Vielleicht hätte sie doch besser auf die hohen Schuhe verzichten sollen.

»Mein Geschenk bekommst du später. Oder dachtest du, ich habe unseren Hochzeitstag vergessen?« Ihr Mann lächelte. Sie wusste nicht, was sie gedacht hatte, aber gehofft hatte sie schon, dass ihm wenigstens an diesem besonderen Tag etwas für sie einfiel.

»Ich spreche nur kurz mit der Oberschwester und meiner Vertretung für die nächsten vierundzwanzig Stunden, und dann ziehe ich mich um.« So lange wollte Annabel Lippenstift und Lidstrich in der Kliniktoilette nachziehen. Als sie sich über den Spiegel beugte, fiel ihr die Kappe des Lippenstifts aus der Hand. Sie bückte sich, um sie aufzuheben, und entdeckte, zwischen Waschbecken und Abfluss eingeklemmt, ein Päckchen LUX-Zigaretten, das noch halbvoll war. Wer hatte das dort versteckt? Plötzlich hörte sie Würgegeräusche hinter sich. Sie hatte geglaubt, allein zu sein, aber eine der fünf Kabinen – das bemerkte sie jetzt erst – war abgesperrt. Annabel wollte sich gerade erkundigen, ob alles in Ordnung sei, da ging die Tür auf. Die Schwangere war noch dabei, ihre Kleidung zu richten, trat mit gesenktem Kopf zum Waschbecken. Erst da blickten sie sich in die Augen.

»Sie?« Annabel starrte die Schwester an.

»… 'n Abend, Frau Doktor.« Die Schwester knöpfte sich den Kittel zu, wusch sich die Hände und ging.

Das durfte und konnte nicht sein. Kaum war sie weg, setzte sich Annabel auf die Fensterbank und dachte nach. Alles in ihr pulsierte. Sollte sie Konstantin doch noch mal zur Rede stellen? Wahrscheinlich würde er wieder alles abstreiten, sogar behaupten, dass das Kind, das dieses Früchtchen erwartete, gar nicht von ihm sei. Vielleicht war es ja wirklich nicht von ihm, aber Zweifel machten sich in Annabel breit. War das der Grund, warum Konstantin kein Geschwisterchen für Friedrich wollte, weil er bereits mit seiner Geliebten eines gezeugt hatte? Sie fächelte sich Luft zu. Ja, sie hatte beschlossen, ihrem Mann zu glauben, und diese Person hatte bereits genug Unruhe in ihrer Familie gestiftet. Sie musste etwas unternehmen, damit sie endlich aus ihrem Leben verschwand. Allerdings nicht heute. Ihren Hochzeitstag wollte sie trotz allem genießen.

Den ganzen Abend bewahrte sie die Fassung und bewunderte sich selbst dafür. Als sie endlich im neuen Herkulessaal der wiedererrichteten Münchner Residenz saßen und dem Räuspern, Husten und Schnäuzen lauschten, bis die ersten Töne erklangen, dauerte es bloß ein paar Takte, und schon trug Beethovens Mondscheinsonate sie auf sanften Klängen davon. Der Poet am Klavier, wie Wilhelm Kempff genannt wurde, schaffte es, Annabels aufgewühltes Inneres zu beruhigen. Unter der Trockenhaube in Gabis Schönheitssalon hatte sie gelesen, dass der Pianist mit seiner Familie ebenfalls an den Starnberger See ziehen wollte. Hitler hatte ihn in die Reihe der Gottbegnadeten aufgenommen, um ihn vom Kriegsdienst zu verschonen. Trotzdem wurde er kurz vor Kriegsende zum Volkssturm einberufen. Was es nicht alles gegeben hatte, dachte Annabel. Auf der einen Seite die *Gottbegnadeten* und auf der anderen die *Unwerten* wie Manfred Brandstetter, die es aus Sicht der Machthaber nicht verdienten zu leben. Sie betrachtete ihren

Mann von der Seite, sein feines Profil mit der erhabenen Stirn und der geraden Nase. Als er ihren Blick bemerkte, schenkte er ihr ein Lächeln und nahm ihre Hand in die seine. Offensichtlich hatte sie mit ihrem Geschenk voll ins Schwarze getroffen. Es könnte alles so einfach und zugleich wunderbar sein, jetzt, wo sich Annabel endlich mit ihrer Schwiegermutter besser verstand und sich mit Bayern als Heimat arrangiert hatte. In den ersten Jahren ihrer Ehe hatte sie noch, sooft sie konnte, ihre Eltern in Münster besucht. Manchmal war die Bahnstrecke gesperrt gewesen, und die Fahrt ging erst am nächsten Tag weiter. Aber irgendwie schlug sie sich doch zu ihnen durch. Nur in der Buchhandlung ihrer Mutter konnte sie richtig entspannen. Der Duft von Papier und Leimbindungen löste jedes Mal Erinnerungen in ihr aus, obwohl sie längst nicht mehr so viel ernste Literatur las wie früher, sich mehr auf Krimis verlegt hatte. Das Eintauchen in fremde Welten und Schicksale, die stets auch das eigene Befinden widerspiegelten, hatte ihr schon immer gefallen. Als junge Ehefrau hatte sie auf Empfehlung ihrer Mutter *Effi Briest* gelesen. Annabels Nöte ähnelten denen der Hauptfigur, obwohl sie ihren Mann niemals betrügen würde, spürte sie Effis Einsamkeit fast am eigenen Leib. Oft hatte sie bei ihren Besuchen in Münster bis Ladenschluss vor den hohen Regalen gesessen, die bis unter die Decke und um die Säulen herum mit Büchern vollgestopft waren. Während ihre Mutter Kundschaft bediente, Bestellungen verpackte oder Antiquariatslisten durchging, stand Annabel von dem alten Ledersofa mit den bestickten Kissen nur auf, um frischen Tee zu kochen und sich noch ein Stück von Mutters Westfälischem Kastenpickert zu holen, einem Früchtekuchen, den die Mutter in der kleinen Kochnische verwahrte. Annabel schmökerte sich durch alles, was sie noch nicht kannte. Auch wenn viele wichtige Autoren fehlten. Ihre Mutter musste dem Bund reichsdeutscher Buchhändler beitreten, sonst hätte sie ihren Laden dichtmachen müssen. Dennoch hortete sie etliche Bücher der verfolgten oder mit Berufsverbot belegten Autoren in zweiter Reihe. Annabel legte so manchen Roman von Stefan Zweig oder einen Gedichtband von Nelly Sachs, die der großartige österreichische Schriftsteller gefördert hatte, in eine protzige nationalsozialistische Neuerscheinung und vertiefte sich darin, als gäbe es nichts Erbaulicheres als die Hetze gegen Juden, politisch Andersgesinnte und Außenseiter.

Allerdings setzte sie sich dabei so hinter die Wendeltreppe, dass niemand ihr über die Schulter blicken konnte. Nur wenige wussten von der Doppelbödigkeit der Regale. Nicht auszumalen, wenn Mutter deswegen verhaftet worden wäre. Denunzianten gab es überall, und kaum jemandem konnte man noch trauen. Manchmal unterstützte Annabel auch ihren Vater im Katechismus-Unterricht, mit Kindern zu arbeiten, gefiel ihr besser als die Gesellschaft langweiliger Erwachsener, bei denen sie jedes Wort abzuwägen hatte.

Zuletzt besuchte sie auch Renate, ihre Freundin aus der Handelsschule, die ebenfalls geheiratet hatte und nun Mohlreitz hieß. Während Annabel noch ins Kloster gewollt hatte und kaum Begeisterung für Männer zeigte und wohl dadurch auch keine Avancen erhielt, hatte Renate bereits vor dem Ende ihrer Ausbildung zur Sekretärin die Wahl zwischen dem Konditor aus der Nachbarschaft und einem Brauereibesitzer. Schwanger stand sie bald danach in der Konditorei und arbeitete von frühmorgens bis spätnachts. Als das zweite Kind zur Welt kam, litt sie wie alle Mütter unter chronischem Schlafmangel. Die Augen von dunklen Ringen umrandet, servierte sie Annabel mitten im Krieg Mokka und eine Auswahl ihrer feinsten

Pralinen. Annabel wollte gar nicht wissen, woraus die Pralinen bestanden oder was die Verzierungen enthielten, es gab doch kaum noch richtige Zutaten. Anstandshalber probierte sie eine und glaubte, Fisch zu schmecken, schluckte sie schnell hinunter und lobte überschwänglich, wie schön die Leckereien anzusehen waren, und das waren sie ja auch. Mit dem Säugling auf dem Arm und dem quengelnden Mädchen am Bein setzte sich Renate kurz zu ihr an den Tisch. Eigentlich wollte Annabel ihr von sich erzählen. Dass sie in eine angesehene Münchner Arztfamilie eingeheiratet hatte, die dazu noch von Adel war, wusste ihre Freundin bereits. Aus der Ferne betrachtet, führte sie ein Leben in Luxus, mit Dienstmädchen und Köchin – damals hatte sie noch eine –, und ihre Freundin beneidete sie sicher darum. Doch für sie selbst fühlte sich ihr Leben merkwürdig leer an. Ein Kind könnte das vielleicht ändern. Doch sie konnte das Thema nicht zur Sprache bringen, Renate fehlte die Ruhe für ein ernstes Gespräch. An der Wand, die mit Porträts von Schauspielern wie Heinz Rühmann, Sonja Ziemann und Hans Albers gepflastert war, hingen auch ihre Postkarten vom Starnberger See. Renate fragte, ob Annabel Hans Albers schon einmal getroffen habe. Er wohnte doch ganz in ihrer Nähe, in seiner Villa am See. Nah war übertrieben, dachte Annabel, Tutzing lag vierzehn Kilometer südlich von Starnberg.

»Du bist bestimmt oft auf einer Gala eingeladen oder wie man das nennt, wo die ganzen Schauspieler ebenfalls verkehren?« Renate riss die Augen genauso auf wie ihre zweijährige Tochter, die sich auf die Schachbrettfliesen gehockt hatte und sich in Zeitlupe einen Krümel in den Mund schob.

»Deine Kleine isst was vom Boden«, sagte Annabel, mehr um von sich abzulenken. Außer uralten Arztgattinnen, die die

Zukunft aus Kaffeetassen lasen, und Professoren, die wie ihr Schwiegervater mit lateinischen Fachbegriffen um sich warfen, hatte sie bisher noch niemanden kennengelernt, obwohl es von bedeutenden Persönlichkeiten am Starnberger See angeblich nur so wimmelte.

»Nicht, Ursel.« Renate schlug ihrer Tochter kräftig auf die Finger. Die kreischte los und war kaum zu beruhigen. Ihr Mann rief aus der Backstube, wo Renate denn bleibe, es warteten Kunden. Renate sprang auf, legte den Säugling in die Tragetasche und nahm ihre immer noch schluchzende Tochter auf den Arm. »Genieß die kinderlose Zeit, solange du kannst«, sagte sie, als hätte sie doch in Annabels Inneres geschaut. Sie umarmte Annabel flüchtig. »Das nächste Mal habe ich mehr Zeit, und du erzählst mir alles ganz genau, ja?«

Doch dazu kam es nicht mehr. Kurz nach ihrer Abreise begannen die Bombardierungen der Alliierten. In der Konditorei Mohlreitz gingen die Schaufenster zu Bruch. Renate erreichte mit ihrer Familie noch rechtzeitig einen Luftschutzbunker. Anders als Annabels Eltern. Sie starben am 11. November 1943 unter den Trümmern der Buchhandlung am Prinzipalmarkt. Laut dem Bischof, für den ihr Vater arbeitete, hatte der Vater ihre Mutter abholen wollen, als der Fliegeralarm losging. Zwei Tage später hätten ihre Eltern Silberhochzeit gehabt. *Unsere Heilige Dreifaltigkeit* hatte ihr Vater sie als Familie genannt, und ihre Mutter fragte, wer von ihnen dreien an der Spitze stehe. Das sei doch das Wunderbare an einem Dreieck, erwiderte ihr Vater daraufhin, alle seien gleichberechtigt. Bei ihrer Beerdigung war Annabel bereits fünf Jahre verheiratet, noch immer kinderlos und fühlte sich fortan noch einsamer an Konstantins Seite. Und als eineinhalb Jahre später ganz Deutschland in Schutt und Asche lag und die Gräueltaten im

Namen des deutschen Volkes ans Licht kamen, sorgte sie sich immer noch, dass sie, als Gattin eines Geburtsarztes, der unzähligen Kindern auf die Welt geholfen hatte, unfruchtbar sein könnte.

Und jetzt hatte ihr Mann eines seiner Flittchen geschwängert. Applaus setzte ein. Das Konzert war beendet.

»Ich dachte, wir probieren etwas aus«, schlug Konstantin vor, kaum dass sie zuhause waren. Er holte eine Schachtel aus dem Kofferraum seines Ford Taunus und überreichte sie ihr feierlich. Das war also sein Hochzeitsgeschenk. Sie hätte es sich denken können. Ausprobieren, das Codewort für die Probepackungen, die er von Vertretern für Ehehygieneartikel geschenkt bekam. Neuerdings gab es Pariser mit Duft- und Geschmacksnoten, Annabel errötete schon bei dem Gedanken daran. Ein parfümierter Schafsdarm war nicht gerade prickelnd, auch wenn Konstantin ihr versicherte, dass das labbrige Ding längst aus Naturkautschuk hergestellt wurde. Nur deshalb konnte man es auskochen und mehrmals verwenden, ohne dass es porös wurde oder an Elastizität verlor. Der Hauptgrund für ihre Abneigung gegen Empfängnisverhütung war, dass sie weitere Kinder wollte, aber Konstantin offenbar nicht, obwohl er das nie zugeben würde. Noch so eine unausgesprochene Sache zwischen ihnen. Er fühlte sich mit Friedrich schon überfordert, und dabei kümmerte sie sich die meiste Zeit um ihren Sohn. Sie war fünfunddreißig, und langsam, aber unaufhörlich tickte die biologische Uhr in ihr. Doch genug für heute mit all der Grübelei. Wie gewohnt tat sie, was er sich wünschte, und gab sich ihm hin.

Am nächsten Tag wachte sie vor Konstantin auf, der erst gegen Mittag in die Klinik fahren wollte, und fasste einen Plan. Noch im Morgenmantel schlich sie in den Flur, um zu telefonieren, wusste dann aber nicht, wie sie sprechen sollte, ohne dass ihr Mann etwas davon mitbekam. Als sie Fräulein Gusti im Erdgeschoss hörte, beschloss sie, das Ganze auf später zu verlegen und Konstantin erst mal mit einem besonderen Frühstück zu überraschen. In der Küche stellte sie fest, dass sie außer dem Üblichen nichts im Hause hatte. Sogar der Ziegenkäse, die Milch und die Eier vom Brandstetterhof waren verbraucht.

»Fräulein Gusti«, sie wandte sich an das Dienstmädchen, das bereits am Fensterputzen war, »holen Sie doch vier Eier vom Lindner, und vielleicht gibt es dort auch Croissants?« Ein französisches Frühstück würde zu der Pariser-Ausprobiernacht passen, dachte sie mit einem Lächeln. Lindner arbeitete mit internationalen Lieferanten und war dementsprechend hochpreisig. Neuerdings bekam man dort schon Erdbeeren, sie schmeckten zwar nach nichts, sahen aber hübsch aus. Annabel stockte, schnupperte durch die geöffneten Fensterflügel. Ein Duft war ihr in die Nase gestiegen. »Was ist das?«

»Bei Dahlmanns gibt's umsonst frische Krapfen.« Fräulein Gustis Putzlappen dampfte, damit sie die Eisblumen auf den Scheiben wegkriegte.

»Umsonst?« Luise Dahlmanns Geschäftsstrategie war Annabel ein Rätsel. Für das vorgekochte Dreigängemenü hatte sie lediglich die Kosten für die Zutaten verlangt und nichts für ihre Arbeitszeit, nannte es großzügig »Nachbarschaftshilfe«. Auf diese Weise kam sie doch nie auf einen grünen Zweig. In den Metzgereien am Viktualienmarkt hätte Annabel das Drei- oder sogar Vierfache bezahlt.

»Allerdings kriegt man den Krapfen nur, wenn man dort auch etwas einkauft oder telefoniert«, ergänzte Fräulein Gusti.

»Für ein Telefonat auch?«

»Ja, das kann man neuerdings im Flur bei den Dahlmanns machen, nicht mehr mitten im Laden, wo jeder mithört. Und die Krapfen sind sehr lecker. Ich habe mir vorhin einen mit Zitronenguss ausgesucht, den kann ich nur empfehlen.« Sie leckte sich die Lippen. Was sie dafür gekauft hatte, verriet sie nicht.

»Na gut.« Annabel holte ihr Portemonnaie. »Dann gehen Sie hinüber und lassen sich von Frau Dahlmann beraten. Ich möchte aber wirklich etwas Exquisites. Oder warten Sie, ich erledige das besser schnell selbst.« So konnte sie hoffentlich ungestört telefonieren und musste nicht erst warten, bis Konstantin aus dem Haus war.

Am selben Tag kündigte man Helga Knaup und warf sie aus dem Wohnheim, doch zu Annabels Entsetzen zog sie ausgerechnet bei den Dahlmanns ein. Dabei hatte sie gehofft, dass das Fräulein zu ihren Eltern zurückging und sie sie damit endgültig loswurde. Aber was tat das Früchtchen? Stand fortan im Laden und ging Luise Dahlmann zur Hand. Und das gerade, als Annabel beschlossen hatte, Luises Freundlichkeit mit ihrer Mildtätigkeit zu begegnen und ab und zu bei ihr einzukaufen. Nun prahlte dieses Fräulein Knaup mit ihrem dicker und dicker werdenden Schwangerschaftsbauch und heizte die Starnberger Gerüchteküche an. Sämtliche Ledigen und auch ein paar Verheiratete kämen als Väter in Frage, spekulierten die Damen rechts und links neben ihr, als Annabel im Frühjahr bei Gabi Lerchentaler ihre Dauerwelle auffrischte.

»Sie hat sogar dem Zuckermüller schöne Augen gemacht«,

behauptete Frau Beil, Gattin des Richters am hiesigen Landgericht, deren ausgedünnter Schopf der Friseurin immer wieder durch die Lockenwickler glitt.

»Wirklich? Dem Pfarrer?« Die Frau Apothekerin, die sich ihre Haare bleichen ließ, beugte sich vor. »Weiß seine Haushälterin davon, die ist doch für sein leibliches Wohl verantwortlich, wenn Sie verstehen, was ich meine?«

Annabel schätzte es, dass sie nicht mit dem Starnberger Pöbel zusammengesetzt wurde. Frau Lerchentaler wählte die Sitzplätze in ihrem Schönheitssalon offenbar nach den Berufen der Männer aus.

»Sie kennen doch dieses Fräulein auch, Frau Doktor. Was denken Sie, von wem sie, äh, in andere Umstände geraten ist?«

»Ich?« Annabel sah von der Illustrierten auf. *Fahr dich schick mit Quick*, sie hatte sich gerade in die hohe Schule des Autofahrens vertieft. Vielleicht konnte sie Konstantin überreden, sie den Führerschein machen zu lassen. Dann würde sie Friedrich selbst zur Großmutter fahren, ihn dort abholen und ihn auch im Herbst zur Schule bringen. Seit sich fast jeder einen Kleinwagen leisten konnte, herrschte das reinste Verkehrschaos in der Stadt, so dass Friedrich auf keinen Fall zu Fuß in die Schule gehen konnte.

»Wieso soll ausgerechnet ich das wissen?« War etwa etwas von Konstantins Verhältnis mit dieser Person durchgesickert?

»Sie hat doch in der Klinik Ihres Mannes gearbeitet, da dachte ich mir …«

Zum Glück blieb ihr eine Antwort erspart, denn die Friseurin schaltete die Trockenhaube ein.

Anfang Mai musste sie wieder einmal ihren Sohn von den Dahlmanns abholen. Irmela hatte sich in den Kopf gesetzt, mit Friedrich in den Zoo zu gehen, und würde jeden Moment in ihrer Limousine vorfahren. Also beeilte sie sich und überwand sich, den Laden zu betreten, obwohl sie bereits durchs Schaufenster gesehen hatte, dass Helga Knaup hochschwanger hinter der Kasse stand, als trüge sie eine überreife Melone unter dem Rock. Jede Menge Kundinnen drängten sich zwischen den Regalen. Frau Dahlmann und ihre Freundin wirkten wie ein gut eingespieltes Team, und das Bedienen ging zügig voran.

»Schauen Sie mal, was die anhat«, hörte Annabel eine Kundin tuscheln, als sie sich hinter den anderen einreihte. Wie noch zu Klinikzeiten trug Helga Knaup einen weißen Kittel. Hoffentlich hatte sie den nicht mitgehen lassen! Sie brachte ihn allerdings nicht mehr zu. Darunter wallte ein geblümtes, enges Kleid, das ihren Zustand betonte, anstatt ihn zu verbergen. Von wegen Früchtchen, das war eine ganze Obstplantage.

»Die Nächste bitte«, sagte Frau Dahlmann und entdeckte Annabel. »Ah, Grüß Gott, Frau Doktor, Sie wollen bestimmt den Friedrich abholen.« Offenbar rechnete sie schon gar nicht mehr damit, dass sie etwas einkaufte, und rief nach hinten. »Fritz, die Mama ist da.« Mit zuckerverschmiertem Gesicht und bis über beide Ohren strahlend, lief er auf sie zu. »Er hat mir beim Glasieren geholfen«, sagte Luise wie zur Entschuldigung. »Warten Sie, ich wisch ihm noch schnell den Mund ab.«

»Nein, ist schon gut, danke.« Wofür bedankte sie sich eigentlich? Jetzt musste sie Friedrich noch einmal komplett umziehen und ihm die Zähne putzen, bevor er bei der Großmutter einsteigen durfte. Aber was tat man als Mutter nicht alles. Als sie mit Friedrich an der Hand den Laden verließ, stieß sie fast mit Frau Beil, der Richtersgattin, zusammen. Scheinbar wollte die mal wieder ihre Neugier befriedigen.

Eine Viertelstunde später war Friedrich sauber und fröhlich Richtung München unterwegs. Annabel zog es erneut in den Laden. Ihr war eingefallen, dass sie den Präsentkorb für die Oberschwester noch nicht bezahlt hatte. Konstantin erinnerte sie ständig daran, am besten, sie erledigte es endlich. Das Jubiläum war ein voller Erfolg gewesen, besonders die Einweihung der *Miniseeklinik*, die Beate Boden in ihrem Gärtchen bei München angelegt hatte. Sie bestand darauf, dass Herr und Frau Doktor von Thaler sie besichtigten. Dabei kriegten sie bloß einen Haufen Gartenzwerge, die wie Ärzte und Schwestern gekleidet waren, zu sehen …

»Moment, das stimmt aber nicht.« Frau Beil stand gerade an der Kasse und beschwerte sich. »Sie haben mir falsch rausgegeben.«

»Echt?« Helga Knaup überprüfte die Abrechnung auf dem Zettel und dann das Wechselgeld. »Fünf dreiundzwanzig. Stimmt doch. Ein Fünfmarkstück und drei Zehnerl. Und ich habe ihnen sieben Pfennig herausgegeben.«

»Nein, ich habe mit einem Zehnmarkschein bezahlt.«

Das Fräulein drückte den Kassenhebel und öffnete die klingende Geldschublade. »Da ist kein Zehner, bloß zwei Zwanziger, ein Fünfziger und dann das Kleingeld.«

»Ich lass mich doch nicht von Ihnen übers Ohr hauen, Sie Schlampe«, pöbelte die Richtersgattin.

Luise mischte sich ein. »Jetzt ist aber Schluss, Frau Beil, beleidigen Sie meine Freundin nicht. Geben Sie einfach zu, dass Sie sich geirrt haben.«

»Ich und mich irren? Sie wissen wohl nicht, wer ich bin, mein Mann ist …«

»Das wissen wir«, unterbrach Luise. »Aber Unrecht ist Unrecht, das gilt auch für Sie. Ich nehme gerne die Ware zurück und gebe Ihnen das Geld wieder, wenn Sie möchten.«

Frau Beil winkelte den Arm mit ihrem Einkaufsnetz an, als ob ihr jemand die Gulaschsuppendosen und die Bärenmilch entreißen wollte. »Das ist doch die reinste Absteige hier. Wie können Sie bloß solchen Leuten Ihr Kind anvertrauen, Frau Doktor, die verderben ihn noch.« In Annabel sah sie offenbar eine Verbündete.

Doch das ging auch ihr zu weit. »Mäßigen Sie sich, mein Sohn fühlt sich hier sehr wohl, und die Dahlmanns leisten gute Arbeit. Besonders als Nachbarn möchte ich sie nicht mehr missen.« Über die aufgeblasene Knaup-Schickse sah sie kurz hinweg. Insgeheim rührte es sie, wie Luise ihre Freundin verteidigte. So jemanden hätte sie auch gerne an ihrer Seite, jemand, der bedingungslos für sie einstand.

»Was sind Sie bloß für eine Heuchlerin!« Kaum war Frau Beil fort, fuhr die Knaup Annabel an. »Sie kaufen doch nur hier ein, wenn es gar nicht anders geht, und auch sonst nutzen Sie Luises Gutmütigkeit aus.«

»Ach ja? Das sagt die Richtige.« Annabel verschränkte die Arme und stellte sich vor ihr auf. »Wer nistet sich denn hier ein und macht auf bettelarm? Wahrscheinlich zahlen Sie nicht mal Miete.«

»Das geht Sie gar nichts an. Schließlich sind Sie schuld, dass ich meine Arbeit verloren habe, Sie Denunziantin.«

»Tun Sie doch nicht so, als ob Sie auf diese Stelle angewiesen wären. Da gibt es wahrlich Bedürftigere!« Von Konstantin wusste Annabel zwar, dass viele die anstrengende Ausbildung zur Lernschwester scheuten, aber das behielt sie für sich. Jetzt, wo sie endlich die Gelegenheit hatte, dieser Knaup gründlich die Meinung zu geigen. »Weiß Frau Dahlmann überhaupt, wer Ihre Eltern sind? Oder haben Sie das verschwiegen?« Helga und Luise sahen sich an. »Das dachte ich mir.« Annabel nickte zufrieden. »Dass Ihrem Vater die Löw-Werke gehören, die sich als ›rein arischer‹ Schuhkonzern an Juden und anderen bereichert haben, geben Sie in der heutigen Zeit bestimmt nicht gerne preis. Auch wenn Sie sonst so ein loses Mundwerk besitzen.«

HELGA

Was reden Sie da? Hören Sie auf.« Ihr reichte es. »Wir Knaups sind stolz auf unsere Firmengeschichte, der Gründer war ein Jude und sogar entfernt mit Albert Einstein verwandt.« Helga wunderte sich über sich selbst, dass sie auf einmal von »wir« sprach, aber sie hatte ein für alle Mal genug von den Anschuldigungen dieser Frau Doktor. Die brachte ständig etwas Neues daher. »Außerdem, wenn das stimmt, was Sie behaupten, hätten die Alliierten doch die Schuhproduktion gestoppt und den Betrieb nicht weiterlaufen lassen.«

»Deinen Eltern gehören die Löw-Qualitätsschuhe?« Luise machte große Augen.

»Ich wollte es dir sagen, als ich deine Pantoletten gesehen habe, aber ...« Sofort schämte sie sich. Helga wusste auch nicht, warum sie es bisher noch nicht erzählt hatte, vielleicht aus Angst, Luise könnte sie wegschicken. Als Tochter solch wohlhabender Eltern könne sie sich doch etwas leisten und müsse nicht bei ihr Unterschlupf suchen. Jetzt, wo aus der einen Übernachtung nicht nur eine Woche geworden war, sondern schon mehrere Monate. Eine gemeinsame Zeit voller Spaß und Vertrautheit. Im Gegenzug unterstützte sie Luise im Laden, half beim Aufräumen und Putzen. Alles in allem gefiel es Helga sehr gut hier. Meistens verbrachten sie auch die Abende zusammen, es fühlte sich an, als hätte sie ihre große Schwester zurück. »Was kümmert Sie meine Familie?« Helga wandte sich wieder an diese arrogante von Thaler. Eigentlich brauchte sie ihre Eltern nicht zu verteidigen, doch gefallen lassen wollte sie sich diese Beschimpfungen auch nicht. Sie ging um die Theke herum, stellte sich ihr gegenüber, als wollte sie sie mit ihrem Schwangerschaftsbauch zur Tür hinauskicken.

»Ich wollte wissen, was das für eine ist, die sich an meinen Mann heranmacht.« Die Frau gab nicht auf, wich kein bisschen zurück. Im Gegenteil, sie trat noch näher an Helga heran und hob die Hand. »Und dann besitzen Sie auch noch die Frechheit, sich direkt neben uns einzunisten, führen sich auf wie … wie …« Es klatschte, doch nicht in Helgas Gesicht, sondern auf den Boden. Etwas Warmes war ihr an den Beinen herabgeflossen. Zwischen ihren Schuhen bildete sich eine Pfütze.

»Das war Ihre Fruchtblase, oder?«, sagte die von Thaler, bevor sie es selbst begriff. »Warten Sie, ich helfe Ihnen. Soll ich Sie in die Seeklinik bringen lassen?«

»In diesen Pfuschverein? Niemals. Ich entbinde hier.« Helga bestand darauf. Luise hatte ihr von ihrer Totgeburt erzählt und wie man sie in der Seeklinik behandelt hatte, ein Grund mehr, sich für eine Hausgeburt zu entscheiden.

»Ein Pfuschverein, wer sagt das?« Die von Thaler ließ nicht locker, doch Luise stand ihr bei.

»Das ist jetzt nicht der Moment.« Sie lief zur Tür und drehte das Schild um. Geschlossen. Dann legte sie Helga den Arm um die Taille, jedenfalls an die Stelle, wo vor neun Monaten noch eine gewesen war. »Komm, ich bring dich nach hinten, oder schaffst du es noch über die Treppen nach oben?« Mittlerweile war Helga vom Sofa in der Stube in das leerstehende Zimmer im ersten Stock gezogen. Solange es die Dahlmanns noch nicht für ihre eigenen Kinder brauchten, hatte sie es für sich einrichten dürfen. Auf einmal setzte ein Ziehen im Rücken ein. Der Schmerz wurde heftiger, bald ging sie in die Knie. Das musste die erste Wehe sein. Na, Prost Mahlzeit, das ziepte ordentlich. Sie hockte sich neben der Durchgangstür auf die Stufen und stöhnte.

»Ich ruf am besten gleich die Hebamme an, warte.« Luise lief zur Telefonnische im Flur, kam nach einem kurzen Gespräch zurück und brachte die von Thaler mit. Was tat die denn noch immer hier? »Frau Hirschkäfer ist bei einem Hausbesuch in Pöcking, ich hol sie ab, sonst dauert es zu lange. Ich beeile mich. Die Frau Doktor hat angeboten, dass sie bei dir bleibt, einverstanden?« Mehr als ein Stöhnen als Antwort brachte Helga nicht zustande.

Die Ernährung des Neugeborenen

- *Frische, rohe Frauenmilch, ab einem Geburtsgewicht von 2000–2500 g durch Trinken an der Mutterbrust ist die beste Nahrung.*
- *Leichtere Kinder ermüden beim Stillen rascher, haben Saug- und Schluckstörungen oder Atembeschwerden, sie müssen mit dem Löffel oder einer Pipette ernährt werden. Achtung: Nie in die Nase tropfen! In den ersten beiden Wochen abgerahmte, rohe Frauenmilch, später rohe Vollfrauenmilch geben, der Eiweißpräparate (2 % Plasmond, 2 % Larosan oder 2–3 % Trockenbuttermilch oder 0,5–1 % Aminosäuregemische) zugesetzt werden.*
- *Durch Butterzusatz in Form einer Einbrenne lässt sich eine gute Dauernahrung herstellen, die für Gedeihen, frisches Aussehen und eine gute Widerstandkraft des Säuglings sorgt.*
- *Empfohlene Milchkonserven: Babysan, Pelargon (Nestlé), Glücksklee-Milch, Aletemilch, Humanamilch = nicht nur für Helga, im Laden allgemein vorrätig halten!*

Aus: Luises Ladenkunde-Album

LUISE

Eine holprige Fahrt auf dem Gepäckträger der Triumph wollte sie der Hebamme nicht zumuten. Außerdem würde es auch zu lange dauern. Also entschied sich Luise für das Motorradgespann, das Hans erst vor kurzem gebraucht erworben hatte. Bis er heimkehrte, um ihn um Erlaubnis zu fragen, konnte sie nicht warten. Sie schob die BMW aus der Garage, nahm die Abdeckung ab und hob das dort deponierte Werkzeug aus dem Beiwagen. Gefahren war sie mit dem Motorrad noch nicht, aber es lief, wenigstens hatte Hans das behauptet. Es würde nicht anders zu fahren sein als ihr Moped, hoffte sie. Zum Glück steckte der Schlüssel am Tank. Sie setzte den Helm auf und zog das Band der Pilotenbrille darüber. Dann drückte sie den Lichtschalter vor der Lenkstange, bis das Lämpchen grün leuchtete. Jetzt nur nicht hetzen, dachte sie, auch wenn es pressierte, durfte sie bloß keinen Schritt auslassen. Gefühl und Technik gehörten dazu, um eine Maschine zu beherrschen. Wie oft hatte ihr Hans mit dieser Ermahnung in den Ohren gelegen, wenn sie schon allein beim Kapieren der Bedienungsanleitung für ein neues Gerät ungeduldig war. Sie trat den Kickstarthebel, außer einem leisen Klicken war nichts zu hören. »Lieber Gott«, flehte sie, »mach, dass dieses Ding anspringt, das ist ein Notfall.« Sie schob den Hebel zurück und trat ihn erneut, diesmal mit aller Kraft. Das Motorrad knatterte los, schnurrte dann gleichmäßig, lief wie frisch geschmiert, und das war es ja auch. In Gedanken schickte sie ihrem Mann einen dicken Kuss. Dann setzte sie sich auf den Sattel, kam sich vor wie auf Fidos Rücken, so aufrecht majestätisch saß sie darauf. Bevor sie langsam aus dem Garten rollte, zog sie sich die Lederhandschuhe an und schob die Brille über die Augen. Nur knapp schaffte sie es durch das Gartentor, sie musste sich erst daran gewöhnen, dass sie auf einer Seite mit Anhang fuhr. Wenn sie den Lack zerkratzte, würde ihr Hans das nie verzeihen! Besonders das Kurvenfahren war eine Herausforderung. Der Beiwagen hob ab, als sie sich nach links legte. Aber falls die Hebamme noch die gleiche Statur wie bei Mannis Geburt hatte, würde das bei der Rückfahrt nicht mehr passieren. Luise gab Gas. Zu ihrem Erstaunen glitt sie wie auf Butter dahin. Anders als mit der Triumph, bei der sie vor jedem Buckel Vollgas geben und sogar mittreten musste. Sie schoss den steilen Seufzerberg hinauf, den die Einheimischen so nannten, weil hier fast jeder Motor ins Stottern kam. Dann preschte sie weiter nach Pöcking.

Frau Hirschkäfer musste sich erst vom Kaffeetisch lösen, wo die Geburt des sechsten Kindes einer Bauernfamilie gebührend bejubelt wurde, aber Luise drängte sie. Sie sorgte sich um Helga. Zwar würde Annabel von Thaler als Frau eines Geburtsarztes und auch als Mutter hoffentlich nicht völlig hilflos sein, trotzdem wollte sie ihrer Freundin beistehen.

»Na, du hast mit mir ja einiges vor, Luiserl.« Die Hebamme nannte sie immer noch so wie als Kind, duzte auch ihre Gebärenden, wollte selbst aber gesiezt werden. Noch an einem Stück Nusszopf kauend, den Rest als Wegzehrung eingewickelt und in die Manteltasche gestopft, kletterte sie endlich in den Beiwagen. Es wurde bereits dunkel und fing zu regnen an.

»Setzens die Kappe auf, Frau Hirschkäfer, sonst zieht es an

den Ohren.« Luise wollte ihr die Ledermütze mit den Ohrenklappen geben, die im Seitenfach gelegen hatte, doch die Hebamme zog lieber ihre Baskenmütze über den Dutt. Als Luise sich vergewissert hatte, dass ihre kostbare Fracht sicher und bequem verstaut war, fuhr sie los.

»Halt, so wartns doch.« Ein Mädchen, vermutlich die älteste Tochter des Hauses und knapp zehn, rannte ihnen hinterher. »Sie ham Earna Daschn vagessn, gnä' Frau.« Das Dirndl schleppte sie herbei.

»Jesses«, sagte Frau Hirschkäfer. »A Hebamm ohne B'steck, das ist ja wie ... wie ein Arzt ohne Lachgas.« Sie gluckste. Luise hatte den Verdacht, dass sie nicht nur mit Wasser auf den Prachtbuben angestoßen hatte. Na, das konnte heiter werden. Vielleicht sollte sie Helga doch besser in die Klinik bringen? Aber dann dachte sie wieder an das, was ihr und ihrer Mutter dort widerfahren war, und blieb bei ihrer Entscheidung. Immerhin hatte Frau Hirschkäfer Luise und ihre Brüder entbunden, und für Mannis Behinderung und den Tod ihrer Mutter konnte sie nichts. Im Gegenteil, sie hatte sogar noch dafür gesorgt, dass ihre Mutter ins Krankenhaus kam, als es ihr im Wochenbett schlechter ging. Im ganzen Landkreis besaß sie den besten Ruf, hatte unzählige gesunde Kinder auf die Welt gebracht. Vermutlich stärkte sie das bisschen Schnaps eher.

»Sind Sie bereit?«, fragte Luise, nachdem auch die große Bügeltasche im Beiwagen verstaut war.

»Zu jeder Schandtat.« Die Hebamme nickte. Luise startete und gab Vollgas. Der Regen verdichtete sich, die Lichter entgegenkommender Fahrzeuge spiegelten sich in der Straße, und ihre Pilotenbrille beschlug. Sie musste sich konzentrieren und lehnte sich weiter nach vorne.

»Hoppala«, hörte sie es manchmal aus dem Beiwagen, wenn sie zu weit an den Rand fuhr und einem Schlagloch nicht mehr ausweichen konnte. Jetzt nur noch den Berg hinab und ein paar Kurven am See entlang, dann war es so gut wie geschafft. Hinunter ging alles glatt. Auch die nächste Linkskurve gelang, dann ein Stück geradeaus, am Rondell des Hotels Bayerischer Hof vorbei, das mit seiner Nachtbeleuchtung protzte. Sie bemerkte, dass sich die Hebamme in den Beiwagen kauerte, als ginge es eine steile Rodelbahn hinab. Luise brauste weiter, legte sich in die letzte Kurve. Doch was war das? Es quietschte, dann schrammte etwas auf dem Teer und ruckelte an der Seite des Motorrads. Sie bremste, kam nach ein paar Metern kurz vor der Einfahrt zum Laden zum Stehen. Der Beiwagen fehlte. Wo war er abgeblieben? Sie sah zurück und entdeckte ihn im Licht der Straßenbeleuchtung, wie er samt Hebamme quer über die Fahrbahn schlitterte. Vor lauter Eile hatte sie nicht überprüft, ob das Gespann richtig verschraubt war. Schnell stellte Luise das Motorrad ab und rannte zurück. »Geht's Ihnen gut, sind Sie verletzt?«

»Alles bestens.« Am Bordstein angekommen, hievte sich Frau Hirschkäfer mit Luises Unterstützung aus dem Kasten. »Puh!« Sie richtete sich die Baskenmütze. »Ich muss sagen, das war aufregender als eine Runde in der Teufelskutsche auf dem Oktoberfest. Du solltest es dir patentieren lassen, Luiserl!«

HELGA

Sollen wir es gemeinsam nach oben versuchen?«, schlug die von Thaler vor, nachdem die Wehe verebbt war. »Dort haben Sie wahrscheinlich mehr Ruhe.« Sie umfasste Helga mit ihren knochigen Armen, die sich als erstaunlich kräftig erwiesen, und half ihr hinauf. Helga stöhnte. Ihre Beine waren wie Blei, und das Kind schien nach unten zu drücken, als wollte es gleich herausfallen. Sie schleppte sich Stufe für Stufe nach oben und musste immer wieder innehalten. Die von Thaler blieb dicht an ihrer Seite. Gerade hatten sie sich am liebsten die Augen auskratzen wollen, und nun das. Wieder eine Wehe, kaum dass sie den Treppenabsatz erreichten. Dann geschah eine Zeitlang nichts, und Helga schaffte es bis ins Zimmer. Dort lagen die winzigen Kleidungsstücke bereit, an denen sie und Luise in den letzten Wochen gemeinsam gestrickt hatten. Babyschuhe und ein Mützchen. Na ja, mehr Luise als sie. Helga tat sich mit dem Stricken noch schwer, dauernd fiel ihr eine Masche hinunter, die dann unauffindbar war. »Können Sie bitte einheizen?« Sie zeigte zum Kanonenofen, der vor dem Kamin stand, bevor sie sich aufs Bett legte.

»Einheizen? Ich versuch's. Ist Ihnen kalt?«

»Nein, im Gegenteil.« Hier oben war es frühlingshaft warm, und Helga schwitzte stark. Sie öffnete das Kleid, am liebsten wäre sie nackt herumgelaufen, alles engte sie ein. »Ich möchte nur, dass die Handtücher für das Kind vorgewärmt sind.« Mit einem Mal spürte sie ihre Kraft und ihr Selbstvertrauen zurückkehren. »Heißes Wasser für die Wärmflasche und einen Himbeerblättertee brauche ich auch. Wollen Sie auch eine Tasse?«

»Ich?« Die Frau Doktor war offensichtlich mit dem Einschüren überfordert, sie stopfte ein großes Holzscheit in den Ofen und wusste nicht weiter. »Himbeerblätter, doch, ja, die regen die Beckenmuskulatur an, das ist hilfreich, ich meine bei Ihnen, nicht bei mir.«

»Sie haben wohl noch nicht oft selbst Feuer gemacht?« Helga rollte sich wieder von der Matratze und wickelte ein paar Späne in Zeitungspapier.

»Ehrlich gesagt haben wir dafür Personal, und als Kind haben mich das meine Eltern aus Angst vor einem Zimmerbrand nie tun lassen.«

»Oh, dann lassen Sie bitte auch jetzt die Finger davon.« Helga stöhnte, hockte sich auf den Boden und krümmte sich.

»Ich kriege das schon hin, Sie legen sich besser ins Bett zurück.«

»Ich will nicht liegen«, sagte sie, als die Wehe verklungen war. »Erzählen Sie mir etwas aus Ihrer Kindheit, das lenkt mich vom Schmerz ab, sind Sie schon adelig geboren worden?« Langsam brachte Helga das Feuer in Gang.

Frau von Thaler setzte sich aufs Bett. »Nein, ich bin die Tochter einer Buchhändlerin und eines Geistlichen, mein Vater wollte eigentlich Priester werden, aber als ich unterwegs war, mussten meine Eltern heiraten. Aus war es mit der göttlichen Berufung.«

»Oh, dann sind Sie ja eine verbotene Frucht« Helga staunte.

»Ich?« Die Frau Doktor wirkte irritiert.

»Ich meine, weil Ihr Vater Ihrer Mutter zuliebe das Zölibat aufgegeben hat, quasi wie Adam, der gerne den Apfel von Eva angenommen hat.«

»So betrachtet, vielleicht. Mein Vater verzichtete uns zuliebe auf die Priesterweihe, blieb aber zeitlebens die rechte Hand des Bischofs. Meine Mutter suchte den Sinn des Lebens mehr in der Philosophie, und das führte oft zu Auseinandersetzungen zwischen den beiden. Trotzdem oder gerade deswegen liebten sie sich.« Sie hielt kurz inne. »Was ich über Ihre Eltern gesagt habe, tut mir leid, Fräulein Knaup. Ich wollte Ihnen nicht zu nahe treten.«

»Offenbar schon, Sie haben sich richtig in die Geschichte meiner Familie verbissen. Was haben Sie noch herausgefunden?«

»Es steht alles in der Zeitung.« Frau von Thaler machte es sich auf der Tagesdecke gemütlich, legte den Kopf auf Helgas Kissen und schlug die langen Beine übereinander.

»In letzter Zeit hab ich keine gelesen, was stand da?« Helga kniete sich vor den Ofen und brachte ihn in Gang, während die Nachbarin ihr von allerlei Gerüchten über ihre Familie erzählte. Stiefel für die Wehrmacht, Beschlagnahmung von jüdischem Besitz, Entlassungen. Helga hörte zu und konnte es nicht glauben. Dann überrollte die nächste Wehe sie. Auf die Arme gestützt, im Vierfüßlerstand, zog sie den Schrei durch die Zähne. Von wegen Prüfungsangst, falls sie diese Geburt überstand, wäre jedes Examen ein Klacks. Als es vorbei war, fasste sie wieder Atem, streckte und dehnte sich und wischte sich den Schweiß von der Stirn. Das Feuer knisterte, Helga zog sich am Kamin hoch. Stimmte das, was die von Thaler behauptete – war sie Spross einer Familie fanatischer Hitler-Anhänger? Sie lief im Zimmer auf und ab, vom Fenster zur Tür, vom Schrank zum Regal, strich über die Wiege, die Luise ihr geliehen hatte. Eigentlich war sie für Luises eigenes Kind gedacht gewesen, ihr Bruder hatte sie letzte Woche extra aus

Leutstetten hergebracht, wohin Luise sie nach Kaspars Tod verbannt hatte. Wie gut, dass Helga gestern, aus einer Eingebung heraus, alles noch gründlich geputzt und sogar staubgewischt hatte. Die Wäsche gehörte noch gebügelt, aber sonst war dies eine angemessene Umgebung, um Jacks Kind zu empfangen. Was würden ihre Eltern sagen, wenn sie davon wüssten? Ein Kind des Feindes, noch dazu ... Erneut kündigte sich eine Wehe an. Sie stöhnte laut auf.

»Geht's?« Die Thalersche sprang auf und eilte zu ihr, tätschelte ihr den Rücken.

Helga lehnte sich gegen sie. »Ich hatte keine Ahnung ...«

»Ich auch nicht, obwohl ich mit einem Geburtshelfer verheiratet bin, konnte ich mir nicht vorstellen, wie scheißweh das tut.«

»Aber Frau Doktor. So ein vulgäres Wort aus Ihrem Mund. Ah, Scheiße, Scheiße, verdammt noch mal.« Helga brüllte vor Schmerz, sie war Schmerz, nichts als Schmerz. Dann verebbte er wieder. Sie atmete auf. Inzwischen badete sie in ihrem Kleid. Sie streifte es ab, riss sich auch das Unterkleid herunter, bis sie nur noch in Büstenhalter und Unterhose dastand. Die von Thaler zog sich wieder aufs Bett zurück. »Ich hatte keine Ahnung von den Verstrickungen meiner Familie, ehrlich«, sagte Helga. »Mein Vater hat uns aus allem Geschäftlichen herausgehalten. Stimmt das denn? Sind Sie sicher?« Plötzlich fiel ihr eine seltsame Begebenheit ein. Ihre Schwester war einmal aus der Schule gekommen, in Tränen aufgelöst, weil ihre beste Freundin Rebecca fort war. Nicht nur sie, die ganze Familie war aus der Stadt verschwunden. Dabei hatte Rebeccas Vater, ein Jude, im Aufsichtsrat der Firma gesessen, war mit seiner Familie oft zu Besuch bei ihnen gewesen. Helga war noch zu jung, um die Zusammenhänge zu verstehen, aber jetzt fügte sich alles zu einem Bild. Die nächste Wehe setzte ein und kurz darauf noch eine, und bald konnte sich Helga auf nichts anderes konzentrieren. Am liebsten hätte sie sich in einen Winkel verkrochen. Weg von allem, auch ihren Erinnerungen. Sie wankte hinter den Schrank und kauerte sich in die Ecke. Eingezwängt zwischen drei Wänden, das bot ihr Halt.

Eine korpulente Frau um die fünfzig, mit Baskenmütze und einer großen Ledertasche in der Hand trat ein. »Frau von Thaler, grüß Gott, aber wo ist denn die werdende Mutter?«

»Helga?« Luise fand sie, beugte sich zu ihr und wollte ihr beim Aufstehen helfen. »Frau Hirschkäfer ist da, jetzt bist du in guten Händen, keine Sorge.«

»Na, das sieht mir schon mehr nach einer Gebärenden aus.« Die Hebamme stellte ihre Tasche auf den Tisch, legte Mantel und Mütze ab, darunter kam ein platter Dutt zum Vorschein. Mit einem Griff hievte sie Helga in die Höhe. »Kommen Sie, Kindchen. Legen Sie sich aufs Bett, dort ist es bequemer als auf den nackten Dielen hier.« Die anderen beiden schickte sie hinaus. Kaum waren sie allein, setzte eine neue Wehe ein. Helga wälzte sich auf ihrer Matratze herum. »Atmen, Madl. Durch die Nase ein und durch den Mund aus … und hecheln. Hecheln! So ist es richtig«, leitete die Hebamme Helga an. »Dann wollen wir mal sehen, wie weit wir sind«, sagte sie, als der Schmerz endlich nachließ. »Na, wer sagt's denn, der Muttermund ist schon offen. Das geht ja erstaunlich schnell für das erste Mal. Du wirst sehen, in wenigen Augenblicken ist dein Kind da. Wie soll es denn heißen?«

Helga wollte etwas erwidern, brachte aber nur ein Keuchen zustande.

»Wenn du den Drang hast zu pressen, dann press.«

Helga packte das Kissen mit beiden Händen, hielt es sich

vors Gesicht und schrie, so laut sie konnte. Die Wehe glühte in ihr und drohte sie zu verbrennen. Doch dann kühlte sie wieder ab, genauso wie die vielen anderen zuvor. Helga schloss die Augen, dachte an die Bootsnacht mit Jack. Wahrscheinlich war sie gleich in der ersten Nacht schwanger geworden. Sie stöhnte, kaum hatte sie durchgeatmet, ging es von vorne los. Wieder griff sie das Kissen, es roch auf einmal nach Lavendelöl. Ob sie wollte oder nicht, sie sog den Duft tief ein und brüllte sich die Seele aus dem Leib.

»Versuch, die Kraft, die du fürs Schreien aufwendest, ins Pressen zu legen.«

Helga probierte es, musste schlagartig nicht mehr schreien, sondern schieben, sie schob gegen etwas an, das aus ihr herauswollte, was auch immer das sein sollte, sie hatte es vergessen. Hauptsache, der Druck ließ nach, und das, was in ihr steckte, kam endlich heraus, damit das Ganze ein Ende hatte.

»Das Köpfchen ist zu sehen.« Frau Hirschkäfers Dutt wackelte zwischen Helgas Beinen. »Ein richtiger Krauskopf. Aber merkwürdig, dein Kind zieht sich immer wieder zurück, wie an einem Gummiband, ich kann es nicht greifen. Ruh dich ein wenig aus. Ich schau nach, ob ich etwas zu essen auftreiben kann, du scheinst mir keine Kraft mehr zu haben.« Sie ging tatsächlich und ließ Helga allein.

Ladenkompetenz:
Was soll ich heute kochen, Frau Dahlmann?
Was soll ich heute anziehen, Fräulein Knaup?
Helga und ich beantworten die zwei wichtigsten Fragen der Hausfrau von heute = Wir sind ein Spitzenduo!!!

Babyschuhe-Strickanleitung
Für Wolle und Nadelstärke 3,5 mm, kraus re: Hin- und Rückr re.
1. Schuh: 24 M mit Nadeln Nr. 3,5 anschlagen und 10 cm kraus re str., dabei mit 1 Rückr beginnen. Dann am rechten Rand 1 x 10 M abk. = 14 M. In cm Gesamthöhe, nach 4 R glatt re, restl. 14 M abk. 2. Schuh ebenso str.
Die 14 Abkett-M an die dazugehörigen 14 Anschlags-M nähen. Für den Rist den rechten seitlichen Rand zusammenziehen. Die Sohlennaht schließen, dafür den linken seitlichen Rand zusammennähen. Für den Tunnelzug den rechten Rand nach außen umschlagen und annähen. Zwei ca. 30 cm lange Kordeln aus 4 Fäden anfertigen und jeweils in den Tunnelzug einziehen.

Geburts-Suppenrezept zur Kräftigung:
2 Esslöffel Butter, 2 Esslöffel Mehl, alle nicht blähenden Gemüse (Karotten, Petersilie, Sellerie, Tomaten, Spinat), Kartoffeln, Salz, Kümmel u. a. Gartenkräuter, je nach Geschmack und Saison.
Eine lichte Einbrenne herstellen, das Gemüse und die Kartoffeln klein schneiden, in den Topf geben und das Ganze mit Wasser aufgießen. Weichkochen und vor dem Anrichten evt. durch ein Sieb passieren.

Aus: Luises Ladenkunde-Album

LUISE

Sie machte sich auf ein Donnerwetter von Hans gefasst, wenn er sein Gespann nur noch in Einzelteilen vorfand. Aber das war vorerst Nebensache. Rasch zogen Frau Hirschkäfer und sie das Motorrad und den Beiwagen in den Garten und eilten zu Helga. Doch die war nicht im Zimmer zu sehen, an ihrer Stelle lag Frau von Thaler auf dem Bett. Schließlich fand Luise ihre Freundin hinterm Schrank und wollte ihr aufhelfen.

»Danke, ab hier übernehme ich.« Beherzt griff die Hebamme Helga unter die Arme und hievte sie hoch. »Sei so gut, Luiserl, und koch uns so lange etwas Feines, ein würziges Süppchen oder irgendetwas anderes Schmackhaftes. Ich hätte nach dieser rasanten Fahrt schon wieder Appetit. Das Fräulein hier braucht auch etwas zur Stärkung. Und nimm Frau von Thaler gleich mit.« Das tat Luise, bedankte sich bei der Nachbarin für den Beistand und verabschiedete sie an der Haustür. Dann überlegte sie, was sie auf die Schnelle Nahrhaftes zubereiten konnte, entschied sich für eine Kartoffel-Gemüse-Suppe zur Stärkung. Als Erstes stellte sie eine Einbrenne her, schnitt gelbe Rüben dazu und setzte alles mit Wasser auf. Dabei lauschte sie den Schreien von oben, die ihr durch Mark und Bein gingen. Warum dauerte das so lange? Helga hatte doch schon pausenlos Wehen. Wenn sie ihr nur etwas davon abnehmen könnte. Sie wusste noch, wie es bei ihr gewesen war, als Kaspar geboren wurde. Der plötzliche Blutverlust, die schrecklichen Schmerzen und das Gefühl, dass etwas nicht stimmte. Luise war doch noch lange vor der Zeit gewesen. Irgendwann hatte Hans einen Krankenwagen gerufen. In der Notaufnahme der Seeklinik schob man sie in ein Zimmer und vergaß sie anfangs. Trotz der Wehen, die sie erschöpften, ließ man sie liegen. Ausgerechnet an diesem Tag herrschte Personalmangel, und von Thaler, der Chef, war in Urlaub, seine Vertretung erkrankt. Darum übernahm ein junger Assistenzarzt ihren »Fall«, wie er es später Hans gegenüber nannte. Ihr Mann regte sich fürchterlich auf und drohte mit der Polizei, wenn man ihn nicht endlich zu ihr ließ. Während der ganzen Prozedur hatte er draußen warten müssen.

Bei Helga war es anders. Ihr Kleines kam in einer ruhigen, geborgenen Atmosphäre zur Welt, hoffentlich ausgereift und bereit.

Als Helga im Februar mit ihren Koffern vor der Tür gestanden hatte, musste Luise nicht lange nachdenken, selbstverständlich nahm sie sie bei sich auf. Dann, als aus der angekündigten Nacht mehrere wurden, beschlichen sie Zweifel, ob sie die richtige Entscheidung getroffen hatte. Hans und sie hatten gerade erst angefangen, ihre Zweisamkeit im Haus zu genießen, und plötzlich wohnte wieder jemand bei ihnen und richtete sich noch dazu nebenan in dem Zimmer ein Nest ein, das eigentlich für ihre eigenen Kinder gedacht war. Mit einem Mal mussten sie wieder leise sein, auf jedes Geräusch achten, weil Helga durch die dünne Wand alles mitbekam. Aber das Zusammenleben hatte auch Vorzüge. Zunächst hatte Luise es, nach den Jahren im Camp, genossen, ihre eigene Chefin zu sein. Doch über den Winter merkte sie, dass ihr ein wenig Gesellschaft fehlte. Vor allem der Austausch mit einer Kollegin.

Vor der Ladengründung war sie immer ein Teil einer Gruppe gewesen. Erst bei ihrer Familie auf dem Hof, dann zusammen mit den Leuten in der Arbeit. Seit letztem Herbst war sie, abgesehen vom Beistand ihres Mannes, ganz auf sich gestellt gewesen. Helgas Mitarbeit entlastete auch ihn. Er hatte genug mit seinen Telefonkunden zu tun und schon früher keine Geduld aufgebracht, wenn sich Luise über etwas im Camp beklagte. Helga war weder Konkurrenz noch Angestellte, sie unterstützte Luise, wo sie konnte, und wurde zu einer echten Freundin. Luise mochte ihre direkte Art und ihre Fröhlichkeit, die sie sich trotz der schwierigen Umstände bewahrte. Luise wusste nicht, ob sie die Kraft hätte, ein Kind allein aufzuziehen, zumal unter solchen Umständen.

Die Kartoffeln und Rüben waren weich gekocht. Luise stampfte sie zu Mus, zupfte Petersilie, Kerbel und Thymian aus den Töpfen vom Fensterbrett, hackte die Kräuter klein und schmeckte alles mit Salz und Pfeffer ab. Als sie die Suppe auf ein Tablett stellte, um sie nach oben zu tragen, kam Frau Hirschkäfer herein. »Wie geht's ihr?«, fragte Luise.

»Es wird.« Die Hebamme nahm sich einen Schöpfer voll, zog sich einen Stuhl an den Tisch und begann wie selbstverständlich zu essen. »Mmh, lecker. Etwas zu heiß noch.« Sie blies in die Suppe, rührte im Teller. Luise hielt ihre Gelassenheit fast nicht aus und hätte ihr am liebsten den Löffel aus der Hand gerissen. »Oh, ich glaube, ich komme ab sofort öfter zu dir, so gut wie es mir hier schmeckt. Von deinen legendären Backkünsten habe ich schon gehört, aber bisher noch nichts probieren können.« Sie sah sich in der Küche um. Schnell holte Luise ein paar Mohnpralinen aus der Kühlung.

Kaum war Frau Hirschkäfer mit der Suppe fertig, knabberte sie am ersten Konfekt. »Mmmh, köstlich.« Sie schloss die

Augen vor Genuss. Wie konnte sie nur Helga so lange alleinlassen? Luise war drauf und dran, selbst hinaufzugehen und nachzusehen, ob alles in Ordnung war. »Und, wann ist es bei dir so weit?«, fragte die Hirschkäfer. »Soll ich anschließend dich untersuchen?«

Nun reichte es. »Was ist mit Helga, warum sind Sie nicht bei ihr?«

Die Hebamme winkte ab. »Beruhige dich, Luiserl. Es gibt Kinder, die sind zu schüchtern, um gleich vor Publikum aufzutreten. Keine Angst, ich geh gleich wieder nach oben.« Sie tätschelte ihr die Hand.

Luise entzog sich ihr, nahm einen frischen Teller aus dem Küchenschrank und schöpfte Suppe hinein. Die würde sie auf der Stelle nach oben bringen, komme was wolle. »An allem ist nur die Nachbarin schuld. Die hat mit ihrer Wichtigtuerei die Geburt ausgelöst.«

»Das kann ich mir nicht vorstellen. Warte, wir gehen zusammen hinauf und schauen, ob sich der Krauskopf schon herausgewagt hat.« Schwerfällig erhob sie sich, schnappte sich noch eine weitere Praline. »Und hack nicht so auf deiner Nachbarin herum, sei froh, dass sie damals euren Manni vor dem sogenannten Gnadentod gerettet hat.«

»Was soll das heißen?« Luise blieb auf dem Treppenabsatz stehen.

»Hast du dich nie gefragt, wieso dein Bruder nicht abgeholt wurde? Das hat Frau von Thaler verhindert, die damals in der Klinikverwaltung arbeitete. Ich musste es melden, bei mir wurde jede Geburt kontrolliert, aber sie ist dem Postboten hinterhergerannt und hat den Brief an das Reichsministerium des Innern abgefangen.«

HELGA

Sie fühlte sich wie eine Flunder, flach und ausgelaugt lag sie im Sand und wartete auf die nächste Woge Schmerz, die sie überspülte. Aber es kam keine mehr. Sie strich sich über den gewölbten Bauch, krümmte sich nach vorne, griff sich zwischen die Beine und zuckte zurück, als sie etwas Weiches spürte. Ihr Kind, jetzt fiel es ihr wieder ein. Es sollte doch geboren werden, und sie lag hier herum und tat nichts. Sie holte Luft und presste wieder, und zugleich erfasste sie dieser Druck. »Komm, zusammen kriegen wir das hin.« Helga wusste nicht, ob sie das laut sagte oder nur dachte. So viele Monate hatten sie zu zweit gedacht und geredet, sie hatte ihrem Kind von Jack erzählt und wie sie sich jeden Tag aufs Neue kennengelernt hatten, damit sie sich nicht verliebte. Doch dieser Trick hatte nichts genutzt. Sie hatte sich Hals über Kopf verliebt. »Los, je-he-hetzt.« Sie presste so fest wie noch nie. Plötzlich hatte sie das Gefühl, sie würde mitten entzwei gerissen. Sie schrie und schrie, nahm nur verschwommen wahr, dass Luise hereinkam und auch die Hebamme. Der Schmerz war schlimmer als alle Wehen zusammen, er zerteilte sie von unten nach oben. Doch im gleichen Moment hörte sie etwas anderes, ein leises Weinen, fast wie ein Husten. Etwas glitt aus ihr heraus, und augenblicklich erlosch der Schmerz und suchte sich seinen Platz in ihrem Gedächtnis.

»Du hast einen Buben, Helga.« Luise hielt ihn schon auf

dem Arm und legte ihn ihr auf den nackten Bauch, der nun wie ein Nest eingesunken war.

»Vorsicht, die Nabelschnur spannt«, sagte die Hebamme. »Das war der Grund, warum der Kleine immer wieder zurückgezogen wurde.« Luise rollte aus der Bettdecke eine Kopfstütze, damit Helga ihren Sohn besser erreichen konnte.

»Da bist du ja endlich.« Helga schloss ihn in die Arme. So schön war er, so wunderschön! Er hatte hellere Haut als Jack, war aber dunkler als sie. Ein Schokoladenkind, süßer als alle Pralinen zusammen, die perfekte Mischung, dachte sie. Seine Stupsnase erinnerte sie an die von ihrer Schwester Lore, sein krauses schwarzes Haar an das von Jack. Der Kleine öffnete die Augen und blinzelte sie an. »Mein kleiner David«, sagte sie, »herzlich willkommen in dieser wunderbaren Welt.«

Theresa (7) und Veronika (5), die Schusterkinder, kommen in den Laden. Während ich eine Kundin verabschiede und zur Tür begleite, sehe ich, wie Theresa ihre kleine Schwester hochhebt, damit sie an ein Süßigkeitenglas heranreicht. Beide haben sich in null Komma nichts den Mund vollgestopft. »So geht das aber nicht, meine Damen«, sage ich. »Ihr müsst erst bezahlen, bevor ihr die Sachen aufesst.« Veronika schaut mich mit großen Augen und vollen Backen an. Theresa spuckt ihre Guttis auf die Hand und sagt: »Wir haben gedacht, dass es nichts kostet, wenn wir alles gleich bei dir herinnen aufessen, Tante Dalli.« (So nennen mich neuerdings alle Kinder, nicht nur Fritz von Thaler.)
»Na gut, dieses Mal schenke ich es euch, aber das nächste Mal fragt ihr bitte erst, ja?« Sie nicken erleichtert. »Kriegt ihr sonst noch was?« Normalerweise haben sie einen Einkaufszettel ihrer Mutter dabei.
»Ja«, sagt Theresa. »Die Buntstifte.« Sie deutet ins Schreibwarenregal, zu der Schachtel mit den Colorist-Buntstiften aus der Nürnberger Bleistiftfabrik, auf der eine nette Bärenfamilie abgebildet ist. Sie holt ihren kleinen Geldbeutel aus der Tasche und zählt mir stolz vier Zehnerl auf die Theke.
»Das reicht leider nicht. Der Kasten kostet vier Mark zwanzig.«
»Aber ich hab doch das ganze Taschengeld gespart, deshalb konnten wir uns auch nichts zum Schlecken bei dir kaufen.« Theresa ist den Tränen nahe.
Unschlüssig, ob ich es anschreiben soll und ob ihre Mutter davon weiß, sage ich: »Wie wäre es mit nur einem Stift und die Schachtel dazu, damit er sicher verwahrt ist? Der allein würde die vier Groschen kosten. Die restlichen Stifte hebe ich für dich so lange auf, bist du wieder genug gespart hast.« Theresa seufzt, nickt aber dann. Eine Weile diskutieren die Schwestern, welches die dringendste Farbe ist.
»Geld«, schlägt Veronika vor. Logisch. Theresa entscheidet sich aber dann für Blau, ihre Lieblingsfarbe. Damit der Himmel auf ihren Zeichnungen endlich nicht immer nur weiß ist, erklärt sie mir.

Aus: Luises Ladenkunde-Album

LUISE

Sie hatte geahnt, dass Helgas Kind dunkle Haut haben würde, und trotzdem insgeheim gehofft, dass es anders käme. Kaum hatte sie den Kleinen erblickt, schloss sie ihn in ihr Herz. Sie war die Erste, die ihn hatte halten dürfen. Die Hebamme legte ihn ihr einfach in die Arme. Er war vollkommen, sein runder Kopf mit den großen Augen und der winzigen Nase. Sein schön geformter Mund und die Kringel an den Ohren, die winzigen Finger und Zehen, und absolut perfekt war das Bild, als Helga ihn wiegte. Luise freute sich, dass beide die Geburt gesund überstanden hatten, und sie würde alles tun, sie zu unterstützen.

Sie bemutterte ihre Freundin im Wochenbett, tischte ihr kräftigende Mahlzeiten auf, kochte die Unmengen an Windeln aus und ging mit dem Kleinen in der Mittagspause spazieren, damit Helga sich ausruhen konnte. Auch mit dem Stillen klappte es besser als erwartet, aus Helgas Busen floss mehr Milch, als David trinken konnte. Die Hebamme, die anfangs noch zur Nachsorge kam, staunte. Helga könne sich als Amme etwas dazuverdienen, schlug sie vor.

»Ja.« Helga lachte. »Anscheinend habe ich Kakaomilch anzubieten, das ist eine Marktlücke. Zusammen mit deinen Pralinen, Luise, wird das der neue Kassenschlager.«

Nur über den Vater des Kindes schwieg Helga sich aus, als hätte es ihn nie gegeben. Luise akzeptierte es und sprach das Thema nie an, obwohl es sie manchmal beschäftigte. Wie würde dieser Jack reagieren, wenn er wüsste, dass er einen Sohn hatte? Manchmal überlegte sie, ob sie heimlich Nachforschungen anstellen sollte, schrak aber zugleich vor dem zurück, was sie herausfände. Sie wollte Helga nicht aufwühlen. Jetzt, da sie sich offenbar damit abgefunden hatte, dass sie ihr Kind alleine großziehen würde. Sie erholte sich erstaunlich schnell. Bald kam sie mit ihm in den Laden, zeigte David alles, als wäre er bereits in der Ausbildung zum Verkäufer. Am besten gefiel ihm die Ziegenschelle von Martin, die bimmelte, wenn die Tür sie streifte. Der Zuwachs bei Dahlmanns war natürlich das Stadtgespräch. Neue Kunden tauchten auf und stellten sich neugierig an, nur um einen Blick auf David zu werfen. Gehässigkeiten wie »Besatzerkind« oder »Negerbankert von einer Amihure« versuchte Luise zu überhören, sie konnte nicht jeden hinauswerfen, der aussprach, was viele dachten, dennoch versuchte sie, Helga möglichst abzuschirmen. Allerdings wandelte ihre Freundin so selig mit dem Kleinen zwischen den Regalen herum, nichts davon schien sie zu erreichen. Hans bereitete Luise mehr Sorgen. Er tat sich schwer mit dem Kind. Dass Helga nun schon seit drei Monaten bei ihnen lebte, hatte er akzeptiert, obwohl er die Zweisamkeit mit Luise ebenfalls vermisste, wie er ihr einmal gestand. Aber seit David auf der Welt war, mied er den Kleinen, mit oder ohne Helga, selbst wenn Luise ihn im Arm hatte, oder vielleicht gerade dann. »Ist das immer noch dein altes Feindbild? Weil er der Sohn eines Amerikaners ist?«, fragte sie eines Abends im Bett ihren Mann ganz direkt.

»Wie kommst du da drauf?« Hans studierte mit ausgebreiteten Armen den Motorradbauplan der BMW, so dass Luise kaum Platz hatte, im *Zauberberg* weiterzulesen. Sie stand auf, verschwand im Bad und kehrte nach einer Weile mit brauner

Faschingsschminke im Gesicht zurück. »Bin ich jetzt eine andere, nur weil ich dunkle Haut habe?«, fragte sie, stützte die Arme in die Hüften und baute sich im Nachthemd vor ihm auf.

»Mmh, das muss ich näher prüfen.« Er legte den Plan weg, zog sie zu sich, fuhr ihr dabei mit der Hand die Beine hinauf.

Luise zuckte, fast wider Willen genoss sie die Berührung. »Oder hast du mir noch nicht verziehen, dass ich dein Gespann kaputt gemacht habe, und lässt es an David aus?«

»Die BMW kriege ich wieder hin, ein paar Dellen ausbeulen und den Beiwagen korrekt anschrauben. Ich bin so froh, dass dir oder der Hebamme nichts passiert ist. Ihr hattet echt Glück.«

»Du hast gesagt, dass das Motorrad läuft, also habe ich angenommen ...« Sie zappelte ein wenig, als seine Hände sich weiter nach oben tasteten. Eigentlich hatte sie sich heute Abend aufs Lesen gefreut.

»Es läuft ja auch prächtig, oder nicht?«

Luise nickte und rollte sich über ihn ins Bett zurück. »Jetzt lenk nicht ab.« Sie rutschte aus seiner Hand bis an die Bettkante. »Ich habe dich wegen David gefragt, was hast du gegen ihn?«

Hans seufzte, verschränkte die Arme hinter dem Kopf und starrte an die Decke. »Ich habe nichts gegen ihn, wirklich. Ein netter Bub, der uns ordentlich aufmischen wird, sobald er laufen kann. Aber ...« Er rang mit sich, und Luise merkte, dass seine Lippen zitterten.

»Was ist los?« Sie robbte wieder zu ihm, strich ihm übers Gesicht.

»Es ist nur ...« Er wollte die Tränen zurückhalten und kniff die Augen zusammen. Vergeblich. Sie tropften aufs Kissen, und sein Kinn zitterte. »Er erinnert mich an Kaspar, ich denke jedes Mal an unser Kind, wenn ich den Kleinen sehe.« Nun schluchzte er.

Das war ihr neu, sie hatte gedacht, dass er Kaspars Tod wegsteckte wie so vieles. Sie streichelte ihn und küsste ihm die Tränen fort. »David ist David, und Kaspar war unser Kaspar und wird es auch immer bleiben«, flüsterte sie.

»Ich weiß, du hast recht.« Er erwiderte ihre Küsse. »Aber …« Er schlang seine Arme um sie und zog sie auf sich, bald war er genauso mit brauner Farbe verschmiert wie sie. Der Zauberberg musste warten, zum Lesen kam sie in dieser Nacht nicht mehr.

Am nächsten Tag erschien, kaum dass sie aufgesperrt hatte, eine Fremde im Laden und sah sich neugierig um. »Guten Morgen, Sie wünschen?« Luise musste noch den Marmorkuchen und die Rosinen- und Mohnschnecken holen, und sie hatte auch den Schlüssel für die Kasse auf der Küchenablage vergessen.

»Frau Dahlmann, nehme ich an?«

Luise nickte.

»Sie haben da etwas.« Die Frau hatte eine Mappe aus der Tasche gezogen und fuchtelte ihr mit einem Kugelschreiber vor der Nase herum. »Schokolade oder Ähnliches.«

Luise wischte sich übers Gesicht, das musste noch ein Rest Faschingsschminke sein.

»Ich möchte zu Fräulein Knaup, Sie wohnt hier, hat man mir gesagt.«

»Und Sie sind?« So einfach führte sie niemanden zu ihrer Freundin, außerdem war David gerade eingeschlafen. Bis eben hatte Luise ihn immer wieder weinen gehört, und dazu Helgas

Schritte. Offenbar hatte sie ihn die halbe Nacht herumgetragen.

»Gerda Russel vom Jugendamt. Ich bin beauftragt, einem Verdacht auf Kindeswohlgefährdung nachzugehen. Also bringen Sie mich zu ihr.«

»Wie bitte?« Luise glaubte, sich verhört zu haben, und schaute die Frau entgeistert an. »Da muss ein Irrtum vorliegen.«

»Ich fürchte nicht.« Die Frau blieb hartnäckig.

»Hier hat keiner einem Kind etwas angetan, wie kommen Sie darauf?« Durchs Schaufenster sah sie einen Mann die Straße überqueren und auf den Laden zugehen. Rasch lief sie zur Tür, drehte das Schild auf »Geschlossen« und sperrte von innen zu. Sie konnte jetzt keine Kundschaft gebrauchen.

»Wollen Sie mich gefangen nehmen?« Die Frau lachte trocken. »Ich nehme an, dass man durch den Laden in die Wohnung gelangt?« Schon umrundete sie die Theke und trat durch die Schiebetür, Luise stellte sich davor, verschränkte die Arme und versuchte, sie zurückzudrängen. »Frau Dahlmann, machen Sie kein Theater und lassen Sie mich einfach mit Fräulein Knaup sprechen und die Angelegenheit bereinigen.« Nach einer einfachen Klärung hörte sich das aber nicht an.

HELGA

Kindeswohlgefährdung! Noch ganz benommen von der durchwachten Nacht, hörte sie die Worte zwar, aber sie begriff sie nicht. Was sollte das? Die Frau vom Jugendamt, deren Namen Helga nicht verstanden hatte, unterstellte ihr ernsthaft, dass sie für David nicht angemessen sorgen könnte. Luise hatte sie hereingelassen und auch Helga ins Wohnzimmer im ersten Stock gebeten. Die Frau saß schon vor einer aufgeschlagenen Akte am neuen Nierentisch und machte sich Notizen. Luise brachte Apfelsaft und Nussecken, nachdem die Frau einen Kaffee abgelehnt hatte.

»Angemessen, was heißt das?« Helga presste David an sich, schuckelte ihn, damit er ein Bäuerchen machte, sie hatte ihn gerade gestillt. Das Schlachtschiff der Behörde füllte Luises Sessel wie einen Tümpel aus und dampfte in ihrem Flanellkostüm. »Bitte setzen Sie sich«, sie sah zu Helga auf. »Wir wollen doch nicht, dass dem Kind etwas passiert.«

»Meinem Kind geschieht nichts. Um was geht es hier überhaupt?« Helga war lauter geworden als beabsichtigt. David fing an zu weinen.

»Komm her, und hör dir wenigstens an, was die Frau zu sagen hat.« Luise klopfte neben sich aufs Sofa. Helga setzte sich zu ihr, wiegte David im Arm, küsste ihn und wischte ihm den Mund mit dem Tuch ab, das über ihrer Schulter hing. Endlich beruhigte er sich, nur seine kleine Brust bebte noch, und er schaute sie aus großen, tränenverschmierten Augen an.

»Frau Dahlmann hat recht, Fräulein Knaup, lassen Sie uns vernünftig reden. Sie sind unverheiratet, haben Ihre Anstellung verloren und keinen festen Wohnsitz.«

»Ich arbeite im Laden, und ich wohne hier. Das ist etwas Festes, würde ich sagen«, sie stampfte ein wenig auf, »oder wonach sieht es denn sonst aus? Wie der Boden eines Flugzeugs?« Unwillkürlich musste sie an Jack denken und an sein Versprechen, mit ihr zu fliegen. »Ich hatte bisher nur noch keine Gelegenheit mich umzumelden.«

»Das stimmt«, bestätigte Luise. »Sie ist bei uns angestellt und erhält dafür auch eine Unterkunft von uns. Wir können Ihnen die entsprechenden Papiere nachreichen, wenn Sie wollen.«

»Das mag alles sein, aber … nun ja, Sie scheinen lose Männerbekanntschaften zu haben.«

»Wer behauptet das?«, rief Helga, und David fing wieder zu weinen an. »Etwa diese spießige Nachbarin von gegenüber, die sich für etwas Besseres hält, nur weil sie einen Doktor geheiratet hat?«

»Helga, das ist doch alles aus der Luft gegriffen, lass dich nicht provozieren.« Luise hatte leicht reden. Ihr drohte man nicht, ihr das Kind wegzunehmen.

»Sehen wir den Tatsachen einfach ins Auge«, sagte die Jugendamtskanaille, »und, Frau Dahlmann, nichts für ungut«, nun wandte sie sich an Luise, »auch ein Laden ist kein geeignetes Umfeld für einen Säugling. Der Kleine liegt in einem Wäschekorb, ist mir berichtet worden, während Sie die Kundschaft bedienen, stimmt das?«

»Was wollen Sie damit sagen, Frau Russel?« Jetzt entrüstete sich endlich auch Luise. Sie hatte sich anscheinend den Namen dieser Person gemerkt. »Ich lasse Sie in unser Haus, sperre so lange mein Geschäft zu, damit wir in Ruhe reden können, führe Sie in unser Wohnzimmer, und Sie beleidigen uns?«

»Sie wissen doch, was ich meine, Frau Dahlmann, oder können es sich zumindest vorstellen. Ein Kind braucht ein kindgerechtes Umfeld. Ruhe, Geborgenheit, keine klingelnde Kasse, Betriebsamkeit und Lärm. Sie selbst sind noch kinderlos, oder?« Frau Russel versprühte pures Gift, beugte sich vor und berührte mit ihrem spitzen Atombusen den niedrigen Tisch, als wollte sie ihn spalten. »Fräulein Knaup, haben Sie noch Kontakt zum Vater des Kleinen, diesem Air-Force-Soldaten?« Helga schwieg. Woher wussten sie von Jack? »Aha, das heißt also nein.« Sie setzte sich zurück und hakte in ihren Unterlagen etwa ab. Dann zog sie einen Strich, als wäre die Angelegenheit für sie erledigt, und verstaute ihre Akte wieder in ihrer Handtasche. »Sie haben die Pflicht, für das Wohl Ihres Kindes zu sorgen, aber kein Sorgerecht, müssen Sie wissen, das ist ein gravierender Unterschied. Solange Sie Ihre Verhältnisse nicht ordnen und eine Ehe eingehen, ist das Jugendamt der gesetzliche Vormund Ihres Kindes.«

»Sie wollen mich zu einer Heirat zwingen? Haben Sie vielleicht auch schon einen passenden Kandidaten im Angebot? Ist das ein Witz?«

Frau Russel blieb ernst. »Das steht außerhalb unserer Macht, Fräulein Knaup, wir sind keine Ehevermittlung, sondern allein am Kindeswohl interessiert. Laut meinen Unterlagen sind Sie volljährig. Jetzt hören Sie mir bitte weiter zu«, forderte sie Helga erneut auf, als diese aufstehen wollte. »Aber wir können über Ihr Kind bestimmen, solange Sie ledig sind.«

»Wir? Wer ist wir?«

»Der Freistaat Bayern und die Bundesrepublik Deutschland.

Wir wissen, was das Beste für Ihren Kleinen ist, also vertrauen Sie uns, wir verfügen über die Erfahrung, die Ihnen als junger Mutter fehlt. Ein Mischling wird es ohnehin schwerer haben, sich einzupassen. Er braucht mehr Unterstützung als andere Kinder.« Sie wandte sich wieder an Luise. »Frau Dahlmann, wären Sie so nett und lassen uns einen Moment allein? Eine Tasse Kaffee wäre jetzt doch wohltuend. Vielen Dank.« Auf einmal schwenkte sie im Tonfall um, legte auf ihre Stimme eine Art Sirup, der aber nur noch galliger wirkte.

Luise stand auf, stieg über Helgas übereinandergeschlagene Beine. »Ich kann auch bleiben«, flüsterte sie ihr schnell zu, und ihr Blick besagte so etwas wie, dass sie mitspielen sollten, vielleicht war es dann schneller vorbei.

»Kaffee ist nie verkehrt, ich hätte auch gern eine Tasse bitte.« Helga nickte ihr kurz zu, dass sie verstanden hatte. David war eingeschlafen, die ganze Aufregung hatte ihn erschöpft. Kurz darauf hörte sie Luise nach unten gehen und in der Küche hantieren. Sie lehnte sich zurück.

Als sie allein waren, redete die Russel weiter auf sie ein. »Schön, dass Sie etwas einsichtiger sind, Fräulein Knaup. Wir vom Amt sind doch keine Unmenschen. Das Wohl Ihres Kindes ist letztendlich auch in Ihrem Interesse. Er ist so hübsch, Ihr Kleiner, ein richtiger Negerkuss, darf ich?« Sie erhob sich. Helga glaubte schon, sie würde den Sessel mit hochwuchten, aber sie drehte sich mit den Hüften heraus und streckte die kurzen, dicken Arme über den Tisch. »Geben Sie ihn mir. Wir wollen ihn doch nicht aufwecken.« Erst da begriff Helga, was die Frau vorhatte. Schon zerrte sie an seinen Beinen, ein Strickschuh löste sich von seinem Fuß. »Wir werden eine Pflegestelle für ihn suchen, und wenn Sie eines Tages in geordneten Verhältnissen leben, können Sie ihn vielleicht sogar besuchen.« Ihr Griff war der einer Zange. Helga hielt dagegen, wollte David dennoch nicht weh tun.

»Los, her mit ihm. Ich muss sonst die Polizei rufen. Wollen Sie das? Wollen Sie noch mehr Aufsehen? So seien Sie doch vernünftig.«

Helga setzte sich zur Wehr, so gut sie konnte, bis es ihr gelang, mit ihrem Kind an der Jugendamtsfrau vorbei in ihr Zimmer zu laufen. Dort schloss sie sich ein und versuchte, David zu beruhigen, der brüllte wie am Spieß. Erst als sie sich mit ihm ins Bett legte, ihm etwas vorsang und ihn schließlich stillte, beruhigte er sich wieder. Sie lauschte auf Geräusche im Flur und im Treppenhaus. Jeden Moment rechnete sie damit, dass sie die Tür eintraten und ihr das Kind gewaltsam entrissen. Es klopfte.

»Ich bin's, Luise. Sie ist weg.« Helga legte ihren Sohn vorsichtig aufs Kissen und schob den Riegel zur Seite. »Schrecklich, das alles. Sie wollte von uns aus die Polizei anrufen, das habe ich aber nicht zugelassen. Viel bringt der Aufschub nicht, ich denke, sie kehrt gleich mit Verstärkung zurück.« Luise setzte sich auf die Bettkante und betrachtete David, er nuckelte im Schlaf, noch Tränen im Gesicht.

»Dürfen die das, oder ist diese Russel verrückt?«

»Ich fürchte, sie dürfen.« Luise zeigte ihr ein eng bedrucktes Blatt. Darauf stand schwarz auf weiß alles, was die Frau vorhin behauptet hatte. Eine Alleinerziehende hatte laut Gesetz zwar die Pflicht, sich um das Wohlergehen ihres Kindes zu kümmern, aber kein Sorgerecht.

Helga lief im Zimmer hin und her, spähte wie ein gehetztes Tier aus dem Fenster. Die Polizeiwache lag unterhalb vom Schlossberg, das waren keine zehn Minuten von hier. »Ich dachte, die Hitlerzeit ist vorbei? Müssen wir uns die nächsten einundzwanzig Jahre, bis David erwachsen ist, verstecken, damit uns keiner findet? Das darf doch alles nicht wahr sein.«

»Es muss einen Ausweg geben.« Luise vertiefte sich weiter in das Papier. »Der Staat gilt als Davids gesetzlicher Vertreter, steht hier, solange sich kein anderer mündiger männlicher Verwandter oder, in Ausnahmefällen, ein nicht verwandter Rechtsbeistand findet, der sich als Vormund erklärt. Was, wenn ich Hans darum bitte?«

Helga überlegte. »Ich weiß nicht, diese Russel hat doch den Laden schon als geeignetes Umfeld in Frage gestellt.«

»Einen Versuch ist es wert. Am besten, ich rufe ihn sofort in der Arbeit an. Vielleicht kann er früher Feierabend machen und gleich noch aufs Jugendamt gehen.«

»Aber in der Zwischenzeit nehmen sie ihn mir weg, Luise. Ich gebe David nicht her, eher stürze ich mich mit ihm aus dem Fenster.«

»Hör auf, so zu reden.«

»Dann lass uns einen Ballon nähen, mit dem ich davonfliegen kann, oder ich seile mich mit Bettlaken von hier oben ab, während du sie ablenkst.«

»Wenigstens hast du deinen Humor noch nicht ganz verloren.«

»Galgenhumor. Du, ich glaube, sie kommen.« Ein Polizeiwagen fuhr vor, die Jugendamtsfrau und ein Wachtmeister stiegen aus.

»Du wartest hier, ich geh hinunter und rede mit ihnen«, sagte Luise. »Ich werde das mit Hans vorschlagen. Und bitte …« Sie lief zu ihr und umarmte sie. »Sei vernünftig, mir zuliebe. Wir kriegen das hin. Vertrau mir.« Kaum war sie fort, beschlich Helga wieder diese Beklemmung. Sie konnte kaum atmen, fühlte sich in die Enge getrieben. Natürlich vertraute sie Luise, aber was, wenn sie mit ihrem Vorschlag nicht durchkam? Sollte sie David nehmen und sich davonschleichen, doch wohin? Quälend lange Minuten verstrichen. Immer wieder lief sie zum Fenster und spähte hinaus. Draußen stand noch der Polizeiwagen, aber weder die Russel noch Luise waren zu sehen. Helga lauschte, ob sie jemanden im Haus telefonieren hörte, doch alles blieb still. Auf einmal hörte sie Schritte auf der Treppe und Stimmen. Sie kamen.

ANNABEL

Es geschahen noch Zeichen und Wunder. Sie dankte Gott vieltausendmal, dass Helga ein schwarzes oder fast schwarzes Kind zur Welt gebracht hatte. Endlich konnte Annabel ihren Mann freisprechen. Auch tat es ihr leid, dass sie der jungen Frau das Leben so schwergemacht hatte. Die Anstellung hätte sie allerdings auch ohne ihr Zutun in jedem Fall verloren und ihre Bleibe auch. Wenigstens schien Helga bei den Dahlmanns gut aufgehoben. So betrachtet, hatte Annabel ihr am Ende sogar einen Gefallen getan. Konstantin wirkte erleichtert, als sie ihm davon erzählte. In letzter Zeit war er viel aufmerksamer, nahm sich neuerdings sogar Zeit fürs Frühstück und setzte sich zu ihr nach draußen, auf die Terrasse. Es war einer der ersten sommerlich warmen Maitage. Friedrich raste mit der Seifenkiste den Hang zur Garage hinab und juchzte jedes Mal laut, wenn er unten gegen das Tor krachte. Annabel stand auf, um ihn zu ermahnen, sie wollte Konstantin noch ein paar Minuten Ruhe gönnen.

»Aber Mama, Spaß kann man nicht leise haben.« Friedrich hatte auf alles eine Antwort.

»Die Kiste könnte auseinanderbrechen«, warnte sie ihn.

»Ich donnere doch nur mit den Reifen hin, und die sind aus Kaugummi.«

»Aus Kaugummi, so, so.« Sie musste ein Schmunzeln unterdrücken.

»Außerdem kann Onkel Dalli sie wieder repapieren«, erklärte er noch.

»Das heißt re-ra-pieren, äh, re-pa-rieren«, sie versprach sich schon selbst, vor lauter Verbessern. »Leider bist du, mein Knuddelchen, nicht aus Kaugummi und kannst dich bei dem Aufprall verletzen.«

»Ich bin kein Knuddelchen, ich bin Formel Einsler.« Das hatte er bestimmt auch von Herrn Dahlmann, der sportbegeisterter Radiohörer war. Heuer war ein Weltmeisterschaftsjahr. Im Januar hatte die Formel-1 begonnen, und bald startete die Fußballweltmeisterschaft. Jeder Mann redete von nichts anderem, sogar Konstantin, der sich eigentlich nichts aus Sport machte.

»Und wenn ich hinfalle, kann mich doch Papa gleich wieder reparieren.« Friedrich schielte auf die Terrasse. Auch für ihn war es besonders, dass sein Vater Zeit mit ihnen verbrachte, wenn auch nur hinter der Zeitung. Kurz darauf verlor Friedrich die Lust an der Raserei und spielte im Sandkasten weiter. Tassilo traf ein, um den Rasen zu mähen. Annabel setzte sich wieder zu Konstantin und schenkte Kaffee nach. Von hier aus konnte sie nicht nur die Arbeit des Gärtners überwachen, sie hatte auch eine gute Sicht auf den Laden. Wer dort aus- und einging und wie lange drinblieb und womit herauskam. Manchmal notierte sie sich die Leute, wie es Miss Marple getan hätte, ihr detektivisches Vorbild. Von den meisten Kunden kannte sie zwar nicht den Namen, dafür beschrieb sie sie. Mit Uhrzeit und Datum versteht sich. *Groß, klein, dick, dünn* – oder auch differenzierter*: o-beinig, schäbiger Anzug ohne Krawatte, Hochwasserhose. Könnte verdächtig sein.* Sie musste ihr Gedächtnis wach halten, man wusste ja nie, wann man welche Fakten brauchte. Hinterher waren die meisten klüger, Annabel war es vorher. Im Fall der Fälle stünde alles in ihrem schwarzen Gebetbüchlein, das, luftig bedruckt, viel Platz für eigene Notizen bot. Konzentriert starrte sie hinüber und rührte Milch in ihren Kaffee. »Hast du das geahnt, dass Helga Knaup ein Negerkind zur Welt bringt?« Die Sache beschäftigte sie.

»Du meinst, ob ich als Gynäkologe einen Röntgenblick habe und sehe, was in schwangeren Bäuchen vor sich geht?« Konstantin legte die Zeitung weg und bestrich sich eine Semmel.

Sie gluckste. »Nein, in der Klinik muss es doch Gerede gegeben haben. Ein Negerliebchen, ich bitte dich, so etwas fällt auf.« Zu gern hätte sie mehr gewusst, das könnte sogar ihr neuer Fall werden. *Mischlingsvater unbekannt* oder so ähnlich, vielleicht fiel ihr noch ein besserer Titel ein.

»Bei uns kursieren ständig Gerüchte, wer mit wem und wann und wo. Wenn ich darauf auch noch achten müsste, hätte ich viel zu tun. Gibst du mir die Butter?« Annabel schob ihm auch die Marmelade hin. »Außerdem kommt es gelegentlich vor, dass ein Schwarzer, ganz legal verheiratet, seine Frau zur Entbindung bringt.« Das erklärte, wo Helga ihn kennengelernt haben könnte. Hatte sie ein Verhältnis mit einem anderen Ehemann?

Konstantin schmeckte es, er verschlang die Semmel mit großen Bissen und schnitt sich eine zweite auf. »Wir sollten öfter hier frühstücken.«

»Gern.« Das waren ja ganz neue Töne.

»Jetzt, wo du fragst, fällt es mir ein. Einmal haben sie von einem feschen Neger geredet, mit dem Schwester Helga im Park gesehen worden sei, einem GI. Ich habe es nicht ernst genommen, dachte, die Amis wären längst abgezogen. Die Schwestern haben die neue Lernschwester ständig mit irgendwem gesehen. Sogar mit dem Hausmeister.«

»Mit Wittgenstein?«

»Aber der kommt wohl auch nicht als Vater in Frage, an Frauen ist er nicht interessiert.«

»Du meinst, er ist … vom anderen Ufer?«

Ihr Mann nickte. »Er saß sogar schon mal ein deswegen.«

»Du beschäftigst einen Kriminellen in deiner Geburtsklinik?«

»Ist jemand kriminell, nur weil er liebt, wen er liebt? Noch dazu hat er für sein Fehlverhalten gebüßt. Und als Haremswächter für die Klinik finde ich ihn besser geeignet als einen Hallodri, der die Hysterie der Frauen noch anschürt.« Drüben waren schon länger keine Kunden aus- und eingegangen, fiel Annabel auf. Dabei war es doch erst kurz nach halb zehn. Nur Knipser trank aus dem Wassernapf, den Luise für die Hunde aufgestellt hatte, schnüffelte die Treppe ab, markierte sie anschließend und trottete dann schräg über die Kreuzung, wo er aus Annabels Blickfeld verschwand. Merkwürdig, auch Annabels Spürnase war geweckt. Jetzt rüttelte eine Frau an der Ladentür und ging dann kopfschüttelnd wieder. Hatte Luise bereits zugesperrt? Sie war doch sonst so fleißig. Leider konnte sie die Angelegenheit nicht näher verfolgen, da Tassilo behauptete, der Spindelmäher sei über den Winter eingerostet und funktioniere nicht mehr. So war das mit Hilfskräften, Annabel musste Irmela recht geben, um alles musste man sich selbst kümmern. Wo sollte sie auf die Schnelle einen neuen Rasenmäher herbekommen? Mittlerweile gab es benzinbetriebene, doch die waren nicht nur teuer, sondern auch laut, und dann wäre es ganz vorbei mit der morgendlichen Ruhe. Herr Dahlmann wüsste vermutlich Rat, allerdings kam der erst abends von der Arbeit. Wenigstens hatte sie nun einen Grund, kurz hinüberzugehen und sich zu erkundigen, warum der Laden am helllichten Tag zugesperrt war. Das wäre auch ein guter Buchtitel. *Es geschah am helllichten Tag*, aber das gab es bestimmt schon. Sie musste nachschlagen wie das auf Englisch hieß, dann könnte sie es Agatha Christie für den nächsten Kriminalroman vorschlagen. *It happend* in irgendwas *daylight*, vermutlich. «Ich bin gleich zurück«, sagte Annabel zu Konstantin. Sie stand auf und sah kurz nach Friedrich, der ganz vertieft an seiner Sandburg baute. Tassilo trug ihr das unförmige Gerät über die Straße, an der Dahlmann'schen Gartentür übernahm sie selbst.

»Dann komme ich in den nächsten Tagen noch mal zum Rasenmähen, gnä' Frau.« Er lupfte die Schirmmütze, machte einen Diener und hielt die Hand auf. Fürs Nichtstun gab es kein Trinkgeld, das erkannte er selbst, als sie nicht reagierte, und verabschiedete sich. Da lief ihr Luise entgegen, sie war richtig aufgelöst. Und als Annabel erfuhr, worum es ging, rannte sie sofort zu ihrem Mann zurück.

HELGA

Ich bin's, mach auf.« Es war Luise, hoffentlich allein. Sie öffnete die Tür.

»Herr von Thaler hat sich bereit erklärt, dir zu helfen.«

»Mein alter Chef, was hat der damit zu tun?« Sofort überfiel Helga die Angst – wollte er ihr eine Beruhigungsspritze verpassen, wie ihre Eltern es von Dr. Schneid verlangt hatten? Damit man ihr ohne Widerstand das Kind wegnehmen konnte?

»Er will als Vormund für David einspringen.« Luise führte sie ins Wohnzimmer. Der Doktor saß mit Frau Russel bereits dort und ging die Unterlagen durch. Das amtliche Schlachtschiff war zu einer Jolle geschrumpft. Sofort erklärte sie Helga, welch Glück sie habe, dass sich der weit über den Landkreis hinaus bekannte Arzt und Leiter der Frauenklinik zu solch einer zusätzlichen Verpflichtung bereit erklärte. Helga hatte keine Wahl, ihr blieb nichts anderes übrig, als einzuwilligen. So richtig gefragt wurde sie bei der ganzen Sache sowieso nicht. Luise warf ihr mahnende Blicke zu und drückte ihre Hand. Nicht dass Frau Russel einen Rückzieher machte und den Wachtmeister hereinrief, der anscheinend vor dem Laden Schmiere stand.

Endlich erhob Frau Russel sich und wandte sich zum Gehen. »Es sind noch ein paar Formalitäten zu besprechen, Herr Doktor, aber das hat Zeit.« Auch von Thaler erhob sich und gab ihr die Hand. »Die Sache mit dem Wohnsitz ist vorerst geklärt, da Sie nebenan wohnen, können Sie bestimmt jederzeit Ihr Mündel besuchen. Also nicht nur zu den Ladenöffnungszeiten, haben wir uns verstanden, Frau Dahlmann?« Sie blickte zu Luise, die wie alle anderen im Raum nicht gleich begriff, dass das ein Scherz sein sollte. Niemand lachte. »Spaß beiseite.« Die Russel schnipste die Mine in den Kugelschreiber, griff nach ihrer Handtasche und verstaute ihre Unterlagen.

Als sie fort war, verabschiedete sich auch Dr. von Thaler. »Frau Dahlmann, Fräulein Knaup, ich hoffe, dass nun wieder Ruhe einkehrt. Ihrem Jungen scheint es ja prächtig zu gehen.« Er betrachtete David in Helgas Armen, streckte einen Finger aus, als wollte er ihm übers Gesicht streicheln, ließ es bleiben und nahm stattdessen seinen Hut von der Kommode im Flur. »Und der Vater Ihres Kindes, weiß er, was er verpasst? Es geht mich ja nichts an, aber …«

»Ich kann nur danke sagen, Herr Doktor«, unterbrach ihn Helga, sie hatte genug für heute. »Sie haben mich und mein Kind gerettet.«

»Bedanken Sie sich nicht bei mir, es war meine Frau, die das vorgeschlagen hat.«

»Ihre Frau?« Das überraschte sie.

Er nickte. »Aber es freut mich, wenn ich helfen konnte und hoffentlich weiterhin kann.«

Die Vormundschaft blieb nichts weiter als eine Formalität. Abgesehen davon vielleicht, dass Frau von Thaler plötzlich im Laden einkaufte. Es war gerade so, als wollte sie im Auftrag ihres Mannes nach dem Rechten sehen. Meist kam sie unter einem Vorwand, dass sie ihren Sohn abholte oder ihn neuerdings sogar brachte oder ihr Hausmädchen irgendeine wichtige Zutat vergessen habe. Nach einer Weile merkten Helga und auch Luise, dass Annabel einfach nur ihre Nähe suchte. Im Gegensatz zu früher blieb sie oft noch für ein Schwätzchen stehen, unterhielt sich mit ihnen und mit den anderen Kunden. Manchmal holte sie ihr Gebetbuch aus der Tasche, als würde sie gleich eine Predigt halten wollen. »Die kommt fast schon öfter als Fritzchen«, stellte Helga fest, als sie an einem Mittwoch im Juni um kurz nach zwölf den Laden zusperrte. Endlich Mittag, ihr knurrte schon der Magen.

Luise nickte und schmunzelte. »Zweihundertzehn, zweihundertelf …« Sie zählte das Geld aus der Kasse und trug den Betrag ins Geschäftsbuch ein. Nicht schlecht, die Einnahmen, für einen gewöhnlichen Mittwoch. Der sieben Wochen alte Davidl, wie ihre Freundin ihren Sohn liebevoll nannte, lag auf dem Kissen im Wäschekorb und streckte die molligen Arme und Beine in die Luft. Dabei kaute er auf dem Knoten eines Tuchs herum und gab knurrende Geräusche von sich. Wie eine Katze, die eine Maus erlegte. Vielleicht bekam ihr Liebling schon den ersten Zahn, dachte Helga, auch wenn viele Kundinnen und besonders Annabel von Thaler, die als Expertin in Kindererziehung tausend Tipps parat hatte, meinten, das sei noch viel zu früh.

»Wenn man vom Teufel spricht …« Helga sah aus der Ladentür und entdeckte Annabel, die die Straße überquerte. »Hat die Frau Doktor ihr Knödelbrot liegenlassen?«

»Nicht dass ich wüsste.« Luise sah sich um. »Du, ich fang schon mal an, die Theke zur Seite zu rollen. Dann müssen wir das nachher nicht machen.«

»Warte, ich helfe dir.« Helga packte mit an.

»Du sollst doch noch nicht.«

»Ach, hör auf, mir geht's gut, alles wieder im Lot.« Der Wochenfluss war schon seit zwei Wochen versiegt. Sie fühlte sich immer noch etwas müde, aber das war halt so, wenn man keine Nacht durchschlief, da konnten auch Luises eisenhaltige Speisen aus Roten Rüben und Spinat wenig bewirken. Es klopfte. Tatsächlich, Frau von Thaler. Helga öffnete ihr.

»Entschuldigen Sie, dass ich noch mal störe. Ich wollte nur kurz Bescheid geben, dass Sie ab sofort wieder im Pfarrsaal trainieren können, wenn Sie mögen. Ich habe mit Zuckermüller gesprochen und konnte ihn dazu bewegen, seine Meinung zu ändern.«

»Ach, wirklich, hat sich Hochwürden unter seiner Würde auf einmal erbarmt.« Helga äffte ihren gestelzten Tonfall nach.

»Ja, phantastisch, oder nicht?« Die von Thaler strahlte sie an. »Einmal in der Woche turnen täte ihm auch gut, hat er gesagt, aber ich habe ihm erklärt, dass nur Frauen in Ihrem Kurs willkommen sind. Das stimmt doch?« Helga nickte. Zuckermüller hatte vermutlich nie etwas gegen die Turngruppe gehabt, doch sie verkniff sich eine Bemerkung.

»Apropos Bewegung.« Bei der Frau Doktor hatte sich offenbar einiges angestaut, dabei war sie zuletzt vor einer Stunde im Laden gewesen, hatte sich ausführlich über die korrekte Zubereitung von Semmelknödel beraten lassen und gefragt, ob das auf Bayerisch korrekt »Semmelknödeln« oder »Semmelnknödeln« heiße, wenn man mehrere machen wollte. »Seit ich die ganzen leckeren Rezepte von Frau Dahlmann ausprobiere, habe ich zugenommen.« Sie rieb sich über ihre gertenschlanke Taille. »Jedenfalls täte mir so ein wenig Trimmen auch gut, Fräulein Knaup, darf ich mich anmelden?«

»Unter einer Bedingung«, sagte Helga streng. Auch Luise, die gerade das Geschäftsbuch und den Beutel mit dem Geld in die Thekenschublade sperrte, horchte auf. »Sportler duzen sich, einverstanden?« Sie streckte die Hand aus.

»Gern, ich bin die Bella, jedenfalls nennt mich mein Mann so.«

MARIE

Martin respektierte, dass sie ihm noch nicht mehr geben konnte. Er wolle warten, sagte er, als er eines Abends noch mal einen Versuch startete, sie zu küssen und zu streicheln, und sie ihn abwehrte, sanft, aber bestimmt. Sie sagte, sie brauche noch Zeit. Von Theo hörte sie nichts mehr. Marie überlegte, ob sie ihm einen weiteren Brief schreiben sollte, setzte sich immer mal wieder hin, wusste dann aber nie, was sie ihm noch mitteilen sollte. Was gab es vorab zu sagen, ehe sie sich wiedersahen? Wahrscheinlich hatte er anderswo sein Glück gefunden, und wenn dem so war, dann freute es sie. Sie versuchte, es hier zu finden, auf dem Brandstetterhof. Sogar das Schlachten ertrug sie, packte mit an, als es sein musste, half beim Fleischzerteilen und Einpökeln.

»Wer Tiere hält, muss sie töten können«, sagte Martin, »aber leiden lassen oder quälen braucht man sie nicht.« So merkte das Schaf fast nicht, dass es gleich den Betäubungsschlag zwischen die Ohren erhielt, während Marie es mit einem Apfel anlockte. Auch wenn sie dieser Schlag an das erinnerte, was sie überlebt hatte, versuchte sie, es auszublenden, flehte für jedes Lamm um Erlösung und stellte fest, dass sie anscheinend doch gläubig war. Wenn sie auch nicht an einen katholischen Gott glaubte. Sie freundete sich mit Luise und den anderen Frauen aus der Turngruppe an, merkte aber oft an den Gesprächen und Problemen, dass sie nicht wirklich zu ihnen passte. Am liebsten war sie in Leutstetten, bei Manni und Martin, mitten unter den Tieren oder auch allein. Und seit sie sich von der Bezahlung für die Schildermalerei für Dahlmanns Gemischtwarenladen einen richtigen Aquarellkasten geleistet hatte, malte sie wieder mit Farben, gestaltete sogar Postkarten, die Luise drucken ließ und im Laden neben der Kasse für zehn Pfennig das Stück verkaufte, acht davon gehörten Marie. Der Blick vom Karlsberg auf die Leutstettener Pferde; der Dampfer auf dem See, der an der Roseninsel vorbeifuhr; ein Porträt von Herzchen, der Leitziege, die ein Blatt aus ihrem Skizzenbuch fraß.

Anfang Juli, als alle Schafe längst geschoren waren und Manni, der sich jeden Tag von einer weiteren Schicht seines Sammelsuriums an Kleidern befreit hatte, wieder bloß in der kurzen Lederhose und barfuß lief, hupte am frühen Nachmittag ein blauer Wagen ohne Verdeck vor der Einfahrt zum Hof. Wahrscheinlich irgendein Münchner, der sich verfahren hatte und jetzt nach dem Weg fragen wollte, dachte Marie, oder jemand, der sich von ihnen Auskünfte zur königlichen Familie erhoffte, was gelegentlich vorkam. Sie schüttete das Spülwasser, mit dem sie das Melkgeschirr sauber gemacht hatte, in die Rinne vorm Haus und ging auf den Mercedes zu.

Der Fahrer stieg aus und nahm die Sonnenbrille ab, strich sich die hellbraune Locke aus der Stirn, die ihm sofort wieder ins Gesicht fiel. »Guten Tag, Marie. Du bist ja wirklich Bäuerin geworden.«

»Theo?« Jetzt erkannte sie ihn erst, er wirkte schlaksiger und dadurch noch größer als damals, hielt sich ein wenig gebeugt, als müsste er sich auch im Freien unter einem Türstock bücken.

Rasch zog sie den Nackenknoten des Kopftuchs fester,

wischte sich die Hände an der Schürze ab, um ihn zu begrüßen. »Kaum zu glauben, dass du mich gefunden hast, nach so langer Zeit.« Wahrhaftig und lebendig stand er vor ihr.

»Ja, eigentlich wollte ich mich damals sofort in den Zug setzen und zu dir fahren, als du mir letztes Jahr geantwortet hast, aber dann dachte ich, ich will dich nicht mit leeren Händen abholen.« Er hielt ihre Hand noch immer in seiner.

»Abholen, wohin?« Martin rollte mit der Schubkarre von hinten auf sie zu.

»Das ist Theo.« Marie löste sich von ihm und stellte die Männer einander vor. »Theodor Kretschmar, mein, äh …, Freund aus Schlesien, und Martin Brandstetter, er ist …, ihm gehört der Hof. Schafe und Ziegen, auch Hühner und Ackerbau.« Sie wusste selbst nicht, warum sie ihn vor Theo auf die Landwirtschaft beschränkte, er war doch so viel mehr. Die beiden nickten sich kurz zu, Martin blieb dicht hinter ihr stehen, machte keine Anstalten, Theo die Hand zu geben. Stattdessen vergrub er seine Hände in den Hosentaschen und wippte auf den mistverkrusteten Stiefeln. Gegensätzlicher konnten zwei Männer kaum sein. Martin mit seinem Rabenfederhut, der blauen Latzhose und dem gestreiften Stehkragenhemd mit aufgekrempelten Ärmeln. Theo in seiner hellen Bundfaltenhose, weiche Lederslippers an den Füßen, in einem eleganten langen Jackett und mit gepunkteter Fliege. In Maries Erinnerung hatte er Kniebundhosen und einen alten Pullover mit aufgesetzten Ellbogenschonern getragen. Jetzt lehnte er sich ans Gartentor und drehte lässig den Bügel der Sonnenbrille zwischen den Fingern. Dass dieser Mann in russischer Gefangenschaft gewesen war, sah man ihm nicht an. In diesem Aufzug könnte er sich genauso beim Film bewerben oder drüben im Schloss zu Besuch eingeladen worden sein. Noch dazu mit dieser teuren Kiste. Wo hatte er sich die geliehen, um ihr zu imponieren?

»Marie, willst du mich nicht herein bitten? Falls es der Herr Bauer erlaubt?« Er grinste Martin an. Dessen Miene verfinsterte sich. Dann drehte er sich sogar weg, nahm die Schubkarre wieder auf und schob sie zum Heustadel. »Hat's ihm die Sprache verschlagen?«

»Lass ihn«, sagte Marie. Manchmal war Schweigen auch eine Antwort. »Ich glaube, wir gehen lieber ein bisschen spazieren. Es ist so ein herrlicher Tag, dann kann ich dir die Gegend zeigen, einverstanden?«

»Gehen? Ich fahr dich, wohin du willst.«

»Wem gehört denn der Wagen?«

»Na, mir, was dachtest du. Ach, Marie, ich habe dir so viel zu erzählen.«

»Warte, ich zieh mich nur rasch um.« Sie überlegte kurz, ob sie mit Martin reden sollte, wusste dann aber nicht, was es zu erklären gab, und lief zurück ins Haus. Im Zimmer warf sie all ihre Kleider vom Schrank aufs Bett, um etwas Passendes auszuwählen. Alles kam ihr irgendwie schäbig vor. Höchstens das dunkelblaue Kostüm, das sie sich für Weihnachten aus dem schimmernden Stoff genäht hatte, der aus der Stofftruhe von Martins Mutter stammte, war einigermaßen elegant. Aber jetzt im Frühling, für diesen Ausflug wirkte das bauschige Kleid viel zu festlich. Sie konnte doch nicht in Mannis Turnhose gehen. Erstmal zog sie ihre Stallsachen aus, machte sich über der Waschschüssel frisch, kämmte sich die rotblonden Locken zu einem hohen Pferdeschwanz und zurrte ihn mit einem Kirschzopfhalter, der aus zwei roten Kugeln an einem Gummi bestand, fest. Sei's drum, Theo hatte sie schon im Stallgewand gesehen, dann würde er sie auch im Weihnachtskostüm aushalten. Sie schlüpfte hinein, hatte Mühe, die Häkchen im Rücken zu schließen, und vor lauter Verrenkungen bald das Gefühl, wieder verschwitzt zu sein. Welch eine Hektik! Als ob sie all die Jahre, die sie und Theo getrennt gewesen waren, auf einmal aufholen wollte. Spontan band sie sich das gepunktete Kopftuch um die Mitte, das lockerte das Samtkleid etwas auf und passte zu Theos Fliege. Sie lief zum Fenster. Wo Martin steckte, konnte sie nicht erkennen. Theo spazierte durch den Garten, rauchte und scheuchte die Hühner auf. Dabei hatte er offensichtlich nicht bemerkt, dass sich Manni wie selbstverständlich in sein Auto gesetzt hatte. Den Oberkörper frei, mit halbverrutschten Trägern, drehte er am Lenkrad, wippte auf dem Sitz vor und zurück, als würde er ein Pferd antreiben. Hoffentlich war die Handbremse stark genug angezogen, und der Wagen rollte nicht plötzlich rückwärts den Hang hinunter. Marie lief zum Spiegel zurück, stellte sich auf den Stuhl und warf einen letzten Blick hinein. Ja, jetzt gefiel sie sich sogar selbst in dem Kleid, das Tuch betonte ihre schmale Taille und brachte den Rock besser zur Geltung. Fast als trüge sie einen Petticoat darunter und nicht nur einen einfachen Unterrock. Eine Handtasche besaß sie nicht, aber ohne ihre Malsachen wollte sie auch heute das Haus nicht verlassen, sie wusste nie, welches Motiv ihr begegnete. Vielleicht würde sie Theo mit ein paar Strichen einfangen? Schon länger liebäugelte Marie mit der kleine Korbtasche, die im Kleiderschrank stand und Luise gehörte. Sie schnappte sie sich, legte ihr neues Skizzenbuch, zwei frisch gespitzte Bleistifte, ein Taschentuch und ihren Geldbeutel hinein. Dann wollte sie die grauen Wollstrümpfe anziehen. Perlons besaß sie keine, hätte sie geahnt, dass Theo sie besuchte, hätte sie sich bei Luise welche gekauft. Dort gab es sogar Strumpf-Hosen, die man ohne Hüftgürtel tragen konnte, wie eine zweite Haut. Spontan entschied sie, mit nackten Füßen in die schwarzen Spangenschuhe zu schlüpfen. Um eine Naht vorzutäuschen, zog sich mit Aquarellfarbe eine dunkle Linie auf beiden Waden, vom Knöchel bis zur Kniekehle. So wirkte es, als trüge sie doch Seidenstrümpfe.

Theo trat die Zigarette aus, als sie ihm endlich entgegenlief. »Ich habe schon geglaubt, ich muss noch mal acht Jahre ausharren, bis ich dich wiedersehe.« Er hielt ihr die Beifahrertür auf, bevor er selbst einstieg. Sie hielt Ausschau nach den Brüdern, entdeckte sie aber nirgends. Wie hatte Theo es bloß geschafft, Manni wieder aus dem Mercedes zu kriegen? Da fiel ihr ein, dass sie in der Eile nicht einmal einen Zettel geschrieben hatte, aber Martin konnte sich bestimmt denken, dass sie bald wieder zurück war. Theo legte den Arm um ihre Rückenlehne, streifte beiläufig ihren Nacken und rangierte auf die Dorfstraße. Kurz darauf rauschten sie auf der Landstraße dahin. Marie musste zugeben, dass ihr die Fahrt gefiel. In einem Auto ohne Verdeck war sie noch nie gefahren. »Ist das alles an Gepäck?«, fragte er. »Ich dachte mir, wir fahren die Nacht durch, dann sind wir morgen zum Frühstück in Hamburg.«

HELGA

Gegen Mitternacht, als David nach langem Stillen endlich eingeschlafen war, legte sie ihn in die Wiege und deckte ihn zu. Obwohl sie selbst auch hundemüde war, wollte sie sich noch in den Prospekt eines Münchner Abendgymnasiums vertiefen, der heute endlich mit der Post gekommen war. Sie trug die Nachttischlampe zum Tisch und setzte sich. In aufrechter Haltung würde sie sich besser konzentrieren können als im Liegen. Plötzlich glaubte sie, ein Geräusch zu hören, dann war alles wieder ruhig im Haus. Wahrscheinlich hatte sie sich getäuscht. Auch Luise, die gewöhnlich bis Mitternacht unten in der Küche werkelte oder mit einem Roman vor dem Herd saß und auf das Gebäck für den nächsten Tage wartete, schien bereits nach nebenan gegangen zu sein, um zu schlafen. Helga bewunderte ihre Ausdauer und wie fürsorglich sie mit anderen war. Vom ersten Tag an hatte sie sich bei den Dahlmanns wohl gefühlt. Sie musste keine langen Erklärungen abgeben, durfte einfach sein, wie sie war, und hatte dennoch nie das Gefühl, dass sie störte. Luise war eine Macherin, eine echte Wunderfrau, von der sie noch viel lernen konnte. Im Gegensatz zu ihr hatte Luise von Kindesbeinen an zupacken müssen, das hatte sie geprägt, wie auch die Liebe ihrer Eltern und Geschwister, der Zusammenhalt der Brandstetters. Und zugleich fragte sich Helga, wie Luise es verkraftete, dass ein Kleinkind in der Wiege schlief, die eigentlich für ihr eigenes Kind gedacht gewesen war. Das Thema hatten sie bisher gemieden. Es war bestimmt schwer, darüber zu reden, und Helga wusste nicht, wie sie ihre Freundin darauf ansprechen sollte, aber vielleicht sollte sie es einfach tun. Sie zuckte zusammen und fuhr herum. Auf einmal stand Hans hinter ihr im Zimmer. Sie sperrte nie ab, wozu auch, schließlich war sie unter Freunden. Allerdings trug sie bloß ihr kurzes Nachthemd und fühlte sich nackt, während er in voller Montur dastand, nur das Hemd hing ihm aus der Hose. Was machte er hier? Was wollte er von ihr? Aus glasigen Augen sah er sie an, schwankte in ihre Richtung und hielt sich an der Tischkante fest. Er hatte eine Bierfahne, war wohl gerade heimgekehrt und hatte sich in der Tür geirrt. Mittwochs, wenn sie turnten, verbrachte er den Abend mit Elmar und Harri und den anderen im Sportlerheim. »... 'n Abend, Hans. Wie war's beim Kartenspielen?« Helga sprach leise, hoffte, ihr Kind nicht aufzuwecken. Er antwortete nicht. »Komm, es ist spät, und David schläft.« Sie stand auf, wollte ihn zur Tür zurückgeleiten. Da umfasste er sie, zog sie an sich und küsste sie. Sie wand sich aus seinem Griff. »Lass das, hör auf.« Noch hielt sie es für ein Versehen.

»Jetzt sei nicht so, schö-hönes Fräulein Helga.« Er lallte ein wenig. »Du hast mir scho-hon immer gefallen. Zierst dich sonst auch nicht. Komm, ein bisschen Spaß für uns beide, ich verspreche dir, es wird dir gefallen.«

Sie musste sich verhört haben. Hans Dahlmann, der stets korrekte Fernmeldetechniker, der jede freie Minute an irgendetwas aus Metall oder Holz herumtüftelte und sonst nur Fußball im Kopf hatte, wollte mit ihr schlafen? »Spinnst du? Das letzte Bier war eindeutig schlecht, Hans. Los, geh einfach, und wir vergessen, was du gerade gesagt hast, ja?« Sie hatte lauter gesprochen als beabsichtigt, David quengelte in der Wiege.

»Siehst du, jetzt ist er aufgewacht. Also verschwinde.« Sie wollte ihn hinausschieben, doch Hans umfasste sie wieder, warf sie aufs Bett und presste sie in die Matratze.

»Bitte, ich bitte dich.« Sie spürte seine Erregung. »Luise lässt mich nicht mehr. Immer nur der Laden, der Laden, seit bald einem Jahr gibt es nichts anderes.« Er wirkte plötzlich ganz nüchtern, drückte sich weiter auf sie, so dass sie kaum noch Luft bekam. »Einmal ist keinmal, schließlich lasse ich dich und deinen Amibankert hier wohnen, oder nicht? Also tu mir den Gefallen.« Sie hörte, wie er mit einer Hand seinen Gürtel aufhakte und seine Hose aufknöpfte.

Lieber Gott, wenn es dich gibt, lass das nicht geschehen, flehte sie stumm. Wie konnte Hans nur, seine Frau lag nebenan, bloß durch eine dünne Wand getrennt, er schob ihr das Nachthemd hoch. »Nein«, sagte sie und noch mal »nein«. Er presste ihr die Hand auf den Mund, fuhrwerkte mit der anderen zwischen ihren Beinen. Hoffentlich war David wieder eingeschlafen. Später wusste sie nicht mehr, ob sie das Nein nur gedacht oder wirklich ausgesprochen hatte.

Der nächste Tag war die Hölle, nicht weil etwas passierte oder sie Schmerzen hatte, sondern weil das mit Hans geschehen war. Wie hatte sie es nur zulassen können? Sie, die nie etwas gegen ihren Willen tat, besonders bei Männern nicht.

»Guten Morgen, gut geschlafen?«, fragte Luise und summte dann weiter einen Schlager aus dem Radio mit. Helga hatte gewartet, bis Hans zur Arbeit gegangen war, und sich erst dann aus ihrem Zimmer getraut. Die Küche duftete nach frischem Kaffee. Luise belegte ein Teigblech mit Aprikosen. »Setz dich, solange David noch Ruhe gibt, und iss etwas.« Wieso war Luise nur so nett zu ihr, bemutterte sie? Am besten sie sagte ihr gleich, was vorgefallen war, dann brach vermutlich die

Dahlmannwelt zusammen, aber ihre Freundschaft war möglicherweise noch zu retten. Vielleicht auch nicht.

»Was ist? Du bist so still? Hier, probier, sind die nicht zuckersüß? Die hat mir das Hausmädchen der von Thalers gebracht. Aus dem Garten.« Luise reichte ihr eine Aprikose. Helga hatte keinen Appetit, ihr war schlecht. Ein Schreck durchfuhr sie. Was, wenn sie schwanger geworden war?

Obwohl es sie quälte, versuchte sie, das Erlebnis von Tag zu Tag zu verdrängen. Sie hoffte, dass es auf diese Weise von selbst verblasste und irgendwann aus ihrem Gedächtnis verschwand. Mit großer Erleichterung stellte sie fest, dass ihre Monatsblutung pünktlich einsetzte, zum zweiten Mal schon nach Davids Geburt. Was brachte es, die Ehe der Dahlmanns zu zerstören, zumal Luise so viel erreicht und so hart dafür gekämpft hatte. Helga wollte sie nicht verletzten und nicht als Freundin verlieren.

Hans tat so, als wäre nie etwas geschehen. Schon vorher war er ihr gegenüber wenig gesprächig gewesen, aber seit der Nacht machte er einen Bogen um sie, sofern das möglich war in der verwinkelten Wohnung im ersten Stock. Meistens hatte er noch etwas in der Garage zu reparieren oder im Keller zu sortieren, wenn sie mit Luise im Wohnzimmer Musik hörte und handarbeitete. Helgas Maschenbild beim Stricken wurde immer gleichmäßiger. Sogar Gretel Breisamer hatte sie neulich für den gestreiften Pulli gelobt, den David trug. Eines Abends brachte Luise ihr bei, wie man eine Mütze mit fünf Nadeln strickte.

Hans erschien in der Tür, er hatte bereits den Hut auf. »Ich geh noch auf ein Bier ins Jagdstüberl.« Er wechselte die Wirtschaften in ganz Starnberg durch.

»Bleib doch hier und setz dich zu uns«, schlug Luise vor. »Gleich bringen Sie im Radio ein neues Günter-Eich-Hörspiel.«

Er schüttelte den Kopf. »Ich brauch noch ein bisschen frische Luft, war heute den ganzen Tag in einem stickigen Hochhaus. Aber viel Spaß euch.«

Luise machte keine Anstalten ihn zu überreden. Sie begleitete ihn noch hinaus, aber es wirkte eher so, als ob sie froh wäre, dass er fort war. »Ich muss dir etwas sagen, Helga.« Zurück im Wohnzimmer schaltete sie sogar das Radio aus. Von wegen Günter Eich. Was kam jetzt? Helga spürte ihren Puls hochschnellen und holte Luft. Hatte ihre Freundin doch etwas mitgekriegt, sie vielleicht gehört in jener Nacht? Helga legte ihr Strickzeug weg, sah nach David, der im Sessel, auf mehrere Kissen gestützt, mit den Händchen fuchtelte, als versuchte er, irgendetwas aus der Luft zu fangen. Sie drückte ihm eine Rassel aus Luises Spielzeugkiste in die Finger. Gierig griff er danach und schüttelte sie kräftig. Als das Geräusch erklang, staunte er, lächelte dann und schüttelte weiter. Ein Musiker wie sein Vater, dachte Helga und schluckte gegen ihr Herzklopfen an.

»Schau dir einer an, wie klug dein kleiner Bub ist.« Luise knuddelte ihn. David lachte das schönste Kinderlachen und entblößte dabei den Zahn, der sich aus seinem Unterkiefer schob wie eine winzige weiße Säge. Luise setzte sich wieder zu ihr, schlug die Beine übereinander und fing an. »Wie fändest du es, wenn Davidl bald einen Spielkameraden oder eine Spielkameradin bekäme?«

»Heißt das etwa, dass du …« Es dauerte, bis Helga verstand, was Luise andeutete. »Bist du schwanger?«

Luise strahlte sie an. »Hans weiß noch nichts davon. Ich

will es ihm erst sagen, wenn ich …« Sie wurde plötzlich ernst, stützte den Kopf auf und starrte auf den Boden.

»Wie weit bist du denn schon?«, fragte Helga völlig verblüfft. Von wegen, sie durfte keine Regale herumschieben und nichts heben, dabei war ihre Freundin diejenige, die eigentlich auf sich achtgeben sollte.

Luise seufzte. »Ich weiß nicht genau, Kindsbewegungen habe ich noch keine gespürt. Vielleicht bilde ich es mir auch nur ein. Dritter oder vierter Monat vielleicht? Mir ist weder übel noch sonst etwas, im Gegenteil, ich strotze vor Kraft und Energie.«

Das konnte Helga nur bestätigen. »Und deine Periode?«

»Seit drei Monaten. Das Ausbleiben könnte natürlich auch andere Ursachen haben, ich werde zum Arzt gehen, damit ich mir sicher bin, aber noch einen Tag länger mit dir und David und ständig diese Gespräche über Kinder, Stillen und Geburt, und ich wäre geplatzt. Ich musste es dir endlich sagen.« Sie umarmten sich, hielten einander lange fest. Luise weinte. »Entschuldige, das ist eigentlich eher ein Grund zur Freude, aber zurzeit könnte ich bei jeder Kleinigkeit losheulen. Es geht schon wieder.« Sie wischte sich die Tränen ab. Nun plagte Helga das Gewissen umso mehr.

Bestellen / beauftragen:

- ~~Watte, blutstillende und zur Kosmetik und Reinigung~~ erledigt!
- Blaumohn und Quetsche (Kundenservice anbieten)
- Schwedenbitter (bei Martin)
- ~~Hundetränke (bei Hans)~~ erledigt!
- »Für unsere Hunde-Kunden« – Marie an das Schild erinnern!
- Mottenkugeln (kurz durchatmen, Gretel Breisamers Vorrat ist aus!)
- Schokoladen-ABC für Geburtstagskuchen und zur Einschulung
- Zündhölzer. Vorschrift der Handelskammer beachten = Es ist im Handel mit Zündhölzern nicht üblich, dass der Verkäufer auf seine Kosten die von auswärts zu liefernde Ware gegen Feuer, Explosion oder Nässe versichert; hingegen trägt die Gefahr von Feuer, Explosion oder Nässe während der Beförderung handelsüblich der Vertragsteil, der die Fracht zu bezahlen hat. Dass der Käufer an den Verkäufer, auf dessen Gefahr der Transport erfolgt, das Verlangen richtet, er solle sich gegen diese Transportgefahr durch eine Versicherung eindecken, ist im Handel mit Zündhölzern durchaus ungewöhnlich, und es kann von einer Übung, der zufolge der Verkäufer einem solchen Verlangen zu entsprechen hat, nicht die Rede sein. 1133. 6696/17. 32812/17
- Versicherung / Brandschutz abschließen!
- Feuerlöscher
- Rabattmarken, ja oder nein? für nächstes Jahr überlegen …
- Faschingsschminke

Ideen als Kaufanreiz:

- ~~kleine Faschingskrapfen mit versch. Füllungen~~ erledigt!
- Trüffel = Kakaokugeln in Schokoladenkrümeln wälzen.
- Buttermilchbonbons = 1 l Buttermilch u. 1 kg Zucker so

lang kochen, bis es gelbbraun ist, dann 1 Pfund Butter dazu, verkneten und zu Guttis formen, nach dem Aushärten evt. in Glanzpapier einwickeln.

Lieblingslieder:
- *Jambalaya von Peter Wendland*
- *Ganz Paris träumt von der Liebe von Caterina Valente*
- *Du bist die Richtige von Peter Alexander*
- *Johnny Guitar von Ernie Bieler*
- *Bon Soir, Bon Soir von Vico Torriani*

Reklamesprüche (Waren testen?):
- *Ohne Krawatte ist der Mann die Hälfte wert. (Krawatten ins Sortiment aufnehmen?)*
- *Darmol – Die gute Abführ-Schokolade (Schokolade stopft doch eher?)*
- *Sommerfroh mit rororo-Taschenbüchern, Stück 1,50 DM. (ja, kleine Auswahl ins Sortiment: Hemingway, Tucholsky, Fallada u. a.)*

Aus: Luises Ladenkunde-Album

LUISE

Aus Fußball machte sie sich nicht viel. Es war der Lieblingssport ihres Mannes, so wie bei ihr das Turnen. Aber auch sie freute sich über das Vorrücken der deutschen Mannschaft bei der Weltmeisterschaft. Hans war regelrecht aus dem Häuschen. Wie ein Kind sein Kuscheltier, schleppte er sein kleines Transistorradio ständig mit sich herum. In jeder Minute seiner Freizeit lauschte er den Übertragungen. Am 23. Juni 1954, einem Mittwoch, hatte der Laden wie üblich nachmittags geschlossen, und sie nutzte die Zeit, um zu backen und zu putzen, die Waren aufzufüllen und ein paar Telefonate mit Lieferanten zu erledigen. Helga war mit David zum See spaziert. Als Luise nach hinten ging, um Hans zu fragen, wann er zu Abend essen wollte, schallte ihr die Stimme des Kommentators entgegen. Deutschland gegen die Türkei. Ihr Mann kniete auf den Steinplatten, vor sich eine Decke, auf der sich Schrauben, Muttern, Metallräder, Gewinde und andere Eisenteile aneinanderreihten. Auf volle Lautstärke aufgedreht, stand das Radio dicht bei ihm.

»Oh, ist das der Spindelmäher der von Thalers?« Annabel hatte ihn neulich vorbeigebracht. In Einzelteile zerlegt, wirkte er wie der Bausatz für Hans Dahlmanns Weihnachtsschmuck vom letzten Jahr.

Er nickte. »Ich glaube, der ist hinüber, aber ich reinige alles noch mal und schärfe die Messer, mal sehen.« Der Sender spielte Musik ein, den Schlager von Mona Baptiste hörte man zurzeit mehrmals am Tag: *Heut' liegt was in der Luft, in der Luft, in der Luft.*

»Hast du eigentlich schon überlegt, wie du deinen Geburtstag feiern willst?«, fragte Luise. Am dreißigsten Juni, also in einer Woche, würde Hans dreißig. Er reagierte nicht. »Und wieder begrüße ich alle Zuhörer über den Äther und an den Weltempfängern …« Der Kommentator hatte sich zurückgemeldet und redete sich gleich aufs Neue in Rage.

»Hans?« Ihr Mann lauschte mit offenem Mund, die Feile in der Hand.

»Was ist?«, fragte er, als auch der Radiosprecher einmal Luft holte.

»Wegen deinem Geburtstag, was willst du da machen?«

»Na, das Übliche, Harri und Elmar werden kommen, sie bringen wahrscheinlich auch die Familie mit, wenn's dir recht ist. Ich könnte eine Feuerstelle aus Backsteinen bauen, und wir braten Würschtl im Garten. Und wer weiß, vielleicht steht Deutschland ja im Halbfinale, dann gibt's erst richtig was zu feiern.«

»Im Halbfinale?« Luise lachte.

Hans zuckte mit den Schultern. »Es soll ja noch Wunder geben.«

»Soll ich dir ein paar Brote rausbringen?« Antwort erhielt sie keine mehr.

Neunzig Minuten später funktionierte der Spindelmäher wieder, und Deutschland stand tatsächlich im Viertelfinale! Sie hatte es erst mitgekriegt, als Hans in Jubel ausbrach, zu ihr in die Küche rannte, sie abküsste und sogar mit ihr tanzte, was er sonst nie freiwillig tat.

»Psst, du weckst Davidl noch auf.« Luise zeigte nach oben, wo sie den Kleinen bis vor kurzem noch weinen gehört hatte, nachdem Helga in ihrem großgeblümten rückenfreien Kleid, das mit einer Schleife im Nacken gebunden wurde, mit ihm zurückgekehrt war.

»Ich muss sofort Harri anrufen.« Hans ließ sich nicht beirren und diskutierte mit seinem Spezl in der nächsten Dreiviertelstunde sämtliche Spielzüge haarklein am Telefon.

Am Freitag, als David im Wäschekorb, den sie hinter der Theke auf einen Stuhl gestellt hatten, selig schlief, bat sie Helga, den Laden für eine Stunde zu übernehmen. Sie selbst wollte ein paar Besorgungen in der Stadt machen und nach einem Geschenk für Hans suchen. Abgesehen von dem ganz persönlichen, das sie schon eine Weile in sich trug. Zu gern würde sie ihn, der so sehr an sie glaubte, außerdem noch mit etwas ganz Besonderem überraschen. Sie hatte an einen elektrischen Rasierapparat gedacht. Hans, der sonst technikbegeistert war, schwor zwar auf die Nassrasur, aber vielleicht gab es mittlerweile ein neueres Gerät, mit mehr Klingen oder anderem Schnickschnack, das ihn überzeugen konnte. Luise würde sich einfach beim Elektro Pappeck beraten lassen. Eine Weile bestaunte sie den Schwarz-Weiß-Fernseher, der im Schaufenster flimmerte. Er zeigte das Testbild, wie jeden Morgen ab zehn Uhr. Faszinierend! Die Krönung der englischen Königin, die letztes Jahr um diese Zeit weltweit übertragen worden war, oder einen Film oder eine Ratesendung im eigenen Wohnzimmer anschauen zu können, stellte sie sich herrlich vor. Luise ging hinein und wartete, bis Herr Pappeck, ein älterer Herr mit Brille, weißem Schnurrbart und grauem Elektrikerkittel, Zeit für sie hatte.

»Drei Philips TD1422A zusätzlich«, wies er seinen Lehrbuben an, »und frag nach dem Lieferdatum, notiere es dir bitte,

Kare. Ganz wichtig. Die Kunden sitzen mir im Nacken. Und jetzt los, die Bestellung muss sofort raus.« Er schrieb ihm eine Telefonnummer auf den Block, gab ihm Bleistift und Kleingeld mit auf den Weg und schickte ihn zum Telefonieren auf die Post. Luise wollte schon ihr Anliegen vortragen, aber da rief er noch: »Ach, warte. Auf dem Rückweg kannst du gleich beim Spindler vorbeigehen und Weißwürscht holen, sagen wir, vier oder sechs Paar, zehn Brezen und zwei Flaschen Helles. Und eine Limo für dich.« Er reichte ihm ein paar weitere Münzen.

»Soll das Bier kalt oder warm sein?«, fragte der Lehrling, der sich einen ähnlichen Bart wie sein Chef auf der Oberlippe züchtete.

»Möglichst kalt, aber nicht zu kalt natürlich. Sagen wir temperiert.«

»Und die Würstl?« Kare zögerte den Gang wohl hinaus.

»Was soll mit denen sein?«

»Warm oder kalt?«

»Kalt, die wärmen wir hier auf. Jetzt los, schleich dich, bevor mir die Hand ausrutscht. Ich hab Kundschaft.« Kare setzte seinen Trachtenhut auf und verschwand. »Guten Morgen, Frau Dahlmann, was kann ich für Sie tun?«

»Ich bräuchte etwas für meinen Mann zum Geburtstag, dachte dabei an …« Mitten im Satz schwenkte sie um, ihr war etwas eingefallen, etwas, das sie in Aufregung versetzte. Vielleicht würde das nicht nur ihr und ihrem Mann gefallen, sondern ihren Betrieb ankurbeln und neue Kundschaft anlocken. Auch wenn das Geschäft inzwischen einigermaßen lief, man durfte sich nie auf den ersten Erfolgen ausruhen, das war die eigentliche Herausforderung. »Wie viel kostet denn so ein Fernsehgerät?«

»Da gibt es verschiedene Modelle. Es fängt bei dreihundertzwanzig Mark für ein kleines Tischgerät an und geht dann hoch bis zu vierhundertfünfzig für ein Schrankmodell, mit Lautsprechern und Holzverkleidung.« Luise schluckte, das konnten sie sich beim besten Willen nicht leisten. Für solche Summen musste nicht nur Hans, sondern auch sie mehrere Monate arbeiten.

»Soll ich Ihnen ein paar Apparate zeigen?«

»Gern.« Anschauen kostete noch nichts, sie musste grinsen, als ihr aufging, dass das bei einem Fernseher widersprüchlich war. Aber anstatt dass Pappeck sie in seinem Geschäft herumführte, zog er einen Katalog unter dem Tresen hervor und drehte die aufgeschlagenen Seiten zu Luise. »Dies hier ist ein relativ handliches Allstromgerät von Blaupunkt.« Er tippte auf eine schwarz-weiße Abbildung. »Das eigentliche Sichtfeld ist ungefähr postkartengroß. Der Apparat hat einen Kanalwähler mit Spulenfahrstuhl.« Ein Spulenfahrstuhl, was sollte das denn sein? Ging es da in ein anderes Stockwerk hinauf, vielleicht in die Nachrichten? Luise verstand gar nicht, wovon er sprach. »Und das Gerät daneben ist etwas größer, verschönert dafür aber jede Stube. Es ist von Capitol und für sieben Kanäle ausgerichtet.«

»Sieben Kanäle?« Das klang venezianisch. Fernsehen war absolutes Neuland für sie. »Wozu braucht man denn so viele? Man kann doch immer nur eine Sendung anschauen, oder?«

Er lächelte. »Sie meinen, Programme? Bisher zeigt die Rundfunkanstalt nur das deutsche Fernsehen der Arbeitsgemeinschaft, abgekürzt ARD, doch die neuen Apparate sind alle schon für die Zukunft ausgerichtet. Bald soll es noch mehr geben. Einen bayerischen Kanal zum Beispiel. Stellen Sie sich das vor, der Starnberger See und seine Geschichten in so einem Fernseher drin. Wäre das nicht pfundig?« Mit glänzenden

Augen blätterte er weiter. »Darf ich Ihnen noch das Luxusmodell zeigen? Dieser Telefunken ist in einen zweitürigen Eichenschrank eingebaut. Sehen Sie, hier. Es muss ja nicht jeder wissen, dass Sie ein solches Gerät besitzen. Sie können es problemlos hinter den Türen verschwinden lassen.«

»Wieso sollte man einen Fernseher verbergen wollen?«

»Na ja, wenn es sich herumspricht, haben Sie bald die ganze Nachbarschaft im Haus. Vor allem die Kinder, die Augsburger Puppenkiste sendet jetzt zum Beispiel auch. Meine Enkelin war begeistert von *Peter und der Wolf*.«

Gegen etwas mehr Betrieb hatte Luise nichts einzuwenden, eher im Gegenteil, das war ja ihr Ziel. »Könnte ich auch in Raten bezahlen?« Bei ihr nannte man es anschreiben, und es war zinslos. Aber sie traute sich nicht, Herrn Pappeck danach zu fragen.

»Grundsätzlich schon, Frau Dahlmann, nur leider habe ich momentan kein Gerät zur Verfügung, deshalb muss ich Ihnen alles im Katalog zeigen. Wären Sie gestern gekommen, da ist mein letzter Fernseher über den Ladentisch gegangen.« Was bei einem solchen Schrankmonster kaum vorstellbar war. »Die Weltmeisterschaft, Sie verstehen. Die meisten verfolgen sie am Radio, doch immer mehr wollen die Spiele auch sehen. Aber ich kann Sie auf die Warteliste setzen, die nächste Bestellung ist unterwegs und wird in sechs bis acht Wochen geliefert.«

»Und was ist mit dem Fernseher im Schaufenster?« Möglicherweise erhielt Luise den billiger, wo er doch den ganzen Tag lief, das Bild wirkte schon etwas abgenutzt.

»Der Grundig? Das ist unser Ausstellungsstück und leider unverkäuflich.«

»Na gut, dann komme ich einfach in zwei Monaten noch

mal her und erkundige mich.« Es sollte nicht sein. »Vielen Dank und auf Wiedersehen.« Ein neues Hemd oder ein schöner Anzug wären zwar kein einmaliges, aber auch ein tolles Geschenk. Sie ging zum Tutzinger Hofplatz zurück, wo es einen Herrenausstatter gab.

»Pfia Gott, Frau Dahlmann.« Pappecks Lehrbub versuchte, den Hut zu lupfen, als sie sich auf seinem Rückweg von der Post wiederbegegneten, dabei glitten ihm um ein Haar die Flaschen und die vollen Papiertüten aus den Armen. Luise half ihm und fing sie auf.

»Ach, wart, Kare.« Sie begleitete ihn zurück. Plötzlich wusste sie, wie sie Herrn Pappeck doch noch überzeugen konnte.

»Danke für Ihren Einkauf und beehren Sie uns bald wieder, Frau Ölsieder.« Zurück im Laden, begleitete Luise um Viertel nach zwölf die letzte Kundin vor die Tür und spähte in den Himmel. Wolkenschlieren hatte sich vor das Blau geschoben. »Helga, man sieht noch gar nichts«, rief sie nach hinten.

»Wenn's finster wird, sieht man auch nichts.« Ihre Freundin legte den frisch gewickelten David in den Wäschekorb, stellte ihn zwischen Kasse und Waage auf die Theke und folgte Luise nach draußen. Der 30. Juni 1954 war nicht nur für Hans und alle Fußballbegeisterten ein besonderer Tag, um die Mittagszeit konnte man in Europa angeblich auch eine Sonnenfinsternis beobachten.

»So richtig finster soll's nicht werden, habe ich im Radio gehört. Mehr diesig.« Das Licht kam Luise bereits merkwürdig vor, als hätte sie Schleier vor den Augen. »Hörst du das? Es ist alles so still, nicht mal die Vögel zwitschern. Stell dir vor, es bleibt für immer so.«

»Lieber nicht. Das erinnert mich an die Zeit im Luftschutzkeller. Wie wir das Dröhnen der Bomber über uns hörten und auf die Einschläge warteten und flehten, dass wir verschont bleiben würden.«

»Manchmal dehnen sich Sekunden zu Stunden, kennst du das? Einmal war ich mit Manni auf dem Feld, als ein Tiefflieger kam. Ich wollte wegrennen, in den Wald, aber Manni weigerte sich, also habe ich mich auf ihn geworfen, ihn ins Gras gedrückt und ganz fest die Augen zugemacht. Ich spürte das Pfeifen und dann die Einschläge um uns herum, und danach wusste ich nicht gleich, ob Manni oder ich verletzt waren. Es waren bloß Sekunden, aber in der Erinnerung fühlt es sich wie Stunden an.« Es wurde noch dämmeriger, der Juni verwandelte sich in einen diesigen Novembertag, auch die Schatten lösten sich auf. »Ist das die Sonne?« Luise zeigte nach oben auf einen kleinen grauen Kreis, der zwischen den Wolken sichtbar wurde. An den Rändern flimmerte es. »Der Mond scheint genau davor zu sein.« Helga kniff die Augen zusammen und suchte den Himmel ab. »Warte, nimm das Schwarzglas, mit bloßen Augen soll man doch nicht hinschauen.« Luise drückte ihre weißgepunktete Schmetterlingssonnenbrille fest auf die Nase.

»Oh, hätt ich fast vergessen.« Helga holte das Stück Glas, das sie am Vormittag mit einem Feuerzeug geschwärzt hatte, und hielt es sich vor ihre Brille.

Der Tipp stammte aus dem *Stern*, den sie zusammen mit anderen Zeitschriften gratis lesen konnten. Ein weiterer Vorteil, wenn man einen eigenen Laden hatte, dachte Luise. Die beiden setzten sich auf die Bank vorm Eingang und starrten durch ihre getönten Gläser in das Naturschauspiel.

»Angeblich stehen nicht nur Erde, Sonne und Mond in einer

Reihe, hat's im Radio geheißen, sondern auch Jupiter«, sagte Helga. »Den kann man aber nicht erkennen, sondern nur errechnen.« Die graue Scheibe schob sich ganz langsam von der Sonne weg, verschwand dann aber mehr und mehr hinter einer dicken Schicht Wolken.

»Berichten die im Radio überhaupt noch über etwas anderes als Fußball?« Luise grinste.

Helga zuckte mit den Schultern. »Ich glaube, wir sind die Einzigen weit und breit, die sich für die Sonnenfinsternis interessieren. Irgendwie magisch, findest du nicht? In Amerika haben sie das Gleiche, was wir gerade beobachten, schon vor ein paar Stunden gesehen, dann wandert es weiter bis nach Indien.«

Luise legte den Arm um Helga und stellte sich vor, wie sie beide, von oben betrachtet, in diesem Moment wahrgenommen würden. Zwei beste Freundinnen, die die Sekunden der Stille ausdehnten. Helga war schweigsamer als üblich, seit längerem hatte Luise schon das Gefühl, dass sie etwas auf dem Herzen hatte, aber nicht wusste, wie sie sich aussprechen sollte. »Denkst du oft an ihn?«

»An wen?« Helga legte das Glas weg und schaute zu ihr.

»Na, Jack, Davids Vater.« Luise war irritiert. »Oder wen meintest du?«

»Ach so, doch natürlich, ich versuche, nicht an ihn zu denken, aber tue es dadurch erst recht. Das ist wie mit den rosa Elefanten. Verbiete dir, an einen zu denken, und schon siehst du ihn vor dir.«

Mit einem Mal war Luise sicher, dass nicht nur Jack sie beschäftigte. Helga verschwieg ihr etwas. Luise stand auf. »Genug von rosa Elefanten und dunkler Sonne. Ich muss mit dem Kartoffel- und dem Krautsalat anfangen, sonst haben wir heute

Abend kein Essen. Schau, da ist ja der Jubilar.« Hans hatte sich den Nachmittag freigenommen und kam vom Bahnhof die Straße herauf.

»Wir sehen uns später.« Helga ging hinein. Luise wusste gar nicht, ob sie Hans überhaupt schon gratuliert hatte.

MARIE

Du tauchst hier auf und willst mich gleich mitnehmen?« Seine bestimmende Art irritierte sie.

»Ist doch bloß Spaß, erinnerst du dich nicht mehr an meine Scherze?« Theo zog den Anzünder aus dem Armaturenbrett, zündete sich eine neue Zigarette an und hängte dabei den linken Arm aus dem Fenster, als wäre Autofahren ein Kinderspiel. Marie hätte gar nicht gewusst, wo man welches Pedal drückte und wie man dazu noch gleichzeitig lenkte.

»Doch, ich erinnere mich.« Auch sie lächelte. Der jüngere Theo hatte sie bei jeder Gelegenheit aufgezogen, ob sie ihm inzwischen gewachsen war, würde sich zeigen.

»Was schlägst du vor? Wo sollen wir hinfahren? Das, was ich bisher von dieser Gegend gesehen habe, reizt mich wenig. Hier ist ja überhaupt nichts los. Hamburg hat so viel mehr zu bieten, dort pulsiert es an allen Ecken und Enden. Allein die Reeperbahn mit ihren Vergnügungen Tag und Nacht.« Er geriet ins Schwärmen. »Eine schönere Stadt gibt es nirgends.« Sie fuhren am Schlossweiher vorbei, der voller Teichrosen war. Die hellgrünen Zweige der Trauerweide hingen ins Wasser. Ein Bild wie die Illustration in einem Märchenbuch, Marie hatte es in den letzten Tagen bereits mehrfach skizziert. »Abgesehen von der Elbe und der Alster durchziehen viele Kanäle die Stadt. Man fühlt sich wie in Venedig, aber immer mit einer erfrischenden Brise um die Nase, da ist nicht so eine drückende Hitze wie hier.« Er musste nach seiner Freilassung im letzten

Jahr viel herumgekommen sein, dachte Marie. Sie war bisher nicht weiter als bis nach Bayern gelangt, und wenn sie nicht dreimal in der Woche mit Fido die Milch nach Starnberg ausliefern würden und sie nicht die Beschriftung im Laden machte, käme sie kaum aus Leutstetten heraus. Aber ihr genügte es. Jeden Tag gab es so viel Neues zu entdecken. Gerade erlebte sie den zweiten Sommer auf dem Hof. Wieder veränderten sich die Wiesen, die Bäume, die Tiere – alles war ständig im Wandel, im Werden und Vergehen. Abends, nach getaner Arbeit, setzten sich Martin und Marie manchmal in die Würm, um sich abzukühlen, und ließen sich im erfrischenden Wasser ganz ohne Anstrengung treiben. Je nach Strömung war das eine rasante Fahrt. Für Vergnügungen brauchte sie keine Reeperbahn.

Als sie über die Würmbrücke rollten, warf Theo den Zigarettenstummel ins Wasser. »In Hamburg ist alles viel sauberer als hier. Sind das Kröten da vorne?«

»Die Tiere sind ein Zeichen für die gute Wasserqualität.«

»Ach ja?« Er rümpfte die Nase. Eigentlich hatte sie ihm das Leutstettener Moos zeigen wollen, das sich links neben ihnen entfaltete. Die Blütenpracht. Hier gab es sogar Orchideen. Aber selbst wenn sie anhielten, würde er sich bloß seine Indianermokassins im Matsch ruinieren und am Ende noch sie dafür verantwortlich machen. Es ehrte sie, dass er sich ihretwegen schick gemacht hatte. Darum nahm sie es vorläufig hin, dass hauptsächlich er redete und keinen Blick für die Natur zu haben schien. Sie wollte so vieles wissen, angefangen davon, wie er überlebt hatte und was genau mit ihrem Vater geschehen war. Nachdem Theo am Hotel Bayerischer Hof geparkt hatte, wo er sich einquartiert hatte, spazierten sie durch die Bahnhofsunterführung zum See, an den kleinen, bunt gestrichenen Bootshäusern und dem Undosa-Restaurant vorbei, bis zum Dampfersteg vor. Von Süden zogen immer mehr Wolken auf, der See schäumte, als würde es bald regnen. Aber hier war der Himmel noch klar. Die Schlösser und Villen rings um das Ufer, dazu die Berge, waren für Marie jedes Mal aufs Neue ein beeindruckender Anblick.

»Auf der Zugspitze soll es mitten im Hochsommer schneien, hat es heute Morgen im Radio geheißen.« Sie zeigte zum höchsten Berg Deutschlands, der fast greifbar nahe war, zumindest konnte man ihn zwischen Daumen und Zeigefinger halten, wenn man die Augen zusammenkniff. Der See war gespickt mit Booten, die auf den Wellen schaukelten, offenbar nutzten viele Segler den Wind aus. Als Theo den Dampfer entdeckte, der zum anderen Ufer schipperte, pries er weiter seine Wahlheimat an. »In Hamburg treffen täglich riesige Schiffe ein, der Hafen ist ein Umschlagplatz für die Welt. Kein Vergleich zu solchen Spielzeugschaluppen.«

»Na ja, die Titanic würde in diesen See nicht reinpassen, obwohl …«, konterte Marie. Sie steuerten das nächstgelegene Café an, das seine Tische und Stühle wegen des drohenden Unwetters nur entlang der Überdachung gedeckt hatte. Theo verhandelte eine Weile mit dem Kellner, steckte ihm schließlich Trinkgeld zu, bis er einen Tisch und zwei Stühle zu einem kleinen Pavillon trug, der an der Spitze der Kaimauer stand. Sogar Sitzkissen erhielten sie.

»Man muss sich die Leute erziehen, Marie.« Theo, ganz Kavalier, hielt ihr den Stuhl bereit, bevor er sich selbst setzte. »Von allein geht nichts.« Er schlug die langen Beine übereinander, zupfte an seiner Hose, damit die Bügelfalte mittig saß, und zündete sich wieder eine Zigarette an, drehte das Feuerzeug in der Hand. Früher war er nicht so nervös gewesen, stellte sie fest. Früher war vieles anders gewesen, auch sie. »Verrat mir, wieso du ausgerechnet in Bayern gelandet bist. Oder soll ich besser fragen, was hält dich hier, ist es dieser Bauer?« Der Wind blies heftig, Marie hielt die Tischdecke fest, damit sie nicht davonflog.

Der Kellner brachte einen Aschenbecher und auch zwei Klemmen, die er an die Tischkante schob, und nahm ihre Bestellung auf. »Draußen gibt es nur Kännchen, mein Herr«, sagte er, als Theo eine Tasse Kaffee verlangte, da half auch sein Trinkgeld nichts. Marie bestellte Tee mit Zitrone und ein Stück Marmorkuchen. Ihr war ein Kännchen gerade recht.

»Mit Schlag oder ohne?«

»Mit.« Mittlerweile verstand Marie den Dialekt ganz gut.

Theo mochte keinen Kuchen. »Ich habe mir das Essen insgesamt abgewöhnt, bis auf Kaviar, aber den werden Sie hier nicht haben, oder?« Der Kellner verneinte. »Dann lass uns auf unser Wiedersehen anstoßen. Welchen Champagner haben Sie?«

»Gar keinen, tut mir leid.«

»Das ist ja hier schlimmer als vor der Währungsreform.« Theo verdrehte die Augen.

»Wie wäre es stattdessen mit zwei Gläsern Wein?«, schlug der Kellner vor. Er hatte seine schwarzen Haare mit reichlich Pomade gebändigt und streng gescheitelt, so dass sie seine hohe Stirn wie eine Haube umhüllten. Marie war nahe dran, den Bleistift zu zücken, aber sie wollte jetzt nicht ihr Skizzenbuch herausholen und die Aufmerksamkeit darauf lenken. Sie einigten sich schließlich auf eine Flasche französischen Weißwein, den der Kellner laut Theo falsch aussprach.

»Die trinken hier wohl hauptsächlich Bier«, sagte er zu Marie, als die Bestellung stand. Es stimmte, von den anderen Gästen hatten die Männer meistens einen Krug oder ein Weißbierglas vor sich stehen, während die Frauen an ihren Kaffeetassen nippten.

Marie mochte keinen Alkohol, aber mit Theo wenigstens anstoßen wollte sie gern. »Wie geht's deiner Muttel? Wohnst du bei ihr am Flughafen?«, fragte sie, um das Gespräch endlich auf Wichtigeres zu lenken. Muttel, das schlesische Wort war ihr einfach so herausgerutscht. Nach der Verhaftung ihres Mannes und Sohnes musste Theos Mutter genauso wie sie die Heimat verlassen, Marie hatte aber noch gehört, dass sie es auf bequemeren Wegen, per Auto, mit Hilfe von Breslauer Verwandten, nach Hamburg geschafft hatte.

»Du meinst, nachdem sie den Schock verdaut hat, dass ich lebe. Wie du wusste sie noch nicht einmal, dass ich verschleppt worden war. Das ist ja auch der Sinn eines Schweigelagers, wenn man darin überhaupt einen Sinn erkennen kann.« Er paffte eine Weile und starrte auf den See, wo ein Paar in einem Tretboot vorbeistrampelte. »Muttel hat als Putzfrau am Flughafen gearbeitet. Sie, die mit abgespreiztem kleinen Finger die Tasse hielt, musste plötzlich auf Knien die Dielen fremder Leute scheuern. Dabei hatte sie, ohne es zu ahnen, Vattels Vermögen die ganze Zeit im Koffer, zwischen dem Zeug, das sie retten konnte. Es hat eine Weile gedauert, bis wir es auslösen konnten, aber jetzt hat es geklappt. Wir besitzen ein Haus in Blankenese, mit Angestellten, wie früher. Es ist mehrstöckig, auf einem Hügel, direkt an der Elbe, es wird dir gefallen.« Er legte die Zigarette weg und ergriff das Glas. »Prost, Marie, auf uns.«

»Auf das Leben«, sagte sie.

»Und die Liebe«, sagte er. Sie stießen an.

Der Rest der Bestellung wurde serviert, doch Marie hatte auf einmal keinen Hunger mehr. Sie presste die Zitrone in ihren

Tee, rührte Zucker hinein. »Wie hast du überlebt? Ich dachte, du wärst erschossen worden wie mein Vattel und deiner.«

»Das glaubte ich zuerst auch. Woher weiß man, wie sich tot sein anfühlt?« Er zündete sich eine neue Zigarette an der gerade aufgerauchten an und nahm einen tiefen Zug. »Das sind die zwei Fragen, die keiner mit Ja beantworten kann.«

»Wieso, was meinst du?«

»Na, *schläfst du schon* und *bist du schon tot.*« Da war er wieder, der alte Theo mit seinem hintergründigen Humor, und entlockte ihr ein Lächeln. Er selbst blieb ernst. »Willst du es wirklich wissen?«

Sie nickte. »Wann, wenn nicht jetzt.«

»Du ahnst nicht, wie oft ich mir überlegt habe, wie ich es dir am besten erzähle. Auf der Pritsche im Lager bin ich es wieder und wieder durchgegangen, als würde ich einen Roman schreiben und nach dem spannendsten Anfang suchen. Jedes Mal, wenn ich es in mir neu formuliert habe, hat sich der Ablauf ein wenig verschoben und sich damit die eigentliche Hinrichtung von Sekunden auf Minuten gedehnt. Manchmal haben die Soldaten ihre Gewehre in Zeitlupe angelegt, die Kugeln, die sich lösten, bremsten in der Luft und flogen, wie auf einer Schnur aufgefädelt, in unsere Richtung, so dass wir noch alle rechtzeitig ausweichen konnten. Aber eigentlich ging es ganz schnell. Doch je länger ich in Sibirien gefangen war, desto mehr vergaß ich die wirkliche Reihenfolge. Vielleicht lag's auch am ständigen Hunger, der Kälte oder der Erschöpfung, dass ich nicht mehr klar denken konnte.« Er klopfte sich mit dem Zeigefingernagel auf die Zähne. »Porzellan, meine echten habe ich fast alle verloren. Jetzt weißt du, warum ich dir nicht sofort unter die Augen treten wollte.« Er stieß den Qualm durch die Nase aus. »Aber was ich noch sicher weiß, ist Folgendes: Wir mussten uns in einer Reihe aufstellen, auch der Stallmeister aus eurem Gestüt und der Amtsvorsteher aus der Gemeinde und drei weitere Burschen, die ich nicht kannte. Uns gegenüber standen drei Soldaten, also drei auf acht. Wir hörten sie auf Russisch reden, wie sie beratschlagten, wer auf wen schießt oder so ähnlich. Damals konnte ich noch kaum Russisch. Einen Kommandanten gab es nicht. Dann schossen sie einfach. Erst brach mein Vattel zusammen, dann deiner und danach alle anderen. Sie fielen in die Grube hinter uns und rissen mich mit sich. Vielleicht bin ich auch gesprungen, als ich an die Reihe kam, oder die Waffe des Soldaten hatte eine Ladehemmung.« Wie bei mir, dachte Marie und schmeckte den Wein bitter in ihrer Kehle. Sie trank schnell von dem Tee, atmete die Zitrone ein, bevor ihr die Erinnerung an den Geruch des Soldaten in die Nase steigen konnte.

»Ich lag auf den Toten und bewegte mich nicht.« Theo trank sein Glas in einem Zug leer und schenkte sich nach. »Ich wartete, dass die Russen an die Grube traten und mich auch abknallten, aber nichts geschah. Dann hörte ich Befehle, die Rotarmisten wurden abkommandiert. Wieder wartete ich, rollte mich irgendwann an den Rand der Grube und kauerte mich da hin, presste die Augen zusammen, um die Toten nicht mehr ansehen zu müssen. Irgendwann muss ich wohl vor Erschöpfung eingeschlafen sein. In der Dämmerung kletterte ich aus dem Loch, schlug mich durch den Wald über den Kalkberg und lief ihnen im Tal auf der anderen Seite direkt in die Arme. Jetzt ist es endgültig aus, dachte ich. Sie brachten mich zusammen mit anderen auf einen Lastwagen, dann weiter auf den Zug nach Sibirien. Von da an bestand Redeverbot, wer dennoch sprach, verlor seine Zunge. Eins habe ich mir geschworen, Marie. Wenn ich jemals aus dieser Hölle herauskomme, will ich Rache. Aber ich musste mich erst wieder in der normalen Welt zurechtfinden, vieles war mir unverständlich und fremd. Lange hatte ich gar keinen Antrieb, aber jetzt weiß ich es. Ich werde Jura studieren, und dann zitiere ich mir jeden Einzelnen her.«

»Du willst die russischen Soldaten und ihre Befehlshaber vor Gericht bringen?«

Theo nickte. »Klingt unmöglich, aber lass es mich versuchen, nur dieser Gedanke lässt mich nachts schlafen. Wer, wenn nicht wir, schau dir doch die Politiker an. Adenauer, wie er sich duckt vor den Alliierten. Noch immer darben Zehntausende von uns in irgendwelchen Sowjetlagern. Von wegen, die letzten Kriegsgefangenen sind heimgekehrt. Marie, die haben mir die Jugend gestohlen!« Er sah sie eindringlich an. Und was ist mit mir, dachte sie. Was war ihr gestohlen worden? Ihre Würde, ihr Selbstvertrauen, ihr Frausein? Aber er fragte nicht, fing wieder von Hamburg an.

»Du könntest Kunst studieren, das wolltest du doch. Die Hochschule für bildende Kunst ist nach der Zerstörung wieder instand gesetzt und sogar ausgebaut worden. Sie war immerhin die erste, die Frauen für das Studium zugelassen hat.«

»Ich weiß nicht, ob ich die Aufnahmeprüfung bestehen würde. Ich möchte lieber mit Tieren arbeiten, am liebsten mit Pferden.« Marie schob die Hand in die Korbtasche, strich über ihr Skizzenbuch, das sie bisher noch nicht einmal aufgeschlagen hatte.

»Pferde? Das ist nicht dein Ernst. Deine Geduld mit diesen Viechern habe ich noch nie verstanden. Aber meinetwegen. Wir heiraten erst mal, und dann sehen wir weiter. Schafe gibt es übrigens zuhauf auf dem Elbdeich, die sieht man von uns aus. Und Reiten kannst du dort genauso. Wir beide als Studenten, stell dir das vor. Pack deine Sachen und komm sofort mit. Weg aus dieser Kleinstadt, dieser Enge.« Er wischte über einen Brandfleck auf der Tischdecke, den er vielleicht sogar selbst verursacht hatte. Was wusste er überhaupt von ihr? In dem ganzen Gespräch gab es nur ihn, als wollte er sämtliches Reden, das ihm verboten gewesen war, auf einmal nachholen. Wie sollte sie von ihrer Not berichten, wo er kaum mit seiner eigenen zurechtkam? Früher hatte er sich über die Bevormundung durch ihre Eltern lustig gemacht, und nun behandelte er nicht nur den Kellner, sondern auch sie wie eine, über die er bestimmen konnte, bloß weil er plötzlich wieder Geld besaß. Sie war nicht mehr die zarte Marie von damals, die alles für bare Münze nahm, was Theo von sich gab. »Kannst du mich bitte wieder heimfahren?«, bat sie, als er eine neue Flasche Wein bestellen wollte. Sie hakte Luises Tasche wieder zu und stand auf.

»Was, jetzt schon? Ich habe doch erst angefangen zu erzählen.« Wenn Theo noch einmal Hamburg erwähnte, würde sie ihm den Rest ihres Weins ins Gesicht schütten.

Es tröpfelte, als sie den Parkplatz erreichten. »Kommst du noch mit ins Hotel?« So schnell gab Theo nicht auf.

»Wozu?« Sie überlegte schon, zu Fuß zu gehen, aber das war weit, und einen Schirm hatte sie nicht dabei.

»Für das hier.« Er zog sie an sich, hielt sie in seinen Armen und küsste sie. Er roch wie der Theo von früher, vielleicht etwas mehr nach Nikotin und Alkohol, aber da war auch sein Geruch von früher. Für einen Augenblick spürte sie wieder, was sie damals gefühlt hatte. Geborgenheit, Leichtigkeit und Freiheit, gemeinsam die Welt zu erobern, die ihnen zu Füßen lag. Lachen, fröhlich sein, einander lieben und nie mehr allein sein. Etwas schmolz in ihr und trieb ihr die Tränen in die Augen. Sie erwiderte den Kuss, sah sich und ihn wieder in der Mondnacht. Damals, als es nur ihn und sie und sie und ihn gab. Er zog sie zum Hoteleingang, als es stärker zu regnen anfing.

»Solltest du nicht besser das Dach von deinem Cabrio schließen?«, fragte Marie.

»Verdammte Scheiße, ja, die Ledersitze.« Er fluchte wie früher und zerrte am Verdeck, faltete es gerade noch auf, bevor es richtig zu schütten anfing.

Der Zauber war verflogen. »Bitte fahr mich nach Leutstetten zurück.« Sie stieg in seinen Mercedes.

»Was ist passiert, sag, was habe ich falsch gemacht?« Immerhin startete er sofort den Motor und schaltete den Scheibenwischer ein. Der Regen trommelte auf das Dach, als er losfuhr.

»Ich will nicht in eine Großstadt, ich fühle mich hier zuhause. Und, Theo, ich weiß nicht, ob ich genug Kraft für uns beide habe, manchmal reicht sie kaum für mich allein. Trotzdem finde ich es wundervoll, dass du mich besuchst. Bleib einfach ein paar Tage, wenn du magst, und schau dir an, wie ich lebe.« Wie sie das mit Martin vereinbaren sollte, wusste sie noch nicht, aber als sie bei Dahlmanns vorbeifuhren, fiel ihr etwas ein. »Morgen ist in dem Laden hier eine Feier zur Fußball-WM. Das ist doch vom Hotel aus um die Ecke. Vielleicht hast du Lust, dabei zu sein? Gäste sind willkommen, hat Luise gesagt, sie ist Martins Schwester.«

»Diese Bauernsippschaft hat es dir wohl angetan. Ich dachte, du willst etwas Besseres als den Schafhirten mit seinem depperten Bruder.«

»Wieso? Was hast du mit Manni gemacht, als er in deinem Auto saß?«

»Ganz einfach, ich habe ihm angedroht, ihm all seine Wurstfinger zu brechen, wenn er nicht sofort aussteigt, das hat gewirkt.« Die weitere Fahrt über schwiegen sie.

»Schade, das mit uns, es war schön, bleibt aber Vergangenheit. Du bist ein Riesenarschloch geworden, weißt du das?«, waren ihre Abschiedsworte, als sie ausstieg.

Kaum war Theo weg, suchte Marie auf dem Hof nach Martin und fand ihn in der Stube, wo er Wolle kardierte.

Er schaute sie erstaunt an. »Ich dachte schon, du ...«

Bevor er ein weiteres Wort sagen konnte, fiel sie ihm um den Hals und küsste ihn, über die Wolle und die zwei Kardätschen hinweg. »Ich bin hier bei dir, und ich bleibe.« Sein Stoppelbart pikste, er hatte sich seit ein paar Tagen nicht rasiert, aber das machte nichts. Sie fand seine weichen Lippen, er schmeckte nach Liebe. Dann rückte sie wieder ein bisschen von ihm ab, setzte sich neben ihn aufs Sofa und zog die Beine an. »Du hast letzten Herbst nach meiner Mutter gefragt, weißt du noch?« Er nickte. »Da konnte ich es dir noch nicht erzählen. Aber jetzt, wenn du willst.« Und sie schilderte die Begegnung mit dem GI, wie dieser die Waffe gezogen hatte, sie bedrohte und die Kugel ihre Mutter traf. Martin nahm sie in den Arm und hob sie wie ein Bündel zu sich auf den Schoss, als sie zu zittern anfing. »Mich wollte er auch erschießen, aber sein Magazin war leer, und so hat er einen Stein genommen ...« Sie brach ab, lehnte sich an ihn, ihre Stimme versagte.

Martin drückte sie fester an sich, hielt sie. »Aber warum hatte der Ami so einen Hass auf euch beide?«

Hass, Gier, Lust und Macht. Eine Mischung aus allem. Sie hatte lange darüber nachgedacht. Der Soldat wollte sie erniedrigen, besitzen, benutzen und vernichten, doch das sprach sie nicht aus. Sie zuckte nur mit den Schultern.

»Und wie bist du entkommen?«, fragte Martin nach einer langen Pause.

»Ich habe die Pistole erwischt und ihn damit niedergeschlagen. Dann bin ich weggelaufen …« In Wirklichkeit hatte sie nicht mehr laufen können. Erst hatte sie es kaum geschafft, unter ihm herauszukriechen, dann bewegte sie sich auf den Ellbogen vorwärts, schob sich wie ein Reptil über den Acker, in der Angst, dass der Soldat ihr folgte und sein Werk vollendete. »Auf dem Nachbarfeld arbeitete die ostpreußische Familie, mit der wir uns das Zimmer teilten. Sie brachten mich zum Hof …«, wieder stockte sie. Die Blekes hatten sie blutüberströmt, wie sie war, getragen, »… und riefen einen Arzt, aber mit dem kam auch die Militärpolizei und verhörte mich.« Sie verstummte erneut, schmiegte sich an Martin, spürte seine Wärme. Sie konnte ihm nicht sagen, was der Soldat genau mit ihr gemacht hatte. Noch nicht, vielleicht niemals. »Aufgrund meiner Aussage wurde der GI unehrenhaft aus der Armee entlassen, habe ich später erfahren, als ich mich bei den Nonnen in Waldsassen erholte.«

»Und deine Mutter? Was war mit ihr? War sie stark verletzt?«

»Sie ist tot, er hat sie erschossen. Nur in meinen Träumen lebt sie noch.«

Tricks für die Kundinnen:

- *Schwarzfleckige Kartoffeln werden wieder weiß, wenn man dem Kochwasser ein paar Tropfen Essig zugibt. Ohne Nachgeschmack.*
- *Wenn der Sonntagsbraten einfach nicht weich werden will, das Fleisch mit Kognak begießen. (Oder dazu trinken oder beides.)*
- *Fettiges Geschirr vor dem Spülen mit Zeitungspapier abreiben.*
- *Einkochsaison: Eine frisch gekochte Kartoffel eignet sich als Klebstoff für Etiketten.*
- *Seidenstrümpfe bleiben länger haltbar, wenn man sie vor dem ersten Tragen einige Stunden in lauwarmes Wasser legt. Um die Farbe zu erhalten, einen Kaffeelöffel Essig hinzufügen.*
- *Gegen Achselschweiß ein Sud aus Eichenrinde, mit dem man die Achselhöhlen morgens und abends auswäscht. Anschließend mit Hammelfett einreiben. Zur inneren Anwendung täglich eine Tasse Teemischung mit Bibernellwurzel, Angelika, Schafgarbe, Tausendgüldenkraut schluckweise trinken. Obacht, nicht zu heiß, sonst schwitzt man wieder!*

Aus: Luises Ladenkunde-Album

LUISE

Um kurz nach halb sechs waren die meisten Geburtstagsgäste bereits eingetroffen. Auch Marie und Martin feierten mit. Luise fiel auf, dass beide ein wenig bedrückt wirkten, so als hätte es Streit gegeben. Sie hoffte von Herzen, dass ihr großer Bruder nicht wieder enttäuscht wurde. Eigentlich hatte sie geglaubt, dass er in Marie die Partnerin fürs Leben gefunden hatte. Manni, in allerbester Laune wie meistens, schenkte Hans eine auf Hochglanz polierte Scherbe vom Lutscherglas. Wie angekündigt hatte ihr Mann im Garten zwischen ein paar Ziegelsteinen ein Kohlefeuer entfacht. Die ersten Würstchen und Koteletts brutzelten bereits auf dem Rost. Elmars Tochter Brigitte und Harris Sohn Clemens, den Harri als Frankophiler Clément nannte, hatten bereits Freundschaft mit Fritz von Thaler geschlossen. Die Kinder wickelten Brotteig um Stöcke und hielten sie in die Glut. Bald überredeten sie Manni, an ihrer Stelle das Stockbrot zu bewachen, was er gewissenhaft tat, denn Feuer und alles, was damit zu tun hatte, begeisterte ihn. Fritzchen wollte seine neuen Freunde nämlich durch den Laden und die Werkstatt führen, als ob er hier zuhause wäre. Und das war er ja auch, so gut wie. In der Mitte des Gartentisches, auf einer von Henriettes Spitzendeckchen, stand das Radio wie der heilige Gral. Gleich begann das Entscheidungsspiel, das sie alle durch die Beschreibung des Fußballkommentators miterleben würden, es sei denn …

Luise hatte Elmar gebeten, Hans mit dem Aufbauen der

Feuerstelle abzulenken, so dass er hoffentlich noch nichts ahnte. Jetzt trat sie zu ihm und überreichte ihm mit einem Kuss ihr Geschenk. Ein Knäuel gelber Wolle.

»Gibst du mir einen Häkelkurs, ganz privat?« Hans schaute irritiert.

Luise grinste. »Wer weiß. Wickel doch mal weiter ab.« Hans wickelte und wickelte, bis eine Streichholzschachtel zum Vorschein kam, in der eine Marzipanpraline lag.

»Aus selbstgemachtem Rosenwasser, ich hoffe, sie schmeckt dir«, sagte sie. »Damit du nicht sagst, du hättest keine abgekriegt.« Luise stellte eine Dose auf den Tisch und hob den Deckel. »Ich habe noch mehr davon gemacht, für euch alle, lasst es euch schmecken«, sagte sie zu den anderen, die sie umringten, wandte sich dann wieder an Hans. »Aber das war's noch nicht ganz, mit meinem Geschenk. Fällt dir nichts auf?«

Vorsichtig knabberte er an der Praline. »Hast du eine Liebesbotschaft darin versteckt?«

»Immer, meine Liebe geht auch durch deinen Magen.« Sie lachte. »Schau doch mal, womit die Streichholzschachtel eingewickelt war.«

Hans hatte die Wolle einfach fallen gelassen. Nun folgte er dem Faden, zurück durch den Garten, um ein paar Stuhlbeine herum, am Blumenbeet vorbei und dann ins Haus, wo der Rest an einen Stecker gebunden war. »Oh, etwas Elektrisches. Du weißt, was mein Herz begehrt.« Der Stecker gehörte zu einer Antenne, die sie hinter der Kommode versteckt hatte. »Luiserl, du bist narrisch. Heißt das etwa …?« Seine Augen glänzten wie die eines Kindes vor dem Weihnachtsbaum. Dabei war es nur ein kniehohes Gestell mit Eisengestänge.

Sie nickte. »Wenn du das ganze Jahr brav bist, bekommst du zum einunddreißigsten den Rest.« Doch Hans hatte schon die halb angelehnte Speisekammertür aufgemacht. Dahinter stand ein Kasten auf dem Boden, der abgedeckt war. »Und ich dachte schon, die Tür klemmt«, sagte Hans und lupfte das Bettlaken. »Wie hast du nur … Wie ist das möglich? Danke, danke sehr.« Er umarmte sie und küsste sie viele Male. »Aber können wir uns den überhaupt leisten? Wie hoch sind die monatlichen Raten?«

»Nicht der Rede wert, es ist ein reduziertes Ausstellungsstück, ich konnte Herrn Pappeck runterhandeln.« Sie freute sich, dass er sich so freute.

»Wirklich? Du bist eine Wucht. Die geborene Geschäftsfrau.«

»So betrachtet, ja. In dieser Sache sehe ich mich eher als Verhandlungskünstlerin. Aber einen Haken gibt's noch.«

»Einen Haken? Wurde der nicht mitgeliefert?«

»Du musst leider noch etwas für den Fernseher tun, Pappeck braucht dringend ein eigenes Telefon in seinem Laden, und ich habe ihm versprochen, dass du das übernimmst.«

»Wenn's nur das ist, das kriegen wir hin.« Hans schaute auf die Uhr. »Jetzt aber ran. Das Spiel beginnt in neun Minuten, und wir könnten das Halbfinale in echt mitverfolgen. Wahnsinn, Luiserl, du Wunderfrau.« Er bückte sich und schleppte das Gerät in den Laden. »Stellen wir ihn so lange auf die Theke. Bis nach oben in die Stube, das schaff ich nicht auf die Schnelle. Sag schon mal den anderen Bescheid, dass sie genügend Stühle mitbringen. Und einer muss beim Feuer bleiben.« Er war ganz aus dem Häuschen. Eingesteckt war der Fernseher schnell, aber außer Schnee zeigte sich nichts, egal in welche Richtung man die Antenne auch drehte. Wenigstens war nach einer Weile der Ton zu hören, so dass sie nun alle wie vor einem großen Radio dasaßen und lauschten. Doch damit wollte sich

Hans nicht zufriedengeben. Er verlängerte das Kabel und wanderte mit der Antenne nach draußen. Schließlich saß er auf dem Walnussbaum und durfte sich keinen Millimeter bewegen, damit ein gleichmäßiges Bild zu sehen war. In der Halbzeit löste ihn Harri ab, und so konnte ihr Mann an seinem dreißigsten vor dem Apparat im Laden mitjubeln, als sich Deutschland gegen Österreich ins Finale spielte.

Hinterher saßen sie in dieser lauen Sommernacht noch lange draußen. Luise beriet sich mit Marie und Helga. »Was haltet ihr davon, wenn wir ganz Starnberg zum Endspiel einladen? Das würde vielleicht neue Kunden anlocken.«

Helga schenkte allen Apfelbowle ein. »Endspiel? Das klingt ein bisschen wie eine Drohung. Wenn ihr nicht endlich bei Dahlmanns einkauft, dann war's das.« Davidl saß auf ihrem Schoß und lutschte an einem Stück Breze.

»Also nicht?« Luise war nahe dran, ihren Einfall zu verwerfen.

»Doch, ich finde es großartig. Wir müssten bloß ordentlich Reklame machen, damit wir mehr Leute erreichen als die, die täglich am Laden vorbeigehen. Wann ist das Finale, in einer Woche?«

Luise verdrehte die Augen. »In vier Tagen, du hast wohl nicht aufgepasst.«

»Und wo?«

»Wie, wo? Na, bei uns, dachte ich. Wir stellen den Apparat in den Ladeneingang, über die Stufen, das wirkt dann wie eine Bühne.«

»Ich könnte die Plakate malen«, schlug Marie vor.

»Fein«, sagte Luise. »Aber das ist ein Haufen Arbeit, das müssen wir schon zusammen tun. Wir bräuchten auch Handzettel, die wir den Kunden mitgeben.«

»Wie wäre es mit drucken lassen?«, schlug Helga vor.

»Ich weiß nicht, das ist bestimmt teuer.«

»Darum könnte ich mich kümmern«, sagte Annabel, die mit einem Mal neben ihnen stand, bestimmt um Fritz abzuholen. Vermutlich hatte sie die ganze Zeit schon nach einem Grund gesucht herüberzukommen. »Ich frage beim *Land- und Seeboten* nach, ob die das übernehmen würden. Die Tochter des Herausgebers hat erst kürzlich bei meinem Mann entbunden.«

»Wirklich, Frau …, äh, Bella?« Luise hatte sich noch nicht daran gewöhnt, die Nachbarin zu duzen. »Das wäre spitze.« Auch Hans war hellauf begeistert von der Idee, als sie ihm und den anderen Gästen im Laufe des Abends davon erzählten. »Bleibt nur noch eine Sache …« Sie legte eine Pause ein und blickte in die Runde. »Wer von euch erklärt sich freiwillig bereit und setzt sich für die gesamte Dauer des Endspiels in den Walnussbaum?«

Feinkost und Gemischtwaren Dahlmann

lädt zur **Fernsehübertragung**
der **Fußballweltmeisterschaft** ein:
am 4. Juli 1954
in Starnberg, Ludwigstraße 2
Anpfiff ist um 17 Uhr:
Deutschland gegen Ungarn
mit Verkostung und Ausschank, bereits ab 16 Uhr
begrenzte Sitzplätze
Gäste von auswärts willkommen!

Aus: Luises Ladenkunde-Album

FINALE

In den nächsten drei Tagen arbeiteten sie alle auf Hochtouren. Marie entwarf das Plakat, das Annabel mehrmals drucken und auch für Handzettel verkleinern ließ. Sie spendierte die Druckkosten – als Dankeschön dafür, dass ihr Sohn so oft bei den Dahlmanns sein durfte, wie sie betonte. Helga kümmerte sich um die Verteilung. Bei ihren Spaziergängen mit David klapperte sie alle Litfaßsäulen ab und hängte in der ganzen Stadt die Ankündigung auf, die Zettel verteilte sie aus dem Kinderwagen heraus. Luise bereitete ein großes Büfett vor und stockte den Warenbestand auf. Auch hier half Annabel, nicht nur beim Aufdecken und Dekorieren. Zur Freude von Fritz, dem es gefiel, dass Tante Dalli und seine Mutter sich endlich verstanden. Für den Fall, dass es an diesem vierten Juli regnen sollte, hatten sie vorgesorgt. Hans errichtete mit Harri und Elmar eine Pergola aus Leitern und Planen, um die Stühle und Bänke, die sie vor dem Laden bis auf den Gehsteig hinaus aufgestellt hatten, zu schützen. Noch war der Himmel nur bewölkt, vielleicht hielt das Wetter auch. Und wenn nicht, würde das der Freude, dass Deutschland als kleine, unbedeutende Mannschaft gegen den Favoriten Ungarn spielte, garantiert keinen Abbruch tun.

»Wir sind im Finale, Luiserl. Wir! Was für ein Zeichen der Hoffnung nach all den schlimmen Jahren. Egal wie das Spiel ausgeht, endlich stehen wir nicht mehr im Abseits.« Fußball war also mehr als nur ein Sport, dachte Luise. Die elf deutschen Spieler hatten ein ganzes Volk aufzurichten. In ihrer Haut oder besser gesagt in ihren Waden wollte sie jetzt nicht stecken. Vor lauter Remmidemmi hatte sie immer noch keine Gelegenheit gefunden, Hans von ihrer Schwangerschaft zu erzählen.

Kaum war Marie zusammen mit Martin und Manni am Tag des Finales bei den Dahlmanns eingetroffen, hielt sie Ausschau nach Theo. Vermutlich war er längst abgereist, nachdem sie ihn so beschimpft hatte. Zu sehen war er jedenfalls nicht, wie sie erleichtert feststellte. Gleich morgen würde sie ihm schreiben und ihm ihre Entscheidung mitteilen. Nun stand fest, dass sie in Leutstetten bleiben würde. Sie wollte Bäuerin werden und vielleicht auch eines Tages Martins Frau. Auch er fieberte dem Spiel entgegen und hatte sie mit seiner Begeisterung angesteckt. Sie hatten den Einspänner mit Fido neben zwei anderen Zugpferden und Kutschen am Kirchplatz abgestellt, da die ganze Straße bis vor zur Kreuzung schon belagert war. Aus allen Richtungen strömten die Leute herbei, was Marie für Luise sehr freute. Die meisten fanden keinen Sitzplatz mehr und stellten sich mit Schirmen, in Regenmantel und Hut einfach dazu. Der Fernseher thronte wieder auf der Ladentheke und war durch den Eingang zu sehen, was einen Hauch von Kinoatmosphäre erzeugte. Nur starrten die Leute nicht auf eine große Leinwand, sondern auf einen kleinen Bildschirm. Als die Übertragung begann, hatte Marie von der zweiten Reihe aus Mühe, die schwarz-weißen Männchen in dem Grieselbild zu erfassen. Und welcher Punkt zwischen den vielen war der Ball? Dafür schilderte der Kommentator mit großer Dramatik den Spielverlauf, seine Stimme schallte bestimmt bis in die hinterste Reihe.

Luise stand am geöffneten Stubenfenster im ersten Stock und betrachtete den Trubel vor dem Haus, den sie angezettelt hatte wie Helga damals mit ihrem Turnkurs. Die meisten Leute kannte sie, sogar die Mosers hatten sich dazugestellt. Aber es waren auch einige Fremde darunter. Vielleicht durfte sie die schon am nächsten Tag als Kunden begrüßen? Was war das für ein Abenteuer gewesen, ihren Laden zu dem zu machen, was er jetzt war, doch wie es schien, hatte sich der Aufwand gelohnt.

Diesmal hatte Hans keine Sekunde des Spiels verpassen wollen und die Antenne außen an das große Feinkost- und Gemischtwarenschild geschraubt, wo sie sicher verankert war. Zuvor hatte es noch geklappt, das Testbild war einwandfrei, kaum sollte es jedoch mit der Übertragung losgehen, flimmerte es. Also war Luise hinaufgegangen, um an der Antenne zu drehen. Alle Männer waren unabkömmlich.

»Jetzt, Luiserl. Nur einen Millimeter bitte oder höchstens zwei.« Hans kniete unten vor den Stufen zum Laden und rief zu ihr herauf, die Arme ausgestreckt, die Hände gefaltet.

Ein herrliches Bild, mein Mann betet mich an, dachte sie. Schade, dass niemand es fotografierte. Sie streckte sich nach draußen und berührte die Antenne, mal nach rechts, mal nach links, auf seine Kommandos hin. »Besser jetzt?«, rief sie ab und zu nach unten.

»Nein, es grieselt immer noch. Oder warte. Stopp. Bleib so.« Zumindest war jetzt Ton da, er schallte durchs ganze Viertel. »… Riesensensation, ein echtes Fußballwunder ist es, dass Deutschland im Endspiel der Fußball-Weltmeisterschaft steht.« Die Stimme von Herbert Zimmermann, dem Rundfunkreporter.

»Geht's schon los?«, rief ein Gast.

»Psst. Seid's doch staad«, ein anderer.

»Nicht, ah, jetzt war gerade ein klares Bild, jetzt ist es wieder unscharf«, hörte sie Hans.

Luise hatte nur kurz losgelassen, schnell berührte sie wieder die Antenne. »Besser?«

»Ja, es läuft. Ach so, anscheinend schüttet es bei denen in Bern, das ist kein Gries, das ist Regen.« Ein Raunen ging durch die Menge. Luise wagte es nicht, noch mal loszulassen. Sollte sie die nächsten neunzig Minuten hier oben ausharren? Mit einem Arm aus dem Fenster? Auf einmal spürte sie sanfte Tritte in sich und legte die Hand auf den Bauch. Ihr Kind, es rührte sich und begrüßte sie. Nun war ihr Glück vollkommen. Sie musste es ihrem Mann sagen, einen besseren Zeitpunkt gab es nicht. »Hans?« Sie beugte sich hinunter, vorsichtig, um die Antenne nicht loszulassen.

Er reagierte nicht, hockte vor der Rampe und starrte in den Fernseher, auch sonst schien sie keiner wahrzunehmen. Alle Augen blickten in eine Richtung. Bald stand es 2:0, allerdings für Ungarn, wie Luise den enttäuschten Ausrufen entnahm. Langsam wurde ihr der Arm schwer. Was, wenn sie doch losließ und die Deutschen in dem Moment ein Tor schossen? Das würde ihr Hans nie verzeihen. Sie biss die Zähne zusammen und hielt weiter durch. Was war das? Ein Gast, der Uhrmacher Herr Bellarabi, glaubte sie von oben, mit Blick auf seine zeigerlose Halbglatze, zu erkennen, wandte sich ab und ging. »Diesen Leidensweg schau ich mir nicht länger an.« Er setzte seinen Hut auf, den er wie bei einer Beerdigung abgenommen hatte. Murrend pflichteten ihm andere bei, die Menge geriet in Bewegung.

»Bleibt's hier«, rief Martin und winkte sie zurück. »Die Deutschen holen auf.« Und wirklich, erst ein Tor, und dann glichen sie sogar aus. Schon in der achtzehnten Minute stand es 2:2. Das wollten sich die Ungarn nicht gefallen lassen und attackierten die deutsche Seite, aber der Torwart wehrte die Angriffe ab. Dafür ernannte ihn Zimmermann zum Teufelskerl und Fußballgott in einer Person.

Auch wenn Luise das Gefühl hatte, dass sie persönlich die Leitung zwischen Bern und Starnberg hielt und dafür sorgte, dass die Weltmeisterschaft überhaupt bis hier nach Bayern übertragen wurde, glaubte sie sich wieder in die gute alte Radiozeit versetzt. Sie hörte das Bild nur, musste es sich durch die Beschreibung des Kommentators vorstellen. Sie nutzte den Jubel und wechselte vorsichtig zur anderen Hand, bevor ihr Arm gänzlich erlahmte und sie das Weltgeschehen unterbrach. In dieser Position harrte bis zur Halbzeit aus. Erst dann wagte sie loszulassen. Kaum war sie unten, verlangten die ersten frische Getränke, und auch das Büfett leerte sich rasch.

»Du, ich löse Luise mit der Antenne ab«, sagte Marie gegen Ende der Pause zu Martin.

»Hallo, du schönes Bauernflittchen.« Plötzlich tauchte Theo neben ihr auf. Reichlich angetrunken, betatschte er sie. Als sie sich ihm entwinden wollte, zerrte er sie zu sich her.

»Hör auf und lass mich los.«

Martin ging dazwischen. »He, was soll das. Mach mal halblang, Kumpel.«

»Ich bin nicht dein Kumpel, zisch ab. Komm Marie, mehr als Schafköttel im Kaffee kriegst du nicht von dem.«

»Lass sie sofort los, sonst …« Martin, der friedliche Martin, drohte ihm mit der Faust.

»Du traust dich doch gar nicht, du Hosenscheißer.« Theo schubste Marie weg und warf sich auf Martin. Sie rangen miteinander. Es klatschte und krachte. Sie verdrehten einander die Arme, verkeilten sich mit den Beinen. Leute sprangen auf, Stühle flogen zur Seite. Geschirr ging zu Bruch.

Hans stand auf, schwankte leicht von reichlich Bier und versuchte, Theo von Martin zu trennen. Marie dachte schon, er würde ihn ebenfalls schlagen, stattdessen redete er auf ihn ein: »Freundchen, mach besser halblang und lass doch die Weiber. Siehst du die da?« Er zeigte auf Helga, die ein Tablett zwischen den Stuhlreihen balancierte. »Für die waren wir Deutschen auch erst nicht gut genug, darum hat sie sich einen Ami ins Bett geholt. Aber der habe ich es gezeigt. Die macht bestimmt auch für dich die Beine breit.«

»Hans, nicht. Hör auf«, rief Helga, als sie das gehört hatte. Sie blickte erst zu Marie, dann zu Luise, die gerade den Fernseher anschaltete.

Doktor von Thaler mischte sich ein. »Herr Dahlmann, bitte, mäßigen Sie sich. Was soll das?«

»Du, du hast mir gar nichts zu sagen, du Scheißdoktor, du. Du hast meinen Sohn umgebracht.« Hans ließ Theo los, warf ihn zu Martin zurück und verpasste von Thaler einen Kinnhaken. Auch dessen Frau kriegte einen Rempler ab, als sie nicht schnell genug beiseitetrat. Martin, der unter Theos Tritten zu Boden gegangen war, rappelte sich wieder auf. Blut lief ihm aus der Nase. Da ging Theo erneut auf ihn los. Andere griffen ein, wollten sie trennen. Jemand trat Hans die Beine weg, er fiel auf den Doktor. Es hatte zu regnen angefangen, bald schüttete es wie aus Kübeln. Jeder raufte mit jedem. Die Männer wälzten sich auf dem Boden. Niemand dachte mehr daran, die Pergola aufzuziehen.

Luise stockte der Atem. Noch nie hatte sie ihren Mann so reden gehört. Es war abstoßend, sie erkannte ihn kaum wieder.

Noch dazu blamierte er sie vor ihren Freunden und der ganzen Kundschaft. Dann traf sie Helgas Blick und verstand, wollte aber nicht begreifen. Hatte Hans etwa mit Helga – ihre beste Freundin und ihr Ehemann – hatten sie miteinander …? Ihr wurde schlecht, alles drehte sich plötzlich. Sie hastete in den Laden, stützte sich auf dem Fernseher ab, drückte sich an der Theke vorbei.

»Verzeihung, können Sie mir weiterhelfen?« Ein junger Mann sprach sie an, mit dichtem schwarzen Haar und feinen Gesichtszügen, die ihr irgendwie bekannt vorkamen, aber sie wusste nicht, woher. Er drehte seinen Hut in der Hand.

»Hinten links, die zweite Tür.« Er sollte sich beeilen, gleich musste sie sich übergeben. Sie beugte sich vor, senkte den Kopf bis zu den Knien, um ihren Kreislauf wieder in Schwung zu bringen. Das hatte ihr Helga gezeigt, ein Krankenschwesterntrick. So gelangte das Blut schneller ins Hirn. Helga und Hans, nein. Das durfte nicht sein.

»Nein, ich wollte zu Ihnen. Sind Sie die Ladenbesitzerin, die Nachbarin der von Thalers?« Er war immer noch da, als sie sich aufrichtete. Sie atmete durch, nickte. Was wollte er? Von hier aus konnte sie nicht in den Fernseher schauen, der nun ohne ihr Zutun lief, hörte nur den Kommentar. Einer flankte, ein anderer wehrte ab, ein Dritter schlug Haken und verfehlte. Luise war sich nicht sicher, ob wirklich das Spiel in Bern kommentiert wurde oder die Rauferei vor der Tür.

»Der Herr Doktor, doch, ja, der ist auch hier.« Sie zeigte nach draußen und rieb sich den Nacken.

»Sie haben den Schrank gestrichen«, sagte er und zeigte hinter die Theke. Luise wandte sich um. »Der große Schrank da, mit den vielen Schubladen, den kenne ich, der gehörte meinen Eltern. In Natur hat er mir besser gefallen. Das Muster oben, das waren in meiner Erinnerung immer zwei dunkle Hundeköpfe. Plisch und Plum.«

»Plisch und was?« Luise hörte den Lärm draußen, das Fußballgeschrei im Fernseher, auch in ihr rauschte es noch immer. Der Mann ließ sich nicht beirren, redete weiter.

»Ja, so habe ich sie genannt, wie die zwei Hunde aus der Geschichte von Wilhelm Busch. Kennen Sie die?« Luise verneinte. »*Also Plisch und Plum, ihr beiden, lebet wohl, wir müssen scheiden. Ach, an dieser Stelle hier, wo vor einem Jahr wir vier in so schmerzlich süßer Stunde uns vereint zum schönen Bunde …*« Anscheinend sagte er Verse auf.

»Verzeihung, wer sind Sie eigentlich?«, unterbrach sie ihn.

»Noah Kleefeld. Ich dachte, Sie kennen mich.«

»Nein, woher?«

»Wir haben in der Villa gegenüber gelebt, in der jetzt die von Thalers wohnen.«

»Noah?« Langsam dämmerte es ihr. Den Namen hatte sie tatsächlich schon einmal gehört, beziehungsweise gelesen. Und Kleefeld? Hieß so nicht der Mitbegründer der Seeklinik? Aber was hatte das mit dem Schrank ihres Schwiegervaters zu tun. »Warten Sie, einen Moment.« Sie holte ihr Warenkunde-Album, hinten im Deckel hatte sie das Foto mit der merkwürdigen Beschriftung aufbewahrt. Sie reichte es ihm.

»Wo haben Sie das denn her, lag das noch in einer der Schubladen?« Er blinzelte plötzlich, fuhr sich über die Augen. »Das habe ich selbst aufgenommen, mit meiner neuen Kamera, die ich zur Bar Mitzwa bekommen habe.«

»Bar Mitzwa?« Den Begriff kannte Luise aus dem Camp. Ein jüdischer Brauch, der den Eintritt ins Erwachsenenalter besiegelte, vergleichbar mit der katholischen Firmung. Auf einmal ergaben auch die verschmierten Wörter auf der Rückseite des

Fotos einen Sinn. Noahs Bar Mitzwa, 1937. »Dann sind Sie Jude?«

Er nickte, wischte sich mit dem Handrücken über die Augen. »Hier, das sind meine Eltern, Samuel und Barbara Kleefeld.« Er zeigte auf die unscharfen Gesichter. »Und das da sind meine Tante und mein Onkel. Und wer diese beiden Leute sind, weiß ich nicht mehr.«

»Meine Schwiegereltern«, erklärte Luise.

»Ach so, stimmt, die Dahlmanns. Dann waren sie auch bei unserer letzten Feier, bevor wir enteignet und deportiert wurden.« Enteignet und deportiert? Davon hörte Luise zum ersten Mal, es hatte geheißen, die Kleefelds hätten noch rechtzeitig in die Schweiz fliehen können. Auch dass ihnen ursprünglich die Thaler'sche Villa gehört hatte, war ihr neu.

Auf einmal brach Jubel aus. War die Schlägerei beendet? »Aus! Aus! Aus! Das Spiel ist aus und Deutschland Weltmeister!« Die Stimme des Fernsehsprechers überschlug sich fast, er schrie und schrie, als wollte er Luise aus einer anderen Zeit zurückholen.

Später, als alle sichtbaren Wunden verarztet waren und die unsichtbaren verdrängt, kehrte Luise das zerbrochene Geschirr zusammen. Es regnete nicht mehr, der Himmel klarte auf, und die Sonne schien. Marie betupfte Martins Gesicht, das sich bereits blau verfärbte. Dieser Theo, wer auch immer das gewesen war, war fort, genauso wie die anderen Gäste. Auch Noah Kleefeld. Luise hatte nicht mehr mitbekommen, ob er mit den von Thalers sprechen konnte. Was hatten sie mit der Deportation dieser Familie zu tun? Und warum hatte Kleefelds Schrank bei ihnen in der Werkstatt gestanden? Die Frau Doktor stützte ihren Mann, der sich humpelnd über die Straße schleppte.

Dass sie Manni das Leben gerettet hatte, kam einem Wunder gleich. Bisher hatte Luise noch keine Gelegenheit gefunden, sich bei Bella zu bedanken. Auch dafür, dass sie sich für David eingesetzt hatte. Sonst hätte das Jugendamt Helga das Kind weggenommen. Schon wieder Helga, Luise war plötzlich alles zu viel. Mit einem Schlag hatte man ihr alle Kraft geraubt. Wie lange lief das schon zwischen ihr und Hans? Hatten sie es nur einmal oder öfter getan? Noch hatte sie mit Helga kein Wort gesprochen, auch Hans nicht beachtet, der trotz seiner Blessuren mit seinen Spezln weitertrank, als wäre nichts geschehen.

»Weltmeister wird man nur einmal, komm, Luiserl, tanz mit mir.« Sie stieß ihn weg, er taumelte, fing sich am Fernseher ab, der wieder die Dauerschneesendung abspielte. »Hoppala, nicht so stürmisch.« Sie entwand sich ihm, schaltete das Gerät ab. Der Einzige, der in diesem ganzen Desaster in sich ruhte, war Manni. Er freute sich über die vielen Flaschen, fischte sie aus den Pfützen oder unter den Stühlen heraus, schüttelte sie, bis sie leer waren, und stellte sie in einen Korb. Zu gern wäre Luise jetzt auch in seiner Welt gewesen, wenigstens für einen Moment. Sie setzte sich auf die Bank hinterm Haus. Wie sollte es weitergehen? Blind und verbohrt war sie gewesen, hatte ihrem Mann und ihrer Freundin vertraut und nichts anderes als den Laden im Sinn gehabt. Plötzlich stand nicht nur ihre Ehe, sondern auch die Freundschaft mit Helga vor dem Aus. Helga konnte sich doch die Kerle aussuchen, warum musste es ausgerechnet ihr Mann sein? Weil es praktisch und im wahrsten Sinn naheliegend war? Schließlich wohnten sie seit Monaten unter einem Dach. Die dumme Luise würde schon nichts mitkriegen. Wieso tat ihr Hans das an? Sie hatte gedacht, er liebte sie und scherte sich nicht um andere Frauen. Was würde er für ein Vater sein, und überhaupt, was würden sie beide für Eltern sein, was für Vorbilder für ihr Kind, das hoffentlich gesund zur Welt kam? Wieder überfiel sie die Angst vor der Schwangerschaft. Sie seufzte, strich sich über den Bauch und spürte erneut einen Tritt gegen ihre Hand. »Hey, da bist du ja«, rief sie verblüfft. Sie bebte, weinte und lachte zugleich. Ein Wunder, ihr Wunderkind spielte Fußball mit ihr. Es war da, es lebte und wollte wahrgenommen werden. Sie würde dieses Kind beschützen, egal was weiterhin geschah. »Du und ich, wir werden uns nicht unterkriegen lassen«, sagte sie. Da hörte sie Bremsen quietschen und lautes Hupen. Anscheinend signalisierten die Deutschen auch mit ihren Autos, wer Weltmeister geworden war. Luise schrak hoch. Manni! Womöglich war er auf die Straße gestolpert und von einem Fahrzeug übersehen worden? Sie rannte ums Haus, bis zum Tor. Aus beiden Richtungen staute sich der Verkehr. Die Fahrer hatten die Scheiben heruntergekurbelt und hupten. Luise hielt Ausschau nach ihrem kleinen Bruder, lief die Straße entlang und entdeckte ihn endlich. Manni stand mitten auf der Kreuzung wie ein Polizist. Er streckte die Arme aus und drehte sich im Kreis. Dabei hielt er in jeder Hand eine Flasche. »Manni, hör auf, komm da weg. MANNI!«, rief sie über die Autodächer und das Hupkonzert hinweg, doch er hörte sie nicht, drehte sich immer schneller um sich selbst, reckte die Arme hoch in die Luft, als wollte er abheben. Marie und Martin näherten sich von der anderen Seite und zogen ihn von der Fahrbahn. Luise atmete auf. Das war noch mal gut gegangen. Sie winkte ihnen kurz zu und ging durchs Tor zurück zur Bank. Kaum hatte sie die Beine ausgestreckt, trat Manni zu ihr. Er hatte den Korb voller Flaschen dabei und ließ die Schnappverschlüsse nacheinander aufploppen. Dann übergoss er Luise mit all den eingefangenen Sonnenstrahlen. Pures Licht überflutete sie.

DANKSAGUNG

Herzlichen Dank an Carla Grosch von den S. Fischer Verlagen, die die Idee zu den *Wunderfrauen* hatte und mir die vier Frauen vorstellte. Ihre Großeltern gründeten Anfang der 1950er Jahre in Münster einen Tante-Emma-Laden. Ich erhielt nicht nur Einblick ins Familienalbum, Carla schenkte mir viele Begebenheiten und Anekdoten aus ihrer Familiengeschichte, die den Roman bereichern, zudem begleitet sie mich mit Begeisterung durch die Reihe.

Danke auch an Susann Rehlein und Sylvia Spatz für den Feinschliff an diesem Roman.

Meiner Literaturagentin Sabine Langohr danke ich für das Vertrauen und die Chance, diesen Roman schreiben zu dürfen. Von *Wittgenstein* zu den *Wunderfrauen*, sie glaubt an mich.

Meine Familie ist mein Wunder-Team. Mit vereinten Kräften haben sie mich bis zum letzten Buchstaben großartig unterstützt.

Thomas, mein Mann und Meisterplotter, hat sich von der ersten bis zur letzten Minute unermüdlich in das Projekt hineingedacht und mit seinen Einfällen in mir Bilder erzeugt. Seine Liebe ist für mich das größte Wunder überhaupt.

Meine Tochter Theresa weiß als leidenschaftliche Leserin und Künstlerin, was ein Roman braucht, aber auch vor allem, was ihre Mama braucht. Ohne sie hätte ich den Anfang, den Schluss und auch die Mitte nicht strukturieren können. Trotz tickender Abgabeuhr hatte sie den Adlerblick, der mir als Murmeltier, das noch mitten im Roman steckte, fehlte, und mit ihrer Menschenkenntnis verlieh sie den Charakteren den letzten Schliff.

Meine Tochter Veronika hatte die Idee zum Turnen mit Waschlappen und bestärkte mich, an die vier Wunderfrauen und an die Geschichte selbst zu glauben.

Mein Schwiegersohn David bereicherte den Roman mit seinem Wissen über Starnberg, dank seiner persönlichen Stadtführung betrachte ich meine Heimat und das Wunderfrauen-Land neu.

Mein Schwiegersohn Basti wusste, was Jack über Helga denkt oder Helga über Jack, und er hatte die Idee zu den speziellen »Hausfrauenpralinen«. Gude!

Mein Sohn Jonas begeisterte mich für den Kosmos, war er doch bei unserer ersten Sonnenfinsternis 1999, wenn auch noch unsichtbar, schon dabei. Er sorgt zugleich mit seiner ganz irdischen Geduld immer dafür, dass mein Schreibwerkzeug, der Computer, funktioniert.

Meine Schwester Yvonne half mir bzw. Luise mit konkreten Tipps beim Motorradfahren.

Mein Vater Josef, der wie Marie 1946 aus Ebersdorf, Gemeinde Glatz in Niederschlesien, vertrieben wurde, erzählte mir viel aus seiner alten Heimat und über die fünfziger Jahre in München und Starnberg.

Meiner Freundin und Autorenkollegin Deana Zinßmeister danke ich für die vielen, vielen »kurzen« Gespräche, die mich lange inspirierten und motivierten.

Meiner Freundin Lea Goltz danke ich für die englischen Übersetzungen. Sie wusste, wie Helga auf Jack zugeht, und prägte den weisen Satz: »Man schiebt nicht gern die Schuld auf jemanden, den man liebt.«

Für die Hilfe bei der Recherche danke ich Christoph Aschermann und Christian Fries vom Stadtarchiv Starnberg, Martina Graefe vom Gemeindearchiv Feldafing und Elke Schmitz für Informationen zum DP-Camp in Feldafing.

Und so geht's weiter:

STEPHANIE SCHUSTER

VON ALLEM NUR
DAS BESTE

ROMAN

Exklusive Leseprobe

PROLOG

4. September 1963

H*ey, hey, bop shuop.* In ihrer Zelle lehnte sie am Gitter und lauschte den Klängen. *M'bop bop shuop.* Nun, wo alles, was sie sich mühsam erarbeitet hatte, zerbrochen war, klammerte sie sich an die Musik – das Einzige, was ihr jetzt noch Halt gab. Sofort setzte sich der Rhythmus in ihrem Körper fest. Sie konnte einfach nicht anders, ihre Füße, ihre Schultern zuckten im Takt. Schon erstaunlich, dass diese Band aus Liverpool seit neuestem sogar vom bayerischen Rundfunk übertragen wurde und es so bis in den Keller des Starnberger Polizeireviers geschafft hatte. Na ja, mehr schlecht als recht – das Radio rauschte und knisterte. Vermutlich waren die Mauern einfach zu dick, schließlich wurden Verbrecherinnen wie sie hier gefangen halten. Egal wie oft Wachmeister Klein am Regler drehte, er brachte einfach keinen klaren Empfang zustande. Ihm war es sichtbar unangenehm gewesen, sie zu verhaften. Deshalb hatte er sich auch sofort bereit erklärt, auf sie aufzupassen, als seine Kollegen zum nächsten Einsatz ausrücken. In Starnberg ging es gerade hoch her.

Well, I talk about boys, don't ya know I mean boys, well … Was sie nicht hörte, ergänzte sie in ihrem Inneren, sie kannte den Text auswendig. Wegen dieses Liedes hatte sie vor einem halben Jahr stundenlang vor dem Münchner Plattenladen angestanden. Zusammen mit einem Dutzend Jugendlicher aufgeregt bangend, dass ja nicht alle Singles ausverkauft waren, bevor sie an die Reihe kam. Und tatsächlich, sie erhielt eine der letzten Scheiben, die Wartenden hinter ihr gingen leer aus. Im Sommer, als dann endlich das Album *Please please me* auf dem Markt kam, war der Andrang noch größer gewesen. Manche campierten sogar vor den Geschäften, nur um eine der heißbegehrten Langspielplatten zu ergattern. Mit ihren einunddreißig Jahren war sie sich unter diesen ganzen jungen Leuten steinalt und merkwürdig fehl am Platz vorgekommen. Sie kleidete sich zwar immer noch modisch, trug heute einen Cordminirock zu engen Stiefeln und hatte sich auch ihre Haare toupiert, aber irgendwie war ihr auf einmal bewusst geworden, dass ihr die Leichtigkeit von früher abhandengekommen war, diese Sicherheit, dass sich alles schon von selbst finden würde.

What a … rrrrschhhsch … of joy. Die Pilzköpfe quälten sich weiterhin durch den Äther.

Dietrich Klein gab auf und widmete sich lieber seiner Brotzeit. Sie sollte sich an ihn halten, Dietrich, sein Vorname klang wie der Schlüssel zur Freiheit.

»Möchtens ein Stück?« Bevor er in die Leberkässemmel biss, hielt er sie ihr ans Gitter, als wäre endlich Fütterungszeit für das Zootier. Obwohl ihr Magen anderer Meinung war, verneinte sie.

»Wirklich nicht? Ist ganz frisch, von in der Früh, der Leberkas ist fast noch warm.«

Sie schüttelte den Kopf, wollte ihm nicht erklären, dass sie schon länger kein Fleisch mehr aß. Bei einer Zigarette wäre sie dabei, aber Klein rauchte offenbar nicht. Vielleicht war es besser so. Sie erlaubte es sich auch nur noch in Ausnahmesituationen, jedenfalls in solchen, die sie bis heute dafür gehalten hatte. Wenn es danach ginge, sollte sie sich gleich eine ganze Schachtel gönnen. Sie zupfte an ihren Fingernägeln. Der Daumennagel war eingerissen, die Nagelhaut blutete leicht. Das musste bei ihrer Festnahme passiert sein, als sie ihr die Arme auf den Rücken gedreht und die Handschellen angelegt hatten. Die kleine Schere, die sie in ihrem Kittel bei sich trug, hatte man ihr auch abgenommen, zusammen mit ihrem Stethoskop, den Schuhbändern und dem Ledergürtel, der kaum schmaler als ihr Minirock war.

»Am Büstenhalter können Sie sich ja nicht erhängen«, hatte Kleins Kollege, ein glupschäugiger Kerl gescherzt und ihre Oberweite gemustert. »Sie tragen offenbar keinen.«

Er leckte sich die Lippen. Selten um eine Antwort verlegen, war ihr in diesem Moment nichts eingefallen. Verflixt, wie hatte es nur so weit kommen können? So vielen Frauen hatte sie schon aus der Not geholfen, und immer war alles glattgegangen. Ausgerechnet bei Luise mussten sie sie erwischen. Schlagartig stand ihre ganze Existenz auf dem Spiel. Jetzt, wo sie so viel erreicht hatte, mehr, als sie sich jemals erträumt hatte. Wenn sie verurteilt würde, verlor sie nicht nur die Zulassung, der Staat nahm ihr auch das Kind weg. Jemand musste sie verraten haben, aber wer?

Der andere Polizist, der mit den übergroßen Augäpfeln, stürmte herein. »Einsatz, Dietrich, los.« Er zupfte sich an der Nase, als könnte er damit seinen Rundumblick regulieren. »Wir müssen ausrücken. Am See gibt's einen Gammleraufstand.«

»Etwa die Obdachlosen vom Bahnhof? Was haben die wieder angestellt?«

»Naa, irgendwelche Wilde lungern am See herum, vermutlich Studenten. Jedenfalls spielen sie ein ähnliches Gedudel wie du hier.«

Sofort drehte Klein das Radio aus, legte die Semmel weg und klopfte sich die Hände ab. »Und was sollen wir tun?«

»Das Übliche, die Personalien aufnehmen, nach Drogen suchen. Angeblich rauchen die stärkeres Zeug als Tabak, hat es geheißen, dazu laufen sie alle halbnackt herum.«

»Auch, äh, die Weiber?« Klein wischte sich über den Mund und schielte kurz zu ihr.

Der andere nickte. »Freu dich nicht zu früh. Die Kerle haben sogar Blumen in den Haaren.«

»Echt? Sind die vom anderen Ufer?«

»Weiß ich doch nicht. Ist mir auch egal, ob die aus Berg oder Ambach oder von sonst woher stammen, weg müssen sie jedenfalls.«

»Nicht von der anderen Seeseite, ich mein, ob das Hundertfünfundsiebziger sind, wegen der Blumen.«

»Ach so, das glaube ich kaum, so, wie die mit ihren Schicksen rummachen, aber bei diesen Gammlern weiß man es nie, vielleicht fahren die auch zweigleisig. Männlein und Weiblein sind bei denen sowieso kaum zu unterscheiden, mit diesen langen Haaren. Mein Lucki, wenn mir eines Tages so daherkommt, dem schneide ich eigenhändig die Zotzen ab.«

»Der ist doch erst drei.«

»Sein Glück! Und auch, dass er noch nicht in die Schule geht, dort lernen sie nämlich neuerdings solch einen Schmarrn. Also los, es gab eine Anzeige, öffentliches Ärgernis, die Anwohner und auch die Hotelgäste vom Bayerischen Hof fühlen sich belästigt.«

Vermutlich saßen die jungen Leute einfach bloß mit Gitarre und Tambourin auf einer Wiese und lösten allein durch diesen friedlichen Anblick bei den Starnberger Spießbürgern Wut aus, dachte sie sich, als sie den beiden zuhörte.

»Und was machen wir mit ihr?« Mit einer Kopfbewegung zeigte Klein auf sie in der Zelle.

»Nichts, die läuft uns schon nicht davon, kriegt höchstens gleich Gesellschaft von ihresgleichen.« Man zählte sie noch zur Jugend, wenigstens das. »Schauen wir mal, wie viele Gammler in eine Zelle passen.« Der Mann lachte.

»Aber das ist doch eine Doktorin.« Klein flüsterte nun. »Meine Frau hat vor drei Wochen bei ihr entbunden.«

»Bist du etwa befangen, Dietrich?«

»Ich? Ich war doch nicht dabei. Also bei der Geburt. Aber die Gerda war superzufrieden, und das krieg ich selten selber hin.«

»Super, aha. Redest du jetzt auch schon wie die? Na, dann wirst du ja mit den Gammlern verstehen. Komm, wir müssen.« Endlich stand Klein auf, schüttelte sich die Semmelbrösel von der Diensthose, steckte den Schlüsselbund ein und ging mit Polizist Stielauge hinaus.

Sie lauschte den Schritten der beiden nach. Das Radio rauschte noch immer, wahrscheinlich hatte Dietrich den Knopf nicht ganz ausgedreht. Irgendwo tropfte ein Wasserhahn. Plopp, ploppplopp, plopp. Sie hätte sich ein Lied dazu ausdenken können, doch ihr war nicht mehr danach. Die Angst schlich sich in die Zelle, machte es sich bequem und feixte zu ihr herüber, als hätte sie gewusst, dass sie am Ende die Oberhand gewann. Was, wenn die Polizisten nie mehr zurückkamen, sie einfach vergaßen oder sie aushungerten, bis sie zwischen den Gitterstäben hindurchfiel? Ausgerechnet heute, an diesem besonderen Tag, saß sie hier fest. Im wahrsten Sinne. Bei Dahlmanns feierten sie bestimmt längst. Wie sie Luise kannte, hatte sie lauter Köstlichkeiten vorbereitet, als Geschenk zum Zehnjährigen für die Kunden und Gäste. Kaum zu glauben, dass die Ladeneröffnung schon so lange zurücklag. Es waren harte Jahre gewesen, Zeiten der Entbehrung, der Willensstärke und der Sorge um das Morgen, aber auch Momente der Freude, der Errungenschaften und des Glücks. Trotzdem fühlte es sich im Rückblick wie ein Wimpernschlag an, allenfalls wie ein paar Seiten in einem Roman. Umso mehr war das Jubiläum ein Grund, gemeinsam zu feiern. Ach, wenn sie doch nur dabei sein könnte! Lärm drang an ihr Ohr. Getrappel und lautes Rufen. Draußen gab es einen Tumult. Sie ging zum Fenster, das eher eine mit Hasendraht vergitterte Kellerluke war, durch die kaum Licht fiel. Es klirrte. Sie zuckte zurück, als etwas gegen die Scheibe knallte. Ein Stein und noch einer.

Von wegen Jubiläum. Das Schild an der Tür war auf »Geschlossen« gedreht. Der Wind blies durch die Lücke in der Mauer und wehte Herbstlaub herein, als hätte im Dahlmannhaus ein Erdbeben gewütet. Luise stand auf, zog die Plane wieder vor das Loch und lehnte den Besen dagegen. Wenigstens reinregnen sollte es nicht. Ein Notbehelf, für mehr blieb jetzt keine Zeit. Kurz schweifte ihr Blick durch den Laden, der kaum wiederzuerkennen war. So viele Jahre hatte sie ihn gehegt und gepflegt, stets das Sortiment erweitert, Reklame gemacht, Rabattaktionen geplant, um die Stammkunden zu halten und gelegentlich zum Staunen zu bringen und natürlich auch um neue Kunden zu gewinnen. Es durfte keinen Stillstand geben. Das Geschäft musste weiterlaufen. Darum hatte sie sich auch zu diesem Schritt entschlossen, und nun das. Die Kasse, die Waage und die Kühltheke waren mit Tüchern verhängt, in den Ecken lag Schutt. Auf den Gläsern und Dosen, in allen Regalen lag Staub. Ihr fiel der Eröffnungstag vor zehn Jahren ein und welche Mühe sie sich damals gegeben hatte. Nach der wochenlangen Planung, in der sie alles bis ins letzte Detail ausgetüftelt hatte, war sie vor Anspannung fast geplatzt. Doch als es endlich losging, kam keiner, und die Ersten, die sich dem Laden näherten, kauften nichts, genossen nur die Gratis-Pralinen, die sie anbot. Erst nach dem WM-Sieg 1954 ging es mit dem Laden richtig bergauf. Auch wenn der Gewinn immer noch bescheiden blieb, so konnte sie mittlerweile davon leben. Aber für heute hatte Luise nicht einmal Pralinen gemacht. Momentan gab es Wichtigeres als Schokolade, Wichtigeres auch als Schmutz und Schutt, dachte sie und tunkte den Pinsel in die rote Farbe, der Verkauf war vorläufig eingestellt. Zusammen mit Marie und Annabel hockte sie auf dem Boden und schrieb Plakate. Auch die Kinder halfen, eine richtige Rasselbande war das. Maries vier Sprösslinge, der Jüngste ein Jahr alt, die Älteste acht. Dann Helgas Sohn, der neunjährige David mit seiner dunklen Haut und dem schwarzen Kraushaar, und Josie, Luises Tochter, mit ihren kurzen Zöpfen, die ihr hinter den Ohren wie kleine Bürsten abstanden. Die beiden waren fast gleich alt. Und natürlich Fritz, Annabels Großer, der sich mit sechzehn bestimmt nicht mehr zu den Kindern zählte, aber dennoch mit Feuereifer mithalf. Für die Kinder schien die ganze Aktion mehr ein Abenteuer zu sein. Wann hatten ihre Mütter sonst schon Zeit, mit ihnen gemeinsam zu malen?

Josie hockte dicht an der Seite von Marie und ahmte jeden Pinselstrich nach. Sie himmelte ihre Tante an. Dabei spürte Luise, dass ihrer Schwägerin Marie gar nicht nach Malen zumute war. Wie auch? Wahrscheinlich war sie einzig den Kindern und ihr zuliebe hier, wollte einfach fort aus Leutstetten, wo die Leere in allen Winkeln herrschte. Rasch verdrängte Luise die Gedanken an ihren Bruder und blickte zu Annabel. Die schrieb die Buchstaben mit Bleistift vor, damit die Kinder sie nachmalen konnten. Selbst Annabels zweijährige Tochter machte schon mit. Dieser Anblick berührte Luise ganz besonders. Ihr war nach lachen und heulen zugleich zumute. »So, ich glaube, wir haben genug Schilder«, sagte sie und schluckte gegen ihr Herzklopfen an. »Das sind bald mehr, als wir tragen können.«

David sprang auf. »Dann los, kommt, jetzt befreien wir meine Mama aus dem Gefängnis.«

Peter Prange
Unsere wunderbaren Jahre
Ein deutsches Märchen

Wie wir wurden, was wir sind: Der Bestseller-Roman über die Bundesrepublik – eine bewegende Familiengeschichte, in der die gesamte Nachkriegszeit bis zur Gegenwart lebendig wird. Sechs Freunde und ihre Familien machen ihren Weg, erleben über drei Generationen die Bundesrepublik der D-Mark – und den Beginn der neuen, europäischen Währung. Noch nie wurde so von Deutschland erzählt. Es ist der Roman der Bundesrepublik. Es ist unsere Geschichte.

976 Seiten, gebunden

Weitere Informationen finden Sie auf
www.fischerverlage.de

AZ 596-52252/1

Christiane Wünsche
Aber Töchter sind wir für immer
Roman

Heimat ist nicht nur ein Gefühl.
Schon lange haben sich die drei Schwestern Johanna, Heike und Britta nicht mehr gesehen. Zu verschieden sind sie, zu weit entfernt voneinander leben sie, zu groß ist das Unbehagen, irgendwie. Jetzt treffen sie sich wieder in ihrem Elternhaus am Bahndamm, inmitten der weiten Felder am Niederrhein. Hier, in diesem Haus, fing alles an: Das mit ihren Eltern Christa und Hans, verbunden durch die Wirren des Krieges. Das Leben der Schwestern, die unterschiedlicher nicht sein könnten. Und das mit Hermine. In diesem Haus geschah so vieles und wurde so vieles verschwiegen. Bis zu diesem einen Tag.

464 Seiten, Klappenbroschur

Weitere Informationen finden Sie auf
www.fischerverlage.de

AZ 8105-3071/1

Laetitia Colombani
Das Haus der Frauen
Roman

In Paris steht ein Haus, das allen Frauen dieser Welt Zuflucht bietet. Auch der erfolgreichen Anwältin Solène, die nach einem Zusammenbruch ihr Leben in Frage stellt. Im Haus der Frauen schreibt sie nun im Auftrag der Bewohnerinnen Briefe – an die Ausländerbehörde, den zurückgelassenen Sohn in Guinea, den Geliebten – und erfährt das Glück des Zusammenhalts und die Magie dieses Hauses. Doch wer war die mutige Frau, die vor hundert Jahren allen Widerständen zum Trotz diesen Schutzort schuf? Solène beschließt, die Geschichte der Begründerin Blanche Peyron aufzuschreiben.

Aus dem Französischen
von Claudia Marquardt
256 Seiten, gebunden

Weitere Informationen finden Sie auf
www.fischerverlage.de

AZ 10-390003/1